Harry Potter

y

el misterio del príncipe

J.K. Rowling

Harry Potter

y

el misterio del príncipe

Título original: *Harry Potter and the Half-Blood Prince*

Traducción: Gemma Rovira Ortega

Ilustración de la cubierta: Dolores Avendaño

Publicaciones y Ediciones Salamandra, S.A.
Almogàvers, 56, 7º 2ª - 08018 Barcelona - Tel. 93 215 11 99
www.salamandra.info

ISBN: 84-7888-993-0
Depósito legal: NA-1.340-2006

1ª edición, febrero de 2006
3ª edición, mayo de 2006
Printed in Spain

Impreso y encuadernado en:
RODESA - Pol. Ind. San Miguel. Villatuerta (Navarra)

para mi preciosa hija Mackenzie,
este hermano gemelo de tinta y papel

1

El otro ministro

Faltaba poco para la medianoche. El primer ministro estaba sentado a solas en su despacho, leyendo un largo memorándum que se le colaba en el cerebro sin dejarle el más leve rastro de significado. Esperaba la llamada del presidente de un lejano país, y, mientras se preguntaba cuándo la haría el muy condenado, intentaba borrar los desagradables recuerdos de una larga, agotadora y difícil semana, por lo que en la cabeza no le quedaba sitio para otra cosa. Cuanto más empeño ponía en concentrarse en el escrito que tenía ante sus ojos, más nítidamente veía las caras de regodeo de sus rivales políticos. Ese mismo día, su principal adversario había aparecido en el noticiario y no se había contentado con enumerar los espantosos sucesos ocurridos esa semana (como si alguien necesitara que se los recordaran), sino que también había expuesto sus razones para culpar de todo al Gobierno.

Al primer ministro se le aceleró el pulso al pensar en esas acusaciones, porque no eran justas ni ciertas. ¿Cómo querían que el Gobierno impidiera que el puente se derrumbara? Era indignante que alguien insinuara que no invertían suficiente dinero en obras públicas. El puente en cuestión tenía menos de diez años, y ni los mejores expertos podían explicar por qué se había partido por la mitad, provocando que docenas de coches se despeñaran a las profundidades del río. ¿Y cómo se atrevían a insinuar que la escasa vigilancia policiaca había facilitado los dos horribles asesinatos ventilados por los medios de comunicación? ¿O que el Gobierno debería haber previsto de alguna manera el inusitado huracán del West Country, con su larga lista de víctimas y daños materiales? ¿También era por su culpa que uno de sus subsecretarios, Herbert Chorley, hubiera acabado de patitas en la calle por haber escogido esa semana para comportarse de un modo tan extraño?

«En el país se respira un ambiente de desastre», había concluido el adversario sin disimular una ancha sonrisa.

Por desgracia, esa afirmación era cierta. El primer ministro también lo notaba: la gente parecía más triste de lo habitual y el clima era malísimo; aquella fría neblina en pleno julio no encajaba, no era normal.

Pasó a la segunda hoja del memorándum, vio que todavía le quedaba mucho por leer y lo dejó por imposible. Estiró los brazos para desperezarse mientras contemplaba su despacho con tristeza. Era una habitación elegante con una magnífica chimenea de mármol enfrente de las altas ventanas de guillotina, bien cerradas para que no entrara aquel frío impropio de la estación. Al notar un ligero temblor, se levantó y se acercó a las ventanas para observar la tenue neblina que se pegaba a los cristales. En ese momento, mientras se hallaba de espaldas a la habitación, oyó una débil tos detrás de él.

Se quedó paralizado, con la nariz pegada a su asustado reflejo en el oscuro cristal. Conocía esa tos; no era la primera vez que la oía. Se dio la vuelta poco a poco hacia el vacío despacho.

—¿Hola? —dijo, intentando mostrarse más valiente de lo que en realidad se sentía.

Por un instante concibió la imposible esperanza de que nadie le contestara. Sin embargo, una voz respondió de inmediato; una voz clara y resuelta, propia de alguien que lee una declaración redactada de antemano. Tal como sospechaba al oír la tos, procedía del pequeño y desvaído retrato al óleo de aquel hombrecillo con aspecto de rana y larga peluca plateada, colgado en un rincón de la habitación.

—Para el primer ministro de los muggles. Solicito reunión urgente. Por favor, responda cuanto antes. Atentamente, Fudge. —El individuo del cuadro miró con gesto inquisitivo a su interlocutor.

—Es que... —dijo éste—. Mire, ahora estoy ocupado. Espero una llamada, ¿sabe? Del presidente de...

—Eso se puede arreglar —lo interrumpió el personaje del retrato.

El primer ministro torció el gesto. Ya se temía algo parecido.

—Verá, es que necesito hablar...

—Nos encargaremos de que a ese presidente se le olvide telefonear. Se pondrá en contacto con usted mañana por la noche en lugar de hoy —le cortó el hombrecillo—. Tenga la amabilidad de responder de inmediato al señor Fudge.

—Yo... hum... bueno —concedió sin convicción—. De acuerdo, me reuniré con Fudge.

Regresó apresuradamente a su mesa arreglándose el nudo de la corbata. Apenas había tenido tiempo de sentarse y adoptar una expresión relajada e impertérrita, cuando unas brillantes llamas verdosas prendieron en la chimenea. Intentando disimular cualquier indicio de sorpresa o alarma, vio cómo un corpulento individuo aparecía entre ellas girando sobre sí mismo como un trompo. Pasados unos segundos, salió de la chimenea gateando y se incorporó sobre la lujosa alfombra antigua, al tiempo que se sacudía ceniza de una larga capa de rayas finas y sostenía un bombín verde lima con la otra mano.

—Primer ministro —lo saludó Cornelius Fudge avanzando con paso firme y la mano tendida—, me alegro de volver a verlo.

El primer ministro no podía devolver el cumplido sin mentir, de modo que no dijo nada. No se alegraba lo más mínimo de ver a Fudge, cuyas ocasionales apariciones, además de resultar sumamente alarmantes, solían depararle alguna noticia nefasta. Por si fuera poco, Fudge parecía agobiado por las preocupaciones. Se lo veía más delgado, calvo y canoso, y tenía la cara surcada de arrugas. El primer ministro ya había visto ese aspecto en otros políticos, y nunca auguraba nada bueno.

—¿En qué puedo ayudarlo? —preguntó estrechándole la mano con brevedad, y le señaló la dura silla que había delante de su mesa.

—No sé por dónde empezar —masculló Fudge mientras arrastraba la silla; luego se sentó y colocó el bombín verde sobre las rodillas—. ¡Qué semanita!

—¿Usted también ha tenido una mala semana? —repuso el primer ministro con fría formalidad, dándole a entender que ya tenía bastantes problemas y no necesitaba los de él.

—Sí, claro —contestó Fudge frotándose los ojos con gesto de cansancio, y lo miró con aire taciturno—. Tan mala como la suya, primer ministro. El puente de Brockdale, los asesinatos de Bones y Vance... Por no mencionar la catástrofe del West Country.

—Usted... su... quiero decir... ¿Ha sido alguien de los de...? ¿Tiene algo que ver su gente con esos acontecimientos?

Fudge le lanzó una severa mirada y repuso:

—Por supuesto que tiene algo que ver. Supongo que se habrá dado cuenta de lo que está pasando, ¿no?

—Yo... —vaciló.

Ese tipo de comportamiento era lo que más le desagradaba de las visitas de Fudge. Al fin y al cabo, él era el primer ministro y no le gustaba que lo trataran como si fuera un ignorante colegial. Sin embargo, la actitud de Fudge siempre había sido la misma desde su primera reunión con él, celebrada el mismo día en que había asumido el cargo, años atrás. No obstante, era un recuerdo tan vívido que parecía que aquel primer encuentro se hubiera producido el día anterior, y él sabía que lo perseguiría hasta el día de su muerte: estaba en ese mismo despacho, de pie, solo, saboreando el triunfo logrado tras muchos años de soñar y maquinar, cuando de pronto había oído toser a sus espaldas, igual que esta noche, y al

12

darse la vuelta, el feo personaje del retrato le había anunciado que el ministro de Magia estaba a punto de llegar para presentarse.

Como es lógico, el primer ministro pensó que la larga campaña y los nervios de las elecciones lo habían trastornado. Se llevó un susto de muerte al ver que le hablaba un retrato, aunque eso no fue nada comparado con lo que sintió cuando un tipo que se hacía llamar mago salió despedido de la chimenea y le estrechó la mano. Él permaneció mudo de asombro mientras Fudge, con gran consideración, le explicaba que todavía había magos y brujas que vivían en secreto por todo el mundo y lo tranquilizaba añadiendo que no hacía falta que se preocupara por ellos, dado que el Ministerio de Magia se encargaba de la comunidad mágica e impedía que la población no mágica se percatara de su existencia. Fudge había agregado que ése era un trabajo difícil que lo abarcaba todo, desde procurar que se cumpliera el reglamento del uso responsable de escobas hasta mantener controlada a la población de dragones (al oír esto, él se había agarrado a la mesa para no caerse). A continuación, Fudge, dándole unas paternales palmaditas en el hombro mientras él continuaba estupefacto, había concluido:

—No se preocupe, lo más probable es que nunca vuelva a verme. Sólo le molestaré si pasa algo verdaderamente grave en nuestra comunidad, algo que pueda afectar a los muggles, es decir, a la población no mágica. Por lo demás, nuestra política siempre ha sido vivir y dejar vivir. Y permítame decirle que usted se lo está tomando mucho mejor que su predecesor. Él creyó que yo era una broma planeada por la oposición e intentó arrojarme por la ventana.

Ante tal afirmación, el primer ministro había recuperado por fin el habla.

—Entonces, ¿usted no es ninguna broma? —Ésa era su última esperanza.

—No —respondió Fudge con delicadeza—. No, me temo que no. Mire. —Y convirtió la taza de té del primer ministro en un jerbo.

—Pero... —apuntó el otro con voz entrecortada mientras veía cómo su taza de té masticaba un trocito de su próximo discurso escrito— pero ¿por qué nadie me ha explicado...?

—El ministro de Magia sólo se muestra al primer ministro muggle en activo —aclaró Fudge, y se guardó la varita en la chaqueta—. Creemos que es la mejor manera de mantener el secreto.

—Pero entonces —gimoteó el primer ministro—, ¿por qué no me ha avisado mi antecesor?

Fudge había soltado una carcajada.

—Querido primer ministro, ¿piensa usted contárselo a alguien?

Riendo todavía con satisfacción, Fudge arrojó unos polvos a la chimenea, se metió entre las llamas de color esmeralda y se esfumó produciendo el ruido de una ventolera. El primer ministro se había quedado inmóvil, y se dio cuenta de que nunca, aunque viviera muchos años, se atrevería a mencionarle ese encuentro a nadie, pues ¿quién iba a dar crédito a sus palabras?

Tardó un tiempo en recuperarse del sobresalto. Al principio intentó convencerse de que Fudge había sido una alucinación provocada por la falta de sueño acumulada a lo largo de la extenuante campaña electoral, y en un vano intento de librarse de cualquier recuerdo del desagradable encuentro, le regaló el jerbo a su sobrina, que se llevó una grata sorpresa. Además, ordenó a su secretaria particular que retirara el retrato del feo hombrecillo que había anunciado la llegada del ministro de Magia. Sin embargo, resultó imposible descolgarlo, lo que le provocó gran consternación. Después de que varios carpinteros, un par de albañiles, un historiador de arte y el ministro de Hacienda intentaran sin éxito arrancarlo de la pared, el primer ministro desistió y se resignó a confiar en que «esa cosa» permaneciera quieta y callada durante el resto de su mandato. Alguna que otra vez habría jurado ver con el rabillo del ojo cómo el ocupante del cuadro bostezaba o se rascaba la nariz; y en un par de ocasiones, el tipo desapareció como si tal cosa del marco sin dejar tras de sí más que un sucio trozo de lienzo marrón. Con todo, se acostumbró a no prestarle mucha atención al dichoso cuadro y, cuando pasaban cosas como aquéllas, se decía que eran efectos ópticos.

Pero tres años atrás, una noche muy parecida a ésta, el primer ministro también se hallaba solo en su despacho cuando el retrato había anunciado una vez más la inminente llegada de Fudge, que salió de repente de la chimenea, empapado y despavorido. Antes de que el primer ministro pudiera preguntarle qué hacía chorreando agua encima de la alfombra Axminster, el ministro de Magia empezó a largarle una perorata sobre una cárcel de la que él nunca había oído hablar, un tipo llamado «Sirio» Black, un sitio que sonaba algo así como Hogwarts y un muchacho llamado Harry Potter, nada de lo cual tenía ni pizca de sentido para el primer ministro.

—Vengo de Azkaban —había explicado Fudge, jadeando, mientras inclinaba el bombín para que el agua acumulada en el ala cayera dentro de su bolsillo—. Está en medio del mar del Norte, ¿sabe? Ha sido un vuelo de lo más desagradable. Los dementores están muy solivianta-dos... —Hizo una pausa y se estremeció—. Es la primera vez que alguien se fuga de allí. En fin, tenía que hablar con usted, primer ministro. Black es un asesino de muggles y es posible que pretenda reunirse de nuevo con Quien-us-ted-sabe... Pero ¿qué digo? ¡Claro, usted ni siquiera sabe quién es Quien-usted-sabe! —Lo miró con desesperación y propuso—: Está bien, siéntese, siéntese. Será mejor que lo ponga al corriente. Tómese un whisky.

No le hizo mucha gracia que lo invitaran a sentarse en su propio despacho, y menos aún que le ofrecieran su propio whisky, pero aun así se sentó. Fudge sacó su varita, hizo aparecer de la nada dos grandes vasos llenos de un líquido ámbar, le puso uno en la mano al primer ministro y acercó una silla.

Fudge habló durante más de una hora. Hubo un momento en que, al no querer pronunciar cierto nombre en voz alta, lo escribió en un trozo de pergamino que le puso al primer ministro en la mano libre. Cuando por fin se levantó con intención de marcharse, su anfitrión se levantó también.

—De modo que usted cree que... —Entornó los ojos y miró el trozo de pergamino que tenía en la mano izquierda—: Lord Vol... —leyó.

—¡El-que-no-debe-ser-nombrado! —gruñó Fudge.

—Lo siento. Entonces, ¿usted cree que El-que-no-debe-ser-nombrado sigue vivo?

—Dumbledore asegura que sí —respondió Fudge mientras se abrochaba la capa hasta la barbilla—, pero nunca lo hemos encontrado. En mi opinión, él no supone ningún peligro a menos que cuente con apoyo, de modo que quien debería preocuparnos es Black. Así pues, usted dará a conocer la noticia, ¿verdad? Excelente. ¡Espero que no volvamos a vernos, primer ministro! Buenas noches.

Pero volvieron a verse. Al cabo de un año escaso, Fudge, muy abrumado, apareció de nuevo en el despacho para comunicarle que había surgido un problemita en la Copa del Mundo de «cuidich» (o así sonó lo que dijo) y que había varios muggles «implicados», pero que no debía preocuparse, porque el hecho de que hubiera vuelto a verse la Marca de Quien-usted-sabe no significaba nada; estaba seguro de que se trataba de un incidente aislado, y la Oficina de Coordinación de los Muggles ya se estaba ocupando de todas las modificaciones de memoria necesarias.

—¡Ah, casi se me olvida! —añadió—. Vamos a importar del extranjero tres dragones y una esfinge para el Torneo de los Tres Magos; es pura rutina, pero el Departamento de Regulación y Control de las Criaturas Mágicas insiste en que, según el reglamento, tenemos que notificarle a usted que vamos a introducir criaturas peligrosísimas en el país.

—¿Ha dicho... dragones? —farfulló el primer ministro.

—Sí, tres —puntualizó Fudge—. Y una esfinge. Bueno, que tenga un buen día.

El primer ministro se aferró como pudo a la ilusión de que los dragones y las esfinges serían lo peor de todo, pero no sirvió de nada. Casi dos años más tarde, Fudge volvió a salir del fuego de la chimenea para comunicarle que se había producido una fuga masiva de Azkaban.

—¿Una fuga masiva? —repitió el primer ministro con voz quebrada.

—¡No debe preocuparse, no debe preocuparse! —exclamó Fudge, que ya tenía un pie en las llamas para irse—. ¡Los atraparemos enseguida, pero me pareció conveniente que lo supiera usted!

Y antes de que el otro pudiera gritarle «¡Espere un momento!», Fudge desapareció en medio de una lluvia de chispas verdes.

Aunque la prensa y la oposición opinaran otra cosa, el primer ministro no era ningún idiota, y a pesar de lo que Fudge le había garantizado en su primera reunión, desde entonces se habían visto en varias ocasiones y en cada nueva visita Fudge parecía más nervioso que en la anterior.

Aunque no le gustaba nada pensar en el ministro de Magia (o, como él lo llamaba para sus adentros, «el otro ministro»), vivía con el temor de que en su siguiente aparición portara noticias aún más graves. Por ese motivo, verlo salir otra vez del fuego, despeinado, inquieto y muy sorprendido de que el primer ministro no supiera exactamente qué hacía él allí fue, sin duda, lo peor que le había ocurrido en el curso de esa calamitosa semana.

—¿Cómo voy a saber yo lo que pasa en la... la... comunidad mágica? —le espetó a Fudge por fin—. Debo dirigir un país, y actualmente ya tengo suficientes preocupaciones para que encima...

—Nuestras preocupaciones son las mismas —lo interrumpió el visitante—: el puente de Brockdale no se derrumbó porque estuviera desgastado; lo del West Country no fue ningún huracán; esos asesinatos no los perpetraron muggles; y no le quepa duda de que el mundo estará más seguro sin Herbert Chorley. De hecho, estamos haciendo trámites para que lo ingresen en el Hospital San Mungo de Enfermedades y Heridas Mágicas. El traslado debería realizarse esta misma noche.

—¿Cómo dice? Me parece que... ¿Qué acaba de decir? —bramó el primer ministro.

Fudge exhaló un hondo suspiro y replicó:

—Primer ministro, lamento mucho tener que comunicarle que ha vuelto. El-que-no-debe-ser-nombrado ha vuelto.

—¿Que ha vuelto? ¿Qué quiere decir con que «ha vuelto»? ¿Que está vivo? Porque...

El primer ministro rebuscó en su memoria los detalles de la espeluznante conversación mantenida con Fudge hacía tres años, cuando éste le habló por primera vez de ese mago, más temido que ningún otro, el mago que había cometido miles de crímenes terribles antes de su misteriosa desaparición, quince años atrás.

—Sí, está vivo —confirmó Fudge—. Es decir... no sé... ¿Está viva una persona a la que no se puede matar? Yo no acabo de entenderlo y Dumbledore se niega a darme muchas explicaciones; pero, sea como fuere, lo que sabemos es que ahora tiene un cuerpo con el que camina, habla y mata. Así pues, y a los efectos de esta discusión, supongo que puede decirse que está vivo.

El primer ministro no supo qué responder a esa afirmación, pero la habitual costumbre de fingir que estaba muy bien informado de cualquier tema que se planteara lo impulsó a tratar de recordar sus anteriores conversaciones con Fudge.

—¿Está Sirio Black con... con... El-que-no-debe-ser-nombrado?

—¿Sirio? ¿Sirio? —repitió Fudge como un loco, haciendo girar rápidamente su bombín con una mano—. Querrá decir *Sirius* Black. ¡Por las barbas de Merlín! No, Black está muerto. Resulta que nos equivocamos respecto a él. Vaya, que era inocente. Y que no estaba confabulado con El-que-no-debe-ser-nombrado. Verá —añadió poniéndose a la defensiva, e hizo girar el bombín todavía más deprisa—, todos los indicios apuntaban a que... Teníamos más de cincuenta testigos oculares. En fin, como le digo, Black está muerto. Bueno, de hecho lo asesinaron. En las oficinas del Ministerio de Magia. Obviamente, se va a llevar a cabo una investigación.

Aunque él mismo se sorprendió, en ese momento el primer ministro experimentó un fugaz sentimiento de lástima por Fudge. Sin embargo, su compasión quedó eclipsada por el orgullo que sintió al pensar que, por muy inepto que él fuera para aparecer en las chimeneas, nunca se había cometido un asesinato en ninguno de los departamentos gubernamentales a su cargo. Al menos de momento.

—Pero ahora no nos preocupa Black —añadió Fudge—. Lo que nos preocupa es que estamos en guerra, primer ministro, y debemos tomar medidas.

—¿En guerra? —repitió, nervioso, y toqueteó disimuladamente su escritorio—. ¿Seguro que no exagera?

—Los seguidores de El-que-no-debe-ser-nombrado que se fugaron de Azkaban en enero se le han unido —explicó Fudge, hablando cada vez más deprisa y haciendo girar el bombín a gran velocidad, hasta que éste se convirtió en una mancha verde lima—. Desde que pasaron a la acción no han cesado de causar estragos. El puente de Brockdale fue obra suya; y amenazó con una gran matanza de muggles si no me apartaba para que él...

—¡Cielo santo, entonces el responsable de que muriera esa gente es usted, y es a mí a quien acribillan a preguntas sobre cables oxidados, juntas de dilatación corroídas y no sé qué más! —exclamó el primer ministro, furioso.

—¿Responsable? —protestó Fudge, enrojeciendo—. ¿Quiere decir que usted habría cedido al chantaje así como así?

—¡Quizá no —admitió el otro, y se levantó para pasearse por la habitación—, pero habría hecho todo lo posible para detener al chantajista antes de que cometiera semejante atrocidad!

—¿De verdad cree que yo no lo hice? —inquirió Fudge, acalorado—. ¡Todos los aurores del ministerio estaban tras su pista y la de sus partidarios! ¡Pero resulta que se trata de uno de los magos más poderosos de todos los tiempos, un mago que lleva casi tres décadas eludiendo la captura!

—Ya veo. Y supongo que ahora me dirá que también fue él quien causó el huracán del West Country, ¿no?

19

—replicó el primer ministro, cuyo humor empeoraba con cada paso que daba. Era exasperante descubrir el motivo de los espantosos desastres sucedidos y no poder revelarlo de manera oficial; era casi peor que descubrir que verdaderamente era culpa del Gobierno.

—Eso no fue ningún huracán —dijo el mago con abatimiento.

—¿Cómo que no? —bramó el otro sin dejar de dar zancadas por la habitación—. Árboles arrancados de raíz, tejados desprendidos, faroles doblados, heridos gravísimos...

—Fueron los mortífagos, los seguidores de El-que-no-debe-ser-nombrado. Y sospechamos que también participaron los gigantes.

El primer ministro se paró en seco, como si hubiera chocado contra una pared invisible.

—¿Que participó quién?

—La última vez utilizó a los gigantes para impresionar —explicó Fudge con una mueca de pesar—. La Oficina de Desinformación ha estado trabajando día y noche, hay equipos de desmemorizadores tratando de modificar los recuerdos de los muggles que vieron lo que pasó, y prácticamente todo el Departamento de Regulación y Control de las Criaturas Mágicas se halla trabajando en Somerset, pero no hemos encontrado al gigante. Ha sido un desastre.

—¡Y que lo diga! —exclamó el primer ministro, enfurecido.

—No voy a negar que en el ministerio la moral está muy baja. Con todo lo que ha pasado... Y encima hemos perdido a Amelia Bones.

—¿A quién dice que han perdido?

—A Amelia Bones. La jefa del Departamento de Seguridad Mágica. Creemos que El-que-no-debe-ser-nombrado podría haberla matado personalmente porque era una bruja de gran talento y... todo indica que opuso mucha resistencia.

Fudge carraspeó y, al parecer con gran esfuerzo, dejó de hacer girar su bombín.

—Pero ese asesinato salió en los periódicos —comentó el primer ministro, olvidándose por un momento de su rabia—. ¡En nuestros periódicos! Amelia Bones... Sólo decían que era una mujer de mediana edad que vivía sola. Fue un asesinato muy cruel, ¿verdad? Se ha hablado mucho de él. La policía está desconcertada.

—No me extraña. La mataron en una habitación cerrada con llave por dentro, ¿no? Nosotros, en cambio, sabemos muy bien quién lo hizo, aunque eso no va a ayudarnos a atrapar al culpable. Y luego está el caso de Emmeline Vance, quizá haya oído hablar también de él.

—¡Sí, ya lo creo! De hecho, ocurrió muy cerca de aquí. Los periódicos se dieron un verdadero festín: «Alteración de la ley y el orden en el patio trasero del primer ministro...»

—Y por si todo eso fuera poco —prosiguió Fudge sin hacerle mucho caso—, hay dementores pululando por todas partes y atacando a la gente a diestra y siniestra.

En otros tiempos más felices, esa frase habría sido ininteligible para el primer ministro, pero ahora estaba mejor informado.

—Tenía entendido que los dementores vigilaban a los prisioneros de Azkaban —aventuró.

—Sí, eso hacían —repuso Fudge con voz cansina—. Pero ya no es así. Han abandonado la prisión y se han unido a El-que-no-debe-ser-nombrado. Admito que eso supuso un duro golpe para nosotros.

—Pero... —arguyó el primer ministro, alarmándose por momentos— ¿no me dijo que esas criaturas eran las que les absorbían la esperanza y la felicidad a las personas?

—Exacto. Y se están reproduciendo. Eso es lo que provoca esta neblina.

El primer ministro, medio desmayado, se dejó caer en una silla. La perspectiva de que hubiera criaturas invisibles acechando campos y ciudades para abatirse sobre sus presas y propagar la desesperanza y el pesimismo entre sus votantes le producía mareo.

—¡Mire, Fudge, tiene que hacer algo! ¡Es su obligación como ministro de Magia!

—Mi querido primer ministro, no pensará que todavía soy ministro de Magia después de lo ocurrido, ¿verdad? ¡Me despidieron hace tres días! Hacía dos semanas que la comunidad mágica en pleno pedía a gritos mi dimisión. ¡Nunca los había visto tan unidos desde que ocupé el cargo! —exclamó Fudge tratando de sonreír.

El primer ministro no supo qué decir. Pese a su indignación y a la comprometida posición en que se encontraba, todavía compadecía al hombre de aspecto consumido que estaba sentado frente a él.

—Lo siento mucho —dijo por fin—. ¿Puedo ayudarlo de alguna forma?

—Es usted muy amable, pero no puede hacer nada. Me han enviado aquí esta noche para ponerlo al día de los últimos acontecimientos y para presentarle a mi sucesor. Ya debería haber llegado, aunque con tanto lío andará muy ocupado.

Fudge se dio la vuelta y miró el retrato del feo hombrecillo de la larga y rizada peluca plateada, que estaba hurgándose una oreja con la punta de una pluma.

Al ver que el mago lo observaba, anunció:

—Enseguida viene. Está terminando una carta a Dumbledore.

—Pues le deseo suerte —replicó Fudge con un tono que, por primera vez, sonaba cortante—. Yo llevo dos semanas escribiendo a Dumbledore dos veces al día, pero no va a ceder un ápice. Si él estuviera dispuesto a persuadir al muchacho, quizá yo todavía... En fin, tal vez Scrimgeour tenga más éxito que yo.

Fudge se sumió en un silencio ofendido, pero casi de inmediato fue interrumpido por el personaje del cuadro, que habló con su voz clara y ceremoniosa.

—Para el primer ministro de los muggles. Solicito reunión. Urgente. Le ruego que responda cuanto antes. Rufus Scrimgeour, nuevo ministro de Magia.

—Que pase, que pase —dijo el primer ministro sin prestar mucha atención, y apenas se estremeció cuando las llamas de la chimenea se tornaron verde esmeralda, aumentaron de tamaño y revelaron a un segundo mago que giraba sobre sí mismo en medio de ellas, y a quien poco después arrojaron sobre la lujosa alfombra antigua. Fudge se puso en pie y, tras un momento de vacilación, el primer ministro lo imitó; el recién llegado se incorporó, se sacudió la larga y negra túnica y miró alrededor.

Lo primero que le vino a la mente al primer ministro fue la absurda idea de que Rufus Scrimgeour parecía un león viejo. Tenía mechones de canas en la melena castaño rojiza y en las pobladas cejas; detrás de sus gafas de montura metálica brillaban unos ojos amarillentos; era larguirucho y, pese a que cojeaba un poco al andar, se movía con elegancia y desenvoltura. A primera vista aparentaba ser una persona rigurosa y astuta; el primer ministro creyó entender por qué la comunidad mágica prefería a Scrimgeour en lugar de Fudge como líder en esos peligrosos momentos.

—¿Cómo está usted? —lo saludó el gobernante con educación, tendiéndole la mano.

Scrimgeour se la estrechó con rapidez mientras recorría el despacho con la mirada; a continuación sacó una varita mágica de su túnica.

—¿Fudge se lo ha contado todo? —preguntó al mismo tiempo que iba hacia la puerta con aire resuelto. Dio unos golpecitos en la cerradura con la varita y el primer ministro oyó el chasquido del pestillo.

—Pues... sí —contestó—. Y si no le importa, prefiero que no cierre esa puerta con pestillo.

—Pero yo prefiero que no nos interrumpan —replicó Scrimgeour con autoridad—. Ni nos miren —añadió, y apuntando con su varita a las ventanas, corrió las cortinas—. Bueno, tengo mucho trabajo, así que vayamos al grano. Para empezar, hemos de hablar de su seguridad.

El primer ministro se enderezó cuanto pudo y repuso:

—Estoy muy satisfecho con las medidas de seguridad de que disponemos, muchas gracias por...

—Pues nosotros no —lo cortó Scrimgeour—. Menudo panorama iban a tener los muggles si su primer ministro fuese objeto de una maldición *imperius*. El nuevo secretario de su despacho adjunto...

—¡No pienso deshacerme de Kingsley Shacklebolt, si es lo que está proponiéndome! —repuso con vehemencia—. Es muy competente, hace el doble de trabajo que el resto de los...

—Eso es porque es mago —aclaró Scrimgeour sin esbozar siquiera una sonrisa—. Un auror con una excelente preparación que le hemos asignado para que lo proteja.

—¡Oiga, un momento! ¿Quién es usted para meter a nadie en mi gabinete? Yo decido quién trabaja para mí...

—Creía que estaba contento con Shacklebolt —lo interrumpió Scrimgeour con frialdad.

—Sí, estoy contento. Bueno, lo estaba...

—Entonces no hay ningún problema, ¿no? —insistió Scrimgeour.

—Yo... De acuerdo, pero siempre que el rendimiento de Shacklebolt siga siendo óptimo.

—Muy bien. Respecto a Herbert Chorley, su subsecretario —continuó el ministro de Magia—, ese que se dedica a entretener al público imitando a un pato...

—¿Qué le pasa?

—No cabe duda de que su comportamiento viene provocado por una maldición *imperius* mal ejecutada —explicó Scrimgeour—. Lo ha vuelto chiflado, pero aun así podría resultar peligroso.

—¡Pero si lo único que hace es graznar! —alegó el primer ministro con voz débil—. Seguro que con un poco de reposo y si no bebiera tanto...

—Un equipo de sanadores del Hospital San Mungo de Enfermedades y Heridas Mágicas está examinándolo ahora mismo. De momento ha intentado estrangular a tres de ellos —dijo Scrimgeour—. Creo que lo más conveniente es apartarlo de la sociedad muggle durante un tiempo.

—Yo... bueno... Se recuperará, ¿verdad? —repuso el primer ministro, angustiado. Scrimgeour se limitó a encogerse de hombros antes de dirigirse de nuevo hacia la chimenea.

—Ya le he dicho cuanto tenía que decirle. Lo mantendré informado de cualquier novedad. Si estoy demasiado ocupado para acudir personalmente, lo cual es muy probable, enviaré a Fudge, que ha aceptado quedarse con nosotros en calidad de asesor.

Fudge trató de sonreír, pero sin éxito; daba la impresión de que tenía dolor de muelas. Scrimgeour empezó a hurgar en su bolsillo buscando el misterioso polvo que hacía que el fuego se volviera verde. El primer ministro los miró con gesto de impotencia y entonces, por fin, se le escaparon las palabras que llevaba toda la noche intentando contener:

—¡Pero si ustedes son magos, qué caramba! ¡Ustedes saben hacer magia! ¡Seguro que pueden solucionar cualquier situación!

Scrimgeour volvió despacio la cabeza e intercambió una mirada de incredulidad con Fudge, que esta vez sí logró sonreír y dijo con tono amable:

—El problema, primer ministro, es que los del otro bando también saben hacer magia.

Y dicho eso, ambos magos se metieron en el brillante fuego verde de la chimenea y desaparecieron.

2

La calle de la Hilandera

A muchos kilómetros de distancia, la misma fría neblina que se pegaba a las ventanas del despacho del primer ministro flotaba sobre un sucio río que discurría entre riberas llenas de maleza y basura esparcida. Una enorme chimenea, reliquia de una fábrica abandonada, se alzaba negra y amenazadora. No se oía ningún ruido excepto el susurro de las oscuras aguas, y no se veía otra señal de vida que la de un escuálido zorro que había bajado sigilosamente hasta el borde del agua para olfatear, esperanzado, unos pringosos envoltorios de comida para llevar, tirados entre la crecida hierba.

De pronto, con un débil «¡crac!», una delgada y encapuchada figura apareció en la orilla del río. El zorro se quedó inmóvil y, cauteloso, clavó la mirada en el extraño fenómeno.

La figura miró en derredor un momento, como si tratara de orientarse, y luego echó a andar con pasos rápidos y ligeros mientras su larga capa hacía susurrar la hierba al rozarla.

Con un segundo «¡crac!» más fuerte, apareció otra figura también encapuchada.

—¡Espera!

El grito asustó al zorro, que se encogió hasta aplastarse casi por completo contra la maleza. Entonces salió de un brinco de su escondite y trepó por la orilla. Hubo un

27

destello de luz verde y un aullido y el zorro cayó hacia atrás y quedó muerto en el suelo.

La segunda figura le dio la vuelta con la punta del pie.

—Sólo era un zorro —dijo una desdeñosa voz de mujer—. Temí que fuera un auror. ¡Espérame, Cissy!

Pero la mujer que iba delante, que se había detenido y vuelto la cabeza para mirar hacia el lugar donde se había producido el destello, subía ya por la ribera en la que el zorro acababa de caer.

—Cissy... Narcisa... Escúchame.

La mujer que iba detrás la alcanzó y la agarró por el brazo, pero ella se soltó de un tirón.

—¡Márchate, Bella!

—¡Tienes que escucharme!

—Ya te he escuchado. He tomado una decisión. ¡Déjame en paz!

Narcisa llegó a lo alto de la ribera, donde una deteriorada verja separaba el río de una estrecha calle adoquinada. La otra mujer, Bella, no se entretuvo y la siguió. Ambas, una al lado de la otra, se quedaron contemplando las hileras de ruinosas casas de ladrillo con las ventanas a oscuras que había al otro lado de la calle.

—¿Aquí vive? —preguntó Bella con desprecio en la voz—. ¿Aquí? ¿En este estercolero de muggles? Debemos de ser las primeras de los nuestros que pisamos...

Pero Narcisa no la escuchaba; se había colado por un hueco de la oxidada verja y estaba cruzando la calle a toda prisa.

—¡Espérame, Cissy!

Bella la siguió con la capa ondeando y vio a Narcisa entrar como una flecha en un callejón que discurría entre las casas y desembocaba en otra calle idéntica. Había algunos faroles rotos, de modo que las dos mujeres corrían entre tramos de luz y zonas de absoluta oscuridad. Bella alcanzó a su presa cuando ésta doblaba otra esquina; y esta vez consiguió sujetarla por el brazo y obligarla a darse la vuelta para mirarla a la cara.

—No debes hacerlo, Cissy, no puedes confiar en él —le dijo.

—El Señor Tenebroso confía en él, ¿no?

—Pues se equivoca, créeme —replicó Bella, jadeando, y por un instante los ojos le relucieron bajo la capucha mientras miraba alrededor para comprobar que estaban solas—. Además, nos ordenaron que no habláramos con nadie del plan. Esto es traicionar al Señor Tenebroso...

—¡Suéltame, Bella! —gruñó Narcisa, y sacando una varita mágica de su capa, la sostuvo con gesto amenazador ante la cara de su interlocutora. Ésta se limitó a reír.

—¿A tu propia hermana, Cissy? No serías...

—¡Ya no hay nada de lo que no sea capaz! —musitó Narcisa con un dejo de histerismo, y al bajar la varita como si fuera a dar una cuchillada hubo un destello de luz. Bella soltó el brazo de su hermana como si le hubiese quemado.

—¡Narcisa!

Pero ya había echado a correr. Bella, frotándose la mano, se puso de nuevo en marcha, manteniendo la distancia a medida que se internaban en aquel desierto laberinto de casas de ladrillo. Narcisa subió deprisa por una calle que, según un rótulo, se llamaba «calle de la Hilandera» y sobre la cual se cernía la imponente chimenea de la fábrica, como un gigantesco dedo admonitorio. Sus pasos resonaron en los adoquines al pasar por delante de ventanas con los cristales rotos y cegadas con tablones; por fin llegó a la última casa, donde una débil luz brillaba a través de las cortinas de una habitación de la planta baja.

Narcisa llamó a la puerta antes de que Bella llegara, maldiciendo por lo bajo. Esperaron juntas, resollando mientras respiraban el hedor del sucio río diseminado por la brisa nocturna. Pasados unos segundos, algo se movió detrás de la puerta y ésta se abrió un poco. Un hombre las miró por la rendija, un hombre con dos largas cortinas de pelo negro y lacio que enmarcaban un rostro amarillento y unos ojos también negros.

Narcisa se quitó la capucha. Tenía el cutis tan pálido que el rostro parecía brillarle en la oscuridad; el largo y rubio cabello que le caía por la espalda le daba aspecto de ahogada.

—¡Narcisa! —saludó el hombre, y abrió un poco más la puerta, de modo que la luz alcanzó a las dos hermanas—. ¡Qué agradable sorpresa!

—¡Hola, Severus! —repuso ella con un forzado susurro—. ¿Podemos hablar? Es urgente.

—Por supuesto.

El hombre retrocedió para dejarla entrar en la casa. Bella, que todavía llevaba puesta la capucha, siguió a su hermana sin que la invitasen a hacerlo.

—¡Hola, Snape! —saludó con tono cortante al pasar por su lado.

—¡Hola, Bellatrix! —repuso él, y sus delgados labios esbozaron una sonrisa medio burlona mientras cerraba la puerta con un golpe seco.

Se encontraban en un pequeño y oscuro salón cuyo aspecto recordaba el de una celda de aislamiento. Las paredes estaban enteramente recubiertas de libros, la mayoría encuadernados en gastada piel negra o marrón; un sofá raído, una butaca vieja y una mesa desvencijada se apiñaban en un charco de débil luz proyectada por la lámpara de velas que colgaba del techo. Reinaba un ambiente de abandono, como si aquella habitación no se utilizara con asiduidad.

Snape hizo un ademán invitando a Narcisa a tomar asiento en el sofá. Ella se quitó la capa, la dejó a un lado y se sentó; a continuación, juntó las blancas y temblorosas manos sobre el regazo y se puso a contemplarlas. Bella se quitó la capucha con parsimonia. Era morena, a diferencia de su hermana, y tenía párpados gruesos y mandíbula cuadrada. Se colocó de pie detrás de Narcisa sin apartar la vista de Snape.

—Bien, ¿en qué puedo ayudarte? —preguntó Snape, y se sentó en una butaca delante de las dos hermanas.

—Estamos... solos, ¿no? —inquirió Narcisa en voz baja.

—Sí, por supuesto. Bueno, Colagusano está aquí, pero las alimañas no cuentan, ¿verdad?

Apuntó con su varita mágica a la pared de libros que tenía detrás: una puerta secreta se abrió con estrépito y reveló una estrecha escalera y a un hombre de pie en ella, inmóvil.

—Como ves, Colagusano, tenemos invitadas —dijo Snape con indolencia.

El individuo bajó los últimos escalones y entró en la habitación, encorvado. Tenía ojos pequeños y vidriosos y nariz puntiaguda; sonreía como un tonto y con la mano izquierda se acariciaba la derecha, que parecía revestida con un reluciente guante de plata.

—¡Narcisa! —exclamó con voz chillona—. ¡Y Bellatrix! ¡Qué agradable...!

—Colagusano nos traerá algo de beber, si les apetece —intervino Snape—. Y luego volverá a su dormitorio.

El otro hizo una mueca de dolor, como si Snape le hubiera lanzado algo.

—¡No soy tu criado! —exclamó, evitando mirarlo a los ojos.

—¿Ah, no? Creía que el Señor Tenebroso te había instalado aquí para que me ayudaras.

—¡Para ayudarte sí, pero no para servirte bebidas ni para... ni para limpiar tu casa!

—Caramba, Colagusano, no sabía que aspiraras a realizar tareas más peligrosas —replicó Snape con sutileza—. Eso tiene fácil arreglo: hablaré con el Señor Tenebroso y...

—¡Yo puedo hablar con él cuando quiera!

—Claro que sí —concedió Snape con sorna—. Pero, mientras tanto, tráenos algo de beber. Un poco de vino de elfo, por ejemplo.

Colagusano vaciló un momento, como si se planteara replicar, pero luego dio media vuelta y se metió por una segunda puerta secreta. Se oyeron golpetazos y tintineos de copas. Pasados unos segundos, regresó con una polvorienta botella y tres copas en una bandeja que dejó en la desvencijada mesa. Luego se escabulló de la sala y cerró de golpe la puerta forrada de libros.

Snape llenó las tres copas de un vino color rojo sangre y le tendió una a cada hermana. Narcisa le dio las gracias con un murmullo, mientras que Bellatrix no dijo nada y siguió fulminándolo con la mirada. Eso no pareció incomodarlo; más bien todo lo contrario: parecía divertirle mucho.

—¡Por el Señor Tenebroso! —dijo Snape alzando su copa, y se la bebió de un sorbo.

Las hermanas lo imitaron. Snape volvió a llenar las copas.

Cuando se hubo bebido la segunda, Narcisa dijo con precipitación:

—Perdona que me presente aquí de esta forma, Severus, pero necesitaba verte. Creo que eres el único que puede ayudarme...

Él levantó una mano para interrumpirla y volvió a apuntar con su varita a la puerta de la escalera secreta. Hubo un fuerte golpe y un chillido, seguidos de los pasos de Colagusano, que corría escaleras arriba.

—Te pido disculpas —dijo Snape—. Últimamente se ha aficionado a escuchar detrás de las puertas. No sé qué pretende con eso, la verdad. ¿Qué decías, Narcisa?

La mujer inspiró hondo, se estremeció y empezó de nuevo.

—Severus, ya sé que no debería haber venido; me han dicho que no le cuente nada a nadie, pero...

—¡Entonces deberías callarte! —le espetó Bellatrix—. ¡Sobre todo delante de ciertas personas!

—¿«De ciertas personas»? —repitió Snape con ironía—. ¿Qué he de entender con esas palabras, Bellatrix?

—¡Que no me fío de ti, Snape, como bien sabes!

Narcisa emitió un sonido parecido a un sollozo y se tapó la cara con las manos. Snape dejó su copa en la mesa y se reclinó de nuevo en el respaldo, con las manos encima de los brazos de la butaca, mientras sonreía ante el ceñudo rostro de Bellatrix.

—Narcisa, creo que deberíamos oír lo que Bellatrix se muere por decir; así nos ahorraremos fastidiosas interrupciones. Continúa, Bellatrix —la animó—. ¿Por qué no te fías de mí?

—¡Por un centenar de motivos! —dijo ella a gritos, al tiempo que rodeaba el sofá y dejaba su copa en la mesa con aire decidido—. ¿Por dónde quieres que empiece? A ver, ¿dónde estabas cuando cayó el Señor Tenebroso? ¿Por qué no lo buscaste cuando desapareció? ¿Qué has hecho todos estos años que has pasado con Dumbledore? ¿Por qué impediste que el Señor Tenebroso se hiciera con la Piedra Filosofal? ¿Por qué no regresaste de inmediato cuando él renació? ¿Dónde estabas hace unas semanas, cuando luchamos para recuperar la profecía para el Señor Tenebroso? ¿Y por qué sigue Harry Potter con vida, Snape, si lo has tenido a tu merced durante cinco años?

Hizo una pausa; su pecho subía y bajaba al compás de su respiración, y tenía las mejillas encendidas. Narcisa permanecía inmóvil detrás de ella, sentada y tapándose la cara con las manos.

Snape sonrió.

—Antes de contestarte (sí, Bellatrix, te voy a contestar), te diré que puedes transmitirles mis palabras a los que susurran a mis espaldas y cuentan historias de mi supuesta traición al Señor Tenebroso. Pero también antes de contestarte, respóndeme tú a una cosa: ¿de verdad crees que el Señor Tenebroso no me ha hecho ya todas esas preguntas? ¿Y de verdad crees que si no le hubiera dado respuestas satisfactorias estaría aquí sentado hablando contigo?

—Ya sé que él te cree, pero...

—¿Crees que se equivoca? ¿O que lo he engañado? ¿Que he engañado al más grande de los magos, el más diestro en Legeremancia que jamás ha habido?

Bellatrix no respondió; por primera vez parecía un poco desconcertada. Snape no insistió en su argumento. Tomó su copa, bebió un sorbo de vino y continuó:

—Me preguntas dónde estaba cuando cayó el Señor Tenebroso. Pues bien, me hallaba donde él me había ordenado estar, en el Colegio Hogwarts de Magia y Hechicería, porque quería que espiara a Albus Dumbledore. Supongo que sabrás que fue el Señor Tenebroso quien me mandó a trabajar allí.

Bellatrix asintió levemente y luego despegó los labios, pero Snape se le adelantó:

—Me preguntas por qué no lo busqué cuando desapareció. Pues por la misma razón por la que no lo hicieron Avery, Yaxley, los Carrow, Greyback y Lucius —inclinó un poco la cabeza al tiempo que miraba a Narcisa—, y también muchos otros. Creí que él estaba acabado. Y no me enorgullezco de ello; me equivocaba, lo admito. Pero si él no hubiera perdonado a los que entonces perdimos la fe, ahora conservaría muy pocos adeptos.

—¡Me tendría a mí! —exclamó Bellatrix con fervor—. ¡Yo pasé muchos años en Azkaban por él!

—Sí, eso fue admirable, desde luego —admitió Snape con tedio—. Claro que desde la prisión no podías ayudar mucho, pero el gesto fue sin duda muy considerado.

—¿El gesto? —chilló ella, tan furiosa que parecía desquiciada—. ¡Mientras yo soportaba a los dementores, tú estabas muy cómodo en Hogwarts haciendo de mascota de Dumbledore!

—No exactamente —la corrigió Snape con impavidez—. Dumbledore no quería darme el puesto de profesor de Defensa Contra las Artes Oscuras, ya lo sabes. Por lo visto, temía que eso podría provocarme una recaída, tentarme a volver a las andadas.

—¿Fue ése tu gran sacrificio por el Señor Tenebroso, no enseñar tu asignatura favorita? —se burló ella—. ¿Por qué te quedaste allí tanto tiempo, Snape? ¿Seguías espiando a Dumbledore para un amo al que creías muerto?

—No, nada de eso. Y el Señor Tenebroso está muy satisfecho de que no abandonara mi empleo porque, cuando regresó, yo poseía dieciséis años de información sobre Dumbledore, un regalo de bienvenida mucho más útil que un sinfín de recuerdos de lo repugnante que es Azkaban...

—Pero te quedaste...

—Sí, Bellatrix, me quedé allí —afirmó Snape, y por primera vez su voz reveló un dejo de impaciencia—. Tenía un empleo cómodo y preferible a una temporada en Azkaban. Ya sabes que estaban capturando a los mortífagos. La protección de Dumbledore me mantenía fuera de la cárcel y la utilicé porque me convenía. Y repito: al Señor Tenebroso no le parece mal que me quedara en Hogwarts, de modo que no veo por qué tiene que parecértelo a ti.

»Creo que también querías saber —prosiguió, elevando un poco la voz, pues Bellatrix daba señales de querer interrumpirlo— por qué me interpuse entre el Señor Tenebroso y la Piedra Filosofal. La respuesta es muy sencilla: él no sabía si podía confiar en mí. Creía, como tú, que había pasado de leal mortífago a títere de Dumbledore. Su estado era lamentable; había quedado muy débil y compartía el cuerpo de un mago mediocre. Y no se atrevía a mostrarse a un antiguo aliado por temor a que éste lo entregara a Dumbledore o al ministerio. Lamento mucho que no confiara en mí. Si lo hubiera hecho, habría regresado al poder tres años antes. El caso es que yo sólo vi al codicioso e indigno Quirrell intentando robar la Piedra, y reconozco que hice todo lo posible por desbaratar sus planes.

Bellatrix torció la boca como si se hubiera tragado una medicina asquerosa.

—Pero no volviste de inmediato cuando él regresó, ni corriste a su lado cuando notaste arder la Marca Tenebrosa.

—Cierto. Volví dos horas más tarde, obedeciendo las órdenes de Dumbledore.

—¿Las órdenes de...? —repitió ella, indignada.

—¡Piensa! ¡Piensa! ¡Con sólo esperar dos horas, sólo dos horas, me aseguraba poder permanecer en Hogwarts en calidad de espía! ¡Por conseguir que Dumbledore creyera que yo regresaba junto al Señor Tenebroso únicamente porque él me lo ordenaba, desde entonces he podido pasar información acerca del director del colegio y la Orden del Fénix! Piénsalo bien, Bellatrix: la Marca Tenebrosa llevaba meses fortaleciéndose, y yo sabía que el Señor Tenebroso estaba a punto de aparecer, lo sabían todos los mortífagos. Tuve tiempo de sobra para cavilar qué quería hacer, planear mi siguiente paso y escapar como hizo Karkarov, ¿no te parece?

»Te aseguro que el enojo inicial del Señor Tenebroso por mi tardanza desapareció por completo cuando le expliqué que seguía siéndole fiel aunque Dumbledore creyera que estaba en su bando. Sí, el Señor Tenebroso pensó que yo lo había abandonado para siempre, pero se equivocó.

—Pero ¿de qué le has servido? —repuso Bellatrix con desdén—. ¿Qué información útil nos has proporcionado?

—He hecho llegar mi información directamente al Señor Tenebroso. Si él decide no compartirla contigo...

—¡Él lo comparte todo conmigo! Asegura que soy su más leal y fiel...

—¿Ah, sí? —repuso Snape, modulando la voz para expresar su incredulidad—. ¿Incluso después del fracaso en el ministerio?

—¡Eso no fue culpa mía! —se defendió Bellatrix, roja de ira—. En el pasado, el Señor Tenebroso me confió sus más preciosos... Si Lucius no hubiera...

—¡No te atrevas a echarle la culpa a mi marido! —terció Narcisa con voz queda y maléfica.

—No tiene sentido buscar responsables de lo ocurrido —observó Snape con indiferencia—. A lo hecho, pecho.

—¡Sí, pero tú no hiciste nada! —le espetó Bellatrix—. Tú estabas otra vez ausente mientras nosotros corríamos todo el riesgo, ¿no es así, Snape?

—Tenía órdenes de quedarme en la retaguardia. Tal vez estés en desacuerdo con el Señor Tenebroso, o tal vez pienses que Dumbledore no se habría dado cuenta si yo me hubiera unido a los mortífagos para combatir la Orden del Fénix, ¿no?

»Y perdóname: hablas de riesgos, pero si no me equivoco se enfrentaron a seis adolescentes...

—A los que poco después se unió la mitad de la Orden, como sabes muy bien —gruñó Bellatrix—. Y, ya que hablamos de la Orden del Fénix, tú sigues sosteniendo que no puedes revelar la ubicación de su cuartel general, ¿verdad?

—Yo no soy el Guardián de los Secretos, ni debo pronunciar el nombre de ese lugar. Creía que sabías cómo funcionaba ese sortilegio. El Señor Tenebroso está satisfecho con la información que le he proporcionado acerca de la Orden. Esos datos, como quizá hayas deducido, condujeron a la reciente captura y asesinato de Emmeline Vance, y también ayudaron a acorralar a Sirius Black, aunque no voy a escatimarte el mérito de haber acabado con él.

Snape inclinó la cabeza y alzó su copa. El gesto de Bellatrix no se suavizó ni un ápice.

—Eludes mi última pregunta, Snape: Harry Potter. Habrás tenido infinidad de ocasiones para matarlo en estos cinco años. ¿Por qué no lo has hecho?

—¿Has hablado de este tema con el Señor Tenebroso?

—Últimamente él... nosotros... ¡Te lo pregunto a ti, Snape!

—Si hubiera matado a Harry Potter, el Señor Tenebroso no habría podido utilizar la sangre del chico para regenerarse y volverse invencible...

—¡Alegas que previste que él utilizaría al muchacho! —se burló ella.

—No lo alego; yo no tenía ni idea acerca de sus planes; ya he reconocido que creí que el Señor Tenebroso había muerto. Sólo pretendo explicar por qué él no lamenta que Potter haya sobrevivido, al menos hasta hace un año...

—Pero ¿por qué le permitiste vivir?

—¿No me has entendido? ¡Lo único que me mantenía fuera de Azkaban era la protección de Dumbledore! ¿No estás de acuerdo en que si yo hubiera asesinado a su alumno favorito, se habría puesto contra mí? Pero ése no era el único motivo. Déjame recordarte que cuando Potter llegó a Hogwarts, todavía circulaban historias sobre él, rumores de que también era un gran mago tenebroso y que por eso había sobrevivido al ataque del Señor Tenebroso. De hecho, muchos antiguos seguidores de éste consideraban que Potter era un estandarte alrededor del cual todos podríamos congregarnos una vez más. Admito que sentía curiosidad y que no era partidario de liquidarlo en cuanto pusiera un pie en el castillo.

»Naturalmente, enseguida comprendí que el muchacho no poseía ningún talento extraordinario. Ha salido airoso de diversos aprietos gracias a la buena suerte y a la colaboración de amigos con más talento que él. Es mediocre en grado sumo, aunque tan repelente y engreído como su padre. He hecho lo indecible para que lo expulsaran de Hogwarts, donde creo que no le corresponde estar, pero de eso a matarlo o permitir que lo mataran delante de mí... Habría sido una estupidez por mi parte correr un riesgo semejante, hallándose Dumbledore tan cerca.

—¿Pretendes que nos creamos que en todo este tiempo Dumbledore nunca ha sospechado de ti? —repuso Bellatrix—. ¿Y que ignora a quién eres leal en realidad y que todavía confía en ti sin reservas?

—He interpretado bien mi papel. Y pasas por alto el punto débil de Dumbledore: siempre cree lo mejor de las personas. Cuando empecé a trabajar para él, recién abandonada mi etapa de mortífago, fingí un profundo arrepentimiento y él me acogió con los brazos abiertos; aunque, como digo, siempre me mantuvo alejado de las artes oscuras. Dumbledore ha sido un gran mago. Sí, un gran mago. —Bellatrix emitió un sonido de burla—. Incluso el Señor Tenebroso lo reconoce. Sin embargo, me complace decir que se está haciendo viejo. El duelo con el Señor Tenebroso del mes pasado lo ha debilitado. Hace poco sufrió una grave herida porque sus reflejos son más lentos que antes. Pero en todos estos años nunca ha dejado de confiar en Severus Snape, y en eso reside mi gran valor para el Señor Tenebroso.

Bellatrix todavía no estaba satisfecha, aunque al parecer no sabía cuál era la mejor forma de seguir atacando a Snape. Aprovechando su silencio, éste se dirigió a su hermana.

—Dime, Narcisa, ¿venías a pedirme ayuda?

Ella lo miró con abatimiento.

—Sí, Severus. Creo que eres el único que puede ayudarme, no tengo a nadie más a quien acudir. Lucius está en prisión y... —Cerró los ojos y dos gruesas lágrimas le resbalaron por las mejillas—. El Señor Tenebroso me ha prohibido hablar de ello —añadió sin abrir los ojos—. No quiere que nadie conozca el plan. Es... muy secreto, pero...

—Si te lo ha prohibido, no deberías hablar. Las palabras del Señor Tenebroso son ley.

Narcisa sofocó un grito, como si Snape la hubiera rociado con agua fría. Bellatrix asintió, satisfecha por primera vez.

—¿Lo ves? —reprendió a su hermana—. ¡Hasta Snape lo dice: te prohibieron hablar, así que guarda silencio!

Pero Snape se había acercado a la pequeña ventana para escudriñar la desierta calle. Luego volvió a correr las cortinas de un tirón y, dándose la vuelta, miró ceñudo a Narcisa.

—Resulta que yo conozco ese plan —dijo en voz baja—. Soy uno de los pocos a quienes el Señor Tenebroso se lo ha contado. No obstante, de no haber estado yo al corriente del secreto, Narcisa, habrías cometido una grave traición contra él.

—Ya imaginé que debías de saberlo —repuso ella con cierto alivio—. Él confía tanto en ti, Severus...

—¿Tú conoces el plan? —preguntó Bellatrix, cuya fugaz satisfacción se había trocado en indignación—. ¿Tú lo conoces?

—Así es —confirmó Snape—. Pero ¿qué ayuda necesitas, Narcisa? Si crees que puedo persuadir al Señor Tenebroso de que cambie de idea, me temo que tus esperanzas carecen de fundamento.

—Severus —susurró ella mientras las lágrimas seguían resbalándole por las pálidas mejillas—, mi hijo... mi único hijo...

—Draco debería estar orgulloso —terció Bellatrix con indiferencia—. El Señor Tenebroso está concediéndole un gran honor. Y hay que reconocer que tu hijo no rehúye cumplir con su deber, sino que parece alegrarse de tener una ocasión para demostrar su valía, y está entusiasmado con la idea de...

Narcisa rompió a llorar con desconsuelo, sin dejar de mirar con gesto suplicante a Snape.

—¡Porque tiene dieciséis años y no sabe lo que le espera! ¿Por qué, Severus? ¿Por qué mi hijo? ¡Es demasiado peligroso! ¡Esto es una venganza por el error de

Lucius, estoy segura! —Snape no respondió. Apartó la vista de la llorosa Narcisa como si sus lágrimas fueran indecorosas, pero no podía fingir que no la oía—. Por eso ha escogido a Draco, ¿verdad? —insistió ella—. Para castigar a Lucius.

—Si Draco logra su objetivo —dijo Snape, aún sin mirarla—, alcanzará más gloria que nadie.

—¡Pero no lo logrará! —sollozó Narcisa—. ¿Cómo va a lograrlo si ni siquiera el Señor Tenebroso...?

Bellatrix soltó un grito ahogado y Narcisa perdió el valor para continuar.

—Sólo quería decir que nadie ha conseguido todavía... Por favor, Severus. Tú eres... tú siempre has sido el profesor predilecto de Draco y eres un viejo amigo de Lucius... Te lo suplico. Eres el favorito del Señor Tenebroso, su consejero de mayor confianza. ¿Hablarás con él? ¿Intentarás convencerlo?

—El Señor Tenebroso no se dejará convencer, y yo no soy tan estúpido para intentarlo —respondió Snape con rotundidad—. No voy a negar que él esté disgustado con Lucius, a quien le habían asignado una misión pero se dejó capturar, junto con muchos otros. Y por si fuera poco fracasó en su intento de recuperar la profecía. Sí, el Señor Tenebroso está disgustado, Narcisa, muy disgustado.

—¡Entonces tengo razón, ha escogido a Draco para vengarse! —profirió ella entre sollozos—. ¡No pretende que mi hijo cumpla su cometido, sólo quiere que muera en el intento!

Como Snape no respondió, Narcisa perdió el poco dominio de sí misma que conservaba. Se puso en pie, fue tambaleándose hasta Snape y lo agarró por el cuello de la túnica. Manteniendo la cara muy cerca de la suya y mojándole la ropa con sus lágrimas, dijo con voz entrecortada:

—Tú podrías hacerlo. Tú podrías hacerlo en lugar de Draco, Severus. Lo conseguirías, claro que lo conseguirías, y él te recompensaría mucho más que a cualquiera de nosotros...

Snape le sujetó las muñecas y la apartó de sí. Entonces, contemplándole el rostro anegado en lágrimas, afirmó despacio:

—Creo que quiere que al final lo haga yo. Pero está decidido a que Draco lo intente primero. Verás, en el caso improbable de que tu hijo lo consiguiera, yo podría permanecer en Hogwarts un poco más realizando mi labor de espía.

—¡O sea que no le importa que Draco muera!

—El Señor Tenebroso está muy enfadado —repitió Snape sin alterarse—. No pudo oír la profecía. Sabes tan bien como yo que él no perdona fácilmente, Narcisa.

La mujer se desplomó a los pies de él y se quedó sollozando en el suelo.

—Mi único hijo... Mi único hijo...

—¡Deberías sentirte orgullosa! —insistió Bellatrix sin piedad—. ¡Si yo tuviera hijos, me alegraría de que entregaran la vida por el Señor Tenebroso!

Narcisa soltó un gritito de desesperación y se tiró del largo y rubio cabello. Snape, tomándola por los brazos, la levantó del suelo y la llevó otra vez al sofá. A continuación le sirvió más vino y le puso la copa en la mano.

—Ya basta, Narcisa. Bebe esto. Y escúchame.

La mujer se tranquilizó un poco; temblando, tomó un sorbo de vino que le goteó por la barbilla.

—Quizá yo pueda... ayudar a Draco.

Narcisa se incorporó, pálida como la cera y con los ojos desorbitados.

—¡Oh, Severus, Severus! ¿Estás dispuesto a ayudarlo? ¿Lo vigilarás, te encargarás de que no le pase nada?

—Puedo intentarlo.

Narcisa lanzó la copa, que patinó por la mesa al mismo tiempo que ella resbalaba del sofá y, arrodillándose a los pies de Snape, le tomaba una mano con las suyas para besársela.

—Si tú lo proteges, Severus... ¿Lo juras? ¿Pronunciarás el Juramento Inquebrantable?

—¿El Juramento Inquebrantable? —repitió Snape con gesto impasible; sin embargo, Bellatrix soltó una carcajada de triunfo.

—¿No lo has oído, Narcisa? ¡Lo intentará! ¡Seguro! Las clásicas palabras vacías, la clásica ambigüedad... ¡Pero porque lo ordena el Señor Tenebroso, por supuesto!

Snape no miró a Bellatrix. Sus negros ojos estaban clavados en los de Narcisa, azules y anegados en lágrimas. Ella seguía sujetándole la mano.

—Claro, Narcisa, pronunciaré el Juramento Inquebrantable —aseguró él con calma—. Quizá tu hermana se avenga a ser nuestro Testigo.

Bellatrix se quedó boquiabierta. Snape se agachó hasta arrodillarse frente a Narcisa y, ante la mirada de asombro de Bellatrix, unió su mano derecha con la de Narcisa.

—Vas a necesitar tu varita, Bellatrix —dijo Snape con frialdad. Ella la sacó con estupefacción—. Y tendrás que acercarte un poco más —añadió.

La mujer se colocó de pie delante de ambos y puso la punta de la varita sobre las entrelazadas manos.

—¿Juras vigilar a mi hijo Draco mientras intenta cumplir los deseos del Señor Tenebroso, Severus? —preguntó Narcisa.

—Sí, juro —respondió él.

Una delgada y brillante lengua de fuego salió de la varita y se enroscó alrededor de las dos manos como un alambre al rojo.

—¿Y juras protegerlo lo mejor que puedas de cualquier daño?

—Sí, juro.

Una segunda lengua de fuego salió de la varita, se entrelazó con la primera y formó una fina y reluciente cadena.

—Y si es necesario... si crees que Draco va a fracasar... —susurró Narcisa (la mano de Snape temblaba en la de ella, pero no la retiró)—, ¿juras realizar tú la tarea que el Señor Tenebroso ha encomendado a mi hijo?

Hubo un momento de silencio. Bellatrix los observaba con los ojos muy abiertos y la varita suspendida sobre las unidas manos.

—Sí, juro.

Un resplandor rojizo iluminó el atónito rostro de Bellatrix al prender una tercera lengua de fuego que salió disparada de la varita, se enredó con las otras dos y se cerró alrededor de las bien sujetas manos, como una cuerda o una serpiente ígneas.

3

Reencuentros y noticias

Harry Potter roncaba escandalosamente. Había pasado casi cuatro horas sentado en una silla junto a la ventana de su dormitorio contemplando la oscura calle, y al final se había quedado dormido con un lado de la cara pegado al frío cristal, las gafas torcidas y la boca abierta. El resplandor anaranjado del farol que había frente a la casa hacía destellar la mancha de vaho que su aliento dejaba en la ventana, y la luz artificial le hacía palidecer el rostro, que parecía el de un fantasma bajo la mata de desgreñado cabello negro.

Había varios objetos y bastante porquería esparcidos por la habitación: plumas de lechuza, corazones de manzana y envoltorios de caramelo cubrían el suelo; unos libros de hechizos entremezclados con una arrugada túnica se hallaban encima de la cama, y sobre el escritorio, en medio de un charco de luz, un montón de periódicos. El titular de uno de éstos rezaba:

HARRY POTTER: ¿EL ELEGIDO?

Siguen circulando rumores acerca del misterioso altercado ocurrido recientemente en el Ministerio de Magia, durante el cual El-que-no-debe-ser-nombrado fue visto de nuevo.

«No estamos autorizados a hablar de ello, no me pregunten nada», manifestó ayer por la noche,

45

al salir del ministerio, un nervioso desmemorizador que se negó a dar su nombre.

No obstante, fuentes contrastadas del Ministerio de Magia han confirmado que dicho altercado se produjo en la legendaria Sala de las Profecías.

Aunque por ahora los magos portavoces se han negado a confirmar la existencia de dicho lugar, cada vez un mayor número de miembros de la comunidad mágica cree que los mortífagos, que en la actualidad cumplen condena en Azkaban por entrada ilegal y tentativa de robo, pretendían robar una profecía. Se desconoce la naturaleza de ésta, pero se especula con la posibilidad de que esté relacionada con Harry Potter, la única persona que ha sobrevivido a una maldición asesina y que estuvo en el ministerio la noche en cuestión. Hay quienes llegan al extremo de llamar a Potter «el Elegido», pues creen que la profecía lo señala como el único que conseguirá librarnos de El-que-no-debe-ser-nombrado.

Se desconoce el paradero actual de la profecía, si es que existe, aunque (continúa en página 2, columna 5)

Junto a ese periódico había otro con el siguiente titular:

SCRIMGEOUR SUSTITUYE A FUDGE

La mayor parte de la primera plana la ocupaba una gran fotografía en blanco y negro de un hombre con espesa melena de león y el rostro muy castigado. La fotografía se movía: el hombre saludaba con la mano al techo.

Rufus Scrimgeour, antiguo jefe de la Oficina de Aurores del Departamento de Seguridad Mágica, ha sustituido a Cornelius Fudge en el cargo de ministro de Magia. El nombramiento ha sido recibido con entusiasmo en buena parte de la comunidad mágica, aunque existen rumores de distanciamiento entre el nuevo ministro y Albus Dumbledore, recientemente rehabilitado como Jefe de Magos del Wizengamot. Estas diferencias surgieron horas después de que Scrimgeour tomara posesión del cargo.

Los representantes de Scrimgeour han admitido que el nuevo ministro se reunió con Dumbledore en cuanto ocupó el puesto supremo del ministerio, pero se han negado a comentar el contenido de la reunión. Como todo el mundo sabe, Albus Dumbledore (continúa en página 3, columna 2)

A la izquierda de ese periódico había otro doblado que mostraba un artículo titulado «El ministerio garantiza la seguridad de los alumnos».

El recién nombrado ministro de Magia, Rufus Scrimgeour, ha hecho comentarios hoy sobre las nuevas y duras medidas adoptadas por su departamento para garantizar la seguridad de los alumnos que regresarán al Colegio Hogwarts de Magia y Hechicería este otoño.

«Por razones obvias, el ministerio no puede dar detalles de sus nuevos y estrictos planes de seguridad», ha declarado el ministro, pero una persona con acceso a información confidencial ha desvelado que esas medidas incluyen hechizos y encantamientos defensivos, un complejo despliegue de contramaldiciones y un pequeño destacamento de aurores dedicados de manera exclusiva a la protección del Colegio Hogwarts.

La mayoría de la comunidad mágica parece satisfecha con la severa postura del ministro en relación con la seguridad de los alumnos. La señora Augusta Longbottom ha comentado a este periódico: «Mi nieto Neville, que por cierto es un gran amigo de Harry Potter, peleó a su lado contra los mortífagos en el ministerio en el mes de junio y...»

El resto del artículo estaba tapado por la gran jaula que le habían puesto encima. Dentro de ésta había una espléndida lechuza, blanca como la nieve, que recorría imperiosamente la habitación con sus ojos de color ámbar y de vez en cuando giraba la cabeza para mirar a su dormido amo. En un par de ocasiones hizo un ruidito seco con el pico, impaciente, pero Harry dormía tan profundamente que no la oyó.

En el centro de la habitación se hallaba un enorme baúl con la tapa abierta, como expectante; sin embargo, estaba casi vacío: dentro sólo había ropa interior vieja, caramelos, tinteros gastados y plumas rotas que cubrían el fondo. Cerca de él, en el suelo, había un folleto de color morado con el siguiente texto impreso:

Distribuido por encargo del Ministerio de Magia
CÓMO PROTEGER SU HOGAR Y SU FAMILIA
CONTRA LAS FUERZAS OSCURAS

La comunidad mágica se halla en la actualidad bajo la amenaza de una organización compuesta por los llamados «mortífagos». El cumplimiento de las sencillas pautas de seguridad que se enumeran a continuación lo ayudará a proteger de ataques a su familia y su hogar.

1. Se recomienda que no salga solo de su casa.
2. Se aconseja tener especial cuidado durante la noche. Siempre que sea posible, procure terminar sus desplazamientos antes de que haya oscurecido.
3. Repase las disposiciones de seguridad de su vivienda y asegúrese de que todos los miembros de la familia conocen medidas de emergencia, como los encantamientos escudo y

desilusionador, y, en caso de que en la familia haya menores de edad, la Aparición Conjunta.

4. Prepare contraseñas de seguridad con familiares y amigos íntimos para detectar a mortífagos que pudieran suplantarlos utilizando la Poción Multijugos (véase pág. 2).

5. Si advierte que un familiar, colega, amigo o vecino se comporta de forma extraña, póngase en contacto de inmediato con el Grupo de Operaciones Mágicas Especiales, pues esa persona podría encontrarse bajo la maldición *imperius* (véase pág. 4).

6. Si aparece la Marca Tenebrosa encima de una vivienda u otro edificio, NO ENTRE. Póngase en contacto de inmediato con la Oficina de Aurores.

7. Ha habido indicios no confirmados de que los mortífagos podrían estar utilizando inferi (véase pág. 10). Todo encuentro o detección de un inferius debe ser INMEDIATAMENTE comunicado al ministerio.

Harry gruñó en sueños y la cara le resbaló un par de centímetros por el cristal de la ventana, con lo que las gafas le quedaron aún más torcidas, pero no se despertó. Un reloj que él había reparado años atrás hacía tictac en el alféizar de la ventana y marcaba las once menos un minuto. A su lado, sujeto por la relajada mano del muchacho, se encontraba un trozo de pergamino cubierto con una caligrafía pulcra y estilizada. Había leído esa carta tantas veces desde que la recibiera —hacía tres días— que, aunque había llegado enrollada formando un apretado canuto, estaba completamente aplanada.

Querido Harry:
    Si te parece adecuado, iré al número 4 de Privet Drive el próximo viernes a las once en punto de la noche para acompañarte a La Madriguera,

donde te han invitado a pasar el resto de las vacaciones escolares.

Si te parece bien, agradecería tu ayuda para un asunto que espero poder resolver de camino hacia allí. Te lo explicaré con más detalle cuando te vea.

Por favor, envíame tu respuesta con esta misma lechuza. Hasta el próximo viernes.

Atentamente,

Albus Dumbledore

Harry se había apostado junto a la ventana de su dormitorio (por donde se veían bastante bien los dos extremos de Privet Drive) y desde las siete de la tarde le lanzaba miradas a la misiva cada pocos minutos, a pesar de que se la sabía de memoria. Era consciente de que no tenía sentido seguir releyendo las palabras de Dumbledore, a quien había enviado una respuesta afirmativa con la misma lechuza, como requería su remitente, y lo único que podía hacer era esperar: Dumbledore llegaría o no llegaría.

Sin embargo, no había preparado el equipaje. Parecía imposible que fueran a rescatarlo de los Dursley cuando sólo llevaba dos semanas con ellos. No conseguía librarse del presentimiento de que algo iba a salir mal: su respuesta podría haberse perdido, o Dumbledore podría no ir a recogerlo, o tal vez éste ni siquiera había escrito la carta y se trataba de un truco, una broma o una trampa. Por eso no había querido hacer el equipaje para luego llevarse un chasco y tener que vaciar el baúl. La única concesión que había hecho a la posibilidad de emprender un viaje era encerrar a su blanca lechuza, *Hedwig*, en la jaula.

El minutero del reloj llegó al número doce y el farol que había enfrente de la ventana se apagó.

Harry despertó como si la repentina oscuridad fuera una señal de alarma. Se enderezó las gafas, despegó la mejilla del cristal y apretó la nariz contra la ventana para escudriñar la acera. Una alta figura ataviada con una capa larga y ondeante se acercaba por el sendero del jardín.

El muchacho se puso en pie de un brinco, como impulsado por una descarga eléctrica; derribó la silla y empezó a recoger del suelo todo lo que tenía a su alcance y a arrojarlo hacia el baúl. Acababa de lanzar una túnica, dos libros de hechizos y una bolsa de papas fritas cuando sonó el timbre de la puerta.

Abajo, en el salón, tío Vernon gritó:

—¿Quién diablos será a estas horas de la noche?

Harry se quedó inmóvil con un telescopio de latón en una mano y un par de zapatos deportivos en la otra. Se le había olvidado avisar a los Dursley de que quizá Dumbledore se presentaría. Muy nervioso, y por eso mismo aguantándose la risa, saltó y abrió de un tirón la puerta de su dormitorio. Entonces oyó una voz grave que decía: «Buenas noches. Usted debe de ser el señor Dursley. Supongo que Harry le habrá dicho que vendría a recogerlo.»

Corrió escaleras abajo, saltando los peldaños de dos en dos, pero un par de metros del final se paró en seco, pues la experiencia le había enseñado a mantenerse fuera del alcance de la mano de su tío siempre que pudiese. En el umbral había un hombre alto y delgado, de barba y cabello plateados hasta la cintura; llevaba unas gafas de media luna apoyadas en la torcida nariz e iba ataviado con una larga capa de viaje negra y un sombrero puntiagudo. Vernon Dursley, vestido con un batín morado y cuyo bigote era casi tan poblado como el de Dumbledore —aunque todavía negro—, miraba de hito en hito a su visitante, como si no diera crédito a sus diminutos ojos.

—A juzgar por su expresión de asombro e incredulidad, diría que Harry no le advirtió de mi llegada —rectificó Dumbledore con simpatía—. Aun así, supongamos que usted me ha invitado amablemente a entrar en su casa. No es aconsejable entretenerse en los umbrales en estos tiempos difíciles. —Entró con elegancia y cerró la puerta detrás de sí—. Ha pasado mucho tiempo desde mi anterior visita —comentó escrutando a tío Vernon desde su ganchuda nariz—. Permítame decirle que sus agapantos están creciendo muy bien. Son plantas magníficas.

Vernon Dursley permanecía mudo. Harry sabía que su tío recobraría el habla, y muy pronto (la palpitante vena de su sien estaba alcanzando el punto de peligro), pero, al parecer, algo en relación con Dumbledore lo había dejado temporalmente sin respiración. Quizá se debía a su notorio aspecto de mago, o porque hasta tío Vernon se daba cuenta de que se hallaba ante un hombre a quien difícilmente podría intimidar.

—¡Ah, Harry, buenas noches! —dijo Dumbledore mirándolo a través de sus gafas de media luna con expresión radiante—. Excelente, excelente.

Al parecer, esas palabras provocaron a tío Vernon. Era evidente que, en su opinión, cualquiera que mirara a Harry y dijera «excelente» tenía que ser por fuerza una persona con la que él nunca estaría de acuerdo.

—No quisiera parecer maleducado... —empezó con un tono que cargaba de grosería cada sílaba.

—Y sin embargo, lamentablemente, los casos de mala educación involuntaria se producen con una frecuencia alarmante —lo cortó Dumbledore con gravedad—. A veces resulta mejor no decir nada, amigo mío. ¡Ah, y ésta debe de ser Petunia!

La puerta de la cocina se había abierto y allí estaba plantada la tía de Harry, con sus guantes de goma y su bata de entrecasa encima del camisón; era evidente que estaba en plena limpieza de las superficies de la cocina, una tarea que realizaba todos los días antes de acostarse. Su cara de caballo no revelaba otra cosa que conmoción.

—Albus Dumbledore —se presentó Dumbledore al ver que tío Vernon no reaccionaba—. Nos hemos escrito, ¿no es así? —Harry lo consideró una extraña manera de recordarle a tía Petunia que en una ocasión le había enviado una carta explosiva, pero ella no se dio por aludida—. Y ése debe de ser su hijo Dudley, ¿verdad?

Éste acababa de asomarse a la puerta del salón. Su enorme y rubia cabeza emergiendo del cuello del pijama a rayas parecía incorpórea, y tenía la boca abierta en un asustado gesto de asombro. Dumbledore esperó unos instantes, tal vez para ver si alguno de los Dursley pensaba decir algo, pero como el silencio se prolongaba, sonrió y preguntó:

—¿Qué les parece si suponemos que me han invitado a entrar en el salón?

Dudley se apartó como pudo cuando el anciano mago pasó por su lado. Harry, que todavía sostenía el telescopio y los zapatos deportivos, salvó de un salto los pocos peldaños que quedaban hasta el suelo y lo siguió. Dumbledore se sentó en la butaca más cercana al fuego y contempló el salón con gesto de benévolo interés. Parecía completamente fuera de lugar.

—¿No... no nos vamos, señor? —preguntó Harry con ansiedad.

—Sí, claro que sí, pero antes tenemos que hablar de varias cosas. Y prefiero no hacerlo al aire libre. Sólo abusaremos un poco más de la hospitalidad de tus tíos.

—¿En serio? —preguntó Vernon Dursley, entrando en el salón; Petunia iba a su lado y Dudley detrás de ambos, intentando pasar inadvertido.

—Sí —confirmó Dumbledore con naturalidad—. Así es. —Sacó su varita mágica tan deprisa que Harry apenas la vio y la hizo cimbrar rápidamente. El sofá salió despedido y golpeó las corvas de los tres Dursley, que cayeron sentados en él. Con otra sacudida de la varita, el sofá retrocedió hasta su posición original—. Más vale que se pongan cómodos —añadió el mago con gentileza.

Cuando Dumbledore se guardó la varita en el bolsillo, Harry se fijó en que tenía la mano ennegrecida y apergaminada; daba la impresión de que la carne se le había consumido.

—Señor, ¿qué le ha pasado en la...?

—Luego, Harry —lo interrumpió—. Siéntate, por favor. —El muchacho ocupó la butaca que quedaba y decidió no mirar a los Dursley, que parecían víctimas de un hechizo aturdidor—. Lo lógico sería suponer que iban a ofrecerme un refrigerio —le dijo Dumbledore a tío Ver-

53

non—, pero, por lo visto hasta ahora, eso denotaría un optimismo que raya en el idealismo.

Con una tercera sacudida de la varita, materializó una polvorienta botella y cinco copas. La botella se inclinó y vertió una generosa medida de un líquido color miel en las copas, que a continuación levitaron hasta cada uno de los presentes.

—El hidromiel más delicioso de la señora Rosmerta, envejecido en roble —dijo Dumbledore alzando su copa hacia Harry, que tomó la suya y bebió un pequeño sorbo. Nunca había probado nada parecido, pero le encantó. Los Dursley, tras intercambiar fugaces y asustadas miradas, intentaron ignorar sus copas, aunque era toda una hazaña, pues éstas no cesaban de darles golpecitos en la cabeza. Harry sospechaba que Dumbledore estaba disfrutando de lo lindo—. Bueno, Harry —dijo el director de Hogwarts volviéndose hacia él—, ha surgido una dificultad que espero seas capaz de resolver para nosotros. Y cuando digo «nosotros» me refiero a la Orden del Fénix. Pero, antes que nada, debo decirte que hace una semana encontraron el testamento de Sirius y te ha dejado todas sus posesiones.

Tío Vernon giró la cabeza para mirarlo, pero Harry no lo miró y tampoco se le ocurrió nada que decir, salvo:

—¡Ah, qué bueno!

—Esto, en general, resulta bastante sencillo —prosiguió Dumbledore—. Añades una considerable cantidad de oro a la cuenta que tienes en Gringotts y heredas todos los bienes de Sirius. La parte ligeramente problemática del legado...

—¿Ha muerto su padrino? —preguntó tío Vernon desde el sofá. Dumbledore y Harry se volvieron hacia él. La copa de hidromiel golpeaba con insistencia un lado de la cabeza de Vernon, que intentaba apartarla—. ¿Ha muerto? ¿Su padrino?

—Sí —confirmó Dumbledore, pero no le preguntó a Harry por qué no se lo había contado a los Dursley—. El problema —continuó, mirando de nuevo al muchacho como si no se hubiera producido ninguna interrupción—

es que Sirius también te ha dejado el número 12 de Grimmauld Place.

—¿Que ha heredado una casa? —se extrañó tío Vernon con avaricia, entrecerrando sus pequeños ojos; pero nadie le contestó.

—Pueden seguir usándola como cuartel general —dijo Harry—. No me importa. Que se la queden; en realidad no la quiero.

Prefería no volver a poner los pies allí. Se imaginaba que el espíritu de Sirius habitaría eternamente la casa y que rondaría por sus oscuras y mohosas habitaciones, solo y atrapado para siempre en el sitio del que tanto había deseado salir en vida.

—Eres muy generoso —repuso Dumbledore—. Sin embargo, hemos desalojado temporalmente el edificio.

—¿Por qué?

—Verás —respondió sin hacer caso de las quejas de tío Vernon, a quien la perseverante copa seguía aporreando la cabeza—, la tradición de la familia Black establece que la casa se transmita por línea directa al siguiente varón apellidado Black. Sirius era el último; su hermano menor, Regulus, falleció antes que él, y ninguno de los dos tuvo hijos. Aunque el testamento deja muy claro que tu padrino quería que te quedaras con la casa, cabe la posibilidad de que haya en ella algún hechizo o sortilegio para asegurar que sólo pueda poseerla un sangre limpia.

Harry evocó fugazmente una vívida imagen del alborotador retrato de la madre de Sirius, colgado en el recibidor de Grimmauld Place.

—No me extrañaría —coincidió.

—A mí tampoco —asintió Dumbledore—. Y si existe ese sortilegio, lo más probable es que la vivienda pase al pariente vivo de Sirius de más edad, que es su prima Bellatrix Lestrange.

Harry se puso en pie de un brinco, haciendo caer al suelo el telescopio y los zapatos deportivos que descansaban sobre su regazo. ¿Que la asesina de Sirius, Bellatrix Lestrange, heredaría su casa?

—¡No! —gritó.

—Bueno, es evidente que nosotros también preferiríamos que no la tuviera —explicó Dumbledore con calma—. La situación plantea un sinfín de complicaciones. No sabemos, por ejemplo, si los sortilegios que le hemos hecho a la casa para que no se descubra su ubicación seguirán funcionando ahora que Sirius ya no es el propietario. Bellatrix podría presentarse en la vivienda en cualquier momento. Como es lógico, hemos decidido abandonar el edificio hasta que se aclaren todas las cuestiones.

—Pero ¿cómo van a averiguar si se me permite ser el nuevo propietario?

—Por fortuna, existe una sencilla manera de comprobarlo.

Dejó su copa vacía en una mesita que había junto a la butaca, pero, antes de que pudiera hacer nada más, tío Vernon exclamó:

—¿Quiere hacer el favor de quitarnos de encima estas malditas copas?

Harry vio a los tres Dursley protegiéndose la cabeza con los brazos mientras las copas les propinaban fuertes golpes en el cráneo y salpicaban su contenido por todas partes.

—¡Ay, lo siento mucho! —se disculpó Dumbledore, y volvió a levantar su varita. Las tres copas se desvanecieron—. Pero habría sido de mejor educación que se lo bebieran.

Dio la impresión de que tío Vernon reprimía un montón de furibundas réplicas, pero se limitó a encogerse entre los cojines con tía Petunia y Dudley, sin apartar sus ojillos porcinos de la varita de Dumbledore.

—Verás —prosiguió éste, mirando de nuevo a Harry y como si Vernon no hubiera intervenido en la conversación—, si resulta que has heredado la casa, también habrás heredado...

Agitó la varita por quinta vez. Se oyó un fuerte «¡crac!» y apareció un elfo doméstico con una narizota similar a un hocico, enormes orejas de murciélago y unos grandes ojos inyectados en sangre; en cuclillas encima de la alfombra de pelo largo de los Dursley, iba ataviado con mugrientos harapos. Tía Petunia soltó un espeluznante chillido; en su casa jamás había entrado una criatura tan asquerosa como ésa. Dudley, que iba descalzo, levantó sus grandes y rosados pies del suelo y los mantuvo en alto, como si creyera que aquella criatura podría trepar por los pantalones de su pijama. Tío Vernon bramó:

—¿Qué demonios es eso?

—... a Kreacher —terminó Dumbledore.

—¡Kreacher no quiere, Kreacher no quiere, Kreacher no quiere! —protestó el elfo doméstico con voz ronca y casi tan atronadora como la de Vernon, al mismo tiempo que daba fuertes pisotones con sus largos y deformes pies y se tiraba de las orejas—. Kreacher es de la señorita Bellatrix, sí señor, Kreacher es de los Black, Kreacher quiere a su nueva ama, Kreacher no se irá con el mocoso Potter, Kreacher no quiere, no quiere, no quiere.

—Como ves, Harry —continuó Dumbledore, elevando la voz para superponerse a los gritos del elfo—, Kreacher muestra cierta reticencia a que seas su amo.

—No me importa —repitió Harry mirando con desprecio al elfo doméstico, que no paraba de retorcerse y dar pisotones—. No lo quiero.

—No quiere, no quiere, no quiere...

—¿Prefieres que pase a ser propiedad de Bellatrix Lestrange? ¿Tienes en cuenta que ha estado un año entero en el cuartel general de la Orden del Fénix?

—No quiere, no quiere, no quiere...

Harry miró a Dumbledore. Sabía que no debían permitir que Kreacher se fuera a vivir con Bellatrix Lestrange, pero le repugnaba la idea de ser su propietario, de ser el responsable de la criatura que había traicionado a Sirius.

—Dale una orden —propuso Dumbledore—. Si te pertenece, tendrá que obedecerte. Si no, habrá que pensar en otra manera de mantenerlo alejado de su legítima propietaria.

—¡No quiere, no quiere, no quiere, NO QUIERE!

Kreacher gritaba a pleno pulmón y a Harry sólo se le ocurrió decir:

—¡Cállate, Kreacher!

Por un momento pareció que éste iba a asfixiarse. Se agarró el cuello mientras seguía moviendo la boca con furia; los ojos se le salían de las órbitas. Después de tragar varias veces saliva con grandes aspavientos, se tiró boca abajo sobre la alfombra (tía Petunia soltó un gemido) y se puso a golpear el suelo con pies y manos, entregándose a una violenta pero silenciosa pataleta.

—Bueno, eso simplifica las cosas —observó Dumbledore con buen humor—. Por lo visto, Sirius sabía lo que hacía. Eres el legítimo heredero del número 12 de Grimmauld Place y de Kreacher.

—¿Tengo que... quedarme con él? —preguntó Harry, horrorizado, mientras el elfo doméstico se retorcía a sus pies.

—Si no quieres, no —contestó el mago—. Y si me permites una sugerencia, podrías enviarlo a trabajar en las cocinas de Hogwarts. De ese modo, los otros elfos domésticos lo vigilarían.

—Sí —dijo Harry con alivio—, sí, eso haré. Hum... Kreacher, quiero que vayas a Hogwarts y trabajes en las cocinas con los otros elfos domésticos.

Kreacher, que se había quedado tumbado de espaldas con los brazos y las piernas en el aire, miró a Harry con profundo odio y, con otro fuerte «¡crac!», desapareció.

—Muy bien —prosiguió Dumbledore—. También hay que resolver el asunto del hipogrifo, *Buckbeak*. Hagrid lo ha cuidado desde que murió Sirius, pero ahora es tuyo, así que si prefieres disponer otra cosa...

—No —respondió Harry—, puede quedarse con Hagrid. Creo que *Buckbeak* lo preferirá.

—Hagrid estará encantado —asintió Dumbledore sonriendo—. Se alegró mucho de volver a verlo. Por cierto, decidimos, por la propia seguridad del hipogrifo, cambiarle el nombre y de momento llamarlo *Witherwings*, aunque dudo mucho que el ministerio llegue a sospechar jamás que es el mismo hipogrifo que una vez condenaron a muerte. Y ahora, Harry, ¿tienes el baúl preparado?

—Hum...

—¿Dudabas que fuera a venir? —inquirió el mago con sagacidad.

—Subo un momento y... vuelvo enseguida —contestó Harry, y se apresuró a recoger el telescopio y los zapatos.

Tardó poco más de diez minutos en reunir todo lo que necesitaba; por fin, consiguió rescatar su capa invisible de debajo de la cama, enroscar el tapón del tarro de tinta pluricolor y cerrar la tapa del baúl con el caldero dentro. Luego, tirando del baúl con una mano y sujetando con la otra la jaula de *Hedwig*, bajó la escalera.

Se llevó un chasco al ver que Dumbledore no lo esperaba en el recibidor, lo cual significaba que tenía que volver al salón.

Nadie decía nada. El anciano profesor tarareaba con la boca cerrada; al parecer se sentía a gusto y relajado, pero la atmósfera habría podido cortarse con un cuchillo. Harry no se atrevió a mirar a los Dursley cuando anunció:

—Ya estoy listo, profesor.

—Estupendo —repuso éste—. Sólo una cosa más —añadió, y se volvió hacia los Dursley—. Como sin duda sabrán, Harry alcanzará la mayoría de edad dentro de un año...

—¡No! —saltó tía Petunia, que hablaba por primera vez desde la llegada de Dumbledore.

—¿Cómo dice? —preguntó Dumbledore con educación.

—Se equivoca. Harry tiene un mes menos que Dudley, y Dudders no cumple los dieciocho hasta dentro de dos años.

—¡Ah! —dijo Dumbledore con tono afable—. Pero en el mundo mágico alcanzamos la mayoría de edad a los diecisiete.

Tío Vernon murmuró: «¡Qué ridiculez!», pero Dumbledore no le hizo caso.

—Bien, como ya saben, el mago llamado lord Voldemort ha regresado a este país. La comunidad mágica se encuentra en una situación de guerra abierta y Harry, a quien Voldemort ya ha intentado matar en diversas ocasiones, corre mayor peligro ahora que el día en que lo dejé frente a la puerta de esta casa, hace quince años, con una carta que explicaba cómo habían muerto sus padres y expresaba mis deseos de que ustedes lo cuidaran como si fuera un hijo propio. —Hizo una pausa, y aunque su voz seguía suave y sosegada y no daba señales de enfado, Harry percibió que el anciano rezumaba una especie de frialdad y se fijó en que los Dursley se juntaban un poco más unos a otros—. Pero no han hecho lo que les pedí. Nunca han tratado a Harry como a un hijo. Con ustedes, él no ha conocido otra cosa que el abandono y, muchas veces, la crueldad. Lo mejor que se puede decir es que al menos se ha librado de los atroces perjuicios que le han ocasionado al desafortunado muchacho que está sentado entre ustedes.

Petunia y Vernon giraron la cabeza de forma instintiva, como si esperaran ver a una persona que no fuera Dudley, apretujado entre ellos.

—¿Que nosotros hemos... tratado mal a Dudders? ¿Qué está...? —empezó tío Vernon, furioso; pero Dumbledore levantó un dedo índice pidiendo silencio, un silencio que se hizo de inmediato, como si hubiera hecho enmudecer a Vernon.

—Gracias a la magia que realicé hace quince años, Harry goza de una poderosa protección mientras esta casa sea su hogar. Por muy desdichado que se haya sentido aquí, por mucho que le hayan demostrado que estaba de más, por muy mal que lo hayan tratado, al menos lo han tenido con ustedes, aunque a regañadientes. Esa magia dejará de funcionar tan pronto Harry cumpla diecisiete años; dicho de otro modo, en cuanto se convierta en un adulto. Así pues, sólo les pido esto: que le permitan regresar una vez más a esta casa antes de su decimoséptimo cumpleaños, con lo que seguirá beneficiándose de protección hasta ese momento.

Ninguno de los Dursley abrió la boca. Dudley tenía el entrecejo ligeramente fruncido, como si intentase recordar cuándo habían maltratado a su primo, tío Vernon parecía atragantado con algo, y tía Petunia presentaba un extraño rubor.

—Bueno, Harry... Es hora de marcharnos —anunció Dumbledore, al tiempo que se levantaba y se arreglaba la larga capa negra—. Hasta la próxima —dijo a los Dursley, que pusieron cara de que, por ellos, ese momento podía retrasarse eternamente; y tras quitarse el sombrero, salió de la habitación con paso majestuoso.

—Adiós —les dijo Harry a los Dursley de pasada, y siguió a Dumbledore, que se detuvo al lado del baúl, sobre el que estaba la jaula de *Hedwig*.

—Ahora no nos interesa cargar con esto —resolvió, y volvió a sacar su varita—. Lo enviaré a La Madriguera. Pero me gustaría que tomaras tu capa invisible, por si acaso.

El muchacho extrajo la capa con cierta dificultad, procurando que Dumbledore no viera el desorden que había dentro. Cuando se la hubo metido en el bolsillo interior de la cazadora, el mago sacudió la varita y el baúl, la jaula y *Hedwig* se esfumaron. Volvió a agitarla y la puerta de la calle se abrió. La noche era fría y neblinosa.

—Y ahora, Harry, adentrémonos en la oscuridad y vayamos en busca de la aventura, esa caprichosa seductora.

4

Horace Slughorn

Pese a que llevaba varios días ansiando que fuera verdad que Dumbledore iría a recogerlo, Harry se sintió muy incómodo en cuanto comenzaron a andar juntos por Privet Drive. Era la primera vez que mantenía una conversación propiamente dicha con el director de su colegio fuera de Hogwarts, pues por lo general los separaba un escritorio. Además, el recuerdo de su último encuentro cara a cara no dejaba de acudirle a la mente, e incrementaba su sensación de bochorno; en aquella ocasión, él había gritado como un loco, y, por si fuera poco, se había empeñado en romper algunas de las posesiones más preciadas de Dumbledore.

Sin embargo, éste parecía completamente relajado.

—Ten la varita preparada, Harry —le advirtió con tranquilidad.

—Creía que tenía prohibido hacer magia fuera del colegio, señor.

—Si te atacan, te autorizo a utilizar cualquier contraembrujo o contramaldición que se te ocurra. Sin embargo, no creo que esta noche deba preocuparte esa eventualidad.

—¿Por qué no, señor?

—Porque estás conmigo. Con eso bastará, Harry. —Al llegar al final de Privet Drive se detuvo en seco—. Todavía no has aprobado el examen de Aparición, ¿verdad? —preguntó.

—No. Creía que para presentarse a ese examen había que tener diecisiete años.

—Así es. De modo que tendrás que sujetarte con fuerza a mi brazo. Al izquierdo, si no te importa. Como ya has visto, mi brazo derecho está un poco frágil. —Harry se agarró al antebrazo que le ofrecía—. Muy bien. Allá vamos.

Notó que el brazo del anciano profesor se alejaba de él y se aferró con más fuerza. De pronto todo se volvió negro, y el muchacho empezó a percibir una fuerte presión procedente de todas direcciones; no podía respirar, como si unas bandas de hierro le ciñeran el pecho; sus globos oculares empujaban hacia el interior del cráneo; los tímpanos se le hundían más y más en la cabeza, y entonces...

Aspiró a bocanadas el aire nocturno y abrió los llorosos ojos. Se sentía como si lo hubieran hecho pasar por un tubo de goma muy estrecho. Tardó varios segundos en darse cuenta de que Privet Drive había desaparecido. Dumbledore y él estaban de pie en una plaza de pueblo desierta, en cuyo centro había un viejo monumento a los caídos y unos cuantos bancos. Tras recuperar por completo los sentidos, comprendió que acababa de aparecerse por primera vez en su vida.

—¿Te encuentras bien? —preguntó Dumbledore mirándolo con interés—. Lleva tiempo acostumbrarse a esta sensación.

—Estoy bien —contestó el chico frotándose las orejas, a las que no parecía haberles agradado dejar Privet Drive—. Pero creo que prefiero las escobas.

Dumbledore sonrió, se ciñó un poco más el cuello de la capa de viaje e indicó:

—Por aquí. —Echó a andar con brío por delante de una posada vacía y de varias casas. Según el reloj de una iglesia cercana, era casi medianoche—. Y dime, Harry, ¿te ha dolido últimamente... la cicatriz?

El chico se llevó una mano a la frente y se frotó la marca con forma de rayo.

—No —contestó—, y no lo entiendo. Creí que me ardería siempre ya que Voldemort está recobrando su poder.

Vio que el anciano ponía cara de satisfacción.

—Yo, en cambio, creí todo lo contrario. Lord Voldemort ha comprendido por fin lo peligroso que puede resultar que accedas a sus pensamientos y sus sentimientos. Al parecer, ahora está empleando la Oclumancia contra ti.

—Pues por mí, mejor —repuso Harry, que no echaba de menos ni los inquietantes sueños ni los fugaces momentos en que se introducía en la mente de Voldemort.

Doblaron una esquina y pasaron ante una cabina telefónica y una parada de autobús. Harry volvió a mirar de reojo a Dumbledore.

—Profesor...

—Dime, Harry.

—Hum... ¿Dónde estamos?

—Esto, Harry, es el precioso pueblo de Budleigh Babberton.

—¿Y qué hacemos aquí?

—¡Ah, sí, claro! Todavía no te lo he explicado. Verás, ya he perdido la cuenta de las veces que he dicho esto en los últimos años, pero resulta que de nuevo hay un puesto vacante en el profesorado. Hemos venido aquí para convencer a un viejo colega mío, que ya se ha jubilado, para que regrese a Hogwarts.

—¿Y cómo puedo ayudarlo yo a convencerlo?

—¡Oh, ya encontraremos alguna manera! A la izquierda, Harry.

Subieron por una calle estrecha y empinada con hileras de casas a ambos lados, pero no había luz en ninguna ventana. El frío que, desde hacía dos semanas, se había instalado en Privet Drive reinaba también allí. Pensando en los dementores, Harry miró hacia atrás y, para tranquilizarse, sujetó con fuerza la varita que llevaba en el bolsillo.

—¿Por qué no nos aparecimos directamente en casa de su viejo colega, profesor?

—Porque eso sería tan descortés como echar abajo la puerta. Es de buena educación ofrecer a los otros magos la oportunidad de negarnos la entrada. De cualquier modo, la mayoría de las viviendas mágicas están protegidas de aparecedores no deseados. En Hogwarts, por ejemplo...

—... no puedes aparecerte ni en los edificios ni en los jardines —completó rápidamente Harry—. Me lo dijo Hermione Granger.

—Y tiene mucha razón. Otra vez a la izquierda.

A sus espaldas, el reloj de la iglesia dio la medianoche. Harry se preguntó por qué Dumbledore no consideraba descortés visitar a su colega tan tarde, pero, en lo que a preguntas se refería, tenía algunas más urgentes que plantearle.

—Señor, en *El Profeta* leí que han despedido a Fudge...

—Correcto —confirmó Dumbledore torciendo por una empinada callejuela—. Lo ha sustituido, como estoy seguro de que también habrás leído, Rufus Scrimgeour, que hasta ahora era el jefe de la Oficina de Aurores.

—¿Y qué tal...? ¿Qué tal es?

—Una pregunta interesante. Es competente, desde luego, y tiene una personalidad más fuerte y decidida que Cornelius.

—Sí, pero a lo que me...

—Ya sé a qué te refieres. Rufus es un hombre de acción, y como lleva toda su vida activa combatiendo a los magos tenebrosos, no subestima a lord Voldemort.

Harry aguardó en silencio, pero Dumbledore no hizo ningún comentario acerca de su desacuerdo con Scrimgeour que había mencionado *El Profeta*, y como no tuvo valor para sacar el tema, habló de otra cosa.

—Y también leí lo de madame Bones, señor.

—Sí —asintió el mago en voz baja—. Una pérdida terrible. Era una gran bruja. Creo que es allí. ¡Ay! —Había señalado con la mano lastimada.

—Profesor, ¿qué le ha pasado en la...?

—Ahora no tengo tiempo para explicártelo —le cortó—. Es una historia emocionante y quiero hacerle justicia.

Sonrió al muchacho, y éste comprendió que no le estaba dando largas y que tenía permiso para seguir formulando preguntas.

—Una lechuza me trajo un folleto del Ministerio de Magia, señor, con las medidas de seguridad que todos deberíamos adoptar contra los mortífagos...

—Sí, yo también recibí uno —dijo Dumbledore, aún sonriendo—. ¿Lo encontraste útil?

—No mucho.

—Ya me lo imaginaba. Pero no me has preguntado, por ejemplo, cuál es mi mermelada favorita, ya sabes, para comprobar que soy el verdadero profesor Dumbledore y no un impostor.

—No se me... —empezó Harry, sin saber si lo estaba regañando o no.

—Para otra vez, Harry, quiero que sepas que mi mermelada favorita es la de frambuesa. Aunque, evidentemente, si yo fuera un mortífago me habría asegurado de averiguar mis propias preferencias respecto a las mermeladas antes de hacerme pasar por mí mismo.

—Sí, claro... Pues en ese folleto decía algo sobre los inferi. ¿Qué son? El folleto no lo explicaba.

—Son cadáveres —contestó Dumbledore con serenidad—. Cuerpos de personas muertas que han sido hechizados para hacer con ellos lo que se le antoje a un mago tenebroso. Pero hace mucho tiempo que no se ven inferi, al menos desde que Voldemort perdió el poder... Él mató a tanta gente que pudo formar un ejército con ellos, claro. Es aquí, Harry, aquí mismo...

Se estaban acercando a una casita de piedra rodeada de un jardín. Harry estaba tan ocupado asimilando la espeluznante explicación sobre los inferi que no prestaba atención a nada más, pero, cuando llegaron a la verja, Dumbledore se detuvo en seco y el chico chocó contra él.

—¡Caramba!

Harry siguió la mirada del anciano mago a lo largo del cuidado sendero del jardín y se le cayó el alma a los pies: la puerta de la casa colgaba de los goznes.

Dumbledore miró a ambos lados de la calle, que parecía desierta.

—Saca tu varita y sígueme, Harry —ordenó en voz baja. A continuación abrió la verja y recorrió con rapidez y sigilo el sendero, seguido del muchacho; luego empujó muy despacio la puerta de la casa con la varita en ristre—. ¡Lumos!

La punta de la varita de Dumbledore se inflamó y proyectó su luz por un estrecho recibidor. A la izquierda había otra puerta abierta. Manteniendo en alto la iluminada varita, el anciano entró en el salón, con Harry pegado a sus talones.

Ante ellos apareció un escenario de absoluta devastación: en el suelo yacía un astillado reloj de pie, con la esfera rota y el péndulo tirado un poco más allá, como una espada abandonada; un piano tumbado sobre un costado tenía las teclas esparcidas a su alrededor; los restos de una lámpara de cristal centelleaban a pocos pasos; los almohadones tenían tajos de los que salían plumas, y fragmentos de cristal y porcelana lo cubrían todo como si fuese polvo. Dumbledore alzó un poco más la varita para iluminar las paredes, cuyo empapelado estaba salpicado de una sustancia pegajosa de color rojo oscuro. El grito ahogado de Harry lo hizo volverse.

—Esto no pinta nada bien —observó con seriedad—. Sí, aquí ha pasado algo horroroso.

Avanzó con cautela hasta el centro de la habitación mientras examinaba los escombros. Harry lo siguió mirando a todas partes, temeroso de lo que pudieran encontrar detrás de los restos del piano o del derribado sofá, pero no vio ningún cadáver.

—Tal vez hubo una pelea y... se lo llevaron, ¿no, profesor? —sugirió, intentando no imaginar lo malherido que tendría que estar un hombre para dejar esas manchas en las paredes.

—No lo creo —repuso Dumbledore mientras miraba detrás de una butaca volcada con exceso de relleno.

—¿Insinúa que está...?

—Por aquí, sí.

Y sin previo aviso, se precipitó sobre la butaca e hincó la punta de la varita en el asiento, que gritó:

—¡Ay!

—Buenas noches, Horace —saludó Dumbledore, y se irguió de nuevo.

Harry se quedó boquiabierto. Un anciano calvo y tremendamente gordo, que se frotaba la parte baja del vientre y miraba a Dumbledore con ojos entrecerrados y gesto ofendido, se hallaba donde un segundo antes estaba la butaca.

—No necesitabas clavarme la varita tan fuerte —refunfuñó, poniéndose en pie con dificultad—. Me has hecho daño.

La luz de la varita brilló sobre su reluciente calva, sus saltones ojos y su enorme y plateado bigote de morsa, así como sobre los bruñidos botones de la chaqueta de terciopelo marrón que llevaba encima de un pijama de seda lila. La coronilla de aquel personaje apenas llegaba a la altura de la barbilla de Dumbledore.

—¿Cómo me has descubierto? —gruñó mientras se tambaleaba sin dejar de frotarse el vientre. Se mostraba impertérrito a pesar de que acababan de sorprenderlo haciéndose pasar por una butaca.

—Mi querido Horace —contestó Dumbledore, que parecía encontrar todo aquello muy gracioso—, si fuera verdad que los mortífagos han venido a visitarte, habría aparecido la Marca Tenebrosa encima de la casa.

El mago se dio una palmada en la ancha frente con una manaza.

—La Marca Tenebrosa —masculló—. Ya sabía yo que se me olvidaba algo. Bueno, en cualquier caso no habría tenido tiempo. Acababa de darle los últimos retoques al tapizado cuando entraste en la habitación. —Exhaló un suspiro tan hondo que estremeció las puntas del bigote.

—¿Quieres que te ayude a poner orden? —se ofreció Dumbledore con amabilidad.

—Sí, por favor.

Los dos magos (uno alto y delgado, y el otro bajito y gordo) se colocaron de pie, espalda contra espalda, y sacudieron sus respectivas varitas con un amplio e idéntico movimiento.

Los muebles volvieron volando a su posición original; los adornos se recompusieron suspendidos en el aire; las plumas se metieron de nuevo en los almohadones; los libros rotos se repararon por sí solos antes de regresar a sus estantes; las lámparas de aceite se trasladaron por el aire hasta sus mesitas y volvieron a encenderse; una serie de dañados marcos de plata también voló por la habitación y aterrizó, intacta, en un aparador; desgarrones, grietas y agujeros se repararon por todas partes, y las paredes se autolimpiaron.

—Por cierto, ¿qué clase de sangre era ésa? —preguntó Dumbledore, elevando la voz para hacerse oír por encima de las campanadas del restaurado reloj de pie.

—¿La de las paredes? ¡De dragón! —gritó el mago llamado Horace al mismo tiempo que, con un agudo chirrido y un fuerte tintineo, la lámpara de cristal volvía a enroscarse en el techo. Tras un último ¡pataplum! del piano, volvió a reinar el silencio—. Sí, de dragón —repitió el mago con desenfado, y se dirigió hacia una pequeña botella de cristal que había encima de un aparador. La puso a contraluz para examinar el espeso líquido que contenía—. Mi última botella, y por desgracia se ha puesto por las nubes. No obstante, quizá pueda volver a utilizarla. Hum. Ha tomado un poco de polvo.

La dejó otra vez en el aparador y suspiró. Entonces fue cuando reparó por primera vez en Harry.

—¡Rayos! —exclamó mientras clavaba sus saltones ojos en la frente de Harry y en la cicatriz con forma de rayo que la surcaba—. ¡Ajajá!

—Éste es Harry Potter —hizo las presentaciones Dumbledore—. Harry, te presento a un viejo amigo y colega mío, Horace Slughorn.

Éste se volvió hacia el director de Hogwarts con expresión sagaz.

—Creíste que así me persuadirías, ¿verdad? Pues bien, la respuesta es no, Albus.

Apartó a Harry con decisión, volvió la cara hacia otro lado y adoptó el aire de quien intenta resistir una tentación.

—Supongo que al menos podremos beber algo, ¿no? —propuso Dumbledore—. Y brindar por los viejos tiempos.

Slughorn titubeó.

—Está bien, pero sólo una copa —concedió de mala gana.

Dumbledore sonrió a Harry y lo condujo hacia una butaca (parecida a aquélla por la que Slughorn se había hecho pasar) situada junto al fuego que había empezado a arder en la chimenea y al lado de una lámpara de aceite encendida. El muchacho se sentó con la impresión de que Dumbledore, por algún motivo, quería que él destacara cuanto fuera posible. Y en efecto, cuando Slughorn, que había estado ocupado con licoreras y copas, se dio otra vez la vuelta hacia la habitación, sus ojos se posaron de inmediato en Harry.

—¡Rediez! —exclamó, y desvió la mirada, como si la visión del chico lo asustara o le hiriera los ojos—. Toma... —Le dio una copa a Dumbledore, que se había sentado, le acercó la bandeja a Harry y luego se apoltronó en el sofá reparado. Tenía las piernas tan cortas que no tocaba el suelo con los pies.

—Cuéntame, Horace, ¿cómo te va? —preguntó Dumbledore.

—No muy bien. Tengo problemas respiratorios. Tos. Y también reuma. Ya no puedo moverme como antes. En fin, era de esperar. Ya sabes, la edad, la fatiga...

—Y sin embargo, debes de haberte movido con gran agilidad para prepararnos semejante bienvenida en tan poco tiempo. No creo que hayas tenido más de tres minutos desde el aviso.

—Dos —replicó Slughorn con una mezcla de fastidio y orgullo—. No oí el encantamiento antiintrusos cuando sonó porque estaba dándome un baño. Aun así —añadió con severidad y arrugando el entrecejo—, el hecho es que soy muy mayor, Albus. Soy un anciano cansado que se ha ganado a pulso el derecho a tener una vida tranquila y unas cuantas comodidades.

Desde luego, comodidades no le faltaban, pensó Harry recorriendo la habitación con la mirada. La casa estaba atestada de cosas y se respiraba un aire viciado, pero nadie afirmaría que no era cómoda; había butacas y banquitos para poner los pies, bebidas y libros, cajas de chocolates y mullidos almohadones. Si Harry no hubiera sabido quién vivía allí, habría apostado a que era la casa de una anciana rica y maniática.

—Eres más joven que yo, Horace —comentó Dumbledore.

—Pues mira, quizá tú también deberías empezar a pensar en jubilarte —respondió Slughorn, y sus ojos, del tono de una grosella silvestre, se fijaron en la lesionada mano de Dumbledore—. Veo que has perdido reflejos.

—Tienes razón —reconoció Dumbledore, y de una sacudida se retiró la manga para mostrar la yema de sus quemados y ennegrecidos dedos; al verlos, Harry sintió un desagradable escalofrío—. No cabe duda de que soy más lento que antes. Pero, por otra parte...

Se encogió de hombros y extendió los brazos, dando a entender que la edad ofrecía sus compensaciones. Harry vio que en la mano ilesa llevaba un anillo que no le conocía: era grande, elaborado toscamente con un material que parecía oro, y tenía engarzada una gruesa y resquebrajada piedra negra. Slughorn también reparó en el anillo, y Harry vio que fruncía la ancha frente.

—Y todas estas precauciones contra los intrusos, Horace... ¿las tomas por los mortífagos o por mí? —preguntó Dumbledore.

—¿Qué van a querer los mortífagos de un pobre vejete averiado como yo? —repuso Slughorn.

—Supongo que podrían pretender que pusieras tu considerable talento al servicio de la coacción, la tortura y el asesinato. ¿Me estás diciendo en serio que todavía no han venido a reclutarte?

Slughorn lo miró torvamente y luego masculló:

—No les he dado esa oportunidad. Llevo un año yendo de un lado para otro y nunca me quedo más de una semana en el mismo sitio. Voy de casa en casa de muggles;

los dueños de esta vivienda están de vacaciones en las islas Canarias. Aquí me he sentido muy a gusto; el día que me marche lo lamentaré. Cuando te acostumbras, resulta muy fácil: sólo tienes que hacerles un simple encantamiento congelador a esas absurdas alarmas antirrobo que utilizan en lugar de chivatoscopios, y asegurarte de que los vecinos no te vean entrar el piano.

—Muy ingenioso —admitió Dumbledore—. Pero debe de ser una existencia agotadora para un pobre vejete averiado en busca de una vida tranquila. Mira, si volvieras a Hogwarts...

—¡Si vas a decirme que mi vida sería más apacible en ese agobiante colegio, puedes ahorrarte el esfuerzo, Albus! ¡Quizá haya estado escondido, pero me han llegado extraños rumores desde que Dolores Umbridge se marchó de allí! Si es así como tratas a los maestros actualmente...

—La profesora Umbridge cometió una grave falta contra nuestra manada de centauros —argumentó Dumbledore—. Creo que tú, Horace, no habrías incurrido en el error de entrar tan campante en el Bosque Prohibido y llamar a una horda de centauros «repugnantes híbridos».

—¿En serio? ¿Eso hizo? Qué mujer tan idiota. Nunca me cayó bien.

Harry rió entre dientes, y ambos magos lo miraron.

—Lo siento —se apresuró a decir el muchacho—. Es que... a mí tampoco me caía bien.

De pronto Dumbledore se levantó.

—¿Ya te marchas? —preguntó Slughorn, como si eso fuera lo que estaba deseando.

—No, pero si no te importa utilizaré tu cuarto de baño.

—¡Ah! —dijo Slughorn, decepcionado—. Está en el pasillo. Segunda puerta a la izquierda.

Dumbledore cruzó la habitación. Tan pronto la puerta se hubo cerrado detrás de él, se hizo el silencio. Tras unos instantes Slughorn se levantó, inquieto. Le lanzó una mirada furtiva a Harry, luego se acercó a la chimenea y se quedó de espaldas al fuego, calentándose el amplio trasero.

—No creas que no sé por qué te ha traído aquí —dijo con brusquedad. Harry lo miró, pero no dijo nada. La acuosa mirada de Slughorn se deslizó por la cicatriz del chico y esta vez le recorrió el resto del rostro—. Te pareces mucho a tu padre.

—Sí, ya me lo han dicho.

—Excepto en los ojos. Tienes...

—Ajá, los ojos de mi madre. —Harry había oído aquel comentario tantas veces que lo ponía un poco nervioso.

—Rediez. Sí, bueno... No está bien que los profesores tengan alumnos predilectos, desde luego, pero ella era uno de los míos. Tu madre —añadió en respuesta a la inquisitiva mirada del chico—. Lily Evans. Fue una de las alumnas más brillantes que jamás tuve. Una chica encantadora, llena de vida. Siempre le decía que debería haber estado en mi casa. Y recuerdo que me daba unas respuestas muy astutas.

—¿A qué casa pertenecía usted?

—Yo era jefe de Slytherin —reveló Slughorn—. ¡Pero no debes guardarme rencor por ello! —se apresuró a añadir al ver la expresión de Harry, y lo amenazó con un grueso dedo índice—. Tú debes de ser de Gryffindor, como ella. Sí, suele ser cosa de familia. Aunque no siempre. ¿Has oído hablar de Sirius Black? Seguro que sí: desde hace un par de años lo mencionan mucho en los periódicos. Murió hace pocas semanas.

Harry sintió como si una mano invisible le retorciera las tripas.

—En fin, Sirius era un gran amigo de tu padre, iban juntos al colegio. Toda la familia Black había estado en mi casa, ¡pero Sirius acabó en Gryffindor! Lástima. Era un chico de gran talento. En cambio, sí tuve en Slytherin a su hermano Regulus cuando entró en Hogwarts, pero me habría gustado tenerlos a ambos. —Parecía un entusiasta coleccionista al que habían ganado en una subasta. Se quedó contemplando la pared que tenía delante, al parecer recordando el pasado, mientras se mecía distraídamente para calentar de manera uniforme el trasero—. Tu madre era hija de muggles, ya lo sé. Cuando me enteré no podía creerlo. Yo estaba convencido de que era una sangre limpia, porque era una gran bruja.

—Una de mis mejores amigas es hija de muggles —intervino Harry—, y es la mejor alumna de mi curso.

—Sí, tiene gracia que eso ocurra a veces, ¿verdad?

—Yo no le veo la gracia —repuso el chico con frialdad.

—¡No vayas a creer que tengo prejuicios! —replicó Slughorn con gesto de sorpresa—. ¡No, no, no! ¿No acabo de decir que tu madre era una de mis alumnas favoritas? Y un año después le di clases a Dirk Cresswell, que ahora es jefe de la Oficina de Coordinación de los Duendes. Pues bien, él también era hijo de muggles y un alumno de gran talento. ¡Todavía me proporciona informaciones reservadas de lo que se cuece en Gringotts!

Sonriendo con gesto ufano, se balanceó ligeramente y señaló las relucientes fotografías enmarcadas que reposaban en el aparador; en todas ellas había unos diminutos ocupantes que se movían.

—Todos son ex alumnos míos y todos, muy señalados. Reconocerás a Barnabás Cuffe, director de *El Profeta,* a quien siempre le interesa escuchar mi opinión sobre las noticias del día; a Ambrosius Flume, de Honeydukes (todos los años me regala una cesta por mi cumpleaños, ¡sólo porque le presenté a Cicerón Harkiss, que le ofreció su primer empleo!); y en la parte de atrás... la verás si estiras un poco el cuello. Ésa es Gwenog Jones, la capitana del Holyhead Harpies. La gente siempre se sorprende cuando se entera de que me tuteo con las Harpies, ¡y tengo entradas gratis siempre que quiero! —Esa idea pareció animarlo muchísimo.

—¿Y toda esa gente sabe dónde encontrarlo y adónde enviarle esas cosas? —preguntó Harry, que no entendía por qué los mortífagos todavía no habían averiguado el paradero de Slughorn si las cestas de golosinas, las entradas para partidos de quidditch y los visitantes deseosos de escuchar sus consejos y opiniones podían localizarlo.

La sonrisa se borró de los labios de Slughorn con la misma rapidez con que la sangre se había borrado de las paredes.

—Por supuesto que no —le respondió con altivez—. Hace un año que no me pongo en contacto con nadie. —A Harry le pareció que a Slughorn lo impresionaban sus propias palabras, ya que por un instante se mostró muy afectado. Luego se encogió de hombros—. Con todo... Los magos prudentes se mantienen al margen en tiempos como éstos. ¡Dumbledore puede decir lo que quiera, pero aceptar un empleo en Hogwarts ahora equivaldría a declarar públicamente mi lealtad a la Orden del Fénix! Y aunque estoy seguro de que son muy admirables, valientes y todo lo demás, personalmente no me atrae su tasa de mortalidad...

—Para enseñar en Hogwarts no tiene que entrar en la Orden del Fénix —aclaró Harry, y no pudo ocultar un dejo de desdén; no le resultaba fácil simpatizar con la mimada existencia de Slughorn si recordaba a Sirius agazapado en una cueva y alimentándose de ratas—. La mayoría de los profesores no pertenece a la Orden, y nunca ha muerto ninguno. Bueno, sin contar a Quirrell; pero él tuvo lo que se merecía por trabajar para Voldemort. —Estaba seguro de que Slughorn era uno de esos magos que no soportaba oír el nombre de Voldemort pronunciado en voz alta, y no se equivocaba: Slughorn se estremeció y soltó un chillido de protesta que Harry ignoró—. Yo diría que los miembros del profesorado están más seguros que nadie mientras Dumbledore sea el director del colegio; se supone que él es el único mago al que Voldemort ha temido jamás, ¿no?

Slughorn se quedó con la mirada perdida reflexionando sobre lo que Harry acababa de decir.

—Sí, claro, El-que-no-debe-ser-nombrado nunca ha buscado pelea con Dumbledore —admitió—, y seguramente no me cuenta entre sus amigos, ya que no me he unido a los mortífagos. Supongo que podría argumentarse algo así. En cuyo caso, es posible que yo estuviera más seguro cerca de Albus. No negaré que me afectó la muerte de Amelia Bones. Si ella, con todos los contactos que tenía en el ministerio y con toda la protección de que gozaba...

Dumbledore entró en la habitación y Slughorn se sobresaltó, como si hubiera olvidado que el director de Hogwarts se encontraba en la casa.

—¡Ah, Albus! —dijo—. Has tardado mucho. ¿Andas mal del estómago?

—No; estaba leyendo unas revistas de muggles. Me encantan los patrones de prendas de punto. Bueno, Harry, ya hemos abusado bastante de la hospitalidad de Horace; creo que debemos marcharnos.

A Harry no le costó nada obedecer y se puso en pie enseguida. Slughorn pareció desconcertado.

—¿Se marchan?

—En efecto, nos marchamos. Sé ver cuándo una causa está perdida.

—¿Perdi...? —Slughorn se puso muy nervioso. Hacía girar sus gruesos pulgares y no paraba de moverse mientras Dumbledore se abrochaba la capa de viaje y Harry se subía la cremallera de la chaqueta.

—Bueno, lamento mucho que rechaces el empleo, Horace —dijo Dumbledore alzando la mano lastimada en señal de despedida—. En Hogwarts todos se habrían alegrado de volver a verte. Si así lo deseas, puedes visitarnos cuando quieras, pese a nuestras endurecidas medidas de seguridad.

—Sí... bueno... muy amable. Como ya digo...

—Adiós, Horace.

—Adiós —dijo Harry.

Estaban en la puerta de la calle cuando oyeron un grito a sus espaldas.

—¡Está bien, está bien, lo haré!

Dumbledore se dio la vuelta y vio a Slughorn, jadeante, plantado en el umbral del salón.

—¿Aceptas el empleo?

—Sí, sí —dijo Slughorn con impaciencia—. Debo de estar loco, pero sí.

—¡Maravilloso! —exclamó Dumbledore, radiante de alegría—. Así pues, Horace, nos veremos allí el uno de septiembre.

—Sí, allí nos veremos —gruñó Slughorn.

Dumbledore y Harry ya recorrían el sendero del jardín cuando Slughorn exclamó:

—¡Tendrás que aumentarme el sueldo, Albus!

Éste rió entre dientes. La verja del jardín se cerró detrás de ellos, que descendieron por la colina en la oscuridad y en medio de una neblina que formaba remolinos.

—Te felicito, Harry —dijo Dumbledore.

—Pero si no he hecho nada —repuso, sorprendido.

—Ya lo creo que sí. Le has mostrado con exactitud cuánto saldría ganando si regresa a Hogwarts. ¿Te ha caído bien?

—Pues...

Harry no estaba seguro de si Slughorn le caía bien o mal. Había estado simpático a su manera, pero por otra parte parecía vanidoso y, aunque lo había negado, al parecer no entendía cómo una hija de muggles podía ser una buena bruja.

—A Horace le gusta rodearse de comodidades —explicó Dumbledore, liberando a Harry de tener que expresar en voz alta lo que pensaba—. También le gusta estar acompañado de personas famosas, de éxito y con poder, y le entusiasma creer que influye en ellas. Él nunca ha querido ocupar el trono; prefiere el asiento de atrás, donde tiene más espacio para estirar las piernas, por así decirlo. Cuando enseñaba en Hogwarts, escogía a sus alumnos favoritos, a veces por la ambición o la inteligencia que demostraban, otras por su encanto o su talento, y tenía una habilidad especial para elegir a aquellos que acabarían destacando en diversos campos. Horace formó una especie de club integrado por sus alumnos predilectos, del cual él era el centro; presentaba unos miembros a otros, forjaba útiles contactos entre ellos y siempre obtenía algún beneficio a cambio, ya fuera una caja de su piña cristalizada favorita o la ocasión de recomendar a un nuevo empleado de la Oficina de Coordinación de los Duendes.

Harry se imaginó una enorme y gorda araña que tejía una red y movía un hilo aquí y otro allá para atraer grandes y jugosas moscas.

—Te cuento todo esto —continuó Dumbledore— no para ponerte en contra de Horace, o mejor dicho, del profesor Slughorn, pues así debemos llamarlo ahora, sino para que estés alerta. No cabe duda de que intentará captarte, Harry. Tú serías la joya de su colección: el niño que sobrevivió... O, como te llaman últimamente, el Elegido.

Ante esas palabras, Harry sintió un escalofrío que no tenía nada que ver con la neblina que los rodeaba, y recordó una frase escuchada unas semanas atrás, una frase que tenía un atroz y particular significado para él: «Ninguno de los dos podrá vivir mientras siga el otro con vida...»

Dumbledore se detuvo al llegar a la iglesia por la que habían pasado en el camino de ida.

—Ya hemos caminado bastante, Harry. Sujétate a mi brazo.

El muchacho, que esta vez ya estaba prevenido, se preparó para desaparecerse, pero, no obstante, la experiencia le resultó desagradable. Cuando cesó la presión y pudo volver a respirar, se hallaba de pie en un camino rural, al lado de Dumbledore, cerca de la torcida silueta del edificio que más le gustaba en el mundo después de Hogwarts: La Madriguera. Pese a la sensación de espanto que acababa de experimentar, se animó al ver la casa. Ron estaba allí y también la señora Weasley, que cocinaba mejor que nadie.

—Si no te importa, Harry —dijo Dumbledore al traspasar la verja—, antes de que nos despidamos me gustaría hablar contigo en privado. ¿Qué te parece allí? —Señaló un destartalado cobertizo de piedra donde los Weasley guardaban sus escobas.

Un tanto perplejo, Harry lo siguió, pasó por la chirriante puerta y entró en un recinto tan pequeño como un armario. Dumbledore iluminó la punta de su varita, que empezó a alumbrar como una antorcha, y miró al muchacho con una sonrisa en los labios.

—Espero que me perdones por mencionarlo, Harry, pero estoy muy satisfecho y muy orgulloso de lo bien que sobrellevas todo lo que sucedió en el ministerio. Permíteme decirte que Sirius también se habría enorgullecido de ti. —El chico tragó saliva, como si se hubiera quedado sin habla. No se sentía capaz de hablar de Sirius. Bastante le había dolido oír a tío Vernon decir «¿Ha muerto su padrino?», y aún había sido peor que Slughorn lo mencionara con toda tranquilidad—. Es una pena —prosiguió Dumbledore— que él y tú no pudieran pasar más tiempo juntos. Fue un final cruel para lo que debería haber sido una larga y feliz relación.

Harry asintió con la mirada fija en la araña que trepaba por el sombrero de Dumbledore. Se daba cuenta de que éste lo comprendía y quizá intuía que, hasta el día en que recibió su carta, había pasado todo el tiempo en casa de los Dursley tumbado en la cama, negándose a comer y mirando fijamente por una empañada ventana que enmarcaba un gélido vacío que él asociaba con los dementores.

—Lo que más me cuesta —dijo por fin con un hilo de voz— es aceptar que nunca volverá a escribirme.

Le escocieron los ojos y parpadeó. Se sentía estúpido por admitirlo, pero el haber tenido a alguien fuera de Hogwarts a quien le importaba lo que le pasaba (alguien que era casi como un padre) había sido una de las mejores cosas que le habían sucedido. Pero las lechuzas del correo nunca volverían a llevarle ese consuelo...

—Sirius significaba mucho para ti; representaba algo que no habías conocido antes —continuó Dumbledore con delicadeza—. Como es lógico, una pérdida así supone un golpe tremendo...

—Pero mientras estaba en casa de los Dursley —lo interrumpió Harry con voz más firme—, me daba cuenta de que no podía aislarme del mundo, ni... derrumbarme. A Sirius no le habría gustado, ¿verdad? Además, la vida es demasiado corta. Fíjese en madame Bones y Emmeline Vance... Yo podría ser el siguiente, ¿no? Pero si lo soy —añadió con ímpetu, mirando fijamente los azules ojos de Dumbledore, que destellaban bajo la luz de la varita—, me aseguraré de llevarme conmigo a tantos mortífagos como pueda, y si es posible, también a Voldemort.

—¡Unas palabras dignas del hijo de sus padres y del verdadero ahijado de Sirius! —declaró Dumbledore, y le dio una palmadita en la espalda—. Me quito el sombrero ante ti, o lo haría si no temiera llenarte de arañas. Y ahora, Harry, hablando de otra cosa relacionada con el tema que acabamos de abordar... Tengo entendido que estas dos semanas pasadas has recibido *El Profeta*, ¿no?

—Sí —afirmó, y se le aceleró un poco el corazón.

—Entonces habrás visto que han corrido ríos de tinta con relación a tu aventura en la Sala de las Profecías.

—Sí —volvió a asentir—. Y ahora todo el mundo sabe que yo soy el que...

—No, no lo saben. Sólo hay dos personas en el mundo que conocen el contenido íntegro de la profecía que les concierne a ti y a lord Voldemort, y ambas están en esta apestosa escobera llena de arañas. Sin embargo, es cierto que muchos han deducido, y correctamente, que Voldemort envió a sus mortífagos a robar una profecía, y que ésta hablaba de ti. Pues bien, creo que no me equivoco si digo que no le has contado a nadie que conoces dicho contenido.

—No.

—Una sabia decisión, hablando en términos generales. Aunque creo que deberías relajar tu celo en favor de tus amigos, el señor Ronald Weasley y la señorita Hermione Granger. Sí —continuó al ver la perplejidad de Harry—, creo que ellos tendrían que saberlo. No los tratarías como se merecen si no les confías algo tan importante.

—Es que no quería...

—¿Que se preocuparan o se asustaran? —Dumbledore lo observó por encima de sus gafas de media luna—. ¿O quizá no te apetecía confesar que tú también estás preocupado y asustado? Necesitas a tus amigos, Harry. Como muy bien has dicho, Sirius no habría querido que te aislaras del mundo. —El muchacho se quedó callado, pero no parecía que Dumbledore esperara una respuesta, porque añadió—: Y una cuestión más, aunque también relacionada con lo que acabamos de comentar: he decidido que este año voy a darte clases particulares.

—¿Clases particulares? ¿Usted? —preguntó Harry, a quien la sorpresa hizo recuperar el habla.

—Sí. Me parece que ya va siendo hora de que participe de forma más activa en tu educación.

—¿Qué asignatura me va a enseñar, señor?

—Bueno, un poco de esto y un poco de aquello —contestó sin darle importancia.

Harry esperó, intrigado, pero el anciano profesor no le dio más detalles, así que preguntó otra cosa que también le tenía un poco preocupado.

—Si usted me da clases particulares, no tendré que ir a las de Oclumancia con Snape, ¿verdad?

—Con el profesor Snape, Harry. Pues no.

—Qué bien, porque eran un... —Se interrumpió antes de decir lo que en realidad pensaba.

—Creo que «fracaso» sería el término adecuado —aportó Dumbledore asintiendo con la cabeza.

—Bueno, eso significa que a partir de ahora no veré mucho al profesor Snape —observó el muchacho, sonriendo—, porque él no me dejará seguir estudiando Pociones a menos que haya conseguido un Extraordinario en el TIMO, y estoy seguro de no haberlo conseguido.

—No cuentes tus lechuzas antes de verlas llegar —le aconsejó Dumbledore con gravedad, y agregó—: Por cierto, es hoy cuando deberían llegar las lechuzas con las notas. Y ahora, dos cosas más, Harry, antes de que nos separemos.

»En primer lugar, de aquí en adelante quiero que siempre lleves contigo tu capa invisible, incluso dentro de Hogwarts. Por si acaso, ¿entendido? —Harry asintió—. Y en segundo lugar, has de tener en cuenta que mientras te alojes aquí, La Madriguera contará con las más sofisticadas medidas de seguridad de que dispone el Ministerio de Magia. Esas medidas han causado ciertos inconvenientes a Arthur y Molly; todo su correo, por ejemplo, es examinado en el ministerio antes de llegar aquí. A ellos no les importa, ya que su única preocupación es tu seguridad. Sin embargo, no los recompensarías debidamente si te jugaras el pellejo mientras estás con ellos.

—Entiendo —se apresuró a decir Harry.

—Muy bien. —El profesor abrió la puerta de la escobera y salió al jardín—. Veo luz en la cocina. No privemos más a Molly de la ocasión de lamentar lo delgado que estás.

5

Flegggrrr

Harry y Dumbledore se dirigieron a la puerta trasera de La Madriguera que, como era habitual, estaba rodeada de botas de lluvia viejas y calderos oxidados. Harry oyó el débil cloqueo de unas gallinas que dormían en otro cobertizo cerca de allí. Dumbledore dio tres golpes en la puerta y el chico vio moverse algo con precipitación detrás de la ventana de la cocina.

—¿Quién es? —preguntó la señora Weasley, nerviosa—. ¡Identifíquese!

—Soy yo, Dumbledore. Y traigo a Harry.

La puerta se abrió al instante. Allí estaba la señora Weasley, bajita, regordeta y con una vieja bata verde.

—¡Harry, querido! ¡Cielos, Albus, me has asustado! ¡Dijiste que no te esperáramos hasta mañana por la mañana!

—Hemos tenido suerte —repuso Dumbledore mientras hacía entrar al chico—. Slughorn resultó más fácil de persuadir de lo que imaginaba. Todo ha sido cosa de Harry, claro. ¡Ah, hola, Nymphadora!

La señora Weasley no estaba sola, pese a que ya era muy tarde. Una joven bruja, con cara en forma de corazón, pálida y con un desvaído pelo castaño, estaba sentada a la mesa con un tazón entre las manos.

—¡Hola, profesor! —saludó—. ¿Qué tal, Harry?

—¡Hola, Tonks!

Harry se fijó en que estaba muy demacrada y sonreía de manera forzada. Desde luego, su aspecto era bastante menos llamativo de lo habitual, pues solía llevar el pelo de color rosa chicle.

—Tengo que marcharme —se disculpó Tonks; se levantó y se echó la capa por los hombros—. Gracias por el té y por tu interés, Molly.

—Por mí no te marches, por favor —dijo Dumbledore con cortesía—. No puedo quedarme, tengo que tratar asuntos urgentes con Rufus Scrimgeour.

—No, no, debo irme —insistió Tonks sin mirarlo a los ojos—. Buenas noches.

—¿Por qué no vienes a cenar este fin de semana, querida? Vendrán Remus y *Ojoloco*...

—No, Molly, de verdad... No obstante, muchas gracias. Buenas noches a todos.

Tonks se apresuró a pasar junto a Dumbledore y Harry y salió al jardín. Cuando se hubo alejado un poco de la casa, se dio la vuelta y desapareció. Harry tuvo la impresión de que la señora Weasley estaba preocupada.

—Bueno, Harry, nos veremos en Hogwarts —se despidió Dumbledore—. Cuídate mucho. A tus pies, Molly.

Le hizo una reverencia, siguió a Tonks y desapareció en el mismo lugar en que lo había hecho la bruja. La señora Weasley cerró la puerta que daba al jardín, ya vacío; luego, sujetando a Harry por los hombros, lo acercó al farol que había encima de la mesa para examinar su aspecto.

—Igual que Ron —dictaminó mirándolo de arriba abajo—. Parece que les hubieran hecho un embrujo extensor. Ron ha crecido como mínimo diez centímetros desde la última vez que le compré una túnica del colegio. ¿Tienes hambre, Harry?

—Sí, un poco. —De repente se dio cuenta de lo hambriento que estaba.

—Siéntate, cielo. Te prepararé algo.

En cuanto se sentó, un gato rojizo y peludo de cara aplastada le saltó a las rodillas, se instaló allí y se puso a ronronear.

—¿Está Hermione aquí? —preguntó el muchacho, contento, mientras acariciaba a *Crookshanks* detrás de una oreja.

—¡Ah, sí, llegó anteayer! —respondió la señora Weasley antes de golpear con la varita mágica un gran cazo de hierro. El recipiente pegó un salto, se colocó encima de un fogón con un fuerte ruido metálico y empezó a borbotear—. Están todos acostados, claro. No te esperábamos hasta dentro de muchas horas. Toma...

Volvió a golpear el cazo, que se elevó, voló hacia Harry y se inclinó. La bruja deslizó un cuenco debajo del cazo para recibir el chorro de una espesa y humeante sopa de cebolla.

—¿Quieres pan, tesoro?

—Sí, gracias, señora Weasley.

Ella sacudió la varita por encima del hombro, y una barra de pan y un cuchillo volaron directamente hasta la mesa. Mientras la barra se cortaba por sí misma y el cazo de sopa volvía a posarse sobre el fogón, la anfitriona se sentó frente a su invitado.

—Así que has convencido a Horace Slughorn para que acepte el empleo.

Harry asintió con la cabeza porque tenía la boca llena de sopa.

—Nos daba clase a Arthur y a mí. Estuvo muchos años en Hogwarts; creo que empezó en la misma época que Dumbledore. ¿Te ha caído bien?

Harry, que ahora tenía la boca a rebosar de pan, se encogió de hombros y movió la cabeza sin definirse.

—Te entiendo perfectamente —dijo la señora Weasley con gesto de complicidad—. Cuando se lo propone es encantador, pero a Arthur nunca le ha caído muy bien. El ministerio está repleto de antiguos alumnos predilectos de Slughorn; siempre supo echar un cable a quien convenía, pero para Arthur nunca tuvo mucho tiempo. Por lo visto, no lo consideraba suficientemente prometedor. Pues bien, eso te demuestra que también él comete errores. No sé si Ron te lo habrá contado en alguna de sus cartas, porque es muy reciente... ¡A Arthur lo han ascendido!

Resultó evidente que llevaba rato muriéndose de ganas por revelar esa novedad. Harry se tragó una rebosante cucharada de sopa muy caliente y le pareció que le salían ampollas en el esófago.

—¡Cuánto me alegro! —exclamó lagrimeando.

—Qué bueno eres —replicó ella con una sonrisa radiante, seguramente creyendo que los llorosos ojos de Harry se debían a la emoción de la noticia—. Sí, Rufus Scrimgeour ha creado varias oficinas nuevas, en vista de la actual situación, y Arthur dirige la Oficina para la Detección y Confiscación de Hechizos Defensivos y Objetos Protectores Falsos. ¡Es un cargo importante; ahora tiene diez personas a sus órdenes!

—¿Y a qué se dedica exactamente?

—Pues verás, con el pánico desatado a causa de Quien-tú-sabes, han salido a la venta todo tipo de artilugios, cosas que en teoría protegen de él y los mortífagos. Ya puedes imaginarte qué clase de cosas: pociones presuntamente protectoras que en realidad son salsa de carne con una pizca de pus de bubotubérculos, o instrucciones para realizar embrujos defensivos que de hecho provocan la caída de las orejas... Bueno, en general los inventores suelen ser personas como Mundungus Fletcher. No han trabajado en su vida y se aprovechan de lo asustada que está la gente, pero de vez en cuando surge algo feo de verdad. El otro día Arthur confiscó una caja de chivatoscopios embrujados que, casi con toda seguridad, fueron colocados por un mortífago. Como verás, es un trabajo importante, y yo no me canso de repetirle a mi marido que es una tontería que eche de menos las bujías, las tostadoras y todos esos cachivaches de los muggles —concluyó frunciendo el entrecejo, como si Harry hubiera insinuado que era lógico echar de menos las bujías.

—¿Dónde está el señor Weasley? ¿Aún no ha vuelto del trabajo?

—No, todavía no. La verdad es que se está retrasando un poco. Dijo que llegaría alrededor de la medianoche.

La señora Weasley miró un gran reloj de pared que se sostenía precariamente en lo alto del montón de sábanas que había en el cesto de la ropa sucia, en un extremo de la mesa. Harry lo reconoció de inmediato: tenía nueve manecillas, cada una con el nombre de un miembro de la familia escrito, y normalmente colgaba de la pared del salón de los Weasley, aunque su nueva ubicación indicaba que la señora Weasley había decidido llevárselo consigo de un lado a otro de la casa. Todas las manecillas señalaban las palabras «Peligro de muerte».

—Lleva algún tiempo así —comentó ella con un tono despreocupado que no resultó muy convincente—; desde que regresó Quien-tú-sabes. Supongo que ahora todo el mundo está en peligro de muerte... no sólo nuestra familia. Pero como no conozco a nadie que tenga un reloj como ése, no puedo comprobarlo. ¡Oh! —Señaló la esfera del reloj. La manecilla del señor Weasley se había movido y señalaba la palabra «Viajando»—. ¡Ya viene!

Y en efecto, instantes después llamaron a la puerta trasera. La señora Weasley se levantó presurosa y corrió a abrir; con una mano sobre el pomo de la puerta y una mejilla pegada a la madera, preguntó en voz baja:

—¿Eres tú, Arthur?

—Sí —respondió la cansada voz del señor Weasley—. Pero eso lo diría aunque fuera un mortífago, cariño.

—¿Y ahora cómo sé si...?

—¡Venga, Molly, hazme la pregunta!

—Está bien, está bien. ¿Cuál es tu mayor ambición?

—Entender cómo se mantienen en el aire los aviones.

Ella asintió e hizo girar el pomo de la puerta, pero al parecer el señor Weasley lo estaba sujetando desde el otro lado, porque la puerta no se abrió.

—¡Molly! ¡Antes tengo que hacerte yo la pregunta!

—De verdad, Arthur, esto es una tontería...

—¿Cómo te gusta que te llame cuando estamos a solas?

Pese a la tenue luz del farol, Harry se dio cuenta de que la señora Weasley se había puesto como un tomate, e incluso él mismo notó un calorcillo en las orejas y el cuello, y empezó a tragarse la sopa a toda prisa golpeando el cuenco con la cuchara para hacer el mayor ruido posible.

—Flancito mío —susurró ella, muerta de vergüenza.

—Correcto. Ahora ya puedes dejarme entrar.

La señora Weasley abrió la puerta y su marido entró. Era un mago delgado, pelirrojo y con calva incipiente; llevaba unas gafas con montura de carey y una larga y polvorienta capa de viaje.

—Sigo sin entender por qué tenemos que hacer esto cada vez que llegas a casa —protestó ella, todavía ruborizada, mientras lo ayudaba a quitarse la capa—. ¿No ves que un mortífago podría sonsacarte la respuesta para hacerse pasar por ti?

—Ya lo sé, corazón, pero es el procedimiento ordenado por el ministerio, y yo tengo que dar ejemplo. ¿Qué huele tan bien? ¿Sopa de cebolla?

El señor Weasley se dio la vuelta hacia la mesa, animado.

—¡Harry! ¡No te esperábamos hasta mañana!

Se estrecharon la mano y luego el señor Weasley se sentó en una silla al lado de Harry. Su esposa le sirvió un cuenco de sopa humeante.

—Gracias, Molly. Ha sido una noche agotadora. Algún idiota se ha puesto a vender metamorfomedallas. Te las cuelgas del cuello y puedes cambiar de apariencia a tu antojo. ¡Cien mil disfraces por sólo diez galeones!

—¿Y qué pasa en realidad cuando te las cuelgas?

—En la mayoría de los casos sólo te vuelves de un color naranja muy feo, pero a un par de incautos también les han salido verrugas con forma de tentáculos por todo el cuerpo. ¡Como si en San Mungo no tuvieran ya bastante trabajo!

—Me suena a la clase de cosas que Fred y George encontrarían graciosas —especuló la señora Weasley—. ¿Estás seguro, Arthur, de que...?

—¡Claro que lo estoy! ¡A los chicos no se les ocurriría hacer algo así ahora que la gente está tan asustada y necesitada de protección!

—¿Es por culpa de las metamorfomedallas que llegas tarde?

—No. Ha sido por un caso muy desagradable de embrujo con efectos secundarios producido en Elephant and

Castle, pero afortunadamente el Grupo de Operaciones Mágicas Especiales ya lo había solucionado cuando nosotros llegamos.

Harry contuvo un bostezo tapándose la boca con la mano.

—¡A la cama! —ordenó la señora Weasley, que no se dejaba engañar—. Te he preparado la habitación de Fred y George; allí podrás estar a tus anchas.

—¿Cómo es eso? ¿Dónde están?

—En el callejón Diagon. Viven en el departamentito que hay encima de su tienda de artículos de broma. He de admitir que al principio no me pareció bien, ¡pero da la impresión de que realmente ese par tienen olfato para los negocios! Vamos, querido, tu baúl ya está arriba.

—Buenas noches, señor Weasley —se despidió Harry al tiempo que retiraba la silla. *Crookshanks* saltó con agilidad de su regazo y se escabulló.

—Buenas noches, Harry.

Al salir de la cocina, el chico advirtió que la señora Weasley le echaba otro vistazo al reloj. Las nueve manecillas volvían a señalar las palabras «Peligro de muerte».

El dormitorio de Fred y George estaba en el segundo piso. La señora Weasley apuntó su varita hacia una lámpara que había en la mesita de noche; se encendió al instante y bañó la habitación con un agradable resplandor dorado. Había un gran jarrón de flores en el escritorio situado delante de la pequeña ventana, pero su perfume no lograba disimular un persistente olor a pólvora. Gran parte del suelo la ocupaban montones de cajas de cartón cerradas y sin marcar, entre las que se hallaba el baúl que contenía el material escolar de Harry. La habitación parecía utilizarse como almacén provisional.

Cuando vio a su amo, *Hedwig* ululó con alegría desde lo alto de un gran armario, y luego salió volando por la ventana; Harry comprendió que su lechuza no había querido salir a cazar hasta haberlo visto. Luego le deseó buenas noches a la señora Weasley, se puso el pijama y se metió en una de las camas. Notó algo duro dentro de la funda de la almohada; metió una mano y sacó un pegajoso caramelo de colores morado y naranja que no le costó reconocer: una pastilla vomitiva. Sonrió, se dio la vuelta y se quedó dormido enseguida.

Unos segundos más tarde, o eso le pareció, lo despertó un ruido semejante a un cañonazo al abrirse de par en par la puerta de la habitación. Se incorporó bruscamente y oyó que alguien descorría las cortinas. Un sol deslumbrante le dio en los ojos; se hizo pantalla con una mano y con la otra buscó a tientas las gafas.

—¿Qué pa... pasa?

—¡No sabíamos que ya habías llegado! —exclamó una voz exaltada, y Harry recibió un manotazo en la coronilla.

—¡No le pegues, Ron! —lo regañó una voz de chica.

Harry encontró las gafas y logró ponérselas, aunque la luz era tan intensa que apenas veía nada. Una larga sombra osciló por un momento ante él, que parpadeó y consiguió enfocar a Ron Weasley. Éste lo miraba con una sonrisa de oreja a oreja.

—¿Estás bien?

—Nunca había estado mejor —contestó frotándose la coronilla, y se dejó caer de nuevo sobre la almohada—. ¿Y tú?

—No puedo quejarme —respondió Ron; acercó una caja de cartón y se sentó en ella—. ¿Cuándo llegaste? Mi madre acaba de decirnos que estabas aquí.

—Cerca de la una de la madrugada.

—¿Cómo se han portado los muggles contigo?

—Igual que siempre —contestó, mientras Hermione se sentaba en el borde de la cama—. Apenas me dirigen la palabra, pero yo lo prefiero así. ¿Y tú, Hermione? ¿Cómo estás?

—Muy bien —respondió la chica, que escudriñaba el rostro de su amigo como si éste estuviera incubando alguna enfermedad.

Harry creía saber por qué lo miraba así, y como no tenía ganas de hablar de la muerte de Sirius ni de ningún otro tema deprimente, preguntó:

—¿Qué hora es? ¿Me he perdido el desayuno?

—Por eso no te preocupes, mi madre va a subirte una bandeja. Dice que estás desnutrido. —Ron puso los ojos en blanco—. Bueno, ¿qué ha pasado?

—No gran cosa. ¿No sabes que he estado todo este tiempo encerrado en casa de mis tíos?

—¡Sí, cómo no! —protestó Ron—. ¡Fuiste a no sé dónde con Dumbledore!

—Bah, nada emocionante. Sólo quería que lo ayudara a convencer a un antiguo profesor para que aceptara un empleo en Hogwarts. Se llama Horace Slughorn.

—¡Ah! —dijo Ron, decepcionado—. Creímos que... —Hermione le lanzó una mirada de advertencia y el chico rectificó—: Ya nos imaginamos que se trataría de algo así.

—¿En serio? —dijo Harry, que había advertido la metedura de pata de Ron.

—Sí... sí, claro, ahora que no está Umbridge, es evidente que necesitamos otro profesor de Defensa Contra las Artes Oscuras, ¿no? Cuenta, cuenta, ¿qué tal es?

—Pues mira, parece una morsa y fue jefe de la casa de Slytherin. ¿Te pasa algo, Hermione?

La muchacha lo observaba como a la espera de que unos extraños síntomas se manifestaran en cualquier momento. Cambió rápidamente de expresión y compuso una sonrisa poco convincente.

—¡No, para nada! Y... ¿crees que Slughorn será un buen profesor?

—No lo sé —respondió Harry—. Pero no puede ser peor que la profesora Umbridge, ¿no?

—Yo conozco a alguien peor que ella —terció una voz desde el umbral. La hermana pequeña de Ron entró arrastrando los pies, con gesto de fastidio—. ¡Hola, Harry!

—¿Y a ti qué te pasa? —preguntó Ron.

—Es ella —dijo Ginny desplomándose en la cama de Harry—. Me está volviendo loca.

—¿Qué ha hecho esta vez? —inquirió Hermione, comprensiva.

—Es que me habla de una manera... ¡Como si yo tuviera tres años!

—Ya lo sé —la consoló Hermione—. Es muy creída.

A Harry le sorprendió oír a su amiga hablar de ese modo de la señora Weasley, y no le extrañó que Ron se enfadase:

—¿No pueden dejarla en paz ni cinco segundos?

—Eso, defiéndela —le espetó Ginny—. Ya sabemos que tú nunca te cansas de ella.

Harry encontró muy raro ese comentario sobre la madre de Ron, y empezó a pensar que se le estaba escapando algo, así que preguntó:

—¿De quién están...?

Pero la respuesta llegó antes de que terminara la pregunta: la puerta del dormitorio se abrió otra vez, y Harry, instintivamente, tiró de las sábanas y se tapó hasta la barbilla, con tanta fuerza que Hermione y Ginny resbalaron de la cama y cayeron al suelo.

En el umbral había una joven de una belleza tan impresionante que la habitación pareció quedarse sin aire. Era alta y esbelta, tenía una larga cabellera rubia e irradiaba un débil resplandor plateado. Para completar esa imagen de perfección, llevaba una bandeja de desayuno llena a rebosar.

—¡*Hagy*! —exclamó con voz gutural—. ¡Cuánto tiempo sin *vegte*!

Entró majestuosamente y se dirigió hacia el muchacho; detrás de la joven apareció la señora Weasley con cara contrariada.

—¡No hacía falta que subieras la bandeja, estaba a punto de hacerlo yo! —refunfuñó.

—No hay ningún *pgoblema* —replicó Fleur Delacour, y dejó la bandeja sobre las rodillas de Harry. A continuación se inclinó para plantarle un beso en cada mejilla, y él notó cómo le ardía allí donde se posaban los labios de Fleur—. Tenía muchas ganas de *veglo*. ¿Te *acuegdas* de mi *hegmana Gabgielle*? Sólo sabe *hablag* de *Hagy Potteg*. Se *alegagá* mucho de *volverg* a *vegte*.

—Ah, ¿también está aquí? —preguntó Harry con voz ronca.

—No, bobo, no —contestó ella con una risa cantarina—. Me *gefiego* al *pgóximo vegano*, cuando nos... ¿es que no lo sabes? —Abrió mucho sus grandes ojos azules y miró con reproche a la señora Weasley, que se defendió:

—Todavía no hemos tenido ocasión de contárselo.

Fleur se volvió bruscamente hacia Harry, y al hacerlo le dio de lleno en la cara a la señora Weasley con su cortina de cabello plateado.

—¡Bill y yo vamos a *casagnos*!

—¡Oh! —exclamó Harry, sin comprender por qué la señora Weasley, Hermione y Ginny se empecinaban en no mirarse a la cara—. ¡Uau! ¡Felicidades!

Fleur se inclinó y volvió a besarlo.

—Últimamente Bill está muy ocupado, tiene mucho *tgabajo*, y yo sólo *tgabajo* a media *jognada* en *Gingotts* para *mejogag* mi inglés; *pog* eso me *pgopuso venig* a *pasag* unos días aquí *paga conoceg* a su familia. Me *alegé* tanto de *sabeg* que ibas a *venig*... ¡Aquí no hay *gan* cosa que *haceg*, a menos que te guste *cocinag* y *dag* de *comeg* a las gallinas! ¡Buen *pgovecho, Hagy*!

Y dicho esto, se dio la vuelta con garbo, salió de la habitación como si flotara y cerró la puerta con cuidado.

La señora Weasley no pudo contener un despectivo «¡Bah!»

—Mi madre no la traga —aclaró Ginny en voz baja.

—¡Eso no es verdad! —la corrigió la aludida con un susurro cargado de enojo—. ¡Lo que pasa es que opino que se han precipitado con este compromiso, nada más!

—Hace un año que se conocen —intervino Ron, que parecía un poco grogui y tenía la vista clavada en la puerta que Fleur acababa de cerrar.

—¡Un año es muy poco tiempo! Por supuesto que sé por qué lo han hecho. Es por la incertidumbre que nos crea a todos el regreso de Quien-ustedes-saben; así que, como la gente piensa que mañana podría estar muerta, se precipita a tomar decisiones a las que, en otras circunstancias, dedicaría un tiempo de reflexión. Pasó lo mismo la última vez que él se hizo con el poder: todos los días se fugaba alguna pareja...

—Papá y tú, por ejemplo —le recordó Ginny con picardía.

—Sí, pero nuestro caso era diferente. Su padre y yo estábamos hechos el uno para el otro. ¿Qué sentido tenía esperar? —argumentó la señora Weasley—. En cambio, Bill y Fleur... A fin de cuentas, ¿qué tienen en común? Él es una persona trabajadora y realista, mientras que ella es...

—Una plasta —sentenció Ginny asintiendo con la cabeza—. Pero Bill tampoco es tan realista que digamos. Es un rompedor de maldiciones, ¿no? Le gusta la aventura, el *glamour*... Supongo que por eso lo atrae tanto *Flegggrrr* —concluyó exagerando tanto el sonido gutural de la erre que pareció que iba a soltar un escupitajo.

—No hagas eso, Ginny —la reprendió la señora Weasley mientras Harry y Hermione reían—. Bueno, será mejor que siga con lo mío. Cómete los huevos ahora que están calientes, Harry.

Y salió del cuarto con gesto de preocupación. Ron seguía atontado y movía la cabeza a intervalos, como un perro que intenta quitarse el agua de las orejas.

—¿No se acostumbra uno a ella viviendo en la misma casa? —le preguntó Harry.

—Sí, claro, pero cuando te la encuentras por sorpresa...

—¡Qué patético! —bufó Hermione. Se alejó cuanto pudo de él a grandes zancadas y, al llegar a la pared opuesta, se cruzó de brazos y lo miró.

—No querrás que se quede aquí para siempre, ¿verdad? —preguntó Ginny a Ron con incredulidad. Pero como su hermano se limitó a encogerse de hombros, agregó—: Pues mamá va a hacer todo lo que pueda para impedirlo, me apuesto lo que quieras.

—¿Y cómo va a impedirlo? —preguntó Harry.

—No para de invitar a Tonks a cenar. Me parece que alberga esperanzas de que Bill se enamore de ella. Y yo también lo espero; preferiría mil veces tener a Tonks en la familia.

—Sí, claro —ironizó Ron—. Mira, a ningún hombre en su sano juicio puede gustarle Tonks estando Fleur cerca. Tonks no está del todo mal cuando no hace estupideces con su pelo ni con su nariz, pero...

—Es muchísimo más simpática que *Flegggrrr* —opinó Ginny.

—¡Y más inteligente! ¡Es una auror! —terció Hermione desde el rincón.

—Fleur tampoco es tonta. Acuérdense de que participó en el Torneo de los Tres Magos —intervino Harry.

—¿Tú también? —dijo Hermione con resentimiento.

—Seguro que te encanta cómo *Flegggrrr* pronuncia tu nombre: *Hagggrrry* —comentó Ginny con desdén.

—No —respondió él, lamentando haber abierto la boca—. Sólo decía que *Flegggrrr*... quiero decir, Fleur...

—Yo prefiero a Tonks —insistió Ginny—. Al menos, con ella te ríes.

—Pues últimamente no está muy risueña —objetó Ron—. Las últimas veces que ha venido a casa parecía Myrtle *la Llorona*.

—No seas injusto con ella —le espetó Hermione—. Todavía no ha superado lo que pasó en... ya sabes... ¡Era su primo!

Harry apretó los labios. Al final salía a relucir el tema de Sirius. Tomó un tenedor y empezó a engullir los huevos revueltos con la esperanza de aislarse de esa parte de la conversación.

—¡Pero si Tonks y Sirius apenas se conocían! —arguyó Ron—. Sirius pasó un montón de años en Azkaban, y antes de que lo encerraran allí sus familias casi no se habían visto.

—No se trata de eso —aclaró Hermione—. ¡Ella está convencida de que Sirius murió por su culpa!

—¿De dónde ha sacado eso? —saltó Harry pese a su intención de permanecer callado.

—Bueno, ella peleó contra Bellatrix Lestrange, ¿no? Supongo que cree que si hubiera acabado con ella, Bellatrix no habría matado a Sirius.

—Menuda estupidez —afirmó Ron.

—Es el complejo de culpabilidad del superviviente —opinó Hermione—. Me consta que Lupin ha intentado quitarle esas ideas de la cabeza, pero ella sigue muy deprimida. ¡Hasta tiene problemas para metamorfosearse!

—¿Para...?

—Ya no puede cambiar de aspecto como antes —explicó Hermione—. Creo que sus poderes se han debilitado a causa de la conmoción, o algo así.

—No sabía que eso pudiera pasar —comentó Harry.

—Yo tampoco —admitió Hermione—, pero imagino que cuando estás muy, muy deprimido...

La puerta volvió a abrirse y la señora Weasley asomó la cabeza.

—Ginny —susurró—, baja a ayudarme a preparar la comida.

—¡Estoy hablando con mis amigos! —protestó la niña, indignada.

—¡Ahora mismo! —ordenó la señora Weasley, y se retiró.

—¡Me hace bajar para no estar a solas con *Flegggrrr*! —rezongó Ginny. Se apartó la larga melena pelirroja imitando a Fleur y salió de la habitación pavoneándose y con los brazos en alto como si fuera una bailarina—. No tarden mucho en bajar, por favor —dijo al marcharse.

Harry aprovechó el breve silencio para seguir desayunando. Hermione se puso a examinar el interior de las cajas de Fred y George, aunque de vez en cuando le lanzaba miradas de soslayo a Harry. Y Ron, que estaba comiéndose un pan tostado de su amigo, seguía contemplando la puerta con ojos soñadores.

—¿Qué es esto? —preguntó Hermione, sosteniendo una cosa que parecía un pequeño telescopio.

—No lo sé —respondió Ron—, pero si Fred y George lo han dejado aquí, seguro que todavía no ha pasado los controles de calidad, así que ten cuidado.

—Tu madre dice que la tienda funciona muy bien —comentó Harry—. Y que los gemelos tienen buen olfato para los negocios.

—Eso es quedarse corto —repuso Ron—. ¡Se están embolsando galeones a mansalva! Me muero de ganas de ver la tienda. Todavía no hemos ido al callejón Diagon porque mamá dice que papá tiene que acompañarnos para asegurarse de que no nos pase nada, pero él tiene muchísimo trabajo; por lo que sé, la tienda es excelente.

—¿Y Percy? —preguntó Harry. El otro hermano Weasley se había peleado con el resto de la familia—. ¿Todavía no se habla con tus padres?

—No —contestó Ron.

—Pero si ahora ya sabe que tu padre tenía razón cuando decía que Voldemort había vuelto...

—Dumbledore afirma que para la gente es más fácil perdonar a los demás por haberse equivocado que por tener razón —terció Hermione—. Le oí decírselo a tu madre, Ron.

—La típica majadería de Dumbledore.

—Este año va a darme clases particulares —comentó Harry.

Ron se atragantó con un trozo de pan tostado y Hermione soltó un gritito ahogado.

—¡Qué callado te lo tenías! —exclamó Ron.

—Acabo de acordarme —repuso Harry con sinceridad—. Me lo dijo anoche en su escobera.

—¡Vaya, clases particulares con Dumbledore! —se admiró Ron—. ¿Y por qué supones que...?

Dejó la frase en el aire. Harry vio que sus dos amigos intercambiaban una mirada cómplice. Dejó el cuchillo y el tenedor en el plato; el corazón le latía deprisa a pesar de estar sentado en la cama. Dumbledore le había pedido que lo hiciera, y ese momento era tan bueno como cualquier otro. Clavó la mirada en el tenedor, que brillaba iluminado por la luz que entraba por la ventana, y dijo:

—No sé con exactitud por qué quiere darme clases particulares, pero me parece que es por la profecía. —Ron y Hermione permanecieron callados. Harry tuvo la impresión de que se habían quedado pasmados. Sin dejar de mirar el tenedor, añadió—: Ya saben, esa que intentaban robar en el ministerio.

—Pero si nadie sabe lo que decía —repuso Hermione con presteza—. Se rompió.

—Aunque según *El Profeta*... —empezó Ron, pero Hermione le cortó:

—¡Chissst!

—*El Profeta* tiene razón —continuó Harry, haciendo un esfuerzo para levantar la cabeza y mirarlos. Hermione ponía cara de susto y Ron, de asombro—. Aquella esfera de cristal que se rompió no era el único registro de la profecía. Yo la escuché entera en el despacho de Dumbledore; fue a él a quien se la hicieron, por eso pudo revelármela. Según ella —prosiguió, y respiró hondo—, al parecer soy yo quien acabará con Voldemort. Al menos, vaticinaba que ninguno de los dos podría vivir mientras el otro siguiera con vida.

Los tres se miraron en silencio. Entonces se oyó un fuerte «¡pum!» y Hermione desapareció detrás de una bocanada de humo negro.

—¡Hermione! —gritaron Harry y Ron al unísono, y la bandeja del desayuno cayó al suelo con estrépito.

Hermione reapareció tosiendo entre el humo, con el telescopio en una mano y un ojo amoratado.

—Lo apreté y... ¡me ha dado un puñetazo! —dijo jadeando.

Y en efecto, Harry y Ron vieron un pequeño puño acoplado a un largo muelle que salía del extremo del telescopio.

—No te preocupes —la tranquilizó Ron conteniendo la risa—. Mi madre te curará. Tiene remedios para todo.

—¡Eso ahora no importa! —replicó Hermione—. Harry... ¡Oh, Harry! —Volvió a sentarse en el borde de la cama—. Cuando salimos del ministerio no sabíamos qué... No quisimos decirte nada, pero por lo que oímos decir a Lucius Malfoy acerca de la profecía... que estaba relacionada contigo y con Voldemort... Bueno, ya nos imaginamos que podía ser algo así. ¡Rayos, Harry! —Lo miró fijamente y susurró—: ¿Tienes miedo?

—No tanto como antes. Cuando la escuché por primera vez me quedé... Pero ahora es como si siempre hubiera sabido que al final tendría que enfrentarme a Voldemort.

—Cuando nos enteramos de que Dumbledore iría a recogerte en persona, imaginamos que tal vez quería contarte o enseñarte algo relacionado con la profecía —intervino Ron, entusiasmado—. Y no nos equivocábamos mucho, ¿verdad? Dumbledore no te daría clases particulares si pensara que eres hombre muerto, no perdería el tiempo contigo. ¡Debe de creer que tienes posibilidades!

—Es verdad —coincidió Hermione—. ¿Qué piensas que quiere enseñarte, Harry? Magia defensiva muy avanzada, supongo. Poderosos contraembrujos y contramaldiciones...

Harry ya no los escuchaba. Se le estaba extendiendo por todo el cuerpo una especie de ardor que no tenía nada que ver con el calor del sol, y la presión que notaba en el pecho se le reducía. Sabía que Ron y Hermione se sentían más impresionados de lo que parecía, pero el simple hecho de que siguieran allí, a su lado, dándole ánimos en lugar de apartarse de él como si tuviera algún virus o fuera peligroso, no tenía precio.

—... y todo tipo de sortilegios elusivos —concluyó Hermione—. Bueno, al menos tú ya te has enterado de cuál será una de las asignaturas que estudiarás este año. En cambio Ron y yo... Me pregunto si tardarán mucho en llegar nuestros TIMOS.

—No puede faltar mucho. Ya ha pasado un mes —calculó Ron.

—Un momento —apuntó Harry al recordar otra parte de la conversación con el director del colegio—. ¡Me parece que Dumbledore dijo que las notas de nuestros TIMOS llegarían hoy!

—¿Hoy? —exclamó Hermione—. ¿Hoy? Pero ¿por qué no...? ¡Cielos, debiste decírnoslo enseguida! —Se puso en pie de un brinco y añadió—: Voy a ver si ha llegado alguna lechuza.

Pero diez minutos más tarde, cuando Harry bajó, vestido y con la bandeja del desayuno vacía, encontró a Hermione sentada a la mesa de la cocina, muy nerviosa, mientras la señora Weasley intentaba disimular el parecido del ojo de la chica con el de un panda.

—Nada, no hay manera de que se vaya —decía la señora Weasley, angustiada; estaba plantada enfrente de Hermione con la varita en una mano mientras revisaba un ejemplar de *El manual del sanador*, abierto por el capítulo «Contusiones, cortes y rozaduras»—. Esto nunca había fallado, no me lo explico.

—Por eso Fred y George lo consideran una broma graciosa: porque no se va —opinó Ginny.

—¡Pues tiene que irse! —chilló Hermione—. ¡No puedo quedarme así para siempre!

—No te quedarás así, querida, ya encontraremos algún antídoto, no temas —le aseguró la señora Weasley.

—Bill ya me ha contado que los gemelos son muy *gaciosos* —intervino Fleur sonriendo.

—Sí, me muero de risa —le espetó Hermione. Se levantó y se puso a dar vueltas por la cocina mientras se retorcía las manos—. ¿Está segura de que esta mañana no ha llegado ninguna lechuza, señora Weasley?

—Sí, querida. Me habría dado cuenta —respondió ésta con paciencia—. Pero sólo son las nueve, todavía hay mucho tiempo para...

—Ya sé que fallé en Runas Antiguas —rezongó Hermione con ansiedad—. Como mínimo cometí un grave error en la traducción. Y el examen práctico de Defensa Contra las Artes Oscuras tampoco me salió como esperaba. En Transformaciones creía que lo había hecho bien, pero ahora que lo pienso...

—¿Quieres hacer el favor de callarte, Hermione? ¡No eres la única que está nerviosa! —gruñó Ron—. Además, cuando veas tus diez extraordinarios...

—¡No, no, no! —chilló Hermione agitando ambas manos, histérica—. ¡Seguro que lo he reprobado todo!

—¿Y qué pasa si reprobamos? —preguntó Harry a nadie en particular, pero una vez más fue Hermione quien contestó:

—Analizamos nuestras opciones con el jefe de nuestra casa. Se lo pregunté a la profesora McGonagall al final de curso.

A Harry se le retorció el estómago y se arrepintió de haber desayunado tanto.

—En Beauxbatons —explicó Fleur con suficiencia— lo hacíamos de *otga manega. Cgeo* que *ega mejog.* Nos examinábamos *tgas* seis años de estudios en *lugag* de cinco, y luego...

Las palabras de Fleur quedaron ahogadas por un grito. Hermione señalaba por la ventana de la cocina. En el cielo se veían tres motitas negras que iban aumentando de tamaño.

—Lechuzas —dijo Ron con voz quebrada, y corrió hacia la ventana donde estaba su amiga.

—Una para cada uno —añadió Hermione con un susurro que denotaba terror—. ¡Oh, no! ¡Oh, no! ¡Oh, no!

Agarró con fuerza por los codos a Harry y a Ron.

Las lechuzas volaban derechito hacia La Madriguera; eran tres hermosos ejemplares, y cuando ya sobrevolaban el sendero que conducía hasta la casa, todos vieron que cada uno llevaba un gran sobre cuadrado.

—¡Oh, no! —aulló Hermione.

La señora Weasley se coló entre los muchachos y abrió la ventana de la cocina. Una a una, las lechuzas entraron y se posaron sobre la mesa en una ordenada hilera. Las tres levantaron la pata derecha.

Harry fue hacia ellas. La carta dirigida a él estaba atada a la pata de la lechuza de en medio. La desató con dedos temblorosos. A su izquierda, Ron intentaba tomar también sus notas; a su derecha tenía a Hermione, pero a ella le temblaban tanto las manos que también hacía temblar a la lechuza.

Durante unos instantes nadie dijo ni pío. Al final, Harry consiguió soltar el sobre. Lo abrió a toda prisa y sacó la hoja de pergamino que contenía.

TÍTULO INDISPENSABLE DE MAGIA ORDINARIA

APROBADOS: Extraordinario (E)

Supera las expectativas (S)

Aceptable (A)

REPROBADOS: Insatisfactorio (I)
Desastroso (D)
Trol (T)

RESULTADOS DE HARRY JAMES POTTER

Astronomía:	A
Cuidado de Criaturas Mágicas:	S
Encantamientos:	S
Defensa Contra las Artes Oscuras:	E
Adivinación:	I
Herbología:	S
Historia de la Magia:	D
Pociones:	S
Transformaciones:	S

Harry releyó varias veces la hoja de pergamino, y poco a poco su respiración se fue haciendo más acompasada. No estaba mal: siempre había sabido que reprobaría Adivinación, y era imposible que hubiera aprobado Historia de la Magia, dado que se había desmayado en medio del examen; ¡pero había aprobado las otras asignaturas! Deslizó el dedo por las notas... ¡Había sacado buena nota en Transformaciones y en Herbología, y hasta había superado las expectativas en Pociones! ¡Y lo mejor era que había conseguido un Extraordinario en Defensa Contra las Artes Oscuras!

Miró alrededor. Hermione estaba de espaldas a él, con la cabeza agachada, pero Ron parecía contentísimo.

—Sólo he reprobado Adivinación e Historia de la Magia, las que menos me importan. A ver, cambiemos... —Harry leyó las notas de Ron y vio que no tenía ningún extraordinario—. Ya sabía que sacarías buena nota en Defensa Contra las Artes Oscuras —dijo Ron dándole un puñetazo en el hombro—. No nos ha ido tan mal, ¿verdad?

—¡Enhorabuena! —dijo la señora Weasley con orgullo, alborotándole el cabello a Ron—. ¡Siete TIMOS! ¡Más de los que consiguieron Fred y George juntos!

—¿Y a ti, Hermione, cómo te ha ido? —preguntó Ginny con vacilación, porque su amiga todavía no se había dado la vuelta.

—No está mal —respondió en voz baja.

—No digas tonterías —saltó Ron; se acercó a ella y le quitó la hoja de las manos—. Ajá, nueve extraordinarios, y un supera las expectativas en Defensa Contra las Artes Oscuras. —La miró entre alegre y exasperado—. Y estás decepcionada, ¿no?

Hermione negó con la cabeza, pero Harry se rió.

—¡Bueno, ya somos estudiantes de ÉXTASIS! —se alegró Ron, sonriente—. ¿Quedan salchichas, mamá?

Harry volvió a repasar sus notas y se dio cuenta de que no habrían podido ser mejores. Sólo lamentaba un pequeño detalle: esos resultados ponían fin a su ambición de convertirse en auror, puesto que no había alcanzado la nota requerida en Pociones. Ya sabía que no iba a conseguirla, pero aun así notó un vacío en el estómago al mirar de nuevo la negra y pequeña «S».

En realidad era extraño, pues había sido un mortífago disfrazado el primero en comentarle que sería un buen auror; pero esa idea se había apoderado de él, y no le atraía ninguna otra profesión. Además, después de haber escuchado la profecía, creía que ése podía ser un destino adecuado para él. «Ninguno de los dos podrá vivir mientras siga el otro con vida...» ¿Acaso no haría honor a la profecía y no aumentarían sus posibilidades de sobrevivir si se unía a esos magos tan bien preparados, cuyo cometido consistía en encontrar y matar a Voldemort?

6

Draco se larga

Harry no salió de los límites del jardín de La Madriguera durante varias semanas. Pasaba gran parte del día jugando al quidditch, dos contra dos, en el huerto de árboles frutales de los Weasley (Hermione y él contra Ron y Ginny; Hermione era malísima y Ginny bastante buena, así que los dos equipos quedaban razonablemente igualados). Y gran parte de la noche la dedicaba a repetir tres veces de todo lo que la señora Weasley le servía en el plato.

Habrían sido unas felices y tranquilas vacaciones de no ser por las historias de desapariciones, extraños accidentes e incluso muertes que aparecían casi a diario en *El Profeta*. A veces, Bill y el señor Weasley comunicaban en casa las noticias antes de que éstas salieran en los periódicos. La señora Weasley lamentó mucho que las celebraciones del decimosexto cumpleaños de Harry quedaran deslucidas por las truculentas nuevas con que se presentó en la fiesta Remus Lupin, a quien se le veía delgado y deprimido; además, le habían salido muchas canas y llevaba la ropa más raída y remendada que nunca.

—Ha habido otros dos ataques de dementores —anunció Lupin mientras la señora Weasley le servía un suculento trozo de pastel de cumpleaños—. Y han encontrado el cadáver de Igor Karkarov en una choza, en el norte; los asesinos dejaron la Marca Tenebrosa. La verdad es que me sorprende que Karkarov siguiera con vida un año después de haber abandonado a los mortífagos; si no recuerdo mal, Regulus, el hermano de Sirius, sólo sobrevivió unos días.

—Sí —dijo la señora Weasley arrugando el entrecejo—. ¿Qué les parece si hablamos de otra...?

—¿Te has enterado de lo de Florean Fortescue, Remus? —preguntó Bill, a quien Fleur no paraba de servir vino—. El dueño de la...

—... ¿heladería del callejón Diagon? —terció Harry, sintiendo una desagradable sensación de vacío en el estómago—. Siempre me regalaba helados. ¿Qué le ha pasado?

—Tal como ha quedado la tienda, parece que se lo han llevado.

—¿Por qué? —preguntó Ron mientras la señora Weasley fulminaba a su hijo Bill con la mirada.

—Quién sabe. Debió de hacer algo que les molestó. Florean era un buen hombre.

—Hablando del callejón Diagon —intervino Arthur Weasley—, por lo visto el señor Ollivander también ha desaparecido.

—¿El fabricante de varitas mágicas? —preguntó Ginny, asustada.

—Exacto. Su tienda está vacía, pero no se ven señales de violencia. Nadie sabe si Ollivander se ha marchado voluntariamente o si lo han secuestrado.

—¿Y las varitas? ¿Dónde las comprará ahora la gente?

—Tendrán que comprárselas a otros fabricantes —contestó Lupin—. Pero Ollivander era el mejor, y no nos beneficia nada que lo retenga el otro bando.

Al día siguiente de esa lúgubre merienda de cumpleaños, llegaron de Hogwarts las cartas y listas de libros para los muchachos. La carta dirigida a Harry incluía una sorpresa: lo habían elegido capitán de su equipo de quidditch.

—¡Ahora tendrás la misma categoría que los prefectos! —exclamó Hermione—. ¡Y podrás utilizar nuestro cuarto de baño especial!

—¡Vaya! Me acuerdo de cuando Charlie llevaba una como ésta —comentó Ron examinando con regocijo la insignia de su amigo—. ¡Rayos, Harry, eres mi capitán! Suponiendo que me incluyas otra vez en el equipo, claro. ¡Ja, ja, ja!

—Bueno, me temo que ahora que ya tienen sus listas no podremos aplazar mucho más la excursión al callejón Diagon —se lamentó la señora Weasley mientras repasaba la lista de libros de Ron—. Iremos el sábado, si su padre no tiene que trabajar. No pienso ir de compras sin él.

—¿De verdad crees que Quien-tú-sabes podría estar escondido detrás de un estante de Flourish y Blotts, mamá? —se burló Ron.

—¡Como si Fortescue y Ollivander se hubieran ido de vacaciones! —replicó ella, que se exaltaba con facilidad—. Si consideras que la seguridad es un tema para hacer chistes, puedes quedarte aquí y seré yo quien te traiga las cosas.

—¡No, no! ¡Quiero ir, quiero ver la tienda de Fred y George! —se apresuró a decir Ron.

—Entonces pórtate bien, jovencito, antes de que decida que eres demasiado inmaduro para venir con nosotros —le espetó ella, y a continuación tomó su reloj de pared, cuyas nueve manecillas todavía señalaban «Peligro de muerte», y lo puso encima de un montón de toallas limpias—. ¡Y lo mismo digo respecto a regresar a Hogwarts! —añadió antes de levantar el cesto de la ropa recién lavada, con el reloj en lo alto a punto de caer, y salir con paso firme de la habitación.

Ron miró con gesto de incredulidad a Harry.

—¡Caramba! En esta casa ya no puedes ni hacer una broma —se lamentó.

Pero los días siguientes Ron procuró no bromear sobre Voldemort, así que llegó el sábado sin que la señora Weasley tuviese más rabietas, aunque durante el desayuno estuvo muy tensa. Bill, que iba a quedarse en casa con Fleur (de lo que Hermione y Ginny se alegraron mucho), le pasó a Harry una bolsita llena de dinero por encima de la mesa.

—¿Y el mío? —saltó Ron, con los ojos como platos.

—Ese dinero ya era suyo, idiota —replicó Bill—. Te lo he sacado de la cámara acorazada, Harry, porque ahora el público tarda unas cinco horas en acceder a su oro, ya que los duendes han endurecido mucho las medidas de seguridad. Hace un par de días, a Arkie Philpott le metieron una sonda de rectitud por el... Bueno, créeme, es más fácil así.

—Gracias, Bill —dijo Harry, y se guardó las monedas.

—*Siempge* tan atento —le susurró Fleur a Bill con adoración mientras le acariciaba la nariz. Ginny, a espaldas de Fleur, simuló vomitar en su tazón de cereales; Harry se atragantó con los copos de maíz y Ron le dio unas palmadas en la espalda.

Hacía un día oscuro y nublado. Cuando salieron de la casa abrochándose las capas, uno de los autos especiales del Ministerio de Magia, en los que Harry ya había viajado, los esperaba en el jardín delantero.

—Qué bien que papá nos haya conseguido otra vez un auto —comentó Ron, agradecido, y estiró ostentosamente brazos y piernas mientras el coche arrancaba y se alejaba despacio de La Madriguera.

Bill y Fleur los despidieron con la mano desde la ventana de la cocina. Ron, Harry, Hermione y Ginny iban cómodamente arrellanados en el espacioso asiento trasero del vehículo.

—Pero no te acostumbres, hijo, porque todo esto sólo se hace por Harry —le advirtió el señor Weasley, volviéndose para mirarlo. Su esposa y él iban delante, junto al chofer oficial; el asiento del pasajero se había extendido y convertido en una especie de sofá de dos plazas—. Le han asignado una protección de la más alta categoría. Y en el Caldero Chorreante se nos unirá otro destacamento de seguridad.

Harry no comentó nada, pero no le hacía mucha gracia ir de compras rodeado de un batallón de aurores. Se había guardado la capa invisible en la mochila porque suponía que si Dumbledore no tenía inconveniente en que la usara, tampoco debía de tenerlo el ministerio; aunque ahora que se lo planteaba, tuvo sus dudas de que estuvieran al corriente de la existencia de esa capa.

—Ya hemos llegado —anunció el chofer tras un rato asombrosamente corto, al tiempo que reducía la velocidad en Charing Cross Road y detenía el coche frente al Caldero Chorreante—. Me han ordenado que los espere aquí. ¿Tienen idea de cuánto tardarán?

—Calculo que un par de horas —contestó el señor Weasley—. ¡Ah, ahí está! ¡Estupendo!

Harry imitó al señor Weasley y miró por la ventanilla. El corazón le dio un vuelco: no había ningún auror esperándolos fuera de la taberna, sino la gigantesca y barbuda figura de Rubeus Hagrid, el guardabosques de Hogwarts, que llevaba un largo abrigo de piel de castor. Al ver a Harry, sonrió sin prestar atención a las asustadas miradas de los muggles que pasaban por allí.

—¡Harry! —bramó, y en cuanto el muchacho se bajó del coche, lo abrazó tan fuerte que casi le tritura los huesos—. *Buckbeak*... quiero decir *Witherwings*... ya lo verás, Harry, es tan feliz de volver a trotar por ahí...

—Me alegro de que esté contento —repuso sonriente el chico mientras se frotaba las costillas—. ¡No sabíamos que el «destacamento de seguridad» eras tú!

—Sí. Como en los viejos tiempos, ¿verdad? Verás, el ministerio pretendía enviar un puñado de aurores, pero Dumbledore dijo que podía encargarme yo —explicó Hagrid con orgullo, sacando pecho y metiendo los pulgares en los bolsillos—. ¡En marcha! —exclamó, y al punto se corrigió—: Molly, Arthur, ustedes primero.

Si a Harry no le fallaba la memoria, era la primera vez que el Caldero Chorreante estaba vacío. Aparte del arrugado y desdentado tabernero, Tom, no había ni un cliente. Al verlos entrar sonrió ilusionado, pero antes de que abriera la boca, Hagrid anunció dándose importancia:

—Hoy sólo estamos de paso, Tom. Espero que lo entiendas. Asuntos de Hogwarts, ya sabes.

El hombre asintió con resignación y siguió secando vasos. Harry, Hermione, Hagrid y los Weasley cruzaron el local y salieron al pequeño y frío patio trasero, donde estaban los botes de basura. Hagrid levantó su paraguas rosa y dio unos golpecitos en determinado ladrillo de la pared, que se abrió al instante para formar un arco que daba a una tortuosa calle adoquinada. Traspusieron la entrada, se pararon y miraron alrededor.

El callejón Diagon había cambiado: los llamativos y destellantes escaparates donde se exhibían libros de hechizos, ingredientes para pociones y calderos, ahora quedaban ocultos detrás de los enormes carteles de color morado del Ministerio de Magia que había pegados en los cristales (en su mayoría, copias ampliadas de los consejos de seguridad detallados en los folletos que el ministerio había distribuido en verano). Algunos carteles tenían fotografías animadas en blanco y negro de mortífagos que andaban sueltos: Bellatrix Lestrange, por ejemplo, miraba con desdén desde el escaparate del boticario más cercano. Varias ventanas estaban cegadas con tablones, entre ellas las de la Heladería Florean Fortescue. Por lo demás, en diversos puntos de la calle habían surgido tenderetes destartalados; en uno de ellos, instalado enfrente de Flourish y Blotts bajo un sucio toldo a rayas, un letrero rezaba: «Eficaces amuletos contra hombres lobo, dementores e inferi.»

Un brujo menudo y con mal aspecto hacía tintinear un montón de cadenas con símbolos de plata que, colgadas de los brazos, ofrecía a los peatones.

—¿No quiere una para su hijita, señora? —abordó a la señora Weasley lanzándole una lasciva mirada a Ginny—. ¿Para proteger su hermoso cuello?

—Si estuviera de servicio... —masculló el señor Weasley mirando ceñudo al vendedor de amuletos.

—Sí, pero ahora no detengas a nadie, querido, que tenemos prisa —le rogó su esposa mientras consultaba una lista, nerviosa—. Me parece que lo mejor sería ir primero a Madame Malkin; Hermione quiere una túnica de gala nueva y Ron enseña demasiado los tobillos con la del uniforme. Y tú también necesitarás una nueva, Harry, porque has crecido mucho. Vamos, por aquí...

—Molly, no tiene sentido que vayamos todos a Madame Malkin —objetó su marido—. ¿Por qué no dejas que Hagrid los acompañe a ellos tres y nosotros vamos con Ginny a Flourish y Blotts a comprarles los libros de texto?

—No sé, no sé —respondió ella, angustiada; era evidente que se debatía entre el deseo de terminar las compras deprisa y el de mantener unido el grupo—. Hagrid, ¿crees que...?

—No sufras, Molly, conmigo no va a pasarles nada —la tranquilizó éste agitando una peluda mano del tamaño de la tapa de un bote de basura.

La señora Weasley no parecía muy convencida, pero permitió que se separaran y salió presurosa hacia Flourish y Blotts con su marido y Ginny, mientras que Harry, Ron, Hermione y Hagrid se dirigieron hacia el establecimiento de Madame Malkin.

Harry advirtió que muchas de las personas con que se cruzaban tenían la misma expresión atribulada y atemorizada que la señora Weasley, y ninguna de ellas se detenía a hablar; los compradores permanecían juntos formando grupos muy unidos y no se distraían. Tampoco había nadie que hiciera las compras solo.

—No sé si vamos a caber todos ahí dentro —observó Hagrid tras detenerse delante de la tienda de Madame Malkin y mirar por el escaparate—. Si les parece bien, me quedaré vigilando aquí.

Así que los tres amigos entraron en la pequeña tienda. A primera vista parecía vacía, pero tan pronto la puerta se hubo cerrado tras ellos, oyeron una voz conocida detrás de un perchero de túnicas de gala con lentejuelas azules y verdes.

—... ningún niño, por si no te habías dado cuenta, madre. Soy perfectamente capaz de hacer las compras por mi cuenta.

Alguien chasqueó la lengua, y luego una voz que Harry identificó como la de Madame Malkin dijo:

—Mira, querido, tu madre tiene mucha razón; en los tiempos que corren no es conveniente pasear solo por ahí, no tiene nada que ver con la edad...

—¡Quiere hacer el favor de mirar dónde clava el alfiler!

Un adolescente pálido, de facciones afiladas y cabello rubio platino, salió de detrás del perchero. Llevaba puesta una elegante túnica verde oscuro con una reluciente hilera de alfileres alrededor del dobladillo y los bordes de las mangas. Dio un par de zancadas, se colocó ante el espejo y se miró; tardó unos instantes en ver a Harry, Ron y Hermione reflejados detrás de él, y entonces entrecerró sus ojos grises.

—Si te preguntas por qué huele mal, madre, es que acaba de entrar una sangre sucia —anunció Draco Malfoy.

—¡No hay ninguna necesidad de emplear ese lenguaje! —lo reprendió Madame Malkin saliendo de detrás del perchero a toda prisa, con una cinta métrica y una varita en las manos—. ¡Y tampoco quiero ver varitas en mi tienda! —se apresuró a añadir, pues al mirar hacia la puerta vio a Harry y Ron allí plantados con las varitas en ristre apuntando a Malfoy.

Hermione, que estaba detrás de los chicos, les susurró:

—Déjenlo, en serio, no vale la pena.

—¡Bah, como si se atrevieran a hacer magia fuera del colegio! —se burló Malfoy—. ¿Quién te ha puesto el ojo morado, Granger? Me gustaría enviarle flores.

—¡Basta ya! —ordenó Madame Malkin, y miró a sus espaldas en busca de ayuda—. Por favor, señora...

Narcisa Malfoy salió de detrás del perchero con aire despreocupado.

—Guarden las varitas —exigió con frialdad a Harry y Ron—. Si vuelven a atacar a mi hijo, me encargaré de que sea lo último que hagan.

—¿Lo dice en serio? —la desafió Harry. Avanzó un paso y miró con fijeza a la mujer cuyo arrogante rostro, pese a su palidez, recordaba al de su hermana. Harry ya era tan alto como ella—. ¿Qué piensa hacer? ¿Pedirles a algunos mortífagos amigos suyos que nos liquiden?

Madame Malkin soltó un gritito y se llevó las manos al pecho.

—Chicos, no deberían acusar... Es peligroso decir cosas así. ¡Guarden las varitas, por favor!

Pero Harry no la bajó. Narcisa Malfoy esbozó una desagradable sonrisa.

—Veo que ser el preferido de Dumbledore te ha dado una falsa sensación de seguridad, Harry Potter. Pero él no estará siempre a tu lado para protegerte.

—¡Caramba! —exclamó Harry, mirando con sorna alrededor—. ¡Ahora no lo veo por aquí! ¿Por qué no lo intenta? ¡A lo mejor le encuentran una celda doble en Azkaban y puede ir a hacerle compañía al fracasado de su marido!

Draco, furioso, se abalanzó sobre Harry, pero tropezó con el dobladillo de la túnica. Ron soltó una carcajada.

—¡No te atrevas a hablarle así a mi madre, Potter! —gruñó.

—No pasa nada, hijo —intervino Narcisa, poniéndole una mano de delgados y blancos dedos en el hombro para sujetarlo—. Creo que Potter se reunirá con su querido Sirius antes de que yo vaya a hacer compañía a Lucius.

Harry levantó un poco más la varita.

—¡No, Harry! —gimió Hermione y le tiró del brazo para bajárselo—. Piensa... No debes... no te metas en líos.

Madame Malkin titubeó un momento y decidió comportarse como si no pasara nada, con la esperanza de que realmente no llegara a pasar nada. Se inclinó hacia Draco, que todavía miraba con odio a Harry, y dijo:

—Me parece que tendríamos que acortar la manga izquierda un poquito más, querido. Déjame...

—¡Ay! —chilló Draco, y le dio un golpe brusco en la mano—. ¡Cuidado con los alfileres, señora! Madre, creo que no quiero esta túnica...

Se quitó la prenda por la cabeza y la arrojó al suelo, a los pies de Madame Malkin.

—Tienes razón, hijo —coincidió Narcisa, y le lanzó una mirada de profundo desprecio a Hermione—, ahora veo la clase de gentuza que compra aquí. Será mejor que vayamos a Twilfitt y Tatting.

Madre e hijo abandonaron con aire decidido la tienda y, al salir, Draco se aseguró de tropezar con Ron y darle tan fuerte como pudo.

—¡Habrase visto! —se horrorizó Madame Malkin. Recogió la túnica del suelo y le pasó la punta de la varita por encima para quitarle el polvo, como quien pasa una aspiradora.

La dueña de la tienda estuvo muy alterada mientras Ron y Harry se probaban las túnicas nuevas; intentó venderle a Hermione una túnica de gala de mago en lugar de una de bruja, y cuando por fin se despidió de ellos, se notó que se alegraba de verlos irse.

—¿Ya lo tienen todo? —preguntó Hagrid, jovial, cuando los tres amigos salieron a la calle.

—Más o menos —contestó Harry—. ¿Has visto a los Malfoy?

—Sí. Pero descuida, Harry, jamás se les ocurriría armar bronca en medio del callejón Diagon.

Los tres amigos se miraron, pero, antes de que pudieran sacar a Hagrid de su error, llegaron los señores Weasley y Ginny cargados con pesados paquetes de libros.

—¿Están todos bien? —preguntó la señora Weasley—. ¿Tienen las túnicas? Estupendo, entonces podemos pasar por el boticario y El Emporio de camino hacia la tienda de Fred y George. ¡Vamos, no se separen!

Ni Harry ni Ron compraron ingredientes para pociones en el boticario, dado que no iban a seguir estudiando Pociones, pero en El Emporio de la Lechuza ambos adquirieron grandes cajas de frutos secos para *Hedwig* y *Pigwidgeon*. Luego, mientras la señora Weasley consultaba la hora en su reloj de pulsera a cada minuto, siguieron recorriendo la calle en busca de Sortilegios Weasley, la tienda de artículos de broma que regentaban Fred y George.

—No nos queda mucho tiempo —les advirtió la señora Weasley—. Sólo echaremos un vistazo y luego volveremos al coche. Debemos de estar cerca: ése es el número noventa y dos... noventa y cuatro...

—¡Vaya! —exclamó Ron deteniéndose en seco.

Comparados con los sosos escaparates de las tiendas de los alrededores, cubiertos de carteles, los del local de Fred y George parecían un espectáculo de fuegos artificiales. Al pasar por delante, los peatones se volvían para admirarlos y algunos incluso se detenían para contemplarlos con perplejidad.

El escaparate de la izquierda era deslumbrante, lleno de artículos que giraban, reventaban, destellaban, brincaban y chillaban; Harry se desternilló de risa al verlo. El de la derecha se hallaba tapado por un gran cartel morado, como los del ministerio, pero con unas centelleantes letras amarillas que decían:

¿Por qué le inquieta El-que-no-debe-ser-nombrado?
¡Debería preocuparle
LORD KAKADURA,
la epidemia de estreñimiento que arrasa el país!

Harry rompió a reír, pero oyó un débil gemido a su lado. Era la señora Weasley contemplando el cartel, estupefacta, mientras articulaba en silencio las palabras «Lord Kakadura».

—¡Esto les va a costar la vida! —susurró.

—¡Qué va! —saltó Ron, que reía también—. ¡Es genial!

Los dos amigos fueron los primeros en entrar en la tienda, tan abarrotada de clientes que Harry no pudo acercarse a los estantes. Sin embargo, miró fascinado alrededor y contempló las cajas amontonadas hasta el techo: allí estaban los Surtidos Saltaclases que los gemelos habían perfeccionado durante su último curso en Hogwarts, que aún no habían acabado; el turrón sangranarices era el más solicitado, pues sólo quedaba una abollada caja en el estante. También había cajones llenos de varitas trucadas (las más baratas se convertían en pollos de goma o en calzoncillos cuando las agitaban; las más caras golpeaban al desprevenido usuario en la cabeza y la nuca) y cajas de plumas de tres variedades: autorrecargables, con corrector ortográfico incorporado y sabelotodo. Harry se abrió paso entre la multitud hasta el mostrador, donde un grupo de maravillados niños de unos diez años observaban una figurita de madera que subía lentamente los escalones que conducían a una horca; en la caja sobre la que se exponía el artilugio, una etiqueta indicaba: «Ahorcado reutilizable. ¡Si no aciertas, lo ahorcan!»

—«Fantasías patentadas»... —Hermione había logrado acercarse a un gran expositor y leía la información impresa en una caja con una llamativa fotografía de un apuesto joven y una embelesada chica en la cubierta de un barco pirata—. «Tan sólo con un sencillo conjuro accederás a una fantasía de treinta minutos de duración, de primera calidad y muy realista, fácil de introducir en una clase normal de colegio y prácticamente indetectable. Posibles efectos secundarios: mirada ausente y ligero babeo. Prohibida la venta a menores de dieciséis años.» ¡Caramba, esto es magia muy avanzada! —comentó Hermione mirando a Harry.

—Por haber dicho eso, Hermione —les sorprendió una voz a sus espaldas—, puedes llevarte una gratis.

Harry y Hermione se dieron la vuelta y vieron a Fred, que sonreía radiante. Llevaba una túnica de color magenta que desentonaba con su cabello pelirrojo.

—¿Cómo estás, Harry? —Se estrecharon la mano—. ¿Y a ti qué te ha pasado en el ojo, Hermione?

—Ha sido ese telescopio golpeador suyo —contestó ella, compungida.

—¡Caramba, no me acordaba! Toma... —Se sacó un pote de plástico del bolsillo y se lo dio; Hermione desenroscó la tapa con cautela y contempló la espesa pasta amarilla que contenía—. Póntela en el ojo y dentro de una hora el cardenal habrá desaparecido —le aseguró Fred—. Hemos tenido que procurarnos un quitacardenales decente, porque la mayoría de nuestros productos los probamos nosotros mismos.

—¿Seguro que es inofensivo? —preguntó la chica.

—Pues claro. Ven, Harry, voy a enseñártelo todo.

Harry dejó a Hermione untándose la pomada en el ojo amoratado y siguió a Fred hacia el fondo de la tienda, donde había un tenderete con trucos de cartas y de cuerdas.

—¡Trucos de magia muggle! —explicó Fred con entusiasmo, señalándolos—. Para los bichos raros como mi padre que enloquecen por las cosas de muggles. No dejan mucha ganancia, pero se venden bien; la gente los compra por la novedad. ¡Ah, mira, ahí está George!

El hermano gemelo de Fred le dio un enérgico apretón de manos a Harry.

—¿Le estás enseñando nuestros tesoros? Ven al reservado, Harry, ahí es donde de verdad ganamos dinero. ¡Eh, tú! —le advirtió a un niño que rápidamente retiró la mano de un tubo con la etiqueta «Marcas Tenebrosas comestibles: ¡ponen malo a cualquiera!»—. ¡Si robas alguna cosa pagarás con algo más que galeones!

George apartó una cortina que había detrás de los trucos de muggles y Harry vio una sala con menos iluminación y menos gente. Los embalajes de los productos que llenaban los estantes no eran tan llamativos.

—Hemos creado una línea más seria —explicó Fred—. Fue muy curioso...

—No te imaginas cuántas personas no saben hacer un encantamiento escudo decente —explicó George—. ¡Ni siquiera los empleados del ministerio! Claro, como nunca te han tenido de maestro, Harry...

—Exacto. Pues bien, se nos ocurrió que los sombreros escudo podían tener gracia. Ya sabes, desafías a un colega a que te haga un embrujo con el sombrero puesto y observas la cara que pone cuando el embrujo rebota y le da a él. ¡Pero el ministerio nos compró quinientos para su personal de refuerzo! ¡Y todavía siguen haciendo unos pedidos descomunales!

—Así que ampliamos la idea y creamos una extensa gama de capas escudo, guantes escudo...

—Bueno, no servirán de gran cosa contra las maldiciones imperdonables, pero para maleficios o embrujos de leves a moderados...

—Y luego creímos que sería buena idea entrar en el terreno de la Defensa Contra las Artes Oscuras, porque con eso te haces rico —prosiguió George, irradiando entusiasmo—. Mira, esto ha sido un éxito. Es polvo de oscuridad instantánea; lo importamos de Perú. Resulta muy útil si necesitas emprender una huida rápida.

—Y nuestros detonadores trampa se venden solos, ¡fíjate! —dijo Fred, señalando una colección de extraños objetos negros con forma de bocinas que intentaban saltar de los estantes—. Tiras uno con disimulo, sale disparado, se esconde y hace un ruido muy fuerte que te proporciona un divertimiento estratégico en un momento de apuro.

—Muy útil —admitió Harry, impresionado.

—Ten —dijo George al tiempo que atrapaba un par y se los lanzaba.

Una joven bruja de cabello corto y rubio asomó la cabeza por detrás de la cortina; Harry vio que ella también llevaba la túnica de color magenta del personal.

—Ahí fuera hay un cliente que busca un caldero de broma, señor Weasley y señor Weasley —dijo la bruja.

Harry encontró muy raro que alguien llamara a los gemelos «señor Weasley y señor Weasley», pero a ellos no pareció extrañarles.

—Muy bien, Verity, ya voy —dijo George—. Toma lo que quieras, ¿de acuerdo, Harry? Y ni se te ocurra pagar.

—¡Cómo que no! —protestó Harry, que ya había sacado su bolsa de monedas para pagar los detonadores trampa.

—Aquí no pagas —insistió Fred, apartando el dinero que le ofrecía.

—Pero...

—Tú nos prestaste el dinero para abrir este negocio, no creas que lo hemos olvidado —intervino George con seriedad—. Llévate lo que se te antoje y si alguien te pregunta, acuérdate de decirle dónde puede encontrarlo.

George apartó la cortina y fue a atender a los clientes, y Fred condujo de nuevo a Harry hasta la parte delantera de la tienda, donde Hermione y Ginny seguían examinando las fantasías patentadas.

—¿Todavía no han visto nuestros productos especiales Wonderbruja, chicas? —les preguntó Fred—. Síganme, señoritas...

Cerca del escaparate había una selección de productos de color rosa chillón; un grupo de exaltadas jovencitas reían apiñadas alrededor de ellos. Hermione y Ginny, recelosas, se quedaron atrás.

—Aquí los tienen —dijo Fred con orgullo—. El mejor surtido de filtros de amor que pueden encontrarse en el mercado.

Ginny arqueó una ceja con escepticismo y preguntó:

—¿Funcionan?

—Claro que funcionan, hasta veinticuatro horas seguidas, según el peso del chico en cuestión...

—... y del atractivo de la chica —terminó George, que acababa de aparecer a su lado—. Pero no pensamos vendérselos a nuestra hermana —agregó con expresión severa—, porque según nos han contado ya sale con cinco chicos a la vez...

—Cualquier cosa que te haya contado Ron es una mentira grande como una casa —repuso Ginny sin perder la calma, y se inclinó para tomar del estante un pequeño tarro rosa—. ¿Qué es esto?

—Crema desvanecedora de granos de eficacia garantizada. Actúa en diez segundos —explicó Fred—. Infalible con lo que sea, desde forúnculos hasta espinillas. Pero no cambies de tema. ¿Es verdad que sales con un chico llamado Dean Thomas?

—Sí, es verdad —admitió Ginny—. Y la última vez que me fijé, te aseguro que era un chico y no cinco. ¿Y eso qué es? —Señaló unas bolas de pelusa color rosa y morado que rodaban por el fondo de una jaula y emitían agudos chillidos.

—Micropuffs —dijo George—. Puffskeins en miniatura. No damos abasto. Pero cuéntame, ¿qué ha pasado con Michael Corner?

—Lo dejé, era un mal perdedor —respondió Ginny al tiempo que metía un dedo entre los barrotes de la jaula y miraba cómo los micropuffs se concentraban alrededor de él—. ¡Qué monos son!

—Sí, adorables —concedió Fred—. Pero ¿no crees que cambias muy rápido de novio?

121

Ginny se dio la vuelta y puso los brazos en jarras. La mirada que le lanzó a su hermano se parecía tanto a las de la señora Weasley que a Harry le sorprendió que Fred no retrocediera.

—Eso no es asunto tuyo. ¡Y a ti —añadió dirigiéndose a Ron, que acababa de llegar cargado de artículos— te agradecería que no les contaras cuentos sobre mí a estos dos!

—Serán tres galeones, nueve sickles y un knut —calculó Fred tras examinar las cajas que Ron llevaba—. Suelta la lana.

—¡Pero si soy tu hermano!

—Y eso que pretendes llevarte son nuestros productos. Tres galeones y nueve sickles. Te perdono el knut.

—¡No tengo tanto dinero!

—Entonces ya puedes devolverlo todo a sus estantes correspondientes.

Ron dejó caer varias cajas, soltó una palabrota e hizo un ademán grosero dirigido a Fred, pero, por desgracia, fue detectado por su madre, que había elegido justo ese momento para pasar por allí.

—Si te veo hacer eso otra vez te coso los dedos con un embrujo —lo amenazó.

—¿Me compras un micropuff, mamá? —saltó Ginny.

—¿Un qué? —preguntó ella con desconfianza.

—Mira, son tan monos...

La señora Weasley se acercó para ver qué eran los micropuffs, y Harry, Ron y Hermione tuvieron ocasión de echar una ojeada por el cristal del escaparate. Draco Malfoy, solo, corría calle arriba. Al pasar por delante de Sortilegios Weasley miró hacia atrás, pero segundos más tarde lo perdieron de vista.

—¿Dónde estará su madre? —se preguntó Harry frunciendo el entrecejo.

—Por lo que parece, se le escabulló —dijo Ron.

—Pero ¿por qué? —se extrañó Hermione.

Harry se esforzó por hallar una respuesta. No parecía lógico que Narcisa Malfoy hubiera permitido que su precioso hijo se alejara de su lado; Draco debía de haber utilizado toda su habilidad para librarse de ella. Harry, que conocía y odiaba a Draco, sabía que las razones de éste no podían ser inocentes.

Echó un vistazo alrededor: la señora Weasley y Ginny estaban inclinadas sobre los micropuffs; el señor Weasley examinaba con interés una baraja de cartas de muggles marcada; Fred y George atendían a los clientes, y al otro lado del cristal Hagrid estaba de espaldas mirando a uno y otro lado de la calle.

—Rápido, métanse debajo de la capa —apremió Harry a sus amigos al tiempo que sacaba su capa invisible de la mochila.

—No sé, Harry... —vaciló Hermione, y echó un vistazo a la señora Weasley.

—¡Vamos! —la urgió Ron.

Hermione titubeó un segundo más y luego se deslizó bajo la capa con Harry y Ron. Nadie advirtió que se habían esfumado: todos estaban centrados en inspeccionar los productos de los gemelos. Los tres amigos fueron abriéndose camino hasta la puerta tan deprisa como pudieron, pero cuando llegaron a la calle, Malfoy se había desvanecido con la misma habilidad que ellos.

—Iba en esa dirección —murmuró Harry en voz baja para que no los oyera Hagrid, que tarareaba una melodía—. ¡Vamos!

Echaron a andar por la calle, observando a derecha e izquierda y en puertas y ventanas, hasta que Hermione señaló al frente.

—Es ese de ahí, ¿no? —susurró—. El que ahora dobla a la izquierda.

—Vaya, vaya —susurró Ron.

Malfoy, tras mirar en derredor, se había metido por el callejón Knockturn.

—Rápido, o lo perderemos —instó Harry, y aceleró el paso.

—¡Nos van a ver los pies! —les advirtió Hermione, angustiada, al comprobar que la capa les ondeaba alrededor de los tobillos; habían crecido tanto que la capa ya no les cubría los pies.

—No importa —dijo Harry, impaciente—. ¡Corran!

Pero el callejón Knockturn, la callejuela dedicada a las artes oscuras, se veía completamente desierto. Fisgaron en los escaparates de las tiendas a medida que avanzaban, pero no vieron clientes en ninguna de ellas. Harry lo atribuyó a que en esos tiempos de peligros y sospechas, uno se arriesgaba a delatarse si compraba artilugios tenebrosos, o al menos si lo veían comprándolos.

Hermione le dio un pellizco en el brazo.

—¡Ay!

—¡Chist! ¡Mira! ¡Está ahí dentro! —le susurró ella al oído.

Habían llegado a la altura de la única tienda del callejón Knockturn en que Harry había entrado alguna vez: Borgin y Burkes, donde vendían una amplia variedad de objetos siniestros. Allí, rodeado de cajas llenas de cráneos y botellas viejas, se encontraba Draco Malfoy, de espaldas a la calle y semioculto por el mismo armario negro en que Harry se había escondido una vez para evitar que lo vieran Malfoy y su padre. A juzgar por los movimientos que hacía con las manos, Draco estaba enfrascado en una animada disertación, mientras el propietario de la tienda, el señor Borgin (un individuo encorvado de cabello grasiento), permanecía de pie frente al chico, escuchándolo con una curiosa expresión de resentimiento y temor.

—¡Ojalá pudiéramos oír lo que están diciendo! —se lamentó Hermione.

—¡Podemos oírlo! —saltó Ron—. Esperen... ¡Maldición...!

Dejó caer un par de cajas de las que todavía llevaba en las manos y se puso a hurgar en la más grande.

—¡Miren! ¡Orejas extensibles!

—¡Genial! —dijo Hermione mientras Ron desenredaba las largas cuerdas de color carne y empezaba a pasarlas por debajo de la puerta—. Espero que no le hayan hecho un encantamiento de impasibilidad a la puerta...

—¡Pues no! —se alegró Ron—. ¡Escuchen!

Juntaron las cabezas y escucharon con atención, acercando los oídos al extremo de las cuerdas: la voz de

Malfoy les llegó con toda claridad, como si hubieran encendido una radio.

—¿... sabría arreglarlo?

—Es posible —contestó Borgin con tono evasivo—. Pero necesito verlo. ¿Por qué no lo traes a la tienda?

—No puedo —repuso Malfoy—. Tiene que quedarse donde está. Lo que necesito es que me indique cómo hacerlo.

Harry vio que Borgin se pasaba la lengua por los labios, nervioso.

—Es que así, sin haberlo visto, va a ser un trabajo muy difícil, quizá imposible. No puedo garantizarte nada.

—¿Ah, no? —dijo Malfoy, y Harry comprendió, por su tono, que Draco miraba con desdén a su interlocutor—. Tal vez esto le haga decidirse.

Malfoy avanzó hacia Borgin y el armario lo ocultó. Harry, Ron y Hermione se desplazaron hacia un lado para no perderlo de vista, pero sólo alcanzaron a ver a Borgin, que parecía asustado.

—Si se lo cuenta a alguien —amenazó Malfoy—, habrá represalias. ¿Conoce a Fenrir Greyback? Es amigo de mi familia; pasará por aquí de vez en cuando para comprobar que usted le dedica toda su atención a este problema.

—No será necesario que...

—Eso lo decidiré yo —le espetó Malfoy—. Bueno, me marcho. Y no olvide guardar bien ése, ya sabe que lo necesitaré.

—¿No quiere llevárselo ahora?

—No, claro que no, estúpido. ¿Cómo voy a ir por la calle con eso? Pero no lo venda.

—Naturalmente que no... señor.

Borgin hizo una reverencia tan pronunciada como la que en su día Harry le había visto hacer ante Lucius Malfoy.

—Ni una palabra a nadie, Borgin, y eso incluye a mi madre, ¿entendido?

—Por supuesto, por supuesto —murmuró Borgin, y volvió a hacer una reverencia.

La campanilla colgada encima de la puerta tintineó con brío y Malfoy salió de la tienda muy ufano. Pasó tan cerca de Harry y sus amigos que los tres notaron cómo la capa invisible ondeaba de nuevo alrededor de sus tobillos. Borgin, que se había quedado inmóvil dentro de la tienda, parecía preocupado y su empalagosa sonrisa se había borrado.

—¿De qué hablaban? —susurró Ron mientras guardaba las orejas extensibles.

—No lo sé —dijo Harry, e intentó buscarle algún sentido a aquella extraña conversación—. Malfoy quiere que le reparen algo... y que le guarden algo que hay en la tienda. ¿Han visto qué señalaba cuando dijo «no olvide guardar bien ése»?

—No, el armario lo tapaba.

—Quédense aquí —susurró Hermione.

—¿Qué...?

Pero ella ya había salido de debajo de la capa. Se arregló el pelo contemplándose en el cristal del escaparate y entró con decisión en el local, haciendo sonar de nuevo la campanilla. Ron se apresuró a pasar otra vez las orejas extensibles por debajo de la puerta y le dio un extremo a Harry.

—¡Hola! Qué día tan feo, ¿verdad? —saludó Hermione a Borgin, que no contestó y la miró con recelo. Tarareando alegremente, ella se paseó entre el revoltijo de objetos expuestos—. ¿Está a la venta este collar? —preguntó deteniéndose junto a una vitrina.

—Sí, si tienes mil quinientos galeones —respondió Borgin con frialdad.

—Pues no, no tengo tanto dinero —dijo ella, y siguió paseándose—. Y... ¿qué me dice de este precioso... hum... cráneo?

—Dieciséis galeones.

—Entonces está en venta, ¿no? ¿No se lo reserva a nadie?

Borgin la miró con los ojos entornados y Harry tuvo la desagradable sensación de que el tendero sabía exactamente lo que Hermione pretendía. Por lo visto, ella también se figuró que la habían descubierto, ya que de repente abandonó toda precaución.

—Verá, es que... hum... ese chico que acaba de marcharse de aquí, Draco Malfoy, es amigo mío, y quiero hacerle un regalo de cumpleaños. Como es lógico, no quisiera comprarle algo que él ya haya reservado, así que... hum...

Harry consideró que era una excusa muy pobre, y al parecer Borgin opinó lo mismo.

—¡Fuera! —ordenó sin miramientos—. ¡Largo de aquí!

Hermione no esperó a que se lo repitieran y corrió hacia la puerta con Borgin pisándole los talones. Cuando volvió a sonar la campanilla, el hombre pegó un portazo y colgó el letrero de «Cerrado».

—Ha valido la pena intentarlo —dijo Ron echándole la capa por encima a Hermione—, pero fuiste muy evidente.

—¡La próxima vez vas tú y me enseñas cómo se hace, Maestro del Misterio! —le espetó ella.

Ron y Hermione discutieron todo el camino hasta Sortilegios Weasley, donde tuvieron que callarse para poder esquivar, sin ser detectados, a Hagrid y la señora Weasley, quienes evidentemente se habían percatado de su ausencia y estaban preocupados. Una vez en la tienda, Harry se quitó la capa invisible y la guardó en la mochila. A continuación, en respuesta a los reproches de la señora Weasley, insistió, igual que sus amigos, en que no se habían movido del reservado y fingió extrañarse de que ella no los hubiera visto.

7

El Club de las Eminencias

Harry pasó gran parte de la última semana de vacaciones cavilando sobre el proceder de Malfoy en el callejón Knockturn. Lo que más le inquietaba era lo ufano que había salido de la tienda. Nada que lo hiciera tan feliz podía ser una buena noticia. Sin embargo, ni Ron ni Hermione parecían tan intrigados como él por las actividades de Malfoy, y eso le fastidiaba un poco; es más, pasados unos días, sus amigos se habían cansado del tema.

—Sí, Harry, reconozco que olía a chamusquina —admitió Hermione con un matiz de impaciencia. Estaba sentada en el alféizar de la ventana de la habitación de Fred y George, con los pies encima de una caja de cartón, y había levantado la vista a regañadientes de su nuevo ejemplar de *Traducción avanzada de runas*—. Pero ¿no hemos llegado a la conclusión de que podía haber muchas explicaciones?

—A lo mejor se le ha roto la Mano de la Gloria —conjeturó Ron mientras intentaba enderezar las ramitas de la cola de su escoba—. ¿Se acuerdan de aquel brazo reseco que tenía Malfoy?

—Pero entonces ¿por qué dijo: «Y no olvide guardar bien ése»? —preguntó Harry por enésima vez—. A mí me sonó como si Borgin tuviera otro objeto semejante al que se le ha roto a Malfoy y que éste quería poseer ambos.

—¿Tú crees? —dudó Ron al tiempo que raspaba un poco de suciedad del mango de la escoba.

—Sí, creo que sí —afirmó Harry, y en vista de que sus amigos no decían nada, añadió—: El padre de Malfoy está en Azkaban. ¿No creen que a Draco le gustaría vengarse?

Ron levantó la cabeza y pestañeó varias veces seguidas.

—¿Vengarse? ¿Malfoy? ¿Cómo va a vengarse?

—¡De eso se trata, de que no lo sé! —suspiró Harry, frustrado—. Pero estoy convencido de que trama algo y creo que deberíamos tomárnoslo en serio. Su padre es un mortífago y... —Se interrumpió bruscamente, boquiabierto y con la mirada clavada en la ventana que Hermione tenía a su espalda. Acababa de ocurrírsele una idea alarmante.

—¿Qué te pasa, Harry? —se asustó Hermione.

—No te dolerá otra vez la cicatriz, ¿verdad? —dijo Ron, intranquilo.

—Es un mortífago —repitió Harry despacio—. ¡Ha relevado a su padre como mortífago!

Hubo un silencio, y luego Ron soltó una carcajada.

—¿Malfoy? ¡Pero si sólo tiene dieciséis años! ¿Cómo quieres que Quien-tú-sabes le permita unirse a los mortífagos?

—Eso es muy poco probable, Harry —coincidió Hermione en tono de cancelación—. ¿Qué te hace pensar que...?

—En la tienda de Madame Malkin... ella no lo tocó, pero Malfoy gritó y apartó el brazo cuando ella fue a enrollarle la manga de la túnica. Era su brazo izquierdo. ¡Le han grabado la Marca Tenebrosa!

Ron y Hermione se miraron.

—Hombre... —dijo Ron, escéptico.

—Yo creo que sólo quería largarse de allí —opinó Hermione.

—Le enseñó a Borgin algo que nosotros no llegamos a ver —se empeñó Harry—. Algo que asustó mucho a Borgin. Era la Marca, estoy seguro. Quería demostrarle con quién estaba tratando, ya vieron que el hombre se lo tomó muy en serio.

Ron y Hermione volvieron a mirarse.

—No sé qué decirte, Harry...

—Sí, sigo sin creer que Quien-tú-sabes haya permitido a Malfoy unirse a...

Harry, contrariado pero convencido de que tenía razón, tomó varias túnicas de quidditch sucias y salió de la habitación; la señora Weasley llevaba días recordándoles que no convenía dejar los preparativos del viaje a Hogwarts para el último momento. En el rellano tropezó con Ginny, que volvía a su habitación con un montón de ropa limpia.

—Yo en tu lugar no entraría en la cocina en este momento —le avisó—. Está inundada de *Flegggrrr*.

—Iré con cuidado para no resbalar —replicó Harry sonriendo.

Y en efecto, cuando entró en la cocina, encontró a Fleur sentada a la mesa en pleno discurso sobre sus planes para la boda con Bill, mientras la señora Weasley, con cara avinagrada, vigilaba un considerable montón de coles de Bruselas que se pelaban solas.

—... Bill y yo casi hemos decidido que sólo *tendgemos* dos damas de *honog*. Ginny y *Gabgielle quedagán* monísimas juntas. Estoy pensando en *vestiglas* de *colog ogo clago*; el *gosa* le *quedaguía* fatal a Ginny con el *colog* de su pelo...

—¡Ah, Harry! —exclamó la señora Weasley, interrumpiendo el monólogo de Fleur—. Quería explicarte las medidas de seguridad que hemos adoptado para el viaje a Hogwarts. Volveremos a tener autos del ministerio, y habrá aurores esperándonos en la estación...

—¿Irá Tonks? —preguntó Harry, y le dio la ropa sucia.

—No, no lo creo. Me parece que Arthur comentó que la han destinado a otro sitio.

—Esa *mujeg* se ha descuidado tanto... —caviló Fleur mientras examinaba su deslumbrante reflejo en la parte de atrás de una cucharilla—. Un *gave egog*, si *quiegues* mi opinión...

—Sí, gracias —la cortó la señora Weasley—. Más vale que estés listo, Harry. De ser posible, quiero que los baúles estén preparados esta noche para que mañana no haya las típicas prisas del último minuto.

Y la verdad es que, al día siguiente, la partida fue más tranquila de lo habitual. Cuando los autos del ministerio se detuvieron delante de La Madriguera, ellos ya estaban esperando con los baúles preparados; el gato de Hermione, *Crookshanks*, encerrado en su cesto de viaje; y *Hedwig*, *Pigwidgeon* —la lechuza de Ron— y *Arnold* —el nuevo micropuff morado de Ginny— en sus respectivas jaulas.

—*Au revoir, Hagy* —dijo Fleur con voz ronca, y le dio un beso de despedida.

Ron enseguida se abalanzó, ilusionado, pero Ginny le puso la zancadilla y el chico cayó cuan largo era a los pies de Fleur. Furioso, colorado y salpicado de barro, subió presuroso al coche sin despedirse.

En la estación de King's Cross no los aguardaba un Hagrid jovial, sino dos barbudos aurores de expresión adusta, ataviados con trajes oscuros de muggle. Se acercaron en cuanto los coches se detuvieron y, flanqueando al grupo, lo condujeron hasta la estación sin mediar palabra.

—Rápido, rápido, por la barrera —dijo la señora Weasley, un poco intimidada por tanta formalidad—. Convendría que Harry pasara primero, ya que...

Miró de manera inquisitiva a uno de los aurores. Éste asintió levemente y agarró a Harry por el brazo para dirigirlo hacia la barrera que separaba el andén nueve del diez.

—Sé caminar, gracias —protestó el chico, y de un tirón se soltó del auror. Luego embistió la sólida barrera con su carrito, ignorando a su silencioso acompañante, y un instante después se encontró en la plataforma nueve y tres cuartos, donde un tren de color escarlata, el expreso de Hogwarts, lanzaba nubes de vapor sobre la gente.

Hermione y los Weasley se le unieron a los pocos segundos. Sin consultar al malhumorado auror, Harry les hizo señas para que lo ayudaran a buscar un compartimiento vacío.

—No podemos, Harry —se disculpó Hermione—. Ron y yo debemos ir al vagón de los prefectos, y luego tenemos que patrullar un rato por los pasillos.

—¡Ah, claro! No me acordaba.

—Será mejor que suban todos al tren, sólo faltan unos minutos para que parta —dijo la señora Weasley, consultando su reloj de pulsera—. Bueno, que tengas un buen inicio de curso, Ron...

—¿Puedo hablar un momentito con usted, señor Weasley? —preguntó Harry, pues acababa de tomar una decisión.

—Por supuesto —respondió el señor Weasley, un poco sorprendido, y ambos se separaron del grupo.

Harry había meditado bastante sobre el asunto que le preocupaba y había llegado a la conclusión de que, si se decidía a contárselo a alguien, la persona más indicada era el señor Weasley; en primer lugar, porque trabajaba en el ministerio y, por tanto, estaba bien situado para seguir investigando, y en segundo lugar, porque creía que el riesgo de que montara en cólera no era muy elevado.

Advirtió que la señora Weasley y el auror con cara de antipático les lanzaban miradas desconfiadas.

—Cuando fuimos al callejón Diagon —empezó Harry, pero el señor Weasley se le adelantó y dijo con una mueca de desaprobación:

—¿Vas a contarme dónde se metieron mientras se suponía que estaban en el reservado de Fred y George?

—¿Cómo lo supo?

—Por favor, Harry. Estás hablando con el padre de los gemelos.

—Sí, claro. Bueno, pues tiene razón, no estábamos en el reservado.

—Muy bien. Y ahora, desembucha.

—Verá, nos pusimos mi capa invisible y seguimos a Draco Malfoy.

—¿Tenían algún motivo para hacerlo, o sólo fue un capricho?

—Me pareció que Malfoy se traía algo entre manos —contestó Harry, sin hacer caso de la mezcla de exasperación y regocijo que mostraba el otro—. Se le había escabullido a su madre y yo quería saber por qué.

—Claro, lógico —comentó el señor Weasley con resignación—. ¿Y bien? ¿Lo averiguaste?

—Malfoy fue a Borgin y Burkes y se puso a intimidar a Borgin, el dueño, para que lo ayudara a arreglar algo. Y también dijo que quería que le guardara algo. Una cosa que, al parecer, es igual a esa que exigía que le arreglara. Como si tuviera una pareja. Y... —respiró hondo— hay otra cosa: vimos a Malfoy sobresaltarse mucho cuando Madame Malkin intentó tocarle el brazo izquierdo. Creo que le han grabado la Marca Tenebrosa y que ha relevado a su padre como mortífago.

Weasley se quedó atónito.

—Harry, dudo mucho que Quien-tú-sabes permitiera que un chico de dieciséis años...

—¿Tan seguros están todos de lo que haría y de lo que no haría Quien-usted-sabe? —repuso el chico, enfadado—. Lo siento, señor Weasley, pero ¿no opina que vale la pena investigarlo? Si Malfoy quiere que le arreglen algo y si necesita amenazar a Borgin para conseguirlo, debe de ser una cosa tenebrosa o peligrosa, ¿no le parece?

—Lo dudo mucho, Harry. Sinceramente. Mira, cuando detuvimos a Lucius Malfoy, registramos su casa y nos llevamos todo lo que podía resultar peligroso.

—Pues yo creo que se dejaron algo.

—Bueno, es posible —concedió el señor Weasley, pero Harry se dio cuenta de que sólo era mera cortesía.

Oyeron un pitido; casi todos los pasajeros habían subido al tren y estaban cerrando las puertas.

—Date prisa —dijo el señor Weasley, y su esposa gritó:

—¡Rápido, Harry!

Él echó a correr y los Weasley lo ayudaron a subir el baúl.

—Vendrás a pasar las Navidades con nosotros, tesoro, ya nos hemos puesto de acuerdo con Dumbledore, así que nos veremos pronto —dijo la señora Weasley mientras Harry cerraba la puerta y el convoy se ponía en marcha—. ¡Ten mucho cuidado y... —el tren estaba acelerando— pórtate bien y... —echó a correr junto al vagón— cuídate!

Harry se despidió con la mano hasta que el expreso de Hogwarts tomó una curva y los Weasley casi se perdieron de vista; entonces se dio la vuelta en busca de los demás. Supuso que Ron y Hermione estarían en el vagón de los prefectos, pero vio a Ginny en el pasillo charlando con unas amigas. Se dirigió hacia allí arrastrando su baúl.

Cuando lo veían acercarse, los otros estudiantes se quedaban mirándolo con todo descaro e incluso pegaban la cara a los cristales de sus compartimientos para observarlo bien. Él ya había previsto que durante ese curso tendría que soportar muchas miradas curiosas después de los rumores sobre «el Elegido» propagados por *El Profeta*, pero no le gustaba sentir que era el centro de atención.

—¿Vienes conmigo a buscar compartimiento? —le preguntó a Ginny.

—No puedo, Harry, he quedado con Dean —se disculpó ella con una sonrisa—. Nos vemos luego.

—De acuerdo —contestó él, pero notó una extraña punzada de fastidio cuando la vio alejarse meneando su roja cabellera. Durante el verano se había acostumbrado tanto a la compañía de Ginny que casi había olvidado que, en el colegio, ella no andaba mucho con él, ni con Ron o Hermione. Entonces parpadeó y miró alrededor: estaba rodeado de niñas que lo miraban cautivadas.

—¡Hola, Harry! —saludó una voz a sus espaldas.

—¡Neville! —exclamó con alivio al volverse y ver a un chico de cara redonda que intentaba abrirse paso hacia él.

—¡Hola, Harry! —dijo también una chica de cabello largo y grandes empañados que iba con Neville.

—¡Hola, Luna! ¿Cómo estás?

—Muy bien, gracias —contestó ella. Llevaba una revista apretada contra el pecho; en la portada se anunciaba con grandes letras que ese número incluía unas espectrogafas de regalo.

—Veo que *El Quisquilloso* sigue en la brecha —comentó Harry. Le tenía cierto cariño a ese periódico por haber publicado una entrevista en exclusiva con él el curso anterior.

—Sí, ya lo creo. Su tirada ha aumentado mucho —confirmó Luna, muy contenta.

—Vamos a buscar asientos —propuso Harry.

Los tres echaron a andar por el pasillo, pasando entre grupos de alumnos silenciosos que los miraban de hito en hito. Al final encontraron un compartimiento vacío y lo ocuparon con gran alivio.

—¿Te fijaste? ¡Nos miran a nosotros porque vamos contigo! —comentó Neville.

—Los miran porque también estuvieron en el ministerio —lo corrigió Harry mientras ponía su baúl en la rejilla portaequipajes—. En *El Profeta* se ha hablado mucho de nuestra pequeña aventura allí. Te habrás enterado, ¿no?

—Sí, creí que a mi abuela le desagradaría tanta publicidad —repuso Neville—, pero el caso es que está encantada. Dice que por fin empiezo a hacer honor al apellido de mi padre. ¡Mira, me ha comprado una varita nueva! —La sacó y se la mostró—. Cerezo y pelo de unicornio —dijo con orgullo—. Creemos que fue la última que vendió Ollivander; al día siguiente desapareció. ¡Eh, *Trevor*, vuelve aquí! —Y se metió debajo del asiento para recuperar a su sapo, que acababa de protagonizar uno de sus frecuentes conatos de fuga.

—¿Seguiremos celebrando reuniones del ED este año, Harry? —preguntó Luna mientras despegaba unas gafas psicodélicas del interior de *El Quisquilloso*.

—No tendría sentido, puesto que ya nos libramos de la profesora Umbridge, ¿no? —respondió él, y se sentó.

Neville se golpeó la cabeza contra el asiento al salir de debajo.

—¡A mí me gustaba mucho el ED! ¡Aprendí muchísimo contigo!

—A mí también me gustaban esas reuniones —coincidió Luna—. Era lo más parecido a tener amigos.

Luna hacía a menudo ese tipo de comentarios embarazosos, y en esas ocasiones Harry sentía una desagradable mezcla de lástima y bochorno. Sin embargo, antes de que pudiera replicar hubo un pequeño alboroto en el pasillo: un grupo de niñas de cuarto cuchicheaban y reían delante del compartimiento.

—¡Pídeselo tú!

—¡No, tú!

—¡Bueno, se lo pido yo!

Y una de ellas, una niña con cara de atrevida y grandes ojos oscuros, de barbilla puntiaguda y largo cabello negro, abrió la puerta y entró.

—¡Hola, Harry! Me llamo Romilda Vane —se presentó con aplomo—. ¿Por qué no vienes a nuestro compartimiento? No tienes por qué sentarte con éstos —añadió señalando el trasero de Neville, que había vuelto a meterse debajo del asiento y buscaba a tientas a *Trevor*, y a Luna, que se había puesto las espectrogafas y parecía una lechuza multicolor chiflada.

—Son mis amigos —respondió Harry con frialdad.

—¡Ah! —musitó la niña, sorprendida—. Pues muy bien.

Se retiró y cerró la puerta corrediza.

—La gente espera que tengas amigos de mentalidad abierta y más sociables—observó Luna, exhibiendo una vez más su don para hacer comentarios de una franqueza turbadora.

—Ustedes son de mentalidad abierta y sociables —replicó Harry, tajante—. Ninguna de esas niñas estuvo en el ministerio. Ninguna peleó a mi lado.

—Eso que dices es muy bonito —le agradeció Luna, y se colocó bien las espectrogafas para leer *El Quisquilloso*.

—Pero nosotros no nos enfrentamos a «él» —intervino Neville, saliendo de debajo del asiento; tenía polvo y pelusa en el cabello y sujetaba con una mano a *Trevor*, que ponía cara de resignación—. Te enfrentaste tú. Tendrías que oír a mi abuela hablar de ti: «¡Ese Harry Potter tiene más agallas que todos los empleados del Ministerio de Magia juntos!» Daría cualquier cosa por que fueras su nieto.

Harry rió, incómodo, y se puso a hablar de los resultados de los TIMOS para cambiar de tema. Luego, mientras Neville enumeró sus calificaciones y se preguntaba en voz alta si le dejarían hacer el ÉXTASIS de Transformaciones habiendo aprobado con un modesto aceptable, Harry lo observó sin prestar mucha atención a lo que decía.

Voldemort le había arruinado la infancia a Neville, igual que a él, pero el chico ni siquiera sospechaba lo cerca que había estado de que le tocara el destino de Harry. La profecía podía haberse referido a cualquiera de ellos dos, y sin embargo, por razones que sólo Voldemort conocía, éste había decidido creer que hacía alusión a Harry.

Si hubiera elegido a Neville, ahora el muchacho tendría la cicatriz en forma de rayo en la frente... ¿O no? ¿Habría muerto la madre de Neville para salvar a su hijo, como había hecho Lily? Sí, claro que sí. Pero ¿y si no hubiera podido interponerse entre Neville y Voldemort? ¿Existiría un «Elegido» o no? ¿Habría un asiento vacío donde iba ahora Neville, y tendría Harry la frente intacta y su propia madre habría ido a despedirlo a la estación en lugar de la madre de Ron?

—¿Te encuentras bien, Harry? Estás un poco raro —dijo Neville.

—Lo siento... —contestó con un respingo.

—¿Se te ha metido un torposoplo? —preguntó Luna, y escrutó el rostro de Harry con sus enormes gafas de colores.

—¿Un qué?

—Un torposoplo. Son invisibles. Van flotando por ahí, se te meten en los oídos y te embotan el cerebro —explicó Luna—. Me ha parecido oír zumbar a uno de ellos por aquí. —Agitó las manos como si ahuyentara grandes e invisibles palomillas.

Harry y Neville se miraron y se pusieron a hablar de quidditch.

Por las ventanas del tren se veía un tiempo tan variable como lo había sido todo el verano: atravesaban bancos de fría neblina o pasaban por tramos en que brillaba un débil sol. Durante una de esas rachas luminosas, cuando el sol caía casi de pleno, Ron y Hermione llegaron por fin al compartimiento.

—Espero que no tarde en pasar el carrito de la comida. Estoy muerto de hambre —dijo Ron, y se dejó caer al lado de Harry frotándose la barriga—. ¡Hola, Neville! ¡Hola, Luna! ¿Saben qué? —añadió mirando a Harry—: Malfoy no está cumpliendo con sus obligaciones de prefecto. Está sentado en su compartimiento con los otros alumnos de Slytherin. Lo hemos visto al pasar.

Harry se enderezó, interesado. No era propio de Malfoy perderse ninguna ocasión de exhibir el poder que le confería el cargo de prefecto, del que tanto había abusado durante el curso anterior.

—¿Qué hizo cuando los vio?

—Lo de siempre —contestó Ron, e hizo un gesto grosero con la mano imitando a Malfoy—. Pero no es propio de él, ¿verdad? Bueno, esto sí —repitió el ademán grosero—, pero ¿por qué no está en el pasillo intimidando a los alumnos de primero?

—No lo sé —contestó Harry, con la mente funcionando a toda velocidad. ¿No indicaba eso que Malfoy tenía cosas más importantes en la cabeza que intimidar a los alumnos más jóvenes?

—A lo mejor prefería la Brigada Inquisitorial —aventuró Hermione—, o tal vez ser prefecto le parece una tontería comparado con lo otro.

—No lo creo —dijo Harry—. Yo diría que...

Pero antes de que expusiera su teoría, la puerta del compartimiento se abrió de nuevo y una niña de tercero entró jadeando.

—Traigo esto para Neville Longbottom y Harry Po... Potter —dijo entrecortadamente al ver a Harry, y se ruborizó. Llevaba dos rollos de pergamino atados con una cinta violeta.

Perplejos, Harry y Neville tomaron cada uno su pergamino y la niña se marchó dando traspiés.

—¿Qué es? —preguntó Ron mientras Harry desenrollaba el mensaje.

—Una invitación.

Harry:
Me complacería mucho que vinieras al compartimiento C a comer algo conmigo.
Atentamente,

Prof. H.E.F. Slughorn

—¿Quién es el profesor Slughorn? —preguntó Neville releyendo una y otra vez su invitación, atónito.

—El nuevo profesor. Bueno, supongo que tendremos que ir, ¿no?

—Pero ¿qué querrá de mí? —inquirió Neville, nervioso, como si temiera un castigo.

—Ni idea —contestó Harry; eso no era del todo cierto, aunque todavía no podía demostrar que sus presentimientos fueran correctos—. Espera —añadió, pues acababa de tener una idea genial—. Pongámonos la capa invisible para ir hasta allá; así por el camino quizá veamos qué hace Malfoy.

Sin embargo, su idea no sirvió para nada porque con la capa puesta resultaba imposible andar por los pasillos, abarrotados de estudiantes que esperaban ansiosos la llegada del carrito de la comida. Harry se guardó la capa de mala gana y lamentó no poder llevarla aunque sólo fuera para evitar las miradas de los curiosos, que parecían haberse multiplicado desde la anterior vez que había recorrido los pasillos. De vez en cuando, un alumno salía presuroso de su compartimiento para mirar de cerca a Harry; la excepción fue Cho Chang, que al verlo se apresuró a meterse en el suyo. Cuando él pasó por delante de la ventana, la vio enfrascada en una conversación con su amiga Marietta. Ésta llevaba una gruesa capa de maquillaje que no disimulaba del todo la extraña formación de granos que todavía tenía en la cara. Harry sonrió y siguió andando.

Cuando llegaron al compartimiento C, enseguida advirtieron que no eran los únicos invitados de Slughorn, aunque, a juzgar por la entusiasta bienvenida del profesor, Harry era el más esperado.

—¡Harry, amigo mío! —exclamó Slughorn, y se puso en pie de un brinco; su prominente barriga, forrada de terciopelo, se proyectó hacia delante. La calva reluciente y el gran bigote plateado brillaron a la luz del sol, igual que los botones dorados del chaleco—. ¡Cuánto me alegro de verte! ¡Y tú debes de ser Longbottom!

Neville, que parecía muy asustado, asintió con la cabeza. Siguiendo las indicaciones de Slughorn, los dos muchachos se sentaron en los únicos asientos que quedaban libres, junto a la puerta. Harry miró a los otros invitados y reconoció a un alumno de Slytherin de su mismo curso, un muchacho negro, alto y de pómulos marcados y ojos rasgados; también había dos alumnos de séptimo a los que no conocía, y, apretujada en el rincón al lado de Slughorn, estaba Ginny, con aspecto de no saber muy bien cómo había llegado hasta allí.

—Bueno, ¿ya los conocen a todos? —preguntó Slughorn a Harry y Neville—. Blaise Zabini asiste a su curso, claro...

Zabini no los saludó ni dio muestras de reconocerlos, y tampoco lo hicieron Harry ni Neville: los alumnos de Gryffindor y los de Slytherin se odiaban por principio.

—Éste es Cormac McLaggen, quizá hayan coincidido ya en... ¿No?

McLaggen, un joven corpulento de cabello crespo, levantó una mano y Harry y Neville lo saludaron con la cabeza.

—Y éste es Marcus Belby, no sé si...

Belby, que era delgado y parecía una persona nerviosa, forzó una sonrisa.

—¡Y esta encantadora jovencita asegura que los conoce! —terminó Slughorn.

Ginny asomó la cabeza por detrás del profesor e hizo una mueca.

—¡Qué contento estoy! —prosiguió afablemente Slughorn—. Ésta es una gran oportunidad para conocerlos un poco mejor a todos. Aquí, tomen una servilleta. He traído comida porque, si no recuerdo mal, el carrito está lleno de varitas de regaliz, y el aparato digestivo de un pobre anciano como yo no está para esas cosas... ¿Faisán, Belby?

El chico dio un respingo y aceptó una generosa ración de faisán frío.

—Estaba contándole al joven Marcus que tuve el placer de enseñar a su tío Damocles —informó Slughorn a Harry y Neville mientras ofrecía un cesto lleno de panecillos a sus invitados—. Un mago excepcional, con una Orden de Merlín bien merecida. ¿Ves mucho a tu tío, Marcus?

Por desgracia, Belby acababa de llevarse a la boca un gran bocado de faisán y, con las prisas por contestar a Slughorn, intentó tragárselo entero. Se puso morado y empezó a asfixiarse.

—¡*Anapneo!* —dijo Slughorn sin perder la calma, apuntando con su varita a Belby, que pudo tragar y sus vías respiratorias se despejaron al instante.

—No... mu... mucho... —balbuceó Belby con ojos llorosos.

—Sí, claro, ya me figuro que andará muy ocupado —opinó Slughorn, escrutándolo—. ¡Debió de emplear muchas horas de trabajo para inventar la poción de matalobos!

—Sí, supongo... Mi padre y él no se llevan muy bien, por eso no sé exactamente... —murmuró Belby, y no se atrevió a zamparse otro bocado por temor a que Slughorn le preguntara algo más.

Slughorn le dedicó una gélida sonrisa y luego miró a McLaggen.

—¿Y tú, Cormac? —le dijo—. Me consta que ves mucho a tu tío Tiberius. Tiene una espléndida fotografía en la que ambos aparecen cazando nogtails en... Norfolk, ¿verdad?

—¡Ah, sí, ya me acuerdo! Fue divertidísimo —confirmó McLaggen—. Fuimos con Bertie Higgs y Rufus Scrimgeour, antes de que a éste lo nombraran ministro, por supuesto.

—Ah, ¿también conoces a Bertie y a Rufus? —preguntó Slughorn, radiante, mientras ofrecía a sus invitados

142

una bandejita de tartaletas; curiosamente, se olvidó de Belby—. A ver, cuéntame...

La reunión era como Harry había sospechado: todos los que se encontraban allí parecían haber sido invitados porque tenían relación con alguien famoso o influyente; todos excepto Ginny. Zabini, a quien Slughorn interrogó después de McLaggen, resultó ser hijo de una bruja célebre por su belleza (por lo que Harry entendió, la bruja se había casado siete veces y sus siete maridos, muertos de forma misteriosa, le habían dejado montañas de oro). A continuación le llegó el turno a Neville; fueron diez minutos incomodísimos porque sus padres, unos famosos aurores, habían sido torturados hasta la locura por Bellatrix Lestrange y otros dos mortífagos. Al final de esa entrevista, Harry tuvo la impresión de que Slughorn todavía no sabía qué opinar del chico, en particular si había heredado o no el talento de alguno de sus progenitores.

—Y ahora... —continuó el profesor, cambiando aparatosamente de postura como un presentador que anuncia su número estrella— ¡Harry Potter! ¿Por dónde empezar? ¡Intuyo que, cuando nos conocimos este verano, apenas arañé la superficie!

Contempló unos instantes a Harry como si fuera un trozo de faisán singularmente grande y suculento, y dijo:

—¡Lo llaman «el Elegido»!

Harry no abrió la boca. Belby, McLaggen y Zabini lo miraban fijamente.

—Hace años que circulan rumores, desde luego —prosiguió el profesor, escudriñando el rostro de Harry—. Recuerdo la noche en que... Bueno, después de aquella terrible noche en que Lily y James... Tú sobreviviste, y la gente comentaba que tenías poderes extraordinarios...

Zabini emitió una tosecilla para expresar un escepticismo burlón. Una voz furibunda surgió por detrás de Slughorn:

—Sí, Zabini, tú también tienes poderes extraordinarios... para dártelas de interesante.

—¡Cielos! —exclamó el profesor riendo entre dientes, y se volvió hacia Ginny, que fulminaba a Zabini con la mirada asomando la cabeza por detrás de la prominente barriga de Slughorn—. ¡Ten cuidado, Blaise! ¡Cuando pasaba por el vagón de esta jovencita la vi realizar un maravilloso maleficio de mocomurciélagos! ¡Yo en tu lugar no la provocaría! —Zabini se limitó a esbozar un gesto desdeñoso—. En fin —dijo Slughorn, retomando el hilo—. ¡Menudos rumores han circulado este verano! Uno no sabe qué creer, desde luego, porque no sería la primera vez que *El Profeta* publica noticias inexactas o comete errores. No obstante, dada la cantidad de testigos que hay, parece evidente que se produjo un alboroto considerable en el ministerio y que tú estabas en medio.

Harry, al no saber cómo salir de aquella encerrona sin mentir con descaro, se limitó a asentir con la cabeza. Slughorn lo miró sonriente.

—¡Qué modesto, qué modesto! No me extraña que Dumbledore te tenga tanto aprecio. Entonces, ¿es cierto que estabas allí? Pero las otras historias, la verdad, son tan descabelladas que lo confunden a uno... Por ejemplo, esa legendaria profecía...

—Nosotros no oímos ninguna profecía —terció Neville, y se puso rojo como un tomate.

—Es verdad —confirmó Ginny, incondicional—. Neville y yo también estuvimos en el ministerio, y todo ese rollo del «Elegido» sólo son invenciones de *El Profeta*, como siempre.

—¿Ustedes también estuvieron allí? —preguntó Slughorn con interés, mirándolos a ambos, pero ellos guardaron silencio sin ceder a la tentadora sonrisa del profesor—. Sí, claro... Es verdad que *El Profeta* suele exagerar, por descontado... —Arrugó la frente—. Recuerdo que mi querida Gwenog me contó... me refiero a Gwenog Jones, por supuesto, la capitana del Holyhead Harpies...

Inició una larga perorata, pero Harry intuyó que Slughorn todavía no había terminado con él y que Neville y Ginny no lo habían convencido.

La tarde transcurría lentamente, aderezada con otras anécdotas sobre magos ilustres a los que Slughorn había enseñado en Hogwarts; todos habían entrado de buen grado en lo que el profesor llamaba «el Club de las Eminencias». Harry deseaba marcharse, pero no sabía cómo hacerlo sin parecer maleducado. Por fin, el tren salió de otro extenso banco de neblina y por la ventana se vio una rojiza puesta de sol; Slughorn parpadeó en la penumbra.

—¡Madre mía, pero si ya empieza a anochecer! ¡No me había dado cuenta de que han encendido las luces! Será mejor que vayan todos a ponerse las túnicas. McLaggen, ven a verme cuando quieras y te prestaré ese libro sobre nogtails. Harry, Blaise, vengan también cuando quieran. Y lo mismo te digo a ti, señorita —añadió guiñándole un ojo a Ginny—. ¡Dense prisa!

Cuando salían del compartimiento, Zabini le dio un fuerte empujón a Harry y le lanzó una mirada asesina que éste le devolvió con creces. Luego Harry, Ginny y Neville siguieron a Zabini por los mal iluminados pasillos del tren.

—Por fin se ha acabado —masculló Neville—. Ese Slughorn es un poco raro, ¿no les parece?

—Sí, un poco —coincidió Harry sin perder de vista a Zabini—. ¿Cómo has terminado ahí dentro, Ginny?

—Slughorn me vio hacerle el maleficio a Zacharias Smith. ¿Te acuerdas de ese idiota de Hufflepuff que iba a las reuniones del ED? No dejaba de preguntarme qué había pasado en el ministerio y al final me puso tan nerviosa que le hice el maleficio. Cuando Slughorn me vio, creí que me castigaría, ¡pero me felicitó por mi habilidad y me invitó a comer! Qué absurdo, ¿no?

—Más absurdo es invitar a alguien porque su madre es famosa —replicó Harry mirando con ceño la nuca de Zabini—, o porque su tío...

Pero no terminó la frase. Acababa de tener una idea, una idea imprudente pero que tal vez diera excelentes resultados: en menos de un minuto Zabini entraría de nuevo en el compartimiento de los alumnos de sexto de Slytherin, y Malfoy estaría allí, convencido de que sólo lo oían sus compañeros. Si Harry lograba colarse sin ser detectado detrás de Zabini, vería y escucharía cosas muy interesantes. Era una lástima que el viaje estuviera llegando a su fin: debía de faltar media hora escasa para que entraran en la estación de Hogsmeade, a juzgar por la espesura del paisaje que atravesaban. Sin embargo, ya que nadie parecía dispuesto a tomarse en serio las sospechas de Harry, tendría que actuar para demostrarlas.

—Nos vemos luego —dijo, y sacó la capa invisible para echársela por encima.

—Pero ¿qué...? —preguntó Neville.

—¡Después te lo cuento! —susurró Harry, y se apresuró sigilosamente tras los pasos de Zabini, aunque el traqueteo del tren hacía innecesaria tanta cautela.

Los pasillos se habían quedado casi vacíos porque la mayoría de los alumnos había regresado a sus compartimientos para ponerse la túnica del colegio y recoger sus cosas. Aunque Harry iba casi pegado a las espaldas de Zabini, no fue lo bastante ágil para meterse en el compartimiento en cuanto el chico abrió la puerta corrediza, pero cuando se disponía a cerrarla logró encajar un pie para impedirlo.

—¿Qué le pasa a esta puerta? —se extrañó Zabini, y tiró de ella haciéndola chocar contra el pie de Harry.

Éste la agarró con ambas manos y la abrió de un tirón. Zabini, que todavía sujetaba el tirador, trastabilló de lado y fue a parar al regazo de Gregory Goyle. Aprovechando la trifulca, Harry se coló dentro, subió de un salto al asiento de Blaise, que éste todavía no había ocupado, y trepó a la rejilla portaequipajes. Afortunadamente Goyle y Zabini se estaban gruñendo el uno al otro y atraían las miradas de los demás, porque estaba seguro de que se le habían visto los pies y los tobillos al ondear la capa; es más, hubo un horrible instante en que creyó ver cómo la mirada de Malfoy seguía la fugaz trayectoria de uno de sus zapatos deportivos antes de que éste desapareciera de la vista. Goyle cerró la puerta de golpe y apartó a Zabini de un empujón, que se desplomó en su asiento con gesto malhumorado. Vincent Crabbe volvió a la lectura de su cómic, y Malfoy, que reía por lo bajo, se tumbó ocupando dos asientos con la cabeza sobre las rodillas de Pansy Parkinson. Harry se acurrucó al máximo bajo la capa para asegurarse de que no asomaba ni un centímetro de su cuerpo. Luego miró cómo Pansy acariciaba el lacio y rubio cabello de Malfoy, sonriendo como si a cualquier chica le hubiera encantado estar en su lugar. Los focos del techo proyectaban una luz intensa, de modo que Harry podía leer sin dificultad el texto del cómic de Crabbe, que estaba sentado justo debajo de él.

—Cuéntame, Zabini —pidió Malfoy—. ¿Qué quería Slughorn?

—Sólo trataba de ganarse el favor de algunas personas bien relacionadas —contestó el chico negro, que seguía mirando con rabia a Goyle—. Aunque no ha encontrado muchas.

Eso no pareció agradar a Malfoy.

—¿A quién más invitó? —inquirió.

—A McLaggen, de Gryffindor...

—Entiendo. Su tío es un pez gordo del ministerio.

—... a un tal Belby, de Ravenclaw...

—¿A ése? ¡Pero si es un mocoso! —intervino Pansy.

—... y a Longbottom, Potter y esa Weasley —terminó Zabini.

Malfoy se incorporó de golpe y apartó la mano de Pansy.

—¿Invitó a Longbottom?

—Supongo, porque Longbottom estaba allí —respondió Blaise con una mueca.

—¿Por qué iba a interesarle Longbottom? —preguntó Malfoy. Zabini se encogió de hombros—. A Potter, al maldito Potter, lo comprendo; es lógico que quisiera conocer al «Elegido» —se burló—, pero ¿a esa Weasley? ¿Qué tiene de especial?

—Muchos chicos están locos por ella —terció Pansy, observándolo de reojo para ver su reacción—. Hasta tú la encuentras guapa, ¿no, Blaise? ¡Y todos sabemos lo exigente que eres!

—Yo jamás tocaría a una repugnante traidora a la sangre como ella, por muy guapa que fuese —replicó Zabini con frialdad, y Pansy sonrió satisfecha.

Malfoy volvió a apoyarse en el regazo de la chica y dejó que siguiera acariciándole el cabello.

—Por lo visto, Slughorn tiene muy mal gusto. Debe de ser que ya chochea. Es una lástima; mi padre siempre decía que en sus tiempos fue un gran mago, y él era uno de sus alumnos predilectos. Seguramente Slughorn no se ha enterado de que yo viajaba en el tren, porque si no...

—Dudo mucho que te hubiera invitado —lo interrumpió Zabini—. Cuando llegué a la reunión, me preguntó por el padre de Nott. Se ve que eran viejos amigos, pero cuando se enteró de que lo habían pillado en el ministerio no pareció alegrarse, y Nott no fue invitado, ¿verdad? Me parece que a Slughorn no le interesan los mortífagos.

Malfoy, furioso, soltó una risa forzada.

—¿Y a mí qué me importa lo que le interesa? Al fin y al cabo, ¿quién es? Sólo un estúpido profesor. —Y dio un bostezo de hipopótamo—. Además, ni siquiera estoy seguro de que el año que viene vaya a Hogwarts —añadió—. ¿A mí qué más me da si le caigo bien o mal a un viejo gordo y estúpido?

—¿Qué quieres decir con que no sabes si irás a Hogwarts? —se alarmó Pansy, y dejó de acariciarlo.

—Nunca se sabe —replicó él, y esbozó una sonrisita pícara—. Quizá me dedique a cosas más importantes e interesantes.

A Harry, acurrucado en la rejilla portaequipajes bajo su capa invisible, se le aceleró el corazón. ¿Qué dirían Ron y Hermione cuando les contara eso? Crabbe y Goyle miraban boquiabiertos a Malfoy; al parecer, no estaban al corriente de que hubiera planes de dedicarse a cosas más importantes e interesantes. Incluso Zabini permitió que una expresión de curiosidad estropeara sus altaneras facciones. Pansy volvió a acariciarle el cabello, atónita.

—¿Te refieres... a «él»?

—Mi madre quiere que acabe mi educación en Hogwarts —contestó Malfoy con un encogimiento de hombros—, pero francamente, como están las cosas, no creo que eso tenga tanta importancia. Si lo piensas un poco... Cuando el Señor Tenebroso se haga con el poder, ¿crees que se va a fijar en cuántos TIMOS y ÉXTASIS tiene cada uno? Pues claro que no. Lo que importará entonces será la clase de servicio que se le haya prestado o el grado de devoción demostrado.

—¿Y crees que tú podrás hacer algo por él? —repuso Zabini con tono mordaz—. Pero si sólo tienes dieciséis años y todavía no has terminado los estudios.

—¿No acabo de explicarlo? Sé que a él no le importará si he terminado los estudios o no. Quizá para hacer el trabajo que él quiera encomendarme no sea necesario tener ningún título —replicó Malfoy.

Crabbe y Goyle seguían boquiabiertos, como dos gárgolas, y Pansy miraba a Malfoy como si jamás hubiera visto nada tan impresionante.

—Ya se ve Hogwarts —anunció Malfoy, deleitándose con el efecto logrado, y señaló por la ventanilla envuelta en penumbra—. Será mejor que vayamos poniéndonos las túnicas.

Harry estaba tan concentrado observando a Malfoy que no se fijó en que Goyle intentaba bajar su baúl de la rejilla, y cuando lo consiguió, Harry recibió un fuerte golpe en la cabeza, de modo que no pudo reprimir un grito ahogado. Malfoy miró hacia la rejilla con cara de extrañeza.

Harry no le tenía miedo a Malfoy, pero no le hacía ninguna gracia que un grupo de alumnos de Slytherin poco amistosos lo descubrieran allí. Con los ojos llorosos y una aguda punzada de dolor en la cabeza, sacó su varita y esperó conteniendo la respiración. Por fortuna, Malfoy pareció decidir que se había imaginado aquel ruido; se puso la túnica como hacían los demás, cerró su baúl y, cuando el tren redujo la velocidad hasta casi detenerse, se abrochó una gruesa capa de viaje nueva.

Los pasillos volvían a llenarse y Harry confió en que Hermione y Ron le bajaran el equipaje al andén, dado que él no podría moverse de allí hasta que el compartimiento quedara vacío. Al fin, con una última sacudida, el tren se detuvo por completo. Goyle abrió la puerta y se sumergió en una riada de alumnos de segundo año, apartándolos a empellones; Crabbe y Zabini lo siguieron.

—Ve avanzando —le dijo Malfoy a Pansy, que lo esperaba con un brazo extendido, como si él fuera a tomarla de la mano—. Necesito comprobar una cosa.

Pansy salió, y Harry y Malfoy se quedaron a solas mientras un tropel de alumnos recorría el pasillo y bajaba al mal iluminado andén. Malfoy echó las cortinas de la puerta para que los del pasillo no lo vieran. Luego se agachó y abrió de nuevo su baúl.

Harry observaba desde el borde de la rejilla con el corazón palpitando. ¿Qué era eso que Malfoy no había querido enseñarle a Pansy? ¿Estaba a punto de ver el misterioso objeto roto que tan importante era que le repararan?

—¡*Petrificus totalus!*

Sin previo aviso, Malfoy apuntó con su varita a Harry, que al instante quedó paralizado, perdió el equilibrio y, con un doloroso golpe que hizo temblar el suelo, cayó casi en cámara lenta a los pies de Malfoy. Quedó encima de la capa invisible, con todo el cuerpo expuesto y las piernas encogidas. Aturdido y paralizado, a duras penas logró mirar a Malfoy, que sonreía de oreja a oreja.

—Ya me lo imaginaba —se jactó éste—. He oído el golpe que Goyle te dio con el baúl. Y cuando Zabini regresó me pareció ver un destello blanco...

Sus ojos se detuvieron un instante en los zapatos de Harry.

—Supongo que fuiste tú quien atascaba la puerta cuando entró Zabini. —Se quedó mirándolo—. No has oído nada que me importe, Potter. Pero ya que te tengo aquí... —Y le propinó una fuerte patada en la cara.

Harry notó cómo se le rompía la nariz, salpicando sangre por todos lados.

—Esto de parte de mi padre. Y ahora vamos a ver...
—Sacó la capa de debajo del indefenso cuerpo y se ocupó de cubrirlo bien—. Listo. No creo que te encuentren hasta que el tren haya regresado a Londres —comentó con tranquilidad—. Ya nos veremos, Potter... o quizá no.

Y dicho eso, salió del compartimiento, no sin antes pisarle una mano.

8

La victoria de Snape

Harry no podía mover ni un músculo. Tendido bajo la capa invisible, oía voces y pasos provenientes del pasillo y notaba cómo la sangre que le brotaba de la nariz le resbalaba, caliente y húmeda, por la cara. Lo primero que pensó fue que seguramente alguien se encargaba de revisar los compartimientos antes de que el tren volviera a partir. Pero enseguida se dio cuenta de que, aunque alguien mirara en el que él se hallaba, no podría verlo ni oírlo. Su única esperanza era que entraran y tropezaran con él.

Harry nunca había odiado tanto a Malfoy como en ese momento, tendido patas arriba como una tortuga, mientras la sangre se le escurría en la boca entreabierta y le producía náuseas. En qué situación tan estúpida había acabado... Los últimos pasos que se percibían en el pasillo iban apagándose; los alumnos ya desfilaban por el andén, y Harry los oía hablar y arrastrar los baúles.

Ron y Hermione creerían que había bajado sin esperarlos, y cuando llegaran a Hogwarts y ocuparan sus asientos en el Gran Comedor, miraran a ambos lados de la mesa de Gryffindor varias veces y por fin comprendieran que no se encontraba allí, él ya estaría a mitad de camino de regreso a Londres.

Intentó emitir algún sonido, aunque sólo fuera un débil gruñido, pero fue en vano. Entonces recordó que algunos magos, como Dumbledore, podían realizar hechizos

153

sin hablar, de modo que intentó hacerle un encantamiento convocador a su varita, que se le había caído de la mano, diciendo mentalmente «¡*Accio varita*!» una y otra vez, pero no ocurrió nada.

Le pareció percibir el susurro de los árboles que bordeaban el lago y también el lejano ululato de una lechuza, pero nada que indicara que estaban buscándolo, ni siquiera (y se avergonzó un poco al pensarlo) voces ansiosas preguntando dónde se había metido Harry Potter. La desesperación lo fue embargando cuando imaginó la caravana de carruajes, tirados por thestrals, avanzando lentamente hacia el colegio y las amortiguadas risotadas que, con toda seguridad, saldrían del coche de Malfoy una vez que hubiera relatado a sus compañeros de Slytherin la mala pasada que le había jugado.

El tren dio una brusca sacudida y Harry quedó tumbado sobre un costado. En esa postura, en lugar del techo veía debajo de los asientos. La locomotora se puso en marcha y el suelo empezó a vibrar. El expreso de Hogwarts estaba a punto de abandonar la estación y nadie sabía que Harry todavía se hallaba en uno de sus vagones.

Entonces el muchacho notó que la capa invisible se levantaba y oyó una voz:

—Hola, Harry.

Hubo un destello rojizo y Harry recuperó la movilidad. Al punto logró sentarse y, adoptando una postura más digna, se limpió la sangre de la magullada cara con el dorso de la mano y levantó la cabeza para ver a Tonks, que sujetaba con una mano la capa invisible.

—Tenemos que salir de aquí ahora mismo —dijo la bruja mientras el vapor empañaba las ventanas del tren, que ya salía de la estación—. Corre, saltaremos.

Harry la siguió por el pasillo. Tonks abrió la puerta del vagón y saltó al andén, que parecía moverse más deprisa a medida que el convoy ganaba velocidad. El chico la imitó y aterrizó trastabillando, pero se enderezó a tiempo de ver cómo la reluciente locomotora de vapor de color escarlata aceleraba y se perdía de vista tras una curva.

154

El frío nocturno le alivió el dolor de la nariz, pero estaba abochornado por haber sido descubierto en una postura tan ridícula. La bruja, impasible, le devolvió la capa y preguntó:

—¿Quién ha sido?

—Draco Malfoy —contestó Harry con amargura—. Gracias por... bueno...

—De nada —repuso Tonks sin sonreír. El andén estaba en penumbras y no se veía muy bien, pero a Harry le pareció que la bruja aún tenía el cabello desvaído y un aspecto tan triste como el del día en que se habían encontrado en La Madriguera—. Si te quedas quieto un momento te arreglaré la nariz.

A Harry no le hizo mucha gracia; hubiese preferido acudir a la señora Pomfrey, la enfermera de Hogwarts, de la que se fiaba más tratándose de hechizos sanadores, pero creyó que sería de mala educación decirlo, así que se quedó quieto como una estatua y cerró los ojos.

—¡*Episkeyo*! —exclamó Tonks.

Harry notó en la nariz un intenso calor seguido de un intenso frío. Levantó una mano y se tocó la cara con cuidado: en efecto, estaba curado.

—Muchas gracias —dijo.

—Vuelve a ponerte la capa. Iremos caminando al colegio —repuso Tonks, aún sin sonreír.

Mientras el muchacho se echaba la capa por encima, la bruja agitó su varita: una inmensa criatura plateada de cuatro patas salió de ella, echó a correr y se perdió en la oscuridad.

—¿Qué ha sido eso? ¿Un *patronus*? —preguntó Harry, que en una ocasión había visto cómo Dumbledore enviaba un mensaje de ese modo.

—Sí. Aviso al castillo que te he localizado para que no se preocupen. ¡Vamos, no nos entretengamos!

Echaron a andar hacia el camino que conducía a Hogwarts.

—¿Cómo me has encontrado?

—Advertí que no bajabas del tren y sabía que tenías la capa invisible —explicó la bruja—. Pensé que quizá te habías escondido por alguna razón. Cuando vi aquel compartimiento con las cortinas corridas, decidí inspeccionarlo.

—De acuerdo, pero ¿qué haces tú aquí?

—Me han destinado a Hogsmeade para proporcionar protección adicional al colegio.

—¿Eres la única, o...?

—No, también están Proudfoot, Savage y Dawlish.

—Dawlish, ¿el auror al que Dumbledore atacó el año pasado?

—Así es.

Avanzaban con dificultad por el desierto camino siguiendo las huellas dejadas por los carruajes. Harry, tapado con su capa invisible, miró de reojo a Tonks. El año anterior, ella se había mostrado muy curiosa (a veces hasta el punto de ponerse pesada), reía con facilidad y hacía bromas. Pero ahora parecía mayor y mucho más seria y decidida. ¿Se debía a lo ocurrido en el ministerio? Harry pensó que Hermione habría querido que él le dijera algo consolador respecto a Sirius, por ejemplo, que ella no había tenido la culpa, pero no era capaz de hacerlo. Harry no responsabilizaba a Tonks de la muerte de su padrino, ni mucho menos, pero prefería no hablar de ese tema. De modo que continuaron andando en silencio en medio de la fría oscuridad, acompañados por el susurro que hacía la larga capa de la bruja al rozar el suelo.

Harry, que siempre había hecho ese trayecto en carruaje, nunca había apreciado lo lejos que se hallaba Hogwarts de la estación de Hogsmeade. Finalmente, con gran alivio, vio los altos pilares que flanqueaban la verja, coronados con sendos cerdos alados. Tenía frío y hambre y estaba deseando separarse de esa nueva y deprimente Tonks. Pero cuando estiró un brazo para abrir la verja, comprobó que estaba cerrada con una cadena.

—¡*Alohomora!* —dijo entonces, y apuntó al candado con su varita, pero no sucedió nada.

—Así no lo abrirás. Dumbledore lo ha embrujado personalmente —explicó Tonks.

—Puedo trepar por un muro —propuso Harry mirando alrededor.

—No, no puedes —replicó la bruja con voz cansina—. En todos han puesto embrujos antiintrusos. Este verano se han endurecido mucho las medidas de seguridad.

—Ajá. —Empezaban a fastidiarle las pocas ganas de colaborar de Tonks—. En ese caso, tendré que dormir aquí fuera y esperar a que amanezca.

—Ya vienen a recogerte. Mira.

A lo lejos, junto a la puerta del castillo, se veía la amarillenta luz de un farol. Harry se alegró tanto que hasta se sintió con fuerzas para soportar las críticas de Filch por el retraso, así como sus peroratas sobre cómo mejoraría la puntualidad si se utilizaran regularmente instrumentos de tortura. Sin embargo, cuando el portador del farol llegó a unos tres metros de ellos y Harry se quitó la capa invisible para dejarse ver, reconoció la ganchuda nariz y el largo, negro y grasiento cabello de Severus Snape. Y al punto recibió una descarga de puro odio.

—Vaya, vaya —dijo Snape con desdén; sacó su varita mágica y dio un toque al candado, con lo que las cadenas serpentearon hacia atrás y la verja se abrió con un chirrido—. Ha sido un detalle por tu parte que hayas decidido presentarte, Potter, aunque es evidente que en tu opinión llevar la túnica del colegio desmerecería tu aspecto.

—No he podido cambiarme porque no tenía mi... —se disculpó el chico, pero Snape lo interrumpió:

—No es necesario que esperes, Nymphadora. Potter ya está... a salvo bajo mi custodia.

—El mensaje se lo he enviado a Hagrid —objetó Tonks arrugando la frente.

—Hagrid ha llegado tarde al banquete de bienvenida, igual que Potter; por eso lo he recibido yo. Por cierto —añadió, retirándose un paso para que Harry entrara—, tenía mucho interés en ver tu nuevo *patronus*. —Y sin más cerró la verja en las narices de Tonks y volvió a tocar con su varita mágica las cadenas, que, tintineando, serpentearon de nuevo hasta recuperar su posición original—. Creo que te iba mejor el viejo —concluyó con un dejo de maldad—. El nuevo parece un poco enclenque.

Al darse la vuelta, Snape hizo oscilar el farol y Harry vio fugazmente la mirada de sorpresa y rabia de Tonks. Luego la bruja quedó otra vez envuelta en sombras.

—Buenas noches —le dijo Harry al echar a andar hacia el colegio con Snape—. Gracias por todo.

—Hasta otra, Harry.

Snape guardó silencio aproximadamente un minuto, mientras Harry generaba ondas de un odio tan intenso que parecía increíble que el profesor no notara que le quemaban. Si bien el muchacho lo había aborrecido desde su primer encuentro, la actitud de Snape hacia Sirius lo había colocado para siempre más allá de la posibilidad del perdón. Dijera lo que dijese Dumbledore, ese verano Harry había tenido tiempo de sobra para reflexionar y concluir que, con seguridad, los insidiosos comentarios que Snape le hiciera a Sirius Black, respecto a que éste se quedaba a salvo y escondido mientras el resto de los miembros de la Orden del Fénix combatían a Voldemort, fueron un factor determinante para que Black saliera de Grimmauld Place y fuera al ministerio la noche en que lo mataron. Harry se aferraba a esa idea porque le permitía culpar a Snape, lo cual le resultaba satisfactorio, y también porque sabía que si había alguien que no lamentaba la muerte de su padrino, ése era el hombre que ahora iba a su lado.

—Cincuenta puntos menos para Gryffindor por el retraso —resolvió Snape—. Y... veamos... otros veinte por tu atuendo de muggle. Creo que ninguna casa había estado en números negativos a estas alturas del curso. ¡Ni siquiera hemos llegado a los postres del banquete de bienvenida! Es posible que hayas establecido un récord, Potter. —La rabia y el odio que bullían dentro de Harry parecían a punto de desbordarse, pero habría preferido quedarse en el suelo del vagón y volver a Londres antes que revelarle a Snape la razón de su demora—. Supongo que querías hacer una entrada triunfal, ¿verdad? Y como no había ningún coche volador a mano, decidiste irrumpir en el Gran Comedor en mitad del banquete para llamar la atención.

Harry siguió callado, aunque pensaba que iba a explotarle el pecho. Estaba seguro de que Snape había ido a recogerlo por ese motivo, porque podría aprovechar para pincharlo y atormentarlo sin que nadie lo oyera.

Por fin llegaron a los escalones de piedra del castillo, y en cuanto se abrieron las grandes puertas de roble por donde se accedía al amplio vestíbulo enlosado, oyeron voces, risas y tintineo de platos y copas provenientes del Gran Comedor, cuyas puertas estaban abiertas. Harry se planteó ponerse la capa invisible para llegar hasta su asiento en la larga mesa de Gryffindor (que estaba muy mal situada, pues era la más alejada del vestíbulo) sin que nadie lo viera.

Sin embargo, Snape, como si le leyera el pensamiento, dijo:

—Ni se te ocurra ponerte la capa. Ahora entras y que te vea todo el mundo, que es lo que querías.

Harry traspuso el umbral con decisión; cualquier cosa era mejor que permanecer junto a Snape. Como era habitual, el Gran Comedor, con sus cuatro largas mesas (una para cada casa del colegio) y la de los profesores (al fondo de la sala), estaba decorado con velas flotantes que hacían brillar y destellar los platos. Sin embargo, Harry sólo veía una mancha borrosa y reluciente; iba tan deprisa que llegó a la mesa de Hufflepuff cuando los alumnos empezaban a fijarse en él, y al ponerse éstos en pie para verlo mejor, ya había localizado a Ron y Hermione. Corrió hacia ellos a lo largo del banco y se hizo sitio entre los dos.

—¿Dónde has es...? ¡Atiza! ¿Qué te ha pasado en la cara? —dijo Ron mirándolo con los ojos muy abiertos, igual que el resto de los muchachos que había alrededor.

—¿Por qué? ¿Qué tengo? —replicó Harry, y tomó una cuchara para ver su distorsionado reflejo.

—¡Pero si estás cubierto de sangre! —exclamó Hermione—. Ven aquí... —Levantó su varita, dijo «¡*Tergeo!*» y le limpió la sangre seca de la cara.

—Gracias. —Harry se palpó el rostro, ya limpio—. ¿Cómo tengo la nariz?

—Normal —respondió Hermione—. ¿Por qué lo preguntas? ¿Qué te ha pasado? ¡Estábamos muertos de miedo!

—Ya les contaré más tarde —replicó Harry, cortante. Sabía que Ginny, Neville, Dean y Seamus estaban escuchando; hasta Nick Casi Decapitado, el fantasma de Gryffindor, se había acercado flotando por encima del banco.

—Pero... —protestó Hermione.

—Ahora no, Hermione —insistió Harry con tono elocuente y enigmático, tratando de hacerles creer que se había visto envuelto en algún asunto heroico, de ser posible relacionado con un par de mortífagos y algún dementor. Por supuesto, Malfoy difundiría al máximo su relato de los hechos, pero siempre cabía la posibilidad de que no llegara a oídos de demasiados alumnos de Gryffindor.

Harry estiró un brazo por encima del plato de Ron para tomar un par de patas de pollo y papas fritas, pero en ese momento se desvanecieron y fueron sustituidos por los postres.

—Pues te has perdido la Ceremonia de Selección —comentó Hermione mientras Ron se abalanzaba sobre un apetecible pastel de chocolate.

—¿Ha dicho algo interesante el Sombrero Seleccionador? —preguntó Harry, sirviéndose un trozo de tarta de melaza.

—Más de lo mismo, la verdad... Nos ha aconsejado que permanezcamos unidos ante nuestros enemigos, ya sabes.

—¿Dumbledore ha mencionado a Voldemort?

—Todavía no, pero siempre se guarda el discurso propiamente dicho para después del banquete, ¿verdad? No creo que falte mucho.

—Snape ha comentado que Hagrid llegó tarde al banquete...

—¿Has visto a Snape? ¿Cómo es eso? —se extrañó Ron entre dos ávidos bocados de pastel.

—Me lo encontré por el camino —mintió Harry.

—Hagrid sólo se retrasó unos minutos —aclaró Hermione—. Mira, te está saludando con la mano, Harry.

El muchacho miró hacia la mesa de los profesores y sonrió a Hagrid, que, en efecto, lo saludaba con la mano. Hagrid nunca había logrado comportarse con la misma dignidad que la profesora McGonagall, jefa de la casa de Gryffindor, cuya coronilla no alcanzaba el hombro de Hagrid; la profesora estaba sentada al lado del guardabosques y contemplaba con gesto de desaprobación ese entusiasta intercambio de saludos. A Harry le sorprendió ver a la maestra de Adivinación, la profesora Trelawney, sentada al otro lado de Hagrid, porque casi nunca salía de su habitación de la torre y era la primera vez que la veía en un banquete de bienvenida. Iba tan estrafalaria como siempre, cubierta de collares de cuentas y envuelta en varios chales, y sus gafas le agrandaban desmesuradamente los ojos. Harry siempre la había considerado poco menos que un fraude, pero le había impresionado descubrir, al final del curso anterior, que ella había sido la autora de la profecía que provocó que lord Voldemort matara a sus padres e intentara matarlo también a él. Por ese motivo, tenía aún menos ganas de estar cerca de la profesora de Adivinación, pero por fortuna ese año no tendría que estudiar su asignatura. Los enormes ojos de la profesora Trelawney, que parecían faros, giraron hacia el muchacho, que rápidamente dirigió la vista hacia la mesa de Slytherin. Draco Malfoy describía mediante mímica, ante las carcajadas y los aplausos de sus compañeros, cómo le rompía la nariz a alguien. A Harry volvieron a hervirle las entrañas y bajó la mirada hacia su tarta de melaza. Cómo le gustaría pelear con Malfoy, ellos dos solos...

—¿Y qué quería el profesor Slughorn? —preguntó Hermione.

—Saber qué había pasado en el ministerio —respondió Harry.

—Vaya, como todo el mundo —repuso ella con desdén—. A nosotros en el tren no paraban de preguntarnos, ¿verdad, Ron?

—Sí. Todos preguntaban si es verdad que eres «el Elegido».

—Hasta los fantasmas hemos discutido sobre ese tema —intervino Nick Casi Decapitado, inclinando hacia Harry la cabeza, que, como estaba unida al cuerpo sólo por unos centímetros de piel, se bamboleó peligrosamente sobre la gorguera—. Se me considera una autoridad en cualquier tema referente a Potter; todo el mundo sabe que somos muy amigos. Sin embargo, he asegurado a la comunidad de fantasmas que no pienso darte la lata para sonsacarte información. «Harry Potter sabe que puede confiar plenamente en mí. Prefiero morir antes que traicionar su confianza», les he dicho.

—Eso no es gran cosa, dado que ya estás muerto —razonó Ron.

—Una vez más, demuestras la sensibilidad de un hacha desafilada —dijo Nick con tono ofendido, y a continuación se elevó hacia el techo y se deslizó hasta el extremo opuesto de la mesa de Gryffindor en el preciso momento en que Dumbledore, sentado a la mesa de los profesores, se ponía en pie.

Las conversaciones y risas que resonaban por todo el comedor cesaron casi al instante.

—¡Muy buenas noches a todos! —dijo el director del colegio con una amplia sonrisa y los brazos extendidos como si pretendiera abrazar a los presentes.

—¿Qué le ha pasado en la mano? —preguntó Hermione con un hilo de voz.

No era la única que se había fijado en ese detalle. Dumbledore tenía la mano derecha ennegrecida y marchita, igual que la noche en que había ido a recoger a Harry a casa de los Dursley. Los susurros recorrieron la sala; Dumbledore, interpretándolos correctamente, se limitó a sonreír y se tapó la herida con la manga de su túnica morada y dorada.

—No es nada que deba preocuparlos —comentó sin darle importancia—. Y ahora... A los nuevos alumnos les digo: ¡bienvenidos! Y a los que no son nuevos les repito: ¡bienvenidos otra vez! Les espera un año más de educación mágica...

—Cuando lo vi en verano ya tenía la mano así —le susurró Harry a Hermione—. Pero creí que se la habría curado... o que se la habría curado la señora Pomfrey.

—La tiene como muerta —comentó Hermione con cara de asco—. ¿Sabes?, hay heridas que no se pueden curar. Maldiciones antiguas... y hay venenos que no tienen antídoto...

—... y el señor Filch, nuestro conserje, me ha pedido que les comunique que quedan prohibidos todos los artículos de broma procedentes de una tienda llamada Sortilegios Weasley.

»Los que aspiren a jugar en el equipo de quidditch de sus respectivas casas tendrán que notificárselo a los respectivos jefes de éstas, como suele hacerse. Asimismo, estamos buscando nuevos comentaristas de quidditch; rogamos a los interesados que se dirijan a los jefes de sus casas.

»Este año nos complace dar la bienvenida a un nuevo miembro del profesorado: Horace Slughorn. —Éste se puso en pie; la calva le brillaba a la luz de las velas y su prominente barriga, cubierta por el chaleco, proyectó sombra sobre la mesa—. Es un viejo colega mío que ha accedido a volver a ocupar su antiguo cargo de profesor de Pociones.

—¿De Pociones?

—¿De Pociones?

Las preguntas resonaron por el comedor; todos querían saber si habían oído bien.

—¿De Pociones? —se extrañaron también Ron y Hermione, y miraron a Harry—. Pero tú dijiste...

—El profesor Snape, por su parte —prosiguió Dumbledore, elevando la voz para acallar los murmullos—, ocupará el cargo de maestro de Defensa Contra las Artes Oscuras.

—¡No! —exclamó Harry, haciendo que muchas cabezas se volvieran hacia él. Pero no le importó: él miraba fijamente la mesa de los profesores, indignado. ¿Cómo podían darle ese puesto después de tanto tiempo? ¿Acaso no se sabía desde hacía años que Dumbledore no confiaba en Snape para ese cometido?

—Pero, Harry, tú dijiste que esa asignatura iba a impartirla Slughorn —le recordó Hermione.

—¡Eso creía! —repuso Harry, furioso, e intentó precisar cuándo se lo había dicho Dumbledore; pero no logró recordar que el director de Hogwarts hubiera mencionado qué asignatura daría Slughorn.

Snape, que estaba sentado a la derecha de Dumbledore, no se levantó al oír su nombre; se limitó a alzar una mano para agradecer vagamente los aplausos de la mesa de Slytherin. No obstante, Harry detectó una mirada de triunfo en aquellos rasgos que tanto odiaba.

—Bueno, al menos hay algo positivo —se consoló—: Snape se marchará antes de que termine el curso.

—¿Qué quieres decir? —preguntó Ron.

—Ese puesto está maldito. Nadie ha durado más de un año en él. Incluso Quirrell murió mientras lo desempeñaba. Así que voy a cruzar los dedos para ver si hay otra muerte...

—¡Harry! —se escandalizó Hermione.

—Quizá Snape vuelva a enseñar Pociones a final de curso —especuló Ron—. A lo mejor ese tipo, Slughorn, no quiera quedarse en Hogwarts para siempre. Moody no se quedó.

Dumbledore carraspeó. Harry, Ron y Hermione no eran los únicos que se habían puesto a cuchichear: el comedor en pleno era un hervidero de murmullos tras saberse que Snape había conseguido por fin su gran sueño. Como si no se hubiera percatado del impacto de la noticia que acababa de comunicar, Dumbledore no hizo más comentarios sobre los nuevos nombramientos y se limitó a esperar a que reinara de nuevo un silencio absoluto. Luego continuó:

—Bien. Como todos los presentes sabemos, lord Voldemort y sus seguidores vuelven a las andadas y están ganando poder. —Mientras hablaba, el silencio fue volviéndose más tenso y angustioso. Harry le lanzó una ojeada a Malfoy, que no miraba a Dumbledore, sino que mantenía su tenedor suspendido en el aire sobre la varita, como si considerara que el discurso del anciano director no merecía su atención—. No sé qué palabras emplear para enfatizar cuán peligrosa es la actual situación y las grandes precauciones que hemos de tomar en Hogwarts para mantenernos a salvo. Este verano hemos reforzado las fortificaciones mágicas del castillo y estamos protegidos mediante sistemas nuevos y más potentes, pero aun así debemos resguardarnos escrupulosamente contra posibles descuidos por parte de algún alumno o miembro del profesorado. Por tanto, pido que se atengan a cualquier restricción de seguridad que les impongan sus profesores, por muy fastidiosa que les resulte, y en particular a la norma de no levantarse de la cama después de la hora establecida. Les suplico que si advierten algo extraño o sospechoso dentro o fuera del castillo, informen inmediatamente de ello a un profesor. Confío en que se comportarán en todo momento pensando en su propia seguridad y en la de los demás. —Dumbledore recorrió la sala con la mirada y sonrió otra vez—. Pero ahora les esperan sus camas, cómodas y calentitas, y sé que en este momento su prioridad es estar bien descansados para las clases de mañana. Así pues, digámonos buenas noches. ¡Pip, pip!

Los alumnos retiraron los bancos de las mesas con el estrépito de siempre, y cientos de jóvenes empezaron a salir en fila del Gran Comedor, camino de sus dormitorios. Harry, que no tenía ninguna prisa por mezclarse con la masa de compañeros que lo miraban embobados, ni por acercarse a Malfoy para que éste tuviera ocasión de contar una vez más cómo le había destrozado la nariz, se quedó rezagado, fingió que se ataba los cordones de un zapato deportivo y dejó que lo adelantaran casi todos los alumnos de Gryffindor. Hermione se había colocado en cabeza del grupo para cumplir, como prefecta, su obligación de guiar a los estudiantes de primero, pero Ron se quedó con Harry.

—¿Qué te ha pasado en la nariz? Dime la verdad —pidió cuando ya eran de los últimos que quedaban en el comedor y nadie podía oírlos.

Harry le contó lo ocurrido y Ron no se rió, demostrando así lo sólida que era su amistad.

—He visto a Malfoy explicando con mímica algo relacionado con una nariz —comentó.

—Sí, entiendo. Bueno, eso no importa —replicó Harry, afligido—. Pero logré escuchar lo que decía antes de que descubriera que yo estaba allí...

Se había imaginado que Ron se quedaría pasmado al enterarse de los alardes de Malfoy, pero no le parecieron nada del otro mundo. Harry lo interpretó como pura testarudez.

—Hombre, Harry, sólo estaba alardeando delante de Parkinson... ¿Qué clase de misión le iba a asignar Quientú-sabes?

—¿Cómo sabes que Voldemort no necesita a alguien en Hogwarts? No sería la primera vez que...

—No me gusta que lo llames así —le reprochó una voz a sus espaldas.

Harry se dio la vuelta y vio a Hagrid meneando la cabeza con gesto de desaprobación.

—Pues Dumbledore lo llama así —replicó Harry.

—Sí, lo sé, pero Dumbledore es Dumbledore, ¿no? —rebatió Hagrid—. Oye, Harry, ¿cómo es que has llegado tarde? Estaba preocupado por ti.

—Me he entretenido en el tren. ¿Y tú? ¿Por qué has llegado tarde?

—Estaba con Grawp —contestó Hagrid sonriendo—. He perdido la noción del tiempo. Ahora vive en las montañas, en una bonita cueva que le buscó Dumbledore. Allí es mucho más feliz que en el Bosque Prohibido. Mantuvimos una conversación muy interesante.

—¿En serio? —repuso Harry procurando no mirar a Ron, puesto que la última vez que había visto al hermanastro de Hagrid, un violento gigante con una habilidad especial para arrancar los árboles de raíz, comprobó que su vocabulario constaba de cinco palabras, dos de ellas pronunciadas incorrectamente.

—Sí, sí, ha progresado mucho —afirmó Hagrid con orgullo—. Te sorprenderías. Estoy pensando en entrenarlo para que sea mi ayudante.

A Ron se le escapó una risotada, pero consiguió que sonara como un fuerte estornudo. Ya habían llegado a las puertas de roble del castillo.

—En fin, nos veremos mañana. La primera clase es después de comer. Si vienen pronto podrán saludar a *Buck*... quiero decir a *Witherwings*.

Hagrid se despidió de ellos levantando un brazo y salió por las puertas al oscuro jardín.

Los dos amigos se miraron. Harry comprendió que ambos estaban pensando lo mismo.

—Este año no vas a estudiar Cuidado de Criaturas Mágicas, ¿verdad?

Ron negó con la cabeza.

—Tú tampoco, ¿no? —Harry negó también con la cabeza—. ¿Ni Hermione? —agregó Ron.

Harry negó otra vez. No quería pensar qué diría Hagrid cuando se diera cuenta de que sus tres alumnos favoritos habían abandonado su asignatura.

9

El Príncipe Mestizo

Al día siguiente, Harry y Ron se encontraron con Hermione en la sala común antes del desayuno. Con la esperanza de ganar apoyo para su teoría, Harry se apresuró a contarle lo que Malfoy había dicho en el expreso de Hogwarts.

—Es evidente que presumía delante de Parkinson, ¿no? —terció Ron antes de que ella pudiera opinar.

—Bueno —vaciló Hermione—, no sé... Es muy propio de Malfoy aparentar más de lo que es. Pero eso es una mentira muy gorda...

—Exacto —convino Harry, aunque no insistió porque había demasiada gente que intentaba escuchar su conversación o simplemente lo observaba y cuchicheaba con los demás.

—¿Nunca te han dicho que señalar con el dedo es de mala educación? —le espetó Ron a un alumno bajito de quinto cuando los tres amigos se pusieron en la cola para salir por el hueco del retrato.

El chico, que estaba murmurándole algo a un amigo, se ruborizó y, con el susto, tropezó y se cayó por el hueco. Ron rió por lo bajo.

—Me encanta ser alumno de sexto. Además, este año tendremos un montón de tiempo libre, horas enteras sin clases que podremos pasar aquí sentados, descansando.

—Necesitaremos ese tiempo para estudiar, Ron —le recordó Hermione mientras echaban a andar por el pasillo.

—Sí, pero hoy no. Lo de hoy va a ser pan comido.

—¡Espera! —saltó Hermione, y le interceptó el paso a un alumno de cuarto que llevaba un disco verde lima en la mano—. Los discos voladores con colmillos están prohibidos, dámelo ahora mismo —le ordenó con autoridad.

El chico puso mala cara pero le entregó el disco, que no paraba de gruñir. Luego se coló por debajo del brazo estirado de Hermione y echó a correr detrás de sus amigos. Una vez se hubo perdido de vista, Ron le arrebató el disco a Hermione y dijo:

—¡Qué bien! Siempre quise tener uno de éstos.

Las protestas de ella quedaron ahogadas por una fuerte risa: al parecer, Lavender Brown encontraba divertidísimo el comentario de Ron. Siguió riendo mientras los adelantaba y volvió varias veces la cabeza para mirar a Ron, que parecía muy ufano.

El techo del Gran Comedor mostraba un cielo sereno y azul surcado de algunas tenues y frágiles nubes, igual que los trozos de cielo que se veían por las altas ventanas con parteluces. Mientras comían platos de avena, Harry y Ron le contaron a Hermione la embarazosa conversación que habían mantenido con Hagrid la noche anterior.

—¡Pero cómo puede pensar Hagrid que seguiremos estudiando Cuidado de Criaturas Mágicas! —observó ella, consternada—. A ver, ¿cuándo ha expresado alguno de nosotros el menor entusiasmo?

—Pues él no lo ve así —farfulló Ron, y acabó de tragarse un huevo frito entero—. Nosotros éramos los que más nos esforzábamos en sus clases porque nos cae bien. Pero él cree que nos gusta esa absurda asignatura. ¿Creen que alguien va a continuar estudiándola para obtener el ÉXTASIS?

No era necesario responder. Los tres sabían que nadie de su clase querría seguir cursando Cuidado de Criaturas Mágicas. Durante el desayuno evitaron mirar a

Hagrid, y cuando éste se levantó de la mesa, diez minutos más tarde, ellos le devolvieron con parquedad el alegre saludo que el guardabosques les dirigió con la mano.

Después de desayunar, se quedaron sentados en el banco esperando que la profesora McGonagall abandonara la mesa de los profesores. Ese año la distribución de los horarios era más complicada de lo habitual, porque previamente la profesora tenía que confirmar que todo el mundo había obtenido las notas necesarias en los TIMOS para continuar con los ÉXTASIS elegidos.

Hermione recibió autorización para continuar estudiando Encantamientos, Defensa Contra las Artes Oscuras, Transformaciones, Herbología, Aritmancia, Runas Antiguas y Pociones, y sin más preámbulos salió disparada hacia su primera clase de Runas Antiguas. El caso de Neville era más complicado; la redondeada cara del muchacho delataba una gran ansiedad mientras McGonagall repasaba su solicitud y luego consultaba los resultados de sus TIMOS.

—Herbología, de acuerdo —dijo por fin—. La profesora Sprout se alegrará de volver a verte después del extraordinario que obtuviste en su TIMO. Y tienes un supera las expectativas en Defensa Contra las Artes Oscuras, así que también puedes cursar esa asignatura. Pero el problema está en Transformaciones. Lo siento, Longbottom, pero un aceptable no basta para pasar al nivel de ÉXTASIS; no creo que pudieras seguir el ritmo de trabajo. —Neville agachó la cabeza y la profesora lo miró a través de sus gafas cuadradas—. Pero ¿por qué te interesa tanto continuar con Transformaciones? —preguntó—. Siempre me ha parecido que esa asignatura no te gusta mucho.

Neville, con cara de pena, murmuró algo parecido a «mi abuela quiere».

—¡Bah, bah! —dijo McGonagall—. Ya va siendo hora de que tu abuela aprenda a estar orgullosa del nieto que tiene y no del que cree que merecería tener. Sobre todo, después de lo ocurrido en el ministerio. —Neville se sonrojó y parpadeó varias veces, aturdido; era la primera vez que la profesora le dedicaba un cumplido—. Lo siento, Longbottom, pero no puedo aceptarte en mi clase de ÉXTASIS. Sin embargo, veo que has obtenido un supera las expectativas en Encantamientos. ¿Por qué no haces ese ÉXTASIS?

—Mi abuela dice que es una asignatura demasiado fácil —murmuró el chico.

—Haz Encantamientos —decidió ella—, y ya le escribiré yo unas líneas a Augusta recordándole que, si bien ella reprobó su TIMO de esa materia, no por eso la asignatura es una bobada.

La profesora esbozó una sonrisa al ver la cara de felicidad e incredulidad de Neville. Luego dio unos golpecitos con la punta de la varita en un horario en blanco y se lo entregó con la información de sus clases. A continuación se dirigió a Parvati Patil, cuya primera pregunta fue si Firenze, el apuesto centauro, todavía enseñaba Adivinación.

—Este año, la profesora Trelawney y él se repartirán las clases —refunfuñó McGonagall; todo el mundo sabía que ella despreciaba esa asignatura—. Las de sexto las dará la profesora Trelawney.

Cinco minutos más tarde, Parvati se marchó a su clase de Adivinación con aire alicaído.

—Bueno, Potter... —prosiguió la profesora, consultando sus anotaciones y volviéndose hacia Harry—. Encantamientos, Defensa Contra las Artes Oscuras, Herbología, Transformaciones... todo correcto. Permíteme decirte que estoy muy contenta con tu nota de Transformaciones, Potter. Y ahora dime, ¿por qué no has solicitado continuar estudiando Pociones? Creía que tu gran ambición era ser auror.

—Lo era, pero usted me dijo que tenía que sacar un extraordinario en el TIMO, profesora.

—Sí, pero eso era cuando el profesor Snape daba la asignatura. En cambio, el profesor Slughorn no tiene inconveniente en aceptar alumnos que obtienen simples supera las expectativas en el TIMO. ¿Quieres seguir estudiando Pociones?

—Sí, pero no he comprado los libros, ni los ingredientes, ni nada...

—No tengo duda de que el profesor Slughorn te prestará lo que necesites. Muy bien, Potter, aquí tienes tu horario. Ah, por cierto: ya se han inscrito veinte aspirantes para jugar en el equipo de quidditch de Gryffindor. Te haré llegar la lista en su debido momento para que organices las pruebas de selección cuando te parezca.

Pasados unos minutos, Ron recibió autorización para estudiar las mismas asignaturas que Harry, y ambos amigos abandonaron la mesa.

—Mira —dijo Ron, jubiloso, mientras repasaba su horario—, tenemos una hora libre ahora, otra después del recreo y otra después de comer... ¡Genial!

Regresaron a la sala común, donde sólo había media docena de alumnos de séptimo, entre ellos Katie Bell, el único miembro que quedaba del equipo de quidditch de Gryffindor en el que Harry había entrado durante su primer año en Hogwarts.

—Ya me imaginaba que te nombrarían capitán. Felicidades —dijo Katie señalando la insignia que el chico llevaba en la pechera de la túnica—. ¡Avísame cuando convoques las pruebas de selección!

—No digas tonterías —replicó Harry—, tú no necesitas pasar las pruebas. Hace cinco años que te veo jugar y...

—No empiezas bien —le previno ella—. Sabes muy bien que hay jugadores mucho mejores que yo. El nuestro no sería el primer equipo que se hunde porque su capitán se empeña en hacer jugar a los de siempre o a sus amigos...

Ron se sintió un poco incómodo y se puso a lanzar el disco volador confiscado al alumno de cuarto. El disco empezó a describir círculos por la sala común, gruñendo e intentando morder la tapicería. *Crookshanks* observaba su trayectoria y bufaba cada vez que se le acercaba demasiado.

Una hora más tarde, Harry y Ron salieron a regañadientes de la soleada sala común y se encaminaron hacia el aula de Defensa Contra las Artes Oscuras, situada cuatro pisos más abajo. Encontraron a Hermione haciendo cola delante de la puerta, cargada de pesados libros y con cara de víctima.

—¡En Runas nos han puesto demasiados deberes! —se quejó, angustiada, cuando se le unieron sus amigos—. ¡Una redacción de cuarenta centímetros y dos traducciones, y tengo que leerme todos estos libros para el miércoles!

—¡Mala suerte! —murmuró Ron.

—Pues espera y verás —replicó ella—. Snape también nos pondrá un montón de trabajo.

En ese momento se abrió la puerta del aula y Snape salió al pasillo. Como siempre, dos cortinas de grasiento cabello negro enmarcaban el amarillento rostro del profesor. De inmediato se produjo silencio en la cola.

—Adentro —ordenó.

Harry miró alrededor mientras entraba con sus compañeros en el aula. La estancia ya se hallaba impregnada de la personalidad de Snape: pese a que había velas encendidas, tenía un aspecto más sombrío que de costumbre porque las cortinas estaban corridas. De las paredes colgaban unos cuadros nuevos, la mayoría de los cuales representaban sujetos que sufrían y exhibían tremendas heridas o partes del cuerpo extrañamente deformadas. Los alumnos se sentaron en silencio, contemplando aquellos misteriosos y truculentos cuadros.

—No les he dicho que saquen sus libros —dijo Snape al tiempo que cerraba la puerta y se colocaba detrás de su mesa, de cara a los alumnos.

Hermione dejó caer rápidamente su ejemplar de *Enfrentarse a lo indefinible* en la mochila y la metió debajo de la silla.

—Quiero hablar con ustedes y quiero que me presten la mayor atención.

Recorrió con sus negros ojos las caras de los alumnos y se detuvo en la de Harry una milésima de segundo más que en las demás.

—Si no me equivoco, hasta ahora han tenido cinco profesores de esta asignatura.

«"Si no me equivoco..." Como si no los hubieras visto pasar a todos, Snape, con la esperanza de ser tú el siguiente», pensó Harry con rencor.

—Naturalmente, todos esos maestros habrán tenido sus propios métodos y sus propias prioridades. Teniendo en cuenta la confusión que eso les habrá creado, me sorprende que tantos de ustedes hayan aprobado el TIMO de esta asignatura. Y aún me sorprendería más que aprobaran el ÉXTASIS, que es mucho más difícil.

Empezó a pasearse por el aula y bajó el tono de voz; los alumnos estiraban el cuello para no perderlo de vista.

—Las artes oscuras son numerosas, variadas, cambiantes e ilimitadas. Combatirlas es como luchar contra un monstruo de muchas cabezas al que cada vez que se le corta una, le nace otra aún más fiera e inteligente que la anterior. Están combatiendo algo versátil, mudable e indestructible.

Harry lo miró con fijeza. Una cosa era respetar las artes oscuras y considerarlas un peligroso enemigo, y otra muy diferente hablar de ellas como lo hacía Snape, con una voz que parecía una tierna caricia.

—Por lo tanto —continuó el profesor, subiendo un poco la voz—, sus defensas deben ser tan flexibles e ingeniosas como las artes que pretenden anular. Estos cuadros —añadió, señalándolos mientras pasaba por delante de ellos— ofrecen una acertada representación de los poderes de los magos tenebrosos. En éste, por ejemplo, pueden observar la maldición *cruciatus* —era una bruja que gritaba de dolor—; en este otro, un hombre recibe el beso de un dementor —era un mago con la mirada extraviada, acurrucado en el suelo y pegado a una pared—, y aquí vemos el resultado del ataque de un inferius —era una masa ensangrentada, tirada en el suelo.

—Entonces, ¿es verdad que han visto un inferius? —preguntó Parvati Patil con voz chillona—. ¿Es verdad que los está utilizando?

—El Señor Tenebroso utilizó inferi en el pasado —respondió Snape—, y eso significa que deberían deducir que puede volver a servirse de ellos. Veamos... —Echó a andar por el otro lado del aula hacia su mesa, y una vez más la clase entera lo observó desplazarse con su negra túnica ondeando—. Creo que son novatos en el uso de hechizos no verbales. ¿Alguien sabe cuál es la gran ventaja de esos hechizos?

Hermione levantó la mano con decisión. Snape se tomó su tiempo y, tras mirar a los demás para asegurarse de que no tenía alternativa, dijo con tono cortante:

—Muy bien. ¿Señorita Granger?

—Tu adversario no sabe qué clase de magia vas a realizar, y eso te proporciona una ventaja momentánea.

—Una respuesta calcada casi palabra por palabra del *Libro reglamentario de hechizos, sexto curso* —repuso Snape con desdén (Malfoy, que estaba en un rincón, rió entre dientes)—, pero correcta en lo esencial. Sí, quienes aprenden a hacer magia sin vociferar los conjuros cuentan con un elemento de sorpresa en el momento de lanzar un hechizo. No todos los magos pueden hacerlo, por supuesto; es una cuestión de concentración y fuerza mental, de la que algunos... —una vez más su mirada se detuvo con malicia en Harry— carecen.

Harry comprendió que Snape estaba pensando en las fatídicas clases de Oclumancia del curso anterior, así que se negó a bajar la vista y miró con odio al profesor hasta que éste desvió la mirada.

—Ahora —continuó Snape— se colocarán por parejas. Uno de ustedes intentará embrujar al otro, pero sin hablar, y el otro tratará de repeler el embrujo, también en silencio. Pueden empezar.

Aunque Snape no lo sabía, el curso anterior Harry había enseñado a realizar el encantamiento escudo al menos a la mitad de sus compañeros (a todos los que se habían apuntado al ED). Sin embargo, ninguno de ellos había lanzado el encantamiento sin hablar. Así pues, los alumnos pusieron manos a la obra. Muchos optaron por hacer trampas y pronunciaban el conjuro quedamente en lugar de a viva voz. Como era de esperar, al cabo de diez minutos Hermione consiguió repeler en completo silencio el embrujo piernas de gelatina que Neville había pronunciado en voz baja, una proeza que sin duda le habría valido veinte puntos para Gryffindor con cualquier profesor razonable (como pensó Harry con amargura), pero Snape lo ignoró olímpicamente. Éste, que parecía más que nunca un murciélago gigante, pasó entre Harry y Ron y se detuvo para observar cómo los dos amigos se empleaban a fondo en la tarea que les había impuesto.

Ron, lívido y con los labios apretados para no caer en la tentación de pronunciar el conjuro, intentaba embrujar a Harry, quien en ascuas mantenía la varita levantada, preparado para repeler un embrujo que no parecía que fuera a llegar nunca.

—Patético, Weasley —sentenció Snape al cabo de un rato—. Aparta, deja que te enseñe...

El profesor sacudió su varita en dirección a Harry tan deprisa que el muchacho reaccionó de manera instintiva y, olvidando que estaban practicando hechizos no verbales, gritó:

—¡*Protego!*

Su encantamiento escudo fue tan fuerte que Snape perdió el equilibrio y se golpeó contra un pupitre. La clase en pleno se había dado la vuelta y vio cómo Snape se incorporaba, con el entrecejo fruncido.

—¿Te suena por casualidad que les haya mandado practicar hechizos no verbales, Potter?

—Sí —contestó fríamente.

—Sí, «señor» —lo corrigió Snape.

—No hace falta que me llame «señor», profesor —replicó Harry impulsivamente.

Varios alumnos soltaron grititos de asombro, entre ellos Hermione. Sin embargo, Ron, Dean y Seamus, que estaban detrás de Snape, sonrieron en señal de apreciación.

—Castigado. Te espero en mi despacho el sábado después de cenar —dictaminó Snape—. No acepto insolencias de nadie, Potter. Ni siquiera del «Elegido».

—¡Ha sido genial, Harry! —lo felicitó Ron poco después, cuando ya estaban a salvo y camino del recreo.

—No debiste decirlo —discrepó Hermione mirando a Ron con la frente fruncida—. ¿Qué te ha pasado?

—¡Intentaba embrujarme, por si no te diste cuenta! —se defendió Harry—. ¡Ya tuve que soportar bastante el curso pasado en las clases particulares de Oclumancia! ¿Por qué no utiliza a otro conejillo de Indias, para variar? ¿Y a qué juega Dumbledore? ¿Por qué le deja enseñar Defensa? ¿Han oído cómo hablaba de las artes oscuras? ¡Le encantan! Todo ese rollo de algo mudable e indestructible...

—Pues mira —lo interrumpió Hermione—, me ha recordado a ti.

—¿A mí?

—Sí, cuando nos contabas lo que uno siente cuando se enfrenta a Voldemort. Decías que no bastaba con memorizar un montón de hechizos y lanzarlos, porque en esas circunstancias lo único que te separaba de la muerte era tu propio cerebro o tus agallas. ¿Acaso no es lo mismo que decía Snape? ¿Que lo que cuenta es el valor y el ingenio?

Harry quedó tan desarmado al comprobar que Hermione consideraba sus palabras tan dignas de ser memorizadas como las del *Libro reglamentario de hechizos*, que no discutió.

—¡Harry! ¡Eh, Harry!

Jack Sloper, uno de los golpeadores del equipo de quidditch de Gryffindor del curso anterior, corría hacia él con un rollo de pergamino en la mano.

—Esto es para ti —dijo jadeando—. Oye, me he enterado de que eres el nuevo capitán. ¿Cuándo serán las pruebas de selección?

—Todavía no lo sé —contestó Harry, y pensó que Sloper iba a necesitar mucha suerte para volver a jugar en el equipo—. Ya te lo diré.

—De acuerdo. Espero que sean este fin de semana, porque...

Pero Harry ya no lo escuchaba; acababa de reconocer la pulcra y estilizada caligrafía de la hoja de pergamino. Dejó a Sloper con la palabra en la boca y se marchó precipitadamente con Ron y Hermione, desenrollando el pergamino por el camino.

Querido Harry:

Me gustaría que iniciáramos nuestras clases particulares este sábado. Por favor, ven a mi despacho después de cenar. Espero que estés disfrutando de tu primer día en el colegio.

Atentamente,

Albus Dumbledore

P.D.: Me encantan las píldoras ácidas.

—¿Que le encantan las píldoras ácidas? —se extrañó Ron, tras leer el mensaje por encima del hombro de Harry.

—Es la contraseña para que te deje pasar la gárgola que vigila la entrada de su despacho —explicó Harry en voz baja—. ¡Diantre! ¡Esto no le va a hacer ninguna gracia a Snape! ¡No podré ir a cumplir el castigo!

Los tres amigos estuvieron todo el recreo especulando sobre lo que Dumbledore le enseñaría a Harry. Ron creía que serían embrujos y hechizos espectaculares, desconocidos incluso para los mortífagos. Hermione argumentó que esas cosas eran ilegales y consideró más probable que el director pretendiese que Harry aprendiera magia defensiva avanzada. Después del recreo, Hermione se marchó a su clase de Aritmancia y Harry y Ron regresaron a la sala común, donde empezaron a hacer de mala gana los deberes que les había puesto Snape. El trabajo era tan complejo que aún no lo habían terminado cuando Hermione se reunió con ellos en la hora libre después de comer (así que ella contribuyó a acelerar el proceso). En cuanto acabaron, sonó el timbre de la clase de dos horas de Pociones que tenían esa tarde, y juntos se encaminaron hacia la mazmorra que durante tanto tiempo había sido territorio de Snape.

Cuando llegaron al pasillo, comprobaron que tan sólo una docena de alumnos iban a cursar el nivel de ÉXTASIS. Crabbe y Goyle no habían conseguido la nota mínima requerida en sus TIMOS, pero otros cuatro alumnos de Slytherin sí la habían alcanzado, entre ellos Malfoy. También había cuatro alumnos de Ravenclaw y uno de Hufflepuff, Ernie Macmillan, que a Harry le caía bien pese a su ampulosa manera de hablar.

—Buenas tardes, Harry —dijo Ernie con solemnidad al verlo acercarse, y le tendió la mano—. Esta mañana, en Defensa Contra las Artes Oscuras, no hemos tenido ocasión de saludarnos. Ha sido una clase interesante, aunque los encantamientos escudo no son nada nuevo para nosotros, los veteranos del ED... ¡Hola, Ron! ¡Hola, Hermione! ¿Cómo están?

Apenas habían respondido con un breve «Bien» cuando se abrió la puerta de la mazmorra y la barriga de Slughorn salió por ella precediéndolo. Mientras los alumnos entraban en fila en el aula, el enorme bigote de morsa de Slughorn se curvó hacia arriba debido a la radiante sonrisa del profesor, quien saludó con especial entusiasmo a Harry y Zabini.

La mazmorra ya estaba llena de vapores y extraños olores, lo cual sorprendió a los alumnos. Harry, Ron y Hermione olfatearon con interés al pasar por delante de unos grandes y burbujeantes calderos. Los cuatro alumnos de Slytherin se sentaron juntos a una mesa, y lo mismo hicieron los cuatro de Ravenclaw. Harry y sus dos amigos tuvieron que compartir mesa con Ernie. Eligieron la que estaba más cerca de un caldero dorado que rezumaba uno de los aromas más seductores que Harry había inhalado jamás: una extraña mezcla de tarta de melaza, palo de escoba y algo floral que le parecía haber olido en La Madriguera. Se dio cuenta de que respiraba lenta y acompasadamente y que los vapores de la poción se estaban propagando por su cuerpo como si fueran una bebida. Lo embargó una gran satisfacción y miró sonriendo a Ron, que le devolvió una sonrisa perezosa.

—Muy bien, muy bien —dijo Slughorn, cuyo colosal contorno oscilaba detrás de las diversas nubes de vapor—. Saquen las balanzas y el material de pociones, y no olviden los ejemplares de *Elaboración de pociones avanzadas*...

—Señor... —dijo Harry levantando la mano.

—¿Qué pasa, Harry?

—No tengo libro, ni balanza, ni nada. Y Ron tampoco. Verá, es que no sabíamos que podríamos cursar el ÉXTASIS de Pociones...

—¡Ah, sí! Ya me lo ha comentado la profesora McGonagall. No te preocupes, amigo mío, no pasa nada. Hoy pueden utilizar los ingredientes del armario de material, y estoy seguro de que encontraremos alguna balanza. Además, aquí hay unos libros de texto de otros años que servirán hasta que puedan escribir a Flourish y Blotts...

Slughorn se dirigió hacia un armario que había en un rincón y, tras hurgar en él, regresó con dos ejemplares viejos de *Elaboración de pociones avanzadas,* de Libatius Borage, que entregó a Harry y Ron junto con dos deslustradas balanzas.

—Muy bien —dijo, y regresó al fondo de la clase hinchando el pecho, ya muy abultado, hasta tal punto que los botones del chaleco amenazaron con desprendérsele—. He preparado algunas pociones para que les echen un vistazo. Es de esas cosas que deberían poder hacer cuando hayan terminado el ÉXTASIS. Seguro que han oído hablar de ellas, aunque nunca las hayan preparado. ¿Alguien puede decirme cuál es ésta?

Señaló el caldero más cercano a la mesa de Slytherin. Harry se levantó un poco del asiento y vio que en el cacharro hervía un líquido que parecía agua normal y corriente.

La bien adiestrada mano de Hermione se alzó antes que ninguna otra; Slughorn la señaló.

—Es Veritaserum, una poción incolora e inodora que obliga a quien la bebe a decir la verdad —contestó Hermione.

—¡Estupendo, estupendo! —la felicitó el profesor, muy complacido—. Esta otra —continuó, y señaló el caldero cercano a la mesa de Ravenclaw— es muy conocida y últimamente aparece en unos folletos distribuidos por el ministerio. ¿Alguien sabe...?

La mano de Hermione volvió a ser la más rápida.

—Es poción multijugos, señor —dijo.

Harry también había reconocido la sustancia, que borboteaba con lentitud y tenía una consistencia parecida a la del lodo, pero no le molestó que Hermione contestara una vez más al profesor; al fin y al cabo, era ella quien había conseguido prepararla en su segundo año en Hogwarts.

—¡Excelente, excelente! Y ahora, esta de aquí... ¿Sí, querida? —dijo Slughorn mirando con cierto desconcierto a Hermione, que volvía a tener la mano levantada.

—¡Es Amortentia!

—En efecto. Bien, parece innecesario preguntarlo —dijo Slughorn, impresionado—, pero supongo que sabes qué efecto produce, ¿verdad?

—Es el filtro de amor más potente que existe —respondió Hermione.

—¡Exacto! La has reconocido por su característico brillo nacarado, ¿no?

—Sí, y porque el vapor asciende formando unas inconfundibles espirales —agregó ella con entusiasmo—. Y se supone que para cada uno tiene un olor diferente, según lo que nos atraiga. Yo huelo a césped recién cortado y a pergamino nuevo y a... —Pero se sonrojó un poco y no terminó la frase.

—¿Puedes decirme tu nombre, querida? —le preguntó Slughorn sin reparar en su bochorno.

—Me llamo Hermione Granger, señor.

—¿Granger? ¿Granger? ¿Tienes algún parentesco con Héctor Dagworth-Granger, fundador de la Rimbombante Sociedad de Amigos de las Pociones?

—No, me parece que no, señor. Yo soy hija de muggles.

Harry vio cómo Malfoy se inclinaba hacia Nott para decirle algo al oído y ambos reían por lo bajo. Slughorn sonrió radiante y miró a Harry, sentado al lado de Hermione.

—¡Ajá! ¡«Una de mis mejores amigas es hija de muggles y es la mejor alumna de mi curso»! Deduzco que ésta es la amiga de que me hablaste, ¿no, Harry?

—Sí, señor.

—Vaya, vaya. Veinte bien merecidos puntos para Gryffindor, señorita Granger —concedió afablemente Slughorn.

Malfoy puso la misma cara que la vez que Hermione le pegó un puñetazo en la cara. Ella miró a Harry con expresión radiante y le susurró:

—¿De verdad le dijiste que era la mejor del curso? ¡Oh, Harry!

—¿Y qué tiene eso de raro? —repuso en voz baja Ron, que por algún motivo parecía contrariado—. ¡Eres la mejor del curso! ¡Yo también se lo habría dicho si me lo hubiera preguntado!

Hermione sonrió y se llevó un dedo índice a los labios, pidiendo silencio para escuchar al profesor. Ron arrugó la frente.

—Por supuesto, la Amortentia no crea amor. Es imposible crear o imitar el amor. Sólo produce un intenso encaprichamiento, una obsesión. Probablemente sea la poción más peligrosa y poderosa de todas las que hay en esta sala. Sí, ya lo creo —insistió, y asintió con gesto grave hacia Malfoy y Nott, que sonreían con escepticismo—. Cuando hayan vivido tanto como yo, no subestimarán el poder del amor obsesivo... Bien, y ahora ha llegado el momento de ponerse a trabajar.

—Señor, todavía no nos ha dicho qué hay en ése —dijo Ernie Macmillan señalando el pequeño caldero negro que había en la mesa de Slughorn. La poción que contenía salpicaba alegremente; tenía el color del oro fundido y unas gruesas gotas saltaban como peces dorados por encima de la superficie, aunque no se había derramado ni una partícula.

—¡Ajá! —asintió Slughorn. Harry intuyó que al profesor no se le había olvidado esa poción, sino que había esperado a que algún alumno le preguntara para lograr un efecto más impactante—. Sí. Ésa. Bueno, ésa, damas y caballeros, es una poción muy curiosa llamada *Felix Felicis*. No tengo ninguna duda, señorita Granger —añadió dándose la vuelta, risueño, y mirando a Hermione, que había soltado un gritito de asombro—, de que sabes qué efecto produce el *Felix Felicis*.

—¡Es suerte líquida! —respondió ella con emoción—. ¡Te hace afortunado!

La clase entera se enderezó un poco en los asientos. Harry ya sólo veía la parte de atrás del lacio cabello rubio de Malfoy, que por fin le dedicaba a Slughorn toda su atención.

—Muy bien. Otros diez puntos para Gryffindor. Sí, el *Felix Felicis* es una poción muy interesante —prosiguió el profesor—. Dificilísima de preparar y de desastrosos efectos si no se hace bien. Sin embargo, si se elabora de manera correcta, como es el caso de ésta, el que la beba coronará con éxito todos sus empeños, al menos mientras duren los efectos de la poción.

—¿Por qué no la bebe todo el mundo siempre, señor? —preguntó Terry Boot.

—Porque su consumo excesivo produce atolondramiento, temeridad y un peligroso exceso de confianza. Ya sabes, todos los excesos son malos... Consumida en grandes cantidades resulta altamente tóxica, pero ingerida con moderación y sólo de forma ocasional...

—¿Usted la ha probado alguna vez, señor? —preguntó Michael Corner.

—Dos veces en la vida —reconoció Slughorn—. Una vez cuando tenía veinticuatro años, y otra a los cincuenta y siete. Dos cucharadas grandes con el desayuno. Dos días perfectos. —Se quedó con la mirada perdida, con aire soñador. Harry pensó que tanto si hacía teatro como si no, estaba logrando la reacción que buscaba—. Y eso —dijo tras regresar a la tierra— es lo que les ofreceré como premio al finalizar la clase de hoy.

Todos guardaron silencio, y durante unos instantes el sonido de cada burbuja y cada salpicadura de las pociones bullentes se multiplicó por diez.

—Una botellita de *Felix Felicis* —añadió Slughorn, y se sacó del bolsillo una minúscula botella de cristal con tapón de corcho que enseñó a sus alumnos—. Suficiente para disfrutar de doce horas de buena suerte. Desde el amanecer hasta el ocaso, tendrán éxito en cualquier cosa que se propongan. Ahora bien, debo advertirles que el *Felix felicis* es una sustancia prohibida en las competiciones organizadas, como por ejemplo eventos deportivos, exámenes o elecciones. De modo que el ganador sólo podrá utilizarla un día normal. ¡Pero verá cómo éste se convierte en un día extraordinario!

»Veamos —continuó Slughorn, adoptando un tono más enérgico—, ¿cómo pueden ganar mi fabuloso premio? Pues bien, abriendo el libro *Elaboración de pociones avanzadas* por la página diez. Nos queda poco más de una hora, tiempo suficiente para que obtengan una muestra decente del Filtro de Muertos en Vida. Ya sé que hasta ahora nunca habían preparado nada tan complicado, y desde luego no espero resultados perfectos, pero el que lo haga mejor se llevará al pequeño *Felix*. ¡Adelante!

Se oyeron chirridos y golpes metálicos cuando los alumnos arrastraron sus calderos y empezaron a añadir pesas a las balanzas, pero no intercambiaron ni una palabra. La concentración que reinaba en el aula era casi tangible. Harry vio a Malfoy hojear febrilmente su ejemplar de *Elaboración de pociones avanzadas*; era evidente que se había propuesto conseguir ese día de suerte. Harry se apresuró a abrir el maltratado libro que Slughorn le había prestado.

Le fastidió comprobar que su anterior propietario había escrito notas en las páginas, de modo que los márgenes estaban tan negros como las partes impresas. Acercando la vista a la página para descifrar los ingredientes (pues incluso allí había anotaciones y aparecían tachadas algunas palabras), fue hasta el armario del material para tomar rápidamente lo que necesitaba. Cuando volvía presuroso hacia su caldero, vio a Malfoy cortando raíces de valeriana a toda prisa.

Cada alumno echaba vistazos alrededor para ver qué hacía el resto de la clase; eso era la gran ventaja y el gran inconveniente de las clases de Pociones: resultaba difícil que unos no espiaran el trabajo de los otros. Al cabo de diez minutos, el aula se había llenado de un vapor azulado. Como siempre, Hermione llevaba la delantera. Su poción ya se había convertido en «un líquido homogéneo de color grosella negra», como el libro describía la etapa intermedia ideal.

Después de trocear las raíces que había tomado, Harry volvió a inclinarse sobre el libro. Resultaba muy incómodo descifrar las indicaciones que daban los estúpidos garabatos de su anterior dueño, que por algún motivo había tachado «cortar el grano de sopóforo». En su lugar había anotado una instrucción alternativa: «aplastar con la hoja de una daga de plata; se obtiene más jugo que cortando».

—Señor, seguro que conoció usted a mi abuelo, Abraxas Malfoy.

Harry levantó la cabeza; Slughorn pasaba en ese momento por la mesa de Slytherin.

—Así es —asintió Slughorn sin mirar a Malfoy—. Sentí mucho enterarme de su muerte, aunque no fue nada inesperado, por supuesto: viruela de dragón a su edad...

Y siguió caminando. Harry se inclinó de nuevo sobre su caldero y sonrió. Malfoy se había llevado un chasco, pues esperaba que lo trataran como a él o a Zabini, o quizá confiaba en gozar de un trato preferente como el que siempre había recibido de Snape. Al parecer, Malfoy tendría que valerse únicamente de su talento para ganar la botella de *Felix Felicis*.

A Harry le estaba costando mucho cortar su grano de sopóforo. Así que miró a Hermione y le pidió prestado su cuchillo de plata.

Ella asintió sin apartar los ojos de su poción, que todavía tenía un color morado oscuro, aunque según el libro ya debería haberse vuelto de un lila más claro.

Harry aplastó el reseco grano con la hoja de la daga y se sorprendió al ver que, de inmediato, éste exudaba tal cantidad de jugo que parecía mentira que lo hubiera contenido. Lo metió deprisa en el caldero y observó, fascinado, cómo la poción adquiría al instante el tono exacto de lila descrito en el libro.

Se le pasó de golpe el enfado con el anterior propietario y leyó la siguiente línea de instrucciones. Según el libro, la poción debía removerse en sentido contrario a las agujas del reloj hasta que se volviera transparente como el agua. Sin embargo, según el comentario añadido por aquel desconocido, debía removerse una vez en el sentido de las agujas del reloj después de cada siete veces en sentido contrario. ¿Y si acertaba de nuevo?

Harry removió la poción en sentido contrario a las agujas del reloj siete veces, contuvo el aliento y removió una vez en el sentido de las agujas del reloj. El efecto fue inmediato: la poción se tornó rosa claro.

—¿Cómo lo has conseguido? —preguntó Hermione, que tenía las mejillas encendidas y el cabello cada vez más encrespado a causa de los vapores que rezumaba su caldero; su poción todavía presentaba un color morado intenso.

—Remueve una vez en el sentido de las agujas del reloj...

—¡No, no, el libro dice que hay que remover en sentido contrario a las agujas del reloj! —se empeñó ella.

Harry se encogió de hombros y siguió con lo suyo. Siete vueltas en sentido contrario a las agujas del reloj, una en el sentido de las agujas del reloj, pausa; siete vueltas en sentido contrario a las agujas del reloj...

Al otro lado de la mesa, Ron maldecía por lo bajo; su poción parecía regaliz líquido. Harry miró alrededor y comprobó que ninguna poción se había vuelto tan clara como la suya. Estaba eufórico, algo que nunca le había pasado en esa mazmorra.

—¡Tiempo! —anunció Slughorn—. ¡Dejen de remover, por favor!

A continuación se paseó despacio entre las mesas mirando en el interior de los calderos. No hacía ningún comentario, pero de vez en cuando agitaba un poco alguna poción, o la olfateaba. Al fin llegó a la mesa de Harry, Ron, Hermione y Ernie. Sonrió con indulgencia al ver la sustancia parecida al alquitrán que había obtenido Ron, pasó por alto el brebaje azul marino de Ernie y al ver la poción de Hermione asintió en señal de aprobación. Entonces vio la de Harry, y una expresión de júbilo le iluminó el rostro.

—¡He aquí el ganador, sin duda! —exclamó para que lo oyeran todos—. ¡Excelente, Harry, excelente! ¡Caramba, es evidente que has heredado el talento de tu madre! Lily tenía muy buena mano para las pociones. Así pues, aquí tienes: una botella de *Felix Felicis*, ¡y empléala bien!

Harry se guardó la botellita de líquido dorado en el bolsillo interior de la túnica; sentía una extraña mezcla de satisfacción ante las miradas rabiosas de los alumnos de Slytherin y de culpa ante la visible decepción de Hermione. Ron estaba sencillamente atónito.

—¿Cómo lo has hecho? —le preguntó ella cuando salieron de la mazmorra.

—Supongo que he tenido suerte —contestó Harry porque Malfoy estaba cerca y podía oírlos.

Pero a la hora de comer, una vez instalados en la mesa de Gryffindor, Harry se sintió lo bastante a salvo de indiscreciones para contarles la verdad a sus amigos. La mirada de Hermione se iba endureciendo a cada palabra que pronunciaba Harry.

—Supongo que no pensarás que he hecho trampas —concluyó el muchacho, exasperado por la cara con que lo miraba su amiga.

—Hombre, tampoco puede decirse que hayas hecho el trabajo tú solo —repuso ella con frialdad.

—Lo único que hizo fue seguir unas instrucciones distintas de las que seguiste tú —razonó Ron—. El resultado habría podido ser catastrófico, ¿no? Pero Harry se arriesgó y le salió bien. —Exhaló un suspiro—. Slughorn habría podido darme a mí ese libro, pero no, a mí me dio uno sin ninguna anotación. Eso sí, creo que alguien le vomitó encima en la página cincuenta y dos...

—Un momento —dijo una voz cerca del oído de Harry, y el muchacho percibió una vaharada del perfume floral que había olido en la mazmorra de Slughorn. Era Ginny, que se unía a ellos—. ¿He oído bien? ¿Has seguido las instrucciones anotadas por alguien en un libro, Harry?

Ginny parecía enfadada y alarmada. Harry enseguida supo en qué estaba pensando.

—Descuida —la tranquilizó, bajando la voz—. No tiene nada que ver con... el diario de Ryddle. Sólo se trata de un viejo libro de texto en el que alguien hizo unos garabatos.

—Pero tú has hecho lo que ponía el libro, ¿no?

—Sólo probé algunos consejos anotados en los márgenes. En serio, Ginny, no hay nada de raro en...

—Ginny tiene razón —coincidió Hermione volviendo a animarse—. Tenemos que comprobar que no sea nada raro. Quién sabe, esas extrañas instrucciones...

—¡Eh! —protestó Harry al ver que su amiga le sacaba el viejo ejemplar de *Elaboración de pociones avanzadas* de la mochila y levantaba la varita.

—¡*Specialis revelio!* —exclamó Hermione, y golpeó la cubierta del libro con la punta de la varita.

No pasó nada. El libro siguió allí, igual de viejo, sucio y sobado que antes, sin alterarse lo más mínimo.

—¿Has terminado? —dijo Harry, molesto—. ¿O quieres esperar por si se pone a dar volteretas?

—Parece normal —admitió ella, pero siguió observándolo con recelo—. Es decir, parece... un libro de texto normal y corriente.

—Estupendo. Entonces me lo llevo —repuso él, agarrándolo, pero el libro se le escurrió y fue a parar abierto al suelo.

Harry se agachó para recogerlo y vio algo anotado en la última página. Tenía la misma caligrafía pequeña y apretada de las instrucciones gracias a las que había ganado la botella de *Felix Felicis*, que ya había guardado dentro de un calcetín que, a su vez, había escondido en su baúl. La anotación rezaba:

Este libro es propiedad del Príncipe Mestizo.

10

La casa de los Gaunt

En las clases de Pociones del resto de la semana, Harry siguió poniendo en práctica los consejos del Príncipe Mestizo siempre que diferían de las instrucciones de Libatius Borage, de modo que en la cuarta clase Slughorn ya deliraba sobre las habilidades de Harry y aseguraba que pocas veces había tenido un alumno de tanto talento. Esas alabanzas no les hacían ninguna gracia a Ron y Hermione.

Pese a que Harry les había ofrecido compartir su libro, a Ron le costaba mucho descifrar la caligrafía del misterioso príncipe y Harry no podía leerle en voz alta todo el rato, porque habría levantado sospechas. Por su parte, Hermione se mantuvo firme y siguió trabajando con lo que ella denominaba «instrucciones oficiales», pero cada vez estaba más malhumorada porque éstas daban peores resultados que las del príncipe.

De vez en cuando, Harry se preguntaba quién habría sido ese personaje. Aunque la cantidad de deberes que les mandaban le impedía leer de cabo a rabo su ejemplar de *Elaboración de pociones avanzadas*, lo había hojeado lo suficiente para comprobar que apenas quedaba una página que no contuviese anotaciones al margen. Pero no todas estaban relacionadas con la elaboración de pociones, sino que algunas parecían hechizos inventados por el propio príncipe.

—O por «ella» —puntualizó Hermione después de oír cómo Harry le exponía esas ideas a Ron en la sala común, el sábado después de la cena—. A lo mejor era una chica. Creo que la letra parece más de chica que de chico.

—Firma «el Príncipe Mestizo» —le recordó Harry—. ¿Cuántas chicas conoces que sean «príncipes»?

Hermione no supo cómo rebatir ese argumento, así que se limitó a fruncir el entrecejo y retirar su redacción «Los principios de la rematerialización» del alcance de Ron, que intentaba leerla al revés.

Harry miró la hora en su reloj y guardó el misterioso libro en su mochila.

—Son las ocho menos cinco, tengo que irme o llegaré tarde a mi cita con Dumbledore.

—¡Oh! —exclamó Hermione, agrandando los ojos—. ¡Buena suerte! Te esperaremos levantados, estamos ansiosos por saber qué quiere enseñarte.

—Que te vaya bien —dijo Ron, y los dos se quedaron mirando cómo Harry salía por el hueco del retrato.

Avanzó por los desiertos pasillos con paso decidido, pero al doblar un recodo tuvo que esconderse precipitadamente detrás de una estatua porque vio a la profesora Trelawney, que iba murmurando al tiempo que mezclaba una baraja de sucias cartas que al parecer leía mientras andaba.

—Dos de picas: conflicto —musitó al pasar por delante de la estatua—. Siete de picas: mal augurio. Diez de picas: violencia. Jota de picas: un joven moreno, preocupado y... a quien no le cae bien la vidente. —Se detuvo en seco—. No puede ser —masculló con irritación.

Harry oyó cómo volvía a barajar las cartas y se ponía de nuevo en marcha, dejando tras de sí un olorcillo a jerez para cocinar.

Tras comprobar que la profesora se había marchado, echó a andar a buen paso hasta el lugar del pasillo del séptimo piso donde había una única gárgola pegada a la pared.

—Píldoras ácidas —dijo Harry.

La gárgola se apartó y la pared de detrás, al abrirse, reveló una escalera de caracol de piedra que no cesaba de ascender con un movimiento continuo. Harry se montó en ella y dejó que lo transportara, describiendo círculos, hasta la puerta con aldaba de bronce del despacho de Dumbledore.

Llamó con los nudillos.

—Pasa.

—Buenas noches, señor —saludó al entrar en el despacho del director.

—Buenas noches, Harry. Siéntate —dijo Dumbledore, sonriente—. Espero que tu primera semana en el colegio haya resultado agradable.

—Sí, señor. Gracias.

—Debes de haber estado muy ocupado, pues ya tienes un castigo en tu haber.

—Es que... —balbuceó el chico, pero Dumbledore no parecía enfadado.

—He hablado con el profesor Snape y hemos acordado que cumplirás tu castigo el próximo sábado en lugar de hoy.

—De acuerdo —repuso Harry, que tenía cosas más urgentes en la cabeza que el castigo de Snape, y miró con disimulo en busca de algún indicio sobre lo que Dumbledore pensaba hacer con él esa noche. El despacho, de forma circular, ofrecía el mismo aspecto de siempre: los frágiles instrumentos de plata, zumbando y humeando, reposaban sobre las mesas de delgadas patas; los retratos de anteriores directores y directoras de Hogwarts dormitaban en sus marcos; y el magnífico fénix de Dumbledore, *Fawkes*, estaba en su percha, detrás de la puerta, observando a Harry con gran interés. Tampoco se apreciaba que Dumbledore hubiera apartado los muebles para realizar prácticas de duelo.

—Muy bien, Harry —dijo el director con tono serio y formal—. Imagino que te habrás preguntado qué he planeado para estas... llamémoslas clases, a falta de una palabra más apropiada.

—Sí, señor.

—Pues bien, he decidido que ha llegado el momento de que conozcas cierta información, ahora que ya sabes qué movió a lord Voldemort a intentar matarte hace quince años.

Hubo una pausa.

—Al final del curso pasado usted dijo que me lo explicaría todo —le recordó Harry, esforzándose por eliminar el dejo acusador de su voz—. Señor —añadió.

—Es cierto —concedió Dumbledore con voz apacible—. Y te conté todo lo que sé. Pero a partir de ahora abandonaremos la firme base de los hechos y viajaremos por los turbios pantanos de la memoria hasta adentrarnos en la fronda de las más ilógicas conjeturas. A partir de aquí, Harry, puedo estar tan deplorablemente equivocado como Humphrey Belcher, quien creyó que se daban las circunstancias idóneas para inventar el caldero de queso.

—Pero usted cree que tiene razón, ¿no?

—Por supuesto que sí, pero ya te he demostrado que yo cometo errores, como todo ser humano. Y si me permites añadiré que, dado que soy más inteligente que la mayoría de los hombres, mis errores tienden a ser también más graves.

—Señor —dijo Harry con vacilación—, lo que va a contarme ¿tiene algo que ver con la profecía? ¿Me ayudará a... sobrevivir?

—Tiene mucho que ver con la profecía —confirmó Dumbledore sin darle importancia, como si le hubiera preguntado qué tiempo haría por la mañana—. Y espero, en efecto, que te ayude a sobrevivir.

Se levantó y pasó por el lado de Harry, quien, sin ponerse de pie, vio cómo el profesor se inclinaba sobre el armario que había junto a la puerta. Cuando se incorporó, tenía en la mano aquella vasija de piedra poco profunda, con extrañas inscripciones grabadas alrededor del borde. La colocó encima del escritorio, frente a Harry.

—Pareces preocupado.

Era verdad que Harry contemplaba el pensadero con cierta aprensión ya que, pese a que sus anteriores experiencias con ese extraño aparato, que almacenaba y revelaba pensamientos y recuerdos, resultaron muy instructivas, también fueron desagradables. La última vez que se había asomado a su contenido vio muchas más cosas de las que le habría gustado ver. Pero Dumbledore sonreía.

—Esta vez entrarás en el pensadero conmigo. Y con permiso, lo cual aún es más insólito.

—¿Adónde vamos, señor?

—Daremos un paseo por los recuerdos de Bob Ogden —contestó el anciano, y extrajo de su bolsillo una pequeña botella que contenía una sustancia plateada.

—¿Quién era Bob Ogden?

—Trabajaba para el Departamento de Seguridad Mágica. Hace tiempo que murió, pero logré localizarlo antes de que falleciera y conseguí que me confiara estos recuerdos. Nos disponemos a acompañarlo en una visita que realizó mientras cumplía sus obligaciones. Si haces el favor de ponerte en pie, Harry...

Pero a Dumbledore le costaba quitar el tapón de corcho de la botella; al parecer, la mano lesionada le dolía y la tenía engarrotada.

—¿Quiere que...? ¿Me deja probar, señor?

—No te preocupes, Harry. —Dumbledore apuntó su varita hacia la botella y el tapón salió despedido.

—¿Cómo se hizo eso en la mano, señor? —volvió a preguntar el muchacho, mirando los ennegrecidos dedos del director con una mezcla de repugnancia y lástima.

—No es momento para esa historia, Harry. Todavía no. Ahora tenemos una cita con Bob Ogden.

Vertió el plateado contenido de la botella, que no era ni líquido ni gaseoso, en el pensadero, donde empezó a arremolinarse y brillar.

—Tú primero —dijo Dumbledore señalando la vasija.

Harry se inclinó sobre el recipiente, respiró hondo y hundió la cara en la sustancia plateada. Notó que sus pies se separaban del suelo y empezó a caer por un oscuro torbellino, hasta que de pronto se encontró parpadeando bajo un sol deslumbrante. Antes de acostumbrarse al resplandor, Dumbledore ya aterrizaba a su lado.

Se hallaban en un camino rural bordeado de altos y enmarañados setos, bajo un cielo de verano tan azul e intenso como un nomeolvides. Delante de ellos, a unos pocos metros, había un individuo regordete y de escasa estatura. Llevaba unas gafas gruesísimas que le reducían los ojos al tamaño de motitas y estaba leyendo un poste indicador que sobresalía entre las zarzas del lado izquierdo del camino. Harry supuso que era Ogden, pues no se veía a nadie más por allí, y además llevaba el extraño surtido de prendas que solían elegir los magos inexpertos cuando intentaban parecerse a los muggles: en esta ocasión, una levita y polainas encima de un traje de baño de cuerpo entero a rayas. Sin embargo, antes de que tuvieran tiempo de otra cosa que tomar nota del absurdo atuendo del individuo, éste echó a andar a buen paso por el camino.

Dumbledore y Harry lo siguieron. Al pasar por delante del poste indicador, el muchacho leyó los dos letreros. El que señalaba el camino por el que ellos habían llegado decía: «Gran Hangleton, 8 kilómetros», y el que señalaba el camino tomado por Ogden indicaba: «Pequeño Hangleton, 2 kilómetros.»

Avanzaron un trecho sin ver otra cosa que setos, el inmenso cielo azul y la figura que iba delante de ellos agitando los faldones de la levita al andar. Al poco rato, el camino describió una curva hacia la izquierda y empezó a descender por la abrupta ladera de una colina para desembocar en un amplio valle. Harry divisó un pueblo, sin duda Pequeño Hangleton, enclavado entre dos empinadas colinas, y distinguió la iglesia y el cementerio. Al otro lado del valle, en la ladera de la colina de enfrente, se erigía una hermosa casa solariega rodeada de una amplia extensión de césped verde y aterciopelado.

Ogden, a su pesar, se había puesto a trotar debido a la pronunciada pendiente de la ladera. Dumbledore alargó el paso y Harry se apresuró para no quedarse rezagado. El muchacho dedujo que se dirigían a Pequeño Hangleton y se preguntó, como había hecho la noche que visitaron a Slughorn, por qué no se habían aparecido más cerca del pueblo. Sin embargo, pronto descubrió que su deducción estaba equivocada, pues el camino torcía hacia la derecha, alejándose del pueblo. Se apresuraron, y al salir de la curva vieron que los faldones de Ogden desaparecían por un hueco en el seto.

Fueron tras el hombre por un estrecho sendero de tierra bordeado por setos aún más altos y espesos que los del camino anterior. Era un sendero tortuoso, pedregoso y lleno de baches; también descendía bruscamente, y parecía conducir a un oscuro bosquecillo un poco más abajo. En efecto, poco después desembocó en él, y Dumbledore y Harry se detuvieron detrás de Ogden, que también se había detenido y sacado su varita.

Pese a que no había ni una nube en el cielo, los añosos árboles proyectaban grandes y frescas sombras, y Harry tardó unos segundos en distinguir un edificio semioculto entre la maraña de troncos. Le pareció un lugar muy extraño para construir una casa o, en cualquier caso, una extraña decisión la de permitir que los árboles crecieran tan cerca de ella tapando la luz y la panorámica del valle que se extendía más allá. Se preguntó si allí viviría alguien, puesto que las paredes estaban recubiertas de musgo y se habían caído tantas tejas que en algunos sitios se veían las vigas. Además, el edificio estaba rodeado de ortigas que llegaban hasta las pequeñas ventanas, atascadas de mugre. Con todo, cuando Harry acababa de deducir que allí no podía vivir nadie, una chirriante ventana se abrió y por ella salió un delgado hilo de vapor o humo, como si dentro estuvieran cocinando.

Ogden avanzó sigilosamente y, le pareció a Harry, con cautela. Cuando las oscuras sombras de los árboles se deslizaron sobre la figura del hombre, éste volvió a detenerse y se quedó mirando la puerta de la casa, donde alguien había clavado una serpiente muerta.

Entonces se oyó una especie de chasquido, y un individuo cubierto de harapos saltó del árbol más cercano y cayó de pie delante de Ogden, que pegó un brinco hacia atrás con tanta precipitación que se pisó los faldones y tropezó.

—*Tu presencia no nos es grata.*

El hombre tenía una densa mata de pelo, tan sucio que no se sabía de qué color era. Le faltaban varios dientes y sus ojos, pequeños y oscuros, bizqueaban. Habría podido parecer cómico, pero el efecto que producía su aspecto era aterrador, y a Harry no le extrañó que Ogden retrocediera unos pasos más antes de presentarse:

—Buenos días. Me envía el Ministerio de Magia.

—*Tu presencia no nos es grata.*

—Oiga... Lo siento, pero no le entiendo —repuso Ogden con nerviosismo.

Harry pensó que Ogden debía de ser muy corto de luces: el desconocido se estaba expresando con toda claridad, y por si fuera poco blandía una varita mágica en una mano y un cuchillo corto y manchado de sangre en la otra.

—Tú sí lo entiendes, ¿verdad, Harry? —susurró Dumbledore.

—Pues sí, claro —contestó, sorprendido por la pregunta—. ¿Cómo es qué Ogden no...? —Pero entonces volvió a fijarse en la serpiente clavada en la puerta, y de pronto lo comprendió—. Habla pársel, ¿verdad?

—Exacto. —Dumbledore asintió con la cabeza y sonrió.

El hombre que iba cubierto de harapos echó a andar hacia Ogden.

—Mire... —empezó éste, pero era demasiado tarde: se oyó un golpe sordo y Ogden cayó al suelo cubriéndose la nariz con las manos. Entre sus dedos se escurría un pringue asqueroso y amarillento.

—¡Morfin! —gritó una voz.

Un anciano salió a toda prisa de la casa y cerró de un portazo, por lo que la serpiente quedó oscilando de forma macabra. Era un individuo más bajo que el primero y muy desproporcionado: tenía hombros muy anchos y brazos muy largos, lo cual, sumado a sus relucientes ojos castaños, al áspero y corto cabello y al rostro lleno de arrugas, lo hacía parecer un mono viejo y fornido. Se paró delante del hombre que empuñaba el cuchillo, que se había puesto a reír a carcajadas al ver a Ogden tendido en el suelo.

—Del ministerio, ¿eh? —dijo el anciano, observándolo con ceño.

—¡Correcto! —asintió Ogden, furioso, mientras se limpiaba la cara—. Y usted es el señor Gaunt, ¿verdad?

—El mismo. Le ha dado en la cara, ¿no?

—¡Pues sí! —se quejó Ogden.

—Debió advertirnos de su presencia, ¿no cree? —le espetó Gaunt—. Esto es una propiedad privada. No puede entrar aquí como si tal cosa y esperar que mi hijo no se defienda.

—¿Que se defienda de qué, si no le importa? —preguntó Ogden al tiempo que se levantaba.

—De entrometidos. De intrusos. De muggles e indeseables.

Ogden se apuntó la varita a la nariz, de la que todavía rezumaba una sustancia que parecía pus, y el flujo se interrumpió al instante. Gaunt le ordenó a su hijo:

—*Entra en la casa. No discutas.*

Harry, ya prevenido, reconoció la lengua pársel, y además de entender lo que Gaunt había dicho, también distinguió el extraño silbido que debió de oír Ogden. Morfin iba a protestar, pero cambió de opinión cuando su padre lo amenazó con una mirada; echó a andar pesadamente hacia la casa con un curioso bamboleo y cerró de un portazo detrás de él, de modo que la serpiente volvió a oscilar de forma siniestra.

—He venido a ver a su hijo, señor Gaunt —explicó Ogden mientras se limpiaba los restos de pus de la levita—. Ése era Morfin, ¿verdad?

—Sí, es Morfin —corroboró el anciano con indiferencia—. ¿Es usted sangre limpia? —preguntó con tono belicoso.

—Eso no viene al caso —repuso Ogden con frialdad, y Harry sintió un mayor respeto por él.

Al parecer, Gaunt no opinaba lo mismo. Escudriñó a su interlocutor con los ojos entornados y masculló con un tono claramente ofensivo:

—Ahora que lo pienso, he visto narices como la suya en el pueblo.

—No lo dudo, sobre todo si su hijo ha tenido algo que ver —replicó Ogden—. ¿Qué le parece si continuamos esta discusión dentro?

—¿Dentro?

—Sí, señor Gaunt. Ya se lo he dicho. Estoy aquí para hablar de Morfin. Enviamos una lechuza...

—No me interesan las lechuzas —le cortó Gaunt—. Yo no abro las cartas.

—Entonces no se queje de que sus visitas no le adviertan de su llegada —replicó Ogden con aspereza—. He venido con motivo de una grave violación de la ley mágica cometida aquí a primera hora de la mañana...

—¡Está bien, está bien! —bramó Gaunt—. ¡Entre en la maldita casa! ¡Para lo que le va a servir...!

La vivienda parecía tener tres habitaciones, pues en la habitación principal, que servía al mismo tiempo de cocina y salón, había otras dos puertas. Morfin estaba sentado en un mugriento sillón junto a la humeante chimenea, jugueteando con una víbora viva que hacía pasar entre sus gruesos dedos mientras le canturreaba en lengua pársel:

> *Silba, silba, pequeño reptil,*
> *arrástrate por el suelo*
> *y pórtate bien con Morfin,*
> *o te clavo en el alero.*

Algo se movió en un rincón, junto a una ventana abierta, y Harry advirtió que había otra persona en la habitación: una chica cuyo andrajoso vestido era del mismo color que la sucia pared de piedra que tenía detrás. Se hallaba de pie al lado de una cocina mugrienta y renegrida, sobre la que había una cazuela humeante, manipulando los asquerosos cacharros colocados encima de un estante. Tenía el cabello lacio y sin brillo, la cara pálida, feúcha y de toscas facciones, y era bizca como su hermano. Parecía un poco más aseada que los dos hombres, pero Harry pensó que nunca había visto a nadie con un aspecto tan desgraciado.

—Mi hija Mérope —masculló Gaunt al ver que Ogden miraba a la muchacha con gesto inquisitivo.

—Buenos días —la saludó Ogden.

Ella no contestó y se limitó a mirar cohibida a su padre. Luego se volvió de espaldas a la habitación y siguió cambiando de lugar los cacharros del estante.

—Bueno, señor Gaunt —dijo Ogden—, iré directamente al grano. Tenemos motivos para creer que la pasada madrugada su hijo Morfin realizó magia delante de un muggle.

Se oyó un golpe estrepitoso: a Mérope se le había caído una olla.

—¡Recógela! —le gritó su padre—. Eso es, escarba en el suelo como una repugnante muggle. ¿Para qué tienes la varita, inútil saco de estiércol?

—¡Por favor, señor Gaunt! —se escandalizó Ogden.

Mérope, que ya había recogido la olla, se ruborizó y la cara se le cubrió de manchitas rojas. Entonces volvió a caérsele. Desesperada, se apresuró a tomar su varita con una mano temblorosa, apuntó hacia la olla y farfulló un rápido e inaudible hechizo que hizo que el cacharro rodase por el suelo, golpeara contra la pared de enfrente y se partiera por la mitad.

Morfin soltó una carcajada salvaje y Gaunt gritó:

—¡Arréglala, pedazo de zopenca, arréglala!

Mérope se precipitó dando traspiés, pero antes de que pudiera apuntar su varita, Ogden elevó la suya y dijo: «¡*Reparo!*», con lo que la olla se arregló al instante.

Por un momento pareció que Gaunt iba a reñirlo, pero se lo pensó mejor y prefirió burlarse de su hija:

—Tienes suerte de que esté aquí este amable caballero del ministerio, ¿no te parece? Quizá él no tenga nada contra las asquerosas squibs como tú y me libre de ti.

Sin mirar a nadie ni dar las gracias a Ogden, Mérope, muy agitada, recogió la olla y volvió a colocarla en el estante. A continuación se quedó quieta, con la espalda pegada a la pared entre la sucia ventana y la cocina, como si no deseara otra cosa que fundirse con la piedra y desaparecer.

—Señor Gaunt —volvió a empezar Ogden—, como ya le he dicho, el motivo de mi visita...

—¡Ya le he oído! ¿Y qué? Morfin le dio su merecido a un muggle. ¿Qué pasa, eh?

—Morfin ha violado la ley mágica —dijo Ogden con severidad.

—«Morfin ha violado la ley mágica.» —Gaunt lo imitó con tono pomposo y cantarín. Su hijo volvió a reír a carcajadas—. Le dio una lección a un sucio muggle. ¿Es eso ilegal?

—Sí. Me temo que sí. —Sacó de un bolsillo interior un pequeño rollo de pergamino y lo desenrolló.

—¿Qué es eso? ¿Su sentencia? —preguntó Gaunt elevando la voz, cada vez más alterado.

—Es un citatorio del ministerio para una vista...

—¿Un citatorio? ¡Un citatorio! ¿Y usted quién se ha creído que es para citar a mi hijo a ninguna parte?

—Soy el jefe del Grupo de Operaciones Mágicas Especiales.

—Y nos considera escoria, ¿verdad? —le espetó Gaunt a gritos avanzando hacia Ogden y señalándolo con un sucio dedo de uña amarillenta—. Una escoria que acudirá corriendo cuando el ministerio se lo ordene, ¿no es así? ¿Sabe usted con quién está hablando, roñoso sangre sucia?

—Tenía entendido que con el señor Gaunt —respondió Ogden, receloso pero sin ceder terreno.

—¡Exacto! —rugió. Por un momento, Harry pensó que Gaunt hacía un gesto obsceno con la mano, pero entonces se dio cuenta de que le estaba mostrando a Ogden el feo y voluminoso anillo que llevaba en el dedo corazón, agitándoselo ante los ojos—. ¿Ve esto? ¿Lo ve? ¿Sabe qué es? ¿Sabe de dónde procede? ¡Hace siglos que pertenece a nuestra familia, pues nuestro linaje se remonta a épocas inmemoriales, y siempre hemos sido de sangre limpia! ¿Sabe cuánto me han ofrecido por esta joya, con el escudo de armas de los Peverell grabado en esta piedra negra?

—Pues no, no lo sé —admitió Ogden parpadeando, mientras el anillo le pasaba a un centímetro de la nariz—, pero creo que eso no viene a cuento ahora, señor Gaunt. Su hijo ha cometido...

Gaunt pegó un alarido de rabia y, volviéndose, se abalanzó sobre su hija. Al ver que dirigía una mano hacia el cuello de la chica, Harry creyó que iba a estrangularla, pero lo que hizo fue arrastrarla hasta Ogden tirando de la cadena de oro que la muchacha llevaba colgada del cuello.

—¿Ve esto? —bramó agitando un grueso guardapelo mientras Mérope farfullaba y boqueaba intentando respirar.

—¡Sí, ya lo veo! —se apresuró a decir Ogden.

—¡Es de Slytherin! —chilló Gaunt—. ¡Es de Salazar Slytherin! Somos sus últimos descendientes vivos. ¿Qué me dice ahora, eh?

—¡Su hija se ahoga! —se alarmó Ogden, pero Gaunt ya había soltado a Mérope, que, tambaleándose, regresó al rincón y se quedó allí frotándose el cuello y recuperando el resuello.

—¡Muy bien! —se ufanó Gaunt, como si acabara de demostrar un complicado argumento más allá de toda discusión—. ¡No vuelva a hablarnos como si fuéramos barro de sus zapatos! ¡Procedemos de generaciones y generaciones de sangre limpia, todos magos! ¡Más de lo que usted puede decir, estoy seguro!

Y escupió en el suelo, junto a los pies de Ogden. Morfin volvió a reír, pero Mérope, acurrucada junto a la ventana, con la cabeza inclinada y la cara oculta por el lacio cabello, no dijo nada.

—Señor Gaunt —perseveró Ogden—, me temo que ni sus antepasados ni los míos tienen nada que ver con el asunto que nos ocupa. He venido a causa de Morfin, de él y del muggle al que agredió esta madrugada. Según nuestras informaciones —consultó el pergamino—, su hijo realizó un embrujo o un maleficio contra el susodicho muggle provocándole una urticaria muy dolorosa.

Morfin rió por lo bajo.

—*Cállate, chico* —gruñó Gaunt en lengua pársel—. ¿Y qué pasa si lo hizo? —preguntó, desafiante—. Supongo que ya le habrán limpiado la inmunda cara a ese muggle, y de paso la memoria.

—No se trata de eso, señor Gaunt. Fue una agresión sin que mediara provocación contra un indefenso...

—¿Sabe?, nada más verlo me di cuenta de que era usted partidario de los muggles —repuso Gaunt con desprecio, y volvió a escupir en el suelo.

—Esta discusión no nos llevará a ninguna parte —replicó Ogden con firmeza—. Es evidente que su hijo no está arrepentido de sus actos, a juzgar por la actitud que mantiene. —Volvió a consultar el pergamino y agregó—: Morfin acudirá a una vista el catorce de septiembre para responder por la acusación de utilizar magia delante de un muggle y provocarle daños físicos y psicológicos a ese mismo mu...

Ogden se vio interrumpido por un cascabeleo y un repiqueteo de cascos de caballo acompañados de risas y voces. Por lo visto, el tortuoso sendero que conducía al pueblo pasaba muy cerca del bosquecillo. Gaunt aguzó el oído con los ojos muy abiertos; Morfin emitió un silbido y volvió la cabeza hacia la ventana abierta, con expresión de avidez, y Mérope levantó la cabeza. Harry se fijó en que la muchacha estaba blanca como la cera.

—¡Oh, qué monstruosidad! —dijo una cantarina voz de mujer; a pesar de provenir del exterior, las palabras se oyeron con tanta claridad como si las hubieran pronunciado en la habitación—. ¿Cómo es que tu padre no ha hecho derribar esa casucha, Tom?

—No es nuestra —respondió el aludido—. Todo lo que hay al otro lado del valle nos pertenece, pero esta casa es de un viejo vagabundo llamado Gaunt, y de sus hijos. El hijo está loco; tendrías que oír las historias que cuentan sobre él en el pueblo...

La mujer rió. El cascabeleo y el repiqueteo de cascos cada vez se aproximaban más. Morfin hizo ademán de levantarse del sillón.

—*Quédate sentado* —le ordenó su padre en pársel.

—Tom —dijo entonces la mujer, ya delante de la casa—, quizá me equivoque, pero creo que alguien ha clavado una serpiente en la puerta.

—¡Vaya, tienes razón! —exclamó el hombre—. Debe de haber sido el hijo, ya te digo que no está bien de la cabeza. No la mires, Cecilia, querida.

Los sonidos de los cascabeles y los cascos se alejaron poco a poco.

—*Querida* —susurró Morfin en pársel, mirando a su hermana—. *La ha llamado «querida». Ya ves, de cualquier modo no te habría querido a ti.*

Mérope estaba tan pálida que Harry temió que se desmayara de un momento a otro.

—¿*Cómo?* —dijo Gaunt con aspereza, mirando primero a su hijo y luego a su hija—. ¿*Qué acabas de decir, Morfin?*

—*Le gusta mirar a ese muggle* —explicó Morfin contemplando con maldad a su hermana, que estaba aterrorizada—. *Siempre sale al jardín cuando él pasa y lo espía desde detrás del seto, ¿verdad? Y anoche...* —Mérope sacudió la cabeza con brusquedad e imploró en silencio, pero Morfin prosiguió sin piedad—: *Anoche se asomó a la ventana para ver si él se la llevaba a su casa, ¿verdad?*

—¿Que te asomaste a la ventana para ver a un muggle? —dijo Gaunt sin levantar la voz. Los tres Gaunt se comportaban como si no se acordaran de Ogden, que parecía entre desconcertado e irritado ante aquella nueva serie de silbidos y sonidos ásperos—. ¿*Es eso cierto?* —inquirió el padre como si no pudiera creérselo, y dio un par de pasos hacia la aterrada muchacha—. ¿*Mi hija, una sangre limpia descendiente de Salazar Slytherin, coqueteando con un nauseabundo muggle de venas roñosas?* —añadió con crueldad.

Mérope negó de nuevo con la cabeza frenéticamente y apretó el cuerpo contra la pared; por lo visto se había quedado sin habla.

—¡*Pero le di, padre!* —dijo Morfin riendo—. *Le di cuando pasaba por el sendero, y lleno de urticaria ya no estaba tan guapo, ¿verdad que no, Mérope?*

—¡*Inepta! ¡Repugnante squib! ¡Sucia traidora a la sangre!* —rugió Gaunt perdiendo el control, y cerró las manos alrededor del cuello de su hija.

Harry y Ogden gritaron «¡No!» al unísono, y Ogden levantó su varita y chilló: «*¡Relaxo!*» Gaunt salió despedido hacia atrás, tropezó con una silla y cayó de espaldas. Con un rugido de cólera, Morfin saltó del sillón y, blandiendo su ensangrentado cuchillo y lanzando maleficios a diestra y siniestra con su varita, se abalanzó sobre Ogden, que puso pies en polvorosa.

Dumbledore indicó por señas a Harry que tenían que seguirlo, y el muchacho obedeció, pero los gritos de Mérope resonaban en sus oídos.

Ogden, que se protegía la cabeza con los brazos, se precipitó por el sendero y salió al camino principal, donde chocó contra un lustroso caballo castaño montado por un joven moreno muy atractivo. Tanto el joven como la hermosa muchacha que iba a su lado, a lomos de un caballo rucio, rieron a carcajadas, pues Ogden rebotó en la ijada del animal y echó a correr atolondradamente por el camino, con los faldones de la levita ondeando, cubierto de polvo de pies a cabeza.

—Creo que con esto basta, Harry —dijo Dumbledore, y agarró al muchacho por el codo y tiró de él.

Al cabo de un instante, ambos se elevaron, como si fueran ingrávidos, en medio de la oscuridad, y poco después aterrizaron de pie en el despacho de Dumbledore, que estaba en penumbra.

—¿Qué fue de la chica que había en la casa? —preguntó Harry mientras el director de Hogwarts encendía varias lámparas con una sacudida de la varita—. Mérope, o como se llamara.

—Descuida: sobrevivió —dijo Dumbledore; se sentó detrás de su escritorio e indicó a Harry que lo imitase—. Ogden se apareció en el ministerio y regresó con refuerzos al cabo de quince minutos. Morfin y su padre intentaron ofrecer resistencia, pero los redujeron y los sacaron de la casa, y más tarde el Wizengamot los condenó. Morfin, que ya tenía antecedentes por otras agresiones a muggles, fue sentenciado a tres años en Azkaban. A Sorvolo, que había herido a varios empleados del ministerio además de Ogden, le cayeron seis meses.

—¿Sorvolo? —repitió Harry, sorprendido.

—Eso es —confirmó Dumbledore con una sonrisa de aprobación—. Me alegra ver que te mantienes al tanto.

—¿Ese anciano era...?

—Sí, el abuelo de Voldemort. Sorvolo, su hijo Morfin y su hija Mérope eran los últimos de la familia Gaunt, una familia de magos muy antigua, célebre por un rasgo de inestabilidad y violencia que se fue agravando a lo largo de las generaciones debido a la costumbre de casarse entre primos. La falta de sentido común, combinada con una fuerte tendencia a los delirios de grandeza, hizo que la familia despilfarrara todo su oro varias generaciones antes del nacimiento de Sorvolo. Como has podido ver, él vivía en la miseria y tenía muy mal carácter, una arrogancia y un orgullo insufribles y un par de reliquias familiares que valoraba tanto como a su hijo, y mucho más que a su hija.

—Entonces Mérope... —dijo Harry, inclinándose sobre la mesa y mirando de hito en hito a Dumbledore— entonces Mérope era... ¿Significa que era... la madre de Voldemort, señor?

—Así es. Y resulta que también hemos visto al padre de Voldemort. ¿No te has dado cuenta?

—¿Ese muggle al que atacó Morfin? ¿El que iba a caballo?

—Muy bien, Harry —sonrió Dumbledore—. En efecto, ése era Tom Ryddle sénior, el apuesto muggle que solía pasar a caballo por delante de la casa de los Gaunt, y por quien Mérope sentía una pasión secreta.

—¿Y acabaron casándose? —preguntó Harry, incrédulo. No concebía dos personas que tuvieran menos cosas en común, y por eso no entendía cómo podían haberse enamorado.

—Me parece que olvidas que Mérope era una bruja, aunque no es de extrañar que no sacara el máximo partido de sus poderes mientras estuvo sometida al yugo de su padre. Sin embargo, cuando encerraron a Sorvolo y Morfin en Azkaban y ella se encontró sola y libre por primera vez, estoy seguro de que consiguió dar rienda suelta a sus habilidades y planear la huida de la desgraciada vida que había llevado durante dieciocho años. ¿Se te ocurre alguna medida que Mérope pudiese tomar para lograr que Tom Ryddle olvidara a su compañera muggle y se enamorara de ella?

—¿La maldición *imperius*? —sugirió Harry—. O tal vez un filtro de amor.

—Muy bien. Personalmente, me inclino a pensar que utilizó un filtro de amor. Supongo que le parecería más romántico, y no creo que le resultara difícil convencer a Ryddle para que aceptara un vaso de agua cuando, un día caluroso, él pasó por allí a caballo. Sea como fuera, transcurridos unos meses del episodio que acabamos de presenciar, hubo un gran escándalo en Pequeño Hangleton. Imagínate los chismorreos de los vecinos al enterarse de que el hijo del señor del lugar se había fugado con la hija del pelagatos.

»Pero la conmoción de los vecinos no fue nada comparada con la de Sorvolo. Salió de Azkaban y regresó a su casa, donde creía que Mérope estaría esperándolo con un plato caliente en la mesa. En cambio, lo que encontró fue una capa de polvo en toda la vivienda y una nota de despedida en la que la muchacha explicaba lo que había hecho. Según mis averiguaciones, a partir de ese día Sorvolo nunca volvió a mencionar el nombre ni la existencia de su hija. El trastorno que le produjo su abandono quizá contribuyó a su prematura muerte, o quizá ésta se debió a que, sencillamente, no sabía alimentarse adecuadamente por sí solo. Sorvolo se había debilitado mucho en Azkaban, y al final murió antes de que Morfin regresara al hogar.

—¿Y Mérope? Ella... también murió, ¿verdad? ¿No se crió Voldemort en un orfanato?

—Sí, así es —corroboró Dumbledore—. De modo que hemos de hacer algunas conjeturas, aunque no es difícil deducir lo que sucedió. Verás, unos meses después de la boda de los dos fugitivos, Tom Ryddle se presentó un buen día en la casa solariega de Pequeño Hangleton sin su esposa. Por el pueblo corrió el rumor de que el joven aseguraba que Mérope lo había seducido y embaucado. Está claro que con eso se refería a que había estado bajo el influjo de un hechizo del que ya se había librado, pero supongo que no se atrevió a decirlo con esas palabras por temor a que lo tomaran por tonto. Con todo, cuando los vecinos se enteraron de lo que Tom contaba, supusieron que Mérope le había mentido fingiendo que iba a tener un hijo suyo, y que él había consentido en casarse con la bruja por ese motivo.

—Pero es verdad, tuvo un hijo suyo.

—Sí, pero no dio a luz hasta un año después de casada. Tom Ryddle la abandonó cuando ella todavía estaba embarazada.

—¿Qué fue lo que salió mal? ¿Por qué dejó de funcionar el filtro de amor?

—Siempre en el terreno de las conjeturas, supongo que Mérope, que estaba perdidamente enamorada de su marido, no fue capaz de seguir esclavizándolo mediante magia y probablemente decidió dejar de administrarle la poción. Quizá, obsesionada, creyó que a esas alturas Tom ya se habría enamorado de ella, o pensó que se quedaría a su lado por el bien del bebé. En ambos casos se equivocaba. Él la abandonó y nunca volvió a verla ni se molestó en saber qué había sido de su hijo.

El cielo se había puesto completamente negro y las lámparas del despacho parecían iluminar más que antes.

—Bien, ya es suficiente por esta noche, Harry —determinó el director de Hogwarts tras una breve pausa.

—Sí, señor. —El muchacho se levantó, pero aún hizo otra pregunta—: Señor... ¿es importante saber todo esto acerca del pasado de Voldemort?

—Muy importante, diría yo —respondió el anciano.

—Y... ¿tiene algo que ver con la profecía?

—Sí, tiene mucho que ver con la profecía.

—Muy bien —dijo Harry, un poco desconcertado y sin embargo más tranquilo. Se dio la vuelta dispuesto a marcharse, pero entonces se le ocurrió una última pregunta y se volvió una vez más—. Señor, ¿puedo contarles a Ron y Hermione todo lo que usted me ha explicado?

Dumbledore reflexionó unos instantes y resolvió:

—Sí, creo que el señor Weasley y la señorita Granger han demostrado ser dignos de confianza. Pero, Harry, pídeles que guarden el secreto escrupulosamente. No es conveniente que se sepa lo que yo sé, o sospecho, acerca de los secretos de Voldemort.

—De acuerdo, señor. Me aseguraré de que ninguno de los dos hable con nadie de esta historia. Buenas noches.

Al dirigirse hacia la puerta, de pronto se detuvo. Encima de una de las mesitas abarrotadas de frágiles instrumentos de plata había un feo anillo de oro con una gran piedra, negra y hendida, engastada.

—Señor —dijo—, este anillo...

—¿Sí?

—Usted lo llevaba puesto la noche que fuimos a visitar al profesor Slughorn.

—Así es.

—Pero, señor... ¿no es... no es el mismo que Sorvolo Gaunt le enseñó a Ogden?

—Cierto, lo es —afirmó Dumbledore asintiendo con la cabeza.

—Pero ¿cómo es que...? ¿Siempre lo ha tenido usted?

—No; lo adquirí hace poco. Unos días antes de ir a recogerte a casa de tus tíos.

—¿Fue entonces cuando se lastimó la mano, señor?

—Sí, fue entonces.

Harry titubeó. Dumbledore sonreía.

—Señor, ¿cómo se...?

—¡Ahora es demasiado tarde, Harry! Ya oirás esa historia en otra ocasión. Buenas noches.

—Buenas noches, señor.

11

Con la ayuda de Hermione

Como Hermione pronosticara, las horas libres de los alumnos de sexto no eran los períodos de dicha y tranquilidad con que soñaba Ron, sino ratos para intentar ponerse al día de la ingente cantidad de deberes que les mandaban. Los chicos estudiaban como si tuvieran exámenes todos los días, y por si fuera poco las clases exigían más concentración que nunca. Harry apenas entendía la mitad de lo que explicaba la profesora McGonagall; hasta Hermione había tenido que pedirle que repitiera las instrucciones en un par de ocasiones. Aunque pareciera increíble, Harry destacaba inesperadamente en Pociones gracias al Príncipe Mestizo, y eso fastidiaba cada vez más a Hermione.

Se pedía a los alumnos que realizaran hechizos no verbales, no sólo en Defensa Contra las Artes Oscuras, sino también en Encantamientos y Transformaciones. Muchas veces, en la sala común o durante las comidas, Harry miraba a sus compañeros de clase y los veía colorados y haciendo fuerza como si hubieran ingerido un exceso de Lord Kakadura, pero sabía que en realidad estaban esforzándose por realizar hechizos sin pronunciar los conjuros en voz alta. Por suerte, en los invernaderos encontraban cierto desahogo; en las clases de Herbología trabajaban con plantas cada vez más peligrosas, pero al menos todavía les permitían decir palabrotas si la *Tentacula venenosa* los agarraba por sorpresa desde atrás.

Una de las consecuencias del gran volumen de trabajo y las frenéticas horas de prácticas de hechizos no verbales era que, hasta ese momento, Harry, Ron y Hermione no habían tenido tiempo de ir a visitar a Hagrid, quien ya no comía en la mesa de los profesores, lo cual era muy mala señal; curiosamente, en las pocas ocasiones en que se habían cruzado por los pasillos o el jardín, él no los había visto ni oído sus saludos.

—Debemos ir y explicárselo —propuso Hermione el sábado siguiente, a la hora del desayuno, mientras miraba la enorme silla que, una vez más, Hagrid había dejado vacía en la mesa de los profesores.

—¡Esta mañana se celebran las pruebas de selección de quidditch! —objetó Ron—. ¡Y tenemos que practicar ese encantamiento *aguamenti* para el profesor Flitwick! Además, ¿qué quieres explicarle? ¿Cómo vamos a decirle que odiábamos su absurda asignatura?

—¡No la odiábamos! —gritó Hermione.

—Eso lo dirás tú; yo todavía me acuerdo de los escregutos —dijo Ron sin entrar en detalles—. Y créeme, nos hemos salvado por un pelito. Tú no le oíste hablar del idiota de su hermano; si nos hubiéramos matriculado en Cuidado de Criaturas Mágicas, ahora estaríamos enseñando a Grawp a atarse los cordones de los zapatos.

—Es insoportable no poder hablar con Hagrid —resopló Hermione con cara de disgusto.

—Iremos después del quidditch —propuso Harry para tranquilizarla. Él también echaba de menos a Hagrid, aunque, como Ron, se alegraba de haberse librado de Grawp—. Pero es posible que las pruebas duren toda la mañana; se ha apuntado mucha gente. —Estaba un poco nervioso ante la perspectiva de su primera actuación como capitán—. No entiendo por qué de repente el equipo despierta tanto interés.

—¡Vamos, Harry! —dijo Hermione con un dejo de impaciencia—. ¡Lo que despierta interés no es el quidditch, sino tú! Nunca habías provocado tanta atracción, pero, francamente, no me extraña, porque nunca habías estado tan guapetón. —Ron se atragantó con un trozo de arenque ahumado. Hermione le lanzó una fugaz mirada de desdén y continuó—. Ahora todo el mundo sabe que decías la verdad, ¿no? La comunidad mágica ha tenido que admitir que estabas en lo cierto cuando asegurabas que Voldemort había regresado, y que es verdad que luchaste contra él dos veces en los dos últimos años y que en ambas ocasiones lograste escapar de sus garras. Ahora te llaman «el Elegido». Vamos, hombre, ¿todavía no entiendes por qué la gente está fascinada contigo?

De repente Harry notó mucho calor en el Gran Comedor, pese a que el cielo todavía se veía frío y lluvioso.

—Además, fuiste víctima de la persecución del ministerio, que intentó demostrar por todos los medios que eras un desequilibrado y un mentiroso, y aún conservas en la mano las señales que te hiciste escribiendo con tu propia sangre durante los castigos que te imponía aquella horrible mujer. Pero, pese a todo, te mantuviste firme en tu versión...

—Yo todavía tengo las marcas que me hicieron aquellos cerebros en el ministerio cuando me agarraron, mira —terció Ron arremangándose la túnica.

—Y por si fuera poco, este verano has crecido más de un palmo —concluyó Hermione haciendo caso omiso de Ron.

—Yo también soy alto —adujo Ron a la desesperada.

En ese momento llegaron las lechuzas del correo, y al entrar por las ventanas salpicaron gotas de lluvia por todas partes. La mayoría de los alumnos recibía más correo de lo habitual porque los padres, preocupados, querían saber cómo les iba a sus hijos y, asimismo, tranquilizarlos respecto a que en casa todos seguían bien. Harry no había recibido ninguna carta desde el inicio del curso; la única persona que se había carteado con él con regularidad estaba muerta. Había pensado que quizá Lupin le escribiría de vez en cuando, pero de momento no lo había hecho. Por eso se llevó una sorpresa al ver a *Hedwig*, su lechuza blanca, describir círculos entre una nube de lechuzas marrones y grises; el ave aterrizó delante de él portando un gran paquete cuadrado. Poco después, otro paquete idéntico aterrizó delante de Ron, traído por su pequeña y agotada lechuza, *Pigwidgeon*.

—¡Ajá! —exclamó Harry al desenvolver el suyo y encontrar un ejemplar de *Elaboración de pociones avanzadas* nuevecito, recién llegado de Flourish y Blotts.

—Mira qué bien —comentó Hermione, encantada—. Ahora podrás devolver ese libro garabateado.

—¿Qué te pasa? —repuso Harry—. Me lo quedaré. Ya verás, lo he estado pensando y...

Sacó el viejo ejemplar del Príncipe Mestizo de su mochila y tocó la cubierta con la varita al tiempo que murmuraba: «*¡Diffindo!*» La cubierta se separó del libro. Acto seguido repitió la operación con el libro nuevo ante la escandalizada mirada de Hermione. A continuación intercambió las cubiertas, les dio unos toques y dijo: «*¡Reparo!*»

Ante ellos tenían el ejemplar del príncipe, disfrazado de libro nuevo, y el que acababa de llegar de Flourish y Blotts, convertido en un libro de segunda mano.

—A Slughorn le devolveré el nuevo con la cubierta vieja. No puede quejarse, me ha costado nueve galeones.

Hermione apretó los labios y se enfurruñó, pero la distrajo una tercera lechuza que aterrizó delante de ella con *El Profeta* de ese día. Lo extendió rápidamente y leyó la primera plana.

—¿Ha muerto alguien que conozcamos? —preguntó Ron con ligereza. Formulaba la misma pregunta con el mismo tono cada vez que Hermione abría el periódico.

—No, pero ha habido más ataques de dementores. Y una detención.

—Me alegro. ¿A quién han detenido? —preguntó Harry, pensando en Bellatrix Lestrange.

—A Stan Shunpike —contestó Hermione.

—¿Qué? —se extrañó el muchacho.

—«Stanley Shunpike, el cobrador del autobús noctámbulo (el popular vehículo), ha sido detenido como sospechoso de ser mortífago. El señor Shunpike, de veintiún años, fue detenido a última hora de anoche tras una redada en su casa de Clapham...»

—¿Que Stan Shunpike es un mortífago? —se asombró Harry, recordando al joven lleno de acné que había conocido tres años atrás—. ¡No puede ser!

—Quizá esté bajo una maldición *imperius* —sugirió Ron—. Nunca se sabe.

—No lo parece —discrepó Hermione, que seguía leyendo—. Aquí dice que lo detuvieron porque en un pub lo oyeron hablar acerca de los planes secretos de los mortífagos. —Levantó la cabeza y miró a sus amigos con ceño—. Si hubiera estado bajo una maldición *imperius* no se habría puesto a chismorrear sobre esos planes, ¿no les parece?

—Quizá intentaba aparentar que sabía más cosas de las que en realidad sabía —argumentó Ron—. ¿No era él quien aseguraba que iban a nombrarlo ministro de Magia cuando pretendía ligar con aquellas veelas?

—Sí, era él —afirmó Harry—. No sé a qué juegan, mira que tomarse en serio a Stan...

—Supongo que pretenden demostrar a la comunidad mágica que son eficaces —discurrió Hermione—. La gente está muerta de miedo. ¿Sabían que los padres de las gemelas Patil quieren llevárselas a casa? ¿Y que Eloise Midgeon ya se ha ido? Su padre vino a recogerla anoche.

—¡Qué dices! —se extrañó Ron mirándola con los ojos como platos—. ¡Pero si en Hogwarts están mucho más seguros que en sus casas! Aquí hay aurores y un montón de hechizos protectores nuevos. ¡Y tenemos a Dumbledore!

—Me parece que a él no lo tenemos las veinticuatro horas del día —repuso Hermione bajando la voz, y miró hacia la mesa de los profesores por encima del periódico—. ¿No se han fijado? La semana pasada su asiento estuvo vacío tan a menudo como el de Hagrid.

Harry y Ron miraron también y comprobaron que, en efecto, la silla del director estaba vacía. Entonces Harry reparó en que no había visto a Dumbledore desde su clase particular con él, la semana anterior.

—Creo que se ha marchado del colegio para hacer algo con la Orden —murmuró Hermione—. No sé... La situación parece grave, ¿no?

Ni Harry ni Ron contestaron, pero todos coincidían en ese punto. El día anterior habían vivido una experiencia terrible: Hannah Abbott había tenido que salir de la clase de Herbología para recibir la triste noticia de que habían encontrado muerta a su madre. Desde entonces no habían vuelto a verla.

Cinco minutos más tarde, cuando se dirigían al campo de quidditch, se cruzaron con Lavender Brown y Parvati Patil. Sabiendo que los padres de las gemelas Patil querían llevárselas de Hogwarts, a Harry no le extrañó que las dos íntimas amigas estuvieran diciéndose cosas al oído con cara de aflicción. Lo que sí le sorprendió fue que cuando las chicas vieron a Ron, Parvati le dio un codazo a Lavender, que volvió la cabeza y le dedicó al chico una sonrisa radiante. Ron parpadeó y luego, titubeante, le devolvió la sonrisa. De inmediato los andares del chico se volvieron presuntuosos. Harry resistió la tentación de reírse al recordar que Ron también se había aguantado la risa cuando se enteró de que Malfoy le había roto la nariz; Hermione, en cambio, se mostró indiferente y distante hasta que llegaron al estadio después de caminar bajo la fría y neblinosa llovizna. Una vez allí, fue a buscar un asiento en las gradas sin desearle buena suerte a Ron.

Como Harry preveía, las pruebas duraron toda la mañana. Se había presentado la mitad de la casa de Gryffindor: desde nerviosos alumnos de primer año aferrados a escobas viejas del colegio, hasta alumnos de séptimo mucho más altos que el resto y que mostraban una actitud intimidante. Entre éstos se hallaba un chico de elevada estatura y cabello crespo a quien Harry había visto en el expreso de Hogwarts.

—Nos conocimos en el tren, en el compartimiento del viejo Sluggy —dijo el muchacho con aplomo, apartándose del grupo para estrecharle la mano—. Cormac McLaggen, guardián.

—El año pasado no te presentaste a las pruebas, ¿verdad? —comentó Harry, fijándose en su corpulencia y pensando que, seguramente, taparía los tres aros de gol sin siquiera moverse.

—Pues no; estaba en la enfermería cuando se celebraron —explicó con cierta fanfarronería—. Perdí una apuesta y me comí medio kilo de huevos de doxy.

—Ah, vaya —dijo Harry—. Bueno, si quieres esperar allí... —Señaló el borde del campo, cerca de donde estaba sentada Hermione, y le pareció detectar una pizca de irritación en la cara de McLaggen. ¿Acaso el chico esperaba un trato preferente por el hecho de que ambos eran alumnos predilectos del «viejo Sluggy».

Decidió empezar con una prueba elemental: pidió a los aspirantes a entrar en el equipo que se repartieran en grupos de diez y dieran una vuelta al campo montados en sus escobas. Fue una decisión acertada porque los diez primeros eran alumnos de primer año, y saltaba a la vista que volaban por primera vez, o casi. Sólo uno consiguió mantenerse en el aire más de unos segundos, y se llevó una sorpresa tan grande que se estrelló contra uno de los postes de gol.

El segundo grupo lo formaban diez de las niñas más tontas que Harry había conocido jamás. Cuando él hizo sonar el silbato, se limitaron a echarse a reír abrazadas unas a otras. Romilda Vane estaba entre ellas. Harry les mandó salir del campo y ellas, muy risueñas, fueron a sentarse en las gradas, donde no hicieron otra cosa que molestar a los demás.

El tercer grupo protagonizó un choque en cadena cuando todavía no había terminado la vuelta al campo. En cuanto al cuarto grupo, la mayoría de sus integrantes se había presentado sin escoba, y los del quinto eran de Hufflepuff.

—¡Si hay aquí alguien más que no sea de Gryffindor —ordenó Harry, que empezaba a perder la paciencia—, que se vaya ahora mismo, por favor!

Tras una pausa, un par de alumnos de Ravenclaw salieron corriendo del campo, riendo a carcajadas.

Después de dos horas, muchas quejas y varios berrinches (uno de ellos relacionado con una Cometa 260 y varios dientes rotos), Harry disponía de tres cazadoras: Katie Bell, que conservaba su puesto en el equipo tras una gran exhibición; Demelza Robins, un nuevo elemento que tenía una habilidad especial para esquivar las bludgers, y Ginny Weasley, que había volado mejor que nadie y, además, había marcado diecisiete tantos. A pesar de que estaba muy contento con sus nuevas cazadoras, Harry se había quedado afónico de tanto discutir con los que no estaban de acuerdo con su elección, y en ese momento libraba una batalla parecida con los golpeadores rechazados.

—¡Es mi última palabra, y si no se apartan ahora mismo para que pasen los guardianes, les echo un maleficio! —les advirtió.

Ninguno de los golpeadores elegidos tenía el estilo de Fred ni George, pero aun así estaba bastante satisfecho con ellos: Jimmy Peakes, un alumno de tercero, bajito pero ancho de hombros, que le había hecho un enorme chichón en la cabeza a Harry con una bludger golpeada con una enorme energía, y Ritchie Coote, que parecía enclenque, pero tenía buena puntería. Los dos golpeadores se unieron a Katie, Demelza y Ginny en las gradas para ver la selección del último miembro del equipo.

Harry había dejado la elección del guardián para el final porque creía que el estadio se habría vaciado y así los aspirantes no se sentirían tan presionados. Pero, por desgracia, todos los jugadores rechazados y los numerosos curiosos que acudían después de un prolongado desayuno se habían unido al público, de modo que había más gente que antes. Cada vez que un guardián volaba delante de los aros de gol, una parte de los espectadores lo aplaudía y la otra lo abucheaba. Harry buscó con la mirada a Ron, a quien siempre lo habían traicionado los nervios; confiaba en que tras haber ganado el último partido del curso pasado se habría curado, pero por lo visto no era el caso, porque Ron se había puesto verde.

Ninguno de los cinco primeros aspirantes paró más de dos lanzamientos. Para desesperación de Harry, Cormac McLaggen detuvo cuatro de los cinco penaltis. Sin embargo, en el último se lanzó en la dirección equivocada; el público rió y lo abucheó, y él bajó a tierra haciendo rechinar los dientes.

Cuando se montó en su Barredora 11, Ron parecía al borde del desmayo.

—¡Buena suerte! —le gritó alguien desde las gradas.

Harry miró esperando ver a Hermione, pero se trataba de Lavender Brown. A él también le habría gustado taparse la cara con las manos como hizo ella un momento después, pero pensó que, como capitán, debía demostrar temple, así que se volvió, dispuesto a ver la actuación de Ron.

Pero su aprensión no estaba justificada: Ron paró cinco penaltis seguidos. Harry, tan contento como sorprendido, tuvo que esforzarse por no unirse a los gritos de júbilo del público. Se volvió hacia McLaggen para decirle que lo sentía pero que Ron le había ganado, y se encontró con la enrojecida cara de McLaggen a escasos centímetros de la suya. Harry retrocedió un paso.

—La hermana de Ron ha hecho trampa —espetó McLaggen; en la sien le palpitaba una vena como la que Harry había visto latir tantas veces en la sien de tío Vernon—. Se lo puso facilísimo.

—Te equivocas —replicó Harry con frialdad—. Tuvo que esforzarse muchísimo.

McLaggen dio un paso hacia Harry, que esta vez no se arredró.

—Déjame intentarlo otra vez.

—Ni hablar —se plantó Harry—. Ya has tenido tu oportunidad. Has parado cuatro y Ron ha parado cinco. Así que él se queda de guardián: se lo ha ganado a pulso. Apártate.

Por un instante creyó que McLaggen iba a darle un puñetazo, pero éste se contentó con hacer una desagradable mueca y se marchó hecho un basilisco, murmurando vagas amenazas.

Harry se dio la vuelta. Su nuevo equipo lo miraba sonriente.

—Los felicito —dijo con voz ronca—. Han volado muy bien...

—¡Has estado fenomenal, Ron!

Esa vez sí era Hermione, que bajaba corriendo de las gradas; Harry vio que Lavender se marchaba del campo tomada del brazo de Parvati, con cara de mal humor. Ron parecía muy satisfecho consigo mismo, e incluso más alto de lo normal, y sonreía de oreja a oreja.

Concretaron el primer entrenamiento para el siguiente jueves, y luego Harry, Ron y Hermione se despidieron de todos y se dirigieron a la cabaña de Hagrid. Por fin había dejado de lloviznar, y un sol tenue intentaba atravesar las nubes. Harry estaba muerto de hambre, pero confiaba en que hubiera algo para comer en casa de Hagrid.

—Creí que no podría parar el cuarto penalti —iba diciendo Ron alegremente—. El lanzamiento de Demelza fue peliagudo, ¿se fijaron? Llevaba un efecto...

—Sí, sí, has estado sensacional —repuso Hermione, risueña.

—Al menos lo he hecho mejor que McLaggen —se ufanó el chico—. ¿Vieron cómo se lanzó en la dirección opuesta en el quinto penalti? Parecía presa de un encantamiento *confundus*...

Harry advirtió que Hermione se sonrojaba al oír esas palabras. Ron no se dio cuenta de nada: estaba demasiado entusiasmado describiendo con todo detalle cada uno de los penaltis que había detenido.

Buckbeak, el enorme hipogrifo gris, estaba amarrado delante de la cabaña de Hagrid. Al ver acercarse a los muchachos, hizo un ruido seco con su pico afilado y giró la descomunal cabeza hacia ellos.

—¡Oh, cielos! —dijo Hermione con nerviosismo—. Todavía da un poco de miedo, ¿verdad?

—No digas tonterías. ¡Pero si has montado en él! —le recordó Ron.

Harry se adelantó y le hizo una reverencia mirándolo a los ojos y sin parpadear. Unos segundos después, *Buckbeak* le devolvió la reverencia.

—¿Cómo estás? —susurró Harry, y se acercó al animal para acariciarle la plumífera cabeza—. ¿Lo echas de menos? Pero aquí, con Hagrid, estás bien, ¿verdad?

—¡Eh, cuidado!

Hagrid salió dando zancadas por detrás de la cabaña; llevaba puesto un gran delantal con estampado de flores y cargaba un saco de papas. *Fang*, su enorme perro jabalinero que le seguía los pasos, soltó un ladrido atronador y se abalanzó hacia los jóvenes.

—¡Apártense de él! ¡Los va a dejar sin de...! Ah, son ustedes.

Fang saltaba sobre Hermione y Ron intentando lamerles las orejas. Hagrid los observó un momento y luego se dirigió hacia su cabaña dando largas zancadas. Entró y cerró la puerta.

—¡Ay, madre! —se lamentó Hermione, compungida.

—No te preocupes —la tranquilizó Harry. Fue hasta la puerta y llamó con los nudillos—. ¡Hagrid! ¡Abre, queremos hablar contigo! —No se oía nada en el interior—. ¡O abres o derribamos la puerta! —amenazó, y sacó su varita.

—¡Harry! —dijo Hermione—. No puedes...

—¡Claro que puedo! Apártense...

Pero antes de que dijera nada más, la puerta se abrió de par en par, como él sabía que ocurriría, y apareció Hagrid, que se lo quedó mirando con fiereza, pese al cómico aspecto que ofrecía con su delantal de flores.

—¡Estás hablando con un profesor! —rugió—. ¡Con un profesor, Potter! ¿Cómo te atreves a amenazar con derribar mi puerta?

—Lo siento, señor —respondió Harry haciendo énfasis en la última palabra, y se guardó la varita en el bolsillo interior de la túnica.

Hagrid estaba pasmado.

—¿Desde cuándo me llamas «señor»?

—¿Y desde cuándo me llamas «Potter»?

—¡Vaya, qué listo! —gruñó Hagrid—. Muy gracioso. Intentas tomarme el pelo, ¿eh? Muy bonito. Pasa, pedazo de mocoso desagradecido... —Sin dejar de refunfuñar, se apartó para que entraran. Hermione lo hizo pegada a Harry, con cara de susto—. ¿Y bien? —gruñó Hagrid mientras los tres amigos se sentaban a la enorme mesa de madera; Fang apoyó la cabeza en las rodillas de Harry y le babeó la túnica—. ¿Qué pasa? ¿Sienten lástima por mí? ¿Creen que estoy triste o algo así?

—No —contestó Harry sin vacilar—. Sólo queríamos verte.

—¡Te hemos echado de menos! —dijo Hermione.

—¿Que me han echado de menos? —se burló Hagrid—. Sí, claro.

Sacudió la cabeza y fue a preparar té en una gran tetera de cobre. Luego llevó a la mesa tres tazas del tamaño de cubos, llenas de un té color caoba, y un plato de pastelitos de pasas. Harry estaba tan hambriento que hasta se sentía capaz de comer algo cocinado por Hagrid, así que tomó uno.

—Mira, Hagrid —dijo Hermione con vacilación cuando el guardabosques por fin volvió a sentarse y se puso a pelar papas con brutalidad, como si aquellos tubérculos lo hubiesen ofendido gravemente—, nosotros queríamos seguir estudiando Cuidado de Criaturas Mágicas pero...

Hagrid soltó un bufido. A Harry le pareció que unos cuantos mocos iban a parar a las papas y se alegró de no tener que quedarse a comer.

—¡Es verdad! —insistió Hermione—. ¡Pero no teníamos más horas libres!

—Sí. Claro —masculló Hagrid.

Se oyó un extraño sonido similar a un eructo y todos miraron alrededor; Hermione soltó un gritito y Ron se levantó de un brinco y se trasladó a la otra punta de la mesa para apartarse del barril que acababan de descubrir en un rincón. Estaba lleno de unas cosas que parecían gusanos de un palmo de largo; eran viscosas, blancas y se retorcían.

—¿Qué es eso, Hagrid? —preguntó Harry intentando parecer interesado en lugar de asqueado, pero dejó su pastelito en el plato.

—Larvas gigantes.

—¿Y en qué se convierten? —preguntó Ron con aprensión.

—No se convierten en nada. Son para alimentar a *Aragog*. —Y sin previo aviso, rompió a llorar.

—¡Oh, Hagrid! —exclamó Hermione, y, bordeando la mesa por el lado más largo para evitar el barril de gusanos, le rodeó los temblorosos hombros—. ¿Qué te pasa?

—Es... él... —dijo entre sollozos; sus ojos, negros como el azabache, derramaban gruesas lágrimas mientras se enjugaba con el delantal—. Es... *Aragog*... Creo que se está muriendo. El verano pasado enfermó y no mejora. No sé qué voy a hacer si... si... Llevamos tanto tiempo juntos...

Hermione le dio unas palmaditas en la espalda, pero no encontraba palabras para consolarlo; Harry supuso que los sentimientos de su amiga debían de ser confusos. Él sabía que Hagrid le había regalado un osito de peluche a una cría de dragón, y también lo había visto canturrearle a escorpiones gigantes provistos de ventosas y aguijones, e intentar razonar con su hermanastro, un gigante brutal. Pero la gigantesca araña parlante, *Aragog*, que vivía en la espesura del Bosque Prohibido y de la que Ron había escapado de milagro cuatro años atrás, era quizá el más incomprensible de los monstruosos caprichos del guardabosques.

—¿Podemos hacer algo para ayudarte? —ofreció Hermione.

—Me temo que no, Hermione —gimoteó Hagrid, intentando detener el caudal de lágrimas—. Verás, el resto de la tribu... la familia de *Aragog*... se están poniendo muy raros ahora que él está enfermo... un poco nerviosos...

—Sí, creo recordar que ya vimos esa faceta suya —comentó Ron en voz baja.

—Como están las cosas, no me parece oportuno que se acerque a la colonia nadie que no sea yo —concluyó Hagrid. Se sonó con el delantal, levantó la cabeza y agregó—: Pero gracias por el ofrecimiento, Hermione, eres muy amable.

Al final el ambiente se suavizó bastante. Aunque ni Harry ni Ron mostraron el menor entusiasmo por llevarle gusanos gigantes a una araña asesina y glotona, Ha-

223

grid parecía dar por descontado que les habría encantado hacerlo y volvió a ser el de siempre.

—Sí, ya sabía yo que les costaría mucho incluir mi asignatura en sus horarios —dijo mientras les servía más té—. Aunque si hubieran pedido giratiempos...

—No podíamos pedirlos —explicó Hermione—. El verano pasado destrozamos todos los que se guardaban en el ministerio. Se publicó en *El Profeta*.

—Ah, vaya... —se resignó Hagrid—. No podían hacerlo... Perdonen que haya estado... Bueno, es que estoy preocupado por *Aragog*, y creí que como la profesora Grubbly-Plank les había dado clases...

Entonces los tres amigos mintieron y afirmaron categóricamente que la profesora Grubbly-Plank, que había sustituido a Hagrid varias veces, era una pésima educadora. El resultado fue que al anochecer, cuando se despidieron de Hagrid, se lo veía bastante animado.

—Me muero de hambre —dijo Harry cuando enfilaron a buen paso el oscuro y desierto camino de regreso; había dejado definitivamente el pastelito en el plato después de notar cómo una muela le crujía de forma sospechosa—. Y esta noche debo cumplir el castigo con Snape, así que no tendré mucho tiempo para cenar.

Al llegar al castillo vieron que Cormac McLaggen iba a entrar en el Gran Comedor, pero tuvo que intentarlo dos veces para pasar por la puerta, pues la primera vez rebotó contra el marco. Ron soltó una risotada, regodeándose, y entró con pasos exagerados detrás de McLaggen. Sin embargo, Harry retuvo a Hermione.

—¿Qué pasa? —preguntó ella.

—Lo he estado pensando —contestó él en voz baja—, y yo diría que a McLaggen le han hecho un encantamiento *confundus*. Y estaba justo delante de donde tú te habías sentado.

—De acuerdo, fui yo —confesó ella ruborizándose—. ¡Pero tendrías que haber oído cómo hablaba de Ron y Ginny! Además, tiene muy mal genio, ya viste cómo reaccionó cuando no lo elegiste. No te interesa tener a alguien así en el equipo.

—No —admitió Harry—. No, supongo que tienes razón. Pero ¿no crees que ha sido deshonesto, Hermione? Recuerda que eres prefecta.

—¡Ya, cállate! —le espetó ella mientras él sonreía.

—¿Qué hacen? —preguntó Ron, que había regresado sobre sus pasos y los miraba con desconfianza.

—Nada —contestaron ellos al unísono, y lo acompañaron dentro.

El olor a rosbif hizo que a Harry le rugiera el estómago, pero tan sólo habían dado tres pasos en dirección a la mesa de Gryffindor cuando el profesor Slughorn se plantó delante de ellos.

—¡Harry! ¡Me alegro de encontrarte! —dijo con voz tronante y tono cordial, retorciéndose las puntas del bigote de morsa e hinchando la enorme barriga—. ¡Necesitaba pescarte antes de la cena! ¿Qué me dices de venir a picar algo a mis aposentos? Vamos a celebrar una pequeña fiesta; sólo seremos unas cuantas jóvenes promesas y yo. Vendrán McLaggen, Zabini, la encantadora Melinda Bobbin... ¿La conoces? Su familia tiene una gran cadena de boticas. Y por supuesto, espero que la señorita Granger me honre también con su presencia. —Y le dedicó una leve reverencia a Hermione. Era como si Ron fuera invisible; ni siquiera lo miró.

—No puedo ir, profesor —se excusó Harry—. Tengo un castigo con el profesor Snape.

—¡No me digas! —exclamó Slughorn componiendo una cómica mueca de disgusto—. ¡Vaya, pues yo contaba contigo, Harry! ¿Sabes qué? Voy a hablar con Severus y le expondré la situación. Estoy seguro de que lograré que aplace el castigo. ¡Descuida, nos vemos luego!

Y salió precipitadamente del Gran Comedor.

—No lo logrará —dijo Harry en cuanto Slughorn se hubo alejado—. Este castigo ya se ha aplazado una vez; Snape lo hizo por Dumbledore, pero no lo hará por nadie más.

—Diantre, ojalá puedas venir. ¡No se me antoja nada ir sola! —se quejó Hermione con aprensión, y Harry comprendió que estaba pensando en McLaggen.

—No creo que estés sola, supongo que también habrá invitado a Ginny —apuntó Ron, a quien no le había sentado nada bien que Slughorn lo ignorara.

Después de la cena regresaron a la torre de Gryffindor. La sala común estaba abarrotada, pues la mayoría de la gente había terminado de cenar, pero los tres amigos encontraron una mesa libre. Ron, que estaba de mal humor desde el encuentro con Slughorn, se cruzó de brazos y se quedó contemplando el techo con ceño, y Hermione tomó un ejemplar de *El Profeta Vespertino* que alguien había dejado encima de una silla y se puso a hojearlo.

—¿Alguna novedad? —preguntó Harry.

—Pues no... Mira, Ron, aquí está tu padre... ¡No, no le ha pasado nada! —se apresuró a añadir pues el chico la miró con cara de susto—. Sólo dice que ha ido a investigar la casa de los Malfoy: «Este segundo registro de la residencia del mortífago no parece haber dado ningún resultado. Arthur Weasley, de la Oficina para la Detección y Confiscación de Hechizos Defensivos y Objetos Protectores Falsos, declaró que su equipo había actuado tras recibir el soplo de un informante.»

—¡Vaya, el mío! —saltó Harry—. En King's Cross le hablé de Draco y de su interés en que Borgin le arreglara una cosa. Bueno, si esa cosa no está en casa de los Malfoy, Draco debe de haberla traído a Hogwarts...

—¿Te refieres a que la trajo de contrabando? —repuso Hermione bajando el periódico—. Imposible. Nos registraron a todos cuando llegamos, ¿recuerdas?

—¿Sí? —se extrañó Harry—. Pues a mí no me registró nadie.

—No, claro, a ti no porque llegaste tarde. Filch nos repasó uno por uno con sensores de ocultamiento cuando llegamos al vestíbulo. Habría detectado cualquier objeto tenebroso; me consta que a Crabbe le confiscaron una cabeza reducida. Es imposible que Malfoy entrara en el colegio con algo peligroso.

Harry, frustrado, se quedó contemplando cómo Ginny Weasley jugaba con *Arnold*, su micropuff, mientras buscaba la forma de rebatir la objeción.

—Entonces se lo habrá enviado alguien con una lechuza —dijo al cabo—. Su madre, por ejemplo.

—También revisan a las lechuzas —replicó Hermione—. Filch nos lo dijo mientras nos pasaba esos sensores de ocultamiento por todas partes.

Esta vez Harry se quedó sin réplica. No parecía posible que Malfoy hubiera introducido en el colegio ningún objeto peligroso ni tenebroso. Miró a Ron, que estaba con los brazos cruzados observando a Lavender Brown.

—¿Se te ocurre alguna manera de que Malfoy...?

—Déjalo ya, Harry —lo cortó su amigo con malos modos.

—Oye, que yo no tengo la culpa de que Slughorn nos haya invitado a Hermione y a mí a esa estúpida fiesta. Ninguno de los dos quería ir, ¿de acuerdo?

—De acuerdo, pero como a mí no me han invitado a ninguna fiesta, creo que voy a acostarme.

Y se marchó con paso decidido, dejándolos plantados. En ese momento Demelza Robins, la nueva cazadora, se acercó a la mesa.

—¡Hola, Harry! —saludó—. Tengo un mensaje para ti.

—¿Del profesor Slughorn? —preguntó él, enderezándose.

—No, del profesor Snape —dijo Demelza. Harry se llevó un chasco—. Dice que te espera en su despacho a las ocho y media y que le tiene sin cuidado las fiestas a que te hayan invitado. También quiere que sepas que tendrás que separar los gusarajos podridos de los buenos para utilizarlos en la clase de Pociones, y... que no hace falta que lleves guantes protectores.

—Muy bien —se resignó Harry—. Gracias, Demelza.

12

Plata y ópalos

¿Dónde estaba Dumbledore y qué hacía? Durante las semanas siguientes, Harry sólo vio al director de Hogwarts en dos ocasiones. Ya casi nunca se presentaba a las horas de las comidas, y el muchacho creía que Hermione tenía razón al pensar que cada vez se ausentaba del colegio varios días seguidos. ¿Habría olvidado Dumbledore que tenía que darle clases particulares? El anciano profesor le había dicho que esas clases estaban relacionadas con la profecía, lo que había animado y reconfortado a Harry; sin embargo, ahora la sensación era de ligero abandono.

A mediados de octubre tuvo lugar la primera excursión del curso a Hogsmeade. Harry había puesto en duda que esas excursiones continuaran realizándose, dado que las medidas de seguridad se habían endurecido mucho, pero le alegró saber que no se habían suspendido; siempre sentaba bien salir del castillo unas horas.

El día de la excursión se despertó temprano por la mañana, que amaneció tormentosa, y mató el tiempo hasta la hora del desayuno leyendo su ejemplar de *Elaboración de pociones avanzadas*. No solía quedarse en la cama leyendo libros de texto porque ese tipo de comportamiento, como decía Ron, resultaba indecoroso para cualquiera que no fuera Hermione, que era así de rara. Sin embargo, Harry opinaba que el ejemplar del Príncipe

Mestizo no era propiamente un libro de texto. A medida que lo examinaba iba descubriendo la abundante información que contenía: no sólo los útiles consejos y las fórmulas fáciles y rápidas sobre pociones con que se ganaba los elogios de Slughorn, sino también imaginativos embrujos y maleficios anotados en los márgenes que, a juzgar por las tachaduras y correcciones, el príncipe había inventado él mismo.

Harry ya había probado algunos de los hechizos concebidos por aquel misterioso personaje; por ejemplo, un maleficio que hacía crecer las uñas de los pies con alarmante rapidez (lo había probado con Crabbe en el pasillo, con resultados muy divertidos); un embrujo que pegaba la lengua al paladar (lo había utilizado dos veces con Argus Filch, sin que éste sospechara nada, y le había valido los aplausos de sus compañeros); y quizá el más útil de todos, el hechizo *muffliato*, que producía un zumbido inidentificable en los oídos de cualquiera que estuviera cerca de quien lo lanzaba, de modo que podías sostener largas conversaciones en clase sin que te oyeran. La única persona que no encontró divertidos esos encantamientos fue Hermione, y cada vez que Harry utilizaba el *muffliato* ella adoptaba una rígida expresión de desaprobación y se negaba a hablar.

Sentado en la cama, inclinó el libro para examinar de cerca las instrucciones de un hechizo que al parecer le había causado problemas al príncipe. Había muchas tachaduras y cambios, pero al final, apretujado en una esquina de la página, ponía: «*Levicorpus (n-vrbl).*»

Mientras el viento y la aguanieve azotaban las ventanas sin cesar y Neville roncaba como un elefante, Harry observó las letras entre paréntesis: «n-vrbl»... Tenía que significar «no verbal». Dudó mucho que fuera capaz de realizarlo porque todavía le costaba que le saliera bien esa clase de hechizos, fallo que Snape no olvidaba mencionar en ninguna clase de Defensa Contra las Artes Oscuras. Sin embargo, hasta ese momento el príncipe había demostrado ser un maestro mucho más eficaz que Snape.

Sacudió la varita hacia arriba, sin apuntar a nada en particular, y pensó «¡*Levicorpus!*» sin articular sonido alguno.

—¡Aaaaahhhhh!

Hubo un destello y la habitación se llenó de voces: todos se habían despertado y Ron había soltado un grito. Harry, presa del pánico, dejó caer el libro. Ron colgaba cabeza abajo, como si una cuerda invisible lo sostuviese por el tobillo.

—¡Lo siento! —exclamó Harry mientras Dean y Seamus reían a carcajadas y Neville se levantaba del suelo, pues se había caído de la cama—. Espera, ahora mismo te bajo...

Buscó a tientas el libro y lo hojeó a toda prisa, muy asustado, buscando la página; al final la encontró y descifró una palabra escrita con letra muy pequeña debajo del hechizo. Rezando para que fuera el contrahechizo, Harry pensó «¡*Liberacorpus!*» con todas sus fuerzas.

Hubo otro destello y Ron se desplomó sobre el colchón.

—Lo siento mucho, de verdad —musitó Harry mientras Dean y Seamus seguían desternillándose.

—Si no te importa, preferiría que mañana pusieras el despertador —repuso Ron con un hilo de voz.

No obstante, cuando al día siguiente se hubieron vestido, abrigándose con suéteres tejidos a mano por la señora Weasley y con capas, bufandas y guantes, Ron se había recuperado de la conmoción y pensaba que el nuevo hechizo de Harry era graciosísimo; de hecho, lo encontraba tan divertido que en cuanto se sentaron a desayunar se lo contó a Hermione.

—... ¡y entonces se produjo otro destello y volví a aterrizar en la cama! —concluyó sonriendo mientras se servía unas salchichas.

Hermione no había sonreído mientras oía la anécdota, y ahora miró a Harry con desaprobación.

—¿No sería ese hechizo, por casualidad, otro de los de ese libro de pociones? —le preguntó.

—Siempre piensas lo peor, ¿eh? —respondió él, ceñudo.

—¿Lo era?

—Bueno... Sí, lo era, ¿y qué?

—¿Estás diciéndome que decidiste probar un conjuro desconocido que encontraste escrito a mano y ver qué pasaba?

—¿Por qué importa tanto que estuviera escrito a mano? —replicó Harry, sin contestar el resto de la pregunta.

—Porque seguramente no está aprobado por el Ministerio de Magia —contestó Hermione—. Y también —añadió mientras sus amigos ponían los ojos en blanco— porque estoy empezando a pensar que ese príncipe no era de fiar.

—¡Fue una broma! —dijo Ron mientras ponía boca abajo una botella de ketchup encima de su plato de salchichas—. ¡Sólo nos divertíamos un poco, Hermione!

—¿Colgar a la gente del tobillo es divertido? —comentó ella—. ¿Quién invierte tiempo y energía en realizar hechizos como ése?

—Fred y George —contestó Ron encogiéndose de hombros—. Es propio de ellos. Y de...

—Mi padre —dijo Harry. Acababa de recordarlo.

—¿Cómo dices? —preguntaron Ron y Hermione a la vez.

—Mi padre usaba ese hechizo. Yo... Me lo contó Lupin. —Esto último no era verdad; en realidad, Harry había visto a su padre haciéndole ese hechizo a Snape, pero a sus amigos nunca les había hablado de esa excursión con el pensadero. Sin embargo, en ese momento se le ocurrió una fabulosa posibilidad: ¿y si el Príncipe Mestizo era...?

—Quizá tu padre lo utilizó, Harry —dijo Hermione—, pero no es el único. Hemos visto a un montón de gente emplearlo, por si no te acuerdas. Colgar a la gente en el aire... Hacerlos flotar dormidos, indefensos...

Harry la miró. Él también recordó, con una sensación amarga, el comportamiento de los mortífagos en la Copa del Mundo de Quidditch. Ron entró al quite.

—Eso era diferente —dijo—. A ellos se les pasó la mano. Harry y su padre sólo lo hacían para divertirse. A ti no te gusta el príncipe, Hermione —añadió apuntándola con una salchicha—, porque Harry es mejor que tú en Pociones.

—¡No es por eso! —se defendió ella con las mejillas encendidas—. Lo que pasa es que considero muy irresponsable realizar hechizos cuando ni siquiera sabes para qué sirven. ¡Y deja de hablar del «príncipe» como si fuera un título, seguro que sólo es un apodo absurdo! Además, no me parece que fuera una persona muy agradable.

—No sé de dónde sacas eso —replicó Harry acaloradamente—. Si hubiera sido un mortífago en ciernes no habría ido por ahí alardeando de ser mestizo, ¿no te parece? —Mientras lo decía, Harry recordó que su padre era sangre limpia, pero apartó esa idea de la mente; ya pensaría en ello más tarde...

—Todos los mortífagos no pueden ser sangre limpia, no quedan suficientes magos de sangre limpia —se empecinó Hermione—. Supongo que la mayoría de ellos son sangre mestiza que se hacen pasar por sangre limpia. Sólo odian a los hijos de muggles, pero a ustedes dos los aceptarían sin problemas.

—¡A mí jamás me dejarían ser mortífago! —saltó Ron, indignado, y un trozo de salchicha se le desprendió del tenedor que blandía y fue a parar a la cabeza de Ernie Macmillan—. ¡Toda mi familia se compone de traidores a la sangre! ¡Para los mortífagos, eso es tan grave como ser hijo de muggles!

—Sí, y les encantaría que yo estuviera en sus filas —ironizó Harry—. Seríamos supercolegas, siempre y cuando no intentaran matarme.

Eso hizo reír a Ron e incluso Hermione sonrió a regañadientes. En ese momento llegó Ginny, muy oportuna.

—¡Hola, Harry! Me han pedido que te entregue esto.

Era un rollo de pergamino con el nombre de Harry escrito con una letra pulcra y estilizada que el muchacho reconoció enseguida.

—Gracias, Ginny. ¡Debe de ser la cita para la próxima clase de Dumbledore! —exclamó abriendo el pergamino—. El lunes por la noche —anunció tras leerlo, de pronto feliz y contento—. ¿Vienes con nosotros a Hogsmeade, Ginny?

—Iré con Dean. Quizá nos veamos allí —replicó ella, y les dijo adiós con la mano.

Filch estaba plantado junto a las puertas de roble, como de costumbre, comprobando los nombres de los alumnos que tenían permiso para ir a Hogsmeade. El proceso llevó más tiempo del habitual porque el conserje registraba tres veces a todo el mundo con su sensor de ocultamiento.

—¿Qué más le da que saquemos del colegio cosas tenebrosas? —le preguntó Ron mirando con aprensión el largo y delgado aparato—. ¿No cree que lo que debería importarle es lo que podamos entrar?

Su insolencia le valió unos cuantos pinchazos más con el sensor, y el pobre todavía hacía muecas de dolor cuando bajaron los escalones de piedra y salieron al jardín, azotado por el viento y la aguanieve.

El paseo hasta Hogsmeade no fue nada placentero. Harry se tapó la nariz con la bufanda, pero la parte de la cara expuesta al aire no tardó en entumecérsele. El camino que llevaba al pueblo estaba lleno de alumnos que se doblaban por la cintura para resistir el fuerte viento. En más de una ocasión, Harry se preguntó si no hubiera sido mejor quedarse en la caldeada sala común, y cuando por fin llegaron a Hogsmeade y vieron que la tienda de artículos de broma Zonko estaba cerrada con tablones, lo interpretó como una confirmación de que esa excursión no estaba destinada a ser divertida. Con una mano enfundada en un grueso guante Ron señaló hacia Honeydukes, que afortunadamente estaba abierta, y los otros lo siguieron tambaleándose hasta la abarrotada tienda.

—¡Menos mal! —dijo Ron, tiritando, al verse acogido por un caldeado ambiente que olía a chicloso—. Quedémonos toda la tarde aquí.

—¡Harry, amigo mío! —bramó una voz a sus espaldas.

—¡Oh, no! —masculló Harry.

Los tres amigos se dieron la vuelta y vieron al profesor Slughorn, que llevaba un grotesco sombrero de piel y un abrigo con cuello de piel a juego. Sostenía en la mano una gran bolsa de piña confitada y ocupaba al menos una cuarta parte de la tienda.

—¡Ya te has perdido tres de mis cenas, Harry! —rezongó Slughorn, y le dio unos golpecitos amistosos en el pecho—. ¡Pero no te vas a librar, amigo mío, porque me he propuesto tenerte en mi club! A la señorita Granger le encantan nuestras reuniones, ¿no es así?

—Sí —asintió Hermione, con gesto de impotencia—. Son muy...

—¿Por qué no vienes nunca, Harry? —inquirió Slughorn.

—Es que he tenido entrenamientos de quidditch, profesor —se excusó. Y era verdad: programaba entrenamiento cada vez que recibía una invitación de Slughorn adornada con una cinta violeta. Gracias a esa estrategia, Ron no se sentía excluido, y los dos amigos podían reírse con Ginny imaginándose a Hermione sola con McLaggen y Zabini.

—¡Espero que ganes tu primer partido después de tanto esfuerzo! Pero un poco de esparcimiento no le viene mal a nadie. ¿Qué me dices del lunes por la noche? No me dirás que van a entrenar con este tiempo...

—No puedo, profesor. El lunes por la noche tengo... una cita con el profesor Dumbledore.

—¡Nada, no hay manera! —se lamentó Slughorn con gesto teatral—. ¡Está bien, Harry, pero no creas que podrás eludirme eternamente!

El profesor les dedicó un afectado ademán de despedida y salió de la tienda andando como un pato, sin fijarse en Ron, como si éste fuera un expositor de cucuruchos de cucarachas.

—No puedo creer que hayas logrado quitártelo de encima otra vez —comentó Hermione—. Esas reuniones no están tan mal. A veces hasta son divertidas. —Pero entonces se fijó en la expresión de Ron y dijo—: ¡Miren, tienen plumas de azúcar de lujo! ¡Deben de durar horas!

Harry, contento de que Hermione cambiara de tema, mostró más interés por las nuevas plumas de azúcar de tamaño especial del que habría demostrado en circunstancias normales, pero Ron siguió con aire taciturno y se limitó a encogerse de hombros cuando Hermione le preguntó adónde quería ir.

—Vamos a Las Tres Escobas —propuso Harry—. Allí no pasaremos frío.

Volvieron a taparse con las bufandas y salieron de la tienda de golosinas. El frío viento les lastimaba la cara después del dulce calor de Honeydukes. No había mucha gente en la calle; nadie se entretenía para charlar y todos iban derecho a sus destinos. La excepción eran dos individuos plantados un poco más allá, delante de Las Tres Escobas. Uno de ellos era muy alto y delgado. A pesar de llevar las gafas mojadas por la lluvia, Harry reconoció al camarero que trabajaba en Cabeza de Puerco, el otro pub de Hogsmeade. Cuando los tres amigos se acercaron más a ellos, el camarero se ciñó la capa y se alejó, pero el otro individuo se quedó; era más bajito y sostenía algo en los brazos. Estaban a escasos pasos de él cuando Harry también lo reconoció.

—¡Mundungus!

El hombre, achaparrado, patizambo y de largo y desgreñado pelo rojizo, dio un respingo y dejó caer una vieja maleta, que al dar contra el suelo se abrió y esparció lo que parecía mercancía de una tienda de artículos usados.

—¡Ah, hola, Harry! —saludó Mundungus Fletcher con un aire de ligereza nada convincente—. Bueno, no quisiera entretenerte.

Y empezó a recoger del suelo el contenido de su maleta. Era evidente que estaba deseando largarse de allí.

—¿Qué es esto? ¿Para vender? —preguntó Harry mientras Mundungus se afanaba en recuperar su surtido de objetos.

—Bueno, de alguna manera tengo que ganarme la vida... ¡Eh, dame eso!

Ron había recogido una copa de plata.

—Un momento —dijo despacio—. Esto me suena...

—¡Gracias! —exclamó Mundungus, quitándosela de las manos, y la metió en la maleta—. Bueno, ya nos veremos... ¡Pero qué...!

Harry lo agarró por el cuello y lo estampó contra la pared del pub. A continuación lo sujetó fuertemente con una mano y sacó su varita mágica.

—¡Harry! —gritó Hermione.

—Eso lo has tomado de casa de Sirius —lo acusó Harry con la nariz casi pegada a la suya, percibiendo su desagradable aliento a tabaco y licor—. Tiene el emblema de la casa de Black.

—Yo no... ¿Qué...? —farfulló Mundungus, cuyo rostro iba adquiriendo un tono azulado.

—¿Qué hiciste, volviste allí la noche que lo mataron y desvalijaste la casa?

—Yo no...

—¡Dámelo!

—¡No lo hagas, Harry! —suplicó Hermione mientras Mundungus se ponía cada vez más morado.

Se oyó un estallido y las manos de Harry se soltaron del cuello de Mundungus. Resollando y farfullando, el hombre recogió la maleta del suelo y entonces... ¡crac!, se desapareció.

—¡Vuelve, ladrón de...!

—No pierdas el tiempo, Harry. —Tonks había aparecido de la nada, con el desvaído cabello mojado por la aguanieve—. Mundungus ya debe de estar en Londres. De nada te servirá gritar.

—¡Ha robado las cosas de Sirius! ¡Las ha robado!

—Sí, pero de cualquier modo —repuso Tonks, impasible ante esa revelación—, deberían resguardarse del frío.

La bruja se quedó fuera y los tres amigos entraron en Las Tres Escobas. Una vez dentro, Harry explotó:

—¡Esa sabandija ha robado las cosas de Sirius!

—Ya lo sé, Harry, pero no grites, por favor. Nos están mirando —susurró Hermione—. Siéntate. Voy a buscarte algo de beber.

Harry seguía echando chispas cuando, minutos más tarde, su amiga volvió a la mesa con tres botellas de cerveza de mantequilla.

—¿No puede la Orden controlar a Mundungus? —preguntó Harry, esforzándose por no levantar la voz—. ¿No pueden impedir, como mínimo, que robe todo lo que encuentre cuando va al cuartel general?

—¡Chist! Más bajo —insistió Hermione. Un par de magos sentados cerca de ellos miraban a Harry con gran interés, y Zabini se apoyaba contra una columna no lejos de allí—. Yo también estaría enfadada, Harry; ya sé que eso que ha robado es tuyo...

El muchacho se atragantó con la cerveza de mantequilla; se le había olvidado que era el nuevo propietario del número 12 de Grimmauld Place.

—¡Es verdad, todo lo que hay allí es mío! —exclamó quedamente—. ¡Por eso no se alegró de verme!... Se lo contaré a Dumbledore; él es el único a quien Mundungus teme.

—Buena idea —susurró Hermione, aliviada de que Harry se sosegara—. ¿Qué miras, Ron?

—Nada —contestó éste desviando rápidamente la vista de la barra, pero Harry se dio cuenta de que intentaba localizar a la curvilínea y atractiva camarera, la señora Rosmerta, por quien Ron sentía debilidad desde hacía tiempo.

—Creo que «nada» ha ido a la parte de atrás a buscar más whisky de fuego —ironizó Hermione.

Ron ignoró la pulla y se puso a beber su cerveza de mantequilla a pequeños sorbos, sumido en lo que sin duda consideraba un silencio digno. Por su parte, Harry pensaba en Sirius y en que éste, de cualquier modo, detestaba aquellas copas de plata. Hermione tamborileaba con los dedos en la mesa y su mirada iba de la barra a Ron una y otra vez.

Tan pronto Harry apuró el último sorbo de cerveza, Hermione propuso regresar al colegio. Los dos chicos asintieron; la excursión había sido un fracaso y el tiempo empeoraba. Volvieron a ceñirse las capas, enrollarse las bufandas y ponerse los guantes; luego salieron del pub detrás de Katie Bell y de una amiga suya y enfilaron por la calle principal.

Mientras avanzaba con dificultad por la nieve semiderretida que cubría el camino de Hogwarts, Harry pensó en Ginny, con quien no se habían encontrado. Supuso que habría ido con Dean al salón de té de Madame Pudipié; lo más probable es que pasaran la tarde bien calentitos, guarecidos en el refugio de las parejas felices. Con gesto ceñudo, agachó la cabeza para protegerse de los remolinos de aguanieve y siguió avanzando trabajosamente.

Tardó un rato en darse cuenta de que las voces de Katie Bell y su amiga, que el viento arrastraba hasta él, se oían más fuertes y chillonas. Harry escudriñó sus figuras, que apenas lograba distinguir. Las dos chicas discutían acerca de un paquete que Katie llevaba.

—¡No es asunto tuyo, Leanne! —exclamó Katie, antes de que ambas desaparecieran tras un recodo del camino.

Fuertes ráfagas de aguanieve golpeaban a Harry y le empañaban las gafas. Al doblar el recodo fue a secárselas, pero en ese preciso instante vio que Leanne intentaba quitarle a Katie el paquete, ésta trataba de recuperarlo y en el forcejeo el paquete caía al suelo.

De inmediato, Katie se elevó por los aires, pero no como había hecho Ron (cómicamente suspendido por un tobillo), sino con gracilidad y con los brazos extendidos, como a punto de echar a volar. Sin embargo, en su postura había algo extraño, algo estremecedor... La ventisca le alborotaba el cabello y tenía los ojos cerrados y el rostro inexpresivo. Harry, Ron, Hermione y Leanne se detuvieron en seco, estupefactos.

Entonces, cuando estaba a dos metros del suelo, Katie soltó un chillido aterrador y abrió los ojos. Sin duda lo que veía o sentía le producía una tremenda angustia. No paraba de chillar. Leanne empezó a gritar también, y la agarró por los tobillos intentando bajarla al suelo. Los demás se precipitaron a ayudarla, y cuando lograron tomarla por las piernas Katie se les vino encima. Los dos chicos consiguieron atraparla, pero Katie se retorcía violentamente y apenas lograban sujetarla. La tumbaron en el suelo, donde la muchacha siguió revolcándose y chillando, como si no reconociera a nadie.

Harry miró alrededor; el lugar parecía desierto.

—¡No se muevan de aquí! —ordenó en medio del viento huracanado—. ¡Voy a pedir ayuda!

Corrió hacia el colegio; nunca había visto a nadie comportarse como acababa de hacerlo Katie, y no sabía cuál podía ser la causa; dobló a toda velocidad una curva del camino y chocó contra lo que parecía un oso enorme erguido sobre las patas traseras.

—¡Hagrid! —gritó jadeando mientras se desenredaba del seto en que había caído al rebotar.

—¡Harry! —exclamó el guardabosques, que tenía aguanieve en las cejas y la barba y llevaba puesto su raído abrigo de piel de castor—. Vengo de visitar a Grawp, no te imaginas cuánto ha...

—Hagrid, hay una persona herida, le han echado una maldición o algo así...

—¿Qué? —dijo Hagrid agachándose para oír mejor, pues el viento rugía con fuerza.

—¡Le han echado una maldición!

—¿Una maldición? ¿A quién? No habrá sido a Ron o Hermione...

—No, a ellos no, a Katie Bell. Vamos, deprisa...

Ambos avanzaron presurosos por el camino. Katie seguía retorciéndose y chillando en el suelo mientras Ron, Hermione y Leanne intentaban calmarla.

—¡Apártense! —ordenó el guardabosques—. ¡Déjenme verla!

—¡Le ha pasado algo! —sollozó Leanne—. No sé qué...

Hagrid miró a Katie y luego, sin decir palabra, se agachó, la levantó en brazos y echó a correr hacia el castillo. A los pocos segundos, los desgarradores gritos de Katie se habían apagado y sólo se oía el bramido del viento.

Hermione abrazó a la compungida amiga de Katie.

—Te llamas Leanne, ¿verdad?

La chica asintió con la cabeza.

—¿Ha pasado de repente o...?

—Ha ocurrido cuando se abrió el paquete —gimoteó Leanne, y señaló el empapado envoltorio de papel marrón que había en el suelo; se había abierto un poco y dejaba entrever un destello verdoso.

Ron se agachó para tocarlo, pero Harry le sujetó el brazo.

—¡Ni se te ocurra tocarlo! —le advirtió, y se agachó a su vez junto al paquete: un ornamentado collar de ópalos asomaba por el envoltorio—. Lo he visto antes —comentó—. Fue expuesto en Borgin y Burkes hace mucho tiempo y la etiqueta ponía que estaba maldito. Katie debe de haberlo tocado. —Miró a Leanne, que había empezado a temblar—. ¿Cómo llegó a manos de Katie?

—Por eso discutíamos. Volvió del baño de Las Tres Escobas trayendo el paquete y dijo que era una sorpresa para alguien de Hogwarts y que tenía que entregárselo. Cuando lo dijo estaba muy rara... ¡Oh, no! ¡Ahora lo entiendo! ¡Le han echado una maldición *imperius*, y no me di cuenta! —Rompió a sollozar de nuevo.

Hermione le dio unas palmaditas de consuelo.

—¿No te dijo quién se lo había dado, Leanne?

—No... no quiso contármelo... Y yo le dije que no fuera estúpida y que no lo llevara al colegio, pero ella se negaba a escucharme y... y entonces intenté quitárselo... y... y... —Emitió un gemido de desesperación.

—Será mejor que vayamos a Hogwarts —propuso Hermione sin dejar de abrazar a la desdichada chica—. Así sabremos cómo se encuentra Katie. Vamos...

Harry vaciló un momento, se quitó la bufanda del cuello e, ignorando la exclamación de asombro de Ron, envolvió con ella el collar y lo levantó con mucho cuidado.

—Se lo enseñaremos a la señora Pomfrey —dijo.

Mientras seguían a Hermione y Leanne por el camino, Harry no paraba de pensar, y cuando entraron en el jardín del castillo ya no pudo contenerse:

—Malfoy sabe que existe este collar. Estaba en una vitrina de Borgin y Burkes hace cuatro años; vi cómo lo examinaba mientras me escondía de él y de su padre. ¡Seguramente era lo que quería comprar el día que lo seguimos! ¡Se acordó del collar y fue a buscarlo!

—No sé, Harry... —repuso Ron, poco convencido—. A Borgin y Burkes va mucha gente... ¿Y no dice esa chica que Katie lo encontró en el baño de mujeres?

—Dice que volvió con él del lavabo, pero eso no significa necesariamente que lo encontrara allí.

—¡McGonagall a la vista! —anunció Ron.

Harry levantó la cabeza y vio a la profesora bajar a toda prisa los escalones de piedra del castillo, azotada por las ráfagas de aguanieve. Se acercó a ellos presurosa.

—Hagrid dice que han visto lo ocurrido. ¡Suban enseguida a mi despacho, por favor! ¿Qué es eso que llevas, Potter?

—Es la cosa que tocó Katie.

—¡Cielos! —dijo la profesora con espanto mientras tomaba el envuelto collar de las manos de Harry—. ¡No, no, Filch, están conmigo! —se apresuró a aclarar al ver que el conserje cruzaba el vestíbulo hacia ellos, con gesto de avidez y sensor de ocultamiento en ristre—. ¡Lleve inmediatamente esto al profesor Snape, pero sobre todo no lo toque, no retire la bufanda!

Harry y los demás siguieron a la profesora por la escalera y entraron en su despacho. Las ventanas salpicadas de aguanieve vibraban y en la habitación hacía mucho frío, pese a que la chimenea estaba encendida. Tras cerrar la puerta, McGonagall se ubicó detrás de su mesa, de cara a Harry, Ron, Hermione y Leanne, que no paraba de sollozar.

—¿Y bien? —dijo con brusquedad—. ¿Qué ha sucedido?

Con voz entrecortada y haciendo pausas para dominar el llanto, Leanne contó que Katie había vuelto del lavabo de Las Tres Escobas con un paquete en las manos, que a ella le había parecido un poco raro y que habían discutido sobre la conveniencia de prestarse a entregar objetos desconocidos, de modo que al final la discusión había culminado en un forcejeo y el paquete se había abierto. Al llegar a ese punto, Leanne estaba tan abrumada que no hubo manera de sonsacarle una palabra más.

—Está bien —dijo la profesora, comprensiva—. Leanne, sube a la enfermería, y que la señora Pomfrey te dé algo para el susto.

Cuando la muchacha abandonó el despacho, McGonagall se volvió hacia los otros tres.

—¿Qué ocurrió cuando Katie tocó el collar?

—Se elevó por los aires —contestó Harry adelantándose a sus amigos—. Luego se puso a chillar y al final se desplomó. Profesora, ¿puedo hablar con el profesor Dumbledore, por favor?

—El director se ha marchado y no volverá hasta el lunes, Potter.

—¿Que se ha marchado?

—¡Sí, Potter, se ha marchado! —repitió la profesora con tono cortante—. Pero cualquier cosa que tengas que decir relacionada con este desagradable incidente puedes confiármela a mí.

Harry vaciló una fracción de segundo. Aquella profesora no invitaba a que le hicieran confidencias; Dumbledore, pese a ser más intimidante que ella en muchos aspectos, parecía menos inclinado a menospreciar las teorías de los demás, por descabelladas que fueran. Pero aquello era un asunto de vida o muerte, y no era momento para preocuparse por si se iban a reír de él. Así que inspiró hondo y dijo:

—Creo que Draco Malfoy le dio ese collar a Katie, profesora.

Ron, a un lado de Harry, se frotó la nariz con gesto de bochorno; Hermione, al otro lado, arrastró los pies como si deseara poner distancias.

—Ésa es una acusación muy grave, Potter —manifestó la profesora McGonagall tras un momento tenso—. ¿Tienes alguna prueba?

—No, pero... —Y le contó que habían seguido a Malfoy hasta Borgin y Burkes y la conversación que le habían oído mantener con Borgin.

Cuando hubo terminado, McGonagall parecía un tanto desconcertada.

—¿Malfoy llevó algo a Borgin y Burkes para que se lo repararan?

—No, profesora, sólo quería que Borgin le explicara cómo reparar esa cosa. No la llevaba consigo. Pero no se trata de eso; lo que importa es que ese mismo día compró algo en la tienda, y creo que era ese collar.

—¿Vieron a Malfoy salir de la tienda con un paquete parecido?

—No, profesora, él le dijo a Borgin que se lo guardara en la tienda...

—En realidad —lo interrumpió Hermione—, Borgin le preguntó si quería llevárselo, y Malfoy contestó que no...

—¡Pues claro, porque no quería tocarlo! —saltó Harry.

—Lo que dijo fue: «¿Cómo voy a ir por la calle con eso?» —le recordó Hermione.

—Hombre, habría quedado como un imbécil con un collar puesto —intervino Ron.

—¡Ron! —se desesperó Hermione—. ¡Se lo habría llevado envuelto para no tocarlo, y no le habría costado esconderlo debajo de la capa para que nadie lo viera! Yo creo que esa cosa que reservó en Borgin y Burkes hacía ruido o abultaba mucho; debía de ser algo que habría llamado la atención por la calle. Y de cualquier modo —insistió, adelantándose a las objeciones de Harry—, yo le pregunté a Borgin acerca del collar, ¿no se acuerdan? Lo vi en la tienda cuando entré para averiguar qué le había pedido Malfoy que le guardara. Y Borgin se limitó a decirme el precio, pero no me dijo que ya estuviera vendido ni nada parecido...

—Sí, pero fuiste muy poco sutil y él se dio cuenta de tus intenciones. Es lógico que no te dijera nada... Además, Malfoy pudo enviar a alguien a buscarlo más tarde...

—¡Ya basta! —se impuso la profesora cuando Hermione, enfadada, se disponía a replicar—. Potter, te agradezco que me hayas contado esto, pero no es posible acusar al señor Malfoy únicamente porque visitó la tienda donde tal vez se comprara ese collar. Podríamos acusar de lo mismo a centenares de personas.

—Eso mismo dije yo —murmuró Ron.

—Además, este año hemos instalado rigurosas medidas de seguridad. Dudo mucho que ese collar haya entrado en este colegio sin nuestro conocimiento.

—Pero...

—Es más —prosiguió McGonagall, adoptando un tono inapelable—, hoy el señor Malfoy no ha ido a Hogsmeade.

Harry la miró boquiabierto y se desinfló de golpe.

—¿Cómo lo sabe, profesora?

—Porque estaba cumpliendo un castigo conmigo. Ya van dos veces seguidas que no entrega sus deberes de Transformaciones. De modo que gracias por comunicarme tus sospechas, Potter —añadió al pasar por delante de los muchachos—, pero tengo que subir a la enfermería para ver cómo evoluciona Katie Bell. Que tengan un buen día.

Abrió la puerta del despacho y la mantuvo así, de modo que los tres amigos no tuvieron más remedio que desfilar hacia el pasillo sin más comentarios.

Harry estaba furioso con los otros dos por haberle dado la razón a la profesora McGonagall; sin embargo, no fue capaz de permanecer callado cuando empezaron a hablar de lo ocurrido.

—Entonces, ¿a quién creen que Katie tenía que entregar el collar? —preguntó Ron mientras subían la escalera que conducía a la sala común.

—Quién sabe —dijo Hermione—. Pero quienquiera que fuese se ha librado por casualidad. Nadie habría abierto ese paquete sin tocar el collar.

—Podría ir dirigido a mucha gente —intervino Harry—: a Dumbledore, por ejemplo; a los mortífagos les encantaría librarse de él, así que debe de ser uno de sus blancos prioritarios. O a Slughorn; Dumbledore dice que Voldemort quería tenerlo en su bando, y no estarán contentos de que se haya puesto de parte de Dumbledore. O...

—O a ti —sugirió Hermione con gesto de consternación.

—A mí no puede ser, porque Katie me lo habría dado por el camino, ¿no? Yo iba detrás de ella desde que salimos de Las Tres Escobas. Habría sido más lógico entregarme el paquete fuera de Hogwarts, sabiendo que Filch registra a todo el que entra y sale del castillo. No entiendo por qué Malfoy le dijo que lo llevara al colegio.

—¡Pero si Malfoy no ha ido a Hogsmeade! —exclamó Hermione dando un pisotón en el suelo.

—Entonces tenía un cómplice —arguyó Harry—. Crabbe o Goyle. O, pensándolo bien, otro mortífago; seguro que tiene mejores compinches que esos dos ahora que se ha unido a...

Ron y Hermione se miraron como diciendo «inútil intentar razonar con este testarudo».

—«¡Sopa de leche!» —pronunció ella cuando llegaron al retrato de la Señora Gorda.

El retrato se apartó para dejarlos entrar en la sala común, que estaba muy concurrida y olía a ropa húmeda, pues muchos alumnos habían regresado de Hogsmeade temprano a causa del mal tiempo. Sin embargo, no se respiraba una atmósfera de miedo ni especulación; al parecer, la noticia del accidente de Katie todavía no se había extendido.

—Si se fijan, en realidad no ha sido un ataque muy logrado —observó Ron mientras desalojaba a un alumno de primer año de una de las mejores butacas junto al fuego para sentarse en ella—. La maldición ni siquiera ha conseguido llegar al castillo. Infalible no era.

—Tienes razón —concedió Hermione, empujándolo con el pie para que se levantara de la butaca, que ofreció otra vez al alumno de primero—. No estaba muy bien planificado.

—¿Acaso Malfoy es uno de los grandes pensadores del mundo? —ironizó Harry.

Ron y Hermione sonrieron.

13

El enigma

Al día siguiente trasladaron a Katie al Hospital San Mungo de Enfermedades y Heridas Mágicas. A esas alturas la noticia de que le habían echado una maldición se había extendido por todo el colegio, aunque los detalles eran confusos y parecía que nadie, excepto Harry, Ron, Hermione y Leanne, se había enterado de que Katie no era la destinataria del ataque.

—Sólo lo sabemos nosotros y Malfoy —insistía Harry a sus dos amigos, que seguían con su nueva política de fingir sordera cada vez que él mencionaba su teoría de que Malfoy era un mortífago.

Harry no sabía si Dumbledore regresaría a tiempo para la clase particular del lunes por la noche, pero como nadie le había dicho lo contrario, se presentó en el despacho del director a las ocho en punto. Llamó a la puerta y Dumbledore lo hizo pasar.

El anciano, que estaba sentado a su mesa, parecía muy cansado; tenía la mano más negra y chamuscada que antes, pero sonrió y le indicó que se sentara. El pensadero volvía a reposar en la mesa y proyectaba motas plateadas de luz en el techo.

—Has estado muy ocupado durante mi ausencia —dijo Dumbledore—. Tengo entendido que presenciaste el accidente de Katie.

—Sí, señor. ¿Cómo se encuentra?

—Todavía no se siente bien, aunque podríamos decir que tuvo suerte. Al parecer, el collar apenas le rozó la piel a través de una diminuta rotura que tenía uno de sus guantes. Si se lo hubiera puesto o lo hubiese tomado con la mano desnuda, quizá habría muerto al instante. Por fortuna, el profesor Snape consiguió impedir una rápida extensión de la maldición...

—¿Por qué él? —se apresuró a preguntar Harry—. ¿Por qué no la señora Pomfrey?

—Impertinente —musitó una débil voz procedente de uno de los retratos que había en la pared, y Phineas Nigellus Black, el tatarabuelo de Sirius, levantó la cabeza que hasta ese momento tenía apoyada sobre los brazos fingiendo dormir—. En mis tiempos, yo no habría permitido que un alumno cuestionara el funcionamiento de Hogwarts.

—Gracias, Phineas —dijo Dumbledore, condescendiente—. El profesor Snape sabe mucho más de artes oscuras que la señora Pomfrey, Harry. En fin, el personal de San Mungo me envía informes cada hora y confío en que Katie se recuperará del todo a su debido tiempo.

—¿Dónde ha pasado el fin de semana, señor? —cambió de tema Harry sin tener en cuenta que estaba desafiando la suerte, una sensación compartida por Phineas Nigellus, que murmuró algo entre dientes.

—Prefiero no revelártelo todavía. Sin embargo, te lo diré en su momento.

—¿De verdad? —dijo Harry con un sobresalto.

—Sí, eso espero —repuso Dumbledore mientras sacaba otra botella de recuerdos plateados de su túnica y quitaba el tapón con un golpecito de la varita.

—Señor, en Hogsmeade me encontré con Mundungus...

—¡Ah, sí! Ya me he enterado de que ha tratado tu herencia con despreciable mano larga —repuso el director, y arrugó un poco la frente—. Desde que hablaste con él delante de Las Tres Escobas no ha salido de su escondite; creo que le da miedo presentarse ante mí. Sin embargo, no volverá a llevarse ningún otro objeto personal de Sirius, descuida.

—¿Que ese sarnoso sangre mestiza ha estado robando las reliquias de la familia Black? —saltó Phineas Nigellus, y se marchó muy indignado de su retrato, sin duda para trasladarse al que tenía en el número 12 de Grimmauld Place.

—Profesor —dijo Harry tras una breve pausa—, ¿le ha contado la profesora McGonagall lo que le dije sobre Draco Malfoy después de que Katie sufriera el accidente?

—Sí, Harry, me ha hablado de tus sospechas.

—¿Y usted...?

—Tomaré todas las medidas oportunas para investigar a cualquiera que haya podido estar relacionado con el accidente de Katie. Pero lo que ahora me preocupa, Harry, es nuestra clase.

El muchacho se sintió contrariado ante esa última frase: si sus clases particulares eran tan importantes, ¿por qué había habido un lapso tan largo entre la primera y la segunda? Sin embargo, no hizo más comentarios acerca de Draco Malfoy. Dumbledore vertió los nuevos recuerdos en el pensadero y éstos empezaron a arremolinarse en la vasija de piedra que el anciano sujetaba con sus largas y delgadas manos.

—Recordarás que dejamos la historia de los inicios de lord Voldemort en el momento en que el apuesto muggle, Tom Ryddle, había abandonado a su esposa bruja, Mérope, y regresado a su casa natal de Pequeño Hangleton. Mérope se quedó sola en Londres, embarazada del hijo que un día se convertiría en lord Voldemort.

—¿Cómo sabe que estaba en Londres, señor?

—Por el testimonio de un tal Caractacus Burke, quien, por una extraña coincidencia, también ayudó a encontrar el collar de ópalos del que acabamos de hablar.

El director de Hogwarts se puso a remover el contenido del pensadero como Harry ya le había visto hacer anteriormente; parecía un buscador de oro manipulando un tamiz. De la masa plateada que se arremolinaba en el interior surgió un hombrecillo que giraba despacio sobre sí mismo; era plateado como un fantasma, pero mucho más consistente, y tenía una mata de pelo que le tapaba los ojos.

—Sí, el guardapelo lo adquirimos en curiosas circunstancias —explicó el hombrecillo—. Lo trajo una joven bruja poco antes de Navidad. ¡Oh, sí, de eso hace ya muchos años! Dijo que necesitaba desesperadamente el oro; bueno, saltaba a la vista: se cubría con harapos y estaba muy avanzada... Quiero decir que iba a tener un bebé. Asimismo, dijo que ese guardapelo había pertenecido a Slytherin. Bueno, estamos hartos de escuchar historias semejantes: «Sí, se lo aseguro, ésta era la tetera favorita de Merlín.» Pero cuando lo examiné, vi que realmente tenía la marca de Slytherin, y bastaron unos sencillos hechizos para comprobar que la joven decía la verdad. Como es lógico, eso convertía aquel objeto en algo de valor incalculable, aunque ella parecía no tener ni idea de lo que valía. Pero se quedó satisfecha con los diez galeones. ¡Jamás habíamos hecho un negocio tan bueno!

Dumbledore le dio una enérgica sacudida al pensadero, y Caractacus Burke volvió a sumergirse en los remolinos de recuerdos de los que había salido.

—¿Sólo le dio diez galeones por el guardapelo? —preguntó Harry, indignado.

—La generosidad no era la virtud más destacada de Caractacus Burke —comentó Dumbledore—. Así pues, sabemos que hacia el final de su embarazo, Mérope vivía sola en Londres y necesitaba oro; estaba suficientemente desesperada para vender su única posesión valiosa, el guardapelo, una de las preciadas reliquias de familia de Sorvolo.

—¡Pero si ella era una bruja! —se impacientó Harry—. Podría haber conseguido comida y todo lo que necesitara mediante magia, ¿no?

—Hum, quizá sí. Pero, en mi opinión, cuando su esposo la abandonó, Mérope dejó de emplearla. Una vez más conjeturo, pero creo que tengo razón. Supongo que ya no quería seguir siendo bruja. También cabe la posibilidad, por supuesto, de que su amor no correspondido y su posterior desmoralización le socavaran los poderes; a veces ocurre. En cualquier caso, como estás a punto de ver, Mérope ni siquiera quiso levantar la varita mágica para salvar su vida.

—¿Ni siquiera quiso hacerlo por su hijo?

—¿Acaso te compadeces de lord Voldemort? —repuso Dumbledore arqueando las cejas.

—No, pero ella podía elegir, ¿no? No como mi madre...

—Tu madre también pudo elegir —replicó Dumbledore con serenidad—. Sí, Mérope Ryddle eligió la muerte pese a tener un hijo que la necesitaba, pero no la juzgues de manera precipitada, Harry. Estaba muy debilitada como consecuencia de un prolongado sufrimiento, y nunca tuvo el coraje de tu madre. Y ahora, si haces el favor de ponerte en pie...

—¿Adónde vamos? —preguntó el muchacho cuando el director se colocó a su lado, delante de la mesa.

—Esta vez entraremos en mi memoria. Creo que la encontrarás rica en detalles y satisfactoriamente exacta. Tú primero, Harry.

Harry se inclinó sobre el pensadero; su cara atravesó la fría superficie de recuerdos y el muchacho empezó a caer, rodeado de oscuridad. Segundos más tarde, sus pies tocaron tierra; abrió los ojos y vio que se hallaban en una ajetreada calle de Londres, varios años atrás.

—Mira, ahí estoy —dijo Dumbledore con tono jovial, señalando a una figura de elevada estatura que cruzaba la calle por delante de un carro de leche tirado por un caballo.

El largo cabello y la barba de aquel Albus Dumbledore más joven eran de color caoba. Echó a andar por la acera a paso largo, y su llamativo traje de terciopelo morado atraía las miradas.

—Bonito traje, señor —observó Harry, pero el anciano director de Hogwarts se limitó a sonreír al tiempo que ambos seguían de cerca al otro Dumbledore.

Por fin atravesaron unas verjas de hierro y entraron en un patio absolutamente vacío que había frente a un edificio cuadrado y sombrío, cercado por una alta reja. El joven Dumbledore subió los escalones de la puerta principal y llamó una vez. Pasados unos instantes, una desaliñada muchacha con delantal abrió la puerta.

—Buenas tardes. Tengo una cita con la señora Cole, que, si no me equivoco, es la directora de esta institución.

—¡Oh! —dijo la chica, perpleja ante el extravagante atuendo del joven Dumbledore—. Hum... un momento... ¡Señora Cole! —llamó volviendo la cabeza.

Harry oyó que alguien respondía desde dentro. La muchacha miró a Dumbledore.

—Pase, ahora viene.

Dumbledore entró en un vestíbulo de baldosas blancas y negras; era un lugar viejo y desgastado pero impecablemente limpio. Harry y el anciano Dumbledore entraron también, y antes de que la puerta se cerrara tras ellos, una mujer flacucha y de aspecto nervioso se apresuró hacia el vestíbulo por un pasillo. Su rostro de facciones afiladas denotaba más ansiedad que antipatía, y mientras se acercaba a Dumbledore miraba hacia atrás hablando con otra ayudanta que también llevaba delantal.

—... y súbele el yodo a Martha; Billy Stubbs ha estado arrancándose las costras y Eric Whalley ha manchado mucho las sábanas. Sólo nos faltaba la varicela —dijo a nadie en particular, pero entonces se fijó en Dumbledore y se detuvo en seco, observándolo con tanto asombro como si se tratase de una jirafa.

—Buenas tardes —saludó él y le tendió la mano. Ella se quedó boquiabierta—. Me llamo Albus Dumbledore. Le envié una carta solicitándole una visita y usted tuvo la amabilidad de invitarme a venir hoy.

La señora Cole parpadeó. Tras decidir, al parecer, que Dumbledore no era ninguna alucinación, dijo con un hilo de voz:

—¡Ah, sí! Ajá... Bueno, entonces... será mejor que vayamos a mi habitación.

Lo guió hasta un pequeño cuarto que hacía las veces de salita y despacho, tan destartalado como el vestíbulo y cuyos muebles se veían viejos y desparejados. Invitó a Dumbledore a sentarse en una desvencijada silla, y ella tomó asiento detrás de un escritorio cubierto de carpetas y papeles. Parecía nerviosa.

—Como ya le explicaba en mi carta, he venido para hablar de Tom Ryddle y de los planes para el futuro del chico —expuso Dumbledore.

—¿Es usted familiar suyo?

—No, yo soy profesor. He venido a ofrecerle a Tom una plaza en mi colegio.

—¿Y qué colegio es ése?

—Se llama Hogwarts.

—¿Y por qué se interesa por Tom?

—Creemos que tiene las cualidades que nosotros buscamos.

—¿Quiere decir que le han concedido una beca? ¿Cómo es posible? Él nunca ha solicitado ninguna.

—Verá, está inscrito en nuestro colegio desde que nació.

—¿Quién lo inscribió? ¿Sus padres?

No cabía duda de que la señora Cole era una mujer aguda y perspicaz. Al parecer, Dumbledore también lo pensaba, porque sacó con disimulo su varita del bolsillo del traje de terciopelo al mismo tiempo que tomaba una hoja en blanco que había encima de la mesa.

—Tome —dijo Dumbledore, y agitó una vez la varita mientras le tendía la hoja—. Creo que esto se lo aclarará todo.

Los ojos de la mujer se desenfocaron y volvieron a enfocarse al examinar con atención la hoja en blanco.

—Veo que está todo en orden —dijo al cabo, y se la devolvió a Dumbledore. Entonces su mirada se desvió hacia una botella de ginebra y dos vasos que no estaban allí unos segundos antes—. Hum... ¿le apetece un vasito de ginebra? —preguntó con tono afectado.

—Gracias —aceptó Dumbledore.

Pronto quedó claro que no era la primera vez que la señora Cole bebía esa clase de licor. Llenó ambos vasos con generosidad y vació el suyo de un trago. Se relamió sin disimulo, sonrió a Dumbledore por primera vez y él no vaciló en aprovechar su ventaja.

—¿Podría contarme algo acerca de la historia de Tom Ryddle? Creo que nació aquí, en el orfanato.

—Así es —confirmó la mujer, y se sirvió más ginebra—. Lo recuerdo perfectamente porque yo también acababa de llegar a este lugar. Era Nochevieja; nevaba y hacía un frío tremendo. Una noche muy desapacible... Una muchacha no mucho mayor que yo subió los escalones tambaleándose (bueno, no era la primera). La acogimos y tuvo el bebé al cabo de una hora. Y al cabo de otra, la pobre murió. —La señora Cole asintió con gravedad y se echó un buen trago al coleto.

—¿Dijo algo antes de morir? ¿Hizo algún comentario acerca del padre del niño, por ejemplo?

—Pues sí, resulta que sí —contestó la mujer, que parecía estar disfrutando con la ginebra y un público interesado por su relato—. Recuerdo que me dijo: «Espero que se parezca a su papá», y no le miento. Bueno, era comprensible que albergara esa esperanza, porque ella no era ninguna belleza. Luego añadió que quería que se llamara Tom, como su padre, y Sorvolo, como el padre de ella. Sí, ya sé que es un nombre muy raro, ¿verdad? Pensamos que quizá la chica provenía de algún circo. Y dijo también que el apellido del niño era Ryddle. Poco después murió sin haber pronunciado ni una palabra más.

»Así pues, llamamos al niño como su madre había pedido porque eso parecía importarle mucho a la pobre muchacha, pero ningún Tom, Sorvolo ni Ryddle vino nunca a buscarlo, ni ninguna otra familia, de modo que se quedó en el orfanato y no se ha movido de aquí desde entonces. —Casi sin darse cuenta, se sirvió otra ración de ginebra. En sus prominentes pómulos habían aparecido dos manchas rosa—. Es un chico extraño, la verdad —añadió.

—Sí —dijo Dumbledore—. Ya me imaginaba que lo sería.

—Ya era extraño de pequeño. Por ejemplo, casi nunca lloraba. Y más adelante, cuando creció un poco, hacía cosas... raras.

—¿Raras en qué sentido?

—Verá, él... —Pero se interrumpió. Dumbledore le lanzó una mirada expectante—. ¿Seguro que Tom dispone de una plaza en ese colegio? —preguntó, recelosa.

—Segurísimo.

—¿Y nada de lo que yo diga podrá cambiar eso?

—No, nada.

—¿Se lo va a llevar a pesar de todo, diga lo que yo diga?

—Diga lo que usted diga —asintió Dumbledore con gravedad.

La mujer entornó los ojos y lo escudriñó como sopesando si podía confiar en él. Por lo visto decidió que sí, porque dijo:

—Pues la verdad es que los otros niños le tienen miedo.

—¿Quiere decir que los maltrata?

—Sospecho que sí —contestó la señora Cole frunciendo la frente—, pero es muy difícil pillarlo in fraganti. Ha habido incidentes... han sucedido cosas desagradables...

Dumbledore no quiso insistir, aunque Harry advirtió su interés en aquellas revelaciones. Ella bebió otro sorbo de ginebra y el rubor de las mejillas se le acentuó.

—Billy Stubbs tenía un conejo... Bueno, Tom juró que no había sido él y yo no me explico cómo pudo hacerlo, pero, aun así, no creo que se ahorcara él solito de una viga, ¿no?

—No, no parece posible —coincidió Dumbledore.

—Pues ya me dirá cómo subió Tom allí arriba para colgar al pobre animal. Lo único que sé es que Billy y él habían discutido el día anterior. —Bebió otro sorbo y esta vez se le derramó un poco por la barbilla—. Y entonces... el día de la excursión de verano (una vez al año los llevamos a pasear, ya sabe, al campo o la playa), pues bien, Amy Benson y Dennis Bishop nunca volvieron a ser los mismos, y lo único que pudimos sonsacarles fue que habían entrado en una cueva con Tom Ryddle. Él dijo que sólo habían ido a explorar, pero sé que allí dentro pasó algo. Y han sucedido muchas cosas más, cosas extrañas... —Volvió a mirar a Dumbledore, y aunque tenía las mejillas encendidas, su mirada traslucía firmeza—. Creo que nadie lamentará no volver a verlo.

—Ha de saber que no vamos a quedárnoslo para siempre —aclaró él—. Tendrá que regresar aquí, como mínimo, todos los veranos.

—Ah, bueno, mejor eso que un porrazo en la nariz con un atizador oxidado —repuso ella hipando ligeramente. Se levantó, y a Harry le impresionó ver que mantenía la compostura pese a que habían desaparecido dos tercios de la botella de ginebra—. Imagino que querrá verlo.

—Sí, desde luego —afirmó Dumbledore, y también se puso en pie.

Una vez hubieron salido del despacho, la señora Cole lo guió y subieron por una escalera de piedra; por el camino iba repartiendo instrucciones y advertencias a ayudantas y niños. Harry se fijó en que todos los huérfanos llevaban el mismo uniforme gris. Se los veía bastante bien cuidados, pero evidentemente tenía que ser muy deprimente crecer en un lugar como aquél.

—Es aquí —anunció la mujer cuando llegaron al segundo rellano y se pararon delante de la primera puerta de un largo pasillo. Llamó dos veces con los nudillos y entró—. ¿Tom? Tienes visita. Te presento al señor Dumberton... Perdón, Dunderbore. Ha venido a decirte... Bueno, será mejor que te lo explique él.

Harry y los dos Dumbledore entraron, y la señora Cole salió y cerró la puerta. Era una habitación pequeña y con escaso mobiliario: un viejo armario, un camastro de hierro y poca cosa más. Un chico estaba sentado sobre las mantas grises, con las piernas estiradas y un libro en las manos.

En la cara de Tom Ryddle no había ni rastro de los Gaunt. El último deseo de Mérope se había cumplido: Tom era su apuesto padre en miniatura. Era alto para sus once años, de cabello castaño oscuro y piel clara. El chico entornó los ojos mientras examinaba el extravagante atuendo de su visitante. Hubo un breve silencio.

—¿Cómo estás, Tom? —preguntó Dumbledore al cabo, acercándose para tenderle la mano.

Tras vacilar un momento, el chico se la estrechó. El profesor acercó una silla y la puso al lado de la cama, de modo que parecían un paciente de hospital y un visitante.

—Soy el profesor Dumbledore.

—¿Profesor? —repitió Tom con desconfianza—. ¿No será un médico? ¿A qué ha venido? ¿Lo ha llamado ella para que me examine?

—No, por supuesto que no —repuso Dumbledore con una sonrisa.

—No le creo. Ella quiere que me examinen, ¿no es eso? ¡Diga la verdad! —exclamó de pronto con una voz potente que casi intimidaba.

Era una orden, y saltaba a la vista que no era la primera vez que la daba. Fulminó con la mirada a Dumbledore, que seguía sonriendo tan tranquilo. Al cabo de unos segundos, el chico dejó de mirarlo con hostilidad, aunque parecía más desconfiado que antes.

—¿Quién es usted?

—Ya te lo he dicho. Soy el profesor Dumbledore y trabajo en un colegio llamado Hogwarts. He venido a ofrecerte una plaza en mi colegio, en tu nuevo colegio, si es que quieres ir.

La reacción de Tom Ryddle fue sorprendente: saltó de la cama y se apartó cuanto pudo de Dumbledore.

—¡A mí no me engaña! —exclamó furioso—. Usted viene del manicomio, ¿no es así? «Profesor», sí, claro. Pues no voy a ir al manicomio, ¿se entera? A la que deberían encerrar es a esa vieja arpía. ¡Nunca les he hecho nada ni a la pequeña Amy Benson ni a Dennis Bishop! ¡Puede preguntárselo, ellos se lo confirmarán!

—No vengo del manicomio —repuso el profesor con paciencia—. Soy maestro, y si haces el favor de sentarte y escucharme, te hablaré de Hogwarts. Y si al final no te interesa, nadie te obligará a ir.

—Que lo intenten —bravuconeó el chico.

—Hogwarts —prosiguió el joven Dumbledore, haciendo caso omiso de la bravata— es un colegio para gente con habilidades especiales.

—¡Yo no estoy loco!

—Ya sé que no lo estás. Hogwarts no es un colegio para locos. Es un colegio de magia.

De nuevo hubo un silencio. Tom Ryddle se había quedado de piedra, con gesto inexpresivo, pero su mirada iba rápidamente de un ojo de Dumbledore al otro, como si intentara descubrir algún signo de mentira en uno de los dos.

—¿De magia? —repitió en un susurro.

—Exacto.

—¿Es... magia lo que yo sé hacer?

—¿Qué sabes hacer?

—Muchas cosas —musitó. Un rubor de emoción le ascendía desde el cuello hasta las hundidas mejillas; parecía afiebrado—. Puedo hacer que los objetos se muevan sin tocarlos; puedo hacer que los animales hagan lo que yo les pido, sin adiestrarlos; puedo hacer que les pasen cosas desagradables a los que me molestan; puedo hacerles daño si quiero... —Le temblaban las piernas. Dio unos pasos, vacilante, se sentó en la cama y se quedó mirándose las manos con la cabeza gacha, como si rezara—. Sabía que soy diferente —susurró a sus temblorosos dedos—. Sabía que soy especial. Siempre supe que pasaba algo.

—Pues tenías razón —dijo Dumbledore, que ya no sonreía y lo observaba con atención—. Eres un mago.

Tom levantó la cabeza, el rostro demudado en una expresión de intensa felicidad. Sin embargo, por algún extraño motivo, eso no lo hacía más atractivo; más bien al contrario: sus delicadas facciones parecían más duras y su expresión resultaba casi cruel.

—¿Usted también es mago?

—Así es.

—Demuéstremelo —exigió con el mismo tono autoritario de antes.

Dumbledore arqueó las cejas.

—Si aceptas tu plaza en Hogwarts, como creo que...

—¡Claro que la acepto!

—En ese caso, cuando te dirijas a mí me llamarás «profesor» o «señor».

El chico endureció las facciones una fracción de segundo, pero luego dijo con una voz tan educada que pareció casi irreconocible:

—Lo siento. Profesor, ¿podría demostrarme...?

Harry creía que Dumbledore no iba a acceder y le diría que ya habría tiempo para demostraciones prácticas en Hogwarts, porque en ese momento se encontraban en un edificio lleno de muggles y, por tanto, debían actuar con cautela. Sin embargo, se llevó una sorpresa al ver que Dumbledore sacaba su varita mágica de la chaqueta, apuntaba al destartalado armario que había en un rincón y la sacudía apenas.

El armario estalló en llamas.

Tom se levantó de un brinco. A Harry no le extrañó que se pusiera a gritar de rabia y espanto: sus objetos personales debían de estar dentro. Pero en cuanto el chico se volvió hacia Dumbledore, las llamas se extinguieron y el armario quedó completamente intacto. Tom miró varias veces a Dumbledore y al armario; entonces, con gesto de avidez, señaló la varita mágica.

—¿Dónde puedo conseguir una cosa de ésas?

—Todo a su debido tiempo. Mira, yo diría que hay algo que intenta salir de tu armario. —Y, en efecto, se oía un débil golpeteo proveniente del mueble. Tom, por primera vez, pareció asustado—. Ábrelo —ordenó Dumbledore.

El chico vaciló, pero cruzó la habitación y lo abrió de par en par. En el estante superior, encima de una barra de la que colgaban algunas prendas raídas, había una pequeña caja de cartón que se agitaba y vibraba, como si contuviese varios ratones frenéticos.

—Sácala, Tom. —Ryddle tomó la temblorosa caja con gesto contrariado—. ¿Hay algo en esa caja que no deberías tener?

El muchacho le lanzó una mirada diáfana y calculadora.

—Sí, supongo que sí, señor —contestó al fin con voz monocorde.

—Ábrela.

Lo hizo y vació su contenido en la cama, sin mirarlo. Harry, que esperaba descubrir algo mucho más emocionante, vio un revoltijo de objetos normales y corrientes, entre ellos un yoyo, un dedal de plata y una vieja armónica. Los objetos dejaron de temblar y se quedaron quietos encima de las delgadas mantas.

—Se los devolverás a sus propietarios y te disculparás —dijo Dumbledore al mismo tiempo que se guardaba la varita en la chaqueta—. Sabré si lo has hecho o no. Y te lo advierto: en Hogwarts no se toleran los robos.

Tom Ryddle no parecía ni remotamente avergonzado; seguía mirando con frialdad a Dumbledore, como si intentara formarse un juicio sobre él. Al cabo dijo con la misma voz monocorde:

—Sí, señor.

—En Hogwarts no sólo te enseñaremos a utilizar la magia, sino también a controlarla. Has estado empleando tus poderes (involuntariamente, claro) de un modo que en nuestro colegio no se enseña ni se consiente. No eres el primero, ni serás el último, que no sabe controlar su magia. Pero te comunico que el colegio puede expulsar a los alumnos no gratos, y el Ministerio de Magia (sí, existe un ministerio) impone castigos aún más severos a los infractores de la ley. Todos los nuevos magos, al entrar en nuestro mundo, deben comprometerse a respetar nuestras leyes.

—Sí, señor —repitió Tom.

Era imposible saber qué estaba pensando porque su rostro seguía sin revelar emoción alguna. Devolvió el pequeño alijo de objetos robados a la caja de cartón y, cuando hubo terminado, se volvió hacia Dumbledore y dijo sin rodeos:

—No tengo dinero.

—Eso tiene fácil remedio. —Y sacó una bolsita de monedas—. En Hogwarts hay un fondo destinado a quienes necesitan ayuda para comprar los libros y las túnicas. Algunos libros de hechizos quizá tengas que adquirirlos de segunda mano, pero...

—¿Dónde se compran los libros de hechizos? —lo interrumpió el chico, que había tomado la pesada bolsita sin darle las gracias y examinaba un grueso galeón de oro.

—En el callejón Diagon. He traído la lista de libros y material que necesitarás. Puedo ayudarte a encontrarlo todo...

—¿Quiere decir que me acompañará? —inquirió Tom levantando la cabeza.

—Sí, si tú...

—No es necesario. Estoy acostumbrado a hacer las cosas por mí mismo. Siempre voy solo a Londres. ¿Cómo se va al callejón Diagon... señor?

Harry creyó que el profesor insistiría en acompañarlo, pero volvió a llevarse una sorpresa: Dumbledore le entregó el sobre con la lista del material y, después de explicarle cómo se llegaba al Caldero Chorreante, le dijo:

—Tú lo verás, aunque los muggles que haya por allí (es decir, la gente no mágica) no lo vean. Pregunta por Tom, el dueño; no te costará recordar su nombre, puesto que se llama como tú. —El chico hizo un gesto de irritación, como si quisiera ahuyentar una mosca molesta—. ¿Qué ocurre? ¿No te gusta tu nombre?

—Hay muchos Toms —masculló. Y como si no pudiera reprimir la pregunta o como si se le escapara a su pesar, preguntó—: ¿Mi padre era mago? Me han dicho que él también se llamaba Tom Ryddle.

—Me temo que no lo sé.

—Mi madre no podía ser bruja, porque en ese caso no habría muerto —razonó Tom como para sí—. El mago debió de ser él. Bueno, y una vez que tenga todo lo que necesito, ¿cuándo debo presentarme en ese colegio Hogwarts?

—Encontrarás todos los detalles en la segunda hoja de pergamino que hay en el sobre. Saldrás de la estación de King's Cross el uno de septiembre. En el sobre también encontrarás un billete de tren.

Él asintió y Dumbledore se puso en pie y volvió a tenderle la mano. Mientras se la estrechaba, Tom dijo:

—Sé hablar con las serpientes. Lo descubrí en las excursiones al campo. Ellas me buscan y me susurran cosas. ¿Les pasa eso a todos los magos?

Harry dedujo que Ryddle no había mencionado antes ese poder tan extraño porque quería impresionar a su visitante en el momento justo.

—No es habitual —respondió Dumbledore tras una leve vacilación—, pero tampoco es insólito.

Lo dijo con tono despreocupado, pero observó el rostro del muchacho. Ambos se miraron fijamente un instante. Luego se soltaron las manos y Dumbledore se dirigió hacia la puerta.

—Adiós, Tom. Nos veremos en Hogwarts.

—Creo que ya es suficiente —dijo el Dumbledore de cabello blanco que Harry tenía a su lado, y segundos más tarde ambos volvían a elevarse en la oscuridad, como si fueran ingrávidos, para aterrizar de pie en el despacho del director.

—Siéntate —dijo éste.

Harry lo hizo, todavía con la mente colmada de las escenas que acababa de presenciar.

—Él le creyó mucho más deprisa que yo. Me refiero a cuando usted le reveló que era un mago —comentó—. En cambio, cuando a mí me lo dijo Hagrid, no le creí.

—Sí, Ryddle estaba dispuesto a creer que era... «especial», para emplear sus propias palabras.

—¿Usted ya lo sabía?

—¿Si sabía que acababa de conocer al mago tenebroso más peligroso de todos los tiempos? No, no sospechaba que se convertiría en lo que es ahora. Sin embargo, no cabe duda de que me intrigaba. Regresé a Hogwarts con la intención de vigilarlo de cerca, algo que habría hecho de cualquier forma, dado que él estaba solo en el mundo, sin familia y sin amigos, pero ya entonces intuí que debía hacerlo tanto por su bien como por el de los demás.

»Como te habrás dado cuenta, tenía unos poderes muy desarrollados para tratarse de un mago tan joven, pero lo más interesante e inquietante es que ya había descubierto que podía ejercer cierto control sobre ellos y empezado a utilizarlos de forma intencionada. Y como has visto, no eran experimentos hechos al azar, típicos de los magos jóvenes, sino que utilizaba la magia contra otras personas para asustar, castigar o dominar. Las historias del conejo que apareció colgado de una viga y de los niños a quienes llevó con engaños a una cueva movían a reflexión. "Puedo hacerles daño si quiero..."

—Y hablaba pársel —observó Harry.

—Sí, así es; una rara habilidad, presuntamente relacionada con las artes oscuras, aunque también hay hablantes de pársel entre los magos de bien, como ya sabemos. De hecho, su habilidad para comunicarse con las serpientes no me inquietó tanto como sus obvios instintos para la crueldad, el secretismo y la dominación.

»El tiempo vuelve a correr en nuestra contra —añadió Dumbledore señalando el oscuro cielo que se veía por las ventanas—. Pero, antes de que nos separemos, quiero que te fijes en ciertos aspectos de las escenas que acabamos de presenciar, ya que guardan estrecha relación con los asuntos que discutiremos en próximas reuniones. En primer lugar, espero que te hayas percatado de la reacción de Ryddle cuando mencioné que había otra persona que se llamaba como él.

Harry asintió con la cabeza.

—De ese modo demostró su desprecio por cualquier cosa que lo vinculara a otras personas, o que lo hiciera parecer normal —explicó el director—. Ya por entonces él quería ser diferente, distinguido y célebre. Como bien sabes, pocos años después de esa conversación, se despojó de su nombre y creó la máscara de «lord Voldemort», detrás de la cual se ha ocultado durante mucho tiempo.

»Espero que también hayas reparado en que Tom Ryddle era una persona autosuficiente, reservada y solitaria; al parecer no tenía amigos. No quiso ayuda ni compañía para hacer su visita al callejón Diagon. Prefería moverse solo. El Voldemort adulto es igual. Muchos de sus mortífagos aseguran que confía en ellos, que son los únicos que están a su lado o que lo entienden. Pero se equivocan. Lord Voldemort nunca ha tenido amigos, ni creo que haya deseado tenerlos.

»Y por último (y espero que la fatiga no te impida prestar atención a esto, Harry), al joven Tom Ryddle le gustaba coleccionar trofeos. Ya has visto la caja de objetos robados que escondía en su habitación. Se los sustraía a las víctimas de sus bravuconadas; eran recuerdos, por así llamarlos, de acciones mágicas especialmente desagradables. Ten en cuenta esa tendencia suya a recoger y guardar cosas porque más adelante resultará importante.

»Bien, se ha hecho tarde. Debes ir a acostarte.

Harry se levantó para marcharse, pero se fijó en la mesita donde había visto el anillo de Sorvolo Gaunt durante la clase anterior. El anillo ya no estaba allí.

—¿Pasa algo? —preguntó Dumbledore al ver que el chico se detenía.

—El anillo ya no está. Pensé que quizá usted tendría la armónica o alguna otra cosa.

El director lo miró sonriente por encima de sus gafas de media luna.

—Muy astuto, Harry, pero la armónica sólo era una armónica. —Y tras ese enigmático comentario, hizo un ademán indicándole que se retirase.

14

Felix Felicis

A primera hora del día siguiente, Harry tuvo clase de Herbología. Durante el desayuno no pudo contarles a Ron y Hermione en qué había consistido su clase con Dumbledore por miedo a que alguien los oyera, pero lo hizo mientras atravesaban el huerto, camino de los invernaderos. El fuerte viento del fin de semana había dejado de soplar por fin, aunque se había instalado de nuevo aquella extraña neblina, de modo que tardaron un poco más de lo habitual en dar con el invernadero que buscaban.

—¡Uf, qué miedo debía de dar el joven Quien-tú-sabes! —dijo Ron en voz baja mientras se sentaban alrededor de una de las retorcidas cepas de snargaluff, el objeto de estudio de ese trimestre, y se enfundaban los guantes protectores—. Pero lo que sigo sin entender es por qué Dumbledore te enseña todo eso. Ya sé que es muy interesante y demás, pero ¿para qué sirve?

—No lo sé —admitió Harry—. Pero, según él, es muy importante y me ayudará a sobrevivir. —Se puso un protector de dentadura.

—Yo lo encuentro fascinante —opinó Hermione—. Es fundamental reunir el máximo de información acerca de Voldemort. Si no, ¿de qué otro modo podrías descubrir sus debilidades?

—¿Qué tal estuvo la última fiesta de Slughorn? —le preguntó Harry con voz pastosa a causa del protector.

—¡Ah, pues muy divertida! —contestó Hermione mientras se ponía las gafas protectoras—. Hombre, se pasa un poco hablándonos de ex alumnos famosos y es terriblemente adulador con McLaggen porque conoce a mucha gente influyente, pero nos ofreció una comida deliciosa y nos presentó a Gwenog Jones.

—¿Gwenog Jones? —preguntó Ron abriendo mucho los ojos tras sus gafas—. ¿La famosa Gwenog Jones? ¿La capitana del Holyhead Harpies?

—Exacto. Personalmente, la encontré un poco creída, pero...

—¡Basta de plática! —los reprendió la profesora Sprout, que se había acercado y los miraba con gesto adusto—. Se están retrasando. Sus compañeros ya han empezado y Neville ha conseguido extraer la primera vaina.

Los tres amigos miraron. Era verdad: Neville, con un labio ensangrentado y varios arañazos en la mejilla, aferraba un objeto verde del tamaño de una toronja que latía de forma repugnante.

—¡Sí, profesora, ahora mismo comenzamos! —dijo Ron, y cuando la profesora se dio la vuelta, añadió en voz baja—: Tendrías que haber utilizado el *muffliato*, Harry.

—¡De eso nada! —saltó Hermione y puso cara de enfado, como hacía siempre que el Príncipe Mestizo y sus hechizos salían en la conversación—. ¡Vamos, vamos! Pongámonos a trabajar... —Y torció el gesto, aprensiva.

Todos respiraron hondo y se abalanzaron sobre la retorcida cepa con que les había tocado lidiar.

La cepa cobró vida al instante y de su parte superior brotaron unos tallos largos y espinosos como de zarza. Uno de ellos se enredó en el cabello de Hermione, pero Ron lo rechazó con unas tijeras de podar. Harry consiguió atrapar un par y les hizo un nudo. Entonces se abrió un agujero en medio de las ramas con aspecto de tentáculos. Demostrando gran valor, Hermione metió un brazo en el agujero, que se cerró como una trampa y se lo aprisionó hasta el codo. Harry y Ron tiraron de los tallos y los retorcieron, obligando al agujero a abrirse otra vez, de modo que Hermione logró sacar una vaina igual que la de Neville. De inmediato los espinosos tallos volvieron a replegarse y la nudosa cepa se quedó quieta como si fuera un inocente trozo de madera muerta.

—¿Saben algo? Que cuando tenga mi propia casa no creo que plante ningún bicho de éstos en el jardín —dijo Ron al tiempo que se subía las gafas y se secaba el sudor de la cara.

—Pásame un tazón —pidió Hermione, sujetando la palpitante vaina con el brazo bien estirado para alejarla del cuerpo.

Harry le pasó un recipiente y ella, con cara de asco, dejó caer la vaina dentro.

—¡No seas tan delicada y estrújala! ¡Son mejores cuando están frescas! —exclamó la profesora Sprout.

—En fin —dijo Hermione, retomando el hilo de la interrumpida conversación, como si no acabara de atacarlos aquella cepa asquerosa—, Slughorn va a organizar una fiesta de Navidad, y de ésa no conseguirás zafarte, porque me pidió que averigüe qué noches tienes libres. Quiere asegurarse de celebrarla un día en que puedas asistir.

Harry dejó escapar un quejido. Y Ron, que estaba intentando exprimir la vaina en el tazón a base de retorcerla con todas sus fuerzas, espetó con enfado:

—Y esa fiesta también será sólo para los preferidos de Slughorn, ¿no?

—Sí, sólo para los miembros del Club de las Eminencias —confirmó Hermione.

La vaina se escurrió entre las manos de Ron y, tras rebotar en la pared de cristal del invernadero, fue a dar contra la cabeza de la profesora Sprout, arrancándole el viejo y remendado sombrero. Harry se apresuró a recuperar la vaina; cuando volvió junto a sus amigos, Hermione estaba diciendo:

—Mira, eso del Club de las Eminencias no me lo he inventado yo...

—Club de las Eminencias —repitió Ron con una sonrisa burlona propia de Malfoy—. ¡Qué patético! Bueno, espero que te lo pases muy bien en esa fiesta. ¿Por qué no intentas ligar con McLaggen? Así Slughorn podría nombrarlos rey y reina de las eminencias...

—Podemos llevar invitados —replicó Hermione ruborizándose—, y yo pensaba pedirte que vinieras. Pero ya que lo encuentras tan estúpido, ¡se lo pediré a otro!

Harry lamentó que la vaina no hubiera ido a parar al otro extremo del invernadero, porque así habría podido alejarse un rato de sus amigos. De cualquier modo, como ninguno de ellos le hacía caso, agarró el tazón que contenía la vaina e intentó abrirla por los medios más ruidosos y enérgicos que se le ocurrieron, aunque por desgracia siguió oyendo la conversación.

—¿Ibas a pedírmelo a mí? —preguntó Ron, súbitamente enternecido.

—Sí —contestó ella, enfadada—. Pero ya veo que prefieres que ligue con McLaggen...

Hubo un silencio, pero Harry siguió aporreando la resistente vaina con una palita.

—No, si yo no digo eso... —murmuró Ron.

En ese momento Harry apuntó mal y golpeó el tazón, que se hizo añicos.

—¡*Reparo!* —dijo tocando los trozos con la punta de su varita, y el tazón se recompuso.

Sin embargo, el ruido hizo que sus amigos volvieran a fijarse en él. Hermione, nerviosa, se puso a buscar en su *Árboles carnívoros del mundo* la manera correcta de exprimir las vainas de snargaluff; por su parte, Ron, aunque con cara de avergonzado, también parecía muy contento.

—Pásamela, Harry —pidió Hermione—. Aquí dice que hay que pincharlas con algo punzante...

Tras entregarle el tazón con la vaina, ambos chicos volvieron a ponerse las gafas protectoras y se abalanzaron una vez más sobre la cepa.

Mientras peleaba con un espinoso tallo que parecía empeñado en estrangularlo, Harry pensó que aquello en realidad no lo sorprendía; él ya sospechaba que tarde o temprano pasaría algo parecido. Pero no sabía qué pensar... Cho y él no se hablaban desde el comienzo del curso;

de hecho, sentían tanta vergüenza que ni siquiera se miraban. ¿Y si Ron y Hermione empezaban a salir juntos y luego cortaban? ¿Conservarían su amistad? Harry recordó las pocas semanas del tercer año en Hogwarts en que sus dos amigos no se habían dirigido la palabra; él lo había pasado muy mal intentando limar las diferencias entre ellos. ¿Y si empezaban a salir juntos y no cortaban? ¿Y si acababan como Bill y Fleur y se volvía insoportable estar con ellos, y él quedaba marginado para siempre?

—¡Ya te tengo! —exclamó Ron mientras arrancaba una segunda vaina de la cepa justo cuando Hermione conseguía abrir la primera, de modo que el tazón se llenó de tubérculos de un verde pálido que se retorcían como gusanos.

Durante el resto de la clase no volvió a mencionarse la fiesta de Slughorn.

Harry observó con atención a sus dos amigos las semanas siguientes, pero ni Ron ni Hermione se comportaban de forma diferente, aunque sí se mostraban un poco más educados de lo habitual el uno con el otro. Harry supuso que tendría que esperar y ver qué ocurría la noche de la fiesta, cuando estuvieran bajo los efectos de la cerveza de mantequilla en la habitación en penumbra de Slughorn. Mientras tanto, él tenía problemas más urgentes que atender.

Katie Bell seguía ingresada en el Hospital San Mungo y no parecía que fueran a darla de alta pronto, y eso significaba que al prometedor equipo de Gryffindor que Harry entrenaba con tanto esmero desde septiembre le faltaba un cazador. Él aplazaba el momento de sustituir a Katie con la esperanza de que se reincorporara al equipo, pero faltaba poco para el primer partido contra Slytherin, y finalmente tuvo que aceptar que ella no volvería a tiempo para jugar.

Sin embargo, no se veía capaz de soportar otras pruebas de selección como las primeras. Así pues, con un sentimiento de desazón que tenía poco que ver con el quidditch, un día abordó a Dean Thomas después de la clase de Transformaciones. La mayoría de los alumnos ya se había marchado, aunque todavía quedaban algunos canarios zumbando y gorjeando por el aula, todos obra de Hermione (nadie más había conseguido hacer aparecer de la nada ni una pluma).

—¿Todavía te interesa jugar de cazador?

—¿Qué? ¡Pues claro! —exclamó Dean, emocionado.

Seamus Finnigan, que estaba detrás de Dean, metió sus libros en la mochila con cara de enfado. Una de las razones por las que Harry habría preferido no pedirle a Dean que jugara era porque sabía que a Seamus no le haría ninguna gracia. Pero su obligación era pensar en lo mejor para el equipo, y Dean había volado mejor que Seamus en las pruebas.

—Pues quedas convocado —dijo—. Esta noche hay entrenamiento a las siete en punto.

—De acuerdo. ¡Gracias, Harry! ¡Diantre, voy a contárselo a Ginny!

Salió a toda prisa del aula y Harry y Seamus se quedaron solos; fue un momento embarazoso, y para colmo, uno de los canarios de Hermione pasó volando y soltó un excremento que cayó en la cabeza de Seamus.

Finnigan no fue el único que se sintió contrariado por la elección del sustituto de Katie. En la sala común se murmuró mucho sobre que Harry hubiera elegido a dos de sus compañeros de curso para jugar en el equipo; pero a él, que había sido blanco de murmuraciones mucho peores desde que empezara sus estudios en Hogwarts, no le importó demasiado. No obstante, se sentía muy presionado para ganar el inminente partido contra Slytherin. Si Gryffindor se alzaba con la victoria, sus compañeros de casa olvidarían que lo habían criticado y jurarían que siempre habían creído a pies juntillas en su equipo. En cambio, si perdían...

«Bueno, he soportado cosas peores», pensó con ironía.

Esa noche, después de ver volar a Dean, se le pasaron todas las dudas acerca de su elección: Dean encajaba muy bien con Ginny y Demelza, y los golpeadores, Peakes y Coote, estaban progresando mucho. El único problema era Ron.

Harry sabía que su amigo era un jugador inconstante cuyo punto débil eran los nervios y la falta de confianza en sí mismo, y por desgracia, la cercanía del primer partido de la temporada había sacado a la superficie sus antiguas inseguridades. Acababa de encajar media docena de goles, la mayoría de ellos marcados por Ginny, y sus movimientos parecían cada vez más desesperados y torpes, hasta que al final le pegó un puñetazo en la boca a Demelza Robins cuando ésta intentaba colocarse de cara al gol.

—¡Ha sido un accidente! ¡Lo siento muchísimo, Demelza! —se excusó Ron mientras ella, con el labio sangrando, descendía en zigzag hasta el suelo—. Es que...

—¡Te has dejado dominar por el pánico! —le reprochó Ginny, furiosa. Aterrizó al lado de Demelza y le examinó el hinchado labio—. ¡Eres un idiota, Ron! ¡Mira cómo la has dejado!

—Eso lo arreglo yo —dijo Harry, posándose junto a las dos chicas; apuntó con su varita a la boca de Demelza y exclamó—: ¡*Episkeyo!* —Luego añadió—: Y no llames idiota a Ron, Ginny. Tú no eres la capitana del equipo.

—Sí, pero como tú parecías demasiado ocupado para llamarle idiota, me pareció oportuno...

Harry contuvo la risa.

—A sus escobas. ¡Todos arriba!

Fue uno de los peores entrenamientos del curso. No obstante, Harry pensó que decir las cosas con tanta sinceridad no era la mejor táctica, faltando tan poco para el partido.

—Buen trabajo, chicos. Creo que aplastaremos a Slytherin —los felicitó con convicción.

Los cazadores y los golpeadores salieron del vestuario bastante satisfechos consigo mismos.

—He jugado como un saco de estiércol de dragón —dijo Ron, alicaído, cuando la puerta se cerró detrás de Ginny.

—Eso no es verdad —replicó Harry—. Eres el mejor guardián de todos los que se presentaron a la prueba. Tu único problema son los nervios.

Siguió animándolo mientras regresaban al castillo, y cuando llegaron al segundo piso Ron parecía un poco más alegre. Sin embargo, cuando Harry apartó el tapiz para tomar el atajo por el que solían ir a la torre de Gryffindor, los dos amigos encontraron a Dean y Ginny abrazados y besándose apasionadamente, como si los hubieran pegado con cola.

Harry sintió que algo enorme y con escamas cobraba vida en su estómago y le arañaba las entrañas; fue como si un chorro de sangre muy caliente le inundara el cerebro, le borrara todos los pensamientos y los sustituyera por un acuciante impulso de hacerle un embrujo a Dean y convertirlo en jalea. Mientras se debatía con esa repentina locura, oyó la voz de Ron, aunque le sonó como si su amigo estuviese muy lejos de allí.

—¡Eh, eh!

Dean y Ginny se separaron y volvieron las cabezas.

—¿Qué pasa? —preguntó Ginny.

—¡No quiero volver a ver a mi hermana besuqueándose con un tipo en público!

—¡Este pasillo estaba vacío antes de que vinieras a meter tus entrometidas narices! —le espetó Ginny.

Dean no sabía dónde esconderse. Le lanzó a Harry una tímida sonrisa que éste no le devolvió; el monstruo que acababa de nacer en su interior bramaba exigiendo la inmediata destitución de Dean del equipo.

—Hum... Vamos, Ginny... —dijo Dean—. Volvamos a la sala común...

—¡Ve tú! —le soltó ella—. Yo tengo que hablar con mi querido hermano.

Dean se marchó, aliviado de poder abandonar aquel escenario.

—Mira, Ron —dijo Ginny apartándose el largo y pelirrojo cabello de la cara y fulminando con la mirada a su hermano—, vamos a aclarar esto de una vez por todas. No es asunto tuyo con quién salgo ni lo que hago...

—¡Claro que es asunto mío! —replicó él, igual de furioso—. ¿Crees que me gusta que la gente diga que mi hermana es una...?

—¿Una qué? —gritó Ginny, y sacó su varita—. ¿Una qué, Ron? ¿Qué ibas a decir?

—No iba a decir nada, Ginny —terció Harry, apaciguador, pese a que el monstruo corroboraba con sus rugidos las palabras de Ron.

—¡Claro que sí! —le espetó ella con rabia—. Que él nunca se haya besado con nadie, o que el mejor beso que jamás le han dado sea de nuestra tía Muriel...

—¡Cierra el pico! —bramó Ron, su rostro pasando del rojo al granate.

—¡No me da la gana! —chilló Ginny fuera de sí—. Ya te he visto con *Flegggrrr*. Te mueres de ganas de que te dé un beso en la mejilla cada vez que la ves. ¡Es penoso! ¡Si salieras un poco por ahí y besaras a unas cuantas chicas, no te molestaría tanto lo que hacen los demás!

Ron también había sacado su varita y Harry se interpuso rápidamente.

—¡No sabes lo que dices! —gritó Ron intentando apuntar, para lo cual tenía que esquivar a Harry, que se había puesto delante de Ginny con los brazos abiertos—. ¡Que no lo haga en público no significa...!

Su hermana soltó una carcajada desdeñosa y trató de apartar a Harry.

—¿Con quién te has besado? ¿Con *Pigwidgeon*? ¿O tienes una fotografía de tía Muriel debajo de la almohada?

—Eres una...

Un rayo de luz anaranjada pasó bajo el brazo izquierdo de Harry y estuvo a punto de darle a Ginny; Harry empujó a Ron contra la pared.

—No seas estúpido...

—¡Harry se besaba con Cho Chang! —gritó Ginny—. ¡Y Hermione se besaba con Viktor Krum! ¡El único que se comporta como si eso fuera algo malo eres tú, Ron, y es porque tienes menos experiencia que un niño de doce años!

Y sin más se marchó hecha una furia, pero conteniendo el llanto. Harry soltó a Ron, cuya mirada despedía un brillo asesino. Los dos amigos se quedaron allí de pie, resoplando, hasta que la *Señora Norris* —la gata de Filch— apareció por una esquina, lo cual aligeró la tensión.

—¡Vámonos! —dijo Harry al oír acercarse los pasos del conserje.

Subieron a toda prisa la escalera y recorrieron el pasillo del séptimo piso.

—¡Eh, tú! ¡Apártate! —le gruñó Ron a una niña, que se sobresaltó y dejó caer una botella de huevos de sapo.

Harry apenas oyó el ruido de cristales rotos; se sentía desorientado y mareado; pensó que si te caía un rayo encima debías de notar algo parecido.

«Es porque se trata de la hermana de Ron —se dijo—. No te ha gustado verla besándose con Dean porque es la hermana de Ron...»

Pero de sopetón le vino a la mente una imagen en la que él estaba besando a Ginny en ese mismo pasillo vacío. De inmediato, el monstruo que tenía dentro se puso a ronronear, pero de pronto Ron desgarraba el tapiz que tapaba la entrada y apuntaba con su varita a Harry gritando cosas como «traicionando mi confianza» y «creía que eras amigo mío».

—¿Crees que sea verdad que Hermione se besuqueó con Krum? —preguntó el auténtico Ron mientras se aproximaban al retrato de la Señora Gorda.

Harry dio un respingo y, sintiéndose culpable, borró de su imaginación un nuevo pasillo donde ya no podía entrar Ron, donde Ginny y él estaban a solas...

—¿Qué? —dijo—. Ah... Hum... —La respuesta sincera habría sido «sí», pero no quiso dársela. Sin embargo, Ron interpretó su mirada de la peor manera posible.

—«Sopa de leche» —le dijo ceñudo a la Señora Gorda, y ambos entraron en la sala común por el hueco del retrato.

Ninguno de los dos volvió a mencionar a Ginny ni a Hermione; es más, esa noche apenas se hablaron y se acostaron sin decirse nada, cada uno absorto en sus pensamientos.

Harry permaneció largo rato despierto, contemplando el toldo de su cama con dosel, e intentó convencerse de que lo que sentía por Ginny era lo mismo que sentían los hermanos mayores por sus hermanas. ¿Acaso no habían convivido todo el verano como auténticos hermanos, jugando al quidditch, bromeando con Ron y riéndose de Bill y *Flegggrrr*? Hacía años que la conocía... Era lógico que dirigiera hacia ella su instinto protector, que quisiera vigilarla... que quisiera descuartizar a Dean por haberla besado... No, no... tendría que controlar ese sentimiento fraternal en particular.

Ron soltó un sonoro ronquido.

«Es la hermana de Ron —se dijo Harry con firmeza—. La hermana de mi amigo. Está descartada.» Él no pondría en peligro su amistad con Ron por nada del mundo. Golpeó la almohada para moldearla mejor y esperó a que llegara el sueño, tratando de impedir que sus pensamientos divagaran hacia Ginny.

Por la mañana despertó un poco aturdido tras una serie de sueños en los que Ron lo perseguía con un bate de golpeador, pero al mediodía habría cambiado de buen grado al Ron de aquellos sueños por el verdadero, puesto que éste no sólo les hacía el vacío a Ginny y Dean, sino que también trataba a la dolida y perpleja Hermione con una indiferencia gélida y desdeñosa. Y además, de la noche a la mañana se había vuelto susceptible y agresivo como un escreguto de cola explosiva. Harry pasó todo el día intentando mantener la paz entre su amigo y Hermione, pero sin éxito; finalmente, ella fue a acostarse, muy indignada, y Ron se marchó al dormitorio de los chicos tras insultar con rabia a unos asustados alumnos de primer año tan sólo porque lo habían mirado.

La desesperación de Harry fue en aumento porque a Ron no se le pasó la agresividad en los días siguientes. Peor aún, coincidió con una caída en picada de sus habilidades como guardián, lo que provocó que se pusiera todavía más agresivo, de modo que, durante el último entrenamiento antes del partido del sábado, no paró ni un solo lanzamiento, pero les gritó tanto a todos que Demelza Robins acabó hecha un mar de lágrimas.

—¡Cállate y déjalo en paz! —lo increpó Peakes, que era bastante más bajo que Ron pero llevaba un pesado bate en las manos...

—¡Basta! —bramó Harry al ver cómo Ginny miraba desde lejos a su hermano con los ojos entornados. Y, recordando su fama de experta en el maleficio de los mocomurciélagos, salió disparado para intervenir antes de que la situación se le fuera de las manos—. Peakes, ve y guarda las bludgers. Demelza, tranquilízate, hoy has jugado muy bien. Ron... —Esperó a que el resto del equipo no pudiera oírlos, y entonces le dijo—: Eres mi mejor amigo, pero si sigues tratando así a los demás tendré que echarte del equipo.

Por un instante Harry temió una reacción violenta, pero pasó algo mucho peor: Ron se desplomó sobre su escoba.

—Renuncio a mi puesto —murmuró, ya sin ganas de pelea—. Lo hago fatal.

—¡No lo haces fatal! ¡Y no acepto tu renuncia! —exclamó Harry, agarrándolo por la pechera de la túnica—. Cuando estás en forma lo paras todo; lo que tienes es un problema mental.

—¿Me estás llamando loco?

—¡A lo mejor sí!

Se miraron un momento y Ron movió la cabeza con desazón.

—Ya sé que no tienes tiempo de conseguir otro guardián, así que mañana jugaré. Pero si perdemos, y seguro que perderemos, dejo el equipo.

De nada sirvieron las palabras de Harry en ese momento, así que durante la cena lo intentó de nuevo, pero Ron estaba tan ocupado cultivando su malhumor y su antipatía hacia Hermione que no se dio por enterado. Harry no cejó y volvió a empeñarse por la noche en la sala común, pero su afirmación de que el equipo se hundiría si Ron lo abandonaba quedó un tanto debilitada por el hecho de que los otros miembros del equipo, sentados en grupo en un rincón de la sala, criticaban a Ron y le lanzaban miradas ceñudas. Por último, Harry probó a enfadarse otra vez con la esperanza de provocarlo y hacerle adoptar una actitud desafiante, pues quizá de esa manera sería capaz de parar algún lanzamiento. Pero su estrategia no funcionó mejor que la de darle ánimos, porque cuando fue a acostarse, Ron parecía más abatido y deprimido que nunca.

Esa noche Harry volvió a quedarse largo rato despierto en la oscuridad. No quería perder el partido del día siguiente; no sólo era su primer partido como capitán, sino que además estaba decidido a derrotar a Draco Malfoy en quidditch aunque todavía no pudiera demostrar lo que sospechaba de él. Sin embargo, si Ron jugaba como en los últimos entrenamientos, las posibilidades de ganar eran escasas.

Ojalá pudiera lograr que Ron se sobrepusiera, diera lo mejor de sí mismo y estuviera inspirado ese día... Y la respuesta le llegó en un repentino y glorioso golpe de inspiración.

Al día siguiente, como era habitual en esas ocasiones, a la hora del desayuno reinaba un ambiente de gran agitación: los alumnos de Slytherin silbaban y abucheaban ruidosamente cada vez que un jugador del equipo de Gryffindor entraba en el Gran Comedor. Harry echó un vistazo al techo y vio un despejado cielo azul celeste: un buen presagio.

La abigarrada mesa de Gryffindor, que se veía como una masa compacta roja y dorada, prorrumpió en aplausos cuando Ron y Harry entraron. Harry sonrió y saludó con una mano; Ron compuso una mueca y meneó la cabeza.

—¡Ánimo, Ron! —gritó Lavender—. ¡Sé que vas a jugar muy bien!

Él no le hizo caso.

—¿Te sirvo té? —le ofreció Harry—. ¿Café? ¿Jugo de calabaza?

—Lo que quieras —respondió un desanimado Ron, y se puso a mordisquear un pan tostado.

Pasados unos minutos llegó Hermione; estaba tan harta del desagradable comportamiento de Ron que no había bajado con ellos a desayunar. Se paró a su lado mientras buscaba un sitio en la mesa.

—¿Qué tal están? —les preguntó, y contempló la nuca de Ron.

—Muy bien —contestó Harry, que en ese momento intentaba hacerle beber un vaso de jugo de calabaza a su amigo—. Venga, bébete esto.

A regañadientes, Ron tomó el vaso y ya se lo llevaba a los labios, cuando de pronto Hermione exclamó:

—¡No lo bebas!

Ambos la miraron.

—¿Por qué? —preguntó Ron.

Hermione miró de hito en hito a Harry, como si no diese crédito a sus ojos.

—Le has puesto algo en la bebida —lo acusó.

—¡Pero qué dices! —repuso Harry.

—Ya me has oído. Te he visto. Le has puesto algo en la bebida. ¡Mira, todavía tienes la botella en la mano!

—No sé de qué me hablas —repuso Harry, guardándose rápidamente la botellita en el bolsillo.

—¡Hazme caso, Ron, no te lo bebas! —insistió Hermione, muy alterada, pero él levantó el vaso, lo vació de un trago y dijo:

—Deja ya de mangonear.

Ella, escandalizada, se inclinó para susurrarle a Harry:

—Deberían expulsarte por esto. ¡No me esperaba una cosa así de ti!

—Mira quién habla —le susurró él—. ¿Has hecho algún *confundus* últimamente?

Echando chispas, Hermione dio media vuelta y fue a buscar un asiento lejos de ellos. Harry no se sintió culpable. Hermione nunca había entendido la importancia del quidditch. Luego miró a Ron, que en ese momento se relamía, y comentó:

—Ya casi es la hora.

La hierba helada crujía bajo sus pies mientras se dirigían hacia el estadio.

—Qué suerte que haga tan buen tiempo, ¿verdad? —observó Harry.

—Sí —admitió Ron, que estaba pálido.

Ginny y Demelza ya se habían puesto las túnicas de quidditch y esperaban en el vestuario.

—Las condiciones parecen ideales —comentó Ginny ignorando a Ron—. ¿Y saben qué? A uno de los cazadores de Slytherin, Vaisey, lo golpearon con una bludger en la cabeza durante el entrenamiento de ayer y no podrá jugar. ¡Y por si fuera poco, Malfoy también está enfermo!

—¿Qué? —se extrañó Harry—. ¿Que está enfermo? ¿Qué tiene?

—No lo sé, pero para nosotros es mejor —repuso ella, muy contenta—. Lo sustituirá Harper; va a mi curso y es un inútil.

Harry esbozó una vaga sonrisa, pero mientras se ponía la túnica escarlata no pensaba en el quidditch. En otra ocasión Malfoy ya había dicho que no podía jugar porque estaba lesionado, pero entonces se había asegurado de que cambiaran la fecha del partido y lo pusieran un día que convenía a los de Slytherin. ¿Por qué ahora no le importaba que lo sustituyeran? ¿Estaba enfermo de verdad o sólo fingía?

—Qué sospechoso lo de Malfoy, ¿no? —le comentó a Ron—. Para mí que hay gato encerrado.

—Yo lo llamo suerte. —Ron parecía un poco más animado—. Y Vaisey tampoco jugará, y es su mejor goleador; no me hacía ninguna gracia que... ¡Eh! —exclamó de pronto, mirando fijamente a Harry, y dejó de ponerse los guantes de guardián.

—¿Qué pasa?

—Tú... —Bajó la voz; parecía asustado y al mismo tiempo emocionado—. El desayuno... Mi jugo de calabaza... ¿No habrás...?

Harry arqueó las cejas, pero se limitó a decir:

—El partido empieza dentro de cinco minutos, será mejor que te calces las botas.

Salieron al campo en medio de apoteósicos gritos de ánimo y abucheos. Uno de los extremos del estadio era una masa roja y dorada; el otro, un mar verde y plateado. Muchos alumnos de Hufflepuff y Ravenclaw habían tomado también partido: en medio de los gritos y aplausos, Harry distinguió con claridad el rugido del célebre sombrero con cabeza de león de Luna Lovegood.

Harry se dirigió hacia la señora Hooch, que hacía de árbitro y ya estaba preparada para soltar las pelotas de la caja.

—Estréchense la mano, capitanes —indicó, y el nuevo capitán de Slytherin, Urquhart, le trituró los dedos a Harry—. Monten en las escobas. Atentos al silbato. Tres... dos... uno...

Tan pronto sonó el silbato, Harry y los demás se impulsaron con una fuerte patada en el helado suelo y echaron a volar.

Harry recorrió el perímetro del campo buscando la snitch sin dejar de vigilar a Harper, que volaba en zigzag muy por debajo de él. Entonces sonó una voz muy diferente de la del comentarista de siempre:

—Bueno, allá van, y creo que a todos nos ha sorprendido el equipo que ha formado Potter este año. Muchos creían que Ronald Weasley, después de su irregular actuación el año pasado, quedaría descartado, pero claro, siempre ayuda tener una buena amistad con el capitán...

Esas palabras fueron recibidas con burlas y aplausos en las gradas ocupadas por los simpatizantes de Slytherin. Harry volvió la cabeza hacia el estrado del comentarista y vio a un chico rubio, alto, delgaducho y de nariz respingona, hablando por el megáfono mágico que hasta entonces siempre utilizaba Lee Jordan; Harry reconoció a Zacharias Smith, un jugador de Hufflepuff que no le caía nada bien.

—Ahí va el primer ataque de Slytherin. Urquhart cruza el campo como una centella y... —a Harry se le encogió el estómago— ¡parádón de Weasley! Bueno, supongo que todos tenemos suerte alguna vez...

—Así es, Smith, él también tiene suerte a veces —masculló Harry con una sonrisa burlona mientras descendía en picada entre los cazadores, mirando en busca de la escurridiza snitch.

A la media hora de partido Gryffindor ganaba sesenta a cero, Ron había hecho varias paradas espectaculares, algunas por un pelito, y Ginny había marcado cuatro de los seis tantos de Gryffindor. Eso obligó a Zacharias a dejar de preguntarse en voz alta si los hermanos Weasley sólo estaban en el equipo porque le caían bien a Harry, y empezó a meterse con Peakes y Coote.

—Ya se habrán fijado en que Coote no tiene la planta del típico golpeador —comentó con altivez—; por lo general suelen tener un poco más de músculo...

—¡Lánzale una bludger, a ver si se calla! —le gritó Harry a Coote al pasar por su lado, pero éste, con una sonrisa, decidió apuntar con la bludger a Harper, que en ese momento se cruzaba con ellos. Harry se alegró al oír un ruido sordo que indicaba que la bludger había acertado.

A Gryffindor todo le salía bien. Marcaban un gol tras otro, y Ron paraba los lanzamientos con una facilidad asombrosa. Estaba tan contento que incluso sonreía, y cuando el público celebró una parada particularmente buena entonando con entusiasmo el viejo tema «A Weasley vamos a coronar», él, desde lo alto, simuló dirigirlos agitando una batuta imaginaria.

—Hoy se cree que es alguien especial, ¿verdad? —dijo una voz insidiosa, y Harry casi se cayó de la escoba cuando Harper lo embistió con deliberada fuerza—. Ese amigote tuyo traidor a la sangre...

En ese momento la señora Hooch estaba de espaldas, y aunque los simpatizantes de Gryffindor protestaron enardecidos en las gradas, cuando ella se dio la vuelta Harper ya había salido disparado. Harry, con el hombro adolorido, se lanzó en su persecución decidido a embestirlo.

—¡Me parece que Harper, de Slytherin, ha encontrado la snitch! —anunció Zacharias Smith por el megáfono—. ¡Sí, ha descubierto algo que Potter no ha visto!

Harry pensó que Smith era un idiota rematado. ¿Acaso no se había dado cuenta de que habían chocado? Pero un instante después comprendió que Zacharias tenía razón: Harper no había salido disparado hacia arriba en cualquier dirección, sino que había localizado la snitch, que volaba a toda velocidad por encima de ellos despidiendo intensos destellos que destacaban contra el cielo azul.

Harry aceleró, angustiado. El viento le silbaba en los oídos y no le permitía escuchar los comentarios de Smith ni el griterío del público, pero Harper todavía iba delante de él, y Gryffindor sólo llevaba una ventaja de cien puntos. Si Harper llegaba antes que Harry, Gryffindor habría perdido. Y el jugador de Slytherin estaba a sólo unos palmos de la snitch, con el brazo estirado...

—¡Eh, Harper! —gritó Harry a la desesperada—. ¿Cuánto te ha pagado Malfoy para que jugaras en su lugar?

No supo qué lo impulsó a decir eso, pero Harper perdió la concentración y, al tratar de atrapar la snitch, la pelota se le escapó entre los dedos y pasó de largo. Entonces Harry estiró un brazo y atrapó la diminuta pelota alada.

—¡Sí! —gritó Harry, y descendió en picada, con la snitch en la mano y el brazo en alto.

Cuando el público se dio cuenta de lo que había pasado, se alzó una ovación que casi ahogó el sonido del silbato que señalaba el final del partido.

—¿Adónde vas, Ginny? —gritó Harry, que había quedado atrapado en el aire en medio del efusivo abrazo de sus compañeros; pero Ginny pasó como una flecha y fue a estrellarse estrepitosamente contra el estrado del comentarista.

En medio de los gritos y las risas del público, el equipo de Gryffindor aterrizó junto a los restos de madera bajo los que Zacharias había quedado sepultado. Harry oyó que Ginny, risueña y despreocupada, le decía a la enfurecida profesora McGonagall: «Lo siento, profesora, se me olvidó frenar.»

Sonriendo, Harry se separó del resto del equipo y abrazó brevemente a Ginny. Luego, esquivando la mirada de la muchacha, le dio una palmada en la espalda al alborozado Ron. Olvidadas ya todas sus desavenencias, los jugadores de Gryffindor abandonaban el campo tomados del brazo, lanzando los puños al aire y saludando a su afición.

En el vestuario reinó una atmósfera de júbilo.

—¡Seamus dice que hay fiesta en la sala común! —anunció Dean, eufórico—. ¡Vamos! ¡Ginny, Demelza!

Ron y Harry se quedaron los últimos, y cuando se disponían a salir apareció Hermione. Retorcía su bufanda de Gryffindor y parecía disgustada pero decidida.

—Quiero hablar un momento contigo, Harry. —Respiró hondo y añadió—: No debiste hacerlo. Ya oíste a Slughorn, es ilegal.

—¿Qué piensas hacer? ¿Delatarnos? —saltó Ron.

—¿De qué están hablando? —preguntó Harry, y se volvió para colgar su túnica, de modo que sus amigos no vieran que sonreía.

—¡Sabes muy bien de qué estamos hablando! —chilló Hermione—. ¡Le pusiste poción de la suerte en el jugo del desayuno! *¡Felix Felicis!*

—No es verdad —negó Harry.

—¡Sí, Harry, y por eso todo salió tan bien! ¡Por eso no pudieron jugar los mejores de Slytherin y por eso Ron lo ha parado todo!

—¡No le puse poción en el jugo! —insistió Harry con una sonrisa de oreja a oreja.

Metió una mano en el bolsillo de su chaqueta y sacó la botellita que Hermione le había visto en la mano esa mañana. Estaba llena de poción dorada y el tapón de corcho seguía sellado con cera.

—Quería que Ron se lo creyera, así que fingí ponérsela cuando tú estabas mirando. Has parado los lanzamientos porque te sentías con suerte —le explicó a su amigo—. Pero lo has hecho tú solito. —Volvió a guardarse la poción.

—¿Seguro que no había nada en el jugo de calabaza? —preguntó Ron, perplejo—. Hace muy buen tiempo y Vaisey no ha podido jugar... ¿De verdad no me has dado poción de la suerte?

Harry negó con la cabeza. Ron lo miró un instante y luego miró a Hermione.

—¡«Esta mañana le has puesto *Felix Felicis* en el jugo a Ron, por eso lo ha parado todo!» —la imitó en son de burla—. ¡Pues mira! ¡Resulta que sé parar lanzamientos sin ayuda de nadie, Hermione!

—Yo nunca he dicho que no sepas... ¡Ron, tú también pensabas que te la habías tomado!

Pero Ron ya se había marchado con la escoba al hombro.

—Vaya... —dijo Harry en medio de un tenso silencio; no había previsto que pudiera salirle el tiro por la culata—. ¿Qué, vamos a la fiesta?

—¡Ve tú! —le soltó Hermione conteniendo las lágrimas—. Estoy harta de Ron, no sé qué se supone que he hecho mal...

Y también salió precipitadamente del vestuario.

Harry cruzó sin prisa los abarrotados jardines en dirección al castillo. Muchos alumnos lo felicitaban al pasar, pero él se sentía decepcionado. Se había hecho ilusiones de que si Ron lo hacía bien, Hermione y él volverían a ser amigos de inmediato. No se le ocurría cómo explicarle a Hermione que la verdadera razón del terco enfado de Ron era que ella se había besado con Viktor Krum, y menos cuando de eso hacía bastante tiempo.

Cuando entró en la sala común no vio a su amiga, pero la fiesta en honor del equipo de Gryffindor estaba en pleno apogeo. Su llegada fue recibida con renovados vítores y aplausos, y pronto se vio rodeado por una multitud que lo felicitaba. Tuvo que librarse de los hermanos Creevey, que pretendían que hiciera un detallado análisis del partido, y de un numeroso grupo de niñas que lo rodearon y se rieron hasta de sus comentarios menos graciosos sin dejar de hacerle caídas de ojos, de modo que tardó un rato en empezar a buscar a Ron. Al fin también consiguió zafarse de Romilda Vane, quien no paraba de insinuarle que le encantaría ir con él a la fiesta de Navidad de Slughorn.

Mientras se abría paso hacia la mesa de las bebidas, tropezó con Ginny, que llevaba al micropuff *Arnold* encaramado en un hombro y a *Crookshanks* pegado a los talones, maullando sin éxito.

—¿Buscas a Ron? —le preguntó la pequeña de los Weasley con una sonrisita de complicidad—. Está allí, el muy asqueroso hipócrita.

Harry miró hacia el rincón que señalaba Ginny. Y en efecto, a la vista de todo el mundo, Ron y Lavender Brown se abrazaban con tanta pasión que costaba distinguir de quién era cada mano.

—Parece que se la esté comiendo, ¿no? —observó Ginny con frialdad—. Supongo que de alguna manera tiene que perfeccionar su técnica. Has jugado muy bien, Harry.

Le dio unas palmaditas en el brazo y Harry notó un cosquilleo de vértigo en el estómago, pero ella siguió su camino y fue a servirse más cerveza de mantequilla. *Crookshanks* la siguió con los ojos fijos en *Arnold*.

Harry dejó de mirar a Ron, que no parecía tener intenciones de salir a la superficie, y en ese preciso momento vio cómo se cerraba el hueco del retrato. Le pareció atisbar una tupida melena castaña que se perdía de vista, y tuvo sensación de desmayo.

Corrió en esa dirección, volvió a esquivar a Romilda Vane y abrió de un empujón el retrato de la Señora Gorda, pero el pasillo estaba desierto.

—¡Hermione!

La encontró en la primera aula que no estaba cerrada con llave. Se había sentado en la mesa del profesor y la rodeaba un pequeño círculo de gorjeantes canarios que había hecho aparecer de la nada. A Harry le impresionó que lograse el hechizo en un momento como ése.

—¡Hola, Harry! —lo saludó ella con voz crispada—. Sólo estaba practicando.

—Sí, ya veo... Son... muy bonitos. —No sabía qué decir. Con un poco de suerte, tal vez Hermione no hubiese visto a Ron con las manos en la masa y sólo se había marchado porque le desagradaba tanto alboroto, pero ella dijo, con una voz inusualmente chillona:

—Ron se lo está pasando en grande en la fiesta.

—Hum... ¿Ah, sí?

—No finjas que no lo has visto. No puede decirse que se estuviera escondiendo, ¿no?

En ese instante se abrió la puerta del aula, y Harry, horrorizado, vio entrar a Ron riendo y arrastrando a Lavender de la mano.

—¡Oh! —dijo el muchacho, y se paró en seco al verlos.

—¡Uy! —exclamó Lavender, y salió riendo del aula. La puerta se cerró detrás de ella.

Al punto se impuso un silencio tenso e incómodo. Hermione miró fijamente a Ron, que, eludiendo su mirada, dijo con una curiosa mezcla de fanfarronería y torpeza:

—¡Hola, Harry! ¡No sabía dónde te habías metido!

Hermione bajó de la mesa con un movimiento lánguido. La pequeña bandada de pájaros dorados siguió gorjeando y describiendo círculos alrededor de su cabeza, dándole el aspecto de una extraña maqueta del sistema solar con plumas.

—No dejes a Lavender sola ahí fuera —dijo con calma—. Estará preocupada por ti.

Y caminó despacio y muy erguida hasta la puerta. Harry miró a Ron, que parecía aliviado de que no hubiese ocurrido nada peor.

—¡*Oppugno!* —exclamó entonces Hermione desde el umbral, y con la cara desencajada, apuntó a Ron con la varita.

La bandada de pájaros salió disparada como una ráfaga de balas doradas hacia Ron, que soltó un grito y se tapó la cara con las manos, pero aun así los pájaros lo atacaron, arañando y picando cada trocito de piel que encontraban.

—¡Hermione, por favor! —suplicó el muchacho, pero con una última mirada rabiosa y vengativa, ella abrió la puerta de un tirón y salió al pasillo.

A Harry le pareció oír un sollozo antes de que la puerta se cerrara.

15

El Juramento Inquebrantable

Una vez más la nieve formaba remolinos tras las heladas ventanas; se acercaba la Navidad. Como todos los años y sin ayuda alguna, Hagrid ya había llevado los doce árboles navideños al Gran Comedor; había guirnaldas de acebo y espumillones enroscados en los pasamanos de las escaleras; dentro de los cascos de las armaduras ardían velas perennes, y del techo de los pasillos colgaban a intervalos regulares grandes ramos de muérdago, bajo los cuales se apiñaban las niñas cada vez que Harry pasaba por allí. Eso provocaba atascos en los pasillos, pero, afortunadamente, en sus frecuentes paseos nocturnos por el castillo Harry había descubierto diversos pasadizos secretos, de modo que no le costaba tomar rutas sin adornos de muérdago para ir de un aula a otra.

Ron, que en otras circunstancias se habría puesto celoso, se desternillaba de risa cada vez que Harry tenía que tomar uno de esos atajos para esquivar a sus admiradoras. Sin embargo, a pesar de que Harry prefería mil veces a ese nuevo Ron, risueño y bromista, antes que al malhumorado y agresivo compañero que había soportado las últimas semanas, no todo eran ventajas. En primer lugar, Harry tenía que aguantar con frecuencia la presencia de Lavender Brown, quien opinaba que cualquier momento que no estuviera besándose con Ron era tiempo desperdiciado; y además, se hallaba otra vez en la difícil situación de ser el mejor amigo de dos personas que no parecían dispuestas a volver a dirigirse la palabra.

Ron, que todavía tenía arañazos y cortes en las manos y los antebrazos provocados por los belicosos canarios de Hermione, adoptaba una postura defensiva y resentida.

—No tiene derecho a quejarse, porque ella se besaba con Krum —le dijo a Harry—. Y ahora se ha enterado de que alguien quiere besarse conmigo. Pues mira, éste es un país libre. Yo no he hecho nada malo.

Harry fingió estar enfrascado en el libro cuya lectura tenían que terminar antes de la clase de Encantamientos de la mañana siguiente (*La búsqueda de la quintaesencia*). Como estaba decidido a seguir siendo amigo de los dos, no tenía más remedio que morderse la lengua cada tanto.

—Yo nunca le prometí nada a Hermione —farfulló Ron—. Hombre, sí, iba a ir con ella a la fiesta de Navidad de Slughorn, pero nunca me dijo... Sólo como amigos... Yo no he firmado nada...

Harry, consciente de que su amigo lo estaba mirando, volvió una página de *La búsqueda de la quintaesencia*. La voz de Ron fue reduciéndose a un murmullo apenas audible a causa del chisporroteo del fuego, aunque a Harry le pareció distinguir otra vez las palabras «Krum» y «que no se queje».

Hermione tenía la agenda tan llena que Harry sólo podía hablar con calma con ella por la noche, aunque, en cualquier caso, Ron estaba enroscado alrededor de Lavender y ni se fijaba en lo que hacía su amigo. Hermione se negaba a sentarse en la sala común si Ron estaba allí, de modo que Harry se reunía con ella en la biblioteca, y eso significaba que tenían que hablar en voz baja.

—Tiene total libertad para besarse con quien quiera —afirmó Hermione mientras la bibliotecaria, la señora Pince, se paseaba entre las estanterías—. Me importa un bledo, de verdad.

Dicho esto, levantó la pluma y puso el punto sobre una «i», pero con tanta rabia que perforó la hoja de pergamino. Harry no dijo nada (últimamente hablaba tan poco que temía perder la voz para siempre), se inclinó un poco más sobre *Elaboración de pociones avanzadas* y siguió tomando notas acerca de los elixires eternos, deteniéndose de vez en cuando para descifrar los útiles comentarios del Príncipe al texto de Libatius Borage.

—¡Ah, por cierto, ten cuidado! —añadió Hermione al cabo de un rato.

—Te lo digo por última vez —replicó Harry con un susurro ligeramente ronco después de tres cuartos de hora de silencio—: no pienso devolver este libro. He aprendido más con el Príncipe Mestizo que con lo que me han enseñado Snape o Slughorn en...

—No me refiero a tu estúpido «príncipe» —lo cortó Hermione, y lanzó una mirada de desdén al libro, como si éste hubiera sido grosero con ella—. Antes de venir aquí pasé por el cuarto de baño de las chicas, y allí me encontré con casi una docena de alumnas (entre ellas Romilda Vane) intentando decidir cómo hacerte beber un filtro de amor. Todas pretenden que las lleves a la fiesta de Slughorn, y sospecho que han comprado filtros de amor en la tienda de Fred y George que me temo que funcionan.

—¿Y por qué no se los confiscaste? —No le parecía lógico que Hermione abandonara su obsesión por las normas en esos momentos tan críticos.

—Porque no tenían las pociones en el lavabo —contestó ella, con desdén—. Sólo comentaban posibles tácticas. Como dudo que ni siquiera ese Príncipe Mestizo —le lanzó otra arisca mirada al libro— fuese capaz de encontrar un antídoto eficaz contra una docena de filtros de amor diferentes ingeridos a la vez, yo en tu lugar invitaría a una de ellas a que te acompañe a la fiesta. Así las demás dejarían de albergar esperanzas y se resignarían. La fiesta es mañana por la noche, y te advierto que están desesperadas.

—No se me antoja invitar a nadie —murmuró Harry, que seguía procurando no pensar en Ginny, pese a que ésta no paraba de aparecer en sus sueños, en actitudes que le hacían agradecer que Ron no supiera Legeremancia.

—Pues vigila lo que bebes porque me ha parecido que Romilda Vane hablaba en serio —le advirtió Hermione.

Estiró el largo rollo de pergamino en que estaba escribiendo su redacción de Aritmancia y siguió rasgueando con la pluma. Harry se quedó contemplándola, pero tenía la mente muy lejos de allí.

—Espera un momento —dijo de pronto—. Creía que Filch había prohibido los productos comprados en Sortilegios Weasley.

—¿Y desde cuándo alguien hace caso de las prohibiciones de Filch? —replicó Hermione, concentrada en su redacción.

—¿No decían que también controlaban las lechuzas? ¿Cómo puede ser que esas chicas hayan entrado filtros de amor en el colegio?

—Fred y George los han enviado camuflados como perfumes o pociones para la tos —explicó Hermione—. Forma parte de su Servicio de Envío por Lechuza.

—Veo que estás muy enterada.

Hermione le lanzó una mirada tan ceñuda como la que acababa de dedicarle al ejemplar de *Elaboración de pociones avanzadas*.

—Lo explicaban en la etiqueta de las botellas que nos enseñaron a Ginny y a mí el verano pasado —dijo con altivez—. Yo no voy por ahí poniéndole pociones en el vaso a la gente, ni fingiendo que lo hago, lo cual viene a ser...

—De acuerdo, de acuerdo —se apresuró a apaciguarla Harry—. Lo que importa es que están engañando a Filch, ¿no? ¡Esas chicas introducen cosas en el colegio haciéndolas pasar por lo que no son! Por tanto, ¿por qué no habría podido Malfoy introducir el collar?

—Harry, no empieces otra vez, te lo ruego.

—Contéstame. ¿Por qué?

—Mira —dijo Hermione tras suspirar—, los sensores de ocultamiento detectan embrujos, maldiciones y encantamientos de camuflaje, ¿no es así? Se utilizan para encontrar magia oscura y objetos tenebrosos. Así pues, una poderosa maldición como la de ese collar la habría descubierto en cuestión de segundos. Sin embargo, no registran una cosa que alguien haya metido en otra botella. Además, los filtros de amor no son tenebrosos ni peligrosos...

—Yo no estaría tan seguro —masculló Harry pensando en Romilda Vane.

—... de modo que Filch tendría que haberse dado cuenta de que no era una poción para la tos, y ya sabemos que no es muy buen mago; dudo mucho que pueda distinguir una poción de...

Hermione no terminó la frase; Harry también lo había oído: alguien había pasado cerca de ellos entre las oscuras estanterías. Esperaron y, segundos después, el rostro de buitre de la señora Pince apareció por una esquina; la lámpara que llevaba le iluminaba las hundidas mejillas, la apergaminada piel y la larga y ganchuda nariz, lo cual no la favorecía precisamente.

—Ya es hora de cerrar —anunció—. Devuelvan todo lo que hayan utilizado al estante correspon... Pero ¿qué le has hecho a ese libro, so depravado?

—¡No es de la biblioteca! ¡Es mío! —se defendió Harry, y tomó su volumen de *Elaboración de pociones avanzadas* en el preciso instante en que la bibliotecaria lo aferraba con unas manos que parecían garras.

—¡Lo has estropeado! ¡Lo has profanado! ¡Lo has contaminado!

—¡Sólo es un libro con anotaciones! —replicó Harry, tirando del ejemplar hasta arrancárselo de las manos.

A la señora Pince parecía que iba a darle un ataque; Hermione, que había recogido sus cosas a toda prisa, agarró a Harry por el brazo y se lo llevó a la fuerza.

—Si no tienes cuidado te prohibirá la entrada a la biblioteca. ¿Por qué has tenido que traer ese estúpido libro?

—Yo no tengo la culpa de que esté loca de remate, Hermione. O tal vez se haya puesto así porque te oyó hablar mal de Filch. Siempre he pensado que hay algo entre esos dos...

—¡Oh, no! ¿Te imaginas?

Contentos de poder volver a hablar con normalidad, los dos amigos regresaron a la sala común recorriendo los desiertos pasillos, iluminados con lámparas, mientras deliberaban si Filch y la señora Pince tenían o no una aventura amorosa.

—«Baratija.» —Harry pronunció la nueva y divertida contraseña ante la Señora Gorda.

—Como tú —le respondió la Señora Gorda con una pícara sonrisa, y se apartó para dejarlos pasar.

—¡Hola, Harry! —lo saludó Romilda Vane apenas el muchacho entró por el hueco en la sala común—. ¿Te apetece una tacita de alhelí?

Hermione le lanzó una mirada de «¿acaso no te lo advertí?».

—No, gracias —contestó Harry—. No me gusta mucho.

—Bueno, pues toma esto —replicó Romilda, y le puso una caja en las manos—. Son calderos de chocolate, rellenos de whisky de fuego. Me los envió mi abuela, pero a mí no me gustan.

—Sí, muchas gracias —repuso Harry, sin saber qué más decir—. Hum... Voy allí con...

Echó a andar detrás de Hermione sin terminar la frase.

—Ya te lo decía yo —dijo ella—. Cuanto antes invites a alguien, antes te dejarán en paz y podrás... —Pero de pronto palideció: acababa de ver a Ron y Lavender entrelazados en una butaca—. Buenas noches, Harry —se despidió pese a que apenas eran las siete de la tarde, y se marchó al dormitorio de las chicas.

Cuando Harry fue a acostarse, se consoló pensando que sólo quedaba un día más de clases y la fiesta de Slughorn; después Ron y él se irían a La Madriguera. Ya no había esperanzas de que Ron y Hermione hicieran las paces antes del inicio de las vacaciones, pero, con un poco de suerte, el período de descanso les permitiría tranquilizarse y reflexionar sobre su comportamiento.

Con todo, Harry no se hacía muchas ilusiones, y éstas se esfumaron aún más al día siguiente, tras soportar una clase de Transformaciones con sus dos amigos. Acababan de empezar con el dificilísimo tema de la transformación humana; trabajaban delante de espejos y se suponía que tenían que cambiar el color de sus cejas. Hermione rió con crueldad ante el desastroso primer intento de Ron, con el que sólo consiguió que le apareciera en la cara un espectacular bigote con forma de manillar. Él se tomó la revancha realizando una maliciosa, pero acertada imitación de los brincos que ella daba en la silla cada vez que la profesora McGonagall formulaba una pregunta. Lavender y Parvati lo encontraron divertidísimo, pero Hermione acabó al borde de las lágrimas y, apenas sonó el timbre, salió corriendo del aula, dejándose la mitad de las cosas en el pupitre. Harry, tras decidir que en esa ocasión ella estaba más necesitada que Ron, se lo recogió todo y la siguió.

La encontró cuando salía de un lavabo de chicas, un piso más abajo. Luna Lovegood la acompañaba y le daba palmaditas en la espalda.

—¡Hola, Harry! —dijo Luna—. ¿Sabías que tienes una ceja amarilla?

—Hola, Luna. Hermione, te has dejado esto en... —Se lo entregó.

—¡Ah, sí! —balbuceó ella, y se dio rápidamente la vuelta para disimular que se estaba secando las lágrimas—. Gracias, Harry. Bueno, tengo que irme...

Y se marchó tan deprisa que él no tuvo tiempo de decirle nada que la consolara, aunque en realidad no se le ocurría qué.

—Está un poco disgustada —comentó Luna—. Al principio creí que era Myrtle *la Llorona* la que estaba ahí dentro, pero ya ves. Ha dicho no sé qué sobre ese Ron Weasley...

—Ajá, es que se han peleado.

—A veces Ron dice cosas muy graciosas, ¿verdad? —comentó Luna mientras recorrían el pasillo—. Pero otras veces es un poco cruel. Ya me fijé en eso el año pasado.

—Puede ser —admitió Harry. Luna exhibía una vez más su habilidad para decir las verdades aunque molestaran; Harry nunca había conocido a nadie como ella—. ¿Qué tal te ha ido el trimestre?

—No ha estado mal. Sin el ED me he sentido un poco sola. Pero Ginny ha sido muy simpática conmigo. El otro día, en la clase de Transformaciones, hizo callar a dos chicos que me estaban llamando «Lunática»...

—¿Te gustaría venir a la fiesta de Slughorn esta noche? —Harry lo dijo sin pensar, e incluso creyó que salía de unos labios ajenos.

Luna, sorprendida, lo miró con sus ojos saltones.

—¿A la fiesta de Slughorn? ¿Contigo?

—Pues sí... Nos permiten llevar invitados, y he pensado que a lo mejor se te antojaba... Bueno, entiéndeme... —Quería dejar muy claras sus intenciones—. Me refiero a sólo como amigos, ¿entiendes? Pero si no quieres... —El pobre no estaba nada convencido de aquello, y no le habría importado que la chica rechazara su invitación.

—¡Qué va, me encantaría ir contigo sólo como amigos! —exclamó Luna, que sonreía como Harry nunca la había visto sonreír—. ¡Es la primera vez que alguien me invita a ir a una fiesta como amigos! ¿Te has teñido la ceja para la fiesta? ¿Quieres que yo también me tiña una?

—No, esto ha sido un error. Le pediré a Hermione que lo arregle. Bueno, nos vemos en el vestíbulo a las ocho en punto, ¿de acuerdo?

—¡Aaajá! —bramó una voz desde lo alto, y ambos dieron un respingo; sin saberlo, se habían detenido debajo de Peeves, que estaba colgado cabeza abajo de una lámpara de cristal y les sonreía con malicia—. ¡Pipipote ha invitado a Lunática a la fiesta! ¡Pipipote y Lunática son novios! ¡Pipipote y Lunática son novios! —Y salió disparado riendo a carcajadas y chillando—: ¡Pipipote y Lunática son novios!

—Es imposible mantener un secreto —se lamentó Harry.

Y tenía razón: minutos más tarde, el colegio entero sabía que Harry Potter asistiría a la fiesta de Slughorn con Luna Lovegood.

—¡Pero si podías invitar a cualquiera! —dijo Ron, incrédulo, durante la cena—. ¡A cualquiera! ¿Cómo se te ocurre elegir a Lunática Lovegood?

—No la llames así —lo reprendió Ginny, deteniéndose detrás de Harry—. Me alegro de que la hayas invitado, Harry. Está emocionadísima. —Y se fue a buscar a Dean.

Harry intentó animarse pensando que a Ginny le parecía bien que llevara a Luna a la fiesta, pero no lo consiguió del todo. Por su parte, Hermione estaba sentada en el otro extremo de la mesa, sola, removiendo su plato de estofado. Harry se fijó en que Ron la miraba con disimulo.

—Podrías pedirle perdón —sugirió Harry sin rodeos.

—¡Sí, hombre! ¡Y que me ataque otra bandada de canarios asesinos!

—¿Por qué tuviste que imitarla en son de burla?

—¡Ella se rió de mi bigote!

—Y yo también. Era lo más ridículo que he visto en mi vida.

Pero Ron no lo escuchó, porque Lavender, que acababa de llegar con Parvati, se apretujó entre ambos amigos y, sin perder un segundo, le echó los brazos al cuello a Ron.

—¡Hola, Harry! —dijo Parvati, que, al igual que él, parecía un poco molesta y harta por el comportamiento de aquellos dos tortolitos.

—¡Hola! ¿Cómo estás? Veo que te has quedado en Hogwarts. Me dijeron que tus padres querían que volvieras a casa.

—De momento he conseguido persuadirlos. Se asustaron mucho cuando supieron lo que le había pasado a Katie, pero como desde entonces no ha habido más accidentes... ¡Ah, hola, Hermione! —Parvati le sonrió alegremente.

Harry se dio cuenta de que la chica se sentía culpable por haberse reído de Hermione en la clase de Transformaciones, pero ésta le devolvió una sonrisa aún más radiante. A veces no había manera de entender a las chicas.

—¡Hola, Parvati! —le dijo, ignorando a Ron y Lavender—. ¿Vas a la fiesta de Slughorn esta noche?

—No me han invitado —respondió Parvati con tristeza—. Pero me encantaría ir. Por lo visto va a estar muy bien... Tú irás, ¿verdad, Hermione?

—Sí, he quedado con Cormac a las ocho y... —Se oyó un ruido parecido al de una ventosa despegándose de un sumidero obstruido y Ron levantó la cabeza. Hermione prosiguió como si nada—. Iremos juntos a la fiesta.

—¿Con Cormac? —se extrañó Parvati—. ¿Cormac McLaggen?

—Exacto —confirmó Hermione con voz dulzona—. El que *casi* —enfatizó— consiguió la plaza de guardián de Gryffindor.

—¿Sales con él? —preguntó Parvati, asombradísima.

—Sí. ¿No lo sabías? —Y soltó una risita nada propia de ella.

—¡Caramba! —exclamó Parvati, muy impresionada con aquel chisme—. Ya veo que tienes debilidad por los jugadores de quidditch, ¿no? Primero Krum y ahora McLaggen...

—Me gustan los jugadores de quidditch buenos de verdad —puntualizó Hermione sin dejar de sonreír—. Bueno, hasta luego. Tengo que ir a arreglarme para la fiesta.

Se levantó del banco y se marchó. Inmediatamente, Lavender y Parvati juntaron las cabezas para analizar aquella primicia y poner en común lo que habían oído acerca de McLaggen y lo que sabían de Hermione. Ron guardó silencio con la mirada perdida, y Harry se puso a reflexionar sobre lo que eran capaces de hacer las mujeres para vengarse.

A las ocho en punto, cuando Harry llegó al vestíbulo, había más chicas de lo habitual merodeando por allí, y al dirigirse hacia Luna tuvo la impresión de que las demás lo miraban con rencor. Luna llevaba una túnica plateada con lentejuelas que provocó algunas risitas entre los curiosos, pero por lo demás estaba muy guapa. No obstante, Harry se alegró de que no se hubiera puesto los pendientes de rábanos, el collar de corchos de cerveza de mantequilla ni las espectrogafas.

—¡Hola! —la saludó—. ¿Nos vamos?

—Sí, sí —dijo ella alegremente—. ¿Dónde es la fiesta?

—En el despacho de Slughorn —contestó Harry, guiándola por la escalinata de mármol, y se alejaron de miradas y murmuraciones—. ¿Sabías que vendrá un vampiro?

—¿Rufus Scrimgeour?

—¿Quién? ¿Te refieres al ministro de Magia?

—Sí; es vampiro —dijo Luna con naturalidad—. Mi padre escribió un artículo larguísimo sobre él cuando Scrimgeour relevó a Cornelius Fudge, pero alguien del ministerio le prohibió publicarlo. Por lo visto no querían que se supiera la verdad.

Harry, que consideraba muy improbable que Rufus Scrimgeour fuera un vampiro, pero que estaba acostumbrado a que Luna repitiera las estrambóticas opiniones de su padre como si fueran hechos comprobados, no hizo ningún comentario. Ya estaban llegando al despacho de Slughorn y el rumor de risas, música y conversaciones iba creciendo.

El despacho era mucho más amplio que los de los otros profesores, bien porque lo habían construido así, bien porque Slughorn lo había ampliado mediante algún truco mágico. Tanto el techo como las paredes estaban adornados con colgaduras verde esmeralda, carmesí y dorado, lo que daba la impresión de estar en una tienda. La habitación, abarrotada y con un ambiente muy cargado, estaba bañada por la luz rojiza que proyectaba una barroca lámpara dorada, colgada del centro del techo, en la que aleteaban hadas de verdad que, vistas desde abajo, parecían relucientes motas de luz. Desde un rincón apartado llegaban cánticos acompañados por instrumentos que recordaban las mandolinas; una nube de humo de pipa flotaba suspendida sobre las cabezas de unos magos ancianos que conversaban animadamente, y, dando chillidos, varios elfos domésticos intentaban abrirse paso entre un bosque de rodillas, pero como quedaban ocultos por las pesadas bandejas de plata llenas de comida que transportaban, tenían el aspecto de mesitas móviles.

—¡Harry, amigo mío! —exclamó Slughorn en cuanto el muchacho y Luna entraron—. ¡Pasa, pasa! ¡Hay un montón de gente que quiero presentarte!

Slughorn llevaba un sombrero de terciopelo adornado con borlas haciendo juego con su batín. Agarró con fuerza a Harry por el brazo, como si quisiera desaparecerse con él, y lo guió resueltamente hacia el centro de la fiesta; Harry tiró de la mano de Luna.

—Te presento a Eldred Worple, un antiguo alumno mío, autor de *Hermanos de sangre: mi vida entre los vampiros*. Y a su amigo Sanguini, por supuesto.

Worple, un individuo menudo y con gafas, le estrechó la mano con entusiasmo. El vampiro Sanguini, alto, demacrado y con marcadas ojeras, se limitó a hacer un movimiento con la cabeza; parecía aburrido. Cerca de él había un grupo de chicas que lo miraban con curiosidad y emoción.

—¡Harry Potter! ¡Encantado de conocerte! —exclamó Worple mirándolo con ojos de miope—. Precisamente, hace poco le preguntaba al profesor Slughorn cuándo saldría la biografía de Harry Potter que todos estamos esperando.

—¿Ah... sí? —dijo Harry.

—¡Ya veo que Horace no exageraba cuando elogiaba tu modestia! —se admiró Worple—. Pero de verdad —prosiguió, ahora con tono más serio—, me encantaría escribirla yo mismo. La gente está deseando saber más cosas de ti, querido amigo, ¡se mueren de curiosidad! Si me concedieras unas entrevistas, en sesiones de cuatro o cinco horas, por decir algo, podríamos terminar el libro en unos meses. Y requeriría muy poco esfuerzo por tu parte, te lo aseguro. Ya verás, pregúntale a Sanguini si no es... ¡Sanguini, quédate aquí! —ordenó endureciendo el semblante, pues poco a poco el vampiro se había ido acercando con cara de avidez al grupito de niñas—. Mira, cómete un pastelito —añadió, tomándolo de la bandeja de un elfo que pasaba por allí, y se lo puso en la mano antes de volver a dirigirse a Harry—. Amigo mío, no te imaginas la cantidad de oro que podrías llegar a ganar...

—No me interesa, de verdad —respondió el muchacho—. Y perdone, pero acabo de ver a una amiga.

Tiró del brazo de Luna y se metió entre el gentío; acababa de atisbar una larga melena castaña que desaparecía entre dos integrantes del grupo Las Brujas de Macbeth.

—¡Hermione! ¡Hermione!

—¡Harry! ¡Por fin te encuentro! ¡Hola, Luna!

—¿Qué te ha pasado? —preguntó Harry, porque se la veía muy despeinada, como si acabara de salir de un matorral de lazo del diablo.

—Verás, es que acabo de escaparme... Bueno, acabo de dejar a Cormac —se corrigió—. Debajo del muérdago —precisó, pues su amigo seguía mirándola sin comprender.

—Te está bien empleado por venir con él —repuso Harry con aspereza.

—No se me ocurrió nada que pudiera fastidiar más a Ron —admitió Hermione—. Estuve planteándome venir con Zacharias Smith, pero al final decidí que...

—¿Te planteaste venir con Smith? —se sublevó Harry.

—Sí, y lamento no haberlo hecho, porque, al lado de McLaggen, Grawp es todo un caballero. Vamos por aquí, así lo veremos venir. Es tan alto...

Tomaron tres copas de hidromiel y se dirigieron hacia el otro lado de la sala, sin advertir a tiempo que la profesora Trelawney estaba allí de pie, sola.

—Buenas noches, profesora —la saludó Luna.

—Buenas noches, querida —repuso ella, enfocándola con cierta dificultad. Harry volvió a percibir olor a jerez para cocinar—. Hace tiempo que no te veo en mis clases.

—No, este año tengo a Firenze —explicó Luna.

—¡Ah, claro! —dijo la profesora con una risita que delataba su embriaguez—. O Borrico, como yo prefiero llamarlo. Lo lógico habría sido que, ya que he vuelto al colegio, el profesor Dumbledore se hubiera librado de ese caballo, ¿no te parece? Pues no. Ahora nos repartimos las clases. Es un insulto, francamente. Un insulto. ¿Sabías que...?

Por lo visto, Trelawney estaba tan borracha que no había reconocido a Harry, así que aprovechando las furibundas críticas a Firenze, él se acercó más a Hermione y le dijo:

—Aclaremos una cosa. ¿Piensas decirle a Ron que amañaste las pruebas de selección del guardián?

—¿De verdad me consideras capaz de caer tan bajo?

—Mira, Hermione, si eres capaz de invitar a salir a McLaggen... —repuso él mirándola con ironía.

—Eso es muy diferente —se defendió la chica—. No tengo intención de decirle a Ron nada de lo que pudo haber pasado o no en esas pruebas.

—Me alegro, porque volvería a derrumbarse y perderíamos el próximo partido.

—¡Dichoso quidditch! —se encendió Hermione—. ¿Es que a los chicos no les importa nada más? Cormac no me ha hecho ni una sola pregunta sobre mí. Qué va, sólo me ha soltado un discursito sobre «las cien mejores paradas de Cormac McLaggen». ¡Oh, no! ¡Viene hacia aquí!

Se esfumó tan deprisa como si se hubiera desaparecido: sólo necesitó una milésima de segundo para colarse entre dos brujas que reían a carcajadas.

—¿Has visto a Hermione? —preguntó McLaggen un minuto más tarde mientras se abría paso entre la gente.

—No; lo siento —contestó Harry, y se volvió para atender a la conversación de Luna, olvidando por un instante quién era su interlocutora.

—¡Harry Potter! —exclamó la profesora Trelawney, que no había reparado en él, con voz grave y vibrante.

—¡Ah, hola! —dijo Harry.

—¡Querido! —prosiguió ella con un elocuente susurro—. ¡Qué rumores! ¡Qué historias! ¡El Elegido! Yo lo sé desde hace mucho tiempo, por supuesto... Los presagios nunca fueron buenos, Harry... Pero ¿por qué no has vuelto a Adivinación? ¡Para ti, más que para nadie, esa asignatura es sumamente importante!

—¡Ah, Sybill, todos creemos que nuestra asignatura es la más importante! —intervino una potente voz, y Slughorn apareció junto a la profesora Trelawney; con las mejillas coloradas y el sombrero de terciopelo un poco torcido, sostenía un vaso de hidromiel con una mano y un pastelillo de frutos secos en la otra—. ¡Pero creo que jamás he conocido a nadie con semejante talento para las pociones!

—afirmó contemplando a Harry con afecto, aunque con los ojos enrojecidos—. Lo suyo es instintivo, ¿me explico? ¡Igual que su madre! Te aseguro, Sybill, que he tenido muy pocos alumnos con tanta habilidad; mira, ni siquiera Severus...

Y Harry, horrorizado, vio cómo el profesor tendía un brazo hacia atrás y llamaba a Snape, que unos instantes antes no estaba allí.

—¡Alegra esa cara y ven con nosotros, Severus! —exclamó Slughorn, e hipó con regocijo—. ¡Estaba hablando de las extraordinarias dotes de Harry para la elaboración de pociones! ¡Hay que reconocerte parte del mérito, desde luego, porque tú fuiste su maestro durante cinco años!

Atrapado, con el brazo de Slughorn alrededor de los hombros, Snape miró a Harry entornando los ojos.

—Es curioso, pero siempre tuve la impresión de que no conseguiría enseñarle nada a Potter.

—¡Se trata de una capacidad innata! —graznó Slughorn—. Deberías haber visto lo que me presentó el primer día de clase, ¡el Filtro de Muertos en Vida! Jamás un alumno había obtenido un resultado mejor al primer intento; creo que ni siquiera tú, Severus...

—¿En serio? —repuso Snape y miró ceñudo a Harry, que sintió un leve desasosiego. No tenía ningún interés en que Snape empezara a investigar la fuente de su recién descubierto éxito en Pociones.

—Recuérdame qué otras asignaturas estudias este año, Harry —pidió Slughorn.

—Defensa Contra las Artes Oscuras, Encantamientos, Transformaciones, Herbología...

—Resumiendo, todas las requeridas para ser auror —terció Snape sonriendo con sarcasmo.

—Sí, es que eso es lo que quiero ser —replicó Harry, desafiante.

—¡Y serás un auror excelente! —opinó Slughorn.

—Pues yo opino que no deberías serlo, Harry —intervino Luna, y todos la miraron—. Los aurores participan en la Conspiración Rotfang; creía que lo sabía todo el mundo. Trabajan infiltrados en el Ministerio de Magia para derrocarlo combinando la magia oscura con cierta enfermedad de las encías.

Harry no pudo evitar reírse y se atragantó con un sorbo de hidromiel. Valía la pena haber invitado a Luna a la fiesta aunque sólo fuera para oír ese comentario. Tosió salpicándolo todo, pero con una sonrisa en los labios; entonces vio algo que lo satisfizo en grado sumo: Argus Filch iba hacia ellos arrastrando a Draco Malfoy por una oreja.

—Profesor Slughorn —dijo Filch con su jadeante voz; le temblaban los carrillos y en sus ojos saltones brillaba la obsesión por detectar travesuras—, he descubierto a este chico merodeando por un pasillo de los pisos superiores. Dice que venía a su fiesta pero que se ha extraviado. ¿Es verdad que está invitado?

Malfoy se soltó con un tirón.

—¡Está bien, no me han invitado! —reconoció a regañadientes—. Quería colarme. ¿Satisfecho?

—¡No, no estoy nada satisfecho! —repuso Filch, aunque su afirmación no concordaba con su expresión triunfante—. ¡Te has metido en un buen lío, te lo garantizo! ¿Acaso no dijo el director que estaba prohibido pasearse por el castillo de noche, a menos que uno tuviera un permiso especial? ¿Eh, eh?

—No pasa nada, Argus —lo apaciguó Slughorn agitando una mano—. Es Navidad, y querer entrar en una fiesta no es ningún crimen. Por esta vez no lo castigaremos. Puedes quedarte, Draco.

La súbita decepción de Filch era predecible; sin embargo, Harry, observando a Malfoy, se preguntó por qué éste parecía tan decepcionado como el conserje. ¿Y por qué miraba Snape a Malfoy con una mezcla de enojo y... un poco de miedo? ¿Cómo podía ser?

Pero, antes de que Harry hallara las respuestas, Filch se había dado la vuelta y se marchaba murmurando por lo bajo; Malfoy sonreía y estaba dándole las gracias a Slughorn por su generosidad, y Snape había vuelto a adoptar una expresión inescrutable.

—No tienes que agradecerme nada —dijo Slughorn restándole importancia—. Ahora que lo pienso, creo que sí conocí a tu abuelo...

—Él siempre hablaba muy bien de usted, señor —repuso Malfoy, ágil como un zorro—. Aseguraba que usted preparaba las pociones mejor que nadie.

Harry observó a Malfoy. Lo que le intrigaba no era el que Malfoy le hiciera la barba a Slughorn (ya estaba acostumbrado a observar cómo adulaba a Snape) sino su aspecto, porque verdaderamente parecía un poco enfermo.

—Me gustaría hablar un momento contigo, Draco —dijo Snape.

—¿Ahora, Severus? —intervino Slughorn hipando otra vez—. Estamos celebrando la Navidad, no seas demasiado duro con...

—Soy el jefe de su casa y yo decidiré lo duro o lo blando que he de ser con él —lo cortó Snape con aspereza—. Sígueme, Draco.

Se marcharon; Snape iba delante y Malfoy lo seguía con cara de pocos amigos. Harry vaciló un momento y luego dijo:

—Vuelvo enseguida, Luna. Tengo que ir... al baño.

—Muy bien —repuso ella alegremente.

Mientras Harry se perdía entre la multitud le pareció oír cómo Luna retomaba el tema de la Conspiración Rotfang con la profesora Trelawney, que se mostraba muy interesada.

Una vez fuera de la fiesta, le resultó fácil sacar la capa invisible del bolsillo y echársela por encima, pues el pasillo estaba vacío. Lo que le costó un poco más fue encontrar a Snape y Malfoy. Harry echó a andar; el ruido de sus pasos quedaba disimulado por la música y las fuertes voces provenientes del despacho de Slughorn. Quizá Snape había llevado a Malfoy a su despacho, en las mazmorras. O quizá lo había acompañado a la sala común de Slytherin. Sin embargo, Harry fue pegando la oreja a cada puerta que encontraba hasta que, con una sacudida de emoción, en la última aula del pasillo oyó voces y se agachó para escuchar por la cerradura.

—... no puedes cometer errores, Draco, porque si te expulsan...

—Yo no tuve nada que ver, ¿queda claro?

—Espero que estés diciéndome la verdad, porque fue algo torpe y descabellado. Ya sospechan que estuviste implicado.

—¿Quién sospecha de mí? —preguntó Malfoy con enojo—. Por última vez, no fui yo, ¿de acuerdo? Katie Bell debe de tener algún enemigo que nadie conoce. ¡No me mire así! Ya sé lo que intenta hacer, no soy tonto, pero le advierto que no dará resultado. ¡Puedo impedírselo!

Hubo una pausa; luego Snape dijo con calma:

—Vaya, ya veo que tía Bellatrix te ha estado enseñando Oclumancia. ¿Qué pensamientos pretendes ocultarle a tu amo, Draco?

—¡A él no intento esconderle nada, lo que pasa es que no quiero que usted se entrometa!

Harry apretó un poco más la oreja contra la cerradura. ¿Qué había pasado para que Malfoy le hablara de ese modo a Snape? ¡A Snape, hacia quien siempre había mostrado respeto, incluso simpatía!

—Por eso este año me has evitado desde que llegaste a Hogwarts, ¿no? ¿Temías que me entrometiera? Supongo que te das cuenta, Draco, de que si algún otro alumno hubiera dejado de venir a mi despacho después de haberle ordenado yo varias veces que se presentara...

—¡Pues castígueme! ¡Denúncieme a Dumbledore! —lo desafió Malfoy.

Se produjo otra pausa, y a continuación Snape declaró:

—Sabes muy bien que no haré ninguna de esas cosas.

—¡En ese caso, será mejor que deje de ordenarme que vaya a su despacho!

—Escúchame —dijo Snape en voz tan baja que Harry tuvo que apretar aún más la oreja para oírlo—, yo sólo intento ayudarte. Le prometí a tu madre que te protegería. Pronuncié el Juramento Inquebrantable, Draco...

—¡Pues mire, tendrá que romperlo porque no necesito su protección! Es mi misión, él me la asignó y voy a cumplirla. Tengo un plan y saldrá bien, sólo que me está llevando más tiempo del que creía.

—¿En qué consiste tu plan?

—¡No es asunto suyo!

—Si me lo cuentas, yo podría ayudarte...

—¡Muchas gracias, pero tengo toda la ayuda que necesito, no estoy solo!

—Anoche bien que estabas solo cuando deambulabas por los pasillos sin centinelas y sin refuerzos, lo cual fue una tremenda insensatez. Estás cometiendo errores elementales...

—¡Crabbe y Goyle me habrían acompañado si usted no los hubiera castigado!

—¡Baja la voz! —le espetó Snape porque Malfoy cada vez chillaba más—. Si tus amigos Crabbe y Goyle pretenden aprobar Defensa Contra las Artes Oscuras este curso, tendrán que esforzarse un poco más de lo que demuestran hasta aho...

—¿Qué importa eso? —lo cortó Malfoy—. ¡Defensa Contra las Artes Oscuras! ¡Pero si eso es una guasa, una farsa! ¡Como si alguno de nosotros necesitara protegerse de las artes oscuras!

—¡Es una farsa, sí, pero crucial para el éxito, Draco! ¿Dónde crees que habría pasado yo todos estos años si no hubiera sabido fingir? ¡Escúchame! Es una imprudencia que te pasees por ahí de noche, que te dejes atrapar; y si depositas tu confianza en ayudantes como Crabbe y Goyle...

—¡Ellos no son los únicos, hay otra gente a mi lado, gente más competente!

—Entonces ¿por qué no te confías a mí y me dejas...?

—¡Sé lo que usted se propone! ¡Quiere arrebatarme la gloria!

Se callaron un momento, y luego Snape dijo con frialdad:

—Hablas como un niño majadero. Comprendo que la captura y el encarcelamiento de tu padre te hayan afectado, pero...

Harry apenas tuvo un segundo para reaccionar: oyó los pasos de Malfoy acercándose a la puerta y logró apartarse en el preciso momento en que ésta se abría de par en par. Malfoy se alejó a zancadas por el pasillo, pasó por delante del despacho de Slughorn, cuya puerta estaba abierta, y se perdió de vista tras la esquina.

Harry permaneció agachado y sin apenas atreverse a respirar cuando Snape abandonó el aula con una expresión insondable y se encaminó a la fiesta. Se quedó agazapado, oculto bajo la capa, reflexionando sobre todo lo que acababa de escuchar.

16

Una Navidad glacial

—¿Que Snape le ofrecía ayuda? ¿Seguro que le ofrecía ayuda?

—Si me lo preguntas una vez más, te meto esta col por... —lo amenazó Harry.

—¡Sólo quiero asegurarme! —se defendió Ron. Estaban solos junto al fregadero de la cocina de La Madriguera pelando una montaña de coles de Bruselas para la señora Weasley. Tras la ventana que tenían delante caía una intensa nevada.

—¡Pues sí, Snape estaba ofreciéndole ayuda! —repitió Harry—. Le dijo que había prometido a su madre que lo protegería y que había prestado un Juramento Inquebrantable o algo...

—¿Un Juramento Inquebrantable? —se extrañó Ron—. No, eso es imposible. ¿Estás seguro?

—Sí, lo estoy. ¿Por qué? ¿Qué significa?

—¡Hombre, un Juramento Inquebrantable no se puede romper!

—Aunque no lo creas, eso ya lo había deducido yo solito. Pero dime, ¿qué pasa si lo rompes?

—Que te mueres —contestó Ron llanamente—. Fred y George intentaron que yo prestara uno cuando tenía más o menos cinco años. Y estuve a punto de comprometerme; ya le había dado la mano a Fred cuando papá nos descubrió. Se puso como loco —explicó con un brillo nostálgico en la mirada—. Es la única vez que lo he visto ponerse tan furioso como mamá. Fred asegura que su nalga izquierda no ha vuelto a ser la misma desde aquel día.

—Sí de acuerdo, y dejando aparte la nalga izquierda de Fred...

—¿Qué estás diciendo? —preguntó Fred. Los gemelos acababan de entrar en la cocina—. Mira esto, George. Están usando cuchillos y todo. ¡Qué escena tan conmovedora!

—¡Dentro de poco más de dos meses cumpliré diecisiete años —gruñó Ron—, y entonces podré hacerlo mediante magia!

—Pero mientras tanto —dijo George al tiempo que se sentaba a la mesa de la cocina y apoyaba los pies encima— podemos disfrutar con tu exhibición del uso correcto de un... ¡Ojo!

—¡Mira lo que me he hecho por tu culpa! —protestó Ron chupándose el corte del dedo—. Espera a que tenga diecisiete años...

—Estoy convencido de que nos deslumbrarás con habilidades mágicas hasta ahora insospechadas —replicó Fred dando un bostezo.

—Y hablando de habilidades mágicas insospechadas, Ronald —intervino George—, ¿es cierto lo que nos ha contado Ginny? ¿Sales con una tal Lavender Brown?

Ron se sonrojó un poco, pero no pareció molesto. Siguió pelando coles de Bruselas.

—Métete en tus asuntos.

—Una respuesta muy original —dijo Fred—. Francamente, no sé cómo se te ocurren. No, lo que queremos saber es cómo pasó.

—¿Qué quieres decir?

—¿Tuvo Lavender un accidente o algo así?

—¿Qué?

—¿Cómo sufrió semejante lesión cerebral?

La señora Weasley entró en la cocina justo cuando Ron le lanzaba el cuchillo para pelar coles de Bruselas a Fred, que lo convirtió en un avión de papel con una perezosa sacudida de su varita.

—¡Ron! —gritó ella—. ¡Que no vuelva a verte lanzando cuchillos!

—Sí, mamá —dijo Ron, y por lo bajo añadió—: Procuraré que no me veas hacerlo. —Y siguió con su tarea.

—Fred, George, lo siento, queridos, pero Remus llegará esta noche, así que Bill tendrá que dormir con ustedes.

—No importa —dijo George.

—Así pues, como Charlie no va a venir, sólo quedan Harry y Ron, que dormirán en el desván; y si Fleur comparte habitación con Ginny...

—Van a ser las Navidades más felices de Ginny —murmuró Fred.

—... creo que estarán cómodos. Bueno, al menos todos tendrán una cama —dijo la señora Weasley, que parecía un tanto nerviosa.

—Entonces ¿está confirmado que no vamos a verle el pelo al idiota de Percy? —preguntó Fred.

Su madre se dio la vuelta antes de contestar:

—No, supongo que tiene trabajo en el ministerio. —Y se marchó de la cocina.

—O es el tipo más imbécil del mundo. Una de dos —dijo Fred—. Bueno, vámonos, George.

—¿Qué están tramando? —preguntó Ron—. ¿No pueden echarnos una mano con las coles? Si usan la varita nos veremos libres de esta lata.

—No, no puedo hacerlo —dijo Fred con seriedad—. Aprender a pelar coles de Bruselas sin utilizar la magia fortalece el carácter y te ayuda a valorar lo crudo que lo tienen los muggles y los squibs.

—Y cuando quieras que alguien te eche una mano, Ron —añadió George lanzándole el avión de papel—, más vale que no le lances cuchillos. Te daré una pista: nos vamos al pueblo. Una chica preciosa que trabaja en la tienda de periódicos opina que mis trucos de cartas son maravillosos. Dice que es como si hiciera magia de verdad.

—Imbéciles —refunfuñó Ron, viendo cómo los gemelos cruzaban el nevado jardín—. Sólo habrían tardado diez segundos y nosotros también podríamos habernos ido.

—Yo no. Le prometí a Dumbledore que no me pasearía por ahí durante mi estancia en La Madriguera —dijo Harry.

—Bueno. —Ron peló unas coles más y preguntó—: ¿Piensas contarle a Dumbledore lo que les oíste decir a Snape y Malfoy?

—Sí. Se lo contaré a cualquiera que pueda ponerles un alto, y Dumbledore es la persona más indicada. Quizá hable también con tu padre.

—Es una lástima que no te enteraras del plan de Malfoy.

—¿Cómo iba a enterarme? Precisamente de eso se trataba: Malfoy se negaba a revelárselo a Snape.

Hubo un silencio, y luego Ron opinó:

—Aunque ya sabes qué dirán todos, ¿no? Mi padre, Dumbledore y los demás. Dirán que no es que Snape quiera ayudar a Malfoy de verdad, sino que sólo pretende averiguar qué se trae entre manos.

—Eso porque no los oyeron hablar —repuso Harry—. Nadie puede ser tan buen actor, ni siquiera Snape.

—Sí, claro... Sólo te lo comento.

Harry se volvió y lo miró con ceño.

—Pero tú crees que tengo razón, ¿verdad?

—Pues claro —se apresuró a afirmar otra vez Ron—. ¡En serio, te creo! Pero todos dan por hecho que Snape está de parte de la Orden, ¿no?

Harry reflexionó. Ya había pensado que seguramente pondrían esa objeción a sus nuevas averiguaciones. Y también se imaginaba el comentario de Hermione: «Es evidente, Harry, que fingía ofrecerle ayuda a Malfoy para engatusarlo y sonsacarle qué está haciendo...»

Sin embargo, sólo podía imaginárselo porque aún no había tenido ocasión de contárselo. Ella se había marchado de la fiesta de Slughorn antes de que Harry regresara (al menos eso le había dicho McLaggen con evidentes señales de enojo), y ya se había acostado cuando él llegó a la sala común. Como Ron y él se habían ido a primera hora del día siguiente a La Madriguera, Harry apenas había tenido tiempo para desearle feliz Navidad a su amiga y decirle que tenía noticias muy importantes que le revelaría cuando volvieran de las vacaciones. Pero no estaba seguro de que ella le hubiera oído porque, en ese momento, Ron y Lavender estaban enfrascados en una intensa despedida «no verbal», precisamente detrás de él.

Con todo, ni siquiera Hermione podría negar una cosa: era indudable que Malfoy estaba tramando algo y Snape lo sabía, de modo que Harry se sentía justificado para soltarle un: «Ya te lo decía yo», tal como ya le había dicho varias veces a Ron.

Hasta el día de Nochebuena no tuvo ocasión de hablar con el señor Weasley porque éste siempre regresaba muy tarde del ministerio. Los Weasley y sus invitados estaban sentados en el salón, que Ginny había decorado tan magníficamente que parecía una exposición de cadenetas de papel. Fred, George, Harry y Ron eran los únicos que sabían que el ángel que había en lo alto del árbol navideño era en realidad un gnomo de jardín que había mordido a Fred en el tobillo mientras él arrancaba zanahorias para la cena de Navidad. Lo habían colgado allí tras hacerle un encantamiento aturdidor, pintarlo de dorado, embutirlo en un diminuto tutú y pegarle unas pequeñas alas en la espalda; el pobre miraba a todos con rabia desde lo alto. Era el ángel más feo que Harry había visto jamás: su cabezota calva parecía una papa y tenía los pies muy peludos.

Se suponía que estaban escuchando un programa navideño interpretado por la cantante favorita de la señora Weasley, Celestina Warbeck, cuyos gorgoritos salían de la gran radio de madera. Fleur, que al parecer encontraba muy aburrida a Celestina, se hallaba en un rincón hablando en voz muy alta, y la señora Weasley, ceñuda, no paraba de subir el volumen con la varita, de modo que Celestina cada vez cantaba más fuerte. Amparados por un tema jazzístico particularmente animado, que se titulaba *Un caldero de amor caliente e intenso*, Fred y George se pusieron a jugar a los naipes explosivos con Ginny. Ron no dejaba de mirar de soslayo a Bill y Fleur, como si albergara esperanzas de aprender algo de ellos. Entretanto, Remus Lupin, más delgado y andrajoso que nunca, estaba sentado al lado de la chimenea contemplando las llamas como si no oyera la voz de Celestina.

Acércate a mi caldero
lleno de amor caliente e intenso;
remuévelo con derroche
¡y no pasarás frío esta noche!

—¡Esto lo bailábamos cuando teníamos dieciocho años! —recordó la señora Weasley secándose las lágrimas con la labor de punto—. ¿Te acuerdas, Arthur?

—¿Eh? —dijo el señor Weasley, que cabeceaba sobre la mandarina que estaba pelando—. ¡Ah, sí! Es una melodía maravillosa... —Haciendo un esfuerzo, se enderezó un poco en el asiento y miró a Harry, sentado a su lado—. Lo siento, muchacho —dijo señalando con la cabeza hacia la radio mientras Celestina entonaba el estribillo—. Se acaba enseguida.

—No importa —dijo Harry, y sonrió—. ¿Hay mucho trabajo en el ministerio?

—Muchísimo. No me importaría si sirviera para algo, pero de las tres personas que hemos detenido en los dos últimos meses, dudo que ni siquiera una sea un mortífago de verdad. Pero no se lo digas a nadie —añadió, y dio la impresión de que se le pasaba el sueño de golpe.

—Supongo que ya no retienen a Stan Shunpike, ¿verdad? —preguntó Harry.

—Pues me temo que sí. Me consta que Dumbledore ha intentado apelar directamente a Scrimgeour acerca de Stan. Verás, todos los que lo han interrogado están de acuerdo en que ese muchacho tiene de mortífago lo mismo que esta mandarina. Pero los de arriba quieren aparentar que hacen algún progreso, y «tres detenciones» suena mejor que «tres detenciones erróneas y tres puestas en libertad». Pero, sobre todo, recuerda que esto es confidencial...

—No diré nada —le aseguró Harry.

Vaciló un momento sobre cuál sería la mejor forma de abordar el tema del que quería hablar; mientras lo decidía, Celestina Warbeck atacó una balada titulada *Corazón hechizado*.

—Señor Weasley, ¿se acuerda de lo que le conté en la estación el día que nos marchamos al colegio?

—Sí, Harry, y lo comprobé. Fui a registrar la casa de los Malfoy. No había nada, ni roto ni entero, que no debiera estar allí.

—Sí, ya lo sé, leí lo del registro en *El Profeta*. Pero esto es diferente... Quiero decir que hay algo más...

Y le explicó la conversación entre Malfoy y Snape. Mientras hablaba, Harry vio que Lupin volvía un poco la cabeza para intentar escuchar. Cuando terminó, hubo un silencio y se oyó a Celestina canturreando:

> *¿Qué has hecho con mi pobre corazón?*
> *Se fue detrás de tu hechizo...*

—¿No se te ha ocurrido pensar, Harry —preguntó el señor Weasley—, que a lo mejor Snape sólo estaba fingiendo...?

—¿Fingiendo que le ofrecía ayuda para averiguar qué está tramando Malfoy? Sí, ya pensé que usted me diría eso. Pero ¿cómo saberlo?

—No nos corresponde a nosotros saberlo —intervino Lupin. Se había puesto de espaldas al fuego y miraba a Harry por encima del hombro del señor Weasley—. Es asunto de Dumbledore. Él confía en Severus, y eso debería ser suficiente garantía para todos.

—Pero supongamos... —objetó Harry—. Supongamos que Dumbledore se equivoca respecto a Snape...

—Esa suposición ya se ha formulado muchas veces. Se trata de si confías o no en el criterio de Dumbledore. Yo confío en él y por lo tanto confío en Severus.

—Pero Dumbledore puede equivocarse —insistió Harry—. Él mismo lo reconoce. Y usted... —Miró a los ojos a Lupin y preguntó—: ¿De verdad le cae bien Snape?

—No me cae ni bien ni mal. Te estoy diciendo la verdad, Harry —añadió al ver que éste adoptaba una expresión escéptica—. Quizá nunca lleguemos a ser íntimos amigos; después de todo lo que pasó entre James, Sirius y Severus, ambos tenemos demasiado resentimiento acumulado. Pero no olvido que durante el año que di clases en Hogwarts, él me preparó la poción de matalobos todos los meses; la elaboraba con gran esmero para que yo me ahorrara el sufrimiento que padezco cuando hay luna llena.

—¡Pero «sin querer» reveló que usted era un hombre lobo, y por su culpa tuvo que marcharse del colegio! —discrepó Harry con enojo.

—Se habría descubierto tarde o temprano —repuso Lupin encogiéndose de hombros—. Ambos sabemos que él ambicionaba mi empleo, pero habría podido perjudicarme mucho más adulterando la poción. Él me mantuvo sano. Debo estarle agradecido.

—Quizá no se atrevió a adulterarla porque Dumbledore lo vigilaba —sugirió Harry.

—Veo que estás decidido a odiarlo —dijo Lupin esbozando una sonrisa—. Y lo comprendo: eres el hijo de James y el ahijado de Sirius, y has heredado un viejo prejuicio. No dudes en contarle a Dumbledore lo que nos has contado a Arthur y a mí, pero no esperes que él comparta tu punto de vista sobre ese tema; no esperes siquiera que le sorprenda lo que le expliques. Es posible que Severus interrogara a Draco por orden de Dumbledore.

... y ahora lo has destrozado.
¡Devuélveme mi corazón!

Celestina terminó su canción con una nota larguísima y aguda, y por la radio se oyeron fuertes aplausos a los que la señora Weasley se sumó con entusiasmo.

—¿Ya ha *tegminado*? —preguntó Fleur—. Menos mal, qué tema tan *hoguible*...

—¿Les gustaría tomar una copita antes de acostarse? —preguntó la señora Weasley poniéndose en pie—. ¿Quién quiere ponche de huevo?

—¿Qué ha estado haciendo usted últimamente? —le preguntó Harry a Lupin mientras la señora Weasley iba a buscar el ponche y los demás se desperezaban y se ponían a hablar.

—He estado trabajando en la clandestinidad —respondió Lupin—. Por eso no he podido escribirte; de haberlo hecho me habría expuesto a que me descubrieran.

—¿Qué quiere decir?

—He estado viviendo entre mis semejantes —explicó Lupin—. Con los hombres lobo —añadió al ver que Harry no entendía—. Casi todos están en el bando de Voldemort. Dumbledore quería infiltrar un espía y yo le venía como anillo al dedo. —Lo dijo con cierta amargura y quizá se dio cuenta, porque suavizó el tono cuando prosiguió—: No me quejo; es un trabajo importante, ¿y quién iba a hacerlo mejor que yo? Sin embargo, me ha costado ganarme su confianza. No puedo disimular que he vivido entre los magos, ¿comprendes? En cambio, los hombres lobo han rechazado la sociedad normal y viven marginados, roban y a veces incluso matan para comer.

—¿Por qué apoyan a Voldemort?

—Creen que vivirán mejor bajo su gobierno. Y no es fácil discutir con Greyback sobre estos temas...

—¿Quién es Greyback?

—¿No has oído hablar de él? —Lupin cerró sus temblorosas manos sobre el regazo—. Creo que no me equivoco si afirmo que Fenrir Greyback es el hombre lobo más salvaje que existe actualmente. Considera que su misión en esta vida es morder y contaminar a tanta gente como sea posible; quiere crear suficientes hombres lobo para derrotar a los magos. Voldemort le ha prometido presas a cambio de sus servicios. Greyback es especialista en niños... Dice que hay que morderlos cuando son pequeños y criarlos lejos de sus padres para enseñarles a odiar a los magos normales. Voldemort ha amenazado con darle carta blanca para que desate su violencia sobre los niños; es una amenaza que suele dar buen resultado. —Hizo una pausa, y agregó—: A mí me mordió el propio Greyback.

—Pero... —se sorprendió Harry—. ¿Cuándo? ¿Cuando usted era pequeño?

—Sí. Mi padre lo había ofendido. Durante mucho tiempo yo no supe quién era el hombre lobo que me había atacado; incluso sentía lástima por él porque creía que no había podido contenerse, pues entonces ya sabía en qué consistía su transformación. Pero Greyback no es así. Cuando hay luna llena, ronda cerca de sus víctimas para asegurarse de que no se le escape la presa elegida. Lo planea todo con detalle. Y ése es el hombre a quien Voldemort está utilizando para reclutar a los hombres lobo. Greyback insiste en que los hombres lobo tenemos derecho a proveernos de la sangre que necesitamos para vivir y en que debemos vengarnos de nuestra condición en la gente normal; he de admitir que, hasta ahora, mis razonamientos no han logrado convencerlo de lo contrario.

—¡Pero si usted es normal! —exclamó Harry—. Lo único que pasa es que tiene... un problema.

Lupin soltó una carcajada.

—A veces me recuerdas a James. En público, él lo llamaba mi «pequeño problema peludo». Mucha gente creía que yo tenía un conejo travieso.

Lupin aceptó el vaso de ponche de huevo que le ofreció la señora Weasley y le dio las gracias; parecía un poco más animado. Harry, entretanto, sintió una llamarada de emoción: al referirse Lupin a su padre, había recordado que hacía tiempo que quería preguntarle una cosa.

—¿Ha oído hablar alguna vez de alguien llamado el Príncipe Mestizo?

—¿Cómo dices?

—El Príncipe Mestizo —repitió Harry y escudriñó su rostro en busca de alguna señal de reconocimiento.

—En la comunidad mágica no hay príncipes —contestó Lupin, volviendo a sonreír—. ¿Estás pensando en adoptar ese título? ¿No estás contento con eso del «Elegido»?

—No tiene nada que ver conmigo —replicó Harry—. El Príncipe Mestizo es alguien que estudiaba en Hogwarts y yo tengo su viejo libro de pociones. Anotó hechizos en sus páginas, hechizos inventados por él. Uno de ellos se llamaba *Levicorpus*...

—¡Ah, ése estaba muy en boga cuando yo iba a Hogwarts! —comentó Lupin con cierta nostalgia—. Recuerdo que en quinto curso hubo unos meses en que no podías dar un paso sin que alguien te dejara colgado por el tobillo.

—Mi padre lo utilizaba. Lo vi en el pensadero; se lo hizo a Snape. —Intentó sonar indiferente, como si fuera un comentario casual, pero no creyó haberlo conseguido: la sonrisa de Lupin adquirió un matiz de complicidad.

—Sí —dijo—, pero él no era el único. Como te digo, ese hechizo era muy popular. Ya sabes que los hechizos van y vienen...

—Pero por lo visto lo inventaron cuando usted iba al colegio —insistió Harry.

—No precisamente. Los embrujos se ponen de moda o se olvidan como todo lo demás. —Miró al muchacho a los ojos y añadió en voz baja—: James era un sangre limpia, Harry, y te aseguro que nunca nos pidió que lo llamáramos «príncipe».

Harry dejó de fingir y preguntó:

—¿Y Sirius? ¿Y usted?

—No.

—Bien. —Harry se quedó mirando el fuego—. Creía... Bueno, ese príncipe me ha ayudado mucho con las clases de Pociones.

—¿Es muy viejo el libro?

—No lo sé, no he mirado la fecha que tiene.

—Pues quizá eso te dé alguna pista sobre cuándo estuvo ese príncipe en Hogwarts.

Poco después, Fleur decidió imitar a Celestina y se puso a cantar *Un caldero de amor caliente e intenso*, lo cual todos interpretaron, después de ver la cara que ponía la señora Weasley, como una señal de que era hora de ir a acostarse. Harry y Ron subieron al dormitorio de éste, en el desván, donde habían puesto una cama plegable para Harry.

Ron se quedó dormido casi al instante, pero Harry sacó de su baúl el ejemplar de *Elaboración de pociones avanzadas* y, una vez acostado, se puso a hojearlo. Encontró la fecha de su publicación en la página de créditos. El ejemplar tenía casi cincuenta años. Ni su padre ni los amigos de su padre habían estado en Hogwarts cincuenta años atrás. Decepcionado, arrojó el libro al baúl, apagó la lámpara y se dio la vuelta. Se puso a pensar en hombres lobo, Snape, Stan Shunpike y el Príncipe Mestizo, hasta que se sumió en un sueño agitado lleno de sombras sigilosas y gritos de niños mordidos...

—Se ha vuelto loca...

Harry despertó sobresaltado y encontró una abultada media encima de su cama. Se puso las gafas y miró alrededor: casi no entraba luz por la pequeña ventana a causa de la nieve, pero Ron se hallaba delante de ella, sentado en la cama, examinando lo que parecía una cadena de oro.

—¿Qué es eso? —preguntó Harry.

—Me la envía Lavender —masculló Ron—. No pensará que voy a ponérmela...

Harry examinó la cadena, de la que colgaban unas gruesas letras doradas formando las palabras: «Amor mío.»

—¡Pero si es muy bonita! —exclamó tras soltar una risotada—. Muy elegante. Tendrías que ponértela y enseñársela a Fred y George.

—Si se lo dices —amenazó Ron escondiendo la cadena debajo de su almohada—, te juro que te... que te...

—Tranquilo —dijo Harry sonriendo—. ¿Acaso me crees capaz?

—¿Cómo se le habrá ocurrido que me gustaría una cosa así? —musitó Ron.

—A ver, piensa. ¿Alguna vez se te ha escapado que te encantaría pasearte por ahí con las palabras «Amor mío» colgadas del cuello?

—En realidad... no hablamos mucho. Básicamente lo que hacemos es...

—Besarse.

—Bueno, sí —admitió Ron. Titubeó un momento y añadió—: ¿Es verdad que Hermione sale con McLaggen?

—No lo sé. Fueron juntos a la fiesta de Slughorn, pero me parece que la cosa no acabó muy bien.

Ron parecía un poco más contento cuando volvió a meter la mano en la media.

Entre los regalos de Harry había un suéter con una gran snitch dorada bordada en la parte delantera, tejido a mano por la señora Weasley; una gran caja de productos de Sortilegios Weasley, regalo de los gemelos, y un paquete un poco húmedo que olía a moho, con una etiqueta que rezaba: «Para el amo, de Kreacher.»

Harry observó el paquete con recelo.

—¿Qué hago? ¿Lo abro? —preguntó a Ron.

—No puede ser nada peligroso. El ministerio registra nuestro correo. —Pero él también miraba el paquete con desconfianza.

—¡No se me ocurrió regalarle nada a Kreacher! ¿Sabes si la gente les hace regalos a sus elfos domésticos por Navidad? —preguntó Harry mientras daba unos cautelosos golpecitos al paquete.

—Seguro que Hermione lo haría. Pero antes de sentirte culpable, espera a ver qué es.

Unos momentos más tarde, Harry dio un grito y saltó de su cama plegable. El paquete contenía un montón de gusanos.

—¡Qué bonito! —dijo Ron desternillándose—. ¡Todo un detalle!

—Prefiero los gusanos antes que esa cadena —replicó Harry, y su amigo enmudeció.

A la hora de comer, cuando se sentaron a la mesa, todos llevaban suéteres nuevos; todos excepto Fleur (por lo visto, la señora Weasley no se había dignado a tejerle uno) y la propia señora Weasley, que lucía un sombrero de bruja azul marino nuevecito, con diminutos diamantes que formaban relucientes estrellas, y un vistoso collar de oro.

—¡Regalos de Fred y George! ¿Verdad que son preciosos?

—Es que desde que nos lavas los calcetines, cada vez te valoramos más, mamá —comentó George con un ademán indolente—. ¿Pastinaca, Remus?

—Tienes un gusano en el pelo, Harry —observó Ginny, risueña, y se inclinó sobre la mesa para quitárselo. A Harry se le erizó el vello de la nuca, pero esa reacción no tenía nada que ver con el gusano.

—¡Qué *hogog*! —exclamó Fleur fingiendo un escalofrío.

—Sí, ¿verdad? —corroboró Ron—. ¿Quieres salsa, Fleur?

En su afán de ayudarla, a Ron se le cayó de las manos la salsera de jugo de carne; Bill agitó la varita y la salsa se elevó y regresó dócilmente a la salsera.

—*Egues peog* que esa Tonks —le dijo Fleur a Ron después de besar a Bill para darle las gracias—. *Siempge* lo *tiga* todo...

—Invité a nuestra querida Tonks a que hoy comiera con nosotros —comentó la señora Weasley mientras dejaba la bandeja de las zanahorias en la mesa con un golpazo innecesario y fulminando con la mirada a Fleur—. Pero no ha querido venir. ¿Has hablado con ella últimamente, Remus?

—No, hace tiempo que no hablo con nadie —respondió Lupin—. Pero supongo que Tonks pasará la Navidad con su familia, ¿no?

—Hum. Puede ser —dijo la señora Weasley—. Pero me dio la impresión de que pensaba pasarla sola.

Le lanzó una mirada de enojo a Lupin, como si él tuviera la culpa de que su futura nuera fuera Fleur y no Tonks. A su vez Harry miró a Fleur, que en ese momento le daba a Bill trocitos de pavo con su propio tenedor, y pensó que la señora Weasley estaba librando una batalla perdida de antemano. Sin embargo, se acordó de una duda que tenía relacionada con Tonks, ¿y quién iba a resolvérsela mejor que Lupin, el hombre que lo sabía todo acerca de los *patronus*?

—El *patronus* de Tonks ha cambiado de forma —empezó—. O eso dijo Snape. No sabía que pudiera suceder algo así. ¿Por qué cambia un *patronus*?

Lupin terminó de masticar un trozo de pavo y tragó antes de contestar pausadamente:

—A veces... cuando uno sufre una fuerte conmoción... un trauma...

—Era grande y tenía cuatro patas —recordó Harry; de pronto se le ocurrió algo y bajó la voz—: Eh, ¿podría ser...?

—¡Arthur! —exclamó de pronto la señora Weasley, levantándose de la silla para mirar por la ventana de la cocina—. ¡Arthur, es Percy!

—¿Qué?

El señor Weasley se giró y todos los demás miraron también por la ventana; Ginny se levantó para ver mejor: en efecto, Percy Weasley, cuyas gafas destellaban a la luz del sol, avanzaba con dificultad por el nevado jardín. Pero no venía solo.

—¡Arthur, viene... viene con el ministro!

En efecto, el hombre al que Harry había visto en *El Profeta* avanzaba detrás de Percy cojeando ligeramente, con la melena entrecana y la negra capa salpicadas de nieve. Antes de que nadie dijera nada o los señores Weasley hicieran otra cosa que mirarse con perplejidad, la puerta trasera se abrió y Percy se plantó en el umbral.

Hubo un breve pero incómodo silencio. Entonces Percy dijo con cierta rigidez:

—Feliz Navidad, madre.

—¡Oh, Percy! —exclamó ella, y se arrojó a los brazos de su hijo.

Rufus Scrimgeour, apoyado en su bastón, se quedó en el umbral sonriendo mientras observaba la tierna escena.

—Les ruego perdonen esta intrusión —se disculpó cuando la señora Weasley lo miró secándose las lágrimas, radiante de alegría—. Percy y yo estábamos trabajando aquí cerca, ya saben, y su hijo no ha podido resistir la tentación de pasar a verlos a todos.

Sin embargo, Percy no parecía tener intención de saludar a ningún otro miembro de su familia. Se quedó quieto, tieso como un palo, muy incómodo y sin mirar a nadie en particular. El señor Weasley, Fred y George lo observaban con gesto imperturbable.

—¡Pase y siéntese, por favor, señor ministro! —dijo la señora Weasley, nerviosísima, mientras se enderezaba el sombrero—. Coma un moco de pavo... ¡Ay, perdón! Quiero decir un poco de...

—No, no, querida Molly —dijo Scrimgeour, y Harry supuso que el ministro le había preguntado a Percy el nombre de su madre antes de entrar en la casa—. No quiero molestar, no habría venido si Percy no hubiera insistido tanto en verlos...

—¡Oh, Percy! —exclamó de nuevo la señora Weasley, con voz llorosa y poniéndose de puntillas para besar a su hijo.

—Sólo tenemos cinco minutos —añadió el ministro—, así que iré a dar un paseo por el jardín mientras ustedes charlan con Percy. No, no, le repito que no quiero molestar. Bueno, si alguien tuviera la amabilidad de enseñarme su bonito jardín... ¡Ah, veo que ese joven ya ha terminado! ¿Por qué no me acompaña él a dar un paseo?

Todos mudaron perceptiblemente el semblante y miraron a Harry. Nadie se tragó que Scrimgeour no supiera su nombre, ni les pareció lógico que lo eligiese a él para dar un paseo por el jardín, puesto que Ginny y Fleur también tenían los platos vacíos.

—De acuerdo —asintió Harry, intuyendo la verdad: pese a la excusa de que estaban trabajando por esa zona y Percy había querido ver a su familia, el verdadero motivo de la visita era que el ministro quería hablar a solas con Harry Potter—. No importa —dijo en voz baja al pasar junto a Lupin, que había hecho ademán de levantarse de la silla—. No pasa nada —añadió al ver que el señor Weasley iba a decir algo.

—¡Estupendo! —exclamó Scrimgeour, y se apartó para que Harry saliera el primero—. Sólo daremos una vuelta por el jardín, y luego Percy y yo nos marcharemos. ¡Sigan, sigan con lo que estaban haciendo!

Se dirigieron hacia el jardín de los Weasley, frondoso y cubierto de nieve; Scrimgeour cojeaba un poco. Harry sabía que, antes que ministro, Scrimgeour había sido jefe de la Oficina de Aurores; tenía un aspecto severo y curtido y no se parecía en nada al corpulento Fudge con su característico bombín.

—Precioso —observó Scrimgeour, deteniéndose junto a la valla del jardín, y contempló desde allí el nevado césped y las siluetas de las plantas, que apenas se distinguían—. Realmente precioso.

Harry no comentó nada. Era consciente de que Scrimgeour lo observaba de reojo.

—Hacía mucho tiempo que quería conocerte —dijo Scrimgeour al cabo de un momento—. ¿Lo sabías?

—No.

—Pues sí, hace mucho tiempo. Ya lo creo. Pero Dumbledore siempre te ha protegido. Es natural, desde luego, muy natural, después de todo lo que has pasado... Y especialmente después de lo sucedido en el ministerio... —Esperó a que Harry dijera algo, pero el muchacho permaneció callado, así que continuó—: Estaba deseando que se presentara una ocasión para hablar contigo desde que ocupé mi nuevo cargo, pero Dumbledore lo ha impedido una y otra vez, lo cual es muy comprensible.

Harry siguió expectante.

—¡Qué rumores han circulado de un tiempo a esta parte! —exclamó Scrimgeour—. Aunque ya se sabe que las historias se tergiversan... Todas esas murmuraciones acerca de una profecía... De que tú eras «el Elegido»...

Harry pensó que se estaban acercando al motivo por el cual el ministro había ido a La Madriguera.

—Supongo que Dumbledore te habrá hablado de estas cosas.

Harry se preguntó si debía mentir. Observó las pequeñas huellas de gnomos que había alrededor de los arriates de flores y las pisadas en la nieve que señalaban el sitio donde Fred había atrapado al gnomo que después colocaron en el árbol de Navidad ataviado con un tutú. Finalmente, decidió decir la verdad... o al menos una parte.

—Sí, hemos hablado.

—Claro, claro —comentó Scrimgeour. Harry vio que el ministro lo miraba con los ojos entornados, así que fingió estar muy interesado en un gnomo que acababa de asomar la cabeza por debajo de un rododendro congelado—. ¿Y qué te ha contado Dumbledore, Harry?

—Lo siento, pero eso es asunto nuestro.

Lo dijo con el tono más respetuoso que pudo, y Scrimgeour también empleó un tono cordial cuando repuso:

—Por supuesto, por supuesto. Si se trata de asuntos confidenciales, no quisiera obligarte a divulgar... No, no. Además, en realidad no importa que seas o no el Elegido.

Harry tuvo que pensárselo antes de responder:

—No sé a qué se refiere, señor ministro.

—Bueno, a ti te importará muchísimo, desde luego —dijo Scrimgeour y soltó una risita—. Pero para la comunidad mágica en general... Todo es muy subjetivo, ¿no? Lo que interesa es lo que cree la gente.

Harry guardó silencio. Le pareció intuir adónde quería ir a parar el ministro, pero no pensaba ayudarlo a llegar allí. El gnomo del rododendro se había puesto a escarbar buscando gusanos entre las raíces y Harry fijó la vista en él.

—Verás, la gente cree que tú eres el Elegido —prosiguió Scrimgeour—. Te consideran un gran héroe, ¡y lo eres, Harry, elegido o no! ¿Cuántas veces te has enfrentado ya a El-que-no-debe-ser-nombrado? En fin —siguió sin esperar respuesta—, el caso es que eres un símbolo de esperanza para muchas personas. El hecho de pensar que existe alguien que tal vez sería capaz de destruir a El-que-no-debe-ser-nombrado, o que incluso podría estar destinado a hacerlo... bueno, levanta bastante la moral de la gente. Y no puedo evitar la sensación de que, cuando te des plena cuenta de ello, quizá consideres que es... no sé cómo decirlo... bien, que es casi un deber colaborar con el ministerio y estimular un poco a todo el mundo.

El gnomo acababa de atrapar un gusano y tiraba de él intentando sacarlo del suelo helado. Como Harry seguía callado, Scrimgeour, mirándolo primero a él y luego al gnomo, dijo:

—Qué tipos tan curiosos, ¿verdad? Pero ¿qué opinas tú, Harry?

—No entiendo muy bien qué espera de mí —respondió el muchacho por fin—. «Colaborar con el ministerio.» ¿Qué significa eso exactamente?

—Bueno, nada demasiado molesto, te lo aseguro —repuso Scrimgeour—. Quedaría bien que te vieran entrar y salir del ministerio de vez en cuando, por ejemplo. Y mientras estuvieras allí, tendrías oportunidad de hablar con Gawain Robards, mi sucesor como jefe de la Oficina de Aurores. Dolores Umbridge me ha dicho que ambicionas ser auror. Pues bien, eso tiene fácil arreglo...

Harry notó cómo la rabia se le encendía en el estómago; así que Dolores Umbridge seguía trabajando en el ministerio, ¿eh?

—O sea que le gustaría que diera la impresión de que trabajo para el ministerio, ¿no? —puntualizó el muchacho.

—A la gente le animaría pensar que te implicas más —comentó Scrimgeour, que parecía alegrarse de que Harry hubiera captado el mensaje a la primera—. El Elegido, ¿entiendes? Se trata de infundir optimismo en la población, de transmitirle la sensación de que están pasando cosas extraordinarias...

—Pero si entro y salgo del ministerio —replicó Harry, esforzándose por mantener un tono cordial—, ¿no parecerá que apruebo su política?

—Bueno —repuso Scrimgeour frunciendo levemente la frente—, sí, eso es, en parte, lo que nos gustaría que...

—No, no creo que dé resultado. Mire, no me gustan ciertas cosas que está haciendo el ministerio. Encerrar a Stan Shunpike, por ejemplo.

Scrimgeour endureció el semblante.

—No espero que lo entiendas —dijo, pero no tuvo tanto éxito como Harry en disimular la rabia que sentía—. Vivimos tiempos difíciles y es preciso adoptar ciertas medidas. Tú sólo tienes dieciséis años y...

—Dumbledore no tiene dieciséis años, y él tampoco cree que Stan deba estar en Azkaban. Han convertido a Stan en un chivo expiatorio y a mí quieren convertirme en una mascota.

Se miraron a los ojos, largamente y con dureza. Al fin Scrimgeour dijo, ya sin fingir cordialidad:

—Entiendo. Prefieres desvincularte del ministerio, igual que Dumbledore, tu héroe, ¿verdad?

—No quiero que me utilicen —afirmó Harry.

—¡Hay quienes piensan que tu deber es dejar que el ministerio te utilice!

—Sí, y hay quienes piensan que ustedes tienen el deber de comprobar si una persona es de verdad un mortífago antes de encerrarla en la cárcel —replicó Harry, cada vez más enfadado—. Ustedes están haciendo lo mismo que hacía Barty Crouch. No acaban de conseguir lo que quieren, ¿eh? ¡O teníamos a Fudge, que fingía que todo era maravilloso mientras asesinaban a la gente delante de sus narices, o lo tenemos a usted, que encarcela inocentes y pretende ufanarse de que el Elegido trabaja para usted!

—Entonces ¿no eres el Elegido?

—¿No acaba de decir que en realidad no importa que lo sea o no? —replicó Harry, y soltó una risa amarga—. O al menos a usted no le importa.

—No debí decir eso —se apresuró a rectificar Scrimgeour—. Ha sido un comentario poco afortunado...

—No; ha sido un comentario sincero —lo corrigió Harry—. Una de las pocas cosas sinceras que me ha dicho hasta ahora. A usted no le importa que yo viva o muera, sólo le interesa que lo ayude a convencer a todos de que está ganando la guerra contra Voldemort. No lo he olvidado, señor ministro... —Levantó la mano derecha y le enseñó el dorso, donde perduraban las cicatrices de lo que Dolores Umbridge le había obligado a grabar en su propia carne: «No debo decir mentiras»—. No recuerdo que usted saliera en mi defensa cuando yo intentaba explicarles a todos que Voldemort había regresado. El año pasado, el ministerio no mostraba tanto interés en mantener buenas relaciones conmigo.

Permanecieron en silencio, tan fríos como el suelo que tenían bajo los pies. El gnomo había conseguido por fin arrancar su gusano y lo chupaba con deleite, apoyado contra las ramas bajas del rododendro.

—¿Qué está tramando Dumbledore? —preguntó Scrimgeour con brusquedad—. ¿Adónde va cuando se marcha de Hogwarts?

—No tengo ni idea.

—Y si lo supieras no me lo dirías, ¿verdad?

—No, no se lo diría.

—En ese caso, tendré que averiguarlo por otros medios.

—Inténtelo —dijo Harry con indiferencia—. Pero usted parece más inteligente que Fudge; espero que haya aprendido algo de los errores de su antecesor. Él trató de interferir en Hogwarts. Supongo que se habrá fijado en que Fudge ya no es ministro, y en cambio Dumbledore sigue siendo el director del colegio. Yo, en su lugar, lo dejaría en paz.

Hubo una larga pausa.

—Bueno, ya veo que Dumbledore ha hecho un buen trabajo contigo —dijo Scrimgeour lanzándole una mirada glacial a través de sus gafas de montura metálica—. Fiel a Dumbledore, cueste lo que cueste, ¿no, Potter?

—Sí, así es. Me alegro de que eso haya quedado claro.

Le dio la espalda al ministro de Magia y echó a andar resueltamente hacia la casa.

17

Un recuerdo borroso

Una tarde, poco después de Año Nuevo, Harry, Ron y Ginny se pusieron en fila junto a la chimenea de la cocina para regresar a Hogwarts. El ministerio había organizado esa conexión excepcional a la Red Flu para que los estudiantes pudieran volver de manera rápida y segura al colegio. La señora Weasley era la única presente en La Madriguera para despedir a los muchachos; su marido, Fred, George, Bill y Fleur ya se habían marchado al trabajo. Se deshizo en lágrimas en el momento de la partida. Hay que decir que últimamente estaba muy sensible; le afloraban las lágrimas con facilidad desde que el día de Navidad Percy saliera precipitadamente de la casa con una pastinaca apachurrada en las gafas (de lo cual Fred, George y Ginny se declaraban responsables).

—No llores, mamá —la consoló Ginny, y le dio palmaditas en la espalda mientras la señora Weasley sollozaba con la cabeza apoyada en el hombro de su hija—. No pasa nada...

—Sí, no te preocupes por nosotros —agregó Ron, y permitió que su madre le plantara un beso en la mejilla—, ni por Percy. Es un imbécil, no se merece que sufras por él.

Ella lloró aún con más ganas cuando abrazó a Harry.

—Prométeme que tendrás cuidado... y que no te meterás en líos...

—Pero si yo nunca me meto en líos, señora Weasley. Usted ya me conoce, me gusta la tranquilidad...

La mujer soltó una risita llorosa y se separó del muchacho.

—Pórtense bien, chicos...

Harry se metió en las llamas verde esmeralda y gritó: «¡A Hogwarts!» Tuvo una última y fugaz visión de la cocina y del lloroso rostro de la señora Weasley antes de que las llamas se lo tragaran. Mientras giraba vertiginosamente sobre sí mismo, atisbó imágenes borrosas de otras habitaciones de magos, pero no logró observarlas bien. Luego empezó a reducir la velocidad y finalmente se detuvo en seco en la chimenea del despacho de la profesora McGonagall. Ésta apenas levantó la vista de su trabajo cuando él salió arrastrándose de la chimenea.

—Buenas noches, Potter. Procura no ensuciarme la alfombra de ceniza.

—Descuide, profesora.

Harry se ajustó las gafas y se alisó el cabello mientras Ron aparecía girando como un trompo en la chimenea. Después llegó Ginny, y los tres salieron del despacho de la profesora rumbo a la torre de Gryffindor. Mientras recorrían los pasillos, Harry miraba por las ventanas; el sol ya se estaba poniendo detrás de los jardines, recubiertos de una capa de nieve aún más gruesa que la del jardín de La Madriguera. A lo lejos vio a Hagrid dando de comer a *Buckbeak* delante de su cabaña.

—«¡Baratija!» —dijo Ron cuando llegaron al cuadro de la Señora Gorda, que estaba más pálida de lo habitual e hizo una mueca de dolor al oír la fuerte voz del muchacho.

—No —contestó.

—¿Cómo que no?

—Hay contraseña nueva —aclaró la Señora Gorda—. Y no grites, por favor.

—Pero si hemos estado fuera, ¿cómo quiere que sepamos...?

—¡Harry! ¡Ginny!

Hermione corría hacia ellos; tenía las mejillas sonrosadas y llevaba puestos la capa, el sombrero y los guantes.

—He llegado hace un par de horas. Vengo de visitar a Hagrid y *Buck*... quiero decir *Witherwings* —dijo casi sin aliento—. ¿Han pasado unas bonitas vacaciones?

—Sí —contestó Ron—, bastante moviditas. Rufus Scrim...

—Tengo una cosa para ti, Harry —añadió Hermione sin mirar a Ron ni dar señales de haberlo oído—. ¡Ah, espera, la contraseña! «¡Abstinencia!»

—Correcto —dijo la Señora Gorda con un hilo de voz, y el retrato se apartó revelando el hueco.

—¿Qué le pasa? —preguntó Harry.

—Serán los excesos navideños —respondió Hermione poniendo los ojos en blanco, y entró en la abarrotada sala común—. Su amiga Violeta y ella se bebieron todo el vino de ese cuadro de monjes borrachos que hay en el pasillo del aula de Encantamientos. En fin... —Rebuscó en su bolsillo y extrajo un rollo de pergamino con la letra de Dumbledore.

—¡Perfecto! —exclamó Harry, y se apresuró a desenrollarlo. Ponía que su próxima clase con el director del colegio sería la noche siguiente—. Tengo muchas cosas que contarle, y a ustedes también. Vamos a sentarnos...

Pero en ese momento se oyó un fuerte «¡Ro-Ro!», y Lavender Brown salió a toda velocidad de no se supo dónde y se arrojó a los brazos de Ron. Algunos curiosos se rieron por lo bajo; Hermione soltó una risita cantarina y dijo:

—Allí hay una mesa. ¿Vienes, Ginny?

—No, gracias, he quedado con Dean —se excusó Ginny, aunque Harry advirtió que no lo decía con mucho entusiasmo.

Dejaron a Ron y Lavender enzarzados en una especie de lucha grecorromana y Harry condujo a Hermione hasta una mesa libre.

—¿Qué tal has pasado las Navidades?

—Bien —contestó ella encogiéndose de hombros—. No han sido nada del otro mundo. ¿Y qué tal ustedes en casa de Ro-Ro?

—Ahora te lo cuento. Pero primero... Oye, Hermione, ¿no podrías...?

—No, no puedo. Así que no te molestes en pedírmelo.

—Creía que a lo mejor, ya sabes, durante las Navidades...

—La que se bebió una cuba de vino de hace quinientos años fue la Señora Gorda, Harry, no yo. ¿Qué es esa noticia tan importante que querías contarme?

Hermione se mostró demasiado furiosa para discutir con ella, de modo que Harry renunció a hacerla razonar acerca de Ron y le explicó lo que había oído decir a Malfoy y Snape.

Cuando terminó, Hermione reflexionó un momento y luego dijo:

—¿No crees que...?

—¿... fingía prestarle su ayuda para que Malfoy le contara qué es eso que está tramando?

—Sí, más o menos.

—Eso mismo creen el padre de Ron y Lupin —refunfuñó Harry—. Pero esto demuestra a las claras que Malfoy está planeando algo, no puedes negarlo.

—No, claro.

—Y que actúa obedeciendo las órdenes de Voldemort, como yo sospechaba.

—Hum... ¿Mencionó alguno de ellos a Voldemort?

—No estoy seguro —respondió Harry e intentó hacer memoria—. Snape dijo «tu amo», de eso sí me acuerdo, ¿y quién va a ser su amo si no Voldemort?

—No lo sé —dijo Hermione mordiéndose el labio—. ¿Su padre? —Y se quedó un momento con la mirada perdida, como absorta en sus pensamientos, y ni siquiera vio a Lavender haciéndole cosquillas a Ron—. ¿Cómo está Lupin? —preguntó al cabo.

—No muy bien —respondió Harry, y le contó lo de la misión del ex profesor entre los hombres lobo y las dificultades a que se enfrentaba—. ¿Has oído hablar de Fenrir Greyback?

—¡Pues claro! —dijo Hermione con un sobresalto—. ¡Y tú también!

—¿Cuándo? ¿En Historia de la Magia? Sabes muy bien que jamás he escuchado...

—No, no. En Historia de la Magia no. ¡Malfoy amenazó a Borgin con enviarle a ese individuo! En el callejón Knockturn, ¿no te acuerdas? ¡Le dijo que Greyback era un viejo amigo de su familia y que iría a ver qué progresos hacía!

Harry la miró boquiabierto.

—¡No me acordaba! Pues eso demuestra que Malfoy es un mortífago, porque si no, ¿cómo iba a estar en contacto con Greyback y darle órdenes?

—Es bastante sospechoso —admitió Hermione en voz baja—. A menos que...

—¡Vamos, Hermione! —la urgió Harry, exasperado—. ¡Esta vez tendrás que reconocerlo!

—Bueno, cabe la posibilidad de que fuera un farol, una falsa amenaza...

—Eres increíble, de verdad —dijo Harry meneando la cabeza—. Ya veremos quién tiene razón. Tendrás que tragarte lo que has dicho, Hermione, igual que el ministerio. ¡Ah, sí! Y también tuve una discusión con Rufus Scrimgeour...

Pasaron el resto de la velada sin pelearse, criticando al ministro de Magia, pues Hermione, como Ron, opinaba que después de todo lo que el ministerio le había hecho pasar a Harry el año anterior, era una desfachatez que fueran a pedirle ayuda.

El segundo trimestre empezó a la mañana siguiente con una agradable sorpresa para los alumnos de sexto: por la noche habían colgado un gran letrero en los tablones de anuncios de la sala común de cada una de las casas, que anunciaba:

CLASES DE APARICIÓN

Si tienes diecisiete años o vas a cumplirlos antes del 31 de agosto, puedes apuntarte a un cursillo de Aparición de doce semanas dirigido por un instructor de Aparición del Ministerio de Magia.
Se ruega a los interesados
que anoten su nombre en la lista.
Precio: 12 galeones.

Harry y Ron se unieron a los estudiantes que se apiñaban alrededor del letrero esperando turno para anotar sus nombres. Ron se disponía a inscribirse después de Hermione cuando Lavender se le acercó por detrás, le tapó los ojos y canturreó: «¡Adivina quién soy, Ro-Ro!» Hermione se marchó con aire ofendido y Harry la siguió, pues no tenía ningunas ganas de quedarse con Ron y Lavender, pero se llevó una sorpresa al ver que su amigo los alcanzaba cuando ellos acababan de salir por el hueco del retrato. Parecía contrariado y tenía las orejas enrojecidas. Sin decir palabra, Hermione aceleró el paso para alcanzar a Neville.

—Bueno, clases de Aparición —dijo Ron, sin duda tratando de que Harry no mencionara lo que acababa de pasar—. Será divertido, ¿no?

—No lo sé —repuso Harry—. Quizá sea más cómodo hacerlo solo; cuando Dumbledore me llevó con él no lo pasé muy bien, la verdad.

—Vaya, no recordaba que tú ya te habías aparecido... Más vale que apruebe el examen a la primera. Fred y George lo consiguieron.

—Pero Charlie reprobó, ¿verdad?

—Sí, pero como Charlie es más corpulento que yo —dijo Ron abriendo los brazos como para abarcar el contorno de un gorila—, los gemelos no se metieron mucho con él, al menos cuando estaba presente.

—¿Cuándo podremos hacer el examen?

—En cuanto hayamos cumplido diecisiete años. ¡O sea que yo me examinaré en marzo!

—Sí, pero no podrás aparecerte aquí, en el castillo —le advirtió Harry.

—Eso no importa. La gracia es que todo el mundo sepa que puedo aparecerme si quiero.

Ron no era el único emocionado con las clases de Aparición. Ese día se habló mucho del cursillo; el hecho de poder esfumarse y volver a aparecer al antojo de uno ofrecía a los alumnos un mundo de posibilidades.

—Será genial eso de... —Seamus chasqueó los dedos—. Mi primo Fergus lo hace continuamente sólo para fastidiarme; ya verán cuando yo también pueda desaparecerme... Le voy a hacer la vida imposible.

Y se emocionó tanto imaginando esa feliz circunstancia que agitó la varita con excesivo entusiasmo y en lugar de generar una fuente de agua cristalina, que era el objetivo de la clase de Encantamientos de ese día, hizo aparecer un chorro de manguera que rebotó en el techo y le dio en plena cara al profesor Flitwick.

El profesor se secó con una sacudida de su varita y, ceñudo, ordenó a Seamus que copiara la frase «Soy un mago y no un babuino blandiendo un palo». El chico se quedó un tanto abochornado.

—Harry ya se ha aparecido —le susurró Ron—. Dum... bueno, alguien lo acompañó; Aparición Conjunta, ya sabes.

—¡Caramba! —susurró Seamus, y Dean, Neville y él juntaron un poco más las cabezas para que su compañero les explicara qué se sentía al aparecerse.

Durante el resto del día, muchos alumnos de sexto agobiaron a Harry con preguntas, ansiosos por anticiparse a las sensaciones que experimentarían. Pero ninguno de ellos se desanimó cuando les contó lo incómodo que era aparecerse, aunque se sintieron sobrecogidos. Eran casi las ocho de la tarde y Harry todavía estaba contestando a las preguntas de sus compañeros con pelos y señales. Al final, para no llegar tarde a su clase particular, se vio obligado a alegar que tenía que devolver sin falta un libro en la biblioteca.

En el despacho de Dumbledore, las lámparas estaban encendidas, los retratos de sus predecesores roncaban suavemente en sus marcos y el pensadero volvía a estar preparado encima de la mesa. El director tenía las manos posadas a ambos lados de la vasija; la derecha se veía más negra y chamuscada que antes. No parecía que se le estuviera curando, y Harry se preguntó por enésima vez cómo se habría hecho el anciano profesor una lesión tan extraña, pero no hizo ningún comentario; Dumbledore le había dicho que ya lo sabría en su momento, y ahora había otro asunto del que Harry quería hablar. Pero, antes de que pudiera decir nada acerca de Snape y Malfoy, Dumbledore dijo:

—Tengo entendido que estas Navidades conociste al ministro de Magia.

—Sí. No está muy contento conmigo.

—No —suspiró Dumbledore—. Tampoco está contento conmigo. Debemos procurar no hundirnos bajo el peso de nuestras tribulaciones, Harry, y seguir luchando.

Harry forzó una sonrisa.

—Pretendía que le dijera a la comunidad mágica que el ministerio está realizando una labor maravillosa.

—Fue idea de Fudge, ¿sabes? —comentó Dumbledore sonriendo también—. Cuando en sus últimos días como ministro intentaba por todos los medios aferrarse a su cargo, quiso hablar contigo con la esperanza de que le ofrecieras apoyo...

—¿Después de todo lo que hizo el año pasado? —repuso Harry—. ¿Después de lo de la profesora Umbridge?

—Le dije a Cornelius que lo descartara, pero la idea persistió a pesar de que él abandonó el ministerio. Pocas horas después del nombramiento de Scrimgeour, me reuní con él y me pidió que le organizara una entrevista contigo.

—¡Así que discutieron por eso! —saltó Harry—. Salió en *El Profeta*.

—Es inevitable que alguna que otra vez *El Profeta* diga la verdad. Aunque sea sin querer. Sí, ése fue el motivo de nuestra discusión. Pues bien, resulta que al final Rufus halló la manera de abordarte.

—Me acusó de ser «fiel a Dumbledore, cueste lo que cueste».

—¡Qué insolencia!

—Le contesté que sí, que lo era.

Dumbledore iba a decir algo, pero cerró la boca. Detrás de Harry, *Fawkes*, el fénix, emitió un débil y melodioso quejido. Entonces el muchacho, reparando en que al director se le habían humedecido los ojos, desvió rápidamente la mirada y se quedó contemplándose los zapatos, abochornado. Sin embargo, cuando Dumbledore habló, no lo hizo con voz quebrada.

—Me conmueves, Harry.

—Scrimgeour quería saber adónde va usted cuando no está en Hogwarts —continuó Harry, sin apartar la vista de los zapatos.

—Sí, me consta que le encantaría saberlo —repuso Dumbledore con un dejo jovial, y Harry consideró oportuno levantar la mirada—. Incluso ha intentado espiarme. Tiene gracia. Ordenó a Dawlish que me siguiera. Eso no estuvo nada bien. Ya me vi obligado a embrujar a ese auror en una ocasión y, lamentándolo mucho, tuve que hacerlo otra vez.

—Entonces ¿todavía no saben adónde va? —preguntó Harry con la esperanza de que le revelara esa intrigante cuestión, pero Dumbledore se limitó a sonreír mirándolo por encima de sus gafas de media luna.

—No, no lo saben, y de momento tampoco es oportuno que lo sepas tú. Y ahora te sugiero que nos demos prisa, a menos que haya algo más...

—Sí, señor. Quería comentarle algo acerca de Malfoy y Snape.

—Del profesor Snape, Harry.

—Sí, señor. Los oí hablar durante la fiesta del profesor Slughorn... Bueno, la verdad es que los seguí...

Dumbledore escuchó el relato de Harry con gesto imperturbable. Cuando terminó, el director guardó silencio unos instantes y luego dijo:

—Gracias por contármelo, pero te sugiero que no te preocupes. No creo que sea nada relevante.

—¿Que no es relevante? —repitió Harry, incrédulo—. Profesor, ¿ha entendido bien...?

—Sí, Harry, estoy dotado de una extraordinaria capacidad mental y he entendido todo lo que me has contado —lo cortó Dumbledore con cierta dureza—. Creo que hasta podrías considerar la posibilidad de que haya comprendido más cosas que tú. Agradezco que me lo hayas confiado, pero te aseguro que no me produce inquietud alguna.

Harry, contrariado, guardó silencio y miró a los ojos a Dumbledore. ¿Qué estaba pasando? ¿Acaso el director había encomendado a Snape averiguar las actividades de Malfoy, en cuyo caso ya sabía todo cuanto él acababa de contarle? ¿O sí estaba preocupado por todo eso, pero fingía no estarlo?

—Entonces, señor —dijo Harry procurando sonar sereno y respetuoso—, ¿sigue usted confiando...?

—Ya fui lo bastante tolerante en otra ocasión al contestar a esa pregunta —repuso Dumbledore con un tono nada tolerante—. Mi respuesta no ha cambiado.

—Eso parece —dijo una insidiosa vocecilla; al parecer, Phineas Nigellus sólo fingía dormir. Dumbledore no le hizo caso.

—Y ahora, Harry, debo insistir en que nos demos prisa. Tengo cosas más importantes que hablar contigo esta noche.

Harry se quedó quieto intentando dominar la rabia que sentía. ¿Qué pasaría si se negaba a cambiar de tema, o si insistía en discutir acerca de las acusaciones que tenía contra Malfoy? Dumbledore meneó la cabeza como si le hubiera leído el pensamiento.

—¡Ay, Harry, esto pasa a menudo, incluso entre los mejores amigos! Cada uno está convencido de que lo que dice es mucho más importante que cualquier cosa que los demás puedan aportar.

—Yo no opino que lo que usted tiene que decirme no sea importante, señor —puntualizó Harry con rigidez.

—Pues bien, estás en lo cierto porque lo es —repuso Dumbledore con vehemencia—. Hay dos recuerdos más que quiero enseñarte esta noche; ambos los obtuve con enormes dificultades, y creo que el segundo es el más trascendental que he logrado recoger.

Harry no hizo ningún comentario; seguía enfadado por cómo habían sido recibidas sus confidencias, pero no ganaría nada cerrándose por completo.

—Bueno —dijo Dumbledore con voz enérgica—, esta noche retomaremos la historia de Tom Ryddle, a quien en la pasada clase dejamos a punto de iniciar su educación en Hogwarts. Recordarás cómo se emocionó cuando se enteró de que era mago y rechazó mi compañía para ir al callejón Diagon, y que yo, por mi parte, le advertí que no podría seguir robando cuando estuviera en el colegio.

»Pues bien, se inició el curso y con él llegó Tom Ryddle, un muchacho tranquilo ataviado con una túnica de segunda mano, que aguardó su turno con los otros alumnos de primer año en la Ceremonia de Selección. El Sombrero Seleccionador lo envió a Slytherin en cuanto le rozó la cabeza —continuó Dumbledore, señalando con un floreo de la mano el estante de la pared donde reposaba, inmóvil, el viejo Sombrero Seleccionador—. Ignoro cuánto tardó Ryddle en enterarse de que el famoso fundador de su casa podía hablar con las serpientes; quizá lo averiguó esa misma noche. Estoy seguro de que esa revelación lo emocionó aún más e incrementó su autosuficiencia.

»Con todo, si asustaba o impresionaba a sus compañeros de casa con exhibiciones de lengua pársel en la sala común, el profesorado nunca tuvo noticia de ello. No daba ninguna señal de arrogancia ni agresividad. Era un huérfano con un talento inusual y muy apuesto, y, como es lógico, atrajo la atención y las simpatías del profesorado casi desde su llegada. Parecía educado, apacible y ávido de conocimientos, de modo que causó una impresión favorable en la mayoría de los profesores.

—¿Usted no les explicó, señor, cómo se había comportado el día que lo conoció en el orfanato? —preguntó Harry.

—No, no lo hice. Pese a que él no había dado muestras del menor arrepentimiento, cabía la posibilidad de que lamentara cómo había actuado hasta entonces y que hubiera decidido enmendarse. Por ese motivo, decidí darle una oportunidad.

Dumbledore hizo una pausa y miró inquisitivamente a Harry, que había despegado los labios para decir algo. Una vez más el director exhibía su tendencia a confiar en los demás a pesar de existir pruebas aplastantes de que no lo merecían. Pero entonces Harry recordó algo...

—En realidad usted no se fiaba de él, ¿verdad, señor? Él me dijo... El Ryddle que salió de aquel diario me dijo: «A Dumbledore nunca le gusté tanto como a los otros profesores.»

—Digamos que no di por hecho que fuera digno de confianza —aclaró Dumbledore—. Como ya te he explicado, decidí vigilarlo bien y eso fue lo que hice. No puedo afirmar que extrajera mucha información de mis observaciones, al menos al principio, porque Ryddle era muy cauteloso conmigo; sin duda, tenía la impresión de que, con la emoción del descubrimiento de su verdadera identidad, me había contado demasiadas cosas. Procuró no volver a revelarme nada, pero no podía retirar los comentarios que ya se le habían escapado con la agitación del primer momento, ni la historia que me había explicado la señora Cole. Sin embargo, tuvo la sensatez de no intentar cautivarme como cautivó a tantos de mis colegas.

»A medida que pasaba de curso, iba reuniendo a su alrededor a un grupo de fieles amigos; los llamo así a falta de una palabra más adecuada, aunque, como ya te he explicado, es indudable que Ryddle no sentía afecto por ninguno de ellos. Sus compinches y él ejercían una misteriosa fascinación sobre los demás habitantes del castillo. Eran un grupo variopinto: una mezcla de personajes débiles que buscaban protección, personajes ambiciosos que deseaban compartir la gloria de otros y matones que gravitaban en torno a un líder capaz de mostrarles formas más refinadas de crueldad. Dicho de otro modo, eran los precursores de los mortífagos, y de hecho, algunos de ellos se convirtieron en los primeros mortífagos cuando salieron de Hogwarts.

»Estrictamente controlados por Ryddle, nunca los sorprendieron obrando mal, aunque los siete años que pasaron en Hogwarts estuvieron marcados por diversos incidentes desagradables a los que nunca se los pudo vincular de manera fehaciente; el más grave de esos incidentes fue, por supuesto, la apertura de la Cámara de los Secretos, que causó la muerte de una alumna. Como ya sabes, Hagrid fue injustamente acusado de ese crimen.

»No he encontrado muchos recuerdos de la estancia de Ryddle en Hogwarts —continuó Dumbledore mientras colocaba su marchita mano sobre el pensadero—. Muy pocos de quienes lo conocieron entonces están dispuestos a hablar de él porque le temen demasiado. Lo que sé lo averigüé cuando él ya había abandonado Hogwarts, después de concienzudos esfuerzos para localizar a algunas personas a las que creí que podría sonsacar información, registrar antiguos archivos e interrogar a testigos tanto muggles como magos.

»Los pocos que accedieron a hablar me contaron que Ryddle estaba obsesionado por sus orígenes. Eso es comprensible, desde luego, puesto que se había criado en un orfanato y, como es lógico, quería saber cómo había ido a parar allí. Al parecer buscó en vano el rastro de Tom Ryddle sénior en las placas de la sala de trofeos, en las listas de prefectos de los archivos del colegio e incluso en los libros de historia de la comunidad mágica. Finalmente, se vio obligado a aceptar que su padre nunca había pisado Hogwarts. Creo que fue entonces cuando abandonó de forma definitiva su apellido, adoptó la identidad de lord Voldemort e inició las indagaciones sobre la familia de su madre, a la que hasta entonces había desdeñado; como recordarás, ella era la mujer que, según él, no podía ser bruja puesto que había sucumbido a la ignominiosa debilidad humana de la muerte.

»El único dato de que disponía era el nombre "Sorvolo"; en el orfanato le habían dicho que así se llamaba su abuelo materno. Por fin, tras minuciosas investigaciones en viejos libros de familias de magos, descubrió la existencia de los descendientes de Slytherin, así que al cumplir los dieciséis años se marchó para siempre del orfanato, adonde iba todos los veranos, y emprendió la búsqueda de sus parientes, los Gaunt...

Dumbledore se levantó y Harry vio que volvía a sostener una botellita de cristal llena de recuerdos nacarados que formaban remolinos.

—Me considero muy afortunado por haber recogido esto —dijo mientras vertía la reluciente sustancia en el pensadero—. Lo comprenderás cuando lo hayamos experimentado. ¿Estás preparado, Harry?

Harry se acercó a la vasija de piedra y se inclinó obedientemente hasta que su cara atravesó la superficie que formaban los recuerdos. Volvió a sentir que se precipitaba en el vacío, una sensación que empezaba a resultarle familiar, y poco después aterrizó sobre un sucio suelo de piedra en medio de una oscuridad casi total.

Tardó unos segundos en reconocer el lugar, y cuando lo consiguió, Dumbledore ya había aterrizado a su lado. Harry nunca había visto nada tan sucio como la casa de los Gaunt: las telarañas invadían el techo, una capa de mugre cubría el suelo y encima de la mesa había restos de comida podrida y mohosa entre varios cazos con repugnantes posos. La única luz era la que proyectaba una vela que ardía parpadeando, colocada a los pies de un hombre de cabello y barba tan largos que Harry no le veía los ojos ni la boca. Estaba desplomado en un sillón, junto al fuego, y al principio Harry pensó que estaba muerto. Pero entonces se oyó un fuerte golpe en la puerta y el hombre despertó sobresaltado; enarboló la varita mágica que sujetaba con la mano derecha y un pequeño cuchillo que tenía en la izquierda.

La puerta se abrió chirriando. En el umbral, sosteniendo una vieja lámpara, apareció un muchacho alto, pálido, de cabello oscuro y rostro agraciado al que Harry reconoció de inmediato: era Voldemort a los quince años.

Voldemort paseó despacio la mirada por la casucha y descubrió al hombre sentado en el sillón. Ambos se observaron unos segundos; entonces el hombre se incorporó tambaleándose y las numerosas botellas que había esparcidas por el suelo entrechocaron y tintinearon.

—¡Tú! —bramó—. ¡Tú! —Y se lanzó dando traspiés hacia Ryddle, con la varita y el cuchillo en ristre.

—*Quieto* —dijo Ryddle en pársel.

El hombre patinó y chocó contra la mesa, tirando varios cazos mohosos al suelo. Entonces miró fijamente a Ryddle. Reinó un largo silencio mientras se contemplaban, hasta que el hombre lo rompió.

—*¿La hablas?*

—*Sí, la hablo* —contestó Ryddle. Dio unos pasos hacia el interior de la habitación y dejó que la puerta se cerrara por sí sola detrás de él. Harry no pudo evitar sentir una mezcla de admiración y envidia por la absoluta falta de miedo de Voldemort, cuyo rostro sólo expresaba asco y quizá una ligera decepción.

—¿Dónde está Sorvolo? —preguntó.

—Está muerto —contestó el otro—. Murió hace años, ¿no lo sabías?

—Entonces ¿quién eres tú?

—Yo soy Morfin. ¡Morfin!

—¿El hijo de Sorvolo?

—Pues claro.

Morfin se apartó el pelo de la sucia cara para ver mejor a Ryddle, y Harry vio en su mano derecha el anillo con la piedra negra de Sorvolo.

—Creí que eras ese muggle —susurró Morfin—. Eres igual que ese muggle.

—¿Qué muggle? —preguntó Ryddle con brusquedad.

—Ese muggle que le gustaba a mi hermana, ese muggle que vive en la gran casa de más allá —repuso Morfin, y escupió en el suelo entre ambos—. Eres igual que él. Ryddle. Pero él es más viejo que tú, ¿no? Sí, ahora que lo pienso, él es más viejo que tú. —Morfin parecía un tanto aturdido y se balanceaba un poco; se había agarrado al borde de la mesa para no caerse—. Él regresó, ¿entiendes? —dijo como atontado.

Voldemort lo observaba como calibrando sus posibilidades. Se acercó un poco más y le dijo:

—¿Ryddle regresó?

—Sí, la abandonó; ¡y bien merecido lo tuvo por haberse casado con esa basura de tipo! —respondió Morfin, y volvió a escupir en el suelo—. ¡Además, antes de fugarse nos robó! ¿Dónde está el guardapelo, eh? ¿Dónde está el guardapelo de Slytherin? —Voldemort no contestó. Morfin se estaba enfureciendo de nuevo; enarboló el cuchillo y gritó—: ¡Esa cerda nos deshonró! ¿Y quién eres tú para venir aquí y hacer preguntas sobre esas cosas? Todo ha terminado, ¿no? Todo ha terminado...

Miró hacia otro lado, volviendo a tambalearse ligeramente, y Voldemort avanzó unos pasos. Entonces una extraña oscuridad se apoderó de la estancia y extinguió la lámpara de Voldemort y la vela de Morfin, lo extinguió todo...

Dumbledore sujetó con fuerza el brazo de Harry y ambos volvieron a elevarse hasta llegar al presente. Después de aquella oscuridad impenetrable, la débil luz dorada del despacho del anciano profesor deslumbró al muchacho.

—¿Eso es todo? —preguntó Harry, parpadeando—. ¿Por qué se ha quedado todo a oscuras, qué ha pasado?

—Porque después de eso Morfin no pudo recordar nada —contestó Dumbledore, y le indicó que volviera a sentarse—. Cuando a la mañana siguiente despertó, estaba tendido en el suelo, solo. Pero el anillo de Sorvolo había desaparecido.

»Entretanto, en Pequeño Hangleton una sirvienta corría por la calle principal gritando que había tres cadáveres en el salón de la gran casa: eran los de Tom Ryddle sénior, su padre y su madre. Las autoridades muggles se quedaron perplejas. Que yo sepa, todavía no saben cómo murieron los Ryddle, ya que la maldición *Avada Kedavra* no suele dejar lesiones visibles. La excepción se halla en este preciso momento ante mí —añadió Dumbledore señalando la cicatriz de Harry—. En cambio, el ministerio supo de inmediato que se trataba de un asesinato triple perpetrado por un mago. También sabían que al otro lado del valle donde se alzaba la mansión de los Ryddle, vivía un ex presidiario que odiaba a los muggles y que ya había sido condenado una vez por agredir a una de las personas que habían encontrado muertas.

»Así pues, el ministerio llamó a declarar a Morfin. Pero no necesitaron interrogarlo, ni utilizar Veritaserum o Legeremancia. Morfin confesó de inmediato ser el autor de los asesinatos y dio detalles que sólo el criminal podía conocer. Declaró que se sentía orgulloso de haber matado a aquellos muggles y que llevaba años esperando que se presentara la ocasión. Como entregó su varita, se demostró que había sido utilizada para matar a los Ryddle. De modo que permitió que lo llevaran a Azkaban sin oponer resistencia. Lo único que lo atormentaba era que hubiera desaparecido el anillo de su padre. "Me matará por haberlo perdido. Me matará por haber perdido su anillo", decía una y otra vez a sus captores. Y al parecer fue lo único que dijo a partir de ese día, pues pasó el resto de su vida en Azkaban lamentando la pérdida de la última reliquia de Sorvolo. Morfin está enterrado cerca de la prisión, junto con los otros desdichados que expiraron dentro de sus muros.

—¿Voldemort le robó la varita mágica a Morfin y la utilizó? —preguntó Harry enderezándose en el asiento.

—Así es. No tenemos ningún recuerdo que lo demuestre, pero creo que podemos estar casi seguros de lo que pasó: Voldemort le hizo un encantamiento aturdidor a su tío, le quitó la varita y cruzó el valle hasta «la gran casa de más allá», donde asesinó al muggle que había abandonado a Mérope y, por si acaso, mató también a sus abuelos muggles, de modo que destruyó por completo el indigno linaje de los Ryddle y se vengó del padre que nunca lo quiso. Luego regresó a la casucha de los Gaunt, realizó unos complejos conjuros para implantar un falso recuerdo en la mente de su tío, dejó la varita de Morfin junto a su propietario, que estaba inconsciente, se guardó el antiguo anillo que éste llevaba puesto y se marchó.

—¿Y Morfin no se dio cuenta de que no lo había hecho él?

—No, nunca —dijo Dumbledore—. Hizo una confesión detallada y jactanciosa.

—¡Pero si Morfin siempre conservó el recuerdo de su conversación con Voldemort!

—Así es, pero hicieron falta arduas sesiones de experta Legeremancia para recuperar dicho recuerdo —aclaró Dumbledore—. Además, ¿por qué iba alguien a ahondar más en la mente de Morfin si él ya había confesado el crimen? Sin embargo, conseguí realizarle una visita en sus últimas semanas de vida, cuando yo trataba de descubrir todo lo posible acerca del pasado de Voldemort. Me costó mucho extraer ese recuerdo, y al ver su contenido intenté que liberaran a Morfin de Azkaban. Pero antes de que el ministerio tomara una decisión, murió.

—¿Cómo es posible que el ministerio no se diera cuenta de que Voldemort le había hecho todo eso a Morfin? —preguntó Harry con un matiz de reproche—. Entonces él era menor de edad, ¿no? ¡Creía que el ministerio podía detectar la magia realizada por menores de edad!

—Tienes parte de razón: el ministerio es capaz de detectar la magia, pero no a su autor. Recuerda que te acusaron de realizar un encantamiento levitatorio que en realidad había realizado...

—Dobby —gruñó Harry; esa injusticia todavía le dolía—. Entonces, si eres menor de edad y haces magia en la casa de un mago o una bruja adultos, ¿el ministerio no sabe que has sido tú?

—No pueden saber quién ha realizado la magia —confirmó Dumbledore, y sonrió al ver la indignación de Harry—. Confían en que los padres magos hagan cumplir las leyes a sus hijos mientras vivan bajo su techo.

—¡Vaya tontería! —dijo Harry con desdén—. ¡Mire lo que pasó en este caso, mire lo que le pasó a Morfin!

—Estoy de acuerdo contigo —convino Dumbledore—. Fuera lo que fuese Morfin, no merecía morir como murió, acusado de unos asesinatos que no cometió. Pero se está haciendo tarde, y antes de que nos separemos quiero que veas el segundo recuerdo... —Dumbledore se sacó otra ampolla de cristal de un bolsillo interior y Harry se calló de inmediato porque recordó que había anunciado que ése era el recuerdo más importante de cuantos había recogido. Harry se dio cuenta de que al director le costaba vaciar el contenido en el pensadero, como si se hubiera espesado ligeramente. ¿Acaso caducaban los recuerdos?—. Éste no nos llevará mucho tiempo —dijo Dumbledore cuando finalmente consiguió vaciar la ampolla—. Volveremos enseguida. Acércate al pensadero, Harry...

El muchacho volvió a atravesar la superficie plateada y esta vez aterrizó delante de un hombre al que reconoció de inmediato: Horace Slughorn, pero mucho más joven.

Harry estaba tan acostumbrado a la calva del profesor que le desconcertó un poco verlo con una mata de tupido y brillante cabello de color pajizo; parecía que le hubieran puesto un tejado de paja en la cabeza, pero en la coronilla ya tenía una reluciente calva del tamaño de un galeón; por lo demás, el bigote, menos poblado que el que Harry veía en el presente, era rubio rojizo. Slughorn no estaba tan gordo en sus años mozos, aunque los botones dorados del chaleco con ricos bordados soportaban cierta tensión. Estaba repantigado en un cómodo sillón de orejas y apoyaba los pequeños pies en un puf de terciopelo; en una mano tenía una copita de vino y con la otra rebuscaba en una caja de piña confitada.

Harry echó un vistazo mientras Dumbledore aparecía a su lado y comprendió que se encontraban en el despacho de Slughorn. Había media docena de adolescentes sentados alrededor del profesor, en asientos más duros o más bajos que el suyo. Harry reconoció al instante a Ryddle: con la mano derecha apoyada perezosamente en el brazo de su butaca, era el que parecía más relajado de todos y su rostro, el más atractivo. Harry dio un respingo al ver que llevaba el anillo de oro con la piedra negra de Sorvolo, pues eso significaba que ya había matado a su padre.

—¿Es cierto que la profesora Merrythought se retira, señor? —preguntó en ese momento Ryddle.

—¡Ay, Tom! Aunque lo supiera no podría decírtelo —contestó Slughorn haciendo un gesto reprobatorio con el dedo índice cubierto de almíbar, aunque estropeó ligeramente el efecto al guiñarle un ojo al muchacho—. Desde luego, me gustaría saber de dónde obtienes la información, chico; estás más enterado que la mitad del profesorado, te lo aseguro.

Ryddle sonrió y los demás rieron y le lanzaron miradas de admiración.

—Claro, con tu asombrosa habilidad para saber cosas que no deberías saber y con tus meticulosos halagos a la gente importante... Por cierto, gracias por la piña; has acertado, es mi golosina favorita.

Mientras varios alumnos reían disimuladamente, pasó algo muy extraño: de pronto la habitación se llenó de una espesa niebla blanca, de modo que Harry no veía más que la cara de Dumbledore, que estaba de pie a su lado. Entonces la voz de Slughorn resonó a través de la niebla, exageradamente fuerte:

—... *Te echarás a perder, chico, ya verás.*

La niebla se disipó con la misma rapidez con que había aparecido, y sin embargo, nadie hizo ninguna alusión a lo ocurrido ni puso cara de que acabara de pasar algo inusual. Desconcertado, Harry miró alrededor al mismo tiempo que un pequeño reloj dorado que había encima de la mesa de Slughorn daba las once.

—Madre mía, ¿ya es tan tarde? —se extrañó el profesor—. Será mejor que se marchen, chicos, o tendremos problemas. Lestrange, si no me entregas tu redacción mañana, no me quedará más remedio que castigarte. Y lo mismo te digo a ti, Avery.

Slughorn se levantó del sillón y llevó su copa vacía a la mesa mientras los muchachos salían del despacho. Ryddle, sin embargo, no se marchó enseguida. Harry comprendió que se entretenía a propósito para quedarse a solas con el profesor.

—Date prisa, Tom —dijo Slughorn al volverse y ver que seguía allí—. No conviene que te sorprendan levantado a estas horas porque, además, eres prefecto...

—Quería preguntarle una cosa, señor.

—Pregunta lo que quieras, muchacho, pregunta...

—¿Sabe usted algo de los Horrocruxes, señor?

Y sucedió de nuevo: la densa niebla llenó la habitación y Slughorn y Ryddle desparecieron; en ese momento Harry sólo veía a Dumbledore, que sonreía con serenidad a su lado. Entonces la voz de Slughorn volvió a resonar extrañamente:

—*¡No sé nada de los Horrocruxes, y si supiera algo tampoco te lo diría! ¡Y ahora sal de aquí enseguida y que no vuelva a oírte mencionarlos!*

—Bueno, ya está —anunció Dumbledore con placidez—. Ya podemos marcharnos.

Los pies de Harry se despegaron del suelo y, segundos después, pisaron de nuevo la alfombra que había delante de la mesa de Dumbledore.

—¿Eso es todo? —preguntó Harry sin comprender.

Dumbledore había manifestado que ése era el recuerdo más importante que había obtenido, pero el muchacho no entendía qué era eso tan significativo. Aquella niebla era rara, desde luego, y también el hecho de que nadie pareciera reparar en ella, pero, por lo demás, no había ocurrido nada salvo que Ryddle había formulado una pregunta y no había recibido respuesta.

—Como quizá hayas deducido —explicó Dumbledore mientras volvía a sentarse a su mesa—, ese recuerdo ha sido alterado.

—¿Alterado? —repitió Harry, y también él se sentó.

—En efecto. El profesor Slughorn ha retocado sus propios recuerdos.

—¿Y por qué iba a hacer eso?

—Creo que porque se avergüenza de lo que recuerda. Ha intentado modificar su memoria para mostrar una imagen mejor de sí mismo, borrando las partes que no quiere que yo vea. Como habrás comprobado, lo ha hecho de un modo muy rudimentario, pero tanto mejor porque eso demuestra que el verdadero recuerdo sigue allí, bajo las alteraciones.

»Y ahora, por primera vez te voy a mandar deberes. Tendrás que convencer al profesor Slughorn de que te revele el recuerdo real, que sin duda tendrá para nosotros una importancia crucial.

Harry lo miró a los ojos.

—No lo entiendo, señor —dijo con el tono más respetuoso de que fue capaz—. Usted no me necesita. Podría utilizar la Legeremancia o el Veritaserum...

—El profesor Slughorn es un mago extremadamente hábil y estará preparado para ambas cosas —replicó Dumbledore—. Es mucho más consumado en Oclumancia que el pobre Morfin Gaunt, y me sorprendería mucho que no llevara encima un antídoto de Veritaserum desde el día que le sonsaqué ese falso recuerdo.

»Opino que sería una tontería intentar arrancarle la verdad por la fuerza, pues eso podría resultar contraproducente; no quiero que se marche de Hogwarts. Sin embargo, tiene su punto débil, como todos nosotros, y creo que tú eres la persona adecuada para minar sus defensas. Es fundamental que conservemos el recuerdo real, Harry. Hasta qué punto es importante sólo lo sabremos cuando lo hayamos visto. Así que buena suerte... y buenas noches.

Un tanto sorprendido por esa despedida tan brusca, Harry se puso rápidamente en pie.

—Buenas noches, señor.

Cuando cerró la puerta tras él, oyó con claridad a Phineas Nigellus diciendo:

—No entiendo por qué el chico puede hacerlo mejor que usted, Dumbledore.

—No espero que lo entiendas, Phineas —replicó Dumbledore, y *Fawkes* emitió otro débil y melodioso lamento.

18

Sorpresas de cumpleaños

Al día siguiente, Harry contó a Ron y Hermione la misión que Dumbledore le había asignado, aunque lo hizo por separado, pues Hermione seguía negándose a permanecer en presencia de Ron más tiempo del imprescindible para lanzarle una mirada de desprecio.

Ron opinó que Harry no iba a tener ningún problema con Slughorn.

—Te adora —le dijo a la hora del desayuno, mientras movía con apatía el tenedor con que había pinchado un trozo de huevo frito—. ¿No ves que no te negaría nada? ¡Si eres su pequeño príncipe de las pociones! Sólo tienes que quedarte después de la clase y preguntárselo.

En cambio, la visión de Hermione era más pesimista.

—Si Dumbledore no pudo sonsacárselo, es que quiere ocultar a toda costa lo que ocurrió —dijo en voz baja mientras ambos se hallaban en el patio, vacío y nevado, a la hora del recreo—. Horrocruxes... Horrocruxes... Nunca he oído mencionarlos...

—¿Nunca? Vaya. —Harry estaba decepcionado; tenía la esperanza de que su amiga pudiera darle alguna pista.

—Deben de ser magia oscura muy avanzada. Si no, ¿por qué se habría interesado Voldemort por ellos? Me parece que va a ser difícil obtener esa información, Harry; tendrás que pensar muy bien cómo abordas a Slughorn, preparar una estrategia...

—Ron dice que con sólo quedarme después de la clase de Pociones de esta tarde...

—Muy bien, si eso opina Ro-Ro, será mejor que le hagas caso —replicó Hermione enfureciéndose—. Al fin y al cabo, ¿alguna vez ha fallado el criterio de Ro-Ro?

—Hermione, ¿no puedes...?

—¡Pues no! —replicó ella, y se marchó muy enfadada dejando a Harry solo y hundido hasta los tobillos en la nieve.

Últimamente, las clases de Pociones resultaban un poco incómodas porque los tres amigos tenían que sentarse juntos. Ese día, ella se llevó el caldero a la otra punta de la mesa para estar cerca de Ernie, e ignoró a los otros dos chicos.

—¿Qué has hecho? —le susurró Ron a Harry mientras observaba el altivo perfil de Hermione.

Pero, antes de que Harry contestara, Slughorn pidió silencio a sus alumnos.

—¡Cállense, por favor, cállense! ¡Deprisa, esta tarde tenemos mucho trabajo! Tercera Ley de Golpalott... ¿Quién la sabe? ¡La señorita Granger, desde luego!

—La Tercera Ley de Golpalott establece que el antídoto para un veneno confeccionado con diversos componentes es igual a algo más que la suma de los antídotos de cada uno de sus diversos componentes —recitó Hermione a gran velocidad.

—¡Exacto! —exclamó Slughorn, eufórico—. ¡Diez puntos para Gryffindor! Pues bien, si damos por válida esa ley...

Harry tendría que confiar en la aprobación de Slughorn y dar por válida la Tercera Ley de Golpalott, porque no había entendido nada. Y nadie excepto Hermione pareció entender tampoco lo que Slughorn dijo a continuación.

—... lo cual significa, como es evidente, que suponiendo que hayamos conseguido identificar correctamente los ingredientes de la poción mediante el revelahechizos de Scarpin, nuestro principal objetivo no es seleccionar los antídotos de cada uno de esos ingredientes (tarea relativamente sencilla), sino encontrar un componente adicional que, mediante un proceso casi alquímico, transforme esos elementos dispares...

Ron, con la boca entreabierta, estaba garabateando distraídamente en su nuevo ejemplar de *Elaboración de pociones avanzadas*. Cada dos por tres se le olvidaba que ya no podía esperar que Hermione lo sacara del apuro cuando no entendía lo que un profesor explicaba.

—... así pues —terminó Slughorn—, quiero que cada uno de ustedes se levante y tome una de estas ampolletas de mi mesa. Tienen que preparar un antídoto del veneno que contienen antes de que termine la clase. ¡Buena suerte, y no olviden ponerse los guantes protectores!

Hermione ya se había levantado e iba hacia la mesa de Slughorn antes de que el resto de la clase se hubiera dado cuenta de que tenía que ponerse en movimiento. Cuando Harry, Ron y Ernie regresaron a la mesa, cada uno con una ampolleta, ella ya había vaciado el contenido de la suya en el caldero y estaba encendiendo el fuego para calentarlo.

—Es una pena que el príncipe no pueda ayudarte mucho con esto, Harry —comentó alegremente al incorporarse—. Esta vez tienes que entender los principios que actúan en el proceso. ¡No te van a servir las carambolas ni los trucos!

Harry, molesto, destapó el veneno que había tomado de la mesa de Slughorn, que era de un rosa chillón, lo vertió en su caldero y encendió el fuego. No tenía ni la más remota idea de cómo seguir. Entonces miró a Ron, que se había quedado de pie con cara de idiota después de imitar lo poco que había hecho Harry.

—¿Seguro que el príncipe no puede darte ninguna pista? —le susurró.

Harry sacó su inseparable ejemplar de *Elaboración de pociones avanzadas* y buscó el capítulo de los antídotos. Encontró la Tercera Ley de Golpalott, formulada palabra por palabra como Hermione la había recitado, pero no había ni una sola anotación del príncipe que descifrara su significado. Al parecer, el misterioso personaje, al igual que Hermione, no había tenido ningún problema para entenderla.

—Nada —dijo Harry con pesimismo.

Hermione agitaba con entusiasmo su varita encima del caldero. Pero, por desgracia, ellos no podían copiar su hechizo: Hermione había progresado tanto en conjuros no verbales que no necesitaba pronunciar las palabras en voz alta. Sin embargo, Ernie Macmillan murmuró sobre su caldero: «¡*Specialis revelio!*», y como sus palabras les sonaron rimbombantes, Harry y Ron se apresuraron a imitarlo.

Harry sólo tardó cinco minutos en darse cuenta de que su fama de mejor elaborador de pociones de su curso se estaba resintiendo seriamente: Slughorn se acercó a su caldero al dar la primera vuelta por la mazmorra, preparado para lanzar sus habituales exclamaciones de satisfacción, pero se apartó a toda prisa tosiendo, repelido por el olor a huevos podridos. La expresión de Hermione no pudo ser más petulante; era evidente que le fastidiaba muchísimo que hasta entonces Harry la hubiera superado en las clases de Pociones. La muchacha empezó a trasvasar los diferentes ingredientes de su poción, misteriosamente separados, a diez ampolletas de cristal. Para no tener que contemplar esa imagen irritante, Harry se inclinó sobre el libro del Príncipe Mestizo y pasó unas páginas con excesiva brusquedad.

Y de pronto lo encontró, garabateado encima de una larga lista de antídotos: «Se le mete un bezoar por el gaznate.»

Harry se quedó mirando las palabras un instante. ¿No había oído hablar de bezoares, quizá hacía mucho tiempo? ¿No los había mencionado Snape en su primera clase de Pociones? «Una piedra sacada del estómago de una cabra, que protege de casi todos los venenos.»

No era una respuesta al problema de Golpalott, y si esa clase estuviera dándola Snape, Harry no se habría atrevido a poner en práctica su ocurrencia, pero aquél era un momento crítico y exigía medidas drásticas. Se dirigió a toda prisa hacia el armario del material y rebuscó en él; apartó cuernos de unicornio y marañas de hierbas secas hasta que, al fondo, encontró una pequeña caja de cartón con el rótulo «Bezoares».

La abrió en el preciso instante en que Slughorn anunciaba: «¡Les quedan dos minutos!» Dentro había media docena de piedras resecas de color marrón que más parecían riñones disecados. Agarró una, devolvió la caja al armario y regresó rápidamente a su caldero.

—¡Tiempo! —exclamó Slughorn con tono cordial—. ¡Vamos a ver qué tal lo han hecho! ¿Qué puedes enseñarme, Blaise?

Poco a poco, Slughorn circuló alrededor del aula examinando los diversos antídotos. Ningún alumno había terminado el trabajo, aunque Hermione intentó meter unos ingredientes más en su botella antes de que se le acercara Slughorn; Ron se había rendido por completo y se limitaba a intentar no respirar los hediondos vapores que rezumaba su caldero, y Harry se quedó esperando de pie, con el bezoar oculto en una mano ligeramente sudada.

Slughorn se dirigió a la mesa de Harry y sus amigos en último lugar. El profesor olfateó la poción de Ernie y después la de Ron, de la que se apartó rápidamente con una mueca de asco.

—¿Y tú, Harry? —dijo luego—. ¿Con qué vas a sorprenderme hoy?

Harry extendió el brazo, con el bezoar en la palma de la mano.

Slughorn miró la piedra varios segundos. Por un instante Harry temió que fuera a reprenderlo. Pero entonces el profesor echó la cabeza atrás y soltó una carcajada.

—¡Qué cara tienes, muchacho! —dijo, y sostuvo en alto el bezoar para que los demás lo viesen—. ¡Eres igual que tu madre! ¡Y te has salido con la tuya! ¡Desde luego, un bezoar actuaría como antídoto de todas esas pociones!

Hermione, que tenía el rostro perlado de sudor y la nariz manchada de hollín, se puso lívida. Todavía no había terminado su antídoto compuesto por cincuenta y dos ingredientes (entre ellos un trozo de su propio cabello), que borboteaba con lentitud detrás de Slughorn. Pero éste sólo tenía ojos para Harry.

—Y eso del bezoar se te ha ocurrido a ti solito, ¿no, Harry? —musitó Hermione.

—¡He aquí el espíritu individualista que necesita el auténtico elaborador de pociones! —exclamó Slughorn con jovialidad antes de que Harry respondiese—. Igual que su madre, que también tenía esa intuición para prepararlas. No cabe duda de que la has heredado de Lily. Sí, Harry, en efecto, si tuvieras un bezoar a mano te sacaría del apuro, aunque, como no son efectivos con todos los venenos y es difícil encontrarlos, vale la pena saber preparar antídotos...

La única persona presente que parecía más enfadada que Hermione era Malfoy. A Harry le encantó ver que se había manchado con una sustancia que parecía vómito de gato. Sin embargo, el timbre sonó antes de que ninguno de los dos pudiera expresar su rabia porque Harry hubiese obtenido el mejor resultado sin hacer nada.

—¡Ya pueden recoger! —anunció Slughorn—. ¡Y diez puntos más para Gryffindor por semejante descaro!

Sin dejar de sonreír satisfecho, Slughorn fue andando como un pato hasta su mesa, que presidía la mazmorra.

Harry se entretuvo adrede en guardar sus cosas en la mochila. Ni Ron ni Hermione, que parecían muy disgustados, le desearon suerte antes de marcharse. Finalmente, Harry y Slughorn se quedaron solos en el aula.

—Date prisa, Harry, o llegarás tarde a tu próxima clase —le dijo Slughorn con tono afable mientras ajustaba los cierres de oro de su maletín de piel de dragón.

—Señor —repuso Harry, y no pudo evitar acordarse de Voldemort—, quería preguntarle una cosa.

—Pues pregunta lo que quieras, chico, pregunta...

—Señor, ¿podría decirme qué son los Horrocruxes?

Slughorn se quedó helado y contrajo su redondeado rostro. Se humedeció los labios y dijo con voz ronca:

—¿Qué has dicho?

—Le he preguntado si sabe qué son los Horrocruxes, señor. Verá, es que...

—Esto es un encargo de Dumbledore —susurró Slughorn, ya no con voz jovial sino con miedo y alarma. Metió una mano en el bolsillo de la pechera y sacó un pañuelo con el que se secó la frente—. Dumbledore te ha enseñado ese... ese recuerdo —añadió—. ¿No es así?

—Sí —confirmó Harry tras decidir que era mejor no mentir.

—Sí, claro —repuso Slughorn con serenidad mientras seguía secándose el pálido rostro—. Claro... Bueno, si has visto ese recuerdo, Harry, ya debes de saber que yo no sé nada, nada —enfatizó—, acerca de los Horrocruxes.

Y, tras tomar su maletín de piel de dragón, se guardó el pañuelo en el bolsillo y se dirigió a la puerta.

—Señor —dijo Harry a la desesperada—, es que pensé que quizá recordara usted algo más...

—¿Ah, sí? Pues te equivocaste, ¿entendido? ¡Te equivocaste! —gritó Slughorn, y, antes de que Harry pudiera añadir una palabra más, cerró la mazmorra de un portazo.

Ni Ron ni Hermione se mostraron comprensivos con Harry cuando éste les informó de la desastrosa entrevista. Ella todavía rabiaba por cómo había triunfado sin hacer el trabajo honradamente y Ron no le perdonaba que no hubiera tomado otro bezoar para él.

—¡Habría sido una estupidez que los dos hiciéramos lo mismo! —argumentó Harry—. Mira, tenía que engatusarlo un poco para interrogarlo acerca de Voldemort, ¿entiendes? ¡Vamos, Ron, contrólate! —añadió, exasperado, al ver que Ron hacía una mueca al oír ese nombre.

Contrariado por su fracaso y la actitud de sus amigos, Harry pasó varios días reflexionando sobre qué hacer con Slughorn y decidió que, de momento, permitiría que creyera que se había olvidado de los Horrocruxes; era mejor que el profesor bajara la guardia antes de volver al ataque.

Como consecuencia de ello, Slughorn volvió a dedicarle el trato afectuoso de siempre y pareció olvidarse del asunto. El muchacho esperaba que lo invitase a alguna de sus fiestecillas nocturnas, pues esta vez aceptaría aunque tuviera que cambiar el horario de los entrenamientos de quidditch. Sin embargo, y por desgracia, la invitación no llegaba. Harry lo comentó con Hermione y Ginny y supo que ni ellas ni nadie habían vuelto a recibir invitación alguna. Eso tal vez significaba que Slughorn no se había olvidado del asunto, como aparentaba, sino que estaba decidido a no darle más oportunidades de hacerle preguntas.

Entretanto, por primera vez la biblioteca de Hogwarts no satisfizo la curiosidad de Hermione. Estaba tan asombrada que incluso se le olvidó su enfado con Harry por haber hecho trampa con el bezoar.

—¡No he encontrado ni una sola explicación de para qué sirven los Horrocruxes! —le confesó—. ¡Ni una! He buscado en la Sección Prohibida y en los libros más espantosos, que te indican cómo preparar pociones horripilantes, ¡y nada! Lo único que he encontrado es esto, en la introducción de *Historia del Mal*, escucha: «Del Horrocrux, el más siniestro de los inventos mágicos, ni hablaremos ni daremos datos»... A ver, entonces ¿por qué lo mencionan? —se preguntó, impaciente, antes de cerrar de golpe el viejo libro, que soltó un lúgubre quejido—. ¡Ya, cállate! —le espetó, y se lo guardó en la mochila.

Al llegar febrero la nieve se fundió en los alrededores del colegio, pero la sustituyó un tiempo frío y lluvioso muy desalentador. Había unas nubes bajas de color entre gris y morado suspendidas sobre el castillo, y una constante y gélida lluvia convertía los jardines en un lugar fangoso y resbaladizo. A consecuencia de las condiciones climáticas, la primera clase de Aparición de los alumnos de sexto, programada para un sábado por la mañana a fin de que nadie se perdiera ninguna clase ordinaria, no se celebró en los jardines sino en el Gran Comedor.

Cuando Harry y Hermione llegaron al comedor (Ron había bajado con Lavender), vieron que las mesas habían desaparecido. La lluvia repicaba en las altas ventanas y las nubes formaban amenazadores remolinos en el techo encantado mientras los alumnos se congregaban alrededor de los profesores McGonagall, Snape, Flitwick y Sprout, los jefes de cada una de las casas, y de un mago de escasa estatura que Harry supuso era el instructor de

Aparición enviado por el ministerio. Tenía un rostro extrañamente desprovisto de color, pestañas transparentes, cabello ralo y un aire incorpóreo, como si una simple ráfaga de viento pudiese tumbarlo. Harry se preguntó si sus continuas apariciones y desapariciones habrían mermado de algún modo su esencia, o si esa fragilidad era ideal para alguien que se propusiera esfumarse.

—Buenos días —saludó el mago ministerial cuando hubieron llegado todos los estudiantes y después de que los jefes de las casas impusieran silencio—. Me llamo Wilkie Twycross y seré su instructor de Aparición durante las doce próximas semanas. Espero que sea tiempo suficiente para que adquieran las nociones de Aparición necesarias...

—¡Malfoy, cállate y presta atención! —gruñó la profesora McGonagall.

Todos volvieron la cabeza. Malfoy, levemente ruborizado, se apartó a regañadientes de Crabbe, con quien al parecer estaba discutiendo en voz baja. Snape puso cara de enfado, pero Harry sospechó que no se debía a la impertinencia de Malfoy sino al hecho de que McGonagall hubiera regañado a un alumno de su casa.

—... y para que muchos de ustedes puedan, después de este cursillo, presentarse al examen —continuó Twycross, como si no hubiera habido ninguna interrupción—. Como quizá sepan, en circunstancias normales no es posible aparecerse o desaparecerse en Hogwarts. Pero el director ha levantando ese sortilegio durante una hora, exclusivamente dentro del Gran Comedor, para que practiquen. Permítanme que insista en que no tienen permiso para aparecerse fuera de esta sala y que no es conveniente que lo intenten. Bien, ahora me gustaría que se colocaran dejando un espacio libre de un metro y medio entre cada uno de ustedes y la persona que tengan delante.

A continuación se produjo un considerable alboroto cuando los alumnos, entrechocándose, se separaron e intentaron apartar a los demás de su espacio. Los jefes de las casas se pasearon entre ellos, indicándoles cómo situarse y solucionando discusiones.

—¿Adónde vas, Harry? —preguntó Hermione.

Pero él no contestó; moviéndose deprisa entre el gentío, pasó cerca del profesor Flitwick, quien con voz chillona intentaba colocar a unos alumnos de Ravenclaw que querían estar en las primeras filas; pasó también cerca de la profesora Sprout, que apremiaba a los de Hufflepuff para que formaran la fila; y por fin, tras esquivar a Ernie Macmillan, consiguió situarse al fondo del grupo, detrás de Malfoy, que con cara de malas pulgas aprovechaba el alboroto para continuar su discusión con Crabbe, aunque guardaba el metro y medio de distancia con su compañero.

—No puedo decirte cuándo, ¿de acuerdo? —le soltó Malfoy, sin percatarse de que Harry se hallaba detrás de él—. Me está llevando más tiempo del que creía. —Crabbe fue a replicar, pero Malfoy se le adelantó—: Óyeme bien, lo que yo esté haciendo no es asunto tuyo. ¡Goyle y tú limítense a hacer lo que les mandan y sigan vigilando!

—Yo les cuento a mis amigos lo que estoy tramando cuando quiero que vigilen por mí —dijo Harry lo bastante fuerte para que lo oyera Malfoy.

Éste se dio la vuelta y se llevó una mano hacia su varita, pero en ese momento los cuatro jefes de las casas gritaron «¡Silencio!» y los estudiantes obedecieron. Malfoy se volvió despacio hacia el frente.

—Gracias —dijo Twycross—. Y ahora... —Agitó la varita y delante de cada alumno apareció un anticuado aro de madera—. ¡Cuando uno se aparece, lo que tiene que recordar son las tres D! ¡Destino, decisión y desenvoltura!

»Primer paso: fijen la mente con firmeza en el *destino* deseado. En este caso, el interior del aro. Muy bien, hagan el favor de concentrarse en su destino.

Los muchachos echaron disimulados vistazos para comprobar si alguien obedecía a Twycross, y luego se apresuraron a hacer lo que acababa de indicarles. Harry se quedó observando el círculo de suelo polvoriento delimitado por su aro y se esforzó en no pensar en nada más. Pero le resultó imposible porque no podía dejar de cavilar sobre qué tramaba Malfoy, para lo cual, además, necesitaba centinelas.

—Segundo paso —dijo Twycross—: ¡centren su *decisión* en ocupar el espacio visualizado! ¡Dejen que el deseo de entrar en él se les desborde de la mente e invada cada partícula del cuerpo!

Harry miró de soslayo a sus compañeros. A su izquierda tenía a Ernie Macmillan, que contemplaba su aro con tanta concentración que se estaba poniendo colorado; parecía querer poner un huevo del tamaño de una quaffle. Harry contuvo la risa y se apresuró a mirar de nuevo el espacio limitado por su propio aro.

—Tercer paso —anunció Twycross—: cuando dé la orden... ¡giren sobre ustedes mismos, sientan cómo se funden con la nada y muévanse con *desenvoltura*! Atentos a mi orden: ¡uno!...

Harry miró otra vez alrededor y comprobó que muchos ponían cara de pánico; seguramente no contaban con tener que aparecerse en la primera sesión del cursillo.

—... ¡dos!...

Harry intentó volver a concentrarse en el aro; ya ni se acordaba de qué significaban las tres D.

—... ¡tres!

Harry giró sobre sí, perdió el equilibrio y estuvo a punto de caerse. Y no fue el único. De pronto la gente que llenaba la sala se tambaleó: Neville quedó tendido boca arriba en el suelo y Ernie Macmillan dio una especie de salto con pirueta, se metió en el aro y puso cara de satisfacción hasta que vio a Dean Thomas riéndose a carcajadas de él.

—No importa, no importa —dijo Twycross con aspereza. Por lo visto no esperaba ningún resultado mejor—. Coloquen bien sus aros, por favor, y vuelvan a la posición inicial...

El segundo intento no fue mejor que el primero. El tercero tampoco. Hasta que en el cuarto pasó algo un poco emocionante. Se oyó un tremendo grito de dolor y todos volvieron la cabeza, aterrados: Susan Bones, de Hufflepuff, se tambaleaba dentro de su aro, pero la pierna izquierda se le había quedado a un metro y medio de distancia, en el sitio de su posición original.

Los jefes de las casas corrieron hacia ella. Entonces se produjo un fuerte estallido acompañado de una bocanada de humo morado; cuando el humo se disipó, todos vieron a Susan sollozando. Había recuperado la pierna, pero estaba muerta de miedo.

—La despartición, o separación involuntaria de alguna parte del cuerpo —explicó Wilkie Twycross con calma—, se produce cuando la mente no tiene suficiente decisión. Deben concentrarse ininterrumpidamente en su destino, y moverse sin prisa pero con desenvoltura... Así. —Dio unos pasos al frente, giró con garbo con los brazos extendidos y se esfumó en medio de un revuelo de la túnica, para aparecer al fondo del comedor—. Recuerden las tres D —insistió—. Bien, vuelvan a intentarlo. Uno... dos... tres...

Pero, una hora después, la desparstición de Susan aún era lo más interesante que había pasado. Sin embargo, Twycross no parecía desanimado. Mientras se abrochaba la capa, se limitó a decir:

—Hasta el próximo sábado, y no lo olviden: Destino... Decisión... Desenvoltura.

Y dicho esto, agitó la varita para hacerles un hechizo desvanecedor a los aros y luego salió del Gran Comedor acompañado por la profesora McGonagall. De inmediato, los muchachos se pusieron a hablar y poco a poco fueron desfilando hacia el vestíbulo.

—¿Cómo te ha ido? —preguntó Ron alcanzando a Harry—. Yo creo que sentí algo la última vez que lo intenté, como un cosquilleo en los pies.

—Eso quiere decir que los zapatos deportivos te quedan chicos, Ro-Ro —dijo una voz detrás de ellos, y Hermione pasó a su lado con la cabeza alta y una sonrisa burlona.

—Pues yo no he sentido nada —reconoció Harry, ignorando la interrupción—. Pero ahora eso no me importa...

—¿Cómo que no te importa? ¿No quieres aprender a aparecerte? —inquirió Ron, incrédulo.

—La verdad es que no me preocupa mucho. Prefiero volar. —Volvió la cabeza para ver dónde estaba Malfoy y aceleró el paso cuando llegaron al vestíbulo—. Oye, date prisa, ¿quieres? Tengo que hacer una cosa...

Ron, intrigado, se apresuró y lo siguió hasta la torre de Gryffindor. No obstante, Peeves los entretuvo un rato, pues había atrancado una puerta del cuarto piso y no dejaba pasar a nadie que no accediera a prenderse fuego en los calzoncillos. Al final, Harry y Ron dieron media vuelta y tomaron uno de sus atajos. Cinco minutos más tarde pasaban por el hueco del retrato.

—¿Piensas explicarme lo que estamos haciendo o no? —le preguntó Ron, jadeando ligeramente.

—Por aquí —indicó Harry, y cruzó la sala común guiando a su amigo hasta la puerta de la escalera de los chicos.

Como Harry esperaba, el dormitorio estaba vacío. Abrió su baúl y empezó a rebuscar mientras Ron lo observaba con impaciencia.

—Oye, Harry...

—Malfoy está utilizando a Crabbe y Goyle como centinelas. Durante la clase de Aparición estaba discutiendo con Crabbe. Quiero saber... ¡Ajá!

Lo había encontrado: un trozo de pergamino doblado y aparentemente en blanco. Harry lo desplegó, lo alisó y le dio unos golpecitos con la varita.

—«¡Juro solemnemente que mis intenciones no son buenas!» O las de Malfoy, vaya.

De inmediato, el mapa del merodeador apareció dibujado en la hoja de pergamino. Era un detallado plano de los pisos del castillo, en el que se veía cómo se trasladaban de un lugar a otro unos diminutos puntos negros, cada uno rotulado con un nombre, que representaban a los habitantes del edificio.

—Ayúdame a encontrar a Malfoy —pidió Harry con urgencia.

Puso el mapa encima de su cama, y los dos amigos se inclinaron sobre él para buscar a Malfoy.

—¡Aquí! —exclamó Ron poco después—. Está en la sala común de Slytherin, mira... Con Parkinson, Zabini, Crabbe y Goyle...

Harry examinó el mapa, decepcionado, pero se recuperó casi de inmediato.

—Bueno, a partir de ahora no voy a perderlo de vista —prometió—. Y en cuanto lo vea husmeando por ahí mientras Crabbe y Goyle montan guardia fuera, me pondré la capa invisible e iré a averiguar qué está...

Se interrumpió cuando vio entrar en el dormitorio a Neville, que despedía un fuerte olor a tela chamuscada y se puso a buscar otros calzoncillos en su baúl.

Pese a su firme determinación de pescar a Malfoy, Harry no tuvo suerte en las dos semanas siguientes. Aunque consultaba el mapa siempre que podía, en ocasiones haciendo visitas innecesarias al baño entre clase y clase para examinarlo, ni una sola vez vio a Malfoy en un sitio sospechoso. En cambio sí vio a Crabbe y Goyle paseando por el castillo, cada uno por su lado, con mayor frecuencia de la habitual; a veces se detenían en un pasillo vacío, pero Malfoy no sólo no estaba cerca de ellos, sino que era imposible localizarlo. Eso era muy misterioso. Harry barajó la posibilidad de que Malfoy saliera del colegio, pero ¿cómo, si en el colegio se habían instalado severas medidas de seguridad? Supuso que todo se debía a que costaba mucho distinguirlo entre los cientos de puntos negros que aparecían en el mapa del merodeador. Respecto al hecho de que Malfoy, Crabbe y Goyle fueran cada uno por su lado, mientras que hasta entonces habían sido inseparables, era algo que solía suceder cuando uno se hacía mayor: Harry recordó que Ron y Hermione, lamentablemente, ofrecían un claro ejemplo de ello.

Febrero dejó paso a marzo y el tiempo no cambió mucho, aunque además de llover hacía más viento. Todos los estudiantes manifestaron indignación cuando en los tablones de anuncios de las casas apareció un letrero que informaba sobre la cancelación de la siguiente excursión a Hogsmeade. Ron se puso furioso.

—¡Iba a coincidir con mi cumpleaños! —exclamó—. ¡Me hacía mucha ilusión!

—A mí no me sorprende que la hayan suspendido, la verdad —dijo Harry—. Después de lo que le pasó a Katie...

Katie todavía no había vuelto de San Mungo. Y además, *El Profeta* había informado de otras desapariciones, entre ellas varios parientes de alumnos de Hogwarts.

—Pues lo único que ahora podría motivarme un poco es esa tontería de la Aparición —refunfuñó Ron—. Menudo regalo de cumpleaños...

Ya llevaban tres sesiones y se estaba demostrando que la Aparición no era coser y cantar; a lo sumo, algunos estudiantes habían conseguido despartirse. Se respiraba un ambiente de frustración y una palpable hostilidad hacia Wilkie Twycross y sus tres D, lo cual había dado pie a varios apodos para el instructor, los más educados: don Desastre y doctor Desgracia.

—¡Feliz cumpleaños, Ron! —dijo Harry el primero de marzo cuando los ruidos de Seamus y Dean, que se iban a desayunar, los despertaron—. Toma, tu regalo.

Lanzó un paquete sobre la cama de su amigo, donde ya había un pequeño montón de obsequios que Harry supuso le habían dejado los elfos domésticos durante la noche.

—Gracias —contestó Ron, adormilado, y mientras rompía el envoltorio, Harry se levantó, abrió su baúl y buscó el mapa del merodeador; siempre lo escondía ahí después de utilizarlo. Sacó la mitad del contenido del baúl hasta que lo encontró debajo de los calcetines, hechos una bola, donde todavía guardaba la botellita de poción de la suerte *Felix Felicis*.

Se llevó el mapa a la cama, le dio unos golpecitos y pronunció: «¡Juro solemnemente que mis intenciones no son buenas!», pero en voz muy baja para que no lo oyera Neville, que en ese momento pasaba por allí.

—¡Son fenomenales, Harry! ¡Muchas gracias! —exclamó Ron, agitando unos guantes de guardián nuevos.

—De nada —repuso Harry, distraído, mientras escudriñaba el dormitorio de Slytherin en busca de Malfoy—. ¡Eh, me parece que no está en la cama...!

Ron no contestó; estaba demasiado ocupado abriendo paquetes y de vez en cuando soltaba una exclamación de júbilo.

—¡Cuántos regalos me han hecho este año! —se alegró, y sostuvo en alto un pesado reloj de pulsera de oro con extraños símbolos alrededor de la esfera y diminutas estrellas móviles en lugar de manecillas—. ¡Mira lo que me han enviado mis padres! Caray, me parece que el año que viene también me haré mayor de edad.

—¡Qué buena onda! —contestó Harry echándole un breve vistazo al reloj, y siguió examinando atentamente el mapa. ¿Dónde se había metido Malfoy? No estaba desayunando en la mesa de Slytherin del Gran Comedor, ni con Snape, que estaba sentado en su despacho, ni en los baños, ni en la enfermería...

—¿Quieres uno? —le ofreció Ron con la boca llena, tendiéndole una caja de calderos de chocolate.

—No, gracias —dijo Harry, y levantó la cabeza—. ¡Malfoy ha vuelto a esfumarse!

—No puede ser —replicó su amigo, y se zampó otro caldero mientras se levantaba para vestirse—. ¡Vamos, si no te das prisa tendrás que aparecerte con el estómago vacío! Aunque ahora que lo pienso, quizá sería más fácil así... —Se quedó mirando la caja de calderos de chocolate, pensativo; luego se encogió de hombros y se comió el tercero.

Harry le dio unos golpecitos con la varita al mapa, murmuró «¡Travesura realizada!», aunque en realidad no había hecho ninguna, y se vistió sin dejar de cavilar. Tenía que haber una explicación para las periódicas desapariciones de Malfoy. Claro, la mejor forma de averiguarlo sería seguirlo, pero esa idea era poco práctica aunque utilizara la capa invisible, porque tenía clases, entrenamientos de quidditch, deberes y cursillo de Aparición. No podía pasarse todo el día persiguiendo a Malfoy por el castillo sin que nadie reparara en sus ausencias.

—¿Estás listo? —le preguntó a Ron, y se encaminó a la puerta del dormitorio. Pero Ron no se movió; se había apoyado contra un poste de su cama y miraba por la ventana, azotada por la lluvia, con los ojos desenfocados de una forma muy extraña—. ¡Vamos! ¡El desayuno!

—No tengo hambre.

—Pero ¿no acabas de decir...?

—Está bien, bajaré contigo —cedió con un suspiro—, pero no voy a comer nada.

Harry lo observó con ceño.

—Te has comido media caja de calderos, ¿verdad?

—No es eso —contestó Ron, y volvió a suspirar—. Déjalo; tú... no lo entenderías.

—Y que lo digas —repuso Harry, muy extrañado, y se dio la vuelta para salir al pasillo.

—¡Harry! —exclamó de pronto Ron.

—¿Qué?

—¡No puedo soportarlo, Harry!

—¿Qué es lo que no puedes soportar? —Empezaba a alarmarse de verdad. Su amigo había palidecido y daba la impresión de que iba a vomitar.

—¡No puedo dejar de pensar en ella! —admitió Ron con voz quebrada.

Harry lo miró boquiabierto. No estaba preparado para una cosa así, y no estaba seguro de querer escuchar su confesión. Eran íntimos amigos, pero si Ron empezaba a llamar a Lavender «La-La», él no iba a ceder.

—¿Y por qué eso va a impedirte bajar a desayunar? —le preguntó, procurando introducir un poco de sentido común en la conversación.

—Me parece que ella ni siquiera sabe que existo —dijo Ron con un gesto de desesperación.

—¡Claro que sabe que existes! —exclamó Harry, perplejo—. Se pasa el día besándote, ¿no?

—¿De quién estás hablando? —Ron parpadeó.

—¿Y de quién estás hablando tú? —Era evidente que aquel diálogo no tenía ni pizca de lógica.

—De Romilda Vane —contestó Ron con un hilo de voz, pero el rostro se le iluminó como si hubiese recibido un rayo de sol.

Se miraron a los ojos un momento, y al cabo Harry dijo:

—Es una broma, ¿verdad? Te estás burlando de mí.

—Creo que... creo que estoy enamorado de ella —confesó Ron con voz ahogada.

—De acuerdo. —Y se acercó a él, fingiendo que le examinaba los ojos y el pálido semblante—. Muy bien. Dilo otra vez sin reírte.

—Estoy enamorado de ella —repitió Ron con voz entrecortada—. ¿Has visto su cabello? Es negro, brillante y sedoso... ¡Y sus ojos! ¡Sus enormes ojos castaños! Y su...

—Oye, mira, todo esto es muy divertido —lo cortó Harry—, pero basta de bromas, ¿quieres? Déjalo ya.

Giró sobre los talones y se dirigió hacia la puerta, pero apenas había dado dos pasos cuando recibió un puñetazo en la oreja derecha. Se dio la vuelta tambaleándose. Ron tenía el brazo preparado y el rostro crispado, a punto de golpearlo de nuevo.

Reaccionando de manera instintiva, Harry sacó su varita del bolsillo y pronunció el conjuro:

—¡*Levicorpus!*

Una fuerza invisible tiró del talón de Ron hacia arriba. El muchacho soltó un grito y quedó colgado cabeza abajo, indefenso, con la túnica colgando.

—¿Por qué me has golpeado? —bramó Harry.

—¡La has insultado! ¡Has dicho que era una broma! —gritó Ron, y su cara empezó a amoratarse por la sangre que le bajaba a la cabeza.

—¿Te has vuelto loco? ¿Qué demonios te ha...? —Y entonces vio la caja abierta encima de la cama de Ron y la verdad lo sacudió con la fuerza de un trol en estampida—. ¿De dónde has sacado esos calderos de chocolate?

—¡Son un regalo de cumpleaños! —chilló Ron, dando vueltas lentamente en el aire mientras intentaba soltarse—. ¡Te he ofrecido uno! ¿No te acuerdas?

—Los has tomado del suelo, ¿verdad?

—Se han caído de mi cama, ¿te enteras? ¡Déjame bajar!

—No se han caído de tu cama, inútil. ¿Es que no lo entiendes? Esos calderos son míos, los saqué de mi baúl cuando buscaba el mapa. ¡Son los que me regaló Romilda antes de Navidad y están rellenos de filtro de amor!

Pero Ron sólo oyó una de las palabras pronunciadas por Harry.

—¿Romilda? —repitió—. ¿Has dicho Romilda? ¿Tú la conoces, Harry? ¿Puedes presentármela?

Harry se quedó mirándolo, allí colgado con cara de radiante optimismo, y tuvo que reprimir el impulso de echarse a reír. Por una parte (la que estaba más cerca de su dolorida oreja derecha) lo tentaba la idea de bajarlo y ver cómo se comportaba igual que un enajenado hasta que le pasaran los efectos de la poción. Pero, por la otra, se suponía que eran amigos... Ron no estaba en pleno uso de sus facultades cuando le había pegado y Harry consideró que merecería otro puñetazo si permitía que su amigo le declarara su amor a Romilda Vane.

—De acuerdo, te la presentaré —dijo Harry por fin—. Ahora voy a bajarte.

Lo hizo caer de golpe (al fin y al cabo, la oreja le dolía mucho), pero Ron, en lugar de protestar, se puso en pie ágilmente y muy sonriente.

—Debe de estar en el despacho de Slughorn —añadió Harry, y salió del dormitorio.

—¿Por qué iba a estar ahí? —preguntó Ron, corriendo para alcanzarlo.

—Es que Slughorn le da clases de repaso de Pociones —inventó Harry.

—A lo mejor puedo pedir que me dejen ir con ella, ¿no? —dijo Ron, esperanzado.

—Me parece una idea genial.

Lavender estaba esperando junto al hueco del retrato, una complicación que Harry no había previsto.

—¡Llegas tarde, Ro-Ro! —protestó la muchacha haciendo un mohín—. Te he traído un regalo de...

—Déjame en paz —interrumpió Ron con impaciencia—, Harry va a presentarme a Romilda Vane.

Y salió por el hueco del retrato sin dirigirle ni una palabra más. Harry intentó hacerle un gesto de disculpa a Lavender, pero debió de parecer una mueca burlona porque la muchacha echaba chispas cuando la Señora Gorda se cerró detrás de ellos.

A Harry le preocupaba que Slughorn estuviera desayunando, pero el profesor abrió la puerta del despacho a la primera llamada. Llevaba un batín de terciopelo verde a juego con un gorro de dormir, y todavía tenía cara de sueño.

—¡Hola, Harry! —murmuró—. Es muy temprano para visitas. Los sábados suelo levantarme tarde.

—Siento mucho molestarlo, profesor —dijo Harry en voz baja; Ron se puso de puntillas para atisbar en el despacho—, pero mi amigo ha ingerido un filtro de amor por error. ¿No podría prepararle un antídoto? Yo lo llevaría a que la señora Pomfrey lo viese, pero los productos de Sortilegios Weasley están prohibidos, como usted sabe, y no quisiera poner a nadie en un compromiso...

—Me extraña que no le hayas preparado un remedio tú mismo, Harry, siendo tan experto elaborador de pociones —comentó Slughorn.

—Verá, es que... —dijo Harry, mientras Ron le hincaba el codo en las costillas para que entraran en el despacho— es que nunca he preparado un antídoto para un filtro de amor, señor, y quizá cuando lo tuviera listo mi amigo ya habría hecho algo grave...

Sin saberlo, Ron lo ayudó al gimotear:

—No la veo, Harry. ¿La tiene escondida?

—¿Cuándo se preparó esa poción? —preguntó Slughorn mientras contemplaba a Ron con interés profesional—. Lo digo porque si se conservan mucho tiempo sus efectos pueden potenciarse.

—Eso... eso lo explica todo —jadeó Harry mientras forcejeaba con Ron para impedir que le soltara un puñetazo a Slughorn—. Hoy... hoy es su cumpleaños, profesor —añadió con mirada implorante.

—Está bien. Pasen, pasen —cedió Slughorn—. Tengo todo lo necesario en mi bolsa. No es un antídoto difícil...

Ron irrumpió en el caldeado y atiborrado despacho de Slughorn, tropezó con un taburete adornado con borlas y recuperó el equilibrio agarrando a Harry por el cuello.

—Romilda no me ha visto tropezar, ¿verdad? —murmuró ansioso.

—Ella todavía no ha llegado —lo tranquilizó Harry mientras observaba cómo Slughorn abría su kit de pociones y añadía unos pellizcos de diversos ingredientes en una botellita de cristal.

—¡Uf, qué suerte! —dijo Ron—. ¿Cómo me ves?

—Muy guapo —dijo Slughorn con naturalidad, y le tendió un vaso de un líquido transparente—. Bébetelo, es un tónico para los nervios. Te tranquilizará hasta que llegue ella.

—Excelente —repuso Ron entusiasmado, y se bebió el antídoto de un ruidoso trago.

Harry y Slughorn lo observaron. Ron los miró con una amplia sonrisa en los labios, pero ésta se fue desdibujando poco a poco hasta trocarse en una expresión de desconcierto.

—Veo que has vuelto a la normalidad, ¿eh? —sonrió Harry. Slughorn soltó una risita—. Gracias, profesor.

—De nada, amigo, de nada —dijo Slughorn. Ron se dejó caer en un sillón con cara de consternación—. Lo que necesita ahora es algo que le levante el ánimo. —Se acercó a una mesa llena de bebidas—. Tengo cerveza de mantequilla, vino... Y me queda una botella de un hidromiel criado en barrica de roble. Hum, tenía intención de regalársela a Dumbledore por Navidad... ¡Bueno —añadió encogiéndose de hombros—, no creo que eche de menos una cosa que nunca ha tenido! Bien, ¿la abrimos y celebramos el cumpleaños del señor Weasley? No hay nada como un buen licor para aliviar el dolor que produce un desengaño amoroso...

Soltó una risotada y Harry lo imitó. Era la primera vez que estaba casi a solas con Slughorn desde su fallido intento de sonsacarle el recuerdo auténtico. Quizá si conseguía mantenerlo de buen humor... quizá si bebían suficiente hidromiel criado en barrica de roble...

—Aquí tienen —dijo el profesor, y le entregó a cada uno una copa de hidromiel. Luego alzó la suya y brindó—: ¡Feliz cumpleaños, Ralph!...

—Ron —susurró Harry.

Pero Ron, sin prestar atención al brindis, ya se había llevado la copa a los labios y bebido el hidromiel. Tras un instante, el tiempo que tarda el corazón en dar un latido,

Harry comprendió que pasaba algo grave, pero Slughorn no se dio cuenta.

—... ¡y que cumplas muchos más!

—¡Ron!

Éste soltó su copa e hizo ademán de levantarse del sillón, pero se dejó caer de nuevo. Empezó a sacudir con violencia las extremidades y a echar espumarajos por la boca, y los ojos se le salían de las órbitas.

—¡Profesor! —exclamó Harry—. ¡Haga algo!

Slughorn se mostró paralizado por la conmoción. Ron se retorcía y se asfixiaba, y la cara se le estaba poniendo azulada.

—Pero ¿qué...? Pero ¿cómo...? —farfulló Slughorn.

Harry saltó por encima de una mesita, se lanzó sobre el kit de pociones que el profesor había dejado abierto y empezó a sacar tarros y bolsitas. En la estancia resonaban los espantosos gargarismos que hacía Ron al respirar. Entonces encontró lo que buscaba: la piedra con aspecto de riñón reseco que Slughorn le había tomado en la clase de Pociones.

Harry se precipitó sobre Ron, le separó las mandíbulas y le metió el bezoar en la boca. Su amigo dio una fuerte sacudida, emitió un jadeo vibrante y de pronto se quedó flácido e inmóvil.

19

Espionaje élfico

—O sea que, entre una cosa y otra, no ha sido el mejor cumpleaños de Ron, ¿verdad? —dijo Fred.

Era de noche. La enfermería se hallaba en silencio; habían corrido las cortinas de las ventanas y encendido las lámparas. La cama de Ron era la única ocupada. Harry, Hermione y Ginny, sentados alrededor de él, habían pasado todo el día tras la puerta de doble hoja intentando asomarse al interior cada vez que alguien entraba o salía. La señora Pomfrey no les permitió entrar hasta las ocho en punto. Fred y George habían llegado a las ocho y diez.

—No era así como imaginábamos darle nuestro obsequio —dijo George con gesto compungido. Dejó un gran paquete envuelto para regalo en la mesita de noche de su hermano y se sentó al lado de Ginny.

—Sí, él debía estar consciente —añadió Fred.

—Fuimos a Hogsmeade y lo esperábamos para darle la sorpresa... —continuó George.

—¿Estaban en Hogsmeade? —preguntó Ginny.

—Nos planteábamos comprar Zonko —explicó Fred—. Queríamos convertirla en nuestra sucursal en Hogsmeade, pero ¿de qué nos serviría si ya no los dejan salir los fines de semana para adquirir nuestros productos? En fin, ahora eso no importa.

Acercó una silla a la de Harry y contempló el pálido rostro de Ron.

—¿Cómo pasó exactamente, Harry?

Éste volvió a relatar lo que ya había contado un montón de veces a Dumbledore, la profesora McGonagall, la señora Pomfrey, Hermione y Ginny.

—... y entonces le metí el bezoar por el gaznate y él empezó a respirar un poco mejor. Slughorn fue a pedir ayuda y acudieron la profesora McGonagall y la señora Pomfrey, que lo subieron aquí. Dicen que se pondrá bien. La enfermera cree que tendrá que quedarse en la enfermería una semana, tomando esencia de ruda...

—Caray, vaya suerte que se te ocurriera lo del bezoar —comentó George.

—La suerte fue que hubiera uno en la habitación —puntualizó Harry. Se le helaba la sangre cada vez que pensaba en lo que habría sucedido si no hubiera dado con aquella piedra.

Hermione emitió un sollozo casi inaudible. Llevaba todo el día más callada de lo habitual. Al llegar se había abalanzado sobre Harry, pálida como la cera, para preguntarle qué había ocurrido, pero después apenas había participado en la interminable discusión entre Harry y Ginny acerca de cómo habían envenenado a Ron. Se limitó a quedarse de pie junto a ellos en el pasillo, con las mandíbulas apretadas y cara de susto, hasta que por fin les permitieron entrar a verlo.

—¿Lo saben ya papá y mamá? —le preguntó Fred a Ginny.

—Sí, ya lo han visto. Llegaron hace una hora. Ahora están en el despacho de Dumbledore, pero no tardarán en volver...

Se quedaron en silencio y observaron a Ron, que decía algo en sueños.

—Entonces ¿el veneno estaba en la bebida? —preguntó Fred con voz queda.

—Sí —contestó Harry, que no dejaba de pensarlo y se alegró de esa oportunidad para hablar del asunto otra vez—. Slughorn nos lo sirvió...

—¿Pudo ponerle algo en la copa a Ron sin que tú lo vieras?

—Supongo que sí, pero ¿por qué iba a querer envenenarlo?

—Ni idea —admitió Fred frunciendo la frente—. ¿Y si se equivocó de copa? ¿Y si quería darte a ti la que tenía veneno?

—¿Y por qué iba a querer envenenar a Harry? —terció Ginny.

—No lo sé, pero probablemente hay un montón de gente a la que le gustaría envenenarlo, ¿no? Por lo del «Elegido» y todo eso.

—Entonces ¿crees que Slughorn es un mortífago? —preguntó Ginny.

—Todo es posible —repuso Fred sin concretar.

—El profesor podría estar bajo una maldición *imperius* —apuntó George.

—Y también podría ser inocente —repuso Ginny—. El veneno podía estar en la botella, y en ese caso quizá querían envenenar al propio Slughorn.

—¿Quién iba a querer hacer eso?

—Dumbledore dice que Voldemort pretendía que Slughorn se pasara a su bando —explicó Harry—. Por eso el profesor estuvo un año escondido antes de venir a Hogwarts. Y... —pensó en el recuerdo que Dumbledore todavía no había logrado sonsacarle a Slughorn— quizá Voldemort quiera quitarlo de en medio, o quizá crea que podría resultarle valioso a Dumbledore.

—Pero tú dijiste que Slughorn pensaba regalarle esa botella a Dumbledore por Navidad —le recordó Ginny—. Así pues, también cabe la posibilidad de que el objetivo del envenenador fuera el director.

—Entonces es que el envenenador no conoce muy bien a Slughorn —intervino Hermione, abriendo la boca por primera vez en varias horas; tenía la voz rara, como si estuviera resfriada—. Cualquiera que conozca a Slughorn sabría que muy probablemente se quedaría con un licor tan exquisito.

—Err... ii... oon... —susurró de pronto Ron con voz ronca.

Todos lo observaron con ansiedad, pero, tras murmurar unas palabras ininteligibles, Ron se puso a roncar.

En ese momento, las puertas de la enfermería se abrieron de par en par y todos dieron un respingo. Hagrid entró con paso decidido, el cabello mojado de lluvia, el abrigo de piel de castor ondeando y una ballesta en la mano. Dejó en el suelo un rastro de huellas de barro del tamaño de delfines.

—¡He pasado todo el día en el Bosque Prohibido! —anunció con voz quebrada—. *Aragog* ha empeorado y le estuve leyendo... No me levanté para ir a cenar hasta hace muy poco, y entonces la profesora Sprout me contó lo de Ron. ¿Cómo se encuentra?

—No es grave —lo tranquilizó Harry—. Dicen que se pondrá bien.

—¡Sólo seis visitas a la vez! —les advirtió la señora Pomfrey saliendo precipitadamente de su despacho.

—Con Hagrid somos seis —replicó George.

—Ah... pues sí... —admitió la enfermera, que al parecer había tomado a Hagrid por más de uno debido a su corpulencia. Para disimular su error, se apresuró a limpiar con su varita las huellas dejadas por el guardabosques.

—No puedo creerlo —se lamentó Hagrid, meneando su enorme y enmarañada cabeza mientras contemplaba a Ron—. No puedo creerlo... Mírenlo ahí tendido... ¿A quién se le ocurriría hacerle daño, eh?

—De eso mismo estábamos hablando —dijo Harry—. No lo sabemos.

—A lo mejor alguien le guarda rencor al equipo de quidditch de Gryffindor, ¿no? —sugirió Hagrid—. Primero Katie, ahora Ron...

—No me imagino a nadie intentando liquidar a un equipo de quidditch —terció George.

—Wood se habría cargado a los de Slytherin si hubiera podido —dijo abiertamente Fred.

—Yo no creo que esto tenga nada que ver con el quidditch, pero sí veo relación entre los dos ataques —intervino Hermione.

—¿Qué relación? —preguntó Fred.

—Bueno, ambos tendrían que haber resultado mortales, pero no ha sido así, aunque de chiripa. Y por otra parte ni el veneno ni el collar afectaron a la persona a la que supuestamente tenían que matar. Claro que —añadió con aire pensativo—, en cierta manera, esto convierte al autor de las agresiones en aún más peligroso, porque por lo visto no le importa a cuántos tenga que quitar de en medio hasta conseguir su objetivo.

Antes de que nadie pudiera replicar a esa inquietante hipótesis, las puertas de la enfermería volvieron a abrirse y, esta vez, dieron paso a los señores Weasley. En su anterior visita no habían hecho más que asegurarse de que Ron se recuperaría por completo, pero ahora la señora Weasley abrazó fuertemente a Harry.

—Dumbledore nos ha contado cómo lo salvaste con el bezoar.—dijo entre sollozos—. ¡Oh, Harry, no sabemos cómo agradecértelo! Primero salvaste a Ginny, después a Arthur, y ahora has salvado a Ron...

—No creo que... Yo no... —farfulló Harry con apuro.

—Ahora que lo pienso, la mitad de nuestra familia te debe la vida —intervino el señor Weasley emocionado—. Bueno, lo único que puedo asegurar es que los Weasley estuvimos de suerte el día que Ron decidió sentarse en tu compartimiento en el expreso de Hogwarts, Harry.

El muchacho no supo qué responder, y casi se alegró cuando la señora Pomfrey volvió a recordarles que tan sólo podía haber seis visitas alrededor de la cama de Ron. Hermione y él se levantaron en el acto y Hagrid decidió salir con ellos, de modo que dejaron a Ron con su familia.

—Es terrible —gruñó Hagrid mientras los tres recorrían el pasillo hacia la escalinata de mármol—. A pesar de todas las medidas de seguridad que han instalado, los chicos siguen sufriendo accidentes. Dumbledore está preocupadísimo. No es que hable mucho, pero se lo noto...

—¿Y no se le ha ocurrido nada? —preguntó Hermione, ansiosa.

—Supongo que habrá sopesado cientos de ideas porque tiene un cerebro privilegiado —replicó Hagrid, incondicional del director—. Pero no sabe quién envió ese collar ni quién puso veneno en la bebida, ya que si lo supiera habrían atrapado a los responsables, ¿no? Lo que me preocupa —continuó, bajando la voz y mirando hacia atrás (Harry, por si acaso, se aseguró de que Peeves no estuviera en el techo)— es hasta cuándo podrá seguir abierto Hogwarts si continúan atacando a los alumnos. Se repite la historia de la Cámara de los Secretos, ¿no? El pánico se apoderará de la gente, habrá más padres que sacarán a sus hijos del colegio y, antes de que nos demos cuenta, el consejo escolar... —Se interrumpió al ver que el fantasma de una mujer de largo cabello se deslizaba serenamente por su lado; luego prosiguió con un ronco susurro—: El consejo escolar querrá cerrar el colegio para siempre.

—¿Cómo van a hacer eso? —dijo Hermione, preocupada.

—Tienes que mirarlo desde su punto de vista —repuso Hagrid—. A ver, siempre ha sido un poco arriesgado enviar a un chico a Hogwarts, ¿verdad? Y es normal que se produzcan accidentes habiendo cientos de magos menores de edad encerrados en el castillo, ¿no?, pero un intento de asesinato es diferente. No me extraña que Dumbledore esté enfadado con Sn... —Se calló y una expresión de culpabilidad que resultaba familiar se le dibujó en la parte de la cara no cubierta por su enmarañada y negra barba.

—¿Cómo dices? —saltó Harry—. ¿Que Dumbledore está enfadado con Snape?

—Yo nunca he dicho eso —negó Hagrid, aunque su mirada de pánico lo delataba—. ¡Oh, qué hora es, casi medianoche! Tengo que...

—Hagrid, ¿por qué está enfadado Dumbledore con Snape? —insistió Harry.

—¡Chist! —repuso Hagrid, nervioso y enojado—. No grites así. ¿Quieres que pierda mi empleo? Aunque supongo que no te importa, ahora que no estudias Cuidado de Criatu...

—¡No intentes que me sienta culpable porque no lo conseguirás! —le espetó Harry—. ¿Qué ha hecho Snape?

—¡No lo sé, Harry, no debí escuchar esa conversación! El caso es que la otra noche salía del Bosque Prohibido y los oí hablar... bueno, discutir. No quería que me vieran, así que intenté pasar inadvertido y no escuchar, pero era una discusión... acalorada, ya sabes, y aunque me hubiera tapado los oídos...

—¿Y bien? —lo apremió Harry mientras el otro, nervioso, barría el suelo con sus enormes pies.

—Pues... sólo oí a Snape diciendo que Dumbledore lo daba por hecho cuando a lo mejor resultaba que él, Snape, ya no quería hacerlo...

—¿Hacer qué?

—No lo sé, Harry. Snape parecía sentirse utilizado, nada más. En fin, Dumbledore le recordó que había aceptado hacerlo y que no podía echarse atrás. Fue muy duro con él. Y luego le dijo algo sobre que indagara en su casa, en Slytherin. Bueno, ¿qué pasa?... ¡Eso no tiene nada de raro! —se apresuró a añadir Hagrid mientras Harry y Hermione intercambiaban elocuentes miradas—. A todos los jefes de las casas les pidieron que investigaran el asunto del collar...

—Sí, pero Dumbledore no se pelea con el resto de ellos, ¿verdad? —adujo Harry.

—Oye... —Inquieto, Hagrid retorció la ballesta, que se partió por la mitad con un fuerte chasquido—. Diantre... Oye, ya sé lo que piensas de Snape, y no me gustaría que sacaras conclusiones erróneas de lo que te he explicado.

—Cuidado —les advirtió Hermione.

Se volvieron a tiempo de ver la sombra de Argus Filch proyectada en la pared, antes de que el conserje doblara la esquina, jorobado y con los carrillos temblorosos.

—¡Ajá! —exclamó con su voz jadeante—. ¿Qué hacen levantados a estas horas? ¡Esta vez no se van a librar de un castigo!

—Te equivocas, Filch —dijo Hagrid con firmeza—. ¿No ves que están conmigo?

—¿Y qué importa eso? —replicó Filch con odiosa testarudez.

—¿Todavía no te has enterado de que soy profesor? ¡Maldito squib! ¡Soplón! —saltó Hagrid, furioso.

Filch parecía a punto de estallar de rabia. Entonces se oyó un desagradable bufido: la *Señora Norris* había llegado sin que nadie la viera y se retorcía sinuosamente alrededor de los delgados tobillos del conserje.

—Váyanse —susurró Hagrid con disimulo.

Harry no necesitó que se lo repitiera. Ambos amigos echaron a correr y no volvieron la cabeza pese a que las fuertes voces de Hagrid y Filch resonaban a sus espaldas. Se cruzaron con Peeves cerca del pasillo que conducía a la torre de Gryffindor, pero el *poltergeist* pasó como una centella en dirección a los gritos, riendo y cantando:

Cuando haya un conflicto o un problemón,
¡llamen a Peevsie y él empeorará la situación!

La Señora Gorda estaba dormitando y no le hizo ninguna gracia que la despertaran, pero se apartó a regañadientes para dejarlos entrar en la sala común, que afortunadamente estaba tranquila y vacía. Los estudiantes no parecían saber lo que le había sucedido a Ron, y eso alivió a Harry, pues ya lo habían interrogado bastante todo el día. Hermione le dio las buenas noches y se fue al dormitorio de las chicas. Él se quedó abajo y se sentó junto al fuego a contemplar las menguantes brasas.

De modo que Dumbledore había discutido con Snape... Pese a todo lo que el director le había dicho a Harry, pese a su insistencia en que confiaba ciegamente en Snape, al final había perdido los estribos con él... Por lo visto no creía que éste se hubiera esforzado lo suficiente en investigar a los alumnos de Slytherin... O quizá en investigar a un alumno de Slytherin en particular: Draco Malfoy.

¿Y si Dumbledore había fingido que las sospechas de Harry eran infundadas porque no quería que cometiera ninguna tontería, ni que actuara por su cuenta? Era muy probable. Incluso podía ser que el director no quisiera que nada distrajera a Harry de sus estudios o de conseguir el recuerdo de Slughorn. O quizá no consideraba oportuno confiarle sus sospechas respecto a los profesores a un muchacho de dieciséis años...

—¡Aquí estás, Potter!

Harry se puso en pie sobresaltado, con la varita en ristre. Creía que no había nadie en la sala común y le sorprendió que de pronto se levantara alguien tan grandote de una butaca distante. Cuando se fijó mejor vio que era Cormac McLaggen.

—Estaba esperando que volvieras —dijo McLaggen sin prestar atención a la varita de Harry—. Debo de haberme quedado dormido. Mira, vi cómo se llevaban a Weasley a la enfermería y no creo que pueda jugar en el partido de la semana que viene.

Harry tardó unos segundos en comprender lo que insinuaba McLaggen.

—Ah, sí... El partido de quidditch —dijo. Se guardó la varita en el cinturón de los vaqueros y, cansado, se mesó el pelo—. Es verdad, quizá no pueda jugar.

—Entonces me pondrás a mí de guardián, ¿no?

—Sí... supongo que sí. —No se le ocurría ningún argumento en contra; al fin y al cabo, después de Ron, McLaggen era el que había parado más lanzamientos el día de las pruebas.

—Estupendo. ¿Cuándo es el entrenamiento?

—¿Qué? ¡Ah, sí! Hay uno mañana por la noche.

—Perfecto. Oye, Potter, antes tendríamos que hablar un poco. Se me han ocurrido algunas ideas sobre estrategia que quizá te resulten útiles.

—De acuerdo —dijo Harry sin entusiasmo—. Pero ya me las explicarás mañana porque ahora estoy muy cansado. Buenas noches...

La noticia de que habían envenenado a Ron se extendió como la pólvora al día siguiente, pero no causó tanta conmoción como la agresión sufrida por Katie. Por lo visto, la gente creía que podía tratarse de un accidente, dado que Ron se hallaba en el despacho del profesor de Pociones en el momento del envenenamiento; además, como le habían dado un antídoto de inmediato, en realidad no le había pasado nada grave. De hecho, a la mayoría de los estudiantes de Gryffindor les interesaba más el próximo partido de quidditch contra Hufflepuff, ya que muchos querían ver cómo castigaban a Zacharias Smith, que jugaba de cazador en el equipo de esa casa, a causa de los comentarios que había hecho por el megáfono mágico durante el partido inaugural contra Slytherin.

En cambio, a Harry nunca le había interesado menos el quidditch; estaba cada vez más obsesionado con Draco Malfoy. Examinaba el mapa del merodeador siempre que tenía ocasión y a veces daba rodeos hasta donde solía estar Malfoy, pero todavía no lo había sorprendido haciendo nada extraño. Sin embargo, seguían existiendo esos momentos inexplicables en que Malfoy desaparecía por completo del mapa.

Pero Harry no tenía mucho tiempo para darle vueltas a ese problema porque estaba muy ocupado con los entrenamientos de quidditch, los deberes y el hecho de que Cormac McLaggen y Lavender Brown lo seguían allá donde fuera.

Harry no sabía quién de los dos era más pesado porque McLaggen no paraba de lanzarle indirectas de que le convenía más tenerlo a él como guardián titular que a Ron, y afirmaba que cuando lo viera jugar varias veces seguidas acabaría convenciéndose; también le encantaba criticar a los otros jugadores y le proporcionaba detallados ejercicios de entrenamiento, de modo que en varias ocasiones Harry tuvo que recordarle quién era el capitán del equipo.

Por su parte, Lavender continuaba acercándosele con sigilo para hablarle de Ron, y Harry consideraba que eso era aún más agotador que las lecciones de quidditch de McLaggen. Al principio a Lavender le molestó mucho que nadie le hubiera informado de que Ron estaba en la enfermería («¡Hombre, soy su novia!»), pero por desgracia decidió perdonarle a Harry esa falla de memoria y optó por mantener con él frecuentes y exhaustivas charlas acerca de los sentimientos de Ron, una experiencia sumamente desagradable a la que Harry habría renunciado de buen grado.

—Oye, ¿por qué no hablas con Ron de esto? —le sugirió Harry tras un interrogatorio particularmente extenso que lo abarcaba todo, desde lo que había dicho exactamente Ron acerca de su nueva túnica de gala hasta si Harry creía o no que su amigo consideraba «seria» su relación con ella.

—¡Lo haría si pudiera, pero cuando entro a verlo siempre está durmiendo! —se quejó Lavender.

—¿Ah, sí? —se asombró Harry, pues él lo encontraba completamente despierto todas las veces que subía a la enfermería, muy interesado en las noticias sobre la disputa entre Dumbledore y Snape y dispuesto a insultar a McLaggen en cuanto fuera posible.

—¿Sigue yendo a visitarlo Hermione Granger? —preguntó de pronto Lavender.

—Sí, me parece que sí. Es lo normal, ¿no? Son amigos —contestó Harry, un tanto incómodo.

—¿Amigos? No me hagas reír. ¡Ella pasó semanas sin dirigirle la palabra cuando Ron empezó a salir conmigo! Pero supongo que quiere hacer las paces con él ahora que se ha vuelto tan interesante...

—¿Crees que es interesante que te envenenen? En fin, lo siento, tengo que irme... Mira, ahí viene McLaggen para hablar de quidditch conmigo —añadió Harry sin despegarse de la pared, y, tras colarse por una puerta, echó a correr por el atajo que lo llevaría hasta el aula de Pociones, adonde, por fortuna, ni Lavender ni McLaggen podían seguirlo.

El día del partido de quidditch contra Hufflepuff, Harry pasó por la enfermería antes de ir al campo. Ron estaba muy nervioso; la señora Pomfrey no lo dejaba bajar a ver el partido porque creía que eso podía sobreexcitarlo.

—¿Qué tal va McLaggen? —preguntó. Al parecer no se acordaba de que ya le había hecho esa pregunta dos veces.

—Ya te lo he dicho —respondió Harry sin perder la paciencia—, no querría quedármelo aunque fuera un jugador de talla mundial. No para de decirle a todo el mundo lo que tiene que hacer y se cree que jugaría mejor que los demás en cualquier posición. Estoy deseando librarme de él. Y hablando de librarse de pesados —añadió mientras se ponía en pie y tomaba su Saeta de Fuego—, ¿quieres hacer el favor de no hacerte el dormido cuando Lavender viene a verte? Me está volviendo loco a mí también.

—Oh —dijo Ron, avergonzado—. Sí, de acuerdo.

—Si ya no quieres salir con ella, díselo.

—Sí... Es que... no es tan fácil, ¿sabes? —Hizo una pausa y añadió fingiendo indiferencia—: ¿Vendrá Hermione a verme antes del partido?

—No, ya ha bajado al campo con Ginny.

—Oh —repitió Ron, ahora apesadumbrado—. Bien. Buena suerte. Espero que machaques a McLag... quiero decir a Smith.

—Lo intentaré —dijo Harry, y se echó la escoba al hombro—. Volveré después del partido.

Se apresuró por los desiertos pasillos. No quedaba ni un estudiante en el colegio: todos estaban fuera, sentados ya en el estadio o dirigiéndose hacia él. Mientras Harry oteaba por las ventanas que encontraba a su paso, intentando calcular la fuerza del viento, oyó pasos y miró al frente. Era Malfoy, que caminaba hacia él acompañado por dos chicas que ponían morritos.

Al verlo, Malfoy se detuvo, pero luego soltó una risa forzada y siguió andando.

—¿Adónde vas? —le preguntó Harry.

—A ti te lo voy a decir. ¡Como si fuera asunto tuyo, Potter! —se burló Malfoy—. Date prisa, todo el mundo está esperando al «capitán elegido», al «niño que marcó» o como sea que te llamen últimamente.

A una de las chicas se le escapó una risita tonta. Harry la miró a los ojos y ella se ruborizó. Malfoy lo apartó de un empujón y prosiguió su camino; las dos muchachas lo siguieron al trote hasta que el grupo se perdió de vista tras un recodo.

Harry se quedó plantado mientras los veía desaparecer. Era desesperante: no tenía ningún margen de tiempo si quería llegar puntual al partido y, sin embargo, allí estaba Malfoy merodeando por los pasillos mientras el resto del colegio se encontraba fuera. Es decir, aquélla era la ocasión ideal para descubrir qué tramaba, y él iba a desperdiciarla. Pasaron los segundos sin que se oyera el vuelo de una mosca y Harry aún vacilaba; estaba como paralizado, mirando fijamente el sitio por donde Malfoy había desaparecido...

—¿Dónde estabas? —le preguntó Ginny cuando él entró a toda prisa en el vestuario. El equipo ya se había cambiado y estaba preparado: Coote y Peakes, los golpeadores, se daban en las piernas con los bates, impacientes.

—Me he encontrado a Malfoy —le confió Harry en voz baja mientras se ponía la túnica escarlata por la cabeza.

—¿Y qué?

—Pues que quería enterarme de qué hacía en el castillo con un par de amigas mientras todos los demás están aquí abajo.

—¿Tanta importancia tiene eso ahora?

—Bueno, desde aquí no creo que lo averigüe, ¿no? —repuso Harry agarrando su Saeta de Fuego y ajustándose las gafas—. ¡Vamos, chicos!

Y sin más salió al terreno de juego en medio de atronadores vítores y abucheos. Hacía poco viento y había algunas nubes por las que de vez en cuando asomaban deslumbrantes destellos de sol.

—¡Hace un tiempo engañoso! —advirtió McLaggen al equipo como si fuese su líder—. Coote, Peakes, vuelen por las zonas de sombra para que no los vean venir...

—McLaggen, el capitán soy yo, así que deja de darles instrucciones —terció Harry, enfadado—. ¡Sube a los postes de gol!

Cuando McLaggen se hubo alejado, Harry se volvió hacia Coote y Peakes y, de mala gana, les ordenó:

—Manténganse alejados de las zonas soleadas.

Luego le estrechó la mano al capitán de Hufflepuff, y, tan pronto la señora Hooch hizo sonar el silbato, dio una patada en el suelo y se remontó con la escoba hasta situarse por encima del resto de su equipo, volando alrededor del campo en busca de la snitch. Si conseguía atraparla pronto quizá pudiera volver al castillo, tomar el mapa del merodeador y averiguar qué estaba haciendo Malfoy.

—Allá va Smith, de Hufflepuff, con la quaffle —informó una voz suave por los altavoces—. Smith hizo de comentarista en el último partido y Ginny Weasley chocó contra él (yo diría que a propósito, o al menos eso pareció). Smith se despachó a gusto con Gryffindor; espero que lo lamente ahora que tiene que jugar contra ellos... ¡Oh, miren, ha perdido la quaffle! Se la ha arrebatado Ginny. Esta chica me cae bien, es muy simpática...

Harry miró hacia el estrado del comentarista. ¿A quién en su sano juicio se le habría ocurrido pedirle a Luna Lovegood que comentara el partido? Ni siquiera desde aquella altura se podía confundir su largo cabello rubio oscuro, ni el collar de corchos de cerveza de mantequilla. La profesora McGonagall, que estaba al lado de Luna, parecía un tanto incómoda, como si dudase que la muchacha fuera la más indicada para hacer de comentarista.

—... pero ahora ese gordo de Hufflepuff le ha quitado la quaffle a Ginny; no recuerdo su nombre, se llama Bibble o algo así... No, Buggins...

—¡Es Cadwallader! —la corrigió la profesora McGonagall a voz en cuello, y provocó las risas del público.

Harry escudriñó alrededor buscando la snitch, pero no la vio por ninguna parte. Cadwallader marcó un tanto y McLaggen se puso a gritar criticando a Ginny por dejar que le arrebataran la quaffle. A consecuencia de su distracción no vio cómo la gran pelota roja pasaba a toda velocidad rozándole la oreja derecha.

—¡Haz el favor de estar atento a lo que haces y deja en paz a los demás, McLaggen! —bramó Harry dando media vuelta para mirar a su guardián.

—¡Pues tú no das muy buen ejemplo! —replicó McLaggen, furioso y con las mejillas encendidas.

—Y ahora Harry Potter se ha puesto a discutir con su guardián —dijo Luna con calma mientras los seguidores de Hufflepuff y Slytherin lanzaban vítores y silbidos desde las gradas—. No creo que eso lo ayude a encontrar la snitch, pero quizá sea una hábil estratagema...

Harry se dio la vuelta de nuevo, soltando improperios, y volvió a describir círculos por el campo escudriñando el cielo en busca de alguna señal de la pelotita dorada y con alas.

Ginny y Demelza marcaron un gol cada una, y los seguidores ataviados de rojo y dorado que ocupaban el sector de las gradas reservado a Gryffindor tuvieron algo de que alegrarse. Entonces Cadwallader volvió a marcar y consiguió un empate, pero Luna no pareció darse cuenta; por lo visto, no tenía el menor interés por algo tan trivial como el marcador del partido y trataba de dirigir la atención del público hacia otras cosas, como las caprichosas formas de las nubes o la posibilidad de que Zacharias Smith, que hasta ese momento no había logrado conservar la quaffle más de un minuto, sufriera algo llamado «peste del perdedor».

—¡Setenta a cuarenta a favor de Hufflepuff! —gruñó la profesora McGonagall acercándose al megáfono de Luna.

—¿Ya? ¿Tanto? —se extrañó Luna—. ¡Oh, miren! El guardián de Gryffindor le ha tomado el bate a un golpeador.

Harry giró en pleno vuelo. Era cierto: McLaggen, por algún motivo que sólo él conocía, le había quitado el bate a Peakes y estaba haciéndole una demostración de cómo golpear una bludger para darle a Cadwallader, que volaba hacia ellos.

—¿Quieres devolverle el bate y ponerte en los postes de gol? —gritó Harry lanzándose a toda velocidad hacia McLaggen, que en ese momento intentó golpear la bludger con todas sus fuerzas y... no acertó.

Harry sintió un dolor atroz, tremendo... Vio un destello de luz, oyó gritos en la lejanía y tuvo la sensación de que se precipitaba por un largo túnel...

Cuando volvió a abrir los ojos estaba acostado en una cama cálida y confortable. Lo primero que vio fue una lámpara que arrojaba un círculo de luz dorada sobre el techo en penumbra. Levantó con dificultad la cabeza. A su izquierda había un muchacho pelirrojo y pecoso que le era familiar de algo.

—Te agradezco que hayas venido a verme —le sonrió Ron.

Harry parpadeó y miró alrededor. ¡Claro, estaba en la enfermería! Miró por la ventana y vio un cielo añil con pinceladas de tonos carmesíes. El partido debía de haber terminado hacía horas... y ya no había posibilidad de pescar a Malfoy con las manos en la masa. Notó un peso extraño en la cabeza; levantó una mano y se tocó un rígido turbante de vendajes.

—¿Qué pasó?

—Fractura de cráneo —le informó la señora Pomfrey, que se acercó solícita y le hizo apoyar la cabeza en la almohada—. No tienes de qué preocuparte, te lo arreglé enseguida, pero esta noche te quedarás aquí. No conviene que hagas esfuerzos excesivos, al menos durante unas horas.

—No quiero pasar la noche aquí —protestó Harry. Se incorporó y retiró las mantas—. Quiero ir en busca de McLaggen y matarlo.

—Me temo que eso encaja en la categoría de «esfuerzos excesivos» —replicó la enfermera, empujándolo hacia la cama y amenazándolo con la varita—. Permanecerás aquí hasta que te dé el alta, Potter, y si te levantas llamaré al director.

La señora Pomfrey regresó a su despacho y Harry se dejó caer sobre la almohada, rabioso.

—¿Sabes por cuánto hemos perdido? —le preguntó a Ron.

—Pues... sí —repuso su amigo con gesto de disculpa—. El resultado final fue trescientos veinte a sesenta.

—Genial —resopló Harry—. ¡Sencillamente genial! Cuando agarre a ese McLaggen...

—¿Cómo quieres agarrarlo? ¡Si es más grande que un trol! —le recordó Ron, no sin razón—. Opino que hay muchas razones para hacerle ese maleficio de las uñas de los pies que sacaste de tu libro de Pociones. Aunque no me extrañaría que el resto del equipo se encargara de él antes de que salgas de aquí, porque no están nada contentos...

En la voz de Ron había un dejo de júbilo mal disimulado; Harry comprendió que su amigo estaba encantado de que McLaggen lo hubiera estropeado todo. Se quedó contemplando el círculo de luz proyectado en el techo; no le dolía la cabeza, recién curada, pero sí le molestaba un poco bajo tantos vendajes.

—He oído los comentarios del partido desde aquí —dijo Ron, y esta vez la risa le hizo temblar la voz—. Espero que Luna siga haciendo de comentarista a partir de ahora... ¿Qué te pareció lo de la «peste del perdedor»?

Pero Harry todavía estaba demasiado ofuscado para ver el lado cómico de la situación, y Ron dejó de reírse.

—Ginny ha venido a verte cuando estabas inconsciente —explicó tras una larga pausa, y de inmediato la imaginación de Harry se representó una escena en la que Ginny, sollozando sobre su cuerpo inerte, confesaba la profunda atracción que sentía por él mientras Ron les daba su bendición—. Dice que llegaste al partido por un pelito. ¿Cómo pudo pasar? De aquí te marchaste con tiempo de sobra.

—Es que... —repuso Harry al tiempo que la emotiva escena desaparecía de su mente—. Es que... bueno, vi a Malfoy escabulléndose con un par de chicas que, por la cara que ponían, lo acompañaban a la fuerza, y ya es la segunda vez que no baja al campo de quidditch con el resto de los compañeros. El partido anterior también se lo saltó, ¿te acuerdas? —Suspiró—. Lástima que no lo siguiera porque, total, el partido ha sido un desastre.

—No digas estupideces —replicó Ron—. ¡No podías saltarte un partido de quidditch para seguir a Malfoy! ¡Eres el capitán del equipo!

—Quiero saber qué está tramando. Y no me vengas con que todo son imaginaciones mías, porque después de oírlo hablar con Snape...

—Yo nunca he dicho que fueran imaginaciones tuyas —desmintió Ron y se incorporó un poco, apoyándose en un codo, para mirarlo ceñudo—. ¡Pero no existe ninguna norma que diga que en este castillo no puede haber dos personas tramando algo a la vez! Te estás obsesionando, Harry. Mira que plantearte no ir a un partido sólo por seguir a Malfoy...

—¡Quiero pescarlo in fraganti! —exclamó Harry, que se sentía muy frustrado—. ¿Adónde va cuando desaparece del mapa?

—No lo sé... ¿A Hogsmeade? —sugirió Ron mientras bostezaba.

—Nunca lo he visto recorrer ninguno de los pasadizos secretos en el mapa. Además, tengo entendido que este año están vigilados.

—Pues no lo sé.

Ambos se callaron. Harry caviló mirando el círculo de luz que se proyectaba en el techo... Si tuviera el poder de Rufus Scrimgeour podría mandar que siguieran a Malfoy, pero por desgracia no tenía una oficina de aurores a sus órdenes... Por un instante pensó en intentar organizar algo con el ED, pero una vez más surgía el problema de que los profesores echarían en falta a los alumnos en las clases; al fin y al cabo, la mayoría de los estudiantes tenía los horarios hasta los topes...

Se oyó un débil ronquido proveniente de la cama de Ron. Al cabo de un rato la señora Pomfrey salió de su despacho enfundada en un camisón muy grueso. Lo más sencillo era hacerse el dormido, así que Harry se tumbó sobre un costado y oyó cómo todas las cortinas se corrían al agitar la señora Pomfrey su varita mágica. La luz de las lámparas se atenuó y la enfermera regresó a su despacho; Harry oyó que cerraba la puerta y dedujo que iba a acostarse.

Entonces pensó que ésa era la tercera vez que lo llevaban a la enfermería por culpa de una lesión de quidditch. La vez anterior se había caído de la escoba al ver dementores alrededor del terreno de juego, y la primera se debió a que el inepto del profesor Lockhart le había hecho desaparecer todos los huesos de un brazo... Ésa había sido, sin duda, la lesión más angustiosa. Se acordó del doloroso proceso de regeneración de los huesos en una noche, un malestar que no logró aliviar la llegada de una visita inesperada en medio de la...

Harry se incorporó de golpe, con el corazón palpitando y el vendaje de la cabeza torcido. Por fin había dado con la solución: sí, había una forma de seguir a Malfoy. ¿Cómo podía haberlo olvidado? ¿Por qué no se le había ocurrido antes?

Pero la cuestión era que no sabía cómo llamarlo. ¿Cómo se hacía? Indeciso, musitó quedamente en la oscuridad:

—¿Kreacher?

Se produjo un fuerte chasquido y se oyeron chillidos y correteos por la sala. Ron despertó sobresaltado y preguntó:

—¿Qué pasa?

Harry apuntó la varita hacia la puerta del despacho de la señora Pomfrey y murmuró «*¡Muffliato!*» para que la enfermera no acudiera a ver qué ocurría. Luego se deslizó hasta el borde de la cama para averiguar quién hacía esos ruidos.

Dos elfos domésticos estaban enzarzados en medio del suelo: uno llevaba un suéter granate y varios gorros de lana; el otro, un trapo viejo y mugriento atado en la cintura como si fuera un taparrabos. Se oyó otro fuerte estampido y Peeves, el *poltergeist*, apareció en el aire suspendido sobre los dos elfos.

—¿Has visto esto, Pipipote? —le dijo a Harry señalando la pelea, y soltó una sonora carcajada—. Mira cómo se pegan esas criaturitas, mira qué mordiscos se dan, qué puñetazos...

—¡Kreacher no insultará a Harry Potter delante de Dobby, no señor, o Dobby se encargará de cerrarle la boca a Kreacher! —chillaba Dobby.

—¡Qué patadas, qué arañazos! —se admiró Peeves al tiempo que les lanzaba trozos de tiza para enfurecerlos aún más—. ¡Qué pellizcos, qué codazos!

—Kreacher opinará lo que quiera de su amo, claro que sí, y sobre la clase de amo que es, el muy repugnante amigo de los sangre sucia. Oh, ¿qué diría la pobre ama de Kreacher?

No llegaron a saber qué habría dicho el ama de Kreacher porque en ese momento Dobby golpeó con su pequeño y nudoso puño a Kreacher y le hizo saltar la mitad de
los dientes. Harry y Ron se levantaron y separaron a los
elfos, aunque éstos siguieron intentando darse patadas y
puñetazos, azuzados por Peeves, que volaba alrededor de
la lámpara gritando: «¡Métele los dedos en la nariz, apa-
chúrralo, tírale de las orejas!»

Harry apuntó con la varita a Peeves y dijo: «*¡Palalin-
gua!*» El *poltergeist* se llevó las manos a la garganta, tragó saliva y salió volando de la habitación, haciendo gestos
obscenos pero sin poder hablar, pues la lengua se le había
pegado al paladar.

—Eso ha estado muy bien —dijo Ron. Levantó a
Dobby del suelo y lo sostuvo en alto para que sus extremidades, que no paraban de agitarse, no volvieran a im-
pactar contra Kreacher—. Es otro de los maleficios del
príncipe, ¿no?

—Sí —contestó Harry mientras le aplicaba una llave
de judo a Kreacher—. ¡Muy bien, les prohíbo que peleen!
Bueno, te prohíbo a ti, Kreacher, que te pelees con Dobby.
Dobby, a ti ya sé que no puedo darte órdenes...

—¡Dobby es un elfo doméstico libre y puede obedecer a quien quiera, y Dobby hará cualquier cosa que
Harry Potter le ordene! —repuso el elfo. Las lágrimas resbalaban por su arrugada carita y le caían sobre el suéter.

—De acuerdo —dijo Harry, y Ron y él soltaron a los
elfos, que cayeron al suelo pero no siguieron peleándose.

—¿Me ha llamado el amo? —preguntó Kreacher con
voz ronca, e hizo una exagerada reverencia al tiempo que
le lanzaba a Harry una mirada con la que parecía desearle una muerte lenta y dolorosa.

—Sí, te he llamado —respondió Harry, y miró hacia
el despacho de la señora Pomfrey para comprobar si el
hechizo *muffliato* todavía funcionaba; no había señales
de que la enfermera hubiera oído ningún ruido—. Tengo
un trabajo para ti.

—Kreacher hará lo que le ordene el amo —repuso el
elfo con otra reverencia, tan pronunciada que casi se besó

los nudosos dedos de los pies— porque Kreacher no tiene alternativa, pero a Kreacher le avergüenza tener un amo así, ya lo creo...

—¡Dobby lo hará, Harry Potter! —chilló Dobby; todavía tenía sus ojos grandes como pelotas de tenis anegados en lágrimas—. ¡Para Dobby será un honor ayudar a Harry Potter!

—Ahora que lo pienso, no estaría mal que lo hagan los dos. Está bien. A ver... Quiero que sigan a Draco Malfoy. —E ignorando la mezcla de sorpresa y exasperación que reflejó el semblante de Ron, especificó—: Me interesa saber adónde va, con quién se reúne y qué hace. Deberán seguirlo las veinticuatro horas del día.

—¡Sí, Harry Potter! —exclamó Dobby con un brillo de emoción en los ojos—. ¡Y si Dobby lo hace mal, Dobby se tirará desde la torre más alta, Harry Potter!

—Eso no será necesario —se apresuró a aclarar Harry.

—¿Que el amo quiere que siga al pequeño de los Malfoy? —dijo Kreacher con voz ronca—. ¿Que el amo quiere que espíe al sobrino nieto sangre limpia de mi antigua ama?

—Exacto —confirmó Harry, y se apresuró a atajar el peligro al que se exponía—: Y te prohíbo que le avises, Kreacher, o le expliques cuál es tu misión, o hables con él, o le escribas mensajes, o... o te comuniques con él de ningún modo. ¿Entendido?

Le pareció que Kreacher se esforzaba por hallar alguna falla en las instrucciones que acababa de darle, y esperó. Transcurridos unos instantes, Harry comprobó con satisfacción que el elfo volvía a hacer una exagerada reverencia y decía con resentimiento:

—El amo está en todo y Kreacher debe obedecerlo, aunque Kreacher preferiría ser el criado del pequeño Malfoy, por supuesto...

—Entonces no se hable más. Quiero que me presenten informes con regularidad, pero asegúrense de que no esté rodeado de gente cuando vengan a hablar conmigo. Si estoy con Ron o Hermione, no importa. Y no comenten con nadie lo que les he encargado. Péguense a Malfoy como si fueran tiritas para verrugas.

20

La petición de lord Voldemort

A primera hora del lunes, Harry y Ron salieron de la enfermería completamente recuperados gracias a los cuidados de la señora Pomfrey. Ya podían disfrutar de las ventajas de la fractura de cráneo y el envenenamiento, respectivamente, y la mejor de ellas era que Hermione volvía a ser amiga de Ron. Los acompañó a desayunar y les comunicó que Ginny se había peleado con Dean. El monstruo que dormitaba en el pecho de Harry alzó la cabeza olfateando el aire, expectante.

—¿Por qué se han peleado? —preguntó el muchacho con fingida indiferencia mientras enfilaban un pasillo del séptimo piso.

El pasillo estaba vacío salvo por una niña muy pequeña que examinaba un tapiz de trols con tutú. Al ver que se acercaban unos estudiantes de sexto año, la chiquilla puso cara de miedo y dejó caer la pesada balanza de bronce que sostenía.

—¡No pasa nada! —dijo Hermione con amabilidad, y corrió a ayudarla—. Mira... —Dio unos golpecitos con su varita en la balanza rota y pronunció—: ¡*Reparo!*

La niña ni siquiera le dio las gracias y se quedó muy quieta cuando ellos pasaron por su lado. Ron volvió la cabeza y la miró.

—Les juro que cada vez son más pequeños —comentó.

—Déjala —repuso Harry con impaciencia—. Hermione, ¿por qué se han peleado Ginny y Dean?

—Parece ser que Dean se estaba riendo del golpe que te dio McLaggen con esa bludger.

—Debió de ser gracioso —dijo Ron.

—¡No fue nada gracioso! —saltó Hermione—. ¡Fue horrible, y si Coote y Peakes no hubieran sujetado a Harry, podría haber resultado gravemente herido!

—Ah, vaya, pero no había necesidad de que Ginny y Dean cortaran por eso —dijo Harry procurando sonar despreocupado—. ¿O siguen saliendo juntos?

—Sí, siguen saliendo. Pero ¿por qué te interesa tanto? —preguntó Hermione mirándolo con recelo.

—Es que no quiero que haya problemas en el equipo de quidditch —se apresuró a contestar, y sintió un gran alivio cuando detrás de ellos una voz exclamó:

—¡Harry!

—¡Hola, Luna! —Ya tenía una excusa para darle la espalda a Hermione.

—He ido a verte a la enfermería —dijo Luna mientras rebuscaba en su mochila—, pero me han dicho que ya habías salido... —Le fue pasando una serie de extraños objetos a Ron: una especie de cebolla verde, un gran sapo con manchas y una buena cantidad de una cosa que parecía arena higiénica para gatos; por último sacó un rollo de pergamino bastante sucio y se lo tendió a Harry—. Me han pedido que te dé esto.

Era un rollo pequeño que Harry reconoció enseguida: otra invitación para una clase particular con Dumbledore.

—Será esta noche —informó a sus amigos cuando lo hubo leído.

—¡Te felicito por tu comentario del partido! —le dijo Ron a Luna mientras ella recuperaba la cebolla verde, el sapo y la arena higiénica.

Luna esbozó una vaga sonrisa.

—Te burlas de mí, ¿verdad? Todos dicen que lo hice muy mal.

—¡No, lo digo en serio! ¡No recuerdo haberlo pasado tan bien con ningún otro comentarista! ¿Qué es eso, por cierto? —añadió, tomando aquella especie de cebolla. Se la acercó a los ojos.

—Es un gurdirraíz —contestó Luna, y se guardó la arena higiénica y el sapo en la mochila—. Quédatelo si quieres, tengo algunos más. Son excelentes para protegerse contra los plimpys tragones.

Y se marchó. Ron sonrió de oreja a oreja con el gurdirraíz en la mano.

—¿Saben qué les digo? Que Luna empieza a gustarme —dijo mientras los tres echaban a andar hacia el Gran Comedor—. Ya sé que está loca, pero la suya es una locura... —Se calló bruscamente al ver a Lavender Brown plantada al pie de la escalinata de mármol, con aspecto de estar muy enfadada—. ¡Hola! —murmuró con apuro cuando llegaron ante ella.

—¡Vamos! —le dijo Harry a Hermione por lo bajo, y siguieron andando, aunque oyeron cómo Lavender preguntaba: «¿Por qué no me dijiste que hoy te daban el alta? ¿Y por qué estabas con ella?»

Ron llegó a la mesa del desayuno media hora más tarde y bastante malhumorado, y aunque se sentó con Lavender, Harry no vio que se dirigieran la palabra en todo el rato. Hermione se comportaba como si no se diera cuenta de nada, pero en un par de ocasiones Harry le detectó una misteriosa sonrisita en los labios. Ella estuvo de muy buen humor el resto del día, y por la noche, en la sala común incluso consintió en repasar (o mejor dicho, en terminar de componer) la redacción de Herbología de Harry, cuando hasta ese momento se había negado en redondo porque sabía que luego él se la dejaría copiar a Ron.

—Te lo agradezco, Hermione —dijo Harry, palmeándole la espalda mientras consultaba su reloj de pulsera; eran casi las ocho en punto—. Mira, tengo que darme prisa si no quiero llegar tarde a la clase con Dumbledore...

Hermione no contestó y se limitó a tachar una de las frases más flojas con cara de hastío. Harry, sonriente, salió a toda prisa por el hueco del retrato y se dirigió hacia el despacho del director. La gárgola se apartó al oír mencionar las bombas de chicloso y Harry se dio prisa en la escalera de caracol subiendo los escalones de dos en dos. Llamó a la puerta en el preciso instante en que, dentro, un reloj daba las ocho.

—Pasa —dijo Dumbledore, pero cuando el muchacho iba a empujar la puerta, ésta se abrió desde el interior. Allí estaba la profesora Trelawney.

—¡Ajá! —exclamó la bruja, señalando con dramatismo a Harry mientras parpadeaba tras sus lentes de aumento—. ¡Así que éste es el motivo de que me eches de tu despacho sin miramientos, Dumbledore!

—Mi querida Sybill —repuso Dumbledore con leve exasperación—, no se trata de echarte sin miramientos de ningún sitio, pero Harry tiene una cita, así que, francamente, creo que no hay más que hablar...

—Muy bien —dijo la profesora, dolida—. Si te resistes a desterrar a ese jamelgo usurpador... quizá yo encuentre un colegio donde se valoren más mis talentos...

Apartó a Harry de un empujón y desapareció por la escalera de caracol; la oyeron dar un traspié hacia la mitad de ésta y Harry dedujo que había tropezado con uno de los chales que siempre llevaba colgando.

—Por favor, cierra la puerta y siéntate, Harry —dijo Dumbledore con voz cansada.

Al sentarse en su sitio habitual —delante de la mesa del director—, Harry se fijó en que el pensadero volvía a estar en la mesa y que al lado de la vasija había dos botellitas de cristal llenas de recuerdos que se arremolinaban.

—¿La profesora Trelawney todavía no ha digerido que Firenze enseñe en el colegio? —preguntó.

—No, aún no —respondió el director—. En verdad, la Adivinación me está causando más problemas de los que habría podido prever si me hubiera interesado por esa disciplina. No puedo pedirle a Firenze que vuelva al Bosque Prohibido, donde ahora es un marginado, ni pedirle a Sybill Trelawney que se marche. Entre nosotros, ella no tiene idea del peligro que correría fuera del castillo. Verás, la profesora no sabe que fue ella quien hizo la profecía acerca de ti y Voldemort, y creo que no sería sensato revelárselo. —Lanzó un hondo suspiro y agregó—: Pero ahora no nos interesan mis problemas de personal. Tenemos asuntos más importantes que tratar. Bien, ¿has realizado la tarea que te encargué?

—¿La ta...? Sí, claro... —dijo Harry, sorprendido en falta. Entre las clases de Aparición, el quidditch, el envenenamiento de Ron, el golpe en la cabeza y su empeño en averiguar qué tramaba Malfoy, Harry casi se había olvidado de que tenía que sonsacarle aquel recuerdo al profesor Slughorn—. Sí, se lo pregunté después de la clase de Pociones, señor, pero... no quiso decirme nada.

Hubo un breve silencio.

—Entiendo —dijo Dumbledore mirándolo por encima de las gafas de media luna (el muchacho sintió que lo estaban examinando con rayos X)—. Y crees que te has esforzado al máximo para cumplir esa tarea, que has puesto en práctica tu considerable ingenio y recurrido a toda tu astucia en la búsqueda de ese recuerdo, ¿no?

—Bueno... —Harry no sabía qué decir. En ese momento su único intento de recuperar aquel recuerdo parecía ridículo—. Es que... el día que Ron se bebió el filtro de amor por error, yo lo llevé al despacho del profesor Slughorn. Creí que a lo mejor, si conseguía poner de buen humor al profesor...

—¿Y dio resultado? —inquirió Dumbledore.

—Pues... no, señor, porque Ron se envenenó y...

—... eso, como es lógico, hizo que te olvidaras de lo que te había pedido. Era de esperar, dado que tu mejor amigo se hallaba en peligro. Sin embargo, cuando se confirmó que el señor Weasley se recuperaría, me habría gustado que prosiguieses con la misión que te asigné. Creí que habías comprendido cuán trascendental es ese recuerdo. En nuestro anterior encuentro puse especial empeño en recalcarte que es el más valioso y que sin él perdemos el tiempo.

La vergüenza que Harry sentía se materializó en una sensación de calor y picor que le fue descendiendo desde la coronilla hasta los pies. Dumbledore, que no había elevado el tono, ni siquiera parecía enfadado, pero Harry habría preferido que le hubiera gritado, pues esa frialdad y su expresión de decepción eran peores que cualquier otra cosa.

—No crea que no me lo tomo en serio, señor —repuso abochornado—. Es que tenía otras cosas...

—Otras cosas en la cabeza —terminó Dumbledore—. Entiendo.

Volvieron a quedarse callados. Aquel silencio, el más desagradable que Harry había experimentado en presencia del director, pareció prolongarse eternamente, sólo interrumpido por los débiles ronquidos del retrato de Armando Dippet colgado detrás de Dumbledore. Harry tenía la extraña sensación de haberse encogido un poco.

Cuando no pudo soportarlo más, dijo:

—Lo siento mucho, profesor. Debí haberme esforzado. Debí darme cuenta de que usted no me lo habría pedido de no ser algo realmente importante.

—Te agradezco esas palabras, Harry —repuso Dumbledore con voz queda—. Así pues, ¿puedo confiar en que a partir de ahora le darás prioridad? No tendría mucho sentido volver a reunirnos si no conseguimos ese recuerdo.

—Lo haré, señor. Se lo sacaré como sea —afirmó Harry con determinación.

—Entonces no se hable más del asunto —dijo Dumbledore con un tono más amable—. Continuaremos con nuestra historia a partir del punto en que la dejamos. ¿Te acuerdas de dónde nos habíamos quedado?

—Sí, señor. Voldemort asesinó a su padre y sus abuelos y lo dispuso todo para que pareciera que los había matado su tío Morfin. Luego regresó a Hogwarts y le preguntó... le preguntó al profesor Slughorn qué eran los Horrocruxes.

—Muy bien. Y también recordarás que cuando iniciamos estas reuniones privadas te dije que entraríamos en el reino de las conjeturas y las especulaciones.

—Así es, señor.

—Coincidirás conmigo en que, por ahora, te he mostrado fuentes de información considerablemente sólidas para mis deducciones acerca de lo que Voldemort había hecho hasta cumplir diecisiete años. —Harry asintió con la cabeza—. Sin embargo, a partir de ese momento —prosiguió el director— las cosas se vuelven cada vez más turbias y extrañas. Si ya resultó difícil hallar testimonios que pudieran hablar del Tom Ryddle niño, ha resultado casi imposible encontrar a alguien dispuesto a recordar al Voldemort adulto. De hecho, dudo que exista alguna persona viva, aparte de él mismo, que pueda ofrecer un relato completo de sus andanzas desde que abandonó Hogwarts. Con todo, conservo otros dos recuerdos que me gustaría compartir contigo. —Señaló las dos botellitas de cristal que relucían junto al pensadero—. Después me darás tu opinión sobre las conclusiones que he extraído de ellos.

El hecho de que Dumbledore valorara tanto la opinión de Harry hizo que éste se sintiera aún más avergonzado por haber fracasado en recuperar el recuerdo de los Horrocruxes, por lo que se removió en su asiento mientras el anciano profesor levantaba la primera botella para examinarla a la luz.

—Espero que no estés cansado de sumergirte en la memoria de otras personas, Harry. Estos dos recuerdos son muy curiosos. El primero lo obtuve de una elfina doméstica muy anciana llamada Hokey. No obstante, antes de ver la escena que ésta presenció, te haré unos breves comentarios sobre las circunstancias en que lord Voldemort se marchó de Hogwarts.

»Como quizá hayas imaginado, llegó al séptimo año de su escolarización con excelentes notas en todas las asignaturas que cursó. Sus compañeros de estudios trataban de decidir a qué profesión se dedicarían cuando salieran de Hogwarts, y casi todo el mundo esperaba cosas espectaculares de Tom Ryddle, que había sido prefecto, delegado y ganador del Premio por Servicios Especiales. Me consta que varios profesores, entre ellos Horace Slughorn, le propusieron que entrara a trabajar en el Ministerio de Magia y se ofrecieron para conseguirle empleo y ponerlo en contacto con personas influyentes. Pues bien, él rechazó todas esas ofertas. Antes de que el profesorado se diera cuenta, Voldemort estaba trabajando en Borgin y Burkes.

—¿En Borgin y Burkes? —repitió Harry con asombro.

—Sí, así es. Ya verás qué atractivos le ofrecía ese lugar cuando entremos en el recuerdo de Hokey. Sin embargo, ésa no fue la primera opción de empleo que eligió Voldemort, aunque en esa época no lo supo casi nadie (yo fui una de las pocas personas a quienes se lo confió el por entonces director del colegio, el profesor Dippet). Así pues, Voldemort fue a ver al director y le pidió quedarse en Hogwarts trabajando como profesor.

—¿Quería quedarse aquí? ¿Por qué? —preguntó Harry, todavía más extrañado.

—Creo que tenía varias razones, pero no le comentó ninguna al profesor Dippet. En primer lugar, y esto es muy importante, creo que Voldemort le tenía más cariño a Hogwarts del que jamás le ha tenido a ninguna persona. Aquí había sido feliz; este colegio era el único lugar donde había estado a gusto. —Harry sintió cierta incomodidad al escuchar estas palabras porque era exactamente el mismo sentimiento que él experimentaba respecto a Hogwarts—. En segundo lugar, el castillo es un baluarte de la magia antigua. Sin duda alguna, Voldemort descifró muchos más secretos que la mayoría de los estudiantes que pasan por el colegio, pero es probable que sospechara que todavía quedaban misterios por desvelar, reservas de magia que explotar... Y en tercer lugar, como profesor habría ejercido mucho poder y considerable influencia sobre un gran número de jóvenes magos y brujas. Quizá sacó esa idea del profesor Slughorn, que era con quien se llevaba mejor, ya que éste le había demostrado que un profesor podía tener un papel muy influyente. Nunca he concebido que Voldemort tuviera pensado quedarse el resto de su vida en Hogwarts, pero sí creo que consideraba que el colegio era un útil terreno de reclutamiento y un sitio donde podría empezar a formar un ejército.

—¿Y qué pasó? ¿No lo aceptaron?

—No. El profesor Dippet le dijo que era demasiado joven (tenía dieciocho años), pero le sugirió que volviera a intentarlo pasados unos años, si aún seguía interesándole la docencia.

—¿Qué opinó usted de eso, señor? —preguntó Harry, vacilante.

—Me produjo un profundo desasosiego. Le aconsejé a Dippet que no le concediera el empleo. No le planteé las razones que te he dado a ti porque él apreciaba mucho a Voldemort y creía que era una persona honrada, pero yo no quería que ese muchacho volviera a este colegio, y menos aún que ocupara un puesto de poder.

—¿Qué puesto solicitó, señor? ¿Qué asignatura quería enseñar?

Harry intuyó la respuesta antes de que Dumbledore se la diera.

—Defensa Contra las Artes Oscuras. En esa época la impartía una anciana profesora, Galatea Merrythought, que llevaba casi cincuenta años en Hogwarts.

»Pues bien, Voldemort se fue a trabajar a Borgin y Burkes y todos los maestros que lo admiraban lamentaron que un joven mago tan brillante acabara trabajando en una tienda, menudo desperdicio. Sin embargo, no era un simple dependiente. Como era educado, atractivo e inteligente, pronto empezaron a asignarle ciertas tareas especiales, propias de un sitio como Borgin y Burkes. Como bien sabes, Harry, esa tienda se ha especializado en objetos con propiedades inusuales y poderosas. Bien, los dueños lo enviaban a convencer a la gente de que vendiese sus tesoros, y a decir de todos, tenía un talento especial para persuadir a cualquiera.

—No me extraña —dijo Harry sin poder contenerse.

—No, claro —corroboró Dumbledore esbozando una sonrisa—. Y ahora ha llegado el momento de oír a Hokey, la elfina doméstica que trabajaba para una bruja muy anciana y muy rica llamada Hepzibah Smith.

Dumbledore golpeó la botella con su varita, el corcho salió disparado y el director vertió el recuerdo en el pensadero.

—Tú primero, Harry.

Harry se levantó y se inclinó una vez más sobre aquella ondulada y plateada superficie líquida hasta que su cara la tocó. Se precipitó por un oscuro vacío y aterrizó en un salón frente a una anciana gordísima. Ésta llevaba una elaborada peluca pelirroja y una túnica rosa brillante, cuyos pliegues se desparramaban a su alrededor de tal forma que la mujer parecía un pastel de helado derretido. Se estaba mirando en un espejito con joyas incrustadas y se aplicaba colorete en las mejillas, que ya tenía muy rojas, con una gran borla, mientras la elfina doméstica más vieja y diminuta que Harry había visto jamás le calzaba en los regordetes pies unas ceñidas zapatillas de raso.

—¡Date prisa, Hokey! —la apremió Hepzibah—. ¡Dijo que vendría a las cuatro! ¡Sólo faltan dos minutos y nunca ha llegado tarde!

La anciana guardó la borla de colorete y la elfina doméstica se enderezó. La cabeza de la sirvienta apenas llegaba a la altura del taburete de Hepzibah y la apergaminada piel le colgaba igual que la áspera sábana de lino que llevaba puesta como si fuera una toga.

—¿Cómo estoy? —preguntó Hepzibah, y movió la cabeza para admirar su cara en el espejo desde diversos ángulos.

—Preciosa, señora —dijo Hokey con voz chillona.

Seguramente el contrato de Hokey especificaba que debía mentir con descaro cada vez que le hicieran esa pregunta, porque Hepzibah Smith, en opinión de Harry, no tenía nada de preciosa.

Se oyó el tintineo de una campanilla y tanto el ama como la elfina dieron un respingo.

—¡Rápido, rápido! ¡Ya está aquí, Hokey! —exclamó Hepzibah, y la elfina se escabulló de la habitación, que estaba tan abarrotada de objetos que costaba creer que alguien pudiese andar por allí sin derribar al menos una docena de cosas: había armarios repletos de cajitas lacadas, estanterías llenas de libros repujados en oro, estantes con esferas y globos celestes y exuberantes plantas en recipientes de bronce. De hecho, la habitación parecía una mezcla de tienda de antigüedades y jardín de invierno.

La elfina regresó pasados unos momentos, seguida de un joven alto al que Harry reconoció sin dificultad: era Voldemort. Vestido con un sencillo traje negro, llevaba el pelo un poco más largo que cuando estudiaba en el colegio y tenía las mejillas hundidas, pero todo eso le sentaba bien; estaba más atractivo que nunca. Sorteó los diversos objetos diseminados por la habitación con una soltura que indicaba que conocía el lugar y se inclinó sobre la regordeta mano de Hepzibah para rozarla con los labios.

—Le he traído flores —dijo con voz queda, y creó un ramo de rosas de la nada.

—¡Qué pillín! ¡No hacía ninguna falta! —repuso la anciana Hepzibah con voz chillona, pero Harry se fijó en que había un jarrón vacío dispuesto en la mesita más cercana—. Me mimas demasiado, Tom. Pero siéntate, siéntate. ¿Dónde está Hokey? Ah, aquí...

La elfina apareció presurosa con una bandeja de pastelitos que dejó al alcance de su ama.

—Sírvete tú mismo, Tom —ofreció Hepzibah—, sé que te encantan mis pasteles. Cuéntame, ¿cómo estás? Te veo pálido. En esa tienda te hacen trabajar demasiado, te lo he dicho cien veces...

Voldemort sonrió como un autómata y Hepzibah compuso una sonrisa tonta.

—Y bien, ¿a qué se debe tu visita esta vez? —preguntó pestañeando con coquetería.

—El señor Burke quiere mejorar su oferta por esa armadura fabricada por duendes —contestó Voldemort—. Le ofrece quinientos galeones. Dice que es una suma más que razonable...

—¡Espera, espera! No tan deprisa, o pensaré que sólo vienes a verme por mis alhajas —repuso Hepzibah haciendo pucheros.

—Me envían aquí por ellas —repuso Voldemort con calma—. Señora, yo sólo soy un pobre dependiente que hace lo que le mandan. El señor Burke quiere que le pregunte...

—¡Uy, el señor Burke! ¡Tonterías! —lo cortó Hepzibah con un floreo de la mano—. ¡Voy a enseñarte una cosa que nunca le he mostrado al señor Burke! ¿Sabes guardar un secreto, Tom? ¿Me prometes que no le dirás que lo tengo? ¡Él no me dejaría en paz si supiera que te lo he enseñado, pero no pienso vendérselo a Burke ni a nadie! Pero tú, Tom, seguro que lo valorarás por su historia y no por los galeones que podrías conseguir con él...

—Será un placer ver cualquier cosa que la señora Hepzibah tenga a bien enseñarme —replicó el joven sin alterar el tono, y Hepzibah soltó otra risita ingenua.

—Le pedí a Hokey que lo trajera... ¿Dónde estás, Hokey? Quiero enseñarle al señor Ryddle nuestro tesoro más valioso. Mira, ya que estamos en ello, trae los dos...

—Aquí tiene, señora —dijo la estridente voz de la elfina, y Harry vio dos cajas de piel, una encima de otra, que cruzaban la habitación como por voluntad propia, aunque sabía que la diminuta elfina las sostenía encima de la cabeza mientras se abría paso entre mesas, pufs y taburetes.

—Eso es —dijo Hepzibah con jovialidad, y tomó las cajas, se las puso sobre el regazo y se dispuso abrir la primera—. Me parece que esto te va a gustar, Tom... ¡Si mi familia supiera que te la he enseñado...! Están deseando apropiársela.

La mujer abrió la tapa. Harry se acercó un poco y distinguió lo que parecía una pequeña copa de oro con dos asas finamente cinceladas.

—A ver si sabes qué es, Tom. Tómala y examínala —susurró Hepzibah.

Voldemort tendió su mano de largos dedos e, introduciendo el índice por una asa, levantó la copa con cuidado de su mullido envoltorio de seda. A Harry le pareció percibir un destello rojo en los oscuros ojos de Voldemort. Curiosamente, su expresión de codicia se reflejaba en el rostro de Hepzibah, cuyos diminutos ojos estaban clavados en las hermosas facciones del joven.

—Un tejón —murmuró Voldemort al examinar el grabado de la copa—. Eso significa que pertenecía a...

—¡Helga Hufflepuff, como tú bien sabes porque eres un chico muy inteligente! —exclamó Hepzibah. Se inclinó hacia delante con un crujido de corsés y le pellizcó la hundida mejilla—. ¿Nunca te he dicho que soy descendiente suya? Esta copa lleva años pasando de padres a hijos. ¿Verdad que es preciosa? Además, dicen que posee poderes asombrosos, pero eso nunca lo he comprobado porque siempre la he tenido guardada aquí, a salvo...

Recuperó la copa, sostenida por el largo dedo índice de Voldemort, y la devolvió con cuidado a su caja, esforzándose en colocarla en su posición original, de modo que no reparó en la sombra que cruzó el semblante del joven al quedarse sin la copa.

—A ver —prosiguió Hepzibah con alegría—, ¿dónde está Hokey? ¡Ah, sí, aquí estás! Ésta ya puedes llevártela...

La elfina, obediente, la tomó y Hepzibah dirigió su atención a la otra caja, bastante más plana.

—Me parece que esto te va a gustar aún más, Tom —susurró—. Acércate un poco, querido, para que puedas ver... Burke sabe que lo tengo, desde luego. Se lo compré a él y creo que no me equivoco si digo que le encantaría recuperarlo el día que yo me vaya...

Deslizó el delgado y afiligranado cierre y abrió la caja. Sobre el liso terciopelo encarnado había un voluminoso guardapelo de oro.

Esta vez Voldemort tendió la mano antes de que lo invitaran a hacerlo, tomó el guardapelo, lo acercó a la luz y lo examinó con gran atención.

—La marca de Slytherin —murmuró con embeleso mientras la luz arrancaba destellos a una ornamentada «S».

—¡Exacto! —confirmó Hepzibah, complacida por el interés del joven—. Me costó una fortuna, pero no podía dejar escapar semejante tesoro; tenía que conseguirlo para mi colección. Al parecer, Burke se lo compró a una andrajosa que seguramente lo había robado, aunque no tenía ni idea de su verdadero valor...

Esta vez no hubo ninguna duda: los ojos de Voldemort lanzaron un destello rojo al escuchar aquellas palabras, y Harry vio cómo apretaba con fuerza el puño con que asía la cadena del guardapelo.

—Supongo que Burke le pagó una miseria, pero ya lo ves... ¿Verdad que es precioso? Y también se le atribuyen todo tipo de poderes, aunque yo me limito a tenerlo bien guardadito aquí...

Estiró el brazo para recuperar el guardapelo. Por un instante Harry pensó que Voldemort no lo soltaría, pero la cadena se le deslizó entre los dedos y finalmente la joya volvió a reposar en el terciopelo rojo.

—¡Ya lo has visto, querido Tom, y espero que te haya gustado! —Hepzibah lo miró a los ojos, radiante, pero de pronto su sonrisa flaqueó—. ¿Te encuentras bien, querido?

—Sí, sí —dijo Voldemort con un hilo de voz—. Sí, estoy perfectamente...

—Pero me ha parecido... —replicó la mujer con un fugaz matiz de inquietud—. Bueno, habrá sido un efecto óptico. —Harry dedujo que ella también había vislumbrado aquel destello rojo en los ojos de Voldemort—. Toma, Hokey, llévate estas cajas y guárdalas bajo llave... y haz los sortilegios de siempre.

—Tenemos que irnos, Harry —anunció Dumbledore con voz queda, y en tanto la pequeña elfina se alejaba con las cajas, el anciano profesor volvió a agarrar a Harry por el brazo y juntos se elevaron, se sumieron en aquella misteriosa negrura y regresaron al despacho del director.

—Hepzibah Smith murió dos días después de esa breve escena —explicó Dumbledore mientras volvía a su asiento e indicaba a Harry que se sentara también—. El ministerio condenó a Hokey por el envenenamiento accidental del chocolate de su ama.

—¡No puedo creerlo! —exclamó Harry, indignado.

—Veo que somos de la misma opinión. Ciertamente, hay varias coincidencias entre esa muerte y la de los Ryddle. En ambos casos culparon a otra persona, a alguien que recordaba con claridad haber causado la muerte...

—¿Hokey confesó?

—Recordaba haber puesto algo en el chocolate de su ama que resultó no ser azúcar, sino un veneno mortal poco conocido. Y llegaron a la conclusión de que la elfina no lo había puesto a propósito, sino que como era muy anciana y muy despistada...

—¡Voldemort modificó su memoria, igual que hizo con Morfin!

—Sí, ésa es la conclusión a la que llegué yo también. Pero, como en el caso de Morfin, el ministerio estaba predispuesto a sospechar de Hokey...

—... porque era una elfina doméstica —terminó Harry. Pocas veces había estado más de acuerdo con la sociedad que había creado Hermione, la PEDDO.

—Exacto —confirmó Dumbledore—. Era muy mayor y como admitió haber puesto algo en la bebida, nadie del ministerio se molestó en seguir investigando. Igual que en el caso de Morfin, cuando di con ella y conseguí extraerle ese recuerdo, la elfina estaba a punto de morir; pero, como comprenderás, lo único que demuestra su recuerdo es que Voldemort conocía la existencia de la copa y el guardapelo.

»Cuando condenaron a Hokey, la familia de Hepzibah ya sabía que faltaban dos de los más preciados tesoros de la anciana bruja. Tardaron un tiempo en averiguarlo porque la mujer tenía muchos escondites; siempre había guardado celosamente su colección. Pero antes de que los parientes comprobaran que la copa y el guardapelo habían desaparecido, el dependiente que trabajaba en Borgin y Burkes, aquel joven que había visitado a menudo a Hepzibah y la había conquistado con sus encantos, dejó su empleo y se marchó. Los dueños de la tienda ignoraban adónde había ido y estaban tan asombrados como todo el mundo de su marcha. Y durante mucho tiempo nadie volvió a ver ni oír hablar de Tom Ryddle.

»Y ahora, Harry, si no te importa, me gustaría detenerme una vez más para dirigir tu atención hacia ciertos aspectos de nuestra historia. Voldemort había cometido otro asesinato; ignoro si fue el primero desde que matara a los Ryddle, pero creo que sí. Esta vez, como habrás observado, no mató por venganza, sino para obtener un beneficio. Quería poseer los dos fabulosos tesoros que le había enseñado aquella pobre y obsesionada anciana. Primero robaba a los otros niños del orfanato, luego le sustrajo el anillo a su tío Morfin y después se apropió de la copa y el guardapelo de Hepzibah.

—Pero qué raro que lo arriesgara todo —dijo Harry frunciendo el entrecejo— y dejara su empleo sólo por esos...

—Quizá tú lo encuentres raro, pero Voldemort no —aclaró Dumbledore—. Espero que entiendas, en su debido momento, qué significaban con exactitud para él esos objetos, pero admitirás que no es difícil imaginar que, como mínimo, considerara que el guardapelo era suyo por legítimo derecho.

—El guardapelo quizá sí, pero ¿por qué se llevó también la copa?

—Porque había pertenecido a una de las fundadoras de Hogwarts. Creo que Voldermot conservaba un fuerte vínculo con el colegio y no pudo resistirse a un objeto tan importante de su historia. Y si no me equivoco, también había otros motivos... Espero poder mostrártelos a su debido tiempo.

»Y ahora voy a enseñarte el último recuerdo, al menos hasta que consigas sonsacarle ese otro al profesor Slughorn. Entre el recuerdo de Hokey y éste hay un período de diez años acerca de los cuales sólo podemos especular...

Harry se puso de pie otra vez mientras Dumbledore vaciaba el último recuerdo en el pensadero.

—¿De quién es este recuerdo? —preguntó el muchacho.

—Mío.

Y Harry se sumergió detrás del anciano profesor en el movedizo líquido plateado y aterrizó en el mismo despacho del que acababa de salir: *Fawkes* dormía apaciblemente en su percha y sentado a la mesa se hallaba Dumbledore, cuyo aspecto era muy parecido al del Dumbledore que estaba de pie al lado de Harry, aunque tenía ambas manos intactas y quizá menos arrugas en el rostro. La única diferencia entre el despacho del presente y ese otro era que en el del pasado estaba nevando; unos azulados copos caían tras la ventana, destacándose contra la oscuridad, y se acumulaban en el alféizar.

Daba la impresión de que el Dumbledore más joven esperaba que ocurriera algo, y en efecto, poco después llamaron a la puerta y el director dijo: «Pase.»

A Harry se le escapó un grito ahogado al ver entrar a Voldemort. Sus facciones no eran las mismas que el muchacho había visto surgir del gran caldero de piedra casi dos años atrás: no recordaban tanto a una serpiente, los ojos todavía no se habían vuelto rojos y la cara aún no parecía una máscara; sin embargo, aquél ya no era el atractivo Tom Ryddle. Era como si el rostro se le hubiera quemado y desdibujado: sus rasgos tenían un extraño aspecto, ceroso y deforme, y el blanco de los ojos estaba enrojecido, aunque las pupilas aún no se habían convertido en las finas rendijas que Harry había visto en otras ocasiones. Llevaba una larga capa negra y tenía el semblante tan blanco como la nieve que le relucía sobre los hombros.

El Dumbledore que estaba sentado a la mesa no dio muestras de sorpresa. Resultaba evidente que la visita estaba concertada.

—Buenas noches, Tom —saludó Dumbledore—. ¿Quieres sentarte, por favor?

—Gracias —respondió Voldemort, y ocupó el asiento que le señalaba, el mismo del que Harry acababa de levantarse en el presente—. Me enteré de que lo habían nombrado director —dijo con una voz ligeramente más alta y fría que antes—. Una loable elección.

—Me alegro de que la apruebes —replicó Dumbledore con una sonrisa—. ¿Te gustaría beber algo?

—Sí, gracias. Vengo de muy lejos.

Dumbledore se levantó y fue hasta el armario donde ahora guardaba el pensadero, pero que entonces era una especie de mueble-bar. Tras ofrecer a Voldemort una copa de vino y llenar otra para él, volvió a sentarse.

—Y bien, Tom... ¿a qué debo el honor de tu visita?

Voldemort no contestó enseguida, sino que antes bebió un sorbo de vino.

—Ya no me llaman «Tom» —puntualizó—. Ahora me conocen como...

—Ya sé cómo te conocen —lo interrumpió Dumbledore sonriendo con cordialidad—. Pero para mí siempre serás Tom Ryddle. Me temo que ésa es una de las cosas más fastidiosas de los viejos profesores: que nunca llegan a olvidar los años de juventud de sus pupilos.

Alzó su copa como si brindara con Voldemort, cuyo semblante permanecía inexpresivo. Sin embargo, Harry notó que la atmósfera de la habitación cambiaba de forma sutil: la negativa de Dumbledore a utilizar el nombre que Voldemort había elegido significaba que no le permitía dictar los términos de la reunión, y Harry se percató de que él así lo había interpretado.

—Me sorprende que usted haya permanecido tanto tiempo aquí —dijo Voldemort tras una breve pausa—. Siempre me pregunté por qué un mago de su categoría nunca había querido abandonar el colegio.

—Verás —repuso Dumbledore sin dejar de sonreír—, para un mago de mi categoría no hay nada más importante que transmitir la sabiduría ancestral y ayudar a aguzar la mente de los jóvenes. Si no recuerdo mal, en una ocasión tú también sentiste el atractivo de la docencia.

—Y todavía lo siento —dijo Voldemort—. Sólo me preguntaba por qué usted... por qué un mago al que el ministerio le pide tan a menudo consejo y al que en dos ocasiones, creo, le han ofrecido el cargo de ministro...

—De hecho ya van tres veces —precisó Dumbledore—. Pero el ministerio nunca me atrajo como carrera profesional. Ésa es otra cosa que tenemos en común.

Voldemort inclinó la cabeza, sin sonreír, y bebió otro sorbo de vino. Dumbledore no interrumpió el silencio sino que esperó, con gesto de tranquila expectación, a que su interlocutor hablara primero.

—Aunque quizá haya tardado más de lo que imaginó el profesor Dippet —dijo Voldemort por fin—, he vuelto para solicitar por segunda vez lo que él me negó en su día por considerarme demasiado joven. He venido a pedirle que me deje enseñar en este castillo. Supongo que sabrá que he visto y hecho muchas cosas desde que me marché de aquí. Podría mostrar y explicar a sus alumnos cosas que ellos jamás aprenderán de ningún otro mago.

Antes de replicar, Dumbledore lo observó unos instantes por encima de su copa.

—Sí, desde luego, sé que has visto y hecho muchas cosas desde que nos dejaste —dijo con serenidad—. Los rumores de tus andanzas han llegado a tu antiguo colegio, Tom. Pero lamentaría que la mitad de ellos fueran ciertos.

Impertérrito, Voldemort declaró:

—La grandeza inspira envidia, la envidia engendra rencor y el rencor genera mentiras. Usted debería saberlo, Dumbledore.

—¿Llamas «grandeza» a eso que has estado haciendo? —repuso Dumbledore con delicadeza.

—Por supuesto —aseguró Voldemort, y dio la impresión de que sus ojos llameaban—. He experimentado. He forzado los límites de la magia como quizá nunca lo había hecho nadie...

—De cierta clase de magia —precisó Dumbledore sin alterarse—, de cierta clase. En cambio, de otras clases de magia exhibes (perdona que te lo diga) una deplorable ignorancia.

Voldemort sonrió por primera vez. Fue una sonrisa abyecta, un gesto maléfico, más amenazador que una mirada de cólera.

—La discusión de siempre —dijo en voz baja—. Pero nada de lo que he visto en el mundo confirma su famosa teoría de que el amor es más poderoso que la clase de magia que yo practico, Dumbledore.

—A lo mejor es que no has buscado donde debías.

—En ese caso, ¿dónde mejor que en Hogwarts podría empezar mis nuevas investigaciones? ¿Me dejará volver? ¿Me dejará compartir mis conocimientos con sus alumnos? Pongo mi talento y mi persona a su disposición. Estoy a sus órdenes.

—¿Y qué será de aquellos que están a tus órdenes? ¿Qué será de esos que se hacen llamar, según se rumorea, «mortífagos»? —preguntó Dumbledore arqueando las cejas.

Harry se percató de que a Voldemort le sorprendía que el director conociera ese nombre y observó cómo sus ojos volvían a emitir destellos rojos y los estrechos orificios nasales se le ensanchaban.

—Mis amigos se las arreglarán sin mí —dijo al fin—, estoy seguro.

—Me alegra oír que los consideras tus amigos. Me daba la impresión de que encajaban mejor en la categoría de sirvientes.

—Se equivoca.

—Entonces, si esta noche se me ocurriera ir a Cabeza de Puerco, ¿no me encontraría a algunos de ellos (Nott, Rosier, Mulciber, Dolohov) esperándote allí? Unos amigos muy fieles, he de reconocer, dispuestos a viajar hasta tan lejos en medio de la nevada, sólo para desearte buena suerte en tu intento de conseguir un puesto de profesor.

La información precisa de Dumbledore acerca de con quién viajaba le sentó aún peor a Voldemort; sin embargo, se repuso al instante.

—Está más omnisciente que nunca, Dumbledore.

—No, qué va. Es que me llevo bien con los camareros del pueblo —repuso el director sin darle importancia—. Y ahora, Tom... —Dejó su copa vacía encima de la mesa y se enderezó en el asiento al tiempo que juntaba la yema de los dedos componiendo un gesto muy suyo—. Ahora hablemos con franqueza. ¿Por qué has venido esta noche, rodeado de esbirros, a solicitar un empleo que ambos sabemos que no te interesa?

—¿Que no me interesa? —Voldemort se sorprendió sin alterarse—. Al contrario, Dumbledore, me interesa mucho.

—Mira, tú quieres volver a Hogwarts, pero no te interesa enseñar, ni te interesaba cuando tenías dieciocho años. ¿Qué buscas, Tom? ¿Por qué no lo pides abiertamente de una vez?

Voldemort sonrió con ironía.

—Si no quiere darme trabajo...

—Claro que no quiero. Y no creo que esperaras que te lo diera. A pesar de todo, has venido hasta aquí y me lo has pedido, y eso significa que tienes algún propósito.

Voldemort se levantó. La rabia que sentía se reflejaba en sus facciones y ya no se parecía en nada a Tom Ryddle.

—¿Es su última palabra?

—Sí —afirmó Dumbledore, y también se puso en pie.

—En ese caso, no tenemos nada más que decirnos.

—No, nada —convino Dumbledore, y una profunda tristeza se reflejó en su semblante—. Quedan muy lejos los tiempos en que podía asustarte con un armario en llamas y obligarte a pagar por tus delitos. Pero me gustaría poder hacerlo, Tom, me gustaría...

Creyendo que la mano de Voldemort se desplazaba hacia el bolsillo donde tenía la varita, Harry estuvo a punto de gritar una advertencia que habría resultado inútil, pero, antes de que lograse reaccionar, Voldemort había salido y la puerta se estaba cerrando tras él.

Harry volvió a notar la mano de Dumbledore alrededor de su brazo y poco después se encontraban de nuevo juntos, como si no se hubieran movido de su sitio. Sin embargo, no había nieve acumulándose en el alféizar y Dumbledore volvía a tener la mano ennegrecida y marchita.

—¿Por qué? —preguntó Harry mirándolo a los ojos—. ¿Por qué regresó? ¿Llegó a averiguarlo?

—Tengo algunas ideas —respondió el anciano profesor—, pero nada más.

—¿Qué ideas, señor?

—Te lo contaré cuando hayas recuperado ese recuerdo del profesor Slughorn. Confío en que cuando consigas esa última pieza del rompecabezas, todo quedará claro... para ambos.

Harry se moría de curiosidad, y aunque Dumbledore fue a abrir la puerta para indicarle que la clase había terminado y debía marcharse, aún hizo otra pregunta:

—¿Quería el puesto de profesor de Defensa Contra las Artes Oscuras, como la vez anterior? En realidad no dijo...

—Sí, claro que quería ese puesto. Eso se demostró poco después de nuestra breve entrevista. Y desde que me negué a dárselo nunca hemos podido conservar el mismo profesor de Defensa Contra las Artes Oscuras más de un año.

21

La Sala Incognoscible

Durante la semana siguiente, Harry se estrujó el cerebro buscando una manera de que Slughorn le entregara el auténtico recuerdo, pero no se le ocurrió ninguna idea genial y acabó recurriendo a lo que últimamente solía hacer cuando se sentía perdido: enfrascarse en su libro de Pociones con la esperanza de que el príncipe hubiera garabateado algún comentario útil en alguna página.

—Ahí no vas a encontrar nada —le dijo Hermione el domingo por la noche.

—No empieces, Hermione. Si no llega a ser por el príncipe, ahora Ron no estaría aquí sentado.

—Estaría aquí sentado si hubieras escuchado a Snape en primero —repuso ella con desdén.

Harry no le hizo caso. Acababa de encontrar un conjuro (*¡Sectumsempra!*) escrito en un margen, seguido de las intrigantes palabras «para enemigos», y se moría de ganas de probarlo. Pero no le pareció oportuno hacerlo delante de Hermione, así que dobló con disimulo la esquina de la hoja.

Estaban sentados delante del fuego en la sala común, donde aún quedaban unos pocos compañeros de sexto que pronto se irían a dormir. Un rato antes, al volver de cenar, hubo cierto alboroto porque en el tablón de anuncios habían puesto un letrero con la fecha del examen de Aparición. Los alumnos que el 21 de abril —fecha del primer examen— tuviesen diecisiete años podrían apuntarse a sesiones de prácticas complementarias. Se realizarían en Hogsmeade rodeadas de estrictas medidas de seguridad.

A Ron le entró pánico al leer la noticia porque todavía no había conseguido aparecerse y temía no estar preparado para aprobar el examen; Hermione, que ya había logrado aparecerse dos veces, se sentía un poco más confiada, pero Harry, que cumpliría los diecisiete años cuatro meses más tarde, no podría examinarse aunque estuviera lo bastante preparado.

—¡Pero tú al menos sabes aparecerte! —le dijo Ron con nerviosismo—. ¡Cuando llegue julio no tendrás ningún problema!

—Sólo lo he hecho una vez —le recordó Harry. Al fin, en la última clase, había conseguido desaparecerse y rematerializarse dentro de su aro.

Ron, que había perdido bastante tiempo hablando de sus preocupaciones respecto a la Aparición, se decidió a terminar una redacción condenadamente difícil, encargada por Snape, que Harry y Hermione ya habían acabado. Harry estaba convencido de que Snape iba a ponerle mala nota en ese trabajo por haber discrepado con él sobre la mejor forma de enfrentarse a los dementores, pero no le importaba: lo que más le interesaba en ese momento era el recuerdo de Slughorn.

—En serio, Harry, ese estúpido príncipe no te ayudará en esta misión —insistió Hermione—. Sólo hay una manera de obligar a alguien a hacer lo que uno quiera: la maldición *imperius*, pero es ilegal...

—Sí, ya lo sé, gracias —dijo Harry sin desviar la mirada del libro—. Por eso busco algo diferente. Dumbledore me advirtió que el Veritaserum no serviría, pero a lo mejor encuentro otra cosa: alguna poción o algún hechizo...

—No estás enfocando bien este asunto —se obstinó su amiga—. Dumbledore afirma que eres el único que puede sonsacarle ese recuerdo. Eso da a entender que tú puedes convencerlo con algo que no está al alcance de nadie más. No se trata de hacerle beber una poción; eso podría hacerlo cualquiera...

—¿«Velijerante» se escribe con uve? —dijo Ron, sacudiendo la pluma entre los dedos y sin desviar la vista de su hoja de pergamino—. Creía que iba con be.

—Va con be y ge —corrigió Hermione echando un vistazo a la redacción—. Y «augurio» se escribe sin hache. ¿Qué pluma estás utilizando?

—Una de las de Fred y George con corrector ortográfico incorporado. Pero me parece que el encantamiento está perdiendo su efecto.

—Ya lo creo —dijo Hermione, y le señaló el título de la redacción—, porque nos preguntaban cómo nos enfrentaríamos a un dementor, no a un dugbog, y que yo sepa tampoco te llamas Roonil Wazlib, a menos que te hayas cambiado el nombre.

—¡Diantre, no! —exclamó Ron contemplando horrorizado la hoja—. ¡No me digas que tengo que volver a escribirlo todo!

—No te preocupes, se puede arreglar —dijo ella; tomó la redacción y sacó su varita mágica.

—Te adoro, Hermione —murmuró él, y se recostó en la butaca frotándose los ojos, cansado.

Ella se ruborizó ligeramente, pero se limitó a comentar:

—Que Lavender no te oiga decir eso.

—No me oirá —masculló Ron—. O quizá sí... y entonces me cortará.

—Si lo que quieres es terminar esa relación, ¿por qué no la cortas tú a ella? —preguntó Harry.

—Nunca has cortado a nadie, ¿no? —repuso su amigo—. Cho y tú simplemente...

—Nos fuimos a pique, sí, es verdad —admitió Harry.

—¡Ojalá nos pasara eso a Lavender y a mí! —exclamó Ron mientras miraba cómo Hermione, sin decir nada, iba tocando con la punta de la varita cada una de las palabras mal escritas y las corregía—. Pero cuanto más le insinúo que quiero dejarlo, más se aferra ella a mí. Es como salir con el calamar gigante.

Unos veinte minutos más tarde, la chica le entregó la redacción.

—Aquí tienes —le dijo.

—Muchas gracias. ¿Me prestas tu pluma para escribir las conclusiones?

Harry, que no había vuelto a encontrar nada útil o sugerente en las notas del Príncipe Mestizo, levantó la vista del libro y vio que se habían quedado solos en la sala común, pues incluso Seamus había subido a acostarse maldiciendo a Snape y su redacción. Lo único que se oía era el chisporroteo del fuego y el rasgueo de Ron, que acababa su trabajo sobre los dementores con la pluma de Hermione. Cerró el libro del Príncipe Mestizo y empezó a bostezar cuando...

¡Crac!

Hermione soltó un gritito, Ron manchó de tinta la redacción y Harry exclamó:

—¡Kreacher!

El elfo doméstico hizo una exagerada reverencia y, con la nariz casi pegada a los deformados dedos de sus pies, dijo:

—El amo quería informes regulares sobre las actividades del pequeño Malfoy, y Kreacher ha venido a...

¡Crac!

Dobby, con un cubretetera torcido a modo de gorro, se apareció al lado de Kreacher.

—¡Dobby también ha colaborado, Harry Potter! —exclamó, y le lanzó a Kreacher una mirada furibunda—. ¡Y Kreacher debería avisar a Dobby cuándo piensa ir a ver a Harry Potter para que así puedan presentar sus informes juntos!

—¿Qué significa esto? —preguntó Hermione, aún sorprendida por sus repentinas apariciones—. ¿Qué pasa, Harry?

Harry vaciló porque no le había contado que los dos elfos debían seguir a Malfoy por orden suya; su amiga era muy susceptible en todo lo relativo a los elfos domésticos.

—Es que... les pedí que siguieran a Malfoy —reconoció al fin.

—Noche y día —precisó Kreacher con un gruñido.

—¡Dobby lleva una semana sin pegar ojo, Harry Potter! —declaró Dobby con orgullo, y se tambaleó un poco.

Hermione se alarmó.

—¿No has dormido nada en todo ese tiempo, Dobby? Pero Harry, supongo que no le has ordenado que...

—No, claro que no —se apresuró a aclarar el muchacho—. Dobby, puedes dormir, ¿de acuerdo? A ver, ¿han averiguado algo? —preguntó antes de que Hermione volviera a intervenir.

—El amo Malfoy hace gala de la nobleza que corresponde a su sangre limpia —dijo Kreacher con voz ronca—. Sus facciones recuerdan la elegante fisonomía de mi ama y sus modales son los mismos que...

—¡Draco Malfoy es un niño malo! —chilló Dobby—. ¡Es un niño malo que... que...! —Un escalofrío lo sacudió desde la borla del cubretetera hasta la punta de los calcetines, y de pronto echó a correr hacia la chimenea como si fuera a arrojarse al fuego.

Harry, a quien no sorprendió ese arranque, lo alcanzó enseguida y lo sujetó con fuerza por la cintura. El elfo forcejeó unos segundos y luego dejó de oponer resistencia.

—Gracias, Harry Potter —jadeó—. A Dobby todavía le cuesta hablar mal de sus antiguos amos...

Harry lo soltó. Entonces Dobby se colocó bien el cubretetera y le dijo a Kreacher con tono desafiante:

—¡Pero Kreacher debería saber que Draco Malfoy no se porta bien con los elfos domésticos!

—Sí, no nos interesa que nos cuentes lo encantado que estás con Malfoy —terció Harry—. Ve al grano y explícanos qué ha estado tramando.

Kreacher, rabioso, volvió a hacer una reverencia y dijo:

—El amo Malfoy come en el Gran Comedor, duerme en un dormitorio de las mazmorras, asiste a clase en diversas...

—Dobby, dímelo tú —se impacientó Harry, admitiendo que Kreacher era un caso perdido—. ¿Ha ido a algún sitio al que no debía ir?

—Harry Potter, señor —chilló Dobby, y en sus enormes y esféricos ojos se reflejó el resplandor del fuego—, el chico Malfoy no está violando ninguna norma, al menos que Dobby sepa, pero sigue interesado en evitar que lo detecten. Ha realizado visitas regulares al séptimo piso con varios estudiantes que montan guardia mientras él entra en...

—¡En la Sala de los Menesteres! —comprendió Harry de pronto, y se dio en la frente con *Elaboración de pociones avanzadas*. Hermione y Ron se quedaron mirándolo—. ¡Ahí es donde se esconde! ¡Ahí es donde hace... lo que sea que hace! Y por eso desaparece del mapa. ¡Ahora que lo pienso, en el mapa nunca he visto la Sala de los Menesteres!

—A lo mejor los merodeadores no sabían de su existencia —sugirió Ron.

—Supongo que esa particularidad forma parte de la magia de la sala —observó Hermione—. Si necesitas que no pueda detectarse, no se detecta.

—Dobby, ¿has conseguido colarte y ver qué hace Malfoy?

—No, Harry Potter, eso es imposible.

—No, no es imposible. El año pasado, Malfoy se coló en nuestro cuartel general; por lo tanto, yo también he de poder colarme y espiarlo.

—Dudo que lo logres —discrepó Hermione mientras cavilaba sobre el asunto—. Malfoy sabía exactamente cómo estábamos utilizando la sala porque esa idiota de Marietta nos delató. Él necesitaba que la sala se convirtiera en el cuartel general del ED y en eso se convirtió. Pero tú no sabes en qué se transforma cuando Malfoy entra en ella, de modo que tampoco sabes en qué pedirle que se transforme.

—Eso ya lo solucionaremos —dijo Harry restándole importancia—. Buen trabajo, Dobby.

—Kreacher también ha hecho un buen trabajo —comentó Hermione con dulzura; pero, en lugar de mostrarse agradecido, el elfo dejó de mirarla con sus grandes y enrojecidos ojos y, con voz ronca, dijo observando el techo:

—La sangre sucia le está diciendo algo a Kreacher; Kreacher fingirá que no la oye...

—¡Basta! —le espetó Harry, y Kreacher hizo una última reverencia y se desapareció—. Tú también, Dobby. Vete y duerme un poco.

—¡Gracias, Harry Potter, señor! —chilló Dobby alegremente, y también se esfumó.

Harry se volvió hacia sus amigos.

—¿Qué les parece? —les dijo exultante—. ¡Ya sabemos adónde va Malfoy! ¡Ahora lo tenemos acorralado!

—Sí, es genial —masculló Ron con desánimo mientras intentaba secar el borrón de tinta en que se había convertido su redacción casi terminada.

Hermione la tomó una vez más y empezó a limpiar la tinta empleando su varita. Mientras lo hacía, preguntó:

—Pero ¿qué significa que sube allí con «varios estudiantes más»? ¿Cuánta gente hay implicada? No creo que confíe en muchos lo suficiente para revelarles lo que está urdiendo...

—Sí, a mí también me extraña —concedió Harry frunciendo el entrecejo—. A Crabbe le dijo que lo que él, Malfoy, hacía no era asunto de su incumbencia... Entonces ¿qué les dice a todos esos... todos esos...? —Su voz se fue apagando y se quedó contemplando el fuego sin verlo—. ¡Caray! ¡Pero qué idiota soy! —exclamó de pronto en voz baja—. ¡Está más claro que el agua! Abajo, en la mazmorra, había una gran cuba llena... Pudo robar un poco durante aquella clase...

—¿Robar qué? —preguntó Ron.

—Poción multijugos. Robó un poco de la que Slughorn nos mostró en la primera clase de Pociones. Y no hay varios estudiantes montando guardia para Malfoy, sólo son Crabbe y Goyle, como siempre... ¡Todo encaja! —Se levantó de un brinco y empezó a pasearse por delante de la chimenea—. Ambos son lo bastante estúpidos para hacer lo que Malfoy les ordene aunque no les revele sus planes. Pero como no quiere que los vean merodeando cerca de la Sala de los Menesteres les hace tomar poción multijugos, para que adopten la apariencia de otras personas... Aquellas dos niñas que lo acompañaban cuando se saltó el partido de... ¡Caramba! ¡Eran Crabbe y Goyle!

—¿Quieres decir —preguntó Hermione bajando la voz— que aquella niña cuya balanza reparé...?

—¡Pues claro! —afirmó Harry arqueando las cejas—. ¡Claro que sí! Malfoy debía de estar en la sala en ese momento, y ella... pero ¿qué digo?, ¡él dejó caer la balanza para avisar a Malfoy que no saliera porque había alguien en el pasillo! ¡Y lo mismo pasó con aquella niña que dejó caer los huevos de sapo! ¡Hemos pasado de largo varias veces sin darnos cuenta!

—¿Así que consigue que Crabbe y Goyle se transformen en chicas? —dijo Ron y soltó una carcajada—. ¡Diantre! No me extraña que últimamente estén un poco amargados... Me sorprende que no lo manden a...

—A mí no me sorprende. No se atreven porque Malfoy les ha enseñado la Marca Tenebrosa —dedujo Harry.

—Hum... La Marca Tenebrosa que no sabemos si existe —terció Hermione con escepticismo mientras enrollaba la redacción de Ron, ya seca, y se la devolvía antes de que sufriera más daños.

—Ya lo comprobaremos —sentenció Harry.

—Sí, ya lo comprobaremos —repitió Hermione al tiempo que se levantaba y se desperezaba—. Pero te advierto, Harry, para que no te emociones mucho, que no creo que puedas entrar en la Sala de los Menesteres antes de saber con seguridad qué hay dentro. Y tampoco olvides —añadió mientras se colgaba la mochila de un hombro y lo miraba muy seria— que debes concentrarte en sonsacarle ese recuerdo a Slughorn. Buenas noches.

Harry la vio marchar y se sintió un tanto contrariado. En cuanto la puerta de los dormitorios de las chicas se cerró tras ella, le preguntó a Ron:

—¿Tú qué opinas?

—Que me encantaría desaparecerme como un elfo doméstico —respondió su amigo mirando el sitio donde Dobby se había esfumado—. Así tendría el examen de Aparición en la bolsa.

Harry no durmió bien esa noche. Pasó despierto lo que a él le parecieron horas, preguntándose para qué utilizaría Malfoy la Sala de los Menesteres y qué encontraría él allí cuando entrara al día siguiente, pues, pese a las advertencias de Hermione, estaba convencido de que si Malfoy había logrado ver el cuartel general del ED, él también podría ver... ¿qué? ¿Un lugar de reunión? ¿Un escondrijo? ¿Un almacén? ¿Un taller? Su mente trabajaba de manera febril y sus sueños, cuando al fin se quedó dormido, se vieron interrumpidos y perturbados por imágenes de Malfoy, que tan pronto se convertía en Slughorn como en Snape...

A la hora del desayuno Harry estaba impaciente. Tenía una hora libre antes de Defensa Contra las Artes Oscuras y pensaba dedicarla a entrar en la Sala de los Menesteres. Sin embargo, Hermione no mostraba ningún interés en sus planes, que él le estaba detallando en voz baja; eso lo fastidió porque contaba con que su amiga lo ayudaría.

—Escúchame —intentó hacerla entrar en razón. Se inclinó y puso una mano encima de *El Profeta*, que Hermione acababa de desatarle a una lechuza del correo, para impedir que lo abriera y se parapetara detrás del periódico—. No me he olvidado de Slughorn, pero aún no sé cómo sonsacarle ese recuerdo y hasta que se me ocurra alguna idea genial, ¿qué mal hay en averiguar qué se trae entre manos Malfoy?

—Ya te lo he dicho: tienes que centrarte en Slughorn —replicó Hermione—. No se trata de engañarlo ni de hechizarlo, porque eso lo habría hecho Dumbledore en un abrir y cerrar de ojos. En lugar de perder el tiempo paseándote por delante de la Sala de los Menesteres deberías ir a verlo y empezar a apelar a su bondad. —Y tiró de *El Profeta* para sacarlo de debajo de la mano de Harry, lo desdobló y echó un vistazo a la primera página.

—¿Mencionan a alguien que...? —preguntó Ron.

—¡Sí! —exclamó Hermione, provocando que ambos amigos se atragantaran con el desayuno—. Pero tranquilos, no está muerto. ¡Es Mundungus; lo han detenido y enviado a Azkaban! Aquí dice que se hizo pasar por un inferius durante un intento de robo... Y ha desaparecido un tal Octavius Pepper... ¡Oh, qué espanto, también han detenido a un niño de nueve años por haber intentado asesinar a sus abuelos! Creen que estaba bajo la maldición *imperius*...

Terminaron de desayunar en silencio y después se marcharon en diferentes direcciones: Hermione a la clase de Runas Antiguas; Ron a la sala común, donde todavía tenía que acabar las conclusiones de la redacción sobre los dementores; y Harry al pasillo del séptimo piso y, en concreto, al tramo de pared que había enfrente del tapiz de Barnabás *el Chiflado* enseñando ballet a unos trols.

Tan pronto encontró un pasadizo vacío se puso la capa invisible, pero no habría hecho falta esa precaución: cuando llegó a su destino lo encontró desierto. No sabía si le sería más fácil entrar en la sala vacía o con Malfoy dentro, pero al menos su primer intento no se le complicaría con la presencia de Crabbe o Goyle haciéndose pasar por niñas.

Cerró los ojos y se acercó al sitio donde estaba camuflada la puerta. Sabía qué tenía que hacer, pues el año anterior había adquirido mucha práctica. Se concentró con todas sus fuerzas y pensó: «Necesito ver qué hace Malfoy ahí dentro. Necesito ver qué hace Malfoy ahí dentro. Necesito ver qué hace Malfoy ahí dentro.»

Pasó tres veces ante la puerta, y luego, con el corazón expectante, se paró y abrió los ojos, pero el trozo de pared seguía tal cual.

Se apoyó contra la pared e hizo fuerza con el hombro, por si acaso, pero la piedra, sólida como la de cualquier pared, no cedió ni un ápice.

—Muy bien —se dijo en voz alta—. Esto indica que no he formulado mi petición correctamente.

Reflexionó un momento y empezó de nuevo, cerrando los ojos y volviendo a concentrarse. «Necesito ver el sitio al que Malfoy va a escondidas. Necesito ver el sitio al que Malfoy va a escondidas...»

Luego pasó tres veces ante el sitio donde debía aparecer la puerta y abrió los ojos, esperanzado.

Allí no había ninguna puerta.

—¡Qué demonios ocurre! —rezongó, como si la pared pudiera oírlo—. ¡Pero si era una instrucción clarísima! Está bien, está bien...

Caviló unos minutos más antes de empezar a pasearse otra vez. «Necesito que te conviertas en el sitio en que te conviertes cuando te lo pide Draco Malfoy...»

Esta vez pasó las tres veces pero no abrió los ojos enseguida, sino que aguzó el oído, como si esperara escuchar cómo se materializaba la puerta. Pero sólo oyó un distante gorjeo de pájaros proveniente del jardín. Abrió los ojos.

Nada.

Soltó una palabrota y acto seguido oyó un grito de espanto. Se volvió y vio a un grupo de alumnos de primer año que daban media vuelta y echaban a correr por donde habían venido. Seguramente lo habían tomado por un fantasma malhablado.

A lo largo de la siguiente hora Harry probó todas las variaciones que se le ocurrieron de «Necesito ver qué hace Draco Malfoy ahí dentro», pero al final tuvo que admitir que quizá Hermione tuviese razón: la sala no quería abrirse para él. Frustrado y disgustado, se quitó la capa invisible, la guardó en la mochila y se fue deprisa a la clase de Defensa Contra las Artes Oscuras.

—Llegas tarde otra vez, Potter —dijo Snape con frialdad al verlo entrar en el aula iluminada con velas—. Diez puntos menos para Gryffindor.

Harry lo miró con ceño y se dejó caer en el asiento junto a Ron; la mitad de la clase todavía estaba de pie sacando los libros y organizando sus cosas, así que no podía haber llegado mucho más tarde que los demás.

—Antes de empezar me entregarán sus redacciones sobre los dementores —dijo Snape. Agitó su varita con un ademán indolente y veinticinco rollos de pergamino se elevaron, cruzaron el aula y aterrizaron en un pulcro montón sobre su mesa—. Espero por su bien que sean mejores que las sandeces que leí sobre cómo resistirse a la maldición *imperius*. Y ahora, abran los libros por la página... ¿Qué pasa, señor Finnigan?

—Profesor —dijo Seamus—, ¿podría explicarme cómo se distingue a un inferius de un fantasma? Porque en *El Profeta* hablaban de un inferius...

—No, no hablaban de ningún inferius —replicó Snape con hastío.

—Pero señor, me han dicho que...

—Si te hubieras tomado la molestia de leer el artículo en cuestión, Finnigan, sabrías que el presunto inferius en realidad era un asqueroso ratero llamado Mundungus Fletcher.

—Tenía entendido que Snape y Mundungus estaban en el mismo bando —susurró Harry a Ron y Hermione—. ¿No debería contrariarlo que hayan detenido a Mundungus?

—Pero al parecer Potter tiene mucho que decir sobre este asunto —comentó Snape señalando hacia el fondo del aula, con sus oscuros ojos clavados en Harry—. Preguntémosle cómo podemos distinguir a un inferius de un fantasma.

Toda la clase miró a Harry, que rápidamente intentó recordar lo que le había contado Dumbledore la noche que visitaron a Slughorn.

—Pues... bueno, los fantasmas son transparentes... —dijo.

—Estupendo —se burló Snape con una mueca despectiva—. Sí, veo que casi seis años de educación mágica han servido para algo en tu caso, Potter. «Los fantasmas son transparentes.»

Pansy Parkinson soltó una risita y varios alumnos se sonrieron. Harry respiró hondo y, aunque le hervía la sangre, prosiguió con calma:

—Sí, los fantasmas son transparentes, pero los inferi son cadáveres, ¿no? Por lo tanto, deben de ser sólidos...

—Eso podría habérnoslo aclarado un niño de cinco años —se mofó Snape—. El inferius es un cadáver reanimado mediante los hechizos de un mago tenebroso. No está vivo; el mago sólo lo utiliza como una marioneta para hacer lo que se le antoja. Un fantasma, como espero que todos sepan a estas alturas, es la huella que deja un difunto en la tierra... Y por supuesto, como sabiamente ha dicho Potter, es «transparente».

—Hombre, si de distinguirlos se trata, la definición de Harry es la más clara —opinó Ron—. Si nos encontramos a uno en un callejón oscuro, nos limitamos a echarle un vistazo para ver si es sólido, y punto. No le preguntamos: «Disculpe, ¿es usted la huella de un difunto?»

Hubo una cascada de risas, acallada al instante por la gélida mirada que Snape dirigió a la clase.

—Otros diez puntos menos para Gryffindor —anunció—. No esperaba nada más sofisticado de ti, Ronald Weasley, un chico tan sólido que no puede aparecerse ni a un centímetro de distancia.

—¡No! —susurró Hermione sujetando a Harry por el brazo al ver que éste, furioso, iba a replicar—. ¡No tiene sentido, sólo conseguirás que te castigue otra vez!

—Abran los libros en la página doscientos trece —ordenó Snape con una sonrisita de suficiencia—, y lean los dos primeros párrafos sobre la maldición *cruciatus*...

Ron estuvo muy apagado durante toda la clase. Cuando sonó el timbre, Lavender se acercó a los chicos (Hermione se había esfumado misteriosamente al verla aproximarse) y soltó improperios contra Snape por haberse burlado de los escasos progresos de Ron en Aparición, pero sólo consiguió fastidiar al muchacho, que se escabulló con la excusa de ir al baño con Harry.

—En el fondo Snape tiene razón —admitió Ron tras contemplarse un minuto en un espejo resquebrajado—. No sé si vale la pena que me presente al examen. No le encuentro el truco a la Aparición.

—Podrías apuntarte a las sesiones de práctica complementarias de Hogsmeade y tratar de mejorar un poco —propuso Harry—. Como mínimo será más interesante que intentar meterte en un estúpido aro. Y si tampoco así lo consigues, siempre puedes aplazar el examen y presentarte conmigo el verano que vie... ¡Myrtle! ¡Este baño es de chicos!

El fantasma de una niña salió volando del inodoro de uno de los cubículos que tenían a la espalda y se quedó suspendido en el aire, mirándolos fijamente con unas gafas gruesas, blancuzcas y redondas.

—¡Ah, son ustedes! —dijo con desánimo.

—¿A quién esperabas? —preguntó Ron mirándola por el espejo.

—A nadie —contestó Myrtle mientras se tocaba con aire taciturno un grano en la barbilla—. Dijo que vendría a verme otra vez, pero tú también me lo prometiste... —Le lanzó una mirada de reproche a Harry—. Y hace meses que no te veo el pelo. La verdad, he aprendido a no hacerme ilusiones con los chicos —suspiró.

—Creía que vivías en aquel baño de chicas —se disculpó Harry, que desde hacía años evitaba escrupulosamente entrar allí.

—Así es —repuso ella y se encogió de hombros, enfurruñada—, pero eso no significa que no pueda ir a otros sitios. Una vez salí y te vi bañándote, ¿no te acuerdas?

—Sí, me acuerdo muy bien.

—Creí que yo le gustaba —prosiguió la niña con tono lastimero—. Quizá si se marcharan él volvería a entrar... Tenemos tantas cosas en común... Estoy segura de que él se dio cuenta... —Y miró hacia la puerta, esperanzada.

—Cuando dices que tienen mucho en común —intervino Ron, que empezaba a encontrar graciosa la conversación—, ¿te refieres a que él también vive en una cañería?

—No —contestó Myrtle, desafiante, y su voz resonó en el viejo baño revestido de azulejos—. ¡Quiero decir que es sensible, que la gente también se mete con él, que se siente solo, que no tiene a nadie con quien hablar y que no le da miedo expresar sus sentimientos ni llorar!

—¿Aquí ha habido un chico llorando? —preguntó Harry con curiosidad—. Sería un alumno de primero, ¿no?

—¡No es asunto tuyo! —exclamó Myrtle con sus pequeños y llorosos ojos clavados en Ron, que ya no disimulaba su sonrisa—. Le prometí que no se lo diría a nadie y me llevaré el secreto a la...

—No irás a decir «a la tumba», ¿verdad? —bufó Ron—. A las cañerías, de acuerdo...

Myrtle soltó un grito de rabia y volvió a meterse en el inodoro, provocando que el agua salpicara por los lados y mojara el suelo. Al parecer, mofándose de Myrtle, Ron se había animado un poco.

—Tienes razón —le dijo a Harry mientras se colgaba la mochila a la espalda—, me apuntaré a las sesiones de prácticas de Hogsmeade y luego ya decidiré si me presento al examen o no.

Así que el fin de semana siguiente, Ron fue al pueblo con Hermione y los demás alumnos de sexto que cumplían diecisiete años antes del examen, que tendría lugar al cabo de dos semanas. Harry sintió celos cuando los vio prepararse para partir; echaba de menos las excursiones a Hogsmeade, y además era un día de primavera particularmente bonito, uno de los primeros con un cielo despejado tras los meses invernales. Sin embargo, Harry había decidido emplear ese tiempo en volver a intentarlo en la Sala de los Menesteres.

—Mejor sería que fueras al despacho de Slughorn y trataras de sonsacarle ese recuerdo —refunfuñó Hermione en el vestíbulo cuando Harry les confió su plan.

—¡Ya lo he intentado! —se defendió Harry, molesto.

Y era verdad: se había quedado rezagado después de todas las clases de Pociones de esa semana con el propósito de abordar a Slughorn, pero éste siempre se marchaba precipitadamente de la mazmorra. En dos ocasiones había llamado a la puerta del despacho, pero el profesor no le abrió, a pesar de que la segunda vez Harry creyó oír un viejo gramófono que alguien se apresuró a apagar.

—No quiere hablar conmigo, Hermione. Sabe que quiero encontrarlo otra vez a solas y no lo va a permitir.

—Pues deberías seguir intentándolo, ¿no crees?

La corta fila de estudiantes que esperaban para pasar ante Filch, que estaba realizando su habitual control con el sensor de ocultamiento, avanzó unos pasos, y Harry no contestó por si lo oía el conserje. Les deseó suerte a sus dos amigos y subió por la escalinata de mármol, decidido a emplear un par de horas en la Sala de los Menesteres, a pesar de lo que opinara Hermione.

Cuando ya no podían verlo desde el vestíbulo, sacó de su mochila el mapa del merodeador y la capa invisible. Se la echó por encima, dio unos golpecitos en el mapa con la varita y murmuró: «¡Juro solemnemente que mis intenciones no son buenas!» Luego lo examinó con detenimiento.

Como era domingo por la mañana, casi todos los estudiantes se hallaban en sus respectivas salas comunes: los de Gryffindor en una torre, los de Ravenclaw en otra, los de Slytherin en las mazmorras, y los de Hufflepuff en el sótano, cerca de las cocinas. Alguno que otro deambulaba por la biblioteca o los pasillos; unos pocos habían salido a los jardines. Gregory Goyle estaba solo en el pasillo del séptimo piso. No había ningún indicio de la Sala de los Menesteres, pero a Harry eso no le preocupaba: si Goyle estaba de guardia fuera, la sala debía de estar abierta, tanto si ese hecho se reflejaba en el mapa como si no. Así que subió la escalera a toda prisa y no aminoró hasta llegar a la esquina donde se iniciaba el pasillo. Una vez allí, empezó a andar con sigilo, muy despacio, hacia aquella niña; sostenía la misma balanza de bronce que Hermione le había reparado dos semanas atrás. Cuando estuvo justo detrás de ella, se inclinó y le susurró:

—Hola, encanto... Eres muy guapa, ¿sabes?

Goyle soltó un grito de espanto, lanzó la balanza a un lado y echó a correr a toda velocidad. Se perdió de vista antes de que el estrépito de la balanza se apagara. Riendo, Harry se volvió y observó la pared detrás de la cual Draco Malfoy debía de estar inmóvil, consciente de que fuera había alguien inoportuno y sin atreverse a salir. Eso le provocó una agradable sensación de poder que saboreó mientras intentaba recordar qué fórmula no había probado todavía.

Sin embargo, el optimismo no le duró mucho. Media hora más tarde había ensayado numerosas variaciones de su petición de ver qué estaba haciendo Malfoy, pero la pared seguía tan imperturbable como de costumbre. La frustración lo invadió: Malfoy quizá estaba a sólo unos palmos de él, y, sin embargo, a él le resultaba imposible averiguar qué tramaba allí dentro. Perdiendo la paciencia, avanzó hacia la pared y le dio una patada.

—¡Ay!

Se agarró el pie dolorido y saltó a la pata coja, y la capa invisible le resbaló de los hombros.

—¡Harry!

El muchacho se dio la vuelta sobre una pierna, tropezó y se cayó. Se quedó estupefacto al ver a Tonks, que caminaba hacia él como si se paseara todos los días por aquel pasillo.

—¿Qué haces aquí? —preguntó Harry mientras se ponía en pie. ¿Por qué Tonks siempre tenía que encontrarlo tirado en el suelo?

—He venido a ver a Dumbledore —contestó la bruja.

El muchacho se fijó en que presentaba muy mal aspecto: estaba más delgada que antes y seguía teniendo el cabello descolorido, lacio y sin brillo.

—Su despacho no está aquí —aclaró—. Está en el otro lado del castillo, detrás de la gárgola...

—Ya lo sé. Pero no se encuentra allí. Por lo visto ha vuelto a marcharse.

—¿Ah, sí? —se extrañó Harry, y con cuidado apoyó el magullado pie en el suelo—. Oye, tú no sabrás adónde va, ¿verdad?

—No.

—¿Para qué quieres verlo?

—Para nada en particular —repuso Tonks tocándose, al parecer de manera inconsciente, la manga de la túnica—. Pensé que quizá él podría explicarme qué está pasando. He oído rumores... Ha habido heridos...

—Sí, lo sé. Sale en los periódicos. Y lo de ese niño que intentó matar a sus abue...

—Muchas veces *El Profeta* publica las noticias con retraso —lo interrumpió Tonks con expresión abstraída—. ¿No has recibido carta de ningún miembro de la Orden últimamente?

—No; nadie de la Orden me escribe desde que Sirius... —Vio que los ojos de Tonks se humedecían—. Lo siento —murmuró con torpeza—. Oye, yo... también lo añoro...

—¿Que? —dijo Tonks, como si ya no lo escuchase—. Bueno, ya nos veremos, Harry.

Se dio la vuelta con brusquedad y echó a andar por el pasillo, dejándolo plantado. Un minuto después, Harry se puso otra vez la capa invisible y volvió a intentar entrar en la Sala de los Menesteres, pero cada vez con menos convicción. Al final, una sensación de vacío en el estómago y el hecho de que Ron y Hermione pronto volverían para comer le hicieron abandonar su intento, y le dejó el pasillo libre a Malfoy, quien, con un poco de suerte, estaría demasiado asustado y no saldría hasta unas horas después.

Se reunió con sus amigos en el Gran Comedor; ellos ya iban por el segundo plato.

—¡Lo he conseguido! —se apresuró a contarle Ron apenas lo vio—. Bueno, más o menos. Tenía que aparecerme fuera del salón de té de Madame Pudipié, y como me desvié un poco, acabé cerca de La Casa de las Plumas, ¡pero al menos me desplacé!

—Qué bien —comentó Harry—. ¿Y a ti, Hermione, cómo te ha ido?

—¡Uy, ella lo ha hecho a la perfección, claro! —se adelantó Ron—. Con perfecta discusión, difusión y desesperación, o como se diga. Después de la clase fuimos todos a tomar algo a Las Tres Escobas, y tendrías que haber oído cómo hablaba Twycross de ella. Sólo faltó que le propusiera matrimonio...

—¿Y tú? —lo interrumpió Hermione—. ¿Has estado toda la mañana en el pasillo de la Sala de los Menesteres?

—Sí. ¿Y a que no saben a quién me he encontrado allí? ¡A Tonks!

—¿Tonks? —se extrañaron Ron y Hermione.

—Sí, me dijo que venía a ver a Dumbledore...

—Pues yo creo que no está bien de los nervios —dijo Ron cuando Harry hubo terminado de explicar su encuentro con la bruja—. Supongo que lo ocurrido en el ministerio la ha afectado.

—Me parece un poco raro —opinó Hermione, que parecía preocupada, aunque no dijo por qué—. Si se supone que tiene que vigilar el colegio, ¿por qué de repente abandona su puesto para ir a ver a Dumbledore cuando él ni siquiera está en el castillo?

—Tal vez... —apuntó Harry, vacilante. Le incomodaba expresarse en voz alta en presencia de Hermione, porque ella estaba más acostumbrada y lo hacía mucho mejor que él—. ¿Y si...? ¿Y si se había enamorado... de Sirius?

—¿De dónde has sacado eso? —le preguntó Hermione.

—No sé... cuando mencioné el nombre de mi padrino se puso a lagrimear... Y ahora su *patronus* es un animal enorme de cuatro patas. Pensé que quizá su *patronus* había adoptado la forma... de Sirius.

—Tienes razón, podría ser —concedió Hermione—. Pero sigo sin entender por qué entró de sopetón en el castillo para ver a Dumbledore. Si es que de verdad estaba allí por ese motivo...

—Es lo que he dicho —intervino Ron mientras engullía puré de papas—. No está bien de los nervios. Está un poco trastornada. ¡Mujeres! —añadió mirando a Harry con gesto de complicidad—. Se disgustan por cualquier cosa.

—Y sin embargo —repuso Hermione saliendo de su ensimismamiento—, dudo que encuentres a una mujer que se pase media hora enfurruñada porque la señora Rosmerta no se ha reído de su chiste sobre la bruja, el sanador y la *Mimbulus mimbletonia*.

Ron la miró con ceño.

22

Después del entierro

Por encima de las torrecillas del castillo empezaban a verse fragmentos de un cielo azul intenso, pero esos indicios de la proximidad del verano no le levantaron el ánimo a Harry. Se sentía fracasado tanto en sus intentos de averiguar qué tramaba Malfoy como en sus esfuerzos por trabar una conversación con Slughorn que, de alguna manera, diera pie a que el profesor le revelara ese recuerdo que al parecer había ocultado durante décadas.

—Te lo digo por última vez: olvídate de Malfoy —insistió Hermione con severidad.

Los tres amigos estaban sentados en un rincón soleado del patio, después de comer. Hermione y Ron leían juntos un folleto del Ministerio de Magia: *Errores comunes de Aparición y cómo evitarlos*, porque esa misma tarde iban a examinarse, pero en general los folletos no conseguían calmarles los nervios. Ron dio un respingo e intentó ocultarse detrás de Hermione al ver que se acercaba una chica.

—No es Lavender —dijo Hermione con fastidio.

—¡Uf, menos mal! —resopló él, y se relajó.

—¿Harry Potter? —preguntó la chica—. Me han pedido que te entregue esto.

—Gracias...

Harry se puso nervioso al tomar el pequeño rollo de pergamino.

En cuanto la muchacha se hubo alejado, susurró:

—¡Dumbledore me advirtió que no habría más clases particulares hasta que hubiera conseguido el recuerdo!

—A lo mejor sólo quiere saber si has hecho progresos —observó Hermione mientras él desenrollaba el pergamino.

Pero en lugar de encontrar la pulcra y estilizada caligrafía de Dumbledore, vio una letra de trazos grandes y desgarbados, muy difícil de descifrar debido a las manchas de tinta que emborronaban el pergamino.

Queridos Harry, Ron y Hermione:

Aragog murió anoche. Harry y Ron, ustedes lo conocieron y saben que era extraordinario. Hermione, sé que te habría caído bien. Me gustaría mucho que esta noche asistieran al entierro. He pensado oficiarlo hacia el anochecer porque ésa era su hora preferida del día. Como sé que no los dejan salir del castillo a esas horas, tendrán que utilizar la capa. No debería pedírselos, pero no tengo ánimos para hacerlo solo.

Hagrid

—Miren esto —dijo Harry, y le pasó la nota a Hermione.

—Qué barbaridad —comentó ella tras leerla rápidamente; se la tendió a Ron, quien la leyó con cara de incredulidad.

—¡Está loco como una cabra! —exclamó—. ¡Ese bicho animó a sus congéneres a devorarnos a Harry y a mí! ¡Les dio permiso para que nos zamparan! ¡Y ahora Hagrid pretende que bajemos allí esta noche para llorar sobre su repugnante y peludo cadáver!

—No es sólo eso —añadió Hermione—. Nos está pidiendo que salgamos del castillo por la noche, y sabe que han endurecido las medidas de seguridad y que si nos descubren nos va a ir muy mal.

—Pero no sería la primera vez que vamos a ver a Hagrid por la noche —alegó Harry.

—Sí, pero nunca por una cosa así. Nos hemos arriesgado mucho para ayudarlo, pero... en fin, *Aragog* ha muerto. Si se tratara de salvarlo...

—Si se tratara de salvarlo, te aseguro que yo no iría —dijo Ron—. Tú no lo conociste, Hermione. Créeme, lo mejor que podía hacer ese monstruo era morirse.

Harry tomó la nota y se quedó mirando las manchas de tinta. Era evidente que unas gruesas lágrimas habían caído encima del pergamino.

—No estarás pensando en ir, ¿verdad, Harry? —dijo Hermione—. No vale la pena que nos castiguen por una cosa así.

—Sí, ya lo sé —dijo él soltando un suspiro—. Supongo que Hagrid tendrá que enterrar a *Aragog* sin nosotros.

—Eso es —coincidió Hermione con alivio—. Mira, esta tarde la clase de Pociones estará casi vacía porque muchos iremos a examinarnos. ¡Es tu oportunidad para convencer a Slughorn!

—Sí, a la cincuenta y siete va la vencida, ¿no? ¿Por qué iba a tener suerte esta vez?

—¿Suerte? —dijo de pronto Ron—. ¡Ya lo tengo, Harry! ¡Suerte!

—¿Qué quieres decir?

—¡Utiliza tu poción de la suerte!

—¡Diantre, Ron! —se asombró Hermione—. ¡Claro! ¿Cómo no se me ha ocurrido?

—¿El *Felix Felicis*? —dudó Harry mientras miraba a sus amigos—. No sé... Pensaba guardármelo para...

—¿Para qué? —preguntó Ron.

—¿Qué hay más importante que ese recuerdo, Harry? —preguntó Hermione.

Él no contestó. Desde hacía algún tiempo, la imagen de aquella botellita dorada se paseaba por los límites de su conciencia, de tal modo que vagos e imprecisos planes en los que aparecían Ginny, que cortaba con Dean, y Ron, que se alegraba de que su hermana tuviese otro novio, proliferaban por su mente, aunque sólo los admitía en sueños o en ese mundo nebuloso de la duermevela.

—¡Harry! ¿En qué piensas? —preguntó Hermione.

—¿Qué? ¡Ah, sí! Bueno, de acuerdo. Si no consigo hacer hablar a Slughorn esta tarde, tomaré un poco de *Felix* y volveré a intentarlo por la noche.

—Muy bien. Entonces no se hable más. —Hermione se puso en pie e hizo una ágil pirueta—. Destino... decisión... desenvoltura...

—Basta, por favor —suplicó Ron—. Estoy harto de... ¡Rápido, tápenme!

—¡No es Lavender! —dijo Hermione con impaciencia. Otras dos niñas habían aparecido en el patio y Ron se había escondido detrás de su amiga.

—¡Qué susto! —dijo él asomando la cabeza por encima del hombro de su amiga—. Caray, no parecen muy contentas, ¿no?

—Son las hermanas Montgomery, y claro que no están contentas. ¿No te has enterado de lo que le pasó a su hermano pequeño? —dijo Hermione.

—Ya no llevo la cuenta de lo que le pasa a los familiares de la gente —repuso él.

—A su hermano lo atacó un hombre lobo. Dicen que su madre se negó a ayudar a los mortífagos. El niño sólo tenía cinco años y murió en San Mungo. No pudieron hacer nada para salvarlo.

—¿Murió? —repitió Harry con asombro—. Pero si los hombres lobo no matan, sólo te convierten en uno de ellos.

—A veces sí matan —dijo Ron con repentina seriedad—. Me han dicho que en alguna ocasión se les va la mano.

—¿Cómo se llama el hombre lobo que lo atacó? —preguntó Harry.

—Dicen que fue ese Fenrir Greyback —contestó Hermione.

—Lo sabía. Es ese maníaco que ataca a los niños. Lupin me habló de él —dijo Harry con rabia.

Ella lo miró con gesto de leve súplica.

—Tienes que conseguir ese recuerdo como sea, Harry —insistió por enésima vez—. Hay que detener a Voldemort. Todas estas cosas horribles que están pasando tienen que ver con él...

El timbre sonó en el castillo, y Hermione y Ron se incorporaron de un brinco con cara de susto.

—Ánimo, lo harán muy bien —les dijo Harry cuando se dirigían hacia el vestíbulo para reunirse con el resto de los estudiantes que iban a examinarse de Aparición—. ¡Buena suerte!

—¡Y tú también! —dijo Hermione con una mirada cómplice, pues Harry se dirigía hacia las mazmorras.

Esa tarde sólo había tres alumnos en la clase de Pociones: Harry, Ernie y Draco.

—¿Los tres son demasiado jóvenes para aparecerse? —sonrió Slughorn—. ¿Todavía no han cumplido los diecisiete? —Los chicos negaron con la cabeza—. Bueno, como hoy somos muy pocos, haremos algo divertido. ¡Cada uno de ustedes preparará algo gracioso!

—¡Excelente idea, señor! —lo aduló Ernie, frotándose las palmas.

Malfoy, en cambio, ni siquiera esbozó una sonrisa.

—¿Qué quiere decir con «algo gracioso»? —masculló.

—Lo que quieran. ¡A ver si me sorprenden, muchachos! —contestó Slughorn.

Malfoy, enfurruñado, abrió su ejemplar de *Elaboración de pociones avanzadas*. Estaba clarísimo que consideraba que aquella clase era una pérdida de tiempo. Mientras lo observaba por encima de su libro, Harry pensó que a Malfoy le daba rabia perder ese rato que habría podido pasar en la Sala de los Menesteres.

¿Eran imaginaciones suyas o Malfoy, igual que Tonks, había adelgazado? Estaba más pálido y su piel todavía se veía grisácea; probablemente hacía mucho que apenas veía la luz del día. Pero ya no mostraba aquel aire de suficiencia y superioridad, y menos aún la fanfarronería que había exhibido en el expreso de Hogwarts cuando alardeaba con descaro de la misión que le había asignado Voldemort... Según Harry, eso sólo podía tener una explicación: la misión, fuera la que fuese, no iba por buen camino.

Animado por esa idea, Harry se puso a hojear su ejemplar de *Elaboración de pociones avanzadas* y encontró una receta muy corregida por el Príncipe Mestizo de un «Elixir para provocar euforia» que correspondía a lo que acababa de pedirles Slughorn. Y no sólo eso: el corazón le dio un brinco de alegría cuando cayó en la cuenta de que, si conseguía persuadirlo de que probara un poco de esa poción, quizá el profesor se pondría de tan buen humor que accedería a entregarle el recuerdo.

—Caramba, esto tiene un aspecto estupendo —dijo Slughorn una hora y media más tarde, al contemplar el contenido de color amarillo intenso del caldero de Harry—. Es Euforia, ¿verdad? ¿Y qué es ese olor? Hum... Has añadido un ramito de menta, ¿no? Poco ortodoxo, pero qué inspiración, muchacho. Claro, eso contrarrestará los posibles efectos secundarios: tendencia exagerada a cantar y picor en la nariz. De verdad, no sé de dónde sacas estas ideas luminosas, hijo mío, a menos... —Harry empujó disimuladamente el libro del Príncipe Mestizo con el pie y lo remetió un poco más en su mochila— que sean los genes heredados de tu madre.

—Sí, quizá sea eso —dijo él con alivio.

Ernie, que estaba muy enfurruñado y decidido a eclipsar a Harry por una vez, inventó precipitadamente su propia poción, pero se había cuajado y formaba una especie de puré morado en el fondo de su caldero. Malfoy empezó a recoger sus cosas con cara de pocos amigos, pues Slughorn le concedió un simple «pasable» a su infusión de hipo. Ambos abandonaron el aula en cuanto sonó el timbre.

Harry decidió intentarlo.

—Señor —dijo, pero Slughorn, al advertir que se habían quedado solos, se dio toda la prisa que pudo en recoger sus cosas—. Profesor... Profesor, ¿no quiere probar mi po...?

Pero Slughorn ya se había marchado. Desanimado, el muchacho vació el caldero, guardó sus cosas, salió de la mazmorra y subió despacio a la sala común.

Ron y Hermione volvieron a última hora de la tarde.

—¡Harry! —gritó Hermione al pasar por el hueco del retrato—. ¡He aprobado, Harry!

—¡Felicidades! ¿Y Ron?

—Ha reprobado por muy poco —susurró Hermione, viendo que el aludido entraba en la sala común con aire abatido—. La verdad es que ha tenido muy mala suerte. Ha sido una tontería: el examinador se fijó en que se había dejado media ceja detrás y... ¿Cómo te ha ido con Slughorn?

—No ha habido manera —respondió Harry mientras Ron se reunía con ellos—. Mala suerte, amigo, pero la próxima vez aprobarás. Haremos el examen juntos.

—Sí, supongo —refunfuñó—. Pero ¡por media ceja! ¿Qué importa eso?

—Sí, sí —lo consoló Hermione—, han sido muy duros contigo.

Pasaron gran parte de la cena poniendo verde al examinador, y Ron parecía más animado cuando regresaron a la sala común; cambiaron de tema y se pusieron a hablar del problema de Slughorn y su recuerdo.

—Bueno, Harry, ¿piensas utilizar el *Felix Felicis* o no? —preguntó Ron.

—Sí; supongo que no me queda otra opción. No creo que lo necesite todo, hay para doce horas y mi misión no puede llevarme toda la noche. Así que sólo beberé un trago. Con dos o tres horas tendré suficiente.

—Cuando te lo tomas tienes una sensación fantástica —recordó Ron—. Es como si supieras que no puedes equivocarte en nada.

—Pero ¿qué dices? —repuso Hermione riendo—. ¡Si tú nunca lo has tomado!

—Pero creí que sí, ¿verdad? —respondió Ron como si explicara algo obvio—. En realidad es lo mismo.

Como acababan de ver entrar a Slughorn en el Gran Comedor y sabían que le gustaba tomarse su tiempo para comer, se quedaron un rato en la sala común; el plan era que Harry fuera al despacho de Slughorn cuando éste ya estuviese allí. En cuanto el sol descendió hasta la copa de los árboles del Bosque Prohibido, decidieron que había llegado el momento. Tras comprobar que Neville, Dean y Seamus se hallaban en la sala común, subieron con disimulo al dormitorio de los chicos.

Harry se agachó, sacó del fondo de su baúl la bola que había hecho con los calcetines y del interior de uno extrajo la diminuta y reluciente botella.

—Bueno, vamos allá —dijo, y la levantó y bebió un pequeño sorbo.

—¿Qué se siente? —susurró Hermione.

Harry no contestó enseguida. Poco a poco lo invadió una excitante sensación de infinito poderío y se sintió capaz de lograr cualquier cosa que se propusiera. Y de pronto creyó que sonsacarle aquel recuerdo a Slughorn no sólo parecía posible, sino facilísimo... Se puso de pie, sonriente y rebosante de seguridad en sí mismo.

—Estupendo —dijo—. Francamente estupendo. Bueno, me voy a la cabaña de Hagrid.

—¿Qué? —dijeron Ron y Hermione a la vez, perplejos.

—Harry, es a Slughorn a quien debes ir a ver. ¿No te acuerdas? —replicó Hermione.

—Nada de eso. Me voy a la cabaña de Hagrid, tengo una corazonada.

—¿Vas al funeral de una araña gigante por una corazonada? —preguntó Ron, estupefacto.

—Sí —contestó Harry mientras sacaba la capa invisible de su mochila—. Creo que es allí donde tengo que estar esta noche, ¿entienden lo que quiero decir?

—No —reconocieron Ron y Hermione, cada vez más alarmados.

—¿Seguro que te has tomado el *Felix Felicis*? —preguntó Hermione, acercando la botella a la luz—. ¿Seguro que no tienes otra botella de... no sé...?

—¿Esencia de locura? —sugirió Ron mientras Harry se echaba la capa sobre los hombros.

Harry rió, y sus amigos aún se preocuparon más.

—Confíen en mí —dijo—. Sé muy bien lo que hago... O al menos *Felix* lo sabe —agregó mientras se dirigía hacia la puerta del dormitorio.

Se cubrió la cabeza con la capa y bajó por la escalera; Ron y Hermione se apresuraron a seguirlo. Al llegar abajo, Harry se deslizó por la puerta de acceso a la sala común, que estaba abierta.

—¿Qué hacías ahí con ésa? —chilló Lavender Brown fulminando con la mirada, a través del invisible Harry, a Ron y Hermione, que aparecieron juntos por la escalera de los dormitorios de los chicos. Harry oyó cómo Ron farfullaba algo y se dirigió rápidamente hacia la otra punta de la sala común.

No tuvo ninguna dificultad para salir por el hueco del retrato: Ginny y Dean entraban en ese momento y él pudo colarse entre los dos. Al hacerlo, rozó sin querer a Ginny.

—Haz el favor de no empujarme, Dean —protestó ella—. ¡Qué manía! Ya sé pasar yo solita...

El retrato se cerró detrás de Harry, pero él aún alcanzó a oír las protestas de Dean. Cada vez más contento, echó a andar a largas zancadas. No tuvo que ir con sigilo porque no se cruzó con nadie por el camino, pero no le sorprendió: esa noche Harry Potter era la persona con más suerte de Hogwarts.

No tenía ni idea de por qué tenía que ir a la cabaña de Hagrid. Era como si la poción sólo iluminara unos pasos del camino: Harry no veía el destino final ni dónde encajaba Slughorn, pero sabía que iba bien encaminado para conseguir aquel escurridizo recuerdo. Cuando llegó al vestíbulo, vio que Filch había olvidado cerrar la puerta principal con llave. Sonriendo de oreja a oreja, Harry abrió la puerta y se detuvo un instante para respirar el aroma a aire puro y hierba, antes de bajar los escalones de piedra y salir al jardín en penumbra.

Cuando llegó al último escalón, se le ocurrió que sería agradable pasar por el huerto antes de ir a la cabaña de Hagrid, aunque eso lo obligaba a desviarse un poco, pero tenía muy claro que le convenía seguir esa corazonada. Así pues, se dirigió hacia el huerto, donde se alegró de ver al profesor Slughorn con la profesora Sprout, lo cual no le llamó mucho la atención. Esperó detrás de un muro bajo de piedra, feliz y tranquilo, y escuchó su conversación.

—... Te agradezco que te hayas tomado tantas molestias, Pomona —decía Slughorn con cortesía—. Casi todas las autoridades están de acuerdo en que son más eficaces si se recogen a la hora del crepúsculo.

—Sí, yo también lo creo —coincidió la profesora Sprout con tono cariñoso—. ¿Tendrás bastante con esto?

—Sí, sí. De sobra —dijo Slughorn, y Harry vio que llevaba un montón de plantas—. Aquí hay algunas hojas para cada uno de mis alumnos de tercero, y otras de repuesto por si alguien las cuece demasiado... ¡Buenas noches y muchas gracias!

La profesora echó a andar en la oscuridad, cada vez más intensa, en dirección a sus invernaderos, y Slughorn dirigió sus pasos hacia el sitio donde estaba Harry, invisible.

El muchacho sintió un repentino impulso de revelar su presencia, así que se quitó la capa con un amplio movimiento del brazo.

—Buenas noches, profesor.

—¡Por las barbas de Merlín, Harry, me has asustado! —exclamó Slughorn parándose en seco y observándolo con recelo—. ¿Cómo has salido del castillo?

—Filch olvidó cerrar las puertas con llave —reveló Harry con jovialidad, y se alegró cuando Slughorn arrugó la frente y dijo:

—Tendré que informar de eso. Creo que ese conserje está más preocupado por la limpieza que por la seguridad... Pero ¿qué haces aquí?

—Verá, señor, se trata de Hagrid —contestó Harry, que sabía que en ese momento tenía que decir la verdad—. Está muy apesadumbrado... No se lo contará a nadie, ¿verdad, profesor? No quiero causarle problemas a Hagrid...

Como era de esperar, Slughorn sintió aún más curiosidad.

—Hombre, eso no puedo prometerlo —dijo con brusquedad—. Pero sé que Dumbledore confía completamente en Hagrid, o sea que no puede estar tramando nada malo...

—Bueno, se trata de esa araña gigante que tiene desde hace años. Vivía en el Bosque Prohibido y hasta sabía hablar...

—Ya había oído rumores de la presencia de acromántulas en el bosque —comentó Slughorn con voz queda, mientras dirigía la mirada hacia la masa de oscuros árboles—. Entonces, ¿es verdad que las hay?

—Sí. Pero ésta, *Aragog*, la primera que Hagrid tuvo, murió anoche. El pobre está destrozado. Necesita compañía en el entierro y le prometí que iría.

—Conmovedor, conmovedor —observó Slughorn distraídamente, con sus grandes ojos mustios fijos en las lejanas luces de la cabaña de Hagrid—. Pero el veneno de acromántula es valiosísimo... Si la bestia ha muerto hace poco quizá aún se conserve... Claro que si Hagrid está tan apesadumbrado no quisiera herir sus sentimientos, pero si hubiera alguna forma de obtener un poco... Mira, resulta prácticamente imposible extraerle veneno a una acromántula viva... —Slughorn parecía hablar sólo para sí—. Pero no recogerlo sería un tremendo desperdicio... Podría sacar cien galeones por medio litro... Y teniendo en cuenta que mi sueldo no es nada del otro mundo...

Entonces Harry comprendió qué había que hacer.

—Bueno, no sé... —dijo con un convincente titubeo—. Si quiere venir conmigo, profesor, probablemente Hagrid estaría encantado... de darle a *Aragog* una despedida más lucida, ya me entiende...

—Sí, por supuesto —dijo Slughorn, y sus ojos chispearon de entusiasmo—. Te diré lo que vamos a hacer, Harry: voy a buscar un par de botellas, me reuniré contigo allí y nos las beberemos a la salud de... Bueno, a su salud no, pero digamos que despediremos a esa pobre bestia como es debido, después de darle sepultura. Y de paso me cambiaré la corbata porque ésta es demasiado llamativa para la ocasión...

Volvió corriendo al castillo, y Harry se dirigió hacia la cabaña de Hagrid, muy satisfecho consigo mismo.

—¡Has venido! —gruñó Hagrid cuando abrió la puerta y vio al muchacho guardando la capa invisible.

—Sí, aquí estoy. Ron y Hermione no han podido venir, pero lo sienten mucho.

—No importa, no importa... A *Aragog* le habría emocionado verte aquí, Harry... —Y soltó un sonoro sollozo. Se había hecho un brazalete negro con lo que parecía un trapo untado con betún y tenía los ojos hinchados y enrojecidos.

Para consolarlo, Harry le dio unas palmaditas en el codo, la parte más alta de Hagrid a la que llegaba.

—¿Dónde vamos a enterrarlo? —preguntó—. ¿En el Bosque Prohibido?

—¡No, de eso nada! —respondió Hagrid, secándose las lágrimas con los faldones de la camisa—. Las otras arañas no dejan que me acerque por allí desde que murió *Aragog*. ¡Resulta que no me devoraban porque él se lo había prohibido! ¿Puedes creerlo, Harry?

De haber contestado, Harry habría dicho «sí»; el muchacho recordaba con dolorosa claridad el día en que Ron y él se habían enfrentado a las acromántulas, y no les quedó ninguna duda de que *Aragog* era la única razón que les impedía comerse a Hagrid.

—¡Antes podía pasearme a mis anchas por el Bosque Prohibido! —se lamentó Hagrid meneando la cabeza—. Te aseguro que no fue fácil sacar el cadáver de *Aragog* de allí porque normalmente las acromántulas se comen a sus muertos... Pero yo quería que él tuviera un entierro bonito, una despedida apropiada.

El guardabosques rompió a sollozar de nuevo y Harry volvió a darle palmaditas en el codo, y mientras lo consolaba (puesto que la poción parecía indicar lo que correspondía hacer en cada momento) le dijo:

—Cuando venía hacia aquí me he encontrado con el profesor Slughorn.

—¡Caray! ¿Te ha regañado? —preguntó Hagrid con súbita alarma—. Ya sé que no los dejan salir del castillo por la noche, ha sido culpa mía...

—No, no. Cuando le expliqué lo que ocurría, dijo que le gustaría venir y presentarle sus respetos a *Aragog*. Creo que ha ido a ponerse ropa más adecuada para la ocasión... Y añadió que traería un par de botellas para brindar por la pobre araña...

—¿Ah, sí? —repuso Hagrid, entre asombrado y conmovido—. Qué detalle de su parte... Muy amable, y además no nos va a denunciar... Horace Slughorn nunca me ha caído muy bien, pero si quiere venir a despedir a *Aragog*... Seguro que a él le habría gustado.

Harry pensó que lo que más le habría gustado a *Aragog* del profesor Slughorn habría sido su abundante gordura, pero no hizo ningún comentario y se acercó a la ventana de atrás, desde donde vio la espeluznante imagen que ofrecía la enorme araña muerta, tumbada boca arriba, con las patas encogidas y enredadas unas con otras.

—¿Vamos a enterrarlo aquí, en tu jardín, Hagrid?

—Sí, detrás del huerto de las calabazas —contestó con voz entrecortada—. Ya he cavado la... la tumba. He pensado que podríamos decir algo agradable antes de enterrarlo. Mencionar algún recuerdo feliz, o algo así...
—La voz le temblaba tanto que no pudo terminar.

En ese momento llamaron a la puerta y el guardabosques fue a abrir al tiempo que se sonaba con su enorme pañuelo de lunares. Slughorn, que se había puesto un lúgubre fular negro, entró rápidamente con dos botellas bajo el brazo.

—Te acompaño en el sentimiento, Hagrid —dijo con solemnidad.

—Muchas gracias. Eres muy amable. Y gracias por no castigar a Harry...

—Ni se me habría ocurrido. Qué noche tan triste, qué noche tan triste... ¿Dónde está la pobre criatura?

—Ahí fuera —respondió Hagrid con voz quebrada—. ¿Qué? ¿Quieren que empecemos ya?

Salieron al jardín trasero. La luna refulgía detrás de los árboles y, mezclada con la luz que salía de la ventana de Hagrid, iluminaba el cadáver de *Aragog*, que yacía al borde de una enorme fosa, junto a un montón de tierra de tres metros de alto.

—Magnífico —declaró Slughorn acercándose a la cabeza de la araña, donde ocho ojos blanquecinos miraban el cielo sin ver y dos enormes pinzas curvadas brillaban al claro de luna, inmóviles. A Harry le pareció oír tintineo de botellas cuando Slughorn se inclinó sobre las pinzas y fingió examinar la monumental y peluda cabeza.

—No todo el mundo supo apreciar su belleza —comentó Hagrid mientras las lágrimas le desbordaban las comisuras de los ojos, rodeados de arrugas—. No sabía que te interesaran tanto las criaturas como *Aragog*, Horace.

—¿Interesarme? ¡Las adoro, mi querido Hagrid! —repuso Slughorn y se apartó del cadáver. Harry vio el destello de una botella que desaparecía bajo la capa del profesor, aunque Hagrid, que volvía a enjugarse las lágrimas, no se dio cuenta de nada—. Y ahora... procedamos a enterrarlo.

Hagrid se adelantó unos pasos. Levantó la gigantesca araña con ambos brazos y, lanzando un sonoro resoplido, la arrojó a la oscura fosa. La bestia cayó en el fondo con un espantoso y crepitante ruido. Hagrid rompió a llorar de nuevo.

—Claro, para ti es muy duro porque eres el que mejor lo conocía —observó Slughorn, quien, como Harry, sólo llegaba al codo de Hagrid y no tenía más remedio que darle en ese punto las palmaditas de consuelo—. ¿Quieres que diga unas palabras?

Harry pensó que Slughorn debía de haberle extraído a *Aragog* una cantidad considerable de ese veneno tan valioso, porque sonreía con satisfacción cuando se acercó al borde de la fosa y, con voz lenta e imponente, recitó:

—¡Adiós, *Aragog*, rey de los arácnidos, cuya larga y fiel amistad jamás olvidarán los que te conocieron! Tu cuerpo se desintegrará, pero tu espíritu sigue vivo en los apacibles rincones del Bosque Prohibido donde antaño tejías telarañas. Que tus descendientes de muchos ojos crezcan sanos y saludables y que tus amigos humanos hallen consuelo por la pérdida que han sufrido.

—¡Qué... qué... bonito! —aulló Hagrid, y tras desplomarse en el suelo, se puso a llorar aún con mayor abatimiento.

—Vamos, vamos —dijo Slughorn; agitó su varita y el enorme montón de tierra se elevó para luego caer con un ruido sordo sobre la araña, de modo que formó un perfecto túmulo—. Entremos en la cabaña y bebamos algo.

Harry, tómalo por el otro brazo... Así... Arriba, Hagrid...
Bien, bien...

Sentaron a Hagrid a la mesa. *Fang*, que durante el entierro no se había movido de su cesta, se acercó con sigilo y apoyó su enorme cabeza en el regazo de Harry, como solía hacer. Slughorn descorchó una botella de vino de las que había llevado.

—Lo he analizado para asegurarme de que no está envenenado —aseguró para tranquilizar a Harry mientras vertía casi todo su contenido en una de las tazas (del tamaño de baldes) de Hagrid y se la daba al guardabosques—. Después de lo que le pasó a tu pobre amigo Rupert, hice que un elfo doméstico probara un poco de cada botella.

Harry se imaginó la cara que pondría Hermione si se enteraba de ese abuso de los elfos domésticos y decidió no mencionárselo nunca.

—Bueno, pues, una para Harry... —continuó Slughorn al tiempo que repartía el contenido de la segunda botella en otras dos tazas— y una para mí. Brindemos. —Levantó la taza—. ¡Por *Aragog*!

—¡Por *Aragog*! —repitieron Harry y Hagrid.

Slughorn y Hagrid bebieron sin reparo. Harry, sin embargo, con el *Felix Felicis* guiándolo, supo que no debía beber, así que se limitó a fingir que daba un sorbo y luego dejó la taza en la mesa.

—Lo tenía desde que estaba en el huevo —explicó Hagrid con aire melancólico—. Cuando salió del cascarón era un bichito minúsculo, del tamaño de un pequinés...

—¡Qué monada! —dijo Slughorn.

—Lo guardaba en un armario, en el colegio, hasta que... bueno...

El rostro de Hagrid se ensombreció y Harry comprendió por qué: Tom Ryddle se las había ingeniado para que echaran a Hagrid del colegio, acusado de abrir la Cámara de los Secretos. Slughorn, en cambio, no parecía estar escuchando porque miraba el techo, del que colgaban varios cazos de latón y también una larga y sedosa madeja de pelo blanco y brillante.

—Eso no será pelo de unicornio, ¿verdad, Hagrid?

—Pues sí —dijo Hagrid sin mostrar el menor interés—. Se les cae de la cola, se les engancha en las ramas y los matorrales del Bosque Prohibido...

—Pero... ¿sabes cuánto vale eso, amigo mío?

—Lo uso para atar los vendajes y esas cosas cuando alguna criatura se hace daño —explicó el guardabosques encogiéndose de hombros—. Es muy útil porque es muy resistente, ¿sabes?

Slughorn bebió otro largo sorbo de vino y paseó la mirada despacio por la cabaña; Harry comprendió que estaba buscando otros tesoros que pudiera convertir en una buena reserva de hidromiel criado en barrica de roble, piña confitada y batines de terciopelo. El profesor volvió a llenar su taza y también la de Hagrid, y lo interrogó acerca de las criaturas que vivían en el Bosque Prohibido y cómo se las ingeniaba para cuidar de ellas. Hagrid, que estaba poniéndose muy comunicativo debido a los efectos de la bebida y del halagador interés que mostraba Slughorn, dejó de enjugarse las lágrimas e inició de buen grado una extensa disertación sobre la cría de bowtruckles.

Harry, gracias al *Felix Felicis*, reparó en que el vino de elfo que Slughorn había llevado se estaba terminando. Todavía no dominaba el encantamiento de relleno sin pronunciar el conjuro en voz alta, pero no tuvo dudas de que esa noche lo conseguiría; y en efecto, el muchacho sonrió cuando, sin que lo vieran Hagrid ni Slughorn (que intercambiaban historias sobre el comercio ilegal de huevos de dragón), apuntó con la varita, por debajo de la mesa, a las botellas casi vacías y éstas se rellenaron de inmediato.

Aproximadamente una hora más tarde, Hagrid y Slughorn empezaron a hacer brindis que no venían a cuento: por Hogwarts, por Dumbledore, por el vino de elfo y...

—¡Por Harry Potter! —bramó Hagrid, y vació de un trago la decimocuarta taza de vino derramándoselo en parte por la barbilla.

—¡Sí, señor! —graznó Slughorn—. Por Parry Otter, el Elegido que... Bueno, algo por el estilo —masculló, y también vació su taza.

Poco después, Hagrid rompió a llorar de nuevo y tendió a Slughorn la cola entera de pelo de unicornio; ni lerdo ni perezoso, éste se la metió en el bolsillo mientras exclamaba: «¡Por la amistad! ¡Por la generosidad! ¡Por los diez galeones que me van a pagar por cada pelo!» Y después de eso, sentados uno al lado del otro y abrazados como viejos camaradas, entonaron una triste canción acerca de un mago moribundo llamado Odo.

—¿Por qué será que los mejores siempre mueren jóvenes? —farfulló Hagrid desplomándose encima de la mesa, un poco bizco, mientras Slughorn seguía canturreando el estribillo—. Mi padre era demasiado joven para morir... Igual que tus padres, Harry... —Las lágrimas volvieron a aflorarle a los ojos, rodeados de arrugas; le agarró un brazo a Harry y lo sacudió—. Eran el mejor mago y la mejor bruja de su edad que jamás conocí... Fue terrible, terrible...

Slughorn cantaba con tono lastimero:

En su pueblo natal Odo reposa
sobre un lecho de musgo, pues no había otra cosa.
¡Qué lástima da verlo bajo la luna llena
sin capa ni sombrero, hecho una pena!

—Terrible, terrible... —gruñó Hagrid, y la enorme y enmarañada cabeza le cayó hacia un lado, sobre los brazos. Se quedó dormido y empezó a roncar profundamente.

—Lo siento —se excusó Slughorn entre hipidos—. Reconozco que el canto nunca se me ha dado muy bien.

—Hagrid no se refería a su manera de cantar —le aclaró Harry—. Hablaba de la muerte de mis padres.

—¡Oh! —exclamó Slughorn conteniendo un eructo—. ¡Oh, lo siento! Sí, fue... terrible, es cierto. Terrible, terrible... —Como no sabía qué decir, optó por rellenar las tazas—. Supongo que... que no lo recordarás, ¿verdad, Harry? —preguntó con vacilación.

—No... Yo sólo tenía un año cuando ellos murieron —contestó el chico contemplando la vela, que parpadeaba por los aparatosos ronquidos del guardabosques—. Pero sé cómo pasó. Me he enterado de muchas cosas. Mi padre murió primero, ¿lo sabía usted?

—Pues... no, no lo sabía —respondió Slughorn con un hilo de voz.

—Sí. Voldemort lo mató primero a él, y luego pasó por encima de su cadáver y atacó a mi madre.

Slughorn se estremeció aparatosamente sin apartar la mirada del muchacho.

—Le ordenó que se retirara —continuó Harry—. El propio Voldemort me dijo que ella no tenía por qué morir. Él me quería a mí. Mi madre habría podido huir.

—¡Oh, querido muchacho! —susurró Slughorn—. Ella habría podido... podría no haber... Es tremendo...

—Sí, lo es —coincidió Harry con voz apenas audible—. Pero no se movió. Mi padre ya estaba muerto, y ella no quería que Voldemort me matara también a mí. Intentó suplicarle, pero él se rió de ella...

—¡Basta! —dijo de pronto Slughorn agitando una mano—. De verdad, hijo mío, no sigas... Soy muy mayor y no necesito oír... no quiero oír...

—Claro, no me acordaba —mintió Harry dejándose guiar por el *Felix Felicis*—. Ella le caía bien, ¿verdad?

—¿Si me caía bien? —dijo Slughorn, y los ojos se le llenaron de lágrimas—. Dudo mucho que no le cayera bien a alguien. Era valiente, divertida... Fue espantoso, espantoso...

—Y ahora usted se niega a ayudar a su hijo —arremetió Harry—. Ella entregó su vida por mí, pero usted no quiere darme un recuerdo.

Los ronquidos de Hagrid resonaban en la cabaña. Harry y Slughorn seguían mirándose fijamente a los ojos, los de este último anegados en lágrimas.

—No digas eso —susurró—. No se trata de que... Si fuera para ayudarte, por supuesto que... Pero no serviría de nada.

—Sí serviría —replicó Harry, tajante—. Dumbledore necesita información. Yo necesito información.

El muchacho se sabía a salvo: el *Felix Felicis* le aseguraba que por la mañana Slughorn no recordaría ni una palabra de esa conversación. Así que, sin dejar de mirar al profesor, se inclinó un poco hacia delante y dijo:

—Soy el Elegido. Tengo que matar a Voldemort. Necesito ese recuerdo.

Slughorn palideció aún más; tenía la frente perlada de brillantes gotitas de sudor.

—¿De verdad eres el Elegido?

—Claro que sí —confirmó Harry.

—Pero entonces... Hijo mío, me pides mucho... De hecho, me pides que te ayude a destruir...

—¿No quiere acabar con el mago que mató a Lily Evans?

—Claro que quiero, Harry, claro que quiero, pero...

—¿Teme que él averigüe que me ayudó? —Slughorn no respondió; estaba aterrado—. Sea valiente como mi madre, profesor...

Slughorn alzó una rechoncha y temblorosa mano y apoyó los dedos en los labios; durante un momento pareció un bebé gigantesco.

—No me siento nada orgulloso... —susurró—. Me avergüenzo de... de lo que ese recuerdo muestra. Me temo que ese día causé un gran daño...

—Si me entrega ese recuerdo compensará todo el mal que hizo —le aseguró Harry—. Sería un acto muy noble y muy valiente.

Hagrid, dormido, se estremeció y siguió roncando. Slughorn y Harry continuaron mirándose a los ojos por encima de la parpadeante vela. Hubo un largo silencio, pero el *Felix Felicis* recomendó a Harry que no lo rompiera, que esperara.

Por fin, muy despacio, el profesor extrajo del bolsillo su varita. Introdujo la otra mano en la capa y sacó una botellita vacía. Sin dejar de mirar a Harry, se tocó la sien con la punta de la varita. Luego la retiró poco a poco, tirando de un largo y plateado hilo de memoria que se le había adherido. El recuerdo se estiró y se estiró hasta romperse y quedar colgando de la varita, plateado y reluciente. Slughorn lo acercó entonces a la botella, donde se enroscó y luego se extendió formando remolinos, como si fuera un gas.

A continuación, el profesor puso el tapón en la botella con mano trémula y se la acercó a Harry por encima de la mesa.

—Muchas gracias, profesor.

—Eres un buen chico —dijo Slughorn. Las lágrimas resbalaban por sus rechonchas mejillas y se perdían en su bigote de morsa—. Y tienes los ojos de tu madre... Sólo te pido que no pienses muy mal de mí cuando lo hayas visto...

Y a continuación apoyó la cabeza en los brazos, dio un hondo suspiro y se quedó dormido.

23

Horrocruxes

Mientras caminaba lentamente en dirección al castillo, Harry notaba cómo se le iba pasando el efecto del *Felix Felicis*. La puerta de entrada había permanecido abierta para él, pero en el tercer piso encontró a Peeves y tuvo que tomar un atajo para evitar que el *poltergeist* lo detectara. Cuando llegó ante el retrato de la Señora Gorda y se quitó la capa invisible, no le sorprendió que ella no se mostrara dispuesta a ayudarlo.

—¿Qué horas son éstas de llegar?

—Lo siento. Tuve que salir a hacer un recado muy importante.

—Pues mira, la contraseña cambió a medianoche, así que tendrás que dormir en el pasillo. ¿Qué te parece?

—No lo dirá en serio, ¿verdad? ¿A santo de qué ha cambiado la contraseña a medianoche?

—Pues es así —repuso la Señora Gorda—. Si no te gusta, ve y cuéntaselo al director. Él es quien ha endurecido las medidas de seguridad.

—Fantástico —dijo Harry mirando el duro suelo del pasillo—. Genial, de verdad. Y por supuesto que iría a contárselo a Dumbledore si estuviera en su despacho, porque él fue quien quiso que yo...

—Está aquí —confirmó una voz detrás de él—. El profesor Dumbledore regresó al colegio hace una hora.

Nick Casi Decapitado se deslizaba hacia Harry mientras la cabeza le bamboleaba sobre la gorguera, como de costumbre.

—Lo sé por el Barón Sanguinario, que lo vio llegar —añadió—. Según me dijo, parecía de buen humor aunque un poco cansado.

—¿Dónde está? —preguntó Harry con el corazón acelerado.

—Pues gimiendo y haciendo ruido de cadenas en la torre de Astronomía. Es su pasatiempo favorito.

—¡Dónde está Dumbledore, no el Barón Sanguinario!

—Ah... En su despacho. Por lo que dijo el Barón, creo que tenía unos asuntos que atender antes de acostarse.

—Sí, ya lo creo —dijo Harry, emocionado ante la perspectiva de contarle al director que había conseguido el bendito recuerdo. Se dio la vuelta y salió a todo correr ignorando a la Señora Gorda, que le gritó:

—¡Vuelve! ¡Está bien, era mentira! ¡Me ha enojado que me despertaras! ¡La contraseña sigue siendo «Lombriz intestinal»!

Pero Harry ya corría por el pasillo y pocos minutos más tarde decía «¡Bombas de chicloso!» ante la gárgola de Dumbledore, que se apartó y dejó que se montara en la escalera de caracol.

—Adelante —dijo el director cuando Harry llamó a la puerta. Su voz transmitía agotamiento.

Harry entró en el despacho, que estaba igual que siempre, aunque con un cielo negro y salpicado de estrellas detrás de las ventanas.

—Caramba, Harry —se sorprendió Dumbledore—. ¿A qué debo el honor de esta tardía visita?

—¡Lo tengo, señor! Tengo el recuerdo de Slughorn.

Sacó la botellita de cristal y se la mostró al anciano profesor, que por un instante se quedó atónito, pero enseguida esbozó una sonrisa de oreja a oreja.

—¡Qué gran noticia, Harry! ¡Te felicito, muchacho! ¡Sabía que lo lograrías!

Y, olvidándose de la hora que era, el director de Hogwarts bordeó su escritorio, tomó la botellita con la mano ilesa y fue derecho hacia el armario donde guardaba el pensadero.

—Por fin podremos verlo —se regocijó mientras colocaba la vasija de piedra encima de su mesa y vaciaba en ella el contenido de la botella—. Rápido, Harry...

El muchacho, obediente, se inclinó sobre el pensadero y notó cómo los pies se le separaban del suelo... Una vez más, se precipitó en la oscuridad y aterrizó en el despacho de Horace Slughorn muchos años atrás.

Allí estaba Slughorn, mucho más joven, con su tupido y brillante cabello rubio oscuro y bigote rojizo, sentado en el cómodo sillón de orejas, con los pies apoyados en un puf de terciopelo y una copita de vino en una mano mientras con la otra rebuscaba en una caja de piña confitada. Lo rodeaban media docena de adolescentes, también sentados, entre los cuales se hallaba Tom Ryddle, en uno de cuyos dedos relucía el anillo de oro con la piedra negra de Sorvolo.

Dumbledore aterrizó junto a Harry en el preciso instante en que Ryddle preguntaba:

—¿Es cierto que la profesora Merrythought se retira, señor?

—¡Ay, Tom! Aunque lo supiera no podría decírtelo —contestó Slughorn, e hizo un gesto reprobatorio con el dedo índice, aunque al mismo tiempo le guiñó un ojo—. Desde luego, me gustaría saber de dónde obtienes la información, chico; estás más enterado que la mitad del profesorado, te lo aseguro.

Ryddle sonrió y los otros muchachos rieron y le lanzaron miradas de admiración.

—Claro, con tu asombrosa habilidad para saber cosas que no deberías saber y con tus meticulosos halagos a la gente importante... Por cierto, gracias por la piña; has acertado, es mi golosina favorita. —Varios alumnos rieron disimuladamente—. No me extrañaría nada que dentro de veinte años fueras ministro de Magia. O más bien quince, si sigues enviándome piña. Tengo excelentes contactos en el ministerio.

Tom Ryddle se limitó a sonreír de nuevo mientras sus compañeros reían otra vez. Pese a que Ryddle no era el mayor del grupo, Harry se fijó en que los demás lo miraban como si fuera el líder.

—No creo que sirva para la política, señor —dijo cuando las risitas cesaron—. Para empezar, no tengo los orígenes adecuados.

Un par de muchachos se lanzaron miradas de complicidad; al parecer daban por sentado, o al menos creían, que el cabecilla de su grupo tenía un antepasado famoso, y por eso interpretaban las palabras de Ryddle como un chiste.

—No digas tonterías —dijo Slughorn con brío—, está más claro que el agua que procedes de una estirpe de magos decente; de lo contrario no tendrías esas habilidades. No, Tom, tú llegarás lejos. ¡Y nunca me he equivocado con ningún alumno!

El pequeño reloj dorado que había encima de la mesa dio las once, y el profesor se volvió para mirarlo.

—Madre mía, ¿ya es tan tarde? Será mejor que se marchen, chicos, o tendremos problemas. Lestrange, si no me entregas tu redacción mañana, no me quedará más remedio que castigarte. Y lo mismo te digo a ti, Avery.

Los muchachos salieron uno a uno de la habitación. Slughorn se levantó con dificultad del sillón y llevó su copa, ya vacía, a la mesa. Entonces notó que algo se movía detrás de él y se giró: Ryddle seguía allí plantado.

—Date prisa, Tom. No conviene que te sorprendan levantado a estas horas porque, además, eres prefecto...

—Quería preguntarle una cosa, señor.

—Pregunta lo que quieras, muchacho, pregunta...

—¿Sabe usted algo acerca de los Horrocruxes, señor?

Slughorn lo miró con fijeza mientras, distraídamente, acariciaba con sus gruesos dedos el pie de la copa de vino.

—Es para un trabajo de Defensa Contra las Artes Oscuras, ¿no?

Pero Harry advirtió que Slughorn sabía muy bien que aquella cuestión no tenía nada que ver con un trabajo escolar.

—No exactamente, señor —respondió Ryddle—. Encontré ese término mientras leía y no lo entendí del todo.

—Sí, claro... Es que no creo que sea fácil hallar en Hogwarts ningún libro que ofrezca detalles sobre los Horrocruxes, Tom. Eso es magia muy, pero que muy oscura —explicó Slughorn.

—Pero estoy seguro de que usted sabe todo lo que hay que saber de ellos, ¿verdad, señor? Sin duda alguna, un mago como usted... Disculpe, si no puede contarme nada es evidente que... En fin, estaba convencido de que si alguien podía hablarme de ellos, ése era usted, y por eso se me ocurrió preguntárselo.

Harry se admiró de la habilidad de Ryddle: el titubeo, el tono despreocupado, el prudente halago, todo en la dosis adecuada. Harry tenía la suficiente experiencia en sonsacar información a sujetos reacios para reconocer a un maestro en acción. Además, Ryddle daba mucha importancia a la información que pretendía obtener; quizá llevara semanas preparando ese momento.

—Bueno —murmuró Slughorn sin dirigirle la mirada y jugueteando con el lazo de la caja de piña confitada—, no va a pasar nada si te doy una idea general, desde luego. Sólo para que entiendas el significado de esa palabra. Horrocrux es la palabra que designa un objeto en el que una persona ha escondido parte de su alma.

—Sí, pero no acabo de entender bien el proceso, señor —insistió Ryddle; aunque controlaba rigurosamente su voz, Harry se dio cuenta de que estaba emocionado.

—Pues mira, divides tu alma y escondes una parte de ella en un objeto externo a tu cuerpo. De ese modo, aunque tu cuerpo sea atacado o destruido, no puedes morir porque parte de tu alma sigue en este mundo, ilesa. Pero, como es lógico, una existencia así...

El rostro de Slughorn se contrajo y Harry recordó unas palabras que había oído casi dos años atrás: «Fui arrancado del cuerpo, quedé convertido en algo que era menos que espíritu, menos que el más sutil de los fantasmas... y, sin embargo, seguía vivo.»

—... pocos la desearían, Tom, muy pocos. Sería preferible la muerte.

Pero Ryddle no quedó satisfecho: su expresión era de avidez, ya no podía seguir ocultando sus vehementes ansias.

—¿Qué hay que hacer para dividir el alma?

—Verás —dijo Slughorn, incómodo—, has de tener en cuenta que el alma debe permanecer intacta y entera. Dividirla es una violación, es algo antinatural.

—Sí, pero ¿cómo se hace?

—Mediante un acto maligno. El acto maligno por excelencia: matar. Cuando uno mata, el alma se desgarra. El mago que pretende crear un Horrocrux aprovecha esa rotura y encierra la parte desgarrada...

—¿La encierra? Pero ¿cómo?

—Hay un hechizo... ¡Pero no me preguntes cuál es porque no lo sé! —Slughorn negó con la cabeza; parecía un elefante viejo acosado por una nube de mosquitos—. ¿Acaso tengo aspecto de haberlo intentado? ¿Tengo aspecto de asesino?

—No, señor, por supuesto que no —se apresuró a decir Ryddle—. Lo siento, no era mi intención ofenderlo...

—Descuida, no me has ofendido —repuso Slughorn con brusquedad—. Es natural sentir curiosidad acerca de estas cosas. Los magos de cierta categoría siempre se han sentido atraídos por ese aspecto de la magia...

—Sí, señor. Pero lo que no entiendo... Se lo pregunto sólo por curiosidad... No veo demasiada utilidad en utilizar un Horrocrux. ¿Sólo se puede dividir el alma una vez? ¿No sería mejor, no fortalecería más, dividir el alma en más partes? Por ejemplo, si el siete es el número mágico más poderoso, ¿no convendría...?

—¡Por las barbas de Merlín, Tom! ¡Siete! ¿No es bastante grave matar a una persona? Además... Dividir el alma una vez ya resulta pernicioso, pero fragmentarla en siete partes... —Slughorn parecía muy preocupado y contemplaba a Ryddle como si nunca se hubiera fijado bien en él. Harry comprendió que el profesor lamentaba haber entablado aquella conversación—. Claro que todo esto

—masculló— es puramente hipotético, ¿no? Puramente teórico...

—Sí, señor, por supuesto —dijo Ryddle con presteza.

—Pero de cualquier modo, Tom, no le digas a nadie lo que te he contado, o mejor dicho, lo que hemos hablado. A nadie le gustaría saber que hemos estado charlando sobre Horrocruxes. Mira, es un tema prohibido en Hogwarts. Dumbledore es muy estricto con este punto...

—No diré ni una palabra, señor —le aseguró Ryddle, y se marchó.

Harry alcanzó a verle el rostro, donde se reflejaba la misma exaltada felicidad que el día que se enteró de que era un mago, la clase de felicidad que no realzaba sus hermosas facciones, sino que, en cierto modo, las volvía menos humanas...

—Gracias, Harry —dijo Dumbledore con voz queda—. Vámonos...

Cuando Harry pisó de nuevo el suelo del despacho, el director ya estaba sentado a su escritorio. Harry se sentó también y esperó a que Dumbledore hablara.

—Hacía mucho tiempo que esperaba conseguir ese testimonio —dijo el anciano profesor al fin—. Y me confirma la teoría en que he estado trabajando; me demuestra que tengo razón y que todavía queda un largo camino por recorrer.

De pronto, Harry se fijó en que todos los antiguos directores y directoras cuyos retratos colgaban de las paredes estaban despiertos y escuchaban con interés su conversación; incluso un mago corpulento de nariz colorada había sacado una trompetilla.

—Bien, Harry —prosiguió Dumbledore—. Estoy convencido de que comprendes la importancia de lo que acabamos de oír. Cuando Tom Ryddle tenía aproximadamente la misma edad que tú ahora, intentó por todos los medios averiguar cómo podía alcanzar la inmortalidad.

—¿Y usted cree que lo consiguió, señor? ¿Hizo un Horrocrux y por eso no murió cuando me atacó a mí? Quizá tenía un Horrocrux escondido en algún sitio o una parte de su alma estaba a salvo.

—Una parte... o más. Ya has oído a Voldemort: lo que en realidad quería de Horace era su opinión acerca de qué podría pasarle al mago que creara más de un Horrocrux. O qué podría pasarle a un mago tan decidido a evitar la muerte que no le importara matar muchas veces y desgarrar repetidamente su alma para almacenarla en varios Horrocruxes que luego escondería. Era evidente que esa información no la encontraría en los libros. Que yo sepa (y que Voldemort supiera, estoy seguro), hasta ese momento lo máximo que un mago había logrado era dividir su propia alma en dos.

Dumbledore hizo una breve pausa, puso en orden sus pensamientos y añadió:

—Hace cuatro años recibí lo que consideré una prueba definitiva de que Voldemort había dividido su alma.

—¿Dónde? ¿Cómo?

—Me la diste tú, Harry —contestó el anciano—. El diario era la prueba, el diario de Ryddle, el que daba instrucciones sobre cómo volver a abrir la Cámara de los Secretos.

—No lo entiendo, señor.

—Verás, aunque no vi al Ryddle que salió del diario, lo que tú me describiste era un fenómeno que yo jamás había presenciado. ¿Un simple recuerdo que actuaba y pensaba de forma autónoma? ¿Un simple recuerdo que ponía en peligro la vida de la niña en cuyas manos había caído? No, yo estaba casi seguro de que dentro de ese libro vivía algo mucho más siniestro: un fragmento de alma. El diario era un Horrocrux. Y esa certeza resolvía muchas cuestiones, pero planteaba otras. Lo que más me intrigaba y alarmaba era que ese diario había sido pensado como arma, y no sólo como salvaguarda.

—Sigo sin entenderlo —repitió Harry.

—Mira, el diario funcionaba como se supone que debe hacerlo un Horrocrux, es decir, el fragmento de alma encerrado en su interior estaba a salvo y había contribuido a evitar la muerte de su propietario. Pero Ryddle quería que ese diario se leyera y deseaba que la parte de su alma encerrada en él se trasladara al cuerpo de otra persona, que la poseyera, con el fin de poner en libertad, una vez más, al monstruo de Slytherin.

—Quizá no quería que se desperdiciaran los esfuerzos que había hecho —opinó Harry—. Y deseaba que la gente supiera que era el heredero de Slytherin, porque en ese momento él no podía demostrarlo.

—Sí, tienes parte de razón —admitió Dumbledore—. Pero ¿no te das cuenta, Harry, de que si pretendía que el diario llegara a manos de algún futuro alumno de Hogwarts por el medio que fuera, estaba siendo muy descuidado con el valioso fragmento de su alma escondido dentro? El propósito de un Horrocrux, como explicó el profesor Slughorn, es mantener una parte del ser oculta y a salvo, no dejarla tirada por ahí para que la encuentre cualquiera y arriesgarse a que la destruyan, como de hecho ocurrió: ese fragmento de alma en particular ya no existe. Tú te encargaste de ello.

»La negligencia con que Voldemort trataba su Horrocrux me parecía muy sospechosa. Sugería que había creado o planeaba crear más Horrocruxes, y que por ese motivo la pérdida del primero no resultaba tan perjudicial. Yo no quería creerlo, pero era lo único que tenía sentido.

»Dos años más tarde, tú me contaste que la noche en que Voldemort regresó a su cuerpo hizo una declaración sumamente alarmante y esclarecedora a sus mortífagos: "Yo, que he ido más lejos que nadie en el camino hacia la inmortalidad." Eso fue lo que dijo, según tú: "más lejos que nadie". Y yo creí entender qué significaba, aunque los mortífagos no lo comprendieran. Se refería a sus Horrocruxes, Horrocruxes en plural, Harry, algo que supongo que no ha tenido jamás ningún otro mago. Y sin embargo encajaba: lord Voldemort parecía haberse vuelto menos humano con el paso del tiempo, y la transformación que había experimentado sólo me parecía explicable si su alma había sido mutilada hasta más allá de los límites de lo que podríamos llamar la maldad "normal".

—¿Así que matando a otras personas ha logrado que sea imposible matarlo a él? —preguntó Harry—. Si tanto le interesaba la inmortalidad, ¿por qué no hacía una piedra filosofal o robaba una?

—Bueno, ya sabemos que lo intentó hace cinco años —le recordó Dumbledore—. Pero, a mi entender, hay varias razones por las que una piedra filosofal debía de atraerlo menos que los Horrocruxes.

»Aunque, en efecto, el Elixir de la Vida prolonga la existencia, debe beberse regularmente durante toda la eternidad si el sujeto pretende seguir siendo inmortal. Por lo tanto, Voldemort dependería por completo de dicho elixir, y si éste se agotaba o se contaminaba, o si le robaban la piedra filosofal, moriría igual que cualquier otro mortal. A Voldemort le gusta trabajar solo, no lo olvides. Creo que la idea de depender de algo, aunque fuera del Elixir de la Vida, debía de resultarle intolerable. Naturalmente, estaba dispuesto a beberlo si de ese modo lograba salir de la espantosa seudovida a la que quedó condenado después de atacarte a ti, pero sólo con el propósito de recuperar un cuerpo. Estoy convencido de que a partir de entonces decidió seguir confiando en sus Horrocruxes: si lograba recuperar la forma humana, no necesitaría nada más. Ya era inmortal, ¿entiendes? O tan inmortal como puede llegar a ser un hombre.

»Pero ahora, Harry, con esta información en la mano, con el crucial recuerdo que has logrado obtener para nosotros, estamos más cerca de lo que nadie ha estado nunca de obtener el secreto para acabar con lord Voldemort. Ya has oído lo que dijo: "¿No sería mejor, no fortalecería más, dividir el alma en más partes? Por ejemplo, si el siete es el número mágico más poderoso..." ¡Si el siete es el número mágico más poderoso! Sí, creo que la idea de un alma dividida en siete partes debía de seducirlo plenamente.

—¿Creó siete Horrocruxes? —dijo Harry, aterrorizado, mientras varios retratos emitían ruiditos de asombro e indignación—. Pero entonces podrían estar escondidos en cualquier rincón del mundo, enterrados o invisibles...

—Me satisface comprobar que sabes valorar la magnitud del problema —repuso el director con serenidad—.

Pero, antes de nada, permíteme que te corrija, Harry: no creó siete Horrocruxes, sino seis. La séptima parte de su alma, aunque mutilada, reside en su regenerado cuerpo. Ésa fue la parte de su ser que llevó una existencia espectral durante sus largos años de exilio; sin ella, Voldemort no es nada. Esa séptima parte de alma, la parte que vive en su cuerpo, es la última que cualquiera que desee matar a Voldemort debe atacar.

—Pero entonces, los seis Horrocruxes... —dijo Harry con cierta desesperación— ¿qué se supone que hemos de hacer para encontrarlos?

—Olvidas que tú ya has destruido uno. Y yo otro.

—¿Ah, sí? —se extrañó Harry.

—Sí, así es —confirmó Dumbledore, y levantó la ennegrecida y chamuscada mano—: el anillo, Harry. El anillo de Sorvolo. Y también la terrible maldición que llevaba consigo. De no ser por mi prodigiosa destreza (perdona mi falta de modestia) y por la oportuna intervención del profesor Snape cuando regresé gravemente herido a Hogwarts, quizá no habría vivido para contarte la historia. Sin embargo, una mano atrofiada no parece un precio desorbitado por una séptima parte del alma de Voldemort. El anillo ya no es un Horrocrux.

—Pero ¿cómo lo encontró?

—Como ahora sabes, llevo muchos años dedicado a recabar información acerca del pasado de Voldemort. He viajado mucho y he visitado los lugares donde él estuvo. El anillo lo encontré oculto entre las ruinas de la casa de los Gaunt. Al parecer, tras conseguir encerrar una parte de su alma en el interior del anillo, ya no quiso llevarlo puesto. Así que lo escondió, protegido mediante diversos y poderosos sortilegios, en la casucha donde habían vivido sus antepasados (cuando a Morfin ya lo habían enviado a Azkaban, por supuesto), y no se le ocurrió que un día yo me tomaría la molestia de visitar las ruinas, ni que me mantendría atento por si detectaba algún rastro de ocultación mágica.

»Sin embargo, no deberíamos echar las campanas al vuelo. Tú destruiste el diario y yo el anillo, pero si nuestra teoría del alma dividida en siete partes es correcta, aún quedan cuatro Horrocruxes.

—¿Y podrían ser cualquier cosa? —preguntó Harry—. ¿Podrían ser latas viejas o... no sé, botellas de poción vacías?

—Estás pensando en los trasladores, Harry, esos objetos normales y corrientes, fáciles de pasar por alto. Pero ¿utilizaría lord Voldemort latas o botellas de poción viejas para guardar algo tan precioso para él como su alma? Olvidas lo que te he mostrado. A lord Voldemort le gustaba coleccionar trofeos y prefería los objetos que poseyeran una intensa historia mágica. Su orgullo, su fe en su propia superioridad, su voluntad de hacerse un nombre destacado en la historia mágica... todo eso me hace pensar que debió de elegir sus Horrocruxes con cierto cuidado, decantándose por objetos dignos de semejante honor.

—El diario no era muy especial.

—El diario, como tú mismo has dicho, era una prueba de que Voldemort era el heredero de Slytherin; estoy seguro de que él le atribuía una gran importancia.

—¿Y los otros Horrocruxes? —preguntó Harry—. ¿Usted sabe qué son, señor?

—Sólo puedo hacer conjeturas. Por las razones que ya he explicado, creo que lord Voldemort eligió objetos que por sí mismos poseen cierto esplendor. Por lo tanto, he indagado en su pasado para ver si encontraba indicios de que algún elemento de ese tipo hubiera desaparecido estando él cerca.

—¡El guardapelo! —exclamó Harry—. ¡La copa de Hufflepuff!

—Sí —dijo Dumbledore sonriente—. Me apostaría algo (la otra mano no, pero quizá sí un par de dedos) a que se convirtieron en los Horrocruxes números tres y cuatro. Los otros dos, suponiendo, una vez más, que Voldemort creara un total de seis, resultan más problemáticos; sin embargo, me atrevería a aventurar que, tras guardar en lugar seguro las reliquias de Hufflepuff y de Slytherin, decidió buscar otros objetos que hubieran pertenecido a Gryffindor o Ravenclaw. No me cabe duda de que las pertenencias de los cuatro fundadores ejercían un poderoso atractivo para la imaginación de Voldemort. Aunque no puedo garantizar que haya encontrado algo de Ravenclaw, tengo la seguridad de que la única reliquia conocida de Gryffindor permanece a buen recaudo.

Dumbledore señaló con sus renegridos dedos la pared a su espalda, donde una espada con rubíes incrustados reposaba en una urna de cristal.

—¿Cree que por eso Voldemort quería regresar a Hogwarts, señor? ¿Para buscar algo que hubiera pertenecido a los otros fundadores?

—Eso es exactamente lo que creo —confirmó Dumbledore—. Pero, por desgracia, ese convencimiento no nos permite progresar mucho porque él se marchó del castillo sin haber podido registrarlo, o eso creo. Así pues, me veo obligado a pensar que nunca vio cumplida su ambición de recoger un objeto de cada uno de los cuatro fundadores de Hogwarts. Tenía dos, eso sí; hasta es posible que encontrara tres. De momento eso es todo.

—Pero aunque hubiera logrado hacerse con algo de Ravenclaw o de Gryffindor, aún quedaría un sexto Horrocrux —dijo Harry contando con los dedos—. A menos que consiguiera ambos, ¿no?

—No lo creo. Me parece saber qué es el sexto Horrocrux. ¿Qué dirías si te confieso que he sentido cierta curiosidad por el comportamiento de la serpiente *Nagini*?

—¿La serpiente? —repitió Harry con asombro—. ¿Se pueden hacer Horrocruxes con animales?

—Bueno, no es aconsejable. Confiarle una parte de tu alma a algo capaz de pensar y moverse por sí mismo es un asunto muy arriesgado. Con todo, suponiendo que mis cálculos sean correctos, a Voldemort todavía le faltaba un Horrocrux, si quería reunir seis, cuando entró en la casa de tus padres con la intención de matarte.

»Parece que reservaba el proceso de crear Horrocruxes para las muertes más importantes. La tuya, desde luego, lo habría sido mucho. Voldemort creía que matándote destruiría el peligro anunciado por la profecía y que de ese modo él se haría invencible. Estoy convencido de que pretendía crear su último Horrocrux utilizando tu muerte.

»Como es obvio, no lo logró. Sin embargo, tras un intervalo de varios años utilizó a *Nagini* para matar a un anciano muggle y quizá entonces se le ocurrió convertir a la serpiente en su último Horrocrux. *Nagini* subraya su relación con Slytherin, y eso realza el halo de misterio de lord Voldemort. Me inclino a pensar que siente más cariño por ella que por ningún otro ser; le gusta tenerla cerca y da la impresión de que la domina asombrosamente, incluso tratándose de un hablante de pársel.

—A ver —dijo Harry—, hemos destruido el diario y el anillo. La copa, el guardapelo y la serpiente todavía están intactos, y usted cree que podría haber un Horrocrux que perteneció a Ravenclaw o Gryffindor, ¿no?

—En efecto, un resumen admirablemente conciso y exacto —dijo el director inclinando la cabeza.

—Y... ¿sigue usted buscándolos, señor? ¿Por eso se ausenta del colegio?

—Correcto. Llevo mucho tiempo buscando. Y es posible que esté a punto de encontrar otro. Hay indicios esperanzadores.

—Y si lo encuentra —saltó Harry—, ¿me dejará ir con usted y ayudarlo a que lo destruya?

—Sí, creo que sí —respondió el director mirándolo a los ojos.

—¿Podré ir? —repitió el muchacho, sin dar crédito a sus oídos.

—Sí, Harry —reafirmó Dumbledore con una sonrisa—. Creo que te has ganado ese derecho.

Harry sintió que se hinchaba de orgullo. Por una vez, no adoptaban con él una actitud protectora ni le aconsejaban cautela, y eso resultaba muy reconfortante. Los directores y directoras que colgaban de las paredes no parecían tan impresionados por la decisión de Dumbledore; algunos menearon la cabeza y Phineas Nigellus soltó un resoplido de desaprobación.

—¿Sabe lord Voldemort cuándo se destruye un Horrocrux, señor? ¿Lo nota? —inquirió el muchacho sin hacer caso a los retratos.

—Una pregunta muy interesante, Harry. Creo que no. Creo que ahora está tan sumido en su maldad, y esas indispensables partes de su alma llevan tanto tiempo separadas de él, que ya no siente como nosotros. Quizá en el momento de la muerte se dé cuenta de su pérdida... Pero no se enteró, por ejemplo, de que el diario había sido destruido hasta que obligó a Lucius Malfoy a revelarle la verdad. Tengo entendido que cuando descubrió que el diario había sido mutilado y desprovisto de todos sus poderes, su cólera fue devastadora.

—Pero ¿no fue él quien le pidió a Lucius Malfoy que introdujera el diario en Hogwarts?

—Sí, así es, aunque de eso hace muchos años, cuando estaba seguro de que podría crear más Horrocruxes. Además, Lucius tenía que esperar a que le diera la orden de actuar, pero nunca la recibió porque Voldemort se esfumó poco después de entregarle el diario. No cabe duda de que creyó que Malfoy no se atrevería a hacer nada con el Horrocrux salvo guardarlo con sumo cuidado. Pero pasaron los años y Lucius dio por muerto a su autor. Lucius no sabía qué era en realidad el diario, claro. Me consta que Voldemort le había dicho que ese libro permitiría que la Cámara de los Secretos volviera a abrirse porque se le había hecho un astuto sortilegio. De haber sabido que tenía entre las manos una parte del alma de su amo, sin duda lo habría tratado con más respeto, pero actuó por su cuenta y puso en práctica el antiguo plan en su propio beneficio: poniendo el diario en manos de la hija de Arthur Weasley pretendía desacreditar a éste, hacer que me echaran de Hogwarts y librarse de un objeto altamente comprometedor, todo de una vez. ¡Ay, pobre Lucius...! Entre la furia de Voldemort al enterarse de que había utilizado el Horrocrux para lograr sus propios fines, dando lugar a que se destruyera, y el fracaso en el ministerio el año pasado, no me sorprendería que ahora Lucius se alegrara de estar a salvo en Azkaban, aunque no lo reconozca.

471

—Y si todos esos Horrocruxes se destruyeran, ¿se podría matar a Voldemort? —preguntó Harry tras un momento de reflexión.

—Sí, creo que sí. Sin sus Horrocruxes, Voldemort será un hombre mortal con el alma deteriorada y menoscabada. Pero no olvides que, aunque su alma esté dañada y no pueda recomponerse, su mente y sus poderes mágicos permanecen intactos. Harán falta un poder y una habilidad excepcionales para matar a un mago como él, incluso sin los Horrocruxes.

—Pero yo no tengo un poder ni una habilidad excepcionales —arguyó Harry.

—Sí los tienes —replicó Dumbledore con firmeza—. Tienes un poder que Voldemort nunca ha tenido. Tú puedes...

—¡Ya lo sé! —saltó Harry, impaciente—. ¡Yo puedo amar! —Y se contuvo de añadir: «¡Qué gran ayuda!»

—Exacto, Harry, tú tienes el poder de amar —dijo Dumbledore, y dio la impresión de que sabía muy bien qué había estado a punto de decir Harry—. Y eso, teniendo en cuenta todo lo que te ha pasado, es algo grandioso y extraordinario. Todavía eres demasiado joven para entender lo excepcional que eres.

—Entonces, cuando la profecía dice que yo tendré «un poder que el Señor Tenebroso no conoce», ¿se refiere sólo al amor? —preguntó Harry, un poco decepcionado.

—En efecto, sólo al amor. Pero no olvides nunca que la predicción de la profecía sólo tiene valor porque Voldemort se lo concedió. Ya te lo expliqué a finales del curso pasado: Voldemort te señaló a ti como la persona que mayor peligro podía entrañar para él, y al hacerlo ¡te convirtió efectivamente en la persona que mayor peligro entrañaría para él!

—En realidad viene a ser lo mismo...

—¡No, no lo es! —discrepó Dumbledore, y su tono empezaba a mostrar impaciencia. Señalando a Harry con su negra y marchita mano, añadió—: ¡Das demasiado valor a la profecía!

—Pero si... pero si usted me dijo que significa...

—Si Voldemort no hubiera oído hablar de la profecía, ¿se habría cumplido ésta? ¿Habría significado algo? ¡Claro que no! ¿Acaso crees que todas las profecías de la Sala de las Profecías se han cumplido?

—Pero... —persistió Harry, desconcertado— pero el año pasado usted dijo que uno de nosotros tendría que matar al otro...

—¡Harry, Harry! ¡Te lo dije porque Voldemort cometió un grave error y dio por buenas las palabras de la profesora Trelawney! Si él no hubiera matado a tu padre, ¿habría hecho surgir en ti un furioso deseo de venganza? ¡Claro que no! Y si no hubiera obligado a tu madre a morir por ti, ¿te habría conferido una protección mágica que él no podría vencer? ¡Pues claro que no! ¿Acaso no lo entiendes? ¡El propio Voldemort creó a su peor enemigo, como hacen los tiranos! ¿Tienes idea de hasta qué punto éstos temen a la gente que someten? Todos los opresores comprenden, tarde o temprano, que entre sus muchas víctimas habrá al menos una que algún día se alzará contra ellos y los enfrentará. ¡Voldemort no es ninguna excepción! Él ya estaba alerta por si aparecía alguien capaz de desafiarlo. ¡Oyó la profecía y decidió actuar, y como consecuencia de ello no sólo escogió a la persona con más posibilidades para acabar con él, sino que le entregó unas armas excepcionalmente mortíferas!

—Pero...

—¡Es fundamental que entiendas esto! —insistió Dumbledore, y se levantó para pasearse por la habitación haciendo ondear su relumbrante túnica. Harry nunca lo había visto tan alterado—. ¡Al intentar matarte, el propio Voldemort señaló a la extraordinaria persona que está ante mí y le proporcionó las herramientas necesarias para realizar el trabajo! Él tiene la culpa de que tú pudieras adivinar sus pensamientos, sus ambiciones, e incluso de que entiendas el lenguaje de las serpientes que él emplea para transmitir órdenes; y sin embargo, Harry, pese a tu privilegiada comprensión del mundo de Voldemort (un don por el que cualquier mortífago mataría), nunca te han seducido las artes oscuras, nunca, ¡ni siquiera por un segundo has mostrado el menor deseo de unirte a los seguidores de Voldemort!

—¡Por supuesto que no! ¡Él mató a mis padres!

—¡Lo que significa que te protege tu capacidad de amar! —concluyó Dumbledore elevando la voz—. ¡Ésa es la única protección efectiva contra unas ansias de poder como las de Voldemort! ¡A pesar de todas las tentaciones que has resistido y del sufrimiento que has soportado, tu corazón sigue puro, tan puro como cuando tenías once años y te miraste en un espejo que reflejó los deseos de ese corazón tuyo! El espejo te mostró el modo de desbaratar los planes de Voldemort, pero no te tentó con la inmortalidad ni las riquezas. ¿Te das cuenta, Harry, de que muy pocos magos habrían podido ver lo que tú viste en ese espejo? ¡Voldemort debió haber comprendido entonces a qué se enfrentaba, pero no lo hizo!

»Ahora sí sabe qué clase de adversario eres. Tú te asomaste a su mente sin sufrir daño alguno, pero él no puede poseerte sin padecer una agonía mortal, como descubrió en el ministerio. Pero sigue sin entender por qué. Tenía tanta prisa por cercenar su propia alma que no se detuvo a valorar el incomparable poder de un alma íntegra e intachable.

—Pero señor —dijo Harry, y se esforzó en no parecer discutidor—, al fin y al cabo da lo mismo, ¿no? Tengo que intentar matarlo o...

—¿Que tienes que intentarlo? —lo interrumpió el director—. ¡Claro que sí! ¡Pero no por la profecía, sino porque sabes que no descansarás hasta que lo hayas intentado! ¡Ambos lo sabemos! ¡Imagínate, aunque sólo sea un momento, que nunca hubieras oído esa profecía! ¿Cómo juzgarías a Voldemort? ¡Piensa!

Harry se quedó mirando a Dumbledore, que no cesaba de pasearse delante de él, y reflexionó. Pensó en su madre, en su padre y en Sirius; pensó en Cedric Diggory; pensó en todos los horrores cometidos por Voldemort y sintió como si una llama le ardiera dentro del pecho y le abrasara la garganta.

—Querría verlo muerto —murmuró—. Y querría matarlo yo.

—¡Pues claro! —exclamó Dumbledore—. ¿Lo ves? ¡La profecía no significa que tú tengas que hacer nada! Pero la profecía provocó que lord Voldemort «te señalara como su igual»... Dicho de otro modo, tú tienes libertad para elegir tu camino, eres libre para rechazar la profecía. En cambio, Voldemort sigue otorgándole un gran valor. Él seguirá persiguiéndote, y eso garantiza que...

—Que uno de nosotros acabará matando al otro —dijo Harry, y por fin comprendió lo que Dumbledore intentaba explicarle: la diferencia entre dejarse arrastrar al ruedo para librar una lucha a muerte o salir al ruedo con la cabeza alta. Algunos dirían, quizá, que los dos caminos no eran tan distintos, pero Dumbledore sabía («Y yo también —pensó Harry con un arrebato de fiero orgullo— y mis padres también») que la diferencia era enorme.

24

¡Sectumsempra!

En la clase de Encantamientos de la mañana siguiente, Harry, agotado pero muy satisfecho de la última clase particular con Dumbledore (y después de hacerles el hechizo *muffliato* a los que tenía más cerca), les explicó a Ron y Hermione lo que había sucedido. Sus dos amigos se mostraron muy impresionados por la manera como le había sonsacado el recuerdo a Slughorn y se sintieron sobrecogidos cuando les habló de los Horrocruxes de Voldemort y les contó que Dumbledore había prometido llevarlo con él si encontraba otro de éstos.

—¡Uau! —exclamó Ron embelesado, mientras agitaba distraídamente su varita apuntando al techo sin prestar la menor atención—. ¡Uau! Vas a ir con Dumbledore... para destruir... ¡Uau!

—Ron, estás provocando que nieve —le advirtió Hermione con paciencia, y le desvió la varita para que dejara de apuntar al techo, del que empezaban a caer unos gruesos y blancos copos. Lavender Brown, que tenía los ojos enrojecidos, fulminó con la mirada a Hermione desde una mesa cercana, y ésta soltó de inmediato el brazo de Ron.

—¡Oh, vaya! —se asombró el muchacho, y se miró los hombros—. Lo siento... Ahora parece que todos tenemos una caspa horrible. —Sacudió la nieve falsa que Hermione tenía en el hombro y Lavender rompió a llorar. Ron puso cara de sentirse tremendamente culpable y le dio la espalda—. Es que anoche terminamos cuando me vio salir del dormitorio con Hermione —le explicó a Harry por lo bajo—. Como a ti no podía verte porque llevabas puesta la capa, creyó que habíamos estado solos.

—Bueno, pero no te importa que se haya acabado, ¿no?

—No —admitió Ron—. Fue muy desagradable cuando se puso a gritarme, pero al menos no tuve que cortar yo.

—Cobarde —dijo Hermione, aunque daba la impresión de que aquella historia le resultaba graciosa—. En fin, se ve que la noche pasada fue mala para los romances en general. Ginny y Dean también han cortado, Harry.

A él le pareció que Hermione lo miraba con suspicacia, pero era imposible que ella supiera que de pronto sus entrañas se habían puesto a bailar la conga. Esforzándose por no cambiar la expresión y por hablar con un tono lo más indiferente posible, preguntó:

—¿Qué ha pasado?

—Pues mira, ha sido por una tontería. Ginny le dijo que estaba harta de que siempre la ayudara a pasar por el hueco del retrato, como si no pudiera hacerlo ella sola. Pero la verdad es que hacía tiempo que no les iban bien las cosas.

Harry miró a Dean, en el otro extremo del aula, y comprobó que no parecía nada contento.

—Esto te plantea un pequeño dilema, ¿verdad? —dijo Hermione.

—¿Qué quieres decir? —se apresuró a replicar Harry.

—El equipo de quidditch —aclaró Hermione—. Si Ginny y Dean no se hablan...

—¡Ah! ¡Ah, sí! Claro...

—Ahí viene Flitwick —les previno Ron.

El menudísimo maestro de Encantamientos se dirigía bamboleándose hacia ellos, y Hermione era la única que había logrado convertir el vinagre en vino; su frasco de cristal estaba lleno de un líquido rojo oscuro, mientras que los frascos de Harry y Ron todavía presentaban un contenido marrón fangoso.

—A ver, a ver, chicos —los regañó el profesor con su voz de pito—. Menos charla y más acción, por favor. Déjenme ver cómo lo intentan...

Los dos muchachos alzaron sus varitas, concentrándose al máximo, y apuntaron a sus frascos. El vinagre de Harry se convirtió en hielo y el frasco de Ron explotó.

—Muy bien, sigan practicando, pero en su tiempo libre —dijo Flitwick mientras salía de debajo de la mesa y se quitaba fragmentos de cristal del sombrero.

Después de la clase de Encantamientos, los tres amigos tenían una de esas escasas horas libres en que coincidían y se dirigieron a la sala común. A Ron se lo veía de muy buen humor después de haber cortado con Lavender, y Hermione también parecía contenta, aunque, cuando le preguntaron por qué estaba tan sonriente, se limitó a contestar: «No sé, porque hace un día muy bonito.» Ninguno de los dos había advertido que en la mente de Harry se estaba librando una cruel batalla:

Es la hermana de Ron.

¡Pero le ha dado calabazas a Dean!

Sigue siendo la hermana de Ron.

¡Soy su mejor amigo!

Eso sólo empeora las cosas.

Si antes de hacer nada hablara con él...

Te pegaría un puñetazo.

¿Y si eso no me importa?

¡Es tu mejor amigo!

Harry casi ni se dio cuenta de que entraban en la soleada sala común por el hueco del retrato, y apenas se fijó en el reducido grupo de alumnos de séptimo año que había allí, hasta que Hermione gritó:

—¡Katie! ¡Has vuelto! ¿Ya te encuentras bien?

Harry, sorprendido, se quedó mirándola de hito en hito: sí, era Katie Bell, con un aspecto de lo más saludable y rodeada de sus amigas, radiantes de alegría.

—¡Sí, muy bien! —contestó ella, muy contenta—. El lunes me dejaron salir de San Mungo. Pasé un par de días en casa con mis padres y esta mañana volví al colegio. Leanne me estaba contando lo de McLaggen y el último partido, Harry...

—Sí —dijo él—. Bueno, ahora que has vuelto y Ron ya está recuperado, tenemos posibilidades de machacar a Ravenclaw, y eso significa que todavía podemos luchar por la Copa. Oye, Katie...

Necesitaba formularle esa pregunta de inmediato; sentía tanta curiosidad que hasta Ginny desapareció por unos instantes de su mente. Bajó la voz mientras las amigas de Katie empezaban a recoger sus cosas porque llegaban tarde a la clase de Transformaciones.

—Aquel collar... ¿Te acuerdas ya de quién te lo dio?

—No —respondió Katie negando con la cabeza, apesadumbrada—. Todo el mundo me lo ha preguntado, pero no tengo ni idea. Lo último que recuerdo es que entré en el baño de mujeres de Las Tres Escobas.

—Entonces ¿estás segura de que entraste en el baño? —preguntó Hermione.

—Bueno, al menos sé que abrí la puerta; supongo que quienquiera que me haya echado la maldición *imperius* estaba esperando dentro. No recuerdo nada de lo sucedido después, hasta que recobré la conciencia en San Mungo, hace dos semanas. Perdónenme, pero tengo que irme. No me extrañaría nada que McGonagall me castigara con tareas extras aunque éste sea el día de mi vuelta al colegio...

Recogió la mochila y los libros y siguió a sus amigas. Harry, Ron y Hermione se sentaron a una mesa junto a una ventana y cavilaron sobre lo que Katie les había contado.

—Debió de ser una niña o una mujer —razonó Hermione—; de lo contrario no habría podido esperarla en el baño de mujeres.

—O alguien que parecía una niña o una mujer —observó Harry—. No olviden que en Hogwarts había un caldero lleno de poción multijugos. Ya sabemos que robaron un poco... —Se imaginó a varias parejas de Crabbes y Goyles transformados en chicas contoneándose como si desfilaran por una pasarela—. Me parece que beberé otro trago de *Felix Felicis* —anunció— e iré a probar fortuna con la Sala de los Menesteres.

—Eso sería malgastar la poción —opinó Hermione, dejando el *Silabario del hechicero* que acababa de sacar de la mochila—. La suerte no lo soluciona todo, Harry. El caso de Slughorn era diferente; tú ya tenías la capacidad para convencerlo y sólo necesitabas amañar un poco las circunstancias. Pero la suerte no te servirá para romper un poderoso sortilegio. Y en cambio, necesitarás toda la que puedas obtener si Dumbledore te lleva con él... —añadió con un susurro—. Así pues, no malgastes el resto de esa poción.

—¿No podríamos preparar un poco más? —le preguntó Ron a Harry—. Sería genial tener una reserva de *Felix Felicis*. ¿Por qué no miras en el libro...?

Harry sacó de la mochila su *Elaboración de pociones avanzadas* y buscó *Felix Felicis*.

—¡Caray, es complicadísimo! —dijo recorriendo con la mirada la lista de ingredientes—. Y tarda seis meses en obtenerse porque hay que dejarlo reposar...

—¡Típico! —comentó Ron.

Harry se disponía a guardar el libro cuando se fijó en una página que tenía un extremo doblado; la abrió y vio el hechizo *Sectumsempra*, con el comentario «para enemigos», que había marcado unas semanas atrás. Todavía no había averiguado qué efecto tenía, sobre todo porque no quería probarlo en presencia de Hermione, pero se estaba planteando probarlo con McLaggen la próxima vez que apareciera a sus espaldas por sorpresa.

Al único al que no le hizo mucha gracia enterarse del regreso de Katie Bell fue a Dean Thomas, porque ya no podría sustituirla jugando de cazador en el equipo de quidditch. Cuando Harry se lo comunicó, el chico soportó el golpe con entereza y se limitó a gruñir y a encogerse de hombros; pero luego a Harry le pareció que Dean y Seamus murmuraban a sus espaldas, furiosos.

Los entrenamientos de quidditch de las dos semanas siguientes fueron los mejores desde que Harry era capitán. El equipo estaba tan contento de haberse librado de McLaggen y de la vuelta de Katie que volaban como nunca.

Ginny no parecía nada disgustada por haber roto con Dean, sino más bien todo lo contrario: era el alma del equipo. Sus imitaciones de Ron bamboleándose delante de los postes de gol cuando la quaffle iba a toda velocidad hacia él, o de Harry gritándole órdenes a McLaggen antes de recibir un porrazo y perder el conocimiento, hacían que todos se murieran de risa. Harry, que reía tanto como los demás, se alegraba de tener una excusa inocente para mirarla; durante los entrenamientos se había lesionado varias veces con las bludgers porque estaba bastante distraído.

En su mente seguía librándose una batalla: ¿Ginny o Ron? A veces pensaba que al nuevo Ron (el que había cortado con Lavender) quizá no le importara que le pidiera a Ginny que saliera con él, pero luego recordaba la cara que su amigo había puesto el día que la vio besándose con Dean, y estaba seguro de que Ron consideraría una traición imperdonable que él le tomara siquiera la mano a su hermana.

Sin embargo, Harry no podía evitar hablar con ella, reír con ella, volver del entrenamiento con ella; por mucho que le remordiera la conciencia, a menudo se sorprendía pensando qué podía hacer para estar a solas con Ginny. Hubiera sido perfecto que Slughorn organizara otra de sus fiestas privadas porque Ron no habría ido, pero por desgracia Slughorn las había descartado de momento. En un par de ocasiones se planteó pedirle ayuda a Hermione, aunque no se sentía capaz de soportar la cara de petulancia que pondría su amiga; ya le había parecido detectarla a veces cuando lo sorprendía mirando a Ginny, o riéndose con sus chistes. Y para complicarlo todo aún más, temía que alguien se le adelantara y le pidiera a Ginny que saliera con él: al menos Ron y él estaban de acuerdo en que ella tenía demasiado éxito.

Entre una cosa y otra, la tentación de beber otro sorbo de *Felix Felicis* era cada vez más fuerte, ya que se trataba de un caso en que, como decía Hermione, era aconsejable «amañar un poco las circunstancias». Transcurría el mes de mayo y los días eran templados y agradables. Todas las veces que Harry veía a Ginny, Ron estaba pegado a él, pero no sabía cómo hacerle comprender que lo mejor que podía pasarle era que su mejor amigo y su hermana se enamoraran, ni cómo conseguir que los dejara un rato a solas. Se acercaba el día del último partido de quidditch y no parecía el momento más propicio para lograr ninguna de esas dos cosas: Ron siempre tenía alguna táctica que comentar con Harry y no disponía de tiempo para pensar en nada más.

Pero Ron no era un caso aislado en cuanto a obsesionarse con el quidditch. El partido entre Gryffindor y Ravenclaw había despertado una tremenda expectativa en todo el colegio, ya que con él se decidiría el campeonato. Si Gryffindor ganaba por más de trescientos puntos (era mucho pedir, pero Harry nunca había visto volar mejor a su equipo), obtendrían la Copa; si ganaban por menos, quedarían en segundo lugar detrás de Ravenclaw; si perdían por cien puntos quedarían terceros detrás de Hufflepuff; y si perdían por más, quedarían en cuarto lugar y nadie, creía Harry, le dejaría olvidar jamás que había capitaneado a Gryffindor hacia su primera derrota absoluta en dos siglos.

El período previo a ese trascendental partido gozaba de todos los ingredientes habituales: los miembros de las casas rivales intentaban intimidar a los jugadores de los equipos contrarios en los pasillos; los seguidores cantaban a voz en cuello desagradables tonadillas acerca de determinados adversarios al verlos pasar, y los jugadores se pavoneaban cuando sus seguidores los vitoreaban, pero entre clase y clase corrían a los baños para vomitar de puro nerviosismo. Por su parte, mentalmente Harry asociaba el resultado del partido al éxito o fracaso de sus planes respecto a Ginny: si ganaban por más de trescientos puntos, las escenas de euforia y la animada fiesta posterior quizá resultaran tan favorables como un buen trago de *Felix Felicis*.

En medio de todas estas expectativas, Harry no había olvidado su otro gran objetivo: averiguar qué hacía Malfoy en la Sala de los Menesteres. Todavía examinaba el mapa del merodeador de vez en cuando, y como casi nunca lograba localizarlo, deducía que seguía pasando mucho tiempo dentro de la sala. Aunque estaba perdiendo la esperanza de lograr entrar en ella, lo intentaba siempre que pasaba cerca, pero, por mucho que modificara la fórmula de su petición, la puerta seguía sin aparecer.

Unos días antes del partido, Harry bajó a cenar solo desde la sala común, pues Ron había corrido a un baño cercano para vomitar una vez más y Hermione había ido a ver a la profesora Vector para comentarle un supuesto error cometido en su última redacción de Aritmancia. Dio un rodeo como solía hacer, más por costumbre que por otra cosa, y recorrió el pasillo del séptimo piso mientras consultaba el mapa del merodeador. Como no veía a Malfoy por ningún sitio, dedujo que estaría en la Sala de los Menesteres, pero de pronto descubrió el puntito «Malfoy» en un baño de hombres del piso inferior. Y no estaba con Crabbe o Goyle, sino con Myrtle *la Llorona*.

Harry no apartó los ojos de aquella extraña pareja hasta que se dio de bruces contra una armadura. El estrépito lo rescató de su ensimismamiento y se alejó a toda prisa por si aparecía Filch. Bajó como un rayo la escalinata de mármol y recorrió el primer pasillo que encontró en el piso de abajo. Al llegar al baño, pegó la oreja a la puerta. No oyó nada, de modo que la abrió con cautela.

Draco Malfoy estaba de pie, de espaldas a la puerta, agarrado con ambas manos a la pila y con su rubia cabeza agachada.

—No llores... —canturreaba Myrtle *la Llorona* desde un cubículo—. No llores... Dime qué te pasa... Yo puedo ayudarte...

—Nadie puede ayudarme —se lamentó Malfoy, sacudido por fuertes temblores—. No puedo hacerlo, no puedo... no saldrá bien... Pero si no lo hago pronto... él me matará...

Harry se quedó paralizado al darse cuenta de que Malfoy estaba llorando de verdad: las lágrimas le resbalaban por el pálido rostro y caían en la sucia pila. Malfoy emitió un grito ahogado y tragó saliva. Entonces, con un brusco estremecimiento, levantó la cabeza, se miró en el resquebrajado espejo y a sus espaldas vio a Harry mirándolo de hito en hito desde la puerta.

Malfoy se dio la vuelta y lo apuntó con su varita. Harry sacó la suya rápidamente. El maleficio de Malfoy le pasó rozando e hizo pedazos una lámpara que había en la pared. Harry se lanzó hacia un lado, pensó «*¡Levicorpus!*» y agitó la varita, pero Malfoy bloqueó el embrujo y se preparó de nuevo para...

—¡No! ¡No! ¡Basta! —gritó Myrtle *la Llorona*, y su voz resonó en las paredes revestidas de azulejos—. ¡Basta! ¡Basta!

Hubo un fuerte estallido y el cubo que había detrás de Harry explotó. El muchacho intentó echar la maldición de las piernas unidas, que rebotó en la pared, detrás de la oreja de Malfoy, y destrozó la cisterna adonde se había subido Myrtle, que gritó a voz en cuello. Salía agua por todas partes y Harry resbaló al tiempo que Malfoy, con la cara contorsionada, gritaba:

—¡*Crucia...!*

—¡¡*Sectumsempra!!* —bramó Harry desde el suelo agitando la varita como un desaforado.

De la cara y el pecho de Malfoy empezó a salir sangre a chorros, como si lo hubieran cortado con una espada invisible. El chico dio unos pasos hacia atrás, se tambaleó y se desplomó en el encharcado suelo con un fuerte chapoteo. La varita se le cayó de la mano derecha, flácida.

—No —dijo Harry con voz ahogada.

Resbalando y tambaleándose también, se puso en pie y se lanzó hacia Malfoy, que tenía la cara roja y con las manos se palpaba el pecho, empapado de sangre.

—No... Yo no...

Harry no le entendió y se arrodilló a su lado. Malfoy temblaba de forma descontrolada en medio de un charco de sangre. Myrtle soltó un aullido ensordecedor:

—¡¡Asesinato!! ¡¡Asesinato en el baño!! ¡¡Asesinato!!

La puerta se abrió de golpe detrás de Harry, que volvió la cabeza aterrado: Snape, blanco como la cera, irrumpió en el baño.

Apartando bruscamente a Harry, se arrodilló y se inclinó sobre Malfoy; sacó su varita y la agitó por encima de las profundas heridas que había causado la maldición de Harry, murmurando un conjuro que casi parecía una canción. La hemorragia se redujo al momento. Snape le limpió la sangre de la cara y repitió el hechizo. Las heridas empezaron a cerrarse.

Harry contemplaba la escena horrorizado por lo que había hecho y apenas consciente de que él también estaba empapado de sangre y agua. Myrtle no paraba de sollozar y gemir. Cuando Snape hubo realizado su contramaldición por tercera vez, incorporó a Malfoy hasta sentarlo.

—Tengo que llevarte a la enfermería. Quizá te queden cicatrices, pero si tomas díctamo inmediatamente tal vez te libres hasta de eso. Vamos...

Lo ayudó a llegar hasta la puerta y se dio la vuelta para decir con voz colérica:

—Y tú, Potter... espérame aquí.

A Harry ni se le pasó por la cabeza desobedecer al profesor. Se levantó poco a poco, temblando, y contempló el empapado suelo. Había manchas de sangre que flotaban como flores rojas en los charcos. Ni siquiera tuvo valor para pedirle a Myrtle *la Llorona* que se callara, mientras ella seguía regodeándose con sus gemidos y sollozos.

Snape regresó diez minutos más tarde. Entró en el baño y cerró la puerta.

—Vete —le ordenó a Myrtle.

La niña se zambulló al punto en el inodoro, dejando tras de sí un tenso silencio.

—No lo he hecho a propósito —se excusó Harry enseguida. Su voz resonó en el frío y húmedo lavabo—. No sabía qué efecto tenía ese hechizo.

Pero el profesor no estaba para oír disculpas.

—Ya veo que te subestimaba, Potter —dijo con calma—. ¿Quién hubiera imaginado que conocías semejante magia oscura? ¿Quién te ha enseñado ese hechizo?

—Lo leí... en un sitio.

—¿Dónde?

—En... en un libro de la biblioteca. No recuerdo cómo se titu...

—Mentiroso —le espetó Snape.

A Harry se le secó la garganta. Sabía qué iba a hacer Snape y nunca había sido capaz de impedirlo...

El baño empezó a titilar ante sus ojos; se esforzó al máximo por dejar su mente en blanco, pero pese a su empeño el ejemplar de *Elaboración de pociones avanzadas* del Príncipe Mestizo seguía flotando en ella...

De pronto se encontró de nuevo plantado ante Snape, en medio del destrozado y anegado baño. Escudriñó los negros ojos del profesor con la vana esperanza de que éste no hubiera visto lo que él quería ocultarle, pero...

—Tráeme tu mochila y todos tus libros de texto —ordenó Snape en voz baja—. Todos. Tráelos aquí. ¡Ahora mismo!

No tenía sentido discutir. Harry se dio la vuelta en el acto y salió chapoteando del baño. Ya en el pasillo, echó a correr hacia la torre de Gryffindor. Se cruzó con varios estudiantes que se quedaban boquiabiertos al verlo empapado de agua y sangre, pero no contestó a ninguna de sus preguntas y pasó de largo.

Estaba anonadado; era como si de pronto su adorable mascota se hubiera vuelto peligrosísima. ¿Por qué se le había ocurrido al príncipe copiar semejante hechizo en el libro? ¿Y qué pasaría cuando lo viera Snape? ¿Le explicaría a Slughorn cómo Harry había conseguido tan buenos resultados en Pociones desde el principio de curso? No quería ni pensarlo. ¿Le confiscaría o le destruiría el libro que tantas cosas le había enseñado, el libro que se había convertido en una especie de guía para él, casi en un amigo? Harry no podía permitirlo, tenía que impedirlo como fuera.

—¿Dónde has...? ¿Por qué estás empapado? ¿Qué es eso? ¿Sangre? —Ron, en lo alto de la escalera, lo miraba perplejo.

—Necesito tu libro —dijo Harry jadeando—. Tu libro de Pociones. Dámelo, rápido.

—Pero ¿y el del príncipe...?

—¡Luego te lo explico!

Ron sacó su ejemplar de la mochila y se lo dio; Harry se dirigió a toda velocidad a la sala común. Una vez allí, agarró su mochila sin hacer caso de las miradas de asombro de varios estudiantes que ya habían terminado de cenar, salió a toda velocidad por el hueco del retrato y echó a correr por el pasillo del séptimo piso.

Se detuvo derrapando junto al tapiz de los trols bailarines, cerró los ojos y empezó a pasearse.

«Necesito un sitio donde esconder mi libro... Necesito un sitio donde esconder mi libro... Necesito un sitio donde esconder mi libro...»

Pasó tres veces por delante del tramo de pared lisa, y cuando abrió los ojos ahí estaba por fin la puerta de la Sala de los Menesteres. La abrió de un tirón, entró y dio un portazo.

Soltó un grito de asombro. A pesar de la prisa, el pánico y el miedo a lo que lo esperaba en el baño, no pudo evitar sentirse sobrecogido ante lo que veía: se hallaba en una sala enorme, del tamaño de una catedral, por cuyas altas ventanas entraban rayos de luz que iluminaban una especie de ciudad de altísimos muros construidos con lo que probablemente eran objetos escondidos por varias generaciones de habitantes de Hogwarts. Había callejones y senderos bordeados de inestables montones de muebles rotos, quizá abandonados allí para ocultar los efectos de embrujos mal ejecutados, o tal vez guardados por los elfos domésticos porque se habían encariñado con ellos; miles y miles de libros, seguramente censurados, garabateados o robados; catapultas aladas y discos voladores con colmillos, algunos de ellos con suficiente energía para permanecer precariamente suspendidos sobre las montañas de otros objetos prohibidos: botellas desportilladas que contenían pociones solidificadas, sombreros, joyas y capas; había también unas cosas que parecían cáscaras de huevo de dragón, botellas tapadas con corchos (cuyos contenidos todavía brillaban malvadamente), varias espadas herrumbrosas y una pesada hacha manchada de sangre.

Harry se metió por uno de los numerosos callejones que discurrían entre aquellos tesoros ocultos. Torció a la derecha tras pasar por delante de un enorme trol disecado, siguió corriendo, giró a la izquierda al llegar al armario evanescente en que Montague se había perdido el curso anterior, y al fin se detuvo junto a un gran armario con la superficie cubierta de ampolletas, como si le hubieran tirado ácido por encima. Abrió una de sus chirriantes puertas y vio que ya lo habían utilizado antes para esconder una jaula, donde todavía había una criatura, muerta hacía mucho tiempo, cuyo esqueleto tenía cinco patas. Metió el libro del Príncipe Mestizo detrás de la jaula y cerró la puerta de golpe. Se detuvo un momento, con el corazón espantosamente desbocado, y contempló el revoltijo que lo rodeaba. ¿Encontraría otra vez ese armario en medio de tantos desechos? Agarró el descascarillado busto de un mago viejo y feo que había en lo alto de una caja, lo puso encima del armario, le colocó una polvorienta y vieja peluca y una diadema opaca para que luciera más, y echó a correr de nuevo, tan deprisa como pudo, por los callejones flanqueados de cachivaches; llegó a la puerta y salió al pasillo. Al cerrarla, al instante la puerta volvió a convertirse en pared de piedra.

Salió disparado hacia el baño del piso de abajo mientras metía el ejemplar de *Elaboración de pociones avanzadas* de Ron en su mochila. Un minuto más tarde volvía a estar frente a Snape, que sin decir nada tendió una mano para que le entregara la mochila. Harry, jadeando y con un fuerte dolor en el pecho, lo hizo y luego esperó.

Snape extrajo uno a uno los libros y los examinó. El último fue el de Pociones; el profesor lo escudriñó atentamente y preguntó:

—¿Éste es tu ejemplar de *Elaboración de pociones avanzadas*, Potter?

—Sí, señor.

—¿Estás seguro de lo que dices, Potter?

—Sí —repitió Harry con firmeza.

—¿Éste es el ejemplar que compraste en Flourish y Blotts?

—Sí —confirmó Harry sin titubear.

—Entonces ¿por qué lleva el nombre «Roonil Wazlib» escrito en la portada?

A Harry le dio un vuelco el corazón.

—Es mi apodo —mintió.

—¿Tu apodo?

—Sí, así me llaman mis amigos —explicó el muchacho.

—Sé muy bien qué es un apodo —replicó Snape.

Sus glaciales ojos negros volvían a estar clavados en los de Harry, que intentó no mirarlos. «Cierra tu mente... Cierra tu mente...» Pero nunca había aprendido a hacerlo.

—¿Sabes qué pienso, Potter? —dijo Snape sin alterarse—. Pienso que eres un mentiroso y un tramposo y que mereces que te castigue todos los sábados hasta que termine el curso. ¿Qué opinas?

—Pues... que no estoy de acuerdo, señor —dijo Harry, aún esquivando la mirada del profesor.

—Bueno, ya veremos cómo te sientan los castigos. El sábado a las diez de la mañana, Potter. En mi despacho.

—Pero, señor... —Harry levantó la vista, desesperado—. El quidditch, el último partido del...

—A las diez en punto —susurró Snape, y forzó una sonrisa exhibiendo sus amarillentos dientes—. Qué pena me dan los de Gryffindor. Me temo que este año quedarán cuartos...

Se marchó sin decir nada más y Harry se quedó mirándose en el resquebrajado espejo. Tenía la certeza de que estaba más mareado de lo que Ron lo había estado en toda su vida.

—¿Qué quieres que te diga? ¿Que ya te había advertido? —dijo Hermione una hora más tarde en la sala común.

—Déjalo en paz, Hermione —la reprendió Ron.

Harry no había ido a cenar porque no tenía ni pizca de hambre. Acababa de contarles a Ron, Hermione y Ginny lo sucedido, aunque no había ninguna necesidad porque la noticia había corrido como la pólvora: al parecer, Myrtle *la Llorona* se había encargado de asomarse a todos los baños del castillo para contar la historia; por su parte, Pansy Parkinson fue a visitar a Malfoy a la enfermería y no perdió un minuto en empezar a vilipendiar a Harry por el colegio entero; y en cuanto a Snape, explicó lo ocurrido al profesorado con pelos y señales. Harry tuvo que salir de la sala común para soportar quince dolorosos minutos en compañía de la profesora McGonagall, quien le aseguró que podía considerarse afortunado de no haber sido expulsado del colegio y que estaba completamente de acuerdo con la medida dispuesta por Snape: castigarlo todos los sábados hasta el final del curso.

—Ya te dije que había algo raro en ese príncipe —le comentó Hermione, que ya no podía morderse más la lengua—. Y tenía razón, ¿no?

—No, no creo que tuvieras razón —repuso Harry, testarudo.

Ya lo estaba pasando bastante mal y sólo faltaba que Hermione le leyera la cartilla; el peor castigo fueron las caras del equipo de Gryffindor cuando les informó de que no podría jugar el sábado. En ese momento notó los ojos de Ginny clavados en él, pero simuló no darse cuenta porque no quería ver la decepción ni el enfado reflejados en esa cara. Acababa de comunicarle que el sábado ella volvería a jugar de buscadora y que Dean se uniría de nuevo al equipo para sustituirla en el puesto de cazador. Si ganaban, quizá Ginny y Dean harían las paces a causa de la euforia posterior al partido... Esa posibilidad traspasó a Harry como un cuchillo afilado.

—Pero, Harry —dijo Hermione—, ¿cómo es posible que sigas aferrándote a ese libro después de que el hechizo...?

—¡Deja de machacarme con el bendito libro! —le espetó Harry—. ¡Lo único que hizo el príncipe fue copiar el hechizo! ¡No aconsejaba a nadie que lo utilizara! ¡Que sepamos, sólo escribió una nota de algo que usaron contra él!

—No puedo creerlo —replicó Hermione—. Te estás justificando...

—¡No estoy justificando lo que hice! Me gustaría no haberlo hecho, y no sólo porque ahora tengo un montón de castigos por delante. Sabes muy bien que yo no habría empleado un hechizo como ése, ni siquiera contra Malfoy, pero no puedes culpar al príncipe porque él no escribió: «Prueba esto, es fenomenal.» Esas anotaciones eran para su uso personal, él no las divulgaba, ¿de acuerdo?

—¿Insinúas que vas a recuperar...? —preguntó Hermione.

—¿El libro? Pues claro. Mira, sin el príncipe nunca habría ganado el *Felix Felicis,* nunca habría podido salvar a Ron de morir envenenado y nunca...

—... te habrías labrado una fama de gran elaborador de pociones que no te mereces —replicó Hermione con rencor.

—¡Basta ya, Hermione! —terció Ginny, y Harry, asombrado y agradecido, levantó la vista—. Por lo que cuenta Harry, parece que Malfoy intentaba echarle una maldición imperdonable. ¡Deberías alegrarte de que él tuviera un as en la manga!

—¡Vaya, pues claro que me alegro de que no le echaran una maldición —replicó Hermione, dolida—, pero tampoco puedes decir que ese *Sectumsempra* sea beneficioso, Ginny! ¡Mira cómo lo está pagando ahora! Y creo que por culpa de este incidente se han reducido las posibilidades de que ganen el partido...

—Vamos, ahora no finjas que entiendes de quidditch —le espetó Ginny—. Sólo conseguirás ponerte en ridículo.

Harry y Ron cruzaron una mirada: Hermione y Ginny, que siempre se habían llevado bien, estaban sentadas con los brazos cruzados y la vista fija en direcciones opuestas. Ron, nervioso, observó a Harry, sacó un libro al azar y se escondió detrás de él. Harry sabía que no se lo merecía, pero de pronto notó una inmensa alegría, aunque ninguno de ellos volvió a decir una palabra en toda la noche.

Sin embargo, no duró mucho su buen humor. Al día siguiente tuvo que soportar las burlas de los alumnos de Slytherin, por no mencionar la rabia de sus compañeros de Gryffindor, a quienes no les hacía ninguna gracia que su capitán estuviera sancionado en el último partido de la temporada. Cuando llegó el sábado por la mañana, pese a los consejos de Hermione, Harry habría cambiado de buen grado todo el *Felix Felicis* del mundo por bajar al campo de quidditch con Ron, Ginny y los demás. Fue muy doloroso para él separarse de la multitud de estudiantes que salían del castillo y echaban a andar al sol, provistos de escarapelas y sombreros y blandiendo banderines y bufandas. Bajó los escalones de piedra que conducían a las mazmorras y siguió su camino hasta que los lejanos sonidos de sus compañeros casi se apagaron, consciente de que desde allí no podría oír ni un solo comentario, ni una ovación ni un aplauso.

—¡Ah, Potter! —dijo Snape cuando Harry, tras llamar a la puerta, entró en la habitación, que por desgracia le resultaba familiar, pues aunque ahora el profesor daba clase varios pisos más arriba, no había cambiado de despacho; estaba poco iluminado, como siempre, y en los estantes de las paredes seguía habiendo bichos muertos y viscosos, suspendidos en pociones de colores.

Amontonadas en la mesa donde se suponía que Harry tenía que sentarse había varias cajas cubiertas de telarañas que ofrecían un aspecto nada alentador, y él comprendió que lo esperaban unas arduas sesiones de duro, aburrido e inútil trabajo.

—El señor Filch necesita que alguien revise y ordene estos viejos ficheros —dijo Snape—. Contienen los registros de otros malhechores de Hogwarts y los castigos que recibieron. Nos gustaría que copiaras de nuevo los delitos y los castigos que constan en las fichas que tienen la tinta borrada o que estén mordisqueadas por los ratones. Luego, tras ordenarlas alfabéticamente, las pondrás otra vez en las cajas. No puedes utilizar magia.

—De acuerdo, profesor —dijo Harry, imprimiendo el mayor desprecio en las tres últimas sílabas.

—He pensado —continuó Snape con una malvada sonrisa— que podrías empezar por las cajas mil doce a mil cincuenta y seis. En ellas encontrarás algunos nombres conocidos, lo cual añadirá cierto interés a la tarea. Aquí, ¿lo ves? —Sacó una ficha de la caja más alta del montón con un ampuloso gesto de la mano y leyó—: «James Potter y Sirius Black. Sorprendidos utilizando un maleficio ilegal contra Bertram Aubrey. Resultado: agrandamiento de la cabeza de Aubrey. Castigo doble.» —Snape miró con desdén al muchacho y añadió—: Debe de ser un gran consuelo pensar que, aunque nos hayan dejado, conservamos un registro de sus grandes logros...

Harry notó aquella sensación de cólera que tantas veces había tenido que soportar. Se mordió la lengua para no contestar, se sentó delante de las cajas y se acercó una.

Como suponía, aquél era un trabajo inútil y aburrido, salpicado (pues Snape lo había planeado así) con frecuentes punzadas de dolor cada vez que leía el nombre de su padre o el de Sirius, que muy a menudo aparecían juntos en diversas travesuras, y en alguna ocasión los acompañaban los nombres de Remus Lupin y Peter Pettigrew. Y mientras copiaba las diversas faltas y castigos de todos ellos, se preguntaba qué estaría pasando fuera, puesto que el partido debía de haber empezado... Ginny iba a jugar como buscadora contra Cho...

Harry no cesaba de lanzar miradas al enorme reloj que hacía tictac en la pared. Tenía la impresión de que avanzaba mucho más despacio que un reloj normal; quizá Snape lo había embrujado para que el castigo resultara aún más insoportable, ya que no era posible que sólo llevara allí media hora... una hora... una hora y media...

Cuando el reloj marcaba las doce y media, a Harry empezó a crujirle el estómago. A la una y diez, Snape, que no había abierto la boca desde que Harry iniciara su tarea, levantó la vista y le dijo con frialdad:

—Creo que por hoy fue suficiente. Marca el lugar donde lo has dejado. Seguirás el sábado que viene, a las diez en punto.

—Sí, señor.

Harry metió una ficha doblada en la caja y salió a toda prisa del despacho antes de que Snape se lo pensara mejor; subió disparado los escalones de piedra, aguzando el oído para oír el alboroto proveniente del estadio, pero no oyó nada, y eso quería decir que el partido había terminado.

Vaciló un momento ante el abarrotado Gran Comedor y luego subió a grandes zancadas por la escalinata de mármol; tanto si Gryffindor había ganado como si había perdido, el equipo solía celebrarlo o lamentarse en la sala común.

—«*Quid agis?*» —pronunció, titubeante, ante la Señora Gorda, preguntándose qué encontraría en el interior.

La Señora Gorda replicó con expresión insondable:

—Ya lo verás. —Y se apartó para dejarlo pasar.

Un rugido de júbilo se escapó por el hueco del retrato. Harry miró boquiabierto mientras sus compañeros, al verlo, se ponían a gritar; varias manos tiraron de él hacia el interior de la sala.

—¡Hemos ganado! —bramó Ron, que se le acercó dando brincos y enarbolando la Copa de plata—. ¡Hemos ganado! ¡Cuatrocientos cincuenta a ciento cuarenta! ¡Hemos ganado!

Harry miró alrededor; Ginny corría hacia él con expresión radiante y decidida, y al llegar a su lado le rodeó el cuello con los brazos. Y sin pensarlo, sin planearlo, sin preocuparle que hubiera cincuenta personas observándolo, Harry la besó.

Tras unos momentos que se hicieron larguísimos (quizá media hora, o quizá varios días de fulgurante sol), Harry y Ginny se separaron. La sala común se había quedado en silencio. Entonces varios silbaron y muchos soltaron risitas nerviosas. Harry miró por encima de la coronilla de Ginny y vio a Dean Thomas con un vaso roto en la mano y a Romilda Vane con gesto de escupir algo. Hermione estaba radiante de alegría, pero a quien Harry buscaba con la mirada era a Ron. Al fin lo encontró: estaba muy quieto, con la Copa en las manos, como si acabaran de golpearlo en la cabeza con un bate. Los dos amigos se miraron una fracción de segundo, y entonces Ron hizo un rápido movimiento con la cabeza cuyo significado Harry entendió de inmediato: «Si no hay más remedio...»

La fiera que albergaba en su pecho rugió triunfante; Harry miró a Ginny, sonriente, y sin decir nada señaló el hueco del retrato. Le pareció que lo más indicado era dar un largo paseo por los jardines, durante el cual, si les quedaba tiempo, podrían hablar del partido.

25

Las palabras de la vidente

La noticia de que Harry Potter salía con Ginny Weasley dio pie a muchos cuchicheos en el colegio, especialmente entre las chicas; y, sin embargo, durante unas semanas Harry tuvo la placentera y novedosa sensación de que era inmune a los chismorreos. Al fin y al cabo, resultaba agradable que, por una vez en la vida, hablaran de él a causa de algo que lo hacía tan feliz como no recordaba desde mucho tiempo atrás, y no por estar involucrado en horribles incidentes relacionados con la magia oscura.

—Y eso que la gente tiene mejores cosas para cotillear —comentó Ginny mientras leía *El Profeta* sentada en el suelo de la sala común, con la espalda apoyada en las piernas de Harry—. Esta semana ha habido tres ataques de dementores, pero a Romilda Vane lo único que se le ocurre preguntarme es si es cierto que llevas un hipogrifo tatuado en el pecho.

Ron y Hermione rieron a carcajadas.

—¿Y qué le has contestado? —preguntó Harry.

—Que es un colacuerno húngaro —respondió Ginny mientras pasaba la página con aire despreocupado—. Es mucho más varonil.

—Gracias —dijo Harry con una sonrisa—. ¿Y qué le has dicho que Ron lleva tatuado?

—Un micropuff, pero no le he dicho dónde.

Ron arrugó el entrecejo y Hermione se desternilló de risa.

—Mucho cuidado —advirtió Ron blandiendo el dedo índice—. Que les haya dado permiso para salir juntos no quiere decir que no pueda retirarlo.

—¿Tu permiso? —se burló Ginny—. ¿Desde cuándo necesito tu permiso para hacer algo? Además, tú mismo reconociste que preferías que saliera con Harry antes que con Michael o Dean.

—Sí, eso es verdad —admitió Ron a regañadientes—. Pero siempre que no se aficionen a besarse en público.

—¡Si serás hipócrita! ¿Y qué me dices de Lavender y tú, que se pasaban el día revolcándose por todas partes como un par de anguilas? —protestó Ginny.

Pero llegó el mes de junio y empezaron a escasear las ocasiones de poner a prueba la tolerancia de Ron, porque Harry y Ginny cada vez tenían menos tiempo para estar juntos. Ella pronto tendría que examinarse de los TIMOS, y por lo tanto no le quedaba otro remedio que estudiar horas y horas, a veces hasta muy tarde. Una de esas noches, aprovechando que Ginny se había marchado a la biblioteca y mientras Harry estaba sentado junto a una ventana en la sala común (se suponía que terminando sus deberes de Herbología, pero en realidad rememorando un rato particularmente feliz que había pasado con Ginny en el lago a la hora de comer), Hermione se sentó entre él y Ron con una expresión de determinación que no auguraba nada bueno.

—Tenemos que hablar, Harry.

—¿De qué? —preguntó él con recelo. El día anterior ella lo había regañado por distraer a Ginny aun sabiendo que tenía que prepararse para los exámenes.

—Del presunto Príncipe Mestizo.

—¿Otra vez? —gruñó—. ¿Quieres hacer el favor de olvidarte de ese tema?

Harry no se había atrevido a volver a la Sala de los Menesteres para recuperar el libro, y por ese motivo ya no obtenía tan buenos resultados en Pociones (aunque Slughorn, que sentía simpatía por Ginny, lo atribuía a su enamoramiento). Pero el muchacho estaba convencido de que Snape todavía no había renunciado a echarle el guante al libro del príncipe, y por eso prefería dejarlo escondido mientras el profesor siguiera alerta.

—No pienso callarme hasta que me hayas escuchado —dijo Hermione sin amilanarse—. Mira, he estado investigando un poco sobre quién podría tener como hobby inventar hechizos oscuros...

—Él no tenía como hobby...

—¡Él, siempre él! ¿Cómo sabes que no era una mujer?

—Eso ya lo hablamos un día. ¡Príncipe, Hermione! ¡Se hacía llamar príncipe!

—¡Exacto! —exclamó ella con las mejillas encendidas, mientras sacaba de su bolsillo un trozo viejísimo de periódico y se lo ponía delante dando un porrazo en la mesa—. ¡Mira esto! ¡Mira la fotografía!

Harry tomó el papel, que se estaba deshaciendo, y contempló la amarillenta fotografía animada; Ron se inclinó también para echarle un vistazo. Se veía una muchacha muy delgada de unos quince años. Era más bien feúcha y su expresión denotaba enfado y tristeza; tenía cejas muy pobladas y una cara pálida y alargada. El pie de foto rezaba: «Eileen Prince, capitana del equipo de gobstones de Hogwarts.»

—¿Y qué? —dijo Harry leyendo por encima el breve artículo que explicaba una historia muy aburrida acerca de las competiciones interescolares.

—Se llamaba Eileen Prince. «Prince», Harry.

Se miraron y él comprendió lo que Hermione trataba de decirle. Soltó una carcajada.

—¡Imposible!

—¿Qué?

—¿Crees que ésta era el Príncipe Mestizo? Por favor, Hermione...

—¿Por qué no? ¡En el mundo mágico no hay príncipes auténticos, Harry! O es un apodo, un título inventado que alguien adoptó, o es una forma de disfrazar su verdadero apellido, ¿no? ¡Escúchame! Supongamos que su padre era un mago apellidado Prince y que su madre era muggle. ¡Eso la convertiría en una «Prince mestiza» o, dicho de otro modo, para despistar, en un Príncipe Mestizo!

—Sí, Hermione, es una teoría muy original...

—¡Piénsalo un poco! ¡A lo mejor se enorgullecía de llevar el apellido Prince!

—Mira, Hermione, te digo que no era una chica. No sé por qué, pero lo sé.

—Lo que pasa es que no quieres admitir que una chica sea tan inteligente —replicó Hermione.

—¿Cómo iba a ser amigo tuyo durante cinco años y pensar que las chicas no son inteligentes? —argumentó Harry, dolido por el comentario—. Lo digo por su manera de escribir. Sé que el Príncipe era un hombre, no me cabe duda. Esa chica no tiene nada que ver. ¿De dónde has sacado el recorte?

—De la biblioteca. Hay una colección completísima de números viejos de *El Profeta*. Bueno, de cualquier manera pienso averiguar todo lo que pueda sobre Eileen Prince.

—Que te diviertas —dijo Harry con fastidio.

—Gracias. ¡Y el primer sitio donde voy a buscar —añadió al llegar al hueco del retrato— es en los archivos de los premios de Pociones!

Harry la miró con ceño y luego siguió contemplando el cielo, cada vez más oscuro.

—Lo que le pasa es que todavía no ha digerido que la superaras en Pociones —comentó Ron, y volvió a concentrarse en su *Mil hierbas y hongos mágicos*.

—Tú entiendes que yo quiera recuperar mi libro, ¿verdad? ¿O también me tomas por un chiflado?

—Claro que lo entiendo —repuso Ron—. Ese Príncipe era un genio. Además, si no te hubiese informado lo del bezoar... —se rebanó el cuello con el dedo índice— yo no estaría aquí hablando contigo, ¿no? Hombre, no digo que hacerle ese hechizo a Malfoy fuera una maravilla...

—Yo tampoco.

—Pero se ha curado, ¿verdad? Ya corre tan campante por ahí, como si no hubiera pasado nada.

—Sí —convino Harry; era verdad, aunque de todos modos le remordía un poco la conciencia—. Gracias a Snape...

—¿Vuelves a tener castigo con él este sábado?

—Sí, y el sábado siguiente y el otro —resopló Harry—. Y ahora ha empezado a insinuarme que si no arreglo todas las fichas antes de que acabe el curso, seguiremos el año que viene.

Esos castigos le estaban resultando particularmente fastidiosos porque reducían los escasos ratos que podía pasar con Ginny. De hecho, desde hacía algún tiempo se preguntaba si Snape estaría al corriente de su relación con la hermana de Ron, pues se las ingeniaba para que Harry se quedara cada vez hasta más tarde en el despacho, y no cesaba de hacer comentarios mordaces sobre la lástima que le daba que no pudiera disfrutar del buen tiempo que hacía ni de las diversas oportunidades que éste ofrecía.

Harry salió de su amargo ensimismamiento cuando apareció a su lado Jimmy Peakes, que le entregó un rollo de pergamino.

—Gracias, Jimmy... ¡Eh, es de Dumbledore! —exclamó emocionado, y desenrolló la hoja—. ¡Quiere que vaya a su despacho cuanto antes!

Los dos amigos se miraron.

—¡Atiza! —susurró Ron—. ¿Crees que...? ¿Habrá encontrado...?

—Será mejor que vaya y me entere —dijo Harry poniéndose en pie de un brinco.

Salió en el acto de la sala común y recorrió los pasillos del séptimo piso tan deprisa como pudo; por el camino sólo se cruzó con Peeves, que iba a toda velocidad; el *poltergeist*, como por inercia, le lanzó unos trozos de tiza y rió a carcajadas al esquivar el embrujo defensivo de Harry. Cuando Peeves se hubo esfumado, los pasillos quedaron en silencio; sólo faltaban quince minutos para el toque de queda y casi todos los estudiantes habían regresado ya a sus salas comunes.

Entonces Harry oyó un grito y un estrépito. Se detuvo en seco y aguzó el oído.

—¡Cómo te atreves! ¡Aaay!

El ruido procedía de un pasillo cercano. Corrió hacia allí con la varita en ristre, dobló una esquina y vio a la profesora Trelawney tumbada en el suelo, con uno de sus chales cubriéndole la cabeza, los relucientes collares de cuentas enredados en las gafas y varias botellas de jerez esparcidas alrededor, una de ellas rota.

—¡Profesora! —Harry se acercó presuroso y la ayudó a incorporarse. Ella soltó un fuerte hipido, se arregló el pelo y se levantó agarrándose del brazo que le tendía Harry—. ¿Qué ha pasado, profesora?

—¡Buena pregunta! —repuso con voz estridente—. Iba caminando tan tranquila, pensando en ciertos presagios oscuros que vislumbré hace poco...

Pero Harry no le prestaba atención: acababa de darse cuenta de dónde se hallaban. A su derecha estaba el tapiz de los trols bailarines, y a la izquierda el tramo de pared de piedra liso e impenetrable donde estaba camuflada...

—¿Intentaba entrar en la Sala de los Menesteres, profesora?

—... en unos augurios que me han sido confiados... ¿Cómo dices? —De pronto adoptó una actitud de disimulo.

—La Sala de los Menesteres, profesora. ¿Intentaba entrar en ella?

—Vaya, no sabía que los alumnos conocieran su existencia...

—No todos la conocen. ¿Qué ha pasado? La oí gritar. Pensé que se había hecho daño.

—Bueno... —masculló ella, ciñéndose los chales con actitud defensiva, y lo miró a través de sus lentes de aumento—. Es que quería depositar ciertos... hum... objetos personales en la sala. —Y murmuró algo acerca de unas «impertinentes acusaciones».

—Sí —dijo Harry mientras echaba un vistazo a las botellas de jerez—. ¿Y no ha podido entrar a esconderlos? —Se extrañó porque la sala se había abierto para él cuando quiso esconder el libro del Príncipe Mestizo.

—Sí, he entrado —contestó la profesora mirando con odio la pared—. Pero resulta que ya había alguien dentro.

—¿Había... alguien? ¿Quién? ¿Quién estaba dentro?

—No lo sé —respondió Trelawney, un tanto sorprendida por el tono de alarma de Harry—. Entré y oí una voz, lo cual nunca me había pasado en todos los años que llevo escondiendo... utilizando la sala, quiero decir.

—¿Una voz? ¿Y qué dijo?

—Pues... no lo entendí. Más bien era... como si alguien gritara de alegría.

—¿Como si alguien gritara de alegría?

—Sí, con gran regocijo —recalcó ella asintiendo con la cabeza.

—¿Hombre o mujer?

—Yo diría que hombre.

—¿Y parecía contento?

—Muy contento —confirmó la profesora con desdén.

—¿Como si celebrara algo?

—Exacto.

—¿Y qué pasó después?

—Después grité: «¿Quién hay ahí?»

—¿No lo supo sin preguntarlo? —repuso Harry, un tanto frustrado.

—El Ojo Interior estaba ocupado en asuntos más trascendentales y no podía prestar atención a algo tan trivial como unos gritos de júbilo —respondió ella con dignidad mientras se arreglaba los chales y las numerosas vueltas de relucientes collares de cuentas.

—Claro —se apresuró a coincidir Harry, que ya sabía cómo las gastaba el Ojo Interior de la profesora Trelawney—. ¿Y dijo esa voz quién estaba ahí dentro?

—No, no lo dijo. ¡Se puso todo muy negro y de pronto salté por los aires y salí disparada de la sala!

—¿Y no pudo prever que iban a atacarla? —preguntó el muchacho sin poder contenerse.

—No, no pude prever nada porque, como te digo, estaba todo muy negro... —Se interrumpió y lo miró con desconfianza.

—Creo que debería contárselo al profesor Dumbledore. El director debería saber que Malfoy está celebrando... quiero decir, que alguien la ha echado de la sala.

Harry se sorprendió al ver que Trelawney se enderezaba con gesto altanero.

—El director me ha dado a entender que preferiría que no le hiciera tantas visitas —respondió con frialdad—. Y no me gusta imponer mi compañía a los que no saben apreciarla. Si Dumbledore decide ignorar las advertencias de las cartas... —De pronto sujetó a Harry por la muñeca con una huesuda mano—. No importa cómo las eche: siempre, una y otra vez... —con gran dramatismo, sacó una carta de entre sus chales— una y otra vez aparece la torre alcanzada por el rayo —susurró—. Calamidad. Desastre. Y cada vez está más cerca...

—Sí. Bueno... Sigo pensando que debería contarle a Dumbledore lo de esa voz, que todo se ha quedado a oscuras y que la han echado de la sala.

—¿Eso crees? —repuso Trelawney con fingida indiferencia, pero Harry se dio cuenta de que le agradaba la idea de volver a contar su pequeña aventura.

—Precisamente me dirigía a su despacho —comentó—. Tengo una cita con él. Podríamos ir juntos.

—¡Ah! En ese caso...

Esbozó una sonrisa. A continuación se agachó, recogió sus botellas de jerez y las metió sin miramientos en un gran jarrón azul y blanco que había en una hornacina cercana.

—Te echo de menos en mis clases, Harry —dijo con tono cariñoso cuando se pusieron en marcha—. Nunca fuiste un gran vidente, pero en cambio eras un maravilloso motivo de investigación...

Harry no contestó; para él había sido un suplicio ser objeto de las continuas predicciones de fatalidad de la profesora Trelawney.

—Me temo que ese jamelgo... —prosiguió ella—. Perdona, quise decir ese centauro... no tiene ni idea de cartomancia. Una vez le pregunté, de vidente a vidente, si no había notado él también las remotas vibraciones de una inminente catástrofe. Pero mi comentario le resultó casi cómico. ¡Imagínate, cómico! —Elevó el tono hasta rozar el paroxismo y Harry percibió un tufillo a jerez, aunque ella ya no llevaba consigo las botellas—. Quizá ese rocín haya oído decir por ahí que no he heredado el don de mi tatarabuela. Los que me tienen envidia se dedican desde hace años a extender esos rumores. ¿Y sabes qué le digo yo a esa gente, Harry? Les pregunto si Dumbledore me habría permitido enseñar en este gran colegio y habría confiado en mí tantos años si no hubiera demostrado mi valía ante él.

Harry murmuró unas palabras poco claras.

—Recuerdo muy bien mi primera cita con Dumbledore —continuó la profesora Trelawney con voz ronca—. Él quedó muy impresionado, por supuesto, muy impresionado. Yo me alojaba en Cabeza de Puerco; lo cual, por cierto, no se lo recomiendo a nadie porque la cama estaba llena de chinches, querido. Pero ¿qué podía hacer yo, con el poco presupuesto de que disponía? Dumbledore tuvo la gentileza de ir a visitarme a mi habitación de la posada y me formuló una serie de preguntas. He de confesar que al principio me pareció predispuesto en contra de la Adivinación. Y recuerdo que empecé a sentirme un poco mal porque no había comido mucho ese día, pero entonces...

Harry, por primera vez, le prestaba la atención debida, pues sabía qué había pasado entonces: la profesora Trelawney había pronunciado la profecía que alteraría el curso de su vida, la profecía acerca de Voldemort y él.

—... ¡entonces nos interrumpió Severus Snape!

—¿Ah, sí?

—Sí, oímos un enorme ruido al otro lado de la puerta, y de pronto ésta se abrió de par en par: allí estaban un burdo camarero y Snape, quien aseguró que había subido por error la escalera, aunque reconozco que pensé que lo habían sorprendido escuchando a hurtadillas mi entrevista con Dumbledore. Resulta que él también buscaba empleo en esa época, y sin duda creyó que podría pescar alguna información útil. En fin, lo que pasó después ya lo sabes: Dumbledore se mostró mucho más dispuesto a darme el empleo, y yo deduje, Harry, que lo hizo porque apreció un marcado contraste entre mis sencillos y modestos modales y mi sosegado talento, y la actitud de aquel prepotente y ambicioso joven que no tenía reparos en escuchar detrás de las puertas. ¡Harry, querido! —Volvió la cabeza al darse cuenta de que Harry ya no iba a su lado.

El muchacho se había detenido y los separaba una distancia de tres metros.

—Harry... —repitió ella, desconcertada.

Quizá había palidecido demasiado, porque la profesora pareció asustarse. Harry permanecía en medio del pasillo, inmóvil, mientras lo azotaban una serie de ráfagas de conmoción que le borraban todo de la mente, excepto la información que se le había ocultado durante tanto tiempo...

Era Snape el que había oído las palabras de la vidente. Era Snape quien le había revelado a Voldemort la existencia de la profecía. Y Snape y Peter Pettigrew habían puesto a Voldemort sobre la pista de Lily, James y su hijo...

En ese momento a Harry no le importaba nada más.

—¡Harry! —insistió la profesora Trelawney—. ¿No íbamos a ver al director?

—Quédese aquí —repuso él moviendo apenas los labios.

—Pero querido... Iba a contarle que me han atacado en la Sala de los...

—¡Quédese aquí! —repitió Harry con autoridad.

La profesora, alarmada, lo vio echar a correr y pasar por su lado. Harry dobló la esquina y enfiló el pasillo de Dumbledore, donde montaba guardia la gárgola solitaria. Harry le espetó la contraseña y remontó de tres en tres los peldaños de la escalera de caracol móvil. No llamó a la puerta con los nudillos, sino que la aporreó con el puño, y cuando la serena voz del director respondió «Pasa», Harry ya había irrumpido en el despacho.

Fawkes, el fénix, miró alrededor; la luz de la puesta de sol que se veía tras la ventana se reflejaba en los negros y brillantes ojos del ave y les arrancaba destellos dorados. Dumbledore, con una larga capa de viaje negra colgada de un brazo, se hallaba de pie junto a la ventana contemplando los jardines.

—¡Hola, Harry! Te prometí que te dejaría acompañarme.

506

Al principio no lo entendió; la conversación con Trelawney le había borrado cualquier otro pensamiento y el cerebro parecía funcionarle muy despacio.

—¿Acompañarlo? ¿Adónde?

—Sólo si quieres, desde luego.

—¿Si quiero...? —Y entonces recordó por qué estaba tan ansioso por llegar al despacho del director—: ¿Ha encontrado uno? ¿Ha encontrado el Horrocrux?

—Eso creo.

La cólera y el rencor lidiaban con la conmoción y el entusiasmo, hasta tal punto que Harry enmudeció unos instantes.

—Es lógico que tengas miedo —añadió Dumbledore.

—¡No tengo miedo! —saltó Harry, y no mentía en absoluto; el temor era una emoción que ni siquiera concebía en ese momento—. ¿Qué Horrocrux es? ¿Dónde está?

—Todavía no sé cuál es, aunque estimo que podemos descartar la serpiente, pero creo que está escondido en una cueva que hay en la costa, a muchos kilómetros de aquí. Llevo largo tiempo tratando de localizarla: es la cueva donde un día, durante la excursión anual, Tom Ryddle aterrorizó a dos niños de su orfanato, ¿lo recuerdas?

—Sí. ¿Y cómo está protegida?

—No lo sé. Mis sospechas podrían resultar erróneas. —Dumbledore vaciló un momento y añadió—: Harry, te prometí que me acompañarías y mantengo esa promesa, pero sería una insensatez no advertirte que cabe la posibilidad de que este viaje entrañe graves peligros y...

—Voy con usted —afirmó Harry antes de que el director terminase la frase. Estaba furioso con Snape y su deseo de hacer algo drástico y arriesgado se había multiplicado por diez en los últimos minutos. Eso debía de notarse en su semblante porque Dumbledore se apartó de la ventana y le escudriñó el rostro. Una fina arruga se marcó entre las plateadas cejas del anciano profesor.

—¿Qué te ha pasado?

—Nada —mintió Harry con osadía.

—¿Qué te ha disgustado?

—No estoy disgustado.

—Nunca fuiste un gran oclumántico, Harry...

Esa palabra fue la chispa que encendió la cólera de Harry.

—¡Snape! —dijo casi a voz en cuello, y *Fawkes* dio un débil graznido detrás de ellos—. ¡Se trata de Snape, como siempre! ¡Fue él quien le habló a Voldemort de la profecía! ¡Era él quien estaba espiando detrás de la puerta! ¡Me lo ha contado la profesora Trelawney!

Dumbledore no mudó el gesto, pero Harry tuvo la impresión de que palidecía bajo el tinte rojizo que el sol poniente proyectaba sobre él. El director guardó silencio unos instantes.

—¿Cuándo te has enterado de eso? —preguntó por fin.

—¡Ahora mismo! —respondió Harry, esforzándose por no gritar. Pero de pronto ya no pudo contenerse—: ¡¡Y usted le deja enseñar aquí, sabiendo que fue él quien dijo a Voldemort que atacara a mis padres!!

Harry respiraba entrecortadamente, como si estuviera peleándose con alguien; le dio la espalda a Dumbledore, que seguía sin mover un músculo, y se puso a dar largas zancadas por el despacho frotándose los nudillos de un puño con la otra mano y conteniéndose para no ponerse a romper cosas. Quería expresar su furia ante Dumbledore, pero también quería ir con él a destruir el Horrocrux; quería decirle que era un viejo chiflado por confiar en Snape, pero temía que si no controlaba su rabia no le permitiría acompañarlo.

—Harry —dijo el director con serenidad—. Escúchame, por favor.

Quedarse quieto le resultaba tan difícil como no gritar. Se detuvo, mordiéndose la lengua, y dirigió la mirada hacia Dumbledore, cuyo rostro estaba surcado de arrugas.

—El profesor Snape cometió un terrible...

—¡No me diga que fue un error, señor! ¡Estaba escuchando detrás de la puerta!

—Te ruego que me dejes terminar. —Dumbledore esperó hasta que Harry inclinó con brusquedad la cabeza, y prosiguió—. El profesor Snape cometió un terrible error. La noche que oyó la primera parte de la profecía de la profesora Trelawney, Snape todavía trabajaba para lord Voldemort. Como es lógico, corrió a explicarle a su amo lo que había escuchado porque le incumbía enormemente. Pero él no sabía (era imposible que lo supiera) a qué niño elegiría Voldemort como víctima a raíz de aquel descubrimiento, ni que los padres sobre los que descargaría su instinto asesino eran los tuyos, a los que Snape conocía.

Harry soltó una amarga carcajada.

—¡Él odiaba a mi padre tanto como a Sirius! ¿No se ha fijado, profesor, en que las personas que Snape odia suelen acabar muertas?

—No tienes idea del remordimiento que se apoderó de Snape cuando se dio cuenta de cómo había interpretado lord Voldemort la profecía, Harry. Creo que eso es lo que más ha lamentado en toda su vida y el motivo de que regresara...

—Pero él sí es un gran oclumántico, ¿verdad, señor? —dijo Harry con voz temblorosa a causa del esfuerzo por controlarse—. ¿Y acaso no cree Voldemort que Snape está en su bando, incluso ahora? ¿Cómo puede estar usted seguro de que él está de nuestra parte?

Dumbledore permaneció callado un momento, como si tratara de decidir algo. Al fin dijo:

—Estoy seguro. Confío plenamente en Severus Snape.

Harry respiró hondo varias veces, intentando serenarse, pero no dio resultado.

—¡Pues yo no! —afirmó a voz en grito—. Ahora está tramando algo con Draco Malfoy, en sus propias narices, y usted sigue...

—Ya hemos hablado de eso —lo cortó Dumbledore con tono más severo—. Y ya conoces mi opinión al respecto.

—Esta noche usted se va a marchar del colegio y seguro que todavía no se ha planteado siquiera que Snape y Malfoy podrían decidir...

—¿Decidir qué? —El director arqueó las cejas—. ¿Qué es exactamente lo que temes que hagan?

—Pues... ¡están tramando algo! —exclamó Harry apretando los puños—. ¡La profesora Trelawney acaba de entrar en la Sala de los Menesteres para esconder unas botellas de jerez y ha oído a Malfoy gritar de alegría, como si celebrara algo! Malfoy intenta arreglar algo peligroso ahí dentro, y por si le interesa, creo que ya lo ha conseguido. Y usted piensa marcharse del colegio tan tranquilo sin haber...

—Basta —lo atajó el director. Lo dijo con calma, pero Harry se calló de inmediato, consciente de que esa vez había cruzado una línea invisible—. ¿Crees que alguna de las veces que me he ausentado he dejado el colegio desprotegido? Te equivocas. Esta noche, cuando me vaya, entrarán en funcionamiento medidas especiales de protección. Te ruego que no vuelvas a insinuar que no me tomo en serio la seguridad de mis alumnos, Harry.

—Yo no quería... —masculló un tanto avergonzado, pero Dumbledore lo interrumpió de nuevo:

—No quiero seguir hablando de este tema.

Harry reprimió una protesta, temiendo haber ido demasiado lejos y echado por tierra sus posibilidades de acompañar a Dumbledore, pero el anciano continuó:

—¿Quieres acompañarme esta noche?

—Sí —contestó él sin vacilar.

—Muy bien. En ese caso, escúchame. —Se enderezó, adoptando un aire solemne, y añadió—: Te llevaré con una condición: que obedezcas cualquier orden que te dé sin cuestionarla.

—Por supuesto.

—Quiero que lo entiendas bien, Harry. Lo que estoy exigiéndote es que obedezcas incluso órdenes cómo «corre», «escóndete» o «vuelve». ¿Tengo tu palabra?

—Sí, claro que sí.

—Si te ordeno que te escondas, ¿lo harás?

—Sí.

—Si te ordeno que corras, ¿lo harás?

—Sí.

—Si te exijo que me dejes y te salves, ¿lo harás?

—Yo...

—Harry...

Se miraron a los ojos.

—Sí, señor, lo haré.

—Bien. Ahora ve a buscar tu capa invisible y reúnete conmigo en el vestíbulo dentro de cinco minutos. —Dumbledore volvió la cabeza y miró por la ventana; lo único que quedaba del sol era un resplandor rojo rubí difuminado sobre el horizonte.

Harry salió deprisa del despacho y bajó por la escalera de caracol. De pronto sintió una extraña lucidez. Sabía qué tenía que hacer.

Ron y Hermione estaban sentados en la sala común cuando él entró.

—¿Qué quería Dumbledore? —preguntó Hermione—. ¿Estás bien? —añadió, preocupada.

—Sí, estoy bien —contestó Harry, pero pasó a su lado sin detenerse.

Subió a toda prisa la escalera que conducía a su dormitorio; una vez allí, abrió el baúl y sacó el mapa del merodeador y un par de calcetines con los que había hecho una bola. Volvió a la carrera a la sala común y se detuvo con un patinazo delante de Ron y Hermione, que lo miraron con desconcierto.

—No puedo entretenerme —explicó jadeando—. Dumbledore cree que he venido a buscar mi capa invisible. Escuchen...

Les explicó rápidamente adónde iba y por qué. No hizo caso de los gritos ahogados de Hermione ni de las atolondradas preguntas de Ron; más tarde ya se enterarían de los detalles.

—¿Entienden lo que esto significa? —concluyó atropelladamente—. Dumbledore no estará en el colegio esta noche, de modo que Malfoy va a tener vía libre para llevar a cabo lo que está tramando. ¡No, escúchenme! —susurró con énfasis al ver que sus amigos trataban de interrumpirlo—. Sé que era Malfoy el que gritaba de alegría en la Sala de los Menesteres. Toma.

Le entregó el mapa del merodeador a Hermione.

—Tienen que vigilarlo, y a Snape también. Que los ayude alguien del ED. Hermione, aquellos galeones embrujados todavía servirán, ¿verdad? Dumbledore dice que ha organizado medidas de seguridad excepcionales en el colegio, pero si Snape está implicado, probablemente sepa qué clase de protección es y cómo burlarla. Pero lo que no se imagina es que ustedes estarán montando guardia, ¿me explico?

—Harry... —empezó Hermione, con el miedo reflejado en los ojos.

—No hay tiempo para discutir —dijo Harry con brusquedad—. Tomen también esto. —Le entregó los calcetines a Ron.

—Gracias. Oye, ¿para qué quiero unos calcetines?

—Lo que necesitas es lo que está escondido en uno de ellos, el *Felix Felicis*. Repártanselo con Ginny. Y díganle adiós de mi parte. Tengo que irme, Dumbledore me está esperando...

—¡No! —dijo Hermione al ver que Ron sacaba la botellita de poción dorada—. No necesitamos la poción. Tómatela tú. No sabes qué peligros te esperan.

—A mí no me pasará nada porque estaré con Dumbledore —le aseguró Harry—. En cambio, necesito saber que ustedes están bien. No me mires así, Hermione. ¡Anda, hasta luego!

Salió disparado por el hueco del retrato y se dirigió hacia el vestíbulo.

Dumbledore lo esperaba junto a las puertas de roble de la entrada. Se dio la vuelta cuando Harry derrapó y se detuvo resoplando en el primer escalón de piedra; el muchacho sintió una fuerte punzada en el costado.

—Me gustaría que te pusieras la capa, por favor —dijo Dumbledore, y esperó a que Harry lo hiciera. Luego añadió—: Muy bien. ¿Nos vamos?

Dumbledore empezó a bajar los escalones de piedra; su capa de viaje apenas ondulaba porque no soplaba ni pizca de brisa. Harry iba a su lado protegido por la capa invisible, pero seguía jadeando y sudaba mucho.

—¿Qué pensará la gente cuando lo vea marcharse, profesor? —preguntó, sin poder olvidarse de Malfoy ni de Snape.

—Que me voy a tomar algo a Hogsmeade —respondió Dumbledore con despreocupación—. A veces voy al local de Rosmerta, o a Cabeza de Puerco. O lo finjo. Es una forma como otra cualquiera de ocultar mi verdadero destino.

Descendieron por el camino a medida que la oscuridad se acrecentaba. Olía a hierba tibia, agua del lago y humo de leña procedente de la cabaña de Hagrid. Costaba creer que se dirigían hacia algo peligroso o amenazador.

—Profesor —dijo Harry al ver las verjas que había al final del camino—, ¿vamos a aparecernos?

—Sí. Tengo entendido que ya has aprendido a hacerlo, ¿no?

—Sí, pero todavía no tengo licencia. —Creyó que lo mejor era decir la verdad; ¿y si lo estropeaba todo apareciendo a cientos de kilómetros de donde se suponía que tenía que ir?

—Eso no importa —lo tranquilizó el director—. Puedo ayudarte otra vez.

Traspasaron las verjas y llegaron al desierto camino de Hogsmeade, que estaba en penumbra. La oscuridad se incrementaba a medida que caminaban y cuando llegaron a la calle principal ya era de noche. En las ventanas de las casas que había encima de las tiendas titilaban las luces, y al acercarse a Las Tres Escobas oyeron fuertes gritos:

—¡Y no vuelvas a entrar! —bramó la señora Rosmerta, que en ese momento echaba de su local a un mago cochambroso—. ¡Ah, hola, Albus! Qué tarde vienes...

—Buenas noches, Rosmerta, buenas noches. Discúlpame, pero voy a Cabeza de Puerco... Espero que no te ofendas, pero esta noche prefiero un ambiente más tranquilo.

Un minuto más tarde, doblaron la esquina del callejón donde chirriaba el letrero del Cabeza de Puerco, pese a que no soplaba brisa. El pub, a diferencia de Las Tres Escobas, estaba completamente vacío.

—No será necesario que entremos —murmuró Dumbledore mirando alrededor—. Mientras nadie nos vea esfumarnos... Coloca una mano sobre mi brazo, Harry. No hace falta que aprietes demasiado, sólo voy a guiarte. Cuando cuente tres: uno, dos, tres...

Harry se dio la vuelta y en el acto tuvo la espantosa sensación de que pasaba por un estrecho tubo de goma. No podía respirar y notaba una presión casi insoportable en todo el cuerpo; pero entonces, justo en el momento en que creía que iba a asfixiarse, las tiras invisibles que le oprimían el pecho se soltaron y se halló de pie en medio de un ambiente gélido y oscuro. Respiró a bocanadas un aire frío que olía a salitre.

26

La cueva

Harry olía a salitre y oía el susurro de las olas; una débil y fresca brisa le alborotaba el pelo mientras contemplaba un mar iluminado por la luna y un cielo tachonado de estrellas. Se hallaba sobre un alto afloramiento de roca negra y a sus pies el agua se agitaba y espumaba. Miró hacia atrás y vio un altísimo acantilado, un escarpado precipicio negro y liso de cuya pared parecía que, en un pasado remoto, se habían desprendido algunas rocas semejantes a aquélla sobre la que estaba con Dumbledore. Era un paisaje inhóspito y deprimente: no había ni un árbol ni la menor superficie de hierba o arena entre el mar y la roca.

—¿Qué te parece? —le preguntó Dumbledore, como si le pidiera su opinión sobre si era un buen sitio para hacer una comida campestre.

—¿Aquí trajeron a los niños del orfanato? —preguntó el muchacho, que no se imaginaba otro lugar menos conveniente para ir de excursión.

—No, no exactamente aquí. Hay una aldea, si se puede llamar así, a medio camino, en esos acantilados que tenemos detrás. Creo que llevaron a los huérfanos allí para que les diera el aire del mar y contemplaran el oleaje. Supongo que sólo Tom Ryddle y sus dos jóvenes víctimas visitaron este lugar. Ningún muggle podría llegar hasta esta roca a menos que fuera un excelente escalador, y a las barcas no les es posible acercarse a los acantilados porque las aguas son demasiado peligrosas. Imagino que Ryddle llegó hasta aquí bajando por el acantilado; la magia debió de serle más útil que las cuerdas. Y trajo a dos niños pequeños, probablemente por el puro placer de hacerles pasar miedo. Yo diría que debió de bastar el trayecto hasta este lugar para aterrorizarlos, ¿no crees? —Harry volvió a contemplar el precipicio y se le puso la carne de gallina—. Pero su destino final, y el nuestro, está un poco más allá. Sígueme.

Lo condujo hasta el mismo borde de la roca, donde una serie de huecos irregulares servían de punto de apoyo para los pies y permitían llegar hasta un lecho de rocas grandes y erosionadas, parcialmente sumergidas en el agua y más cercanas a la pared del precipicio. Era un descenso peligroso, y Dumbledore, que sólo podía ayudarse con una mano, avanzaba poco a poco, pues el agua del mar volvía resbaladizas esas rocas más bajas. Harry podía sentir una constante rociada fría y salada en la cara.

—¡*Lumos!* —exclamó Dumbledore cuando llegó a la roca lisa más próxima a la pared del acantilado.

Un millar de motas de luz dorada chispearon sobre la oscura superficie del agua, unos palmos más abajo de donde el director se había agachado; la negra pared de roca que tenía al lado también se iluminó.

—¿Lo ves? —dijo el anciano profesor con voz queda al tiempo que levantaba un poco más la varita. Harry vio una fisura en el acantilado, en cuyo interior se arremolinaba el agua—. ¿Tienes algún inconveniente en mojarte un poco?

—No.

—Entonces quítate la capa invisible. Ahora no la necesitas. Tendremos que darnos un chapuzón.

Y dicho eso, Dumbledore, con la agilidad propia de un hombre mucho más joven, saltó de la roca lisa, se zambulló en el mar y empezó a nadar con elegantes brazadas hacia la oscura grieta de la pared de roca sujetando con los dientes la varita encendida. Harry se quitó la capa, se la guardó en el bolsillo y lo siguió.

El agua estaba helada; las empapadas ropas se inflaban y le pesaban. Respirando hondo un aire que le impregnaba la nariz de olor a salitre y algas, emprendió el camino hacia la titilante luz que ya se adentraba en el acantilado.

La fisura pronto dio paso a un oscuro túnel y Harry dedujo que aquel espacio debía de llenarse de agua con la marea alta. Sólo había un metro de distancia entre las viscosas paredes, que brillaban como alquitrán mojado, iluminadas por la luz que emitía la varita de Dumbledore. Asimismo vio que, un poco más adelante, el túnel describía una curva hacia la izquierda y se extendía hacia el interior del acantilado. Siguió nadando detrás de Dumbledore, aunque sus entumecidos dedos rozaban la roca áspera y húmeda.

Entonces vio que el profesor salía del agua; el canoso cabello y la oscura túnica le relucían. Cuando Harry llegó a su lado, descubrió unos escalones que conducían a una gran cueva. Chorreando agua de su empapada ropa y sacudido por fuertes temblores, trepó y fue a parar a un frío recinto.

Dumbledore estaba de pie en medio de la cueva, con la varita en alto; se dio la vuelta despacio y examinó las paredes y el techo.

—Sí, es aquí —dijo.

—¿Cómo lo sabe? —susurró Harry.

—Hay huellas de magia.

Harry no sabía si los escalofríos que tenía se debían al frío o a que él también percibía los sortilegios. Se quedó mirando a Dumbledore, que seguía girando sobre sí mismo, concentrado en cosas que Harry no podía ver.

—Esto sólo es la antecámara, una especie de vestíbulo —comentó el profesor al cabo de unos momentos—. Tenemos que llegar al interior... Ahora no se trata de salvar los obstáculos de la naturaleza, sino los dispuestos por lord Voldemort.

Dicho esto, se acercó a la pared de la cueva y la acarició con los renegridos dedos mientras murmuraba unas palabras en una lengua desconocida. Recorrió dos veces el perímetro de la cueva tocando la áspera roca; a veces se detenía y pasaba los dedos repetidamente por determinado sitio, hasta que al fin se quedó quieto con la palma de la mano pegada a la pared.

—Aquí —dijo—. Tenemos que continuar por aquí. La entrada está camuflada.

Harry no le preguntó cómo lo sabía, aunque era la primera vez que veía a un mago averiguar algo de ese modo, observando y palpando; pero ya había aprendido que muchas veces el humo y las explosiones no eran señal de experiencia, sino de ineptitud.

Dumbledore se apartó de la pared y apuntó hacia la roca con la varita. El contorno de un arco se dibujó en la pared; era de un blanco resplandeciente, como si detrás brillara una intensa luz.

—¡Lo ha co... conseguido! —exclamó Harry tiritando, pero antes de acabar de pronunciar estas palabras, el contorno desapareció y la roca volvió a mostrar su superficie normal.

Dumbledore miró en torno.

—Perdona, Harry. No me he acordado... —Lo apuntó con la varita, y de inmediato la ropa del muchacho volvió a quedar tan seca como si hubiera estado colgada delante de una chimenea encendida.

—Gracias —dijo Harry con alivio.

Pero Dumbledore ya había vuelto a concentrarse en la sólida pared de la cueva. No intentó ningún otro sortilegio, sino que se quedó inmóvil contemplándola con atención, como si leyera algo extremadamente interesante. Harry también se quedó quieto para no perturbar su concentración.

Pasaron dos minutos, y entonces Dumbledore dijo en voz baja:

—¡No es posible! ¡Qué burdo!

—¿Qué ocurre, profesor?

—Creo que para pasar tendremos que pagar —explicó al tiempo que introducía la mano herida en la túnica y extraía un pequeño cuchillo de plata como los que Harry utilizaba para cortar los ingredientes de las pociones.

—¿Pagar? —se extrañó Harry—. ¿Hay que darle algo a la puerta?

—Sí. Sangre, si no me equivoco.

—¿Sangre?

—Así es. ¡Qué burdo!—repitió con desdén, casi decepcionado, como si Voldemort no hubiera alcanzado la categoría necesaria que Dumbledore esperaba de él—. La intención, como ya habrás comprendido, es que tu enemigo se debilite antes de entrar. Una vez más, lord Voldemort no entiende que hay cosas mucho más terribles que el dolor físico.

—Sí, pero aun así, si puede usted evitarlo... —Harry ya había sufrido bastante y prefería no tener que soportar nuevos tormentos.

—Sin embargo, a veces es inevitable. —Se arremangó la túnica y dejó al descubierto el antebrazo de la mano herida.

—¡Profesor! —protestó Harry, y se lanzó hacia él cuando lo vio levantar el cuchillo—. Déjeme a mí, yo soy... —No supo qué decir: ¿más joven, más fuerte?

Pero Dumbledore se limitó a sonreír. Hubo un destello plateado, seguido de un chorro rojo, y la pared de roca quedó salpicada de oscuras y relucientes gotas.

—Eres muy amable, Harry —le agradeció el anciano profesor, y pasó la punta de la varita sobre el profundo corte que se había hecho en el brazo, que cicatrizó al instante, como cuando Snape le había curado las heridas a Malfoy—. Pero tu sangre es más valiosa que la mía. Mira, creo que ha dado resultado, ¿no?

El refulgente arco había aparecido de nuevo en la pared, y esta vez no se borró: la roca del interior, salpicada de sangre, se esfumó dejando una abertura que daba paso a una oscuridad total.

—Creo que entraré primero —dijo Dumbledore, y traspuso el arco seguido de Harry, que encendió rápidamente su varita.

Ante ellos surgió un panorama sobrecogedor: se hallaban al borde de un gran lago negro, tan vasto que Harry no alcanzó a divisar las orillas opuestas y situado dentro de una cueva tan alta que el techo tampoco llegaba a verse. Una luz verdosa y difusa brillaba a lo lejos, en lo que debía de ser el centro del lago, y se reflejaba en sus aguas, completamente quietas. Aquel resplandor verdoso y la luz de las dos varitas eran lo único que rompía la aterciopelada negrura, aunque no iluminaban tanto como Harry habría deseado. Por decirlo de alguna forma, se trataba de una oscuridad más densa que la habitual.

—En marcha —dijo Dumbledore en voz baja—. Ten mucho cuidado y procura no tocar el agua. No te separes de mí.

Echaron a andar por la orilla del lago. El sonido de sus pasos hizo eco por el estrecho borde de roca que cercaba la extensión de agua. Siguieron caminando, pero el paisaje no cambiaba: a uno de los lados tenían la áspera pared de la cueva; al otro, una negrura infinita, lisa y vítrea, en medio de la cual brillaba aquel misterioso resplandor verdoso. El lugar y el silencio eran opresivos e inquietantes.

—Profesor —dijo al fin el muchacho—. ¿Cree que el Horrocrux está aquí?

—Sí, eso creo. O mejor dicho, estoy seguro. La cuestión es cómo llegaremos hasta él.

—¿Y si... y si probáramos con un encantamiento convocador? —propuso Harry, pese a intuir que era una sugerencia estúpida. Aunque no quisiera admitirlo, estaba deseando largarse de allí cuanto antes.

—Sí, podríamos probarlo. —Dumbledore se detuvo en seco y Harry casi chocó contra él—. ¿Por qué no lo intentas tú?

—¿Yo? Ah, bueno... —No se lo esperaba, pero carraspeó, alzó la varita y dijo en voz alta: ¡*Accio Horrocrux*!

Se oyó un fuerte ruido, parecido a una explosión, y una cosa grande y blanquecina surgió de la oscura superficie del agua a unos seis metros de ellos, pero, antes de que Harry pudiera ver qué era, se sumergió con un fuerte chapoteo que creó extensas y profundas ondas en la superficie lisa como un espejo. Asustado, Harry dio un salto hacia atrás y chocó contra la pared.

—¿Qué fue eso? —preguntó con el corazón palpitando.

—Supongo que algo que reaccionará si intentamos tomar el Horrocrux.

Harry dirigió la vista hacia el agua: la superficie del lago volvía a semejar un cristal negro y reluciente y las ondas habían desaparecido con una rapidez inaudita; sin embargo, a él seguía palpitándole el corazón.

—¿Usted ya sabía que iba a pasar esto, señor?

—Imaginé que pasaría algo si intentábamos hacernos con el Horrocrux por medios directos y evidentes. Has tenido una gran idea, Harry; era la forma más sencilla de averiguar a qué nos enfrentamos.

—Pero todavía no sabemos qué era esa cosa —dijo Harry escudriñando el agua, de una tersura siniestra.

—Querrás decir qué son esas cosas —lo corrigió Dumbledore—. Dudo mucho que haya sólo una. ¿Seguimos adelante?

—Profesor...

—¿Qué, Harry?

—¿Cree que tendremos que meternos en el lago?

—¿Meternos? Sólo si nos van muy mal las cosas.

—Entonces... ¿el Horrocrux no está en el fondo?

—No. Supongo que está en el centro. —Dumbledore señaló hacia la luz verdosa y difusa que brillaba en medio del lago.

—¿Y tendremos que cruzar el lago para tomarlo?

—Me figuro que sí.

Harry no dijo nada. Sólo pensaba en monstruos marinos, serpientes gigantescas, demonios, kelpies y espectros.

—¡Ajá! —dijo Dumbledore, y se detuvo de nuevo. Esta vez Harry chocó contra él, perdió el equilibrio y se inclinó sobre el borde de las oscuras aguas. La mano herida de Dumbledore le sujetó el brazo y tiró de él—. Cuánto lo siento, Harry, debí avisarte. Pégate a la pared, por favor; creo que hemos encontrado el sitio.

Harry no supo a qué se refería; a su entender, aquel tramo de orilla oscura no se distinguía en nada de los demás, pero el anciano profesor parecía haber detectado algo especial. Esta vez no pasó la mano por la pared rocosa, sino que la agitó en el aire como si quisiera asir algo invisible.

—¡Ajá! —repitió alegremente unos segundos más tarde, con el brazo en alto y la mano cerrada alrededor de algo que Harry no veía. Dumbledore se acercó más al agua y Harry vio, angustiado, cómo las punteras de sus zapatos con hebillas llegaban al mismísimo borde de la roca. Sin abrir la mano, Dumbledore alzó la varita con la otra mano y se dio unos golpecitos con ella en el puño.

Una gruesa cadena verde metálico apareció como por ensalmo; salió de las profundidades del lago y llegó hasta el puño de Dumbledore. Éste la tocó con la varita y la cadena empezó a resbalar por su puño como una serpiente y se enroscó en el suelo con un tintineo que reverberó en las paredes de roca, al mismo tiempo que tiraba de algo que iba emergiendo del agua. Harry dio un grito de asombro al ver cómo la fantasmal proa de una pequeña barca emergía a la superficie; era del mismo color que la cadena y despedía un extraño resplandor. La embarcación se deslizó alterando apenas el agua y se dirigió hacia el tramo de orilla donde estaban ellos.

—¿Cómo sabía que había una barca en el fondo del lago? —preguntó Harry, estupefacto.

—La magia siempre deja rastros —respondió Dumbledore, mientras la barca llegaba a la orilla y la golpeaba suavemente—, a veces muy evidentes. Yo fui maestro de Tom Ryddle. Conozco su estilo.

—¿Es segura esta barca?

—Sí, creo que sí. Voldemort necesitaba disponer de un modo de cruzar el lago sin despertar la cólera de esas criaturas que él mismo puso dentro, por si alguna vez decidía ir a ver su Horrocrux o recuperarlo.

—Entonces ¿esas cosas que hay en el agua no nos harán nada si cruzamos el lago en la barca de Voldemort?

—Creo que en algún momento se darán cuenta de que no somos Voldemort. Sin embargo, hasta ahora nos ha ido todo muy bien. Nos han dejado sacar la barca.

—Pero ¿por qué nos lo han permitido? —preguntó Harry, imaginándose unos tentáculos que surgirían de las oscuras aguas en cuanto ellos se alejaran de la orilla.

—Voldemort debía de estar convencido de que sólo un gran mago sería capaz de encontrar la barca. Como para él era una posibilidad muy remota, creo que decidió correr el riesgo a sabiendas de que más adelante había puesto otros obstáculos que sólo él podría superar. Ya veremos si tiene razón.

Harry le echó un vistazo a la barca, que era muy pequeña.

—No parece hecha para dar cabida a dos personas. ¿Nos aguantará? ¿No pesaremos demasiado?

Dumbledore se rió con ganas.

—A Voldemort no debía de importarle el peso del intruso que cruzara el lago, sino su grado de poder mágico. No me extrañaría que esta barca tuviese un sortilegio para impedir que naveguen en ella dos magos a la vez.

—¿Y entonces...?

—No creo que tú cuentes, Harry: eres menor de edad y todavía no has terminado tus estudios. Voldemort jamás imaginaría que un muchacho de dieciséis años pudiera llegar hasta aquí. Además, supongo que tus poderes no se detectarán, comparados con los míos. —Esas palabras no sirvieron para levantarle la moral a Harry, y como Dumbledore quizá se dio cuenta, añadió—: Un grave error por parte de Voldemort, Harry, un grave error... Los adultos somos insensatos y descuidados cuando subestimamos a los jóvenes. Bien, esta vez pasa tú delante y procura no tocar el agua.

Dumbledore se apartó y Harry subió con cuidado a la barca. El anciano profesor lo siguió, enrolló la cadena y la dejó en el suelo. Se apretujaron como pudieron; Harry no podía sentarse cómodamente, sino que iba agachado y las rodillas le sobresalían por los lados de la embarcación, que empezó a moverse enseguida. No se oía más que el sedoso susurro de la proa surcando el agua; la barca avanzaba sin ayuda, como si una cuerda invisible tirara de ella hacia la luz que brillaba en el centro del lago. Al poco rato dejaron de ver las paredes de la cueva y tuvieron la impresión de que navegaban por alta mar, pero no había olas.

Harry vio el reflejo dorado de la luz de su varita, que refulgía y centelleaba sobre las negras aguas. La barca labraba profundas ondulaciones en la vítrea superficie, surcos en un oscuro espejo... De pronto Harry vio una cosa de un blanco marmóreo a escasos centímetros por debajo de la superficie.

—¡Profesor! —exclamó, y su voz asustada resonó sobre las silenciosas aguas.

—¿Qué pasa, Harry?

—¡Me ha parecido ver una mano en el agua, una mano humana!

—Sí, no lo dudo —repuso Dumbledore sin inmutarse.

Harry escudriñó el agua buscando la mano, que había desaparecido, y notó que una náusea le ascendía por la garganta.

—Entonces esa cosa que antes ha saltado del agua...

Pero tuvo la respuesta a su pregunta antes de que Dumbledore contestara: en ese momento la luz de la varita mostró el cadáver de un hombre flotando boca arriba, a unos centímetros de la superficie: tenía los ojos abiertos pero vidriosos, y el cabello y la túnica le ondeaban alrededor como humo.

—¡Son cadáveres! —exclamó Harry con una voz tan estridente que no parecía la suya.

—Sí —confirmó Dumbledore, imperturbable—, pero de momento no tenemos que preocuparnos por ellos.

—¿De momento? —Harry apartó la vista del agua para mirar al director.

—Sí, mientras floten a la deriva por debajo de la superficie. No hay nada que temer de un cadáver, Harry, como tampoco hay que tener miedo de la oscuridad. Aunque no lo confiese, lord Voldemort teme a esas dos realidades y, como es lógico, no opina igual que yo. Pero, una vez más, con esa actitud revela su ignorancia. Lo único que nos da miedo cuando nos asomamos a la muerte y a la oscuridad es lo desconocido.

Harry no dijo nada porque no quería discutir, pero la idea de que hubiera cadáveres flotando alrededor y por debajo de ellos le producía pavor, y además no estaba de acuerdo en que no fueran peligrosos.

—Pero... saltan —insistió procurando conservar un tono tan bajo y pausado como el de Dumbledore—. Cuando intenté hacerle un encantamiento convocador al Horrocrux, un cadáver saltó del lago.

—Sí. Sospecho que cuando tomemos el Horrocrux no se mostrarán tan pacíficos. Sin embargo, como muchas otras criaturas que habitan en sitios fríos y oscuros, temen la luz y el calor, y por lo tanto, a eso recurriremos si surge la necesidad: al fuego —añadió esbozando una sonrisa al ver la expresión de desconcierto del muchacho.

—Ah, claro... —se apresuró a decir Harry, y volvió la cabeza en dirección al resplandor verdoso hacia el que se dirigían inexorablemente. Ya no podía fingir que no tenía miedo. Un lago inmenso y negro, lleno de cadáveres... Tenía la impresión de que habían pasado horas desde que se encontró a la profesora Trelawney, o desde que les dio el *Felix Felicis* a Ron y Hermione... Entonces lamentó no haberse despedido con más calma de ellos... Y pensar que a Ginny ni siquiera la había visto...

—Estamos llegando —anunció Dumbledore con júbilo.

La luz verdosa parecía estar aumentando por fin de tamaño, y pasados unos minutos la barca se detuvo golpeando suavemente algo que Harry al principio no pudo ver, pero cuando levantó su iluminada varita comprobó que habían llegado a una pequeña isla de roca lisa en el centro del lago.

—Ten mucho cuidado de no tocar el agua —insistió Dumbledore mientras el muchacho bajaba de la barca.

La isla no era más grande que el despacho de Dumbledore: se trataba de una extensión de piedra lisa y oscura sobre la que no había otra cosa que el origen de aquella luz verdosa, que de cerca brillaba mucho más. Harry entornó los ojos y la examinó: creyó que era una especie de lámpara, pero luego vio que la luz procedía de una vasija de piedra, parecida al pensadero, colocada encima de un pedestal.

Dumbledore se acercó a la vasija y Harry lo siguió. Se pusieron uno al lado del otro, miraron en el interior y vieron que contenía un líquido verde esmeralda que emitía aquel resplandor fosforescente.

—¿Qué es? —preguntó Harry con un hilo de voz.

—No estoy seguro. Pero sin duda es algo más preocupante que la sangre y los cadáveres.

Dumbledore se subió una manga de la túnica y acercó los chamuscados dedos a la superficie de la poción.

—¡No lo toque, señor!

—No puedo tocarlo —dijo Dumbledore esbozando una sonrisa—. ¿Lo ves? No puedo acercarme más. Inténtalo tú.

Con los ojos como platos, Harry introdujo la mano en la vasija e intentó tocar la poción, pero una especie de barrera invisible le impidió acercarse al líquido. Por mucho que empujara, sus dedos no encontraban otra cosa que esa barrera, invisible pero sólida.

—Apártate, Harry, por favor.

Dumbledore alzó la varita e hizo unos complicados movimientos sobre la poción al tiempo que murmuraba palabras ininteligibles. No pasó nada, salvo quizá que el brillo del líquido se intensificó. Harry guardó silencio mientras el profesor se concentraba, pero al cabo de un rato el anciano apartó la varita y Harry consideró que ya podía hablar.

—¿Cree que el Horrocrux está ahí dentro, señor?

—Sí, así es.

Dumbledore volvió a mirar con detenimiento el interior de la vasija. Harry le vio la cara reflejada del revés en la lisa superficie de la poción verde.

—Pero ¿cómo llegar hasta él? No podemos introducir la mano en la poción, ni hacerle un hechizo desvanecedor, ni apartarla, ni tomarla, ni trasvasarla, ni transformarla, ni hacerle ningún encantamiento, ni alterar su naturaleza por ningún otro medio. —Con un ademán casi distraído, volvió a levantar la varita, le dio una sacudida y atrapó al vuelo la copa de cristal que hizo aparecer de la nada—. Lo único que se me ocurre es que haya que bebérsela.

—¿Qué? —dijo Harry—. ¡No!

—Sí, sí. Sólo bebiéndomela podré vaciar la vasija y ver qué se esconde en su interior.

—Pero ¿y si... y si lo mata?

—No; dudo que funcione de ese modo —respondió Dumbledore con tranquilidad—. Lord Voldemort no querría matar a la persona que consiga llegar a esta isla.

Harry no dio crédito a sus oídos. ¿Era esa conjetura otro ejemplo de la insensata propensión de Dumbledore a pensar bien de todo el mundo?

—Pero, señor —dijo, procurando controlar la voz—, todo esto es obra de Voldemort...

—Discúlpame, Harry; debí decir que él no querría matar «tan deprisa» a la persona que consiga llegar hasta aquí, sino que la mantendría con vida hasta averiguar cómo ha conseguido burlar sus defensas y, más importante aún, por qué le interesa tanto vaciar la vasija. No olvides que lord Voldemort cree que sólo él sabe que existen sus Horrocruxes.

Harry iba a hablar otra vez, pero Dumbledore levantó la mano pidiendo silencio y examinó el líquido verde esmeralda con la frente ligeramente fruncida, muy concentrado.

—No me cabe duda de que esta poción causa un efecto que impide tomar el Horrocrux —dijo pasados unos momentos—. Podría paralizarme, hacerme olvidar para qué he venido aquí, producirme tanto dolor que no pueda continuar o incapacitarme de algún modo. En ese caso, Harry, tú te encargarás de que yo siga bebiendo, aunque tengas que hacérmela tragar por la fuerza. ¿Entendido?

Se miraron a los ojos; ambos tenían el rostro iluminado por aquella extraña luz verdosa. Harry no dijo nada. ¿Era por eso que Dumbledore lo había invitado a acompañarlo, para que lo obligase a beber una poción que quizá le causara un dolor insoportable?

—Recuerda la condición que te impuse para venir conmigo —dijo el profesor.

Harry vaciló sin apartar la vista de sus ojos azules, ahora teñidos de verde por la luz de la vasija.

—Pero ¿y si...?

—¿Acaso no juraste que obedecerías cualquier orden que te diera?

—Sí, pero...

—¿No te advertí que podía ser peligroso?

—Sí, pero...

—Muy bien —dijo Dumbledore arremangándose de nuevo la túnica y alzando la copa vacía—, pues ya te he dado mi orden.

—¿Por qué no puedo bebérmela yo? —propuso Harry sin esperanzas.

—Porque yo soy mucho más anciano, mucho más inteligente y mucho menos valioso. Por última vez, Harry, ¿me das tu palabra de que harás cuanto esté en tu mano para obligarme a seguir bebiendo?

—¿No podríamos...?

—¿Me das tu palabra?

—Pero...

—¡Necesito que me des tu palabra, Harry!

—Yo... Está bien, pero...

Antes de que Harry siguiera poniendo objeciones, el anciano metió la copa de cristal en la poción. Harry confiaba en que no lograría tocarla, pero el cristal atravesó limpiamente la superficie, aunque antes no lo habían conseguido con las manos; cuando la copa estuvo llena hasta el borde, Dumbledore la alzó y se la llevó a los labios.

—A tu salud, Harry.

Y la vació. El muchacho lo observó estremecido, aferrando el borde de la vasija con tanta fuerza que se le entumecieron los nudillos.

—¿Profesor? —dijo cuando Dumbledore bajó la copa, ya vacía—. ¿Cómo se encuentra?

El director de Hogwarts negó con la cabeza. Tenía los ojos cerrados y Harry se preguntó si sentiría dolor. Sin abrir los ojos, volvió a sumergir la copa, la llenó de nuevo y bebió por segunda vez.

En silencio, bebió tres veces. Cuando iba por la cuarta copa, se tambaleó y cayó sobre la vasija. Todavía tenía los ojos cerrados y respiraba con dificultad.

—¿Profesor Dumbledore? —llamó Harry con voz tensa—. ¿Me oye?

El anciano no contestó. Le temblaban los párpados, como si estuviera profundamente dormido en medio de una pesadilla. Aflojó la mano que sujetaba la copa y la poción amenazó con derramarse. Harry logró sujetarla a tiempo y enderezarla.

—¿Me oye, profesor? —repitió en voz alta, y sus palabras reverberaron en la cueva.

Dumbledore jadeó y luego habló con una voz que Harry no reconoció porque nunca lo había visto tan asustado.

—No quiero... no me obligues... —Harry escrutó el pálido rostro que tan bien conocía, observó la nariz torcida y las gafas de media luna, y no supo qué hacer—. No me gusta... Quiero dejarlo... —gimió Dumbledore.

—No... no puede dejarlo, profesor. Tiene que seguir bebiendo, ¿se acuerda? Me dijo que tenía que seguir bebiendo. Tome...

Odiándose por lo que hacía, Harry le acercó la copa a la boca y la inclinó, y Dumbledore se bebió lo que quedaba de poción.

—No... —gimió de nuevo mientras Harry volvía a llenar la copa—. No quiero... no quiero... Déjame marchar...

—No pasa nada, profesor —dijo Harry procurando controlar el temblor de las manos—. No se preocupe, estoy aquí...

—Haz que se detenga, haz que se detenga —murmuró Dumbledore.

—Sí, sí... Tome, esto lo detendrá —lo conformó Harry, y vertió la poción en la boca abierta de Dumbledore.

El anciano gritó y su voz resonó en la enorme cueva por encima de las negras y muertas aguas.

—No, no, no... No puedo... no puedo, no me obligues, no quiero...

—¡Tranquilo, profesor, no pasa nada! —perseveró Harry; le temblaban tanto las manos que apenas pudo llenar la copa por sexta vez; la vasija estaba ya mediada—. No le ocurre nada, está a salvo, esto no es real, le juro que no es real. Beba esto, beba esto...

Y, obediente, Dumbledore bebió, como si lo que Harry le estaba ofreciendo fuera un antídoto; sin embargo, al terminar, cayó de rodillas, sacudido por fuertes temblores.

—Todo es culpa mía, todo es culpa mía —sollozó el anciano—. Haz que se detenga, por favor... Ya sé que me equivoqué, pero, por favor, haz que se detenga y nunca más volveré a...

—Esto lo detendrá, profesor —dijo Harry con voz quebrada mientras vaciaba la séptima copa en la boca de Dumbledore.

El director empezó a encogerse de miedo como si lo rodearan invisibles torturadores; agitó una mano y casi derramó el contenido de la copa que Harry había vuelto a llenar con manos temblorosas, mientras gemía:

—No les hagas daño, no les hagas daño, por favor, por favor, es culpa mía, castígame a mí...

—Tome, beba esto, beba esto, se pondrá bien —insistió Harry, desesperado, y una vez más Dumbledore lo obedeció: abrió la boca, con los ojos fuertemente cerrados, y se estremeció de la cabeza a los pies.

Entonces cayó hacia delante, volvió a gritar y golpeó el suelo con ambos puños, mientras Harry llenaba una novena copa.

—Por favor, por favor, por favor, no... Eso no, eso no, haré lo que me pidas...

—Beba, profesor, beba...

Dumbledore bebió como un niño muerto de sed, pero cuando hubo terminado, volvió a gritar como si le ardieran las entrañas.

—Basta, te lo suplico, basta...

Harry llenó la copa por décima vez y notó que el cristal rozaba el fondo de la vasija.

—Ya casi terminamos, profesor, beba esto, beba...

530

Sujetó a Dumbledore por los hombros y el anciano se tragó la poción; Harry se puso en pie y volvió a llenar la copa mientras el director lanzaba gritos desgarradores.

—¡Quiero morirme! ¡Quiero morirme! ¡Haz que se detenga, haz que se detenga, quiero morirme!

—Beba esto, profesor, beba esto...

Dumbledore bebió, y tan pronto como terminó, bramó:

—¡¡Mátame!!

—¡Esto... esto lo matará! —dijo el muchacho entrecortadamente—. Beba esto... ¡y todo habrá terminado!

Dumbledore dio un trago, se bebió hasta la última gota y entonces, con un fuerte y vibrante alarido, cayó tendido boca abajo.

—¡No! —gritó Harry, que estaba llenando la copa una vez más; la dejó dentro de la vasija, se agachó junto a Dumbledore e, incorporándolo, lo puso boca arriba: tenía las gafas torcidas, la boca abierta y los ojos cerrados—. ¡No! —repitió zarandeándolo—. No, no está muerto, usted dijo que no era veneno, despierte, despierte... *¡Rennervate!* —aulló apuntándole al pecho con la varita, de cuyo extremo salió un destello rojo que no produjo ningún efecto—. *¡Rennervate!* Por favor, señor...

A Dumbledore le temblaron los párpados y a Harry le dio un vuelco el corazón.

—Señor, ¿está usted...?

—Agua —pidió Dumbledore con voz ronca.

—Agua —repitió Harry jadeando—, sí...

Se puso en pie de un brinco y agarró la copa que había dejado en la vasija; ni siquiera se fijó en el guardapelo de oro que reposaba en el fondo.

—*¡Aguamenti!* —gritó golpeando la copa con la varita.

La copa se llenó de agua fresca y cristalina; Harry se arrodilló al lado de Dumbledore, le echó la cabeza atrás y le acercó la copa a los labios, pero estaba vacía. Dumbledore soltó un gemido y empezó a jadear.

—Pero si yo... Espere... *¡Aguamenti!* —repitió Harry apuntando a la copa con la varita. Una vez más se llenó de agua, pero cuando se la acercó a los labios a Dumbledore se desvaneció de nuevo—. ¡Ya lo intento, señor, ya lo intento! —dijo consternado, pero no creía que Dumbledore pudiera oírlo porque se había tumbado sobre un costado y respiraba entrecortadamente, emitiendo un sonido vibrante, como si agonizara—. ¡*Aguamenti*! ¡*Aguamenti*! ¡¡*Aguamenti*!!

La copa se llenó y se vació otra vez. La respiración de Dumbledore era cada vez más débil. Presa del pánico, Harry intentó pensar y comprendió instintivamente que la única forma de conseguir agua (porque Voldemort así lo había planeado) era...

Se precipitó al borde de la roca, hundió la copa en el lago y la sacó llena hasta el borde de un agua helada.

—¡Tenga, señor! —gritó abalanzándose sobre el anciano, pero le derramó el agua por la cara.

Mas no por torpeza, sino porque la sensación de frío que notó en el brazo libre no era producto del contacto con la fría agua: una blanca y húmeda mano lo había agarrado por la muñeca, y la criatura a la que pertenecía tiraba de él hacia el otro lado de la roca. La superficie del lago ya no estaba lisa como un espejo, sino revuelta, y allá donde Harry miraba veía cabezas y manos blancas que emergían del agua: eran hombres, mujeres y niños con los ojos hundidos y ciegos que avanzaban hacia la isla de roca, un ejército de cadáveres que se alzaba de la negrura de las aguas...

—¡*Petrificus totalus*! —gritó Harry mientras intentaba aferrarse al liso y mojado suelo al mismo tiempo que apuntaba con la varita al inferius que lo sujetaba por el brazo. Éste lo soltó, cayó hacia atrás y lo salpicó todo. El muchacho se puso en pie como pudo, pero muchos inferi estaban trepando a la isla: se sujetaban a la resbaladiza roca con sus huesudas manos, lo miraban con ojos inexpresivos y velados y arrastraban sus empapados harapos mientras una maléfica sonrisa se les dibujaba en las cadavéricas caras.

—¡*Petrificus totalus*! —aulló Harry otra vez, y retrocedió dando mandobles al aire con la varita; seis o siete inferi se doblaron por la cintura, pero había muchos más que se dirigían hacia él—. *¡Impedimenta! ¡Incárcero!*

Algunos se tambalearon y un par de ellos quedaron inmovilizados al enroscárseles unas cuerdas, pero los que venían detrás treparon a la roca y pasaron por encima de los caídos. Sin dejar de agitar la varita como si diera cuchilladas al aire, Harry gritó:

—*¡Sectumsempra! ¡¡Sectumsempra!!*

Aunque aparecieron cortes en sus chorreantes andrajos y en su gélida piel, aquellos seres no tenían sangre que derramar, de modo que siguieron caminando, insensibles al dolor, con las raquíticas manos tendidas hacia Harry. Él retrocedió y de pronto unos brazos lo asieron por detrás y se cerraron alrededor de su torso; y esos delgados brazos sin carne, fríos como la muerte, lo levantaron del suelo y empezaron a llevárselo hacia el agua, poco a poco pero con facilidad, y Harry comprendió que no iban a soltarlo, que se ahogaría y se convertiría en uno más de los guardianes muertos de un fragmento de la dividida alma de Voldemort...

Pero entonces el fuego surgió en la oscuridad: un anillo de llamas rojas y doradas rodeó la isla y provocó que los inferi que sujetaban a Harry oscilaran y perdieran el equilibro, sin atreverse a cruzar las llamas para llegar al agua. Así pues, soltaron al muchacho, que se golpeó contra el suelo, resbaló en la roca y se arañó los brazos, pero logró ponerse en pie y, levantando la varita, miró alrededor con los ojos desorbitados.

Dumbledore estaba de nuevo en pie, más pálido que los inferi que lo rodeaban, pero también más alto que todos ellos. El fuego se le reflejaba en los ojos; sostenía la varita en alto como si fuera una antorcha, y de la punta emanaban las llamas que habían formado el inmenso lazo que los rodeaba con su calor. Los inferi, cegados, tropezaban unos con otros mientras intentaban escapar del fuego que los acorralaba...

Dumbledore recogió el guardapelo del fondo de la vasija y se lo guardó en la túnica. Hizo señas a Harry para que se acercara a su lado. Distraídos por las llamas, los inferi no se percataron de que su presa se escapaba, y Dumbledore guió a Harry hacia la barca. El anillo de fuego se desplazó con ellos, cercándolos como una barrera defensiva. Desconcertados, los inferi los persiguieron a prudente distancia hasta el borde del agua, pero una vez allí volvieron a sumergirse en las negras aguas, agradecidos de poder escapar de las llamas.

Harry, que temblaba de pies a cabeza, dudó por un instante que Dumbledore pudiera subir a la barca. El anciano profesor se tambaleó un poco al intentarlo porque concentraba todos sus esfuerzos en mantener el anillo de llamas protectoras en torno a ellos. Harry lo sujetó y lo ayudó a sentarse en la embarcación. Cuando ambos se encontraron a salvo, apretujados en la barca, ésta empezó a deslizarse por el lago y se alejó de la isla de roca, que volvió a quedar cercada por el anillo de fuego, pues Dumbledore lo desplazó de nuevo hacia ella; los inferi, que pululaban otra vez bajo el agua, no se atrevieron a salir a la superficie.

—Señor —dijo Harry nerviosamente—, me olvidé del fuego, señor... Me atacaron y... me entró pánico...

—Es comprensible —murmuró Dumbledore, y el muchacho se alarmó al notar cuán débil tenía la voz.

En cuanto la embarcación tocó la orilla, Harry saltó a tierra y se apresuró a ayudar a Dumbledore. Tras descender, éste bajó la varita y el anillo de fuego desapareció, pero los inferi no volvieron a surgir del agua. La pequeña barca se hundió en el lago y la cadena, tintineando, también volvió a deslizarse hacia el fondo. Dumbledore soltó un profundo suspiro y se apoyó contra la pared de la cueva.

—Me siento débil... —dijo.

—No se preocupe, señor —repuso Harry, atemorizado por la extrema palidez y el agotamiento del anciano profesor—. No se preocupe, lo ayudaré a salir de aquí... Apóyese en mí, señor...

Y colocándose el brazo ileso de Dumbledore alrededor de los hombros, lo condujo por la orilla cargando con casi todo su peso.

—La protección... resultó... bien diseñada —balbuceó Dumbledore con un hilo de voz—. Yo solo nunca lo habría logrado... Lo has hecho muy bien, Harry, muy bien...

—Ahora no hable —le aconsejó Harry, asustado por la dificultad que Dumbledore tenía para hablar y al ver cómo arrastraba los pies—. Conserve sus energías, señor... Pronto saldremos de aquí...

—El arco se habrá sellado otra vez... Necesitaremos el cuchillo...

—No hace falta, me he cortado con la roca —dijo Harry—. Dígame dónde...

—Aquí...

Harry rozó la piedra con el brazo rasguñado y el arco, tras recibir su tributo de sangre, se abrió al instante. Cruzaron la cueva exterior y Harry ayudó a Dumbledore a meterse en el agua que llenaba la grieta del acantilado.

—Todo saldrá bien, señor —repetía una y otra vez, más preocupado por el silencio del director que por la debilidad de su voz—. Ya casi hemos llegado... Puedo hacer que nos desaparezcamos los dos... No se preocupe...

—No estoy preocupado, Harry —repuso el anciano con tono más firme, pese a que el agua estaba helada—. Estoy contigo.

27

La torre alcanzada por el rayo

Cuando salieron bajo el cielo estrellado, Harry subió a Dumbledore a la roca más cercana y lo ayudó a levantarse. Empapado y tembloroso, cargando con el anciano profesor, el muchacho se concentró con todas sus fuerzas en su destino: Hogsmeade. Cerró los ojos, agarró a Dumbledore por el brazo tan firmemente como pudo y se abandonó a aquella horrible sensación de opresión.

Antes de abrir los ojos ya supo que la Aparición había dado buen resultado, pues el olor a salitre y la brisa marina se habían esfumado. Temblando y chorreando, se hallaban en medio de la oscura calle principal de Hogsmeade. Por un instante Harry fue víctima de un espantoso truco de su imaginación y creyó que allí también había inferi saliendo de las tiendas y arrastrándose hacia él, pero parpadeó varias veces y comprobó que nada se movía en la calle, donde sólo había algunos faroles y ventanas encendidos.

—¡Lo hemos conseguido, profesor! —susurró con dificultad, sintiendo una dolorosa punzada en el pecho—. ¡Lo hemos conseguido! ¡Tenemos el Horrocrux!

Dumbledore medio perdió el equilibrio y se apoyó en el muchacho. Harry creyó que su inexperiencia en aparecerse había afectado al director, pero entonces reparó en que su cara estaba más pálida y desencajada que nunca, apenas iluminada por un lejano farol.

—¿Se encuentra bien, señor?

—He tenido momentos mejores —contestó Dumbledore con voz frágil, aunque le temblaron las comisuras de la boca, como si quisiera sonreír—. Esa poción... no era ningún tónico reconstituyente...

Y Harry, horrorizado, vio cómo el anciano se desplomaba.

—Señor... No pasa nada, señor, se pondrá bien, no se preocupe. —Desesperado, miró en derredor en busca de ayuda, pero no vio a nadie; su único pensamiento fue que debía ingeniárselas para llevar cuanto antes a Dumbledore a la enfermería—. Tenemos que volver al colegio, señor. La señora Pomfrey...

—No —balbuceó Dumbledore—. Necesito... al profesor Snape... Pero no creo... que pueda caminar mucho...

—Está bien. Mire, señor, voy a llamar a alguna casa y buscaré un sitio donde pueda quedarse. Luego iré corriendo al castillo y traeré a la señora...

—Severus —dijo Dumbledore con claridad—. Necesito ver a Severus...

—Muy bien, pues a Snape. Pero tendré que dejarlo aquí un momento para...

En ese instante Harry oyó pasos precipitados y el corazón le dio un vuelco: alguien los había visto y acudía en su ayuda. Era la señora Rosmerta, que corría hacia ellos por la oscura calle luciendo sus elegantes zapatillas de tacón y una bata de seda con dragones bordados.

—¡Los he visto aparecer cuando corría las cortinas de mi dormitorio! Madre mía, madre mía, no sabía qué... Pero ¿qué le pasa a Albus?

Se detuvo resoplando y miró boquiabierta a Dumbledore, que yacía en el suelo.

—Está herido —explicó Harry—. Señora Rosmerta, ¿puede acogerlo en Las Tres Escobas mientras yo voy al colegio a buscar ayuda?

—¡No puedes ir solo! ¿No te das cuenta? ¿No has visto...?

—Si me ayuda a levantarlo —dijo Harry sin prestarle atención—, creo que podremos llevarlo hasta allí...

—¿Qué ha pasado? —preguntó Dumbledore—. ¿Qué ocurre, Rosmerta?

—La... la Marca Tenebrosa, Albus.

Y la bruja señaló el cielo en dirección a Hogwarts. El terror inundó a Harry al oír esas palabras. Se dio la vuelta y miró.

En efecto, suspendido en el cielo encima del castillo, había un reluciente cráneo verde con lengua de serpiente, la marca que dejaban los mortífagos cuando salían de un edificio donde habían matado...

—¿Cuánto tiempo lleva ahí? —preguntó el anciano, e hizo un esfuerzo por ponerse en pie agarrándose al hombro de Harry.

—Supongo que unos minutos. No estaba allí cuando saqué al gato, pero cuando subí...

—Hemos de volver enseguida al castillo —dijo Dumbledore, tomando las riendas de la situación pese a que le costaba mantenerse en pie—. Rosmerta, necesitamos un medio de transporte, escobas...

—Tengo un par detrás de la barra —dijo ella, muy asustada—. ¿Quieres que vaya a buscarlas y...?

—No, que las traiga Harry.

Harry levantó la varita de inmediato.

—*¡Accio escobas de Rosmerta!*

Un segundo más tarde, la puerta del pub se abrió con un fuerte estrépito para dar paso a dos escobas que salieron disparadas y volaron hacia Harry; cuando llegaron a su lado, se pararon en seco con un ligero estremecimiento.

—Rosmerta, envía un mensaje al ministerio —pidió Dumbledore al tiempo que montaba en una escoba—. Es posible que en Hogwarts aún no se hayan dado cuenta de que ha pasado algo. Harry, ponte la capa invisible.

El muchacho la sacó del bolsillo y se la echó por encima antes de montar en la escoba. A continuación dieron una patada en el suelo y se elevaron, mientras la señora Rosmerta se encaminaba hacia el pub. Durante el vuelo hacia el castillo, el muchacho miraba de reojo a Dumbledore, preparado para atraparlo si se caía, pero la visión de la Marca Tenebrosa parecía haber actuado sobre el anciano como un estimulante: iba inclinado sobre la escoba, con los ojos fijos en la Marca y la melena y la barba, largas y plateadas, ondeando en el oscuro cielo. Harry miró al frente y fijó la vista en aquel siniestro cráneo; y entonces el miedo, semejante a una burbuja venenosa, se infló en su interior, le comprimió los pulmones y le apartó de la mente cualquier otra inquietud.

¿Cuánto tiempo habían pasado fuera? ¿Se habría agotado ya la suerte de Ron, Hermione y Ginny? ¿Había aparecido la Marca sobre el colegio por alguno de ellos, o sería por Neville, Luna o algún otro miembro del ED? Y si así era... Harry les había pedido que patrullaran por los pasillos, privándolos de la seguridad de sus camas... ¿Volvería a ser responsable de la muerte de uno de sus amigos?

Mientras sobrevolaban el oscuro y sinuoso camino que al salir de Hogwarts habían recorrido a pie, y a pesar del silbido del aire, Harry oyó a Dumbledore murmurar algo en una lengua extraña. Entonces su escoba se sacudió un poco al pasar por encima del muro que cercaba los jardines del castillo, y comprendió que el director estaba deshaciendo los sortilegios que él mismo había puesto alrededor del colegio; necesitaban entrar sin perder tiempo. La Marca Tenebrosa relucía por encima de la torre de Astronomía, la más alta del castillo. ¿Significaba eso que la muerte se había producido allí?

Dumbledore ya había rebasado el pequeño muro con almenas —el parapeto que bordeaba la azotea de la torre— y desmontaba de la escoba; Harry aterrizó a su lado unos segundos más tarde y miró alrededor.

La azotea estaba desierta. La puerta de la escalera de caracol por la que se bajaba al castillo estaba cerrada y no había rastro de lucha, pelea a muerte o cadáveres.

—¿Qué significa esto? —preguntó Harry contemplando el cráneo verde cuya lengua de serpiente destellaba maléficamente por encima de ellos—. ¿Es una Marca Tenebrosa de verdad? Profesor, ¿es cierto que han...?

Bajo el débil resplandor verdoso que emitía la Marca, Harry vio que el anciano se llevaba la renegrida mano al pecho.

—Ve a despertar a Severus —dijo Dumbledore en voz baja pero clara—. Cuéntale lo que ha pasado y tráelo aquí. No hagas nada más, no hables con nadie más y no te quites la capa. Te espero aquí.

—Pero...

—Juraste obedecerme, Harry. ¡Márchate!

El muchacho corrió hacia la puerta que conducía a la escalera de caracol, pero en el preciso instante en que tomaba la argolla de hierro oyó pasos al otro lado. Volvió la cabeza y miró a Dumbledore, que le indicó por señas que se apartara. El muchacho retrocedió y sacó su varita.

La puerta se abrió de par en par y alguien irrumpió gritando:

—*¡Expelliarmus!*

Harry quedó inmóvil, con el cuerpo rígido, y cayó hacia atrás contra el murete almenado de la torre, donde permaneció apoyado como una estatua que no se tuviera sola en pie, sin poder hablar ni moverse. No entendía cómo había sucedido, pues *Expelliarmus* era el conjuro del encantamiento de desarme, no el del encantamiento congelador.

Entonces vio, a la luz verdosa de la Marca, cómo la varita de Dumbledore saltaba de su mano y describía un arco por encima del borde del parapeto... El profesor lo había inmovilizado sin pronunciar en voz alta el conjuro, pero el segundo empleado en realizar el encantamiento le había costado la oportunidad de defenderse. Apoyado contra el muro y aún muy pálido, Dumbledore se mantenía en pie sin dar señales de pánico o inquietud. Se limitó a mirar a quien acababa de desarmarlo y dijo:

—Buenas noches, Draco.

Malfoy avanzó unos pasos, lanzando miradas alrededor para comprobar si Dumbledore estaba solo. Descubrió que había otra escoba en el suelo.

—¿Hay alguien más aquí?

—Yo también podría hacerte esa pregunta. ¿O has venido solo?

Malfoy volvió a centrar la mirada en Dumbledore.

—No. No estoy solo. Por si no lo sabía, esta noche hay mortífagos en su colegio.

—Vaya, vaya —repuso Dumbledore como si le estuvieran presentando un ambicioso trabajo escolar—. Muy astuto. Has encontrado una forma de introducirlos, ¿no?

—Sí —respondió Malfoy, que respiraba entrecortadamente—. ¡En sus propias narices, y usted no se ha enterado de nada!

—Muy ingenioso. Sin embargo... Perdóname, pero... ¿dónde están? No veo que traigas refuerzos.

—Se han encontrado con algunos miembros de su guardia. Están abajo, peleando. No tardarán en llegar. Yo me he adelantado. Tengo... tengo que hacer un trabajo.

—En ese caso, debes hacerlo, muchacho.

Guardaron silencio. Harry, aprisionado en su paralizado e invisible cuerpo, los observaba y aguzaba el oído intentando detectar a los mortífagos que luchaban en el castillo; entretanto, Draco Malfoy seguía mirando fijamente a Albus Dumbledore, quien, aunque pareciera increíble, sonrió.

—Draco, Draco... tú no eres ningún asesino.

—¿Cómo lo sabe? —Malfoy debió de darse cuenta de lo infantiles que sonaban esas palabras, pues Harry percibió que se ruborizaba pese a que el resplandor de la Marca le teñía de verde la piel—. Usted no sabe de qué soy capaz —dijo con tono más convincente—, ¡ni sabe lo que ya he hecho!

—Sí, sí lo sé —repuso Dumbledore con suavidad—. Estuviste a punto de matar a Katie Bell y a Ronald Weasley y llevas todo el curso intentando matarme; ya no sabías qué hacer. Perdóname, Draco, pero han sido unas pobres tentativas. Tan pobres, a decir verdad, que me pregunto si realmente ponías interés en ello...

—¡Claro que ponía interés! —afirmó Malfoy—. Es cierto que he estado todo el curso intentándolo, pero esta noche...

Harry oyó un grito amortiguado procedente del castillo. Malfoy se puso tenso y volvió la cabeza.

—Hay alguien que está defendiéndose con uñas y dientes —observó Dumbledore con tono despreocupado—. Pero dices que... ah, sí, que has conseguido introducir mortífagos en mi colegio, algo que yo, lo admito, consideraba imposible. ¿Cómo lo has logrado?

Pero Malfoy no respondió: seguía escuchando los ruidos procedentes del castillo; parecía casi tan paralizado como Harry.

—Quizá tengas que terminar el trabajo tú solo —apuntó Dumbledore—. Tal vez mi guardia haya desbaratado los planes de tus refuerzos. Como quizá hayas observado, esta noche también hay miembros de la Orden del Fénix en el castillo. Pero bueno, en realidad no necesitas ayuda. Me he quedado sin varita y no puedo defenderme. —Malfoy seguía mirándolo a los ojos—. Entiendo —prosiguió Dumbledore con tono cordial al ver que Malfoy no hablaba ni se movía—. Temes actuar antes de que lleguen ellos...

—¡No tengo miedo! —le espetó Malfoy de repente, pero sin decidirse a atacarlo—. ¡Usted es quien debería tener miedo!

—¿Por qué iba a tenerlo? No creo que vayas a matarme, Draco. Matar no es tan fácil como creen los inocentes. Pero dime, mientras esperamos a tus amigos, ¿cómo has conseguido traerlos aquí? Veo que has tardado mucho en hallar la manera de hacerlo.

Daba la impresión de que Malfoy estaba reprimiendo un impulso de gritar o vomitar. Tragó saliva y respiró hondo varias veces sin dejar de mirar con odio a Dumbledore y de apuntarle con la varita directamente al corazón. Entonces, como si no pudiera contenerse, dijo:

—Tuve que arreglar ese armario evanescente roto que nadie utilizaba desde hacía años. Ese en el que el año pasado se perdió Montague.

—¡Aaaah! —La exclamación de Dumbledore fue casi un quejido. Cerró los ojos un momento y dijo—: Muy inteligente... Supongo que debe de tener una pareja, ¿no?

—El otro está en Borgin y Burkes —reveló Malfoy—, y entre ellos se forma una especie de pasadizo. Montague me contó que cuando lo metieron en el de Hogwarts, quedó atrapado como en un limbo, pero algunas veces oía lo que estaba pasando en el colegio y otras lo que ocurría en la tienda, como si el armario viajara entre los dos sitios, aunque él no lograba hacerse oír por nadie. Al final consiguió salir y se apareció, a pesar de que todavía no se había examinado. Estuvo a punto de matarse. Todo el mundo quedó muy impresionado con su relato, pero yo fui el único que supo lo que significaba; ni siquiera Borgin lo adivinó. Yo fui el único que comprendió que podía haber una forma de entrar en Hogwarts a través de los armarios si lograba arreglar el que estaba roto.

—¡Vaya astucia! Y así es como han venido los mortífagos para ayudarte, desde Borgin y Burkes... Un plan muy ingenioso, sí señor, muy ingenioso. Y, como bien dices, en mis propias narices.

—Sí —dijo Malfoy, y curiosamente parecía extraer alivio y coraje de las alabanzas de Dumbledore—. ¡Sí, era un plan muy inteligente!

—Pero ha debido de haber momentos en que no estabas seguro de si conseguirías arreglar el armario, ¿verdad? Y por eso recurriste a métodos tan rudimentarios y tan mal vistos como enviarme un collar maldito que tenía muchas posibilidades de ir a parar a otras manos, o envenenar un hidromiel que no era probable que yo llegara a catar...

—Sí, es verdad, pero aun así usted no descubrió quién había detrás de esas acciones —contestó Malfoy con tono mordaz, mientras Dumbledore resbalaba un poco por el parapeto, como si las piernas ya no pudieran sostenerlo en pie, y Harry intentaba en vano deshacer el sortilegio que lo inmovilizaba.

—La verdad es que sí —dijo Dumbledore—. Estaba seguro de que eras tú.

—Entonces ¿por qué no me lo impidió?

—Lo intenté, Draco. El profesor Snape tenía órdenes de vigilarte.

—Snape no obedecía sus órdenes. Le juró a mi madre...

—Sí, claro, eso fue lo que te dijo a ti, pero...

—¿No se da cuenta, viejo estúpido, de que Snape es un espía doble? ¡No trabaja para usted, como usted se cree!

—En este punto es lógico que discrepemos, Draco. Resulta que yo confío en el profesor Snape.

—¡Si confía en él es que está perdiendo la chaveta! —se burló Malfoy—. Snape me ha ofrecido su ayuda. Claro, él quería llevarse toda la gloria, quería participar en la acción... «¿Qué estás haciendo? ¿Has sido tú el del collar? Eso ha sido una locura, habrías podido estropearlo todo...» Pero no le expliqué qué hacía en la Sala de los Menesteres, así que mañana, cuando se despierte, verá que todo ha terminado y él habrá dejado de ser el preferido de lord Voldemort. ¡Comparado conmigo, no será nada, nada!

—Muy gratificante —repuso Dumbledore con gentileza—. A todos nos gusta que los demás reconozcan nuestro trabajo, por supuesto. No obstante, tú debes de haber tenido algún cómplice, alguien de Hogsmeade, alguien que pudiera pasarle a Katie el... el... ¡Aaaah! —Volvió a cerrar los ojos y asintió despacio, cabeceando como a punto de quedarse dormido—. Claro... Rosmerta. ¿Desde cuándo está bajo la maldición *imperius*?

—Por fin ha caído en la cuenta, ¿eh? —se mofó Malfoy.

Se oyó otro grito, mucho más fuerte que el anterior, este del interior de la torre. Malfoy volvió a girar la cabeza, nervioso, y luego miró a Dumbledore, que continuó:

—Así que obligaron a la pobre Rosmerta a esconderse en su propio baño para que le entregara ese collar al primer alumno de Hogwarts que entrara allí solo, ¿no? Y el hidromiel envenenado... Bueno, como es lógico, Rosmerta pudo envenenarlo antes de enviarle la botella a Slughorn, quien a su vez me lo regalaría a mí por Navidad. Sí, muy hábil, muy hábil... Al pobre señor Filch jamás se le habría ocurrido examinar una botella de Rosmerta. Y dime, ¿cómo te ponías en contacto con ella? Creía tener controlados todos los sistemas de comunicación entre el colegio y el exterior.

—Mediante monedas encantadas —respondió Malfoy como si no pudiera contenerse de seguir hablando, aunque la mano de la varita le temblaba cada vez más—. Yo tenía una y ella otra, y así podía enviarle mensajes...

—¿No es ése el medio de comunicación secreto que el curso pasado utilizaba el grupo que se hacía llamar Ejército de Dumbledore? —preguntó el anciano en voz baja y tono indolente, pero Harry vio que volvía a resbalar un poco más por el parapeto.

—Sí, ellos me dieron la idea —dijo Malfoy esbozando una siniestra sonrisa—. Y la idea de envenenar el hidromiel me la dio esa sangre sucia de Granger; un día en la biblioteca oí cómo decía que Filch no sabía distinguir las pociones...

—Te agradecería que delante de mí no emplearas esa expresión tan injuriosa —dijo Dumbledore.

Malfoy soltó una estridente carcajada.

—¿Le molesta que diga «sangre sucia» cuando estoy a punto de matarlo?

—Sí, me molesta —confirmó Dumbledore, y Harry advirtió que los pies del anciano resbalaban unos centímetros y él luchaba por mantenerse en pie—. Pero respecto a eso de que estás a punto de matarme, Draco... Has tenido tiempo de sobra para hacerlo. Estamos completamente solos. Ni siquiera habrías podido soñar con encontrarme tan indefenso, y sin embargo no te has decidido...

Malfoy hizo una mueca involuntaria, como si hubiera probado un sabor muy amargo.

—Pero hablemos de lo de esta noche —prosiguió Dumbledore—. No acabo de entender qué ha pasado... ¿Sabías que había salido del colegio? ¡Ah, naturalmente! —se respondió a sí mismo—. Rosmerta me vio marchar y te avisó por medio de sus ingeniosas monedas, ¿verdad?

—Así es. Pero ella me dijo que usted sólo había ido a tomar una copa y que volvería enseguida...

—La tomé, la tomé, y más de una... Y he vuelto, si a esto se lo puede llamar volver. Así que decidiste prepararme una trampa, ¿no?

—Decidimos poner la Marca Tenebrosa encima de la torre para hacerlo regresar al castillo. Usted querría saber a quién habían matado. ¡Y ha salido bien!

—Bueno, sí y no... Pero ¿significa eso que no hay víctimas mortales?

—Sí las hay —dijo Malfoy con voz más aguda—. Uno de los suyos. No sé quién es porque estaba oscuro, pero he pasado por encima de un cadáver. Yo tenía que estar esperándolo aquí arriba cuando usted llegara, pero ese bicho suyo, el fénix, se interpuso en mi camino...

—Sí, tiene esa mala costumbre.

Entonces se oyó un fuerte estrépito, seguido de gritos cada vez más fuertes procedentes del interior de la torre; era como si hubiera gente peleando en la misma escalera de caracol que conducía a la azotea, donde se encontraban ellos. El corazón de Harry, inaudible, latía con violencia en su invisible pecho. Malfoy había pasado por encima de un cadáver... había muerto alguien... pero ¿quién?

—Sea como sea, nos queda poco tiempo —dijo Dumbledore—. Es hora de que hablemos de nuestras opciones, Draco.

—¿Opciones? ¿Qué opciones? —gritó Malfoy—. Tengo mi varita y estoy a punto de matarlo...

—Amigo mío, no tiene sentido que sigamos fingiendo. Si pensaras matarme lo habrías hecho en cuanto me desarmaste, en lugar de entablar una agradable conversación sobre los métodos de que dispones para hacerlo.

—¡Yo no tengo opciones! —dijo Malfoy, que se había puesto tan pálido como Dumbledore—. ¡Tengo que liquidarlo! ¡Si no lo hago, él me matará! ¡Matará a mi familia!

—Me hago cargo de lo comprometido de tu posición. ¿Por qué, si no, crees que no te enfrenté antes? Porque sabía que lord Voldemort te mataría si se daba cuenta de que yo sospechaba de ti. —Malfoy hizo una mueca de dolor al oír el nombre de su amo—. No me atreví a hablar contigo de la misión que sabía que te habían asignado, por si él utilizaba la Legeremancia contra ti —continuó Dumbledore—. Pero ahora, por fin, podemos hablar sin necesidad de andarnos con tapujos... Todavía no has cometido ningún crimen, ni le has causado ningún daño irreparable a nadie, aunque has tenido suerte de que tus víctimas indirectas hayan sobrevivido... Yo puedo ayudarte, Draco.

—No, no puede. —La mano de la varita le temblaba cada vez más—. Nadie puede ayudarme. Él me dijo que si no lo hacía me mataría. No tengo alternativa.

—Pásate a nuestro bando, Draco, y nosotros nos encargaremos de esconderte. Es más, esta misma noche puedo enviar miembros de la Orden a casa de tu madre y esconderla también a ella. Tu padre, por ahora, está a salvo en Azkaban... Cuando llegue el momento también podremos protegerlo a él. Pásate a nuestro bando, Draco... Tú no eres ningún asesino.

—He llegado hasta aquí, ¿no? —dijo despacio Malfoy, mirando fijamente a Dumbledore—. Ellos pensaron que moriría en el intento, pero aquí estoy... Y ahora su vida depende de mí... Soy yo el que tiene la varita... Su suerte está en mis manos...

—No, Draco —corrigió Dumbledore—. Soy yo el que tiene tu suerte en las manos.

Malfoy no respondió. Tenía la boca entreabierta y la mano seguía temblándole. A Harry le pareció que bajaba un poco la varita...

En ese momento se oyeron unos pasos que subían atropelladamente la escalera, y un segundo más tarde cuatro personas ataviadas con túnicas negras irrumpieron por la puerta de la azotea y apartaron a Malfoy de en medio. Harry contempló aterrado a los cuatro desconocidos con los ojos muy abiertos y sin poder parpadear siquiera. Por lo visto, los mortífagos habían ganado la pelea librada en la torre.

Un individuo contrahecho que no paraba de mirar de reojo en torno a sí soltó una risita espasmódica.

—¡Ha acorralado a Dumbledore! —exclamó, y se volvió hacia una mujer achaparrada que parecía su hermana y sonreía con entusiasmo—. ¡Lo ha desarmado! ¡Dumbledore está solo! ¡Te felicito, Draco, te felicito!

—Buenas noches, Amycus —lo saludó Dumbledore con calma, como si lo recibiera en su casa para tomar el té—. Y también has traído a Alecto... qué bien...

La mujer soltó una risita ahogada y le espetó:

—¿Acaso crees que tus estúpidas bromitas te van a ayudar en el lecho de muerte?

—¿Bromitas? Esto no son bromitas, son buenos modales —replicó Dumbledore.

—¡Hazlo! —dijo el desconocido más cercano a Harry, un tipo alto y delgado de abundante pelo canoso y grandes patillas que llevaba una túnica negra de mortífago muy ceñida.

Harry jamás había oído una voz semejante, una especie de áspero rugido. El individuo despedía un intenso hedor, una mezcla de olor a mugre, sudor y algo inconfundible: sangre. Sus sucias manos lucían uñas largas y amarillentas.

—¿Eres tú, Fenrir? —preguntó Dumbledore.

—Exacto —contestó el otro con su ronca voz—. ¿A mí también te alegras de verme, Dumbledore?

—No, la verdad es que no...

Fenrir Greyback sonrió burlón, exhibiendo unos dientes muy afilados. Le goteaba sangre de la barbilla y se relamió despacio, con impudicia.

—Pero sabes cómo me gustan los niños, Dumbledore.

—¿Significa eso que ahora atacas aunque no haya luna llena? Eso es muy inusual... ¿Tanto te gusta la carne humana que no tienes suficiente con saciarte una vez al mes?

—Así es. Eso te impresiona, ¿verdad, Dumbledore? ¿Te asusta?

—Bueno, no voy a negar que me disgusta un poco. Y debo admitir que me sorprende que Draco te haya invitado precisamente a ti a venir al colegio donde viven sus amigos...

—Yo no lo invité —murmuró Malfoy. No miraba a Greyback, y daba la impresión de que ni siquiera se atrevía a hacerlo de reojo—. No sabía que iba a venir...

—No me perdería un viaje a Hogwarts por nada del mundo, Dumbledore —declaró Greyback—. Con la cantidad de gargantas que hay aquí para morder... Será delicioso, delicioso... —Levantó una amarillenta uña y se tocó los dientes mirando al anciano con avidez—. Podría reservarte a ti para el postre, Dumbledore...

—No —intervino el cuarto mortífago, de toscas facciones y expresión brutal—. Tenemos órdenes. Tiene que hacerlo Draco. ¡Ahora, Draco, y deprisa!

Malfoy parecía más indeciso que antes. Miraba fijamente a Dumbledore, pero el terror se reflejaba en su cara; el director de Hogwarts, más pálido que nunca, había ido resbalando por el muro casi hasta quedar sentado en el suelo.

—¡Bah, si de todos modos ya tiene un pie en la tumba! —dijo el mortífago contrahecho, y fue coreado por las jadeantes risitas de su hermana—. Mírenlo... ¿Qué te ha pasado, Dumby?

—Ya no tengo tanta resistencia, ni tantos reflejos, Amycus —contestó Dumbledore—. Son cosas de la edad... Algún día quizá te pase a ti, si tienes suerte...

—¿Qué quieres decir con eso, eh? ¿Qué quieres decir? —gritó el mortífago poniéndose violento de repente—. Siempre igual, ¿no, Dumby? ¡Hablas mucho pero no haces nada, nada! ¡Ni siquiera entiendo por qué el Señor Tenebroso se molesta en matarte! ¡Vamos, Draco, hazlo ya!

Pero en ese momento volvieron a oírse ruidos y correteos en la torre y una voz gritó:

—¡Han bloqueado la escalera! *¡Reducto! ¡¡Reducto!!*

A Harry le dio un vuelco el corazón: esas palabras significaban que los cuatro mortífagos no habían eliminado toda la oposición que habían encontrado, sino que se las habían arreglado de momento para llegar a lo alto de la torre; por lo visto, al subir habían levantado una barrera a sus espaldas.

—¡Ahora, Draco, rápido! —lo urgió con brusquedad el más salvaje de los cuatro.

Pero a Malfoy le temblaba tanto la varita que apenas podía apuntar con ella.

—Entonces me encargo yo —gruñó Greyback, y avanzó hacia Dumbledore con los brazos estirados y enseñando los dientes.

—¡He dicho que no! —gritó el otro.

A continuación hubo un destello y el hombre lobo salió despedido hacia un lado; dio contra el parapeto y se tambaleó, encolerizado. A Harry, aprisionado por el hechizo del director, le palpitaba tan fuerte el corazón que le resultaba increíble que aún no lo hubiesen descubierto. Si hubiera podido moverse, habría echado una maldición desde debajo de la capa invisible...

—Hazlo, Draco, o apártate para que lo haga uno de nosotros... —gritó la mujer, pero en ese preciso instante la puerta de la azotea se abrió una vez más y apareció Snape, varita en mano; recorrió la escena con sus negros ojos paseando la mirada desde Dumbledore, desplomado contra el parapeto, hasta el grupo formado por los cuatro mortífagos, entre ellos el iracundo hombre lobo, y Malfoy.

—Tenemos un problema, Snape —dijo el contrahecho Amycus, con la mirada y la varita fijas en Dumbledore—. El chico no se atreve a...

Pero alguien más había pronunciado el nombre de Snape con un hilo de voz.

—Severus...

Nada de lo que Harry había visto u oído esa noche lo había asustado tanto como ese sonido. Por primera vez, Dumbledore hablaba con tono suplicante.

Snape no dijo nada, pero avanzó unos pasos y apartó con brusquedad a Malfoy de su camino. Los mortífagos se retiraron sin decir palabra. Hasta el hombre lobo parecía intimidado.

Snape, cuyas afiladas facciones mostraban repulsión y odio, le lanzó una mirada al anciano.

—Por favor... Severus...

Snape levantó la varita y apuntó directamente a Dumbledore.

—¡*Avada Kedavra!*

Un rayo de luz verde salió de la punta de la varita y golpeó al director en medio del pecho. Harry soltó un grito de horror que no se oyó; mudo e inmóvil, se vio obligado a ver cómo Dumbledore saltaba por los aires. El anciano quedó suspendido una milésima de segundo bajo la reluciente Marca Tenebrosa; luego se precipitó lentamente, como un gran muñeco de trapo, cayó al otro lado de las almenas y se perdió de vista.

28

La huida del príncipe

Harry sintió como si él también hubiera saltado por los aires. ¡¡Aquello no era real, no podía haber pasado!!

—Fuera de aquí, rápido —ordenó Snape.

Agarró a Malfoy por la nuca y lo empujó hacia la puerta; Greyback y los achaparrados hermanos los siguieron, estos últimos resollando enardecidos. Cuando desaparecieron por la puerta, Harry se dio cuenta de que ya podía moverse; lo que ahora lo tenía paralizado contra el muro no era la magia, sino el horror y la conmoción. Tiró la capa invisible al suelo en el instante en que el último mortífago, el de rasgos brutales, trasponía la puerta.

—*¡Petrificus totalus!*

El mortífago se dobló como si lo hubieran golpeado con algo sólido en la espalda y se derrumbó, rígido como una figura de cera; pero, incluso antes de que tocara el suelo, Harry le pasó por encima y corrió escaleras abajo en la oscuridad.

El miedo le oprimía el pecho. Tenía que llegar hasta Dumbledore y atrapar a Snape. Sabía que esas dos cosas estaban relacionadas de algún modo: si lograba juntarlos a los dos enmendaría lo sucedido. Dumbledore no podía haber muerto...

Saltó los diez últimos peldaños de la escalera de caracol y se detuvo en seco, varita en ristre. El oscuro pasillo estaba invadido por una nube de polvo, pues se había derrumbado una parte del techo. Vio que había varias personas peleando, pero cuando intentó distinguir quién luchaba contra quién, oyó a aquella voz odiosa gritar: «¡Ya está, tenemos que irnos!», y vio desaparecer a Snape por una esquina al final del pasillo; Malfoy y él se habían abierto paso a través de la pelea y habían salido ilesos. Harry se lanzó hacia ellos, pero alguien se separó de la refriega y se abalanzó sobre él: era Greyback, el hombre lobo. Se le echó encima antes de que pudiera levantar la varita, y Harry cayó hacia atrás sintiendo el mugriento y apelmazado pelo de Greyback en la cara, el hedor a sangre y sudor impregnándole la nariz y la boca, y aquel ávido y cálido aliento en el cuello...

—¡*Petrificus totalus!*

Greyback se desplomó sobre Harry, que con un esfuerzo enorme lo apartó y lo tiró al suelo al tiempo que un rayo de luz verde salía disparado hacia él; se agachó para esquivarlo y se zambulló en la pelea. Pisó algo blando y resbaladizo, se tambaleó y distinguió dos cuerpos tendidos boca abajo en medio de un charco de sangre, pero no se detuvo a investigar porque acababa de ver una llameante cabellera roja agitándose unos metros más allá: era Ginny, que peleaba con el mortífago jibado. Amycus le lanzaba un maleficio tras otro y la muchacha los esquivaba como podía. El mortífago no paraba de reír, como si estuviera disfrutando enormemente con la pelea:

—¡*Crucio! ¡Crucio!* ¡No podrás bailar eternamente, monada!

—¡*Impedimenta!* —bramó Harry.

Su embrujo golpeó a Amycus en el pecho y el hombre soltó un chillido similar al de un cerdo, se elevó del suelo y fue a dar contra la pared opuesta, donde resbaló y cayó detrás de Ron, la profesora McGonagall y Lupin, que peleaban cada uno con un mortífago. Un poco más allá, Tonks combatía con un corpulento mago rubio que lanzaba maldiciones a diestra y siniestra, haciendo que los rayos de luz rebotaran en las paredes, resquebrajaran la piedra y destrozaran las ventanas...

—¿De dónde sales, Harry? —gritó Ginny.

Pero él no tuvo tiempo de contestarle. Se agachó y empezó a correr esquivando un estallido que le explotó por encima de la cabeza y esparció fragmentos de pared por todas partes. Snape no debía escapar; tenía que atraparlo...

—¡Toma ésa! —gritó la profesora McGonagall.

Harry vio de reojo cómo la mortífaga Alecto corría por el pasillo cubriéndose la cabeza con los brazos, seguida de su hermano. Fue tras ellos, pero tropezó y cayó sobre las piernas de alguien; miró y vio la redonda y pálida cara de Neville, que yacía en el suelo.

—¡Neville! ¿Estás bien?

—Sí, sí... —masculló sujetándose la barriga con las manos—. Harry... Snape y Malfoy han... pasado por aquí...

—¡Ya lo sé, estoy en ello! —Y sin levantarse le lanzó un maleficio al mortífago rubio y corpulento, que era el que estaba causando más estragos. Éste soltó un grito de dolor cuando el hechizo le golpeó en la cara, giró sobre los talones, se tambaleó y optó por seguir a los dos hermanos.

Harry se levantó y salió disparado por el pasillo, sin prestar atención a las deflagraciones de los hechizos que le lanzaban, los gritos de sus compañeros pidiéndole que volviera y la muda llamada de los cuerpos tendidos en el suelo, cuya suerte todavía ignoraba...

Dobló la esquina derrapando con las suelas manchadas de sangre; Snape le llevaba mucha ventaja. ¿Y si ya había entrado en el armario de la Sala de los Menesteres? ¿O la Orden se habría encargado de vigilar el mueble para que los mortífagos no escaparan por él? Harry sólo oía el ruido de sus pasos y los latidos de su corazón mientras recorría el pasillo vacío, pero entonces vio una huella de sangre que indicaba que al menos uno de los mortífagos que huían se dirigía hacia la puerta principal. Quizá la Sala de los Menesteres estaba interceptada...

Volvió a resbalar en la siguiente esquina y una maldición pasó rozándolo. Se escondió detrás de una armadura que al punto explotó, pero igual alcanzó a ver a los dos hermanos mortífagos bajando a toda prisa por la escalinata de mármol. Les lanzó varios hechizos, pero sólo les dio a unas brujas con peluca de un retrato del rellano, que, chillando, corrieron a refugiarse en los cuadros cercanos. Harry saltó por encima de los restos de la armadura y oyó más gritos; al parecer se habían despertado otros habitantes del castillo...

Se metió a todo correr por un atajo, con la esperanza de adelantar a los hermanos y reducir la distancia que lo separaba de Snape y Malfoy, que ya debían de haber llegado a los jardines. Sin olvidarse de saltar el peldaño evanescente que había hacia la mitad de la escalera camuflada, se coló por el tapiz que había al pie y fue a parar a otro pasillo, donde encontró a algunos alumnos de Hufflepuff en pijama y con cara de desconcierto.

—¡Harry! Hemos oído ruidos y alguien ha dicho algo sobre la Marca Tenebrosa... —empezó Ernie Macmillan.

—¡Apártense! —gritó Harry empujando a dos chicos mientras se dirigía como una flecha hacia el rellano y bajaba el resto de la escalinata de mármol.

Las puertas de roble de la entrada estaban abiertas y destrozadas y en las losas del suelo había manchas de sangre. Varios alumnos aterrados se apiñaban pegados a las paredes; un par de ellos todavía se tapaba la cara con los brazos. El gigantesco reloj de arena de Gryffindor había recibido una maldición y los rubíes que contenía se derramaban sobre el suelo con un fuerte tamborileo.

Harry cruzó el vestíbulo a toda velocidad, salió a los oscuros jardines y distinguió tres figuras que atravesaban la extensión de césped en dirección a las verjas, detrás de las cuales podrían desaparecerse. Le pareció distinguir al mortífago rubio y corpulento y, un poco más adelante, a Snape y Malfoy.

El frío aire nocturno le asaeteó los pulmones, pero siguió tras ellos todo lo deprisa que pudo. A lo lejos vio un destello de luz que dibujó brevemente la silueta de Snape; no supo de dónde provenía aquella luz pero continuó corriendo, pues todavía no estaba lo bastante cerca para lanzar una maldición.

Otro destello, gritos, rayos luminosos que contraatacaban, y entonces lo comprendió: Hagrid había salido de su cabaña e intentaba detener a los mortífagos que huían. Pese a que cada vez que respiraba los pulmones parecían a punto de estallarle y a que notaba una fuerte punzada en el pecho, Harry aceleró mientras una vocecilla interna le repetía: «A Hagrid no... A Hagrid no...»

Recibió un impacto en la parte baja de la espalda y cayó de bruces contra el suelo, sangrando profusamente por la nariz. Se dio la vuelta, preparó la varita y se dio cuenta, aun antes de verlos, de que los dos hermanos a los que había adelantado por el atajo lo estaban alcanzando.

—¡*Impedimenta!* —gritó, y rodó pegado al suelo.

Milagrosamente su embrujo le dio a un mortífago, que se tambaleó y cayó haciendo tropezar al otro. Harry se puso en pie de un brinco y echó a correr de nuevo tras Snape.

Entonces vio la enorme silueta de Hagrid, iluminada por la luna creciente que de pronto asomó por detrás de una nube. El mortífago rubio le lanzaba una maldición tras otra al guardabosques, pero su inmensa fuerza y la curtida piel heredada de su madre giganta parecían protegerlo; sin embargo, Snape y Malfoy seguían alejándose: pronto traspondrían las verjas y podrían desaparecerse.

Harry pasó a toda velocidad por delante de Hagrid y su oponente, apuntó a la espalda de Snape y gritó:

—¡*Desmaius!*

Pero no acertó: el rayo de luz roja pasó rozando la cabeza de Snape, que gritó «¡Corre, Draco!» y se dio la vuelta. Harry y el profesor, separados por unos veinte metros, se miraron y levantaron las varitas a un tiempo.

—¡*Cruc...!*

Pero Snape rechazó la maldición y lanzó a Harry de espaldas antes de que éste hubiera pronunciado el conjuro. El muchacho volvió a levantarse rápidamente mientras el enorme mortífago que tenía detrás gritaba: «*¡Incendio!*»; A continuación se oyó una explosión y una trémula luz anaranjada lo iluminó todo. ¡La cabaña de Hagrid estaba en llamas!

—¡*Fang* está ahí dentro, asqueroso...! —bramó Hagrid.

—¡*Cruc...!* —gritó Harry por segunda vez apuntando a la figura que tenía delante, iluminada por las parpadeantes llamas, pero Snape volvió a interceptar el hechizo y lo miró con desdén.

—¿Pretendes echarme una maldición imperdonable, Potter? —gritó elevando la voz por encima del fragor de las llamas, los gritos de Hagrid y los desesperados ladridos de *Fang*, atrapado en la cabaña—. No tienes ni el valor ni la habilidad...

—¡*Incárc...!* —rugió Harry, pero Snape desvió el hechizo con una sacudida casi perezosa del brazo—. ¡Defiéndase! —le gritó Harry—. ¡Defiéndase, cobarde de...!

—¿Me has llamado cobarde, Potter? —gritó Snape—. Tu padre nunca me atacaba si no eran cuatro contra uno. ¿Cómo lo llamarías a él?

—¡*Desm...!*

—¡Interceptado otra vez, y otra, y otra, hasta que aprendas a tener la boca cerrada y la mente abierta, Potter! —exclamó Snape con sorna, y volvió a desviar la maldición—. ¡Vamos! —le gritó al enorme mortífago que estaba a espaldas de Harry—. Hay que salir de aquí antes de que lleguen los del ministerio...

—¡*Impedi...!*

Pero antes de que Harry pudiera terminar el embrujo sintió un dolor atroz que lo hizo caer de rodillas en la hierba. Oyó gritos y creyó que aquel dolor lo mataría. Snape iba a torturarlo hasta la muerte o la locura...

—¡No! —bramó Snape, y el dolor desapareció con la misma rapidez con que había empezado; Harry se quedó hecho un ovillo sobre la hierba, aferrando la varita y jadeando, mientras Snape tronaba—: ¿Has olvidado las órdenes que te dieron? ¡Potter es del Señor Tenebroso! ¡Tenemos que dejarlo! ¡Vete! ¡Largo de aquí!

Y Harry notó que el suelo se estremecía bajo su mejilla mientras los dos hermanos y el otro mortífago, más corpulento, obedecían y corrían hacia las verjas. El muchacho lanzó un inarticulado grito de rabia —en ese instante no le importaba morir—, se puso en pie una vez más, y, tambaleándose y a ciegas, se dirigió hacia Snape, al que odiaba tanto como al propio Voldemort.

—¡*Sectum...*!

Snape agitó la varita y volvió a repeler la maldición, pero Harry estaba a escasos metros de él y por fin pudo ver con claridad el rostro del profesor: ya no sonreía con desdén ni se burlaba de él, sino que las abrasadoras llamas mostraban unas facciones encolerizadas. Harry intentó concentrarse al máximo y pensó: «¡*Levi...*!»

—¡No, Potter! —gritó Snape.

Se oyó un fuerte estruendo y Harry salió despedido de nuevo hacia atrás; volvió a desplomarse y esta vez se le cayó la varita de la mano. Oía gritar a Hagrid y aullar a *Fang* y veía cómo Snape se le acercaba y lo contemplaba tendido en el suelo, sin varita, indefenso, igual que unos momentos antes había estado Dumbledore. En el pálido semblante de Snape, iluminado por la cabaña en llamas, se reflejaba el odio de la misma forma que antes de echarle la maldición al anciano profesor.

—¿Cómo te atreves a utilizar mis propios hechizos contra mí, Potter? ¡Yo los inventé! ¡Yo soy el Príncipe Mestizo! Y tú pretendes atacarme con mis inventos, como tu asqueroso padre, ¿eh? ¡No lo permitiré! ¡No!

Harry se lanzó para recuperar la varita, pero Snape le arrojó un maleficio y la varita salió volando y se perdió en la oscuridad.

—Pues máteme —dijo Harry resoplando; no sentía miedo, sólo rabia y desprecio—. Máteme como lo mató a él, cobarde de...

—¡¡No me llames cobarde!! —bramó Snape, y su cara adoptó una expresión enloquecida, inhumana, como si estuviera sufriendo tanto como el perro que ladraba y aullaba sin cesar en la cabaña incendiada.

A continuación describió un amplio movimiento con el brazo, como si acuchillara el aire. Harry notó un fuerte latigazo en el rostro y una vez más cayó de espaldas y se golpeó contra el suelo. Unos puntos luminosos aparecieron ante sus ojos y por un instante se quedó sin respiración. Entonces oyó un aleteo por encima de él y un cuerpo enorme tapó las estrellas: *Buckbeak* volaba hacia Snape, que retrocedió trastabillando cuando el hipogrifo lo golpeó con sus afiladísimas garras. Harry se sentó en el suelo. La cabeza todavía le daba vueltas a causa del golpe que se había dado al caer, pero distinguió a Snape corriendo tan aprisa como podía y a la enorme bestia agitando las alas tras él y chillando como jamás lo había oído chillar...

Se levantó con dificultad y miró alrededor en busca de su varita, aturdido pero decidido a reemprender la persecución. Sin embargo, mientras palpaba a tientas entre la hierba comprendió que era demasiado tarde, y en efecto lo era, pues cuando por fin hubo localizado su varita a unos metros de distancia, el hipogrifo ya describía círculos sobre las verjas, lo que significaba que Snape había logrado desaparecerse fuera de los límites del colegio.

—Hagrid —masculló Harry mirando en torno, todavía ofuscado—. ¡Hagrid!

Fue dando tumbos hacia la cabaña en el mismo instante en que una enorme figura salía del fuego con *Fang* sobre los hombros. El muchacho soltó un grito de gratitud y cayó de rodillas; temblaba de la cabeza a los pies, le dolía todo el cuerpo y respiraba con dificultad.

—¿Estás bien, Harry? ¿Estás bien? Di algo, Harry...

La peluda cara del guardabosques oscilaba sobre la del chico y tapaba las estrellas. Harry olió a madera y a pelo de perro chamuscados; estiró un brazo y se tranquilizó al tocar el tibio cuerpo de *Fang*, que temblaba a su lado.

—Estoy bien —dijo entrecortadamente—. ¿Y tú?

—Claro que estoy bien... Soy duro de pelar.

Hagrid tomó a Harry por debajo de los brazos y lo levantó con tanto ímpetu que lo dejó un momento suspendido en el aire antes de bajarlo al suelo. El muchacho percibió que por la mejilla del guardabosques resbalaba sangre; el guardabosques tenía un profundo corte debajo de un ojo que se le estaba hinchando por momentos.

—Tenemos que apagar el fuego —dijo Harry—. Usa el encantamiento *Aguamenti*...

—Ya sabía yo que era algo así —murmuró Hagrid, y levantó un humeante paraguas rosa con estampado de flores—. ¡*Aguamenti!* —exclamó.

Del extremo del paraguas salió un chorro de agua. Harry levantó su varita, que le pesó como el plomo, y lo imitó: «¡*Aguamenti!*» Y ambos lanzaron agua sobre la cabaña hasta extinguir por completo las llamas.

—No es tan grave —comentó con optimismo Hagrid unos minutos más tarde, mientras contemplaba las humeantes ruinas de la cabaña—. Nada que Dumbledore no pueda arreglar.

Al oír ese nombre, Harry sintió una punzada en el estómago. En medio del silencio y la quietud, el horror surgió en su interior.

—Hagrid...

—Les estaba vendando las patas a unos bowtruckles cuando los oí llegar —explicó el guardabosques, que seguía contemplando los restos de su casa, apesadumbrado—. Pobrecitos, se habrán quemado las ramitas...

—Hagrid...

—¿Qué ha pasado, Harry? He visto a unos mortífagos que salían corriendo del castillo, pero ¿qué demonios hacía Snape con ellos? ¿Adónde ha ido? ¿Los estaba persiguiendo?

—Snape... —Carraspeó; tenía la garganta seca a causa del pánico y el humo—. Hagrid, Snape ha matado a...

—¿Que ha matado? —se extrañó el guardabosques mirando fijamente a Harry—. ¿Que Snape ha matado? ¿Qué estás diciendo?

—... a Dumbledore —concluyó Harry—. Snape... ha matado... a Dumbledore.

Hagrid se quedó atónito, con una expresión de absoluto desconcierto.

—¿Qué dices, Harry? ¿Que Dumbledore qué?

—Está muerto. Snape lo ha matado.

—No digas eso —repuso Hagrid con brusquedad—. ¿Cómo se te ocurre que Snape haya matado a Dumbledore? No seas estúpido, Harry. ¿Por qué dices eso?

—Lo he visto con mis propios ojos.

—Es imposible.

—Lo he visto, Hagrid.

El guardabosques sacudió la cabeza y lo miró con una mezcla de incredulidad y compasión; al parecer, creía que Harry había recibido un golpe en la cabeza, o estaba aturdido, o sufría las secuelas de algún embrujo...

—Dumbledore debe de haberle ordenado a Snape que se fuera con los mortífagos —dijo—. Supongo que tiene que conservar su tapadera. Mira, volvamos al colegio. Vamos, Harry...

El muchacho no intentó discutir ni darle explicaciones. Todavía no podía controlar los temblores. Al fin y al cabo, Hagrid no tardaría en descubrir la verdad. Mientras dirigían sus pasos hacia el castillo, Harry observó que se habían iluminado muchas ventanas y no le costó imaginar las escenas que estarían desarrollándose dentro del edificio: la gente yendo y viniendo de una habitación a otra, contándose unos a otros que habían entrado mortífagos en el colegio, que la Marca brillaba sobre Hogwarts, que debían de haber matado a alguien...

Las puertas de roble de la entrada estaban abiertas y la luz del interior iluminaba el sendero y la extensión de césped. Poco a poco, con vacilación, empezaron a salir profesores y alumnos en pijama; bajaron los escalones y miraron alrededor, nerviosos, en busca de alguna señal de los mortífagos que habían huido en plena noche. Sin embargo, los ojos de Harry estaban fijos en el pie de la torre más alta. Le pareció distinguir un bulto negro acurrucado sobre la hierba, aunque en realidad estaba demasiado lejos para ver nada. Pero mientras contemplaba el sitio donde calculaba que debía yacer el cadáver de Dumbledore, reparó en que la gente empezaba a dirigirse hacia allí.

—¿Qué miran? —preguntó Hagrid mientras se acercaban a la fachada principal con *Fang* pegado a sus talones—. ¿Qué es eso que hay en la hierba? —añadió de repente, y dio vuelta hacia el pie de la torre de Astronomía, donde se estaba formando un pequeño corro—. ¿Lo ves, Harry? Allí, al pie de la torre. Debajo de la Marca... Cáspita, espero que no se haya caído nadie.

Hagrid guardó silencio, porque acababa de pensar algo demasiado espantoso para expresarlo en voz alta. Harry avanzaba junto a él. Notaba diversas contusiones en la cara y las piernas, producto de los maleficios que había recibido en la última media hora, aunque percibía el dolor de un modo extraño, con cierta indiferencia, como si no lo padeciera él sino alguien que estuviera junto a él. Lo que sí era real e ineludible era la espantosa presión que notaba en el pecho...

Se abrieron paso como sonámbulos entre los murmullos de la muchedumbre hasta la primera fila, donde los estupefactos estudiantes y profesores habían dejado un hueco.

Harry oyó el gemido de dolor de Hagrid pero no se detuvo, siguió avanzando despacio hasta el sitio donde yacía Dumbledore y se agachó a su lado.

Harry había comprendido que no había nada que hacer en cuanto quedó libre de la maldición de la inmovilidad total que le había echado Dumbledore, pues eso sólo podía significar que su autor había muerto; con todo, no estaba preparado para ver allí, con los brazos y las piernas extendidos, destrozado, al mago más grande que él había conocido y conocería jamás.

Dumbledore tenía los ojos cerrados, y por la curiosa posición en que le habían quedado los brazos y las piernas podía parecer que estaba dormido. Harry alargó un brazo, le enderezó las gafas de media luna sobre la torcida nariz y le limpió con la manga de su propia túnica un hilo de sangre que se le escapaba por la boca. Entonces contempló aquel anciano y sabio rostro e intentó asimilar la monstruosa e incomprensible verdad: Dumbledore jamás volvería a hablarle, jamás podría ayudarlo...

Oía los murmullos a sus espaldas y al cabo de un rato, que a él le pareció muy largo, se dio cuenta de que estaba arrodillado encima de algo duro y miró. El guardapelo que habían logrado robar unas horas atrás se había caído del bolsillo de Dumbledore y se había abierto, quizá debido a la fuerza con que había golpeado el suelo. Y aunque no podía sentir más conmoción, más horror ni más tristeza de los que ya sentía, Harry tuvo la impresión, tan pronto lo agarró, de que algo no encajaba...

Lo miró y remiró entre las manos. Ese guardapelo no era tan grande como el que recordaba haber visto en el pensadero, ni tenía marca alguna: no había ni rastro de la elaborada «S», la marca de Slytherin. Y en su interior sólo había un trozo de pergamino, doblado y fuertemente apretado, en el sitio donde tenía que haber un retrato.

Automáticamente, sin reflexionar en lo que estaba haciendo, sacó el trozo de pergamino, lo desplegó y, a la luz de las muchas varitas que se habían encendido detrás de él, leyó:

Para el Señor Tenebroso.
Ya sé que moriré mucho antes de que lea esto,
pero quiero que sepa que fui yo quien
descubrió su secreto.
He robado el Horrocrux auténtico
y lo destruiré en cuanto pueda.
Afrontaré la muerte con la esperanza de que,
cuando encuentre la horma de su zapato,
volverá a ser mortal.
R.A.B.

Harry no supo qué significaba aquel mensaje, ni le importó. Sólo importaba una cosa: que aquel objeto no era un Horrocrux. Dumbledore se había debilitado bebiendo la espantosa poción, y todo inútilmente. Arrugó el pergamino en la mano y los ojos se le anegaron en lágrimas mientras, a su lado, *Fang* empezaba a aullar.

29

El lamento del fénix

—Ven, Harry...

—No.

—No puedes quedarte aquí, Harry... Vamos, ven conmigo...

—No.

No quería marcharse del lado de Dumbledore, no quería irse a ningún sitio. La mano de Hagrid temblaba en el hombro del muchacho. Entonces otra voz dijo:

—Vamos, Harry.

Una mano mucho más pequeña y suave había tomado la suya y tiraba de él para que se levantara. El muchacho obedeció a ese contacto sin prestarle atención. Cuando ya había echado a andar a ciegas, abriéndose paso entre el corro de gente, percibió un perfume floral y se dio cuenta de que era Ginny quien lo guiaba hacia el castillo. Oía voces ininteligibles; sollozos, gritos y lamentos hendían la oscuridad, pero ellos siguieron su camino, subieron los escalones de piedra y entraron en el vestíbulo. Harry veía caras cuyos rasgos no distinguía; sus compañeros lo miraban con ojos escrutadores al tiempo que susurraban y se hacían preguntas, y los rubíes de Gryffindor brillaban en el suelo como gotas de sangre mientras ambos se dirigían hacia la escalinata de mármol.

—Vamos a la enfermería —dijo Ginny.

—No estoy herido —replicó Harry.

—Son órdenes de la profesora McGonagall —repuso ella—. Están todos allí: Ron, Hermione, Lupin... Todos.

El miedo volvió a prender en el pecho de Harry: se había olvidado de los cuerpos inertes que había dejado atrás.

—¿A quién más han matado, Ginny?

—No te preocupes, a ninguno de los nuestros.

—Pero la Marca Tenebrosa... Malfoy dijo que había pasado por encima de un cadáver.

—Pasó por encima de Bill, pero él está bien, sigue vivo.

Sin embargo, Harry advirtió en el tono de Ginny algo que no auguraba nada bueno.

—¿Estás segura?

—Claro que estoy segura. Está... un poco molido, pero nada más. Lo atacó Greyback. La señora Pomfrey dice que no... que no volverá ser el de antes... —A Ginny le tembló un poco la voz—. En realidad no sabemos qué consecuencias tendrá. Verás, Greyback es un hombre lobo, pero no se había transformado cuando lo atacó...

—Pero los demás... Había otros cuerpos en el suelo.

—Neville está en la enfermería, pero la señora Pomfrey afirma que se pondrá bien. El profesor Flitwick perdió el conocimiento, aunque sólo está un poco débil y se ha empeñado en ir a vigilar a los de Ravenclaw. Y hay un mortífago muerto; lo alcanzó una maldición asesina que aquel tipo rubio y corpulento disparaba en todas direcciones... Si no llega a ser por tu poción de la suerte, Harry, me parece que nos habrían matado a todos, pero las maldiciones pasaban rozándonos...

Llegaron a la enfermería. Al entrar, Harry vio a Neville acostado en una cama cerca de la puerta; al parecer dormía. Ron, Hermione, Luna, Tonks y Lupin se apiñaban alrededor de una cama al fondo de la habitación. Todos se volvieron hacia la puerta. Hermione corrió hacia Harry y lo abrazó; Lupin también fue hacia él, con gesto de aprensión.

—¿Te encuentras bien, Harry?

—Sí, estoy bien. ¿Cómo está Bill?

Nadie contestó. Harry miró por encima del hombro de Hermione y vio una cara irreconocible sobre la almohada; Bill tenía tantos cortes y magulladuras que costaba identificarlo. La señora Pomfrey le aplicaba en las heridas un ungüento verde de olor penetrante. Harry recordó la facilidad con que Snape le había cerrado las heridas causadas por el *Sectumsempra* a Malfoy, al pasar sobre ellas la varita.

—¿No puede curarlo con algún encantamiento? —le preguntó a la enfermera.

—Para esto no hay encantamientos. He probado todo lo que sé, pero las mordeduras de hombre lobo son incurables.

—Pero no lo han mordido con luna llena —objetó Ron, que contemplaba el rostro de su hermano como si creyera poder arreglarlo con la fuerza de la mirada—. Greyback no se había transformado, de modo que Bill no se convertirá en un... en un... —Miró vacilante a Lupin.

—No, no creo que Bill se convierta en un hombre lobo propiamente dicho —observó Lupin—, pero eso no significa que no exista cierto grado de contaminación. Esas heridas están malditas. Es poco probable que se curen por completo y... Bill podría desarrollar algunos rasgos lobunos a partir de ahora.

—Seguro que a Dumbledore se le ocurre alguna solución —insistió Ron—. ¿Dónde está? Bill peleó contra esos maníacos bajo las órdenes de Dumbledore, así que el director está en deuda con él, no puede dejarlo en esta situación...

—Dumbledore ha muerto —dijo Ginny.

—¡No! —Lupin, atónito, miró a Harry con la esperanza de que éste lo desmintiera, pero al ver que se quedaba callado, se desplomó en una silla, al lado de la cama de Bill, y se tapó la cara con ambas manos.

Era la primera vez que Harry lo veía derrumbarse; como tuvo la impresión de que interrumpía algo íntimo, se dio la vuelta y observó a Ron, con el que intercambió una silenciosa mirada que confirmaba las palabras de Ginny.

—¿Cómo ha muerto? —susurró Tonks—. ¿Qué ha sucedido?

—Lo mató Snape —declaró Harry—. Yo estaba delante, lo vi con mis propios ojos. Dumbledore y yo fuimos directamente a la torre de Astronomía porque ahí había aparecido la Marca. Él no se encontraba bien, estaba muy débil, pero creo que sospechó que nos habían tendido una trampa cuando oyó pasos que subían por la escalera. Entonces me inmovilizó; yo no podía hacer nada, y además llevaba puesta la capa invisible. Luego Malfoy abrió la puerta y lo desarmó. —Hermione se tapó la boca con la mano y Ron soltó un gemido. A Luna le temblaban los labios—. Llegaron más mortífagos, y entonces Snape... Snape... lo mató. Con la *Avada Kedavra*. —Harry no pudo continuar.

La señora Pomfrey rompió a llorar. Nadie le hizo caso excepto Ginny, que susurró:

—¡Chist! ¡Escuche!

La enfermera, con los ojos como platos, tragó saliva y se tapó la boca con la mano. Fuera, en la oscuridad, un fénix cantaba de un modo que Harry nunca había oído: era un triste lamento de una belleza sobrecogedora. Y el muchacho sintió, como ya le había ocurrido anteriormente al oír cantar esa ave, que la música estaba dentro de él y no fuera: lo que resonaba por los jardines y entraba por las ventanas del castillo era su propio dolor convertido, mediante magia, en música.

Harry no sabía cuánto tiempo habían permanecido escuchando, ni por qué aquel sonido que tan bien expresaba su desconsuelo reducía un poco el dolor que sentían todos los presentes, pero tuvo la impresión de que había transcurrido una eternidad cuando la puerta de la enfermería volvió a abrirse y entró la profesora McGonagall. Ella, como los demás, mostraba huellas de la reciente batalla: tenía varios arañazos en la cara y desgarrones en la túnica.

—Molly y Arthur están en camino —anunció, y rompió el hechizo de la música: todos volvieron en sí de golpe, como si salieran de un trance, y, abandonando sus posiciones, miraron de nuevo a Bill, o se frotaron los ojos, o movieron la cabeza—. ¿Qué ha pasado, Harry? Según Hagrid, estabas con el profesor Dumbledore cuando... cuando ha sucedido. Nos ha dicho que el profesor Snape ha participado en...

—Snape mató a Dumbledore —dijo Harry.

La profesora lo miró fijamente y se tambaleó como si fuera a desmayarse. La señora Pomfrey, que ya se había serenado un poco, se adelantó e hizo aparecer una silla que colocó detrás de la profesora McGonagall.

—Snape —repitió ésta con un hilo de voz, y se dejó caer en la silla—. Todos nos preguntábamos... Pero él confiaba... En todo momento confió... ¡Snape!... No puedo creerlo...

—Snape era un experto oclumántico —intervino Lupin con una voz más áspera de lo habitual—. Eso ya lo sabíamos.

—¡Pero Dumbledore nos juró que estaba en nuestro bando! —susurró Tonks—. Siempre pensé que el director sabía algo sobre Snape que nosotros ignorábamos...

—Sí, siempre insinuó que tenía un motivo irrefutable para confiar en él —musitó McGonagall mientras se secaba las lágrimas con un pañuelo con ribete de tela escocesa—. Claro, con el historial que tenía Snape... es lógico que la gente se hiciera preguntas. Pero Dumbledore me aseguró de manera muy explícita que el arrepentimiento de Snape era absolutamente sincero... ¡No quería oír ni una palabra contra él!

—Me encantaría saber qué le contó Snape para convencerlo —terció Tonks.

—Yo lo sé —dijo Harry, y todos se quedaron mirándolo—. Snape le proporcionó a Voldemort la información que provocó que éste emprendiera la búsqueda de mis padres. Pero Snape le dijo a Dumbledore que no se había dado cuenta de lo que había hecho, que se arrepentía profundamente de haberlo dicho y que lamentaba que mis padres hubieran muerto.

—¿Y se lo creyó? —se extrañó Lupin—. ¿Dumbledore se creyó que Snape lamentaba que James hubiera muerto? Pero si lo odiaba...

—Y tampoco creía que mi madre valiera nada —añadió Harry—, porque ella era hija de muggles... La llamaba «sangre sucia».

Nadie le preguntó cómo lo sabía. Parecían horrorizados y conmocionados, como si trataran de asimilar la monstruosa verdad de lo ocurrido.

—Todo esto es culpa mía —dijo de pronto la profesora McGonagall, retorciendo su húmedo pañuelo con ambas manos, muy turbada—. Yo tengo la culpa. ¡Envié a Filius a buscar a Snape, le pedí que fuera a buscarlo para que nos ayudara! Si no lo hubiera alertado de lo que estaba pasando, quizá no se hubiese unido a los mortífagos. No creo que supiera que habían entrado en el castillo hasta que se lo contó Filius, ni creo que estuviera enterado de que iban a venir.

—No es culpa tuya, Minerva —dijo Lupin con firmeza—. Necesitábamos ayuda y nos tranquilizó saber que Snape estaba en camino...

—¿Y cuando llegó a donde se libraba la batalla, se unió al bando de los mortífagos? —preguntó Harry, que quería obtener hasta el más nimio detalle de la duplicidad y la infamia de Snape y recogía febrilmente más razones para odiarlo y jurar vengarse de él.

—No sé exactamente qué sucedió —dijo la profesora McGonagall, abstraída—. Resulta todo tan confuso... Dumbledore nos había dicho que se ausentaría del colegio unas horas y que debíamos patrullar por los pasillos por si acaso. Remus, Bill y Nymphadora debían ayudarnos... así que nos pusimos a vigilar. Todo parecía tranquilo y los pasadizos secretos que daban al exterior del colegio estaban controlados. Sabíamos que nadie podía entrar volando, pues había poderosos sortilegios en todos los accesos al castillo. Todavía no me explico cómo pudieron colarse los mortífagos...

—Yo sí —dijo Harry, y explicó brevemente lo de los dos armarios evanescentes y el pasillo secreto que formaban—. O sea que entraron por la Sala de los Menesteres. —Casi sin proponérselo, miró a Ron y Hermione, que estaban anonadados.

—Lo estropeé todo, Harry —se lamentó Ron con gesto sombrío—. Hicimos lo que nos ordenaste: abrimos el mapa del merodeador y al no localizar a Malfoy pensamos que estaría en la Sala de los Menesteres, de modo que Ginny, Neville y yo fuimos a montar guardia en el pasillo... Pero Malfoy se nos escapó.

—Salió de la sala cuando llevábamos una hora vigilando la entrada —explicó Ginny—. Iba solo y llevaba ese repugnante brazo reseco...

—Su Mano de la Gloria —especificó Ron—. Esa que sólo ilumina al que la sostiene, ¿te acuerdas?

—Pues bien —continuó Ginny—, debió de asomarse a ver si había alguien antes de permitir que salieran los mortífagos, porque tan pronto nos vio lanzó algo al aire y todo se puso negrísimo...

—Polvo peruano de oscuridad instantánea —explicó Ron con amargura—. ¿Te suena? Cuando agarre a Fred o a George... No deberían venderle sus productos a cualquiera.

—Lo probamos todo: *Lumos*, *Incendio*... —dijo Ginny—. Pero nada rompía la oscuridad; lo único que conseguimos fue salir a tientas del pasillo mientras oíamos pasar a la gente por nuestro lado. Malfoy sí podía ver porque llevaba esa mano que los guiaba, pero no nos atrevimos a echar ninguna maldición por si nos dábamos unos a otros, y cuando llegamos a un pasillo iluminado, ellos ya se habían marchado.

—Por suerte —intervino Lupin con voz ronca—, Ron, Ginny y Neville tropezaron con nosotros casi de inmediato y nos contaron lo ocurrido. Encontramos a los mortífagos unos minutos más tarde; se dirigían hacia la torre de Astronomía. Es evidente que Malfoy no esperaba que hubiera tanta gente vigilando, pero al menos se había quedado sin polvo de oscuridad. Empezamos a pelear, ellos se dividieron y los perseguimos. Uno de ellos, Gibbon, se escabulló y subió por la escalera de la torre.

—¿Para poner la Marca? —preguntó Harry.

—Seguramente sí; debieron de acordarlo así antes de salir de la Sala de los Menesteres —supuso Lupin—. Pero no creo que a Gibbon le agradara la idea de esperar a Dumbledore allí arriba, solo, porque volvió a bajar rápidamente por la escalera y siguió peleando hasta que lo alcanzó una maldición asesina que habían lanzado contra mí.

—Y si Ron estaba vigilando la Sala de los Menesteres con Ginny y Neville —dijo Harry volviéndose hacia Hermione—, tú debías de estar...

—Frente al despacho de Snape, sí —susurró ella con lágrimas en los ojos—. Con Luna. Estuvimos muchísimo rato sin que pasara nada... Pero no sabíamos qué estaba sucediendo arriba, pues Ron se había llevado el mapa del merodeador. Cuando ya era casi medianoche, el profesor Flitwick bajó corriendo a las mazmorras. Iba gritando que había mortífagos en el castillo; creo que ni siquiera se dio cuenta de nuestra presencia porque irrumpió en el despacho de Snape y le oímos decirle que tenía que subir con él a ayudar; después oímos un fuerte golpe y Snape salió a toda velocidad de su despacho, y nos vio y... y...

—¿Qué? —urgió Harry.

—¡Fui tan estúpida, Harry! —dijo Hermione con voz quebrada—. Snape nos dijo que el profesor Flitwick se había desmayado y que fuéramos a atenderlo mientras él... mientras él subía a combatir a los mortífagos... —Se tapó la cara, avergonzada, y siguió hablando a través de los dedos, que amortiguaban su voz—. Entramos en su despacho para ver si podíamos echar una mano al profesor Flitwick y lo encontramos inconsciente en el suelo... Y... ahora está tan claro... Snape debió de hacerle un encantamiento aturdidor, ¡pero no nos dimos cuenta, Harry, no nos dimos cuenta y lo dejamos escapar!

—No tienen la culpa —dijo Lupin—. Hermione, si no hubieran obedecido a Snape, probablemente las habría matado a Luna y a ti.

—Y entonces subió —discurrió Harry, que se imaginaba a Snape ascendiendo como una flecha por la escalinata de mármol mientras sacaba su varita de la negra túnica, que ondeaba tras él, al tiempo que recorría los peldaños—, y llegó a donde los demás estaban peleando...

—Teníamos problemas, estábamos perdiendo —dijo Tonks en voz baja—. Gibbon había caído, pero el resto de los mortífagos parecía dispuesto a combatir hasta la muerte. Habían herido a Neville, Greyback había atacado a Bill... La oscuridad era total y volaban maldiciones por todas partes. Draco Malfoy había desaparecido; supongo que se escabulló y subió a la azotea de la torre... Otros mortífagos lo siguieron, pero uno de ellos bloqueó la escalera con alguna maldición, pues Neville se lanzó hacia ella y salió despedido por los aires...

—No podíamos atravesar la barrera —explicó Ron—, y ese mortífago inmenso no paraba de lanzar embrujos que rebotaban en las paredes y nos pasaban muy cerca...

—Y entonces llegó Snape —continuó Tonks—, pero al cabo de un momento desapareció.

—Yo lo vi correr hacia nosotros, pero en ese momento el mortífago enorme me lanzó un embrujo que pasó rozándome, me agaché para esquivarlo y no me enteré de lo que ocurría —dijo Ginny.

—Y yo lo vi atravesar la barrera invisible como si no existiera —intervino Lupin—. Intenté seguirlo, pero salí despedido, igual que Neville.

—Snape debía de saber un hechizo que nosotros no conocíamos —dedujo la profesora McGonagall—. Al fin y al cabo, era el profesor de Defensa Contra las Artes Oscuras. Creí que perseguía a los mortífagos que habían escapado hacia la azotea...

—Pues sí —dijo Harry, colérico—, pero para ayudarlos y no para atraparlos... Y seguro que esa barrera sólo podías atravesarla si tenías una Marca Tenebrosa en el brazo... ¿Qué pasó cuando bajó?

—Ese mortífago tan enorme acababa de lanzar un maleficio que hizo que se desprendiera medio techo, pero también rompió la maldición que interceptaba la escalera —explicó Lupin—. Todos echamos a correr (bueno, los que todavía nos teníamos en pie), y entonces Snape y el chico salieron de entre una nube de polvo, y como es lógico, a ninguno se le ocurrió atacarlos...

—Los dejamos pasar sin más —dijo Tonks con voz débil— porque creímos que los perseguían los mortífagos, y a continuación bajaron éstos con Greyback y reanudamos la pelea. Me pareció oír que Snape gritaba algo, pero no sé qué fue...

—Gritó: «Ya está» —precisó Harry—. Porque ya había cumplido su cometido.

Se produjo un silencio. El lamento de *Fawkes* todavía resonaba por los jardines del castillo. Mientras la melodía se propagaba por el cielo, unos pensamientos inoportunos afloraron en la mente de Harry: ¿Se habrían llevado el cadáver de Dumbledore del pie de la torre? ¿Qué harían con él? ¿Dónde descansaría? Apretó con fuerza los puños, metidos en los bolsillos, y notó el roce del pequeño bulto del Horrocrux falso en los nudillos de la mano derecha.

Las puertas de la enfermería se abrieron de golpe y todos se sobresaltaron: los señores Weasley entraron en la sala precipitadamente, seguidos de Fleur, cuyo hermoso rostro estaba crispado por el pánico.

—Molly... Arthur... —dijo la profesora McGonagall; se levantó de un brinco y corrió a saludarlos—. Lo siento tanto...

—Bill —susurró la señora Weasley, y pasó por delante de la profesora, pues acababa de ver la maltrecha cara de su hijo—. ¡Oh, Bill!

Lupin y Tonks se levantaron y se apartaron para que los Weasley pudieran acercarse más a la cama. La madre de Bill se inclinó sobre su hijo y le besó la ensangrentada frente.

—¿Dices que lo atacó Fenrir Greyback? —le preguntó el señor Weasley a la profesora McGonagall—. ¿Pero no se había transformado? ¿Y entonces? ¿Qué le va a ocurrir a Bill?

—Todavía no lo sabemos —respondió ella, y miró a Lupin con gesto de impotencia.

—Seguramente tendrá alguna secuela, Arthur —dijo Lupin—. Es un caso muy raro, posiblemente el único... No sabemos cómo se comportará cuando despierte...

La señora Weasley le quitó el apestoso ungüento de las manos a la señora Pomfrey y empezó a aplicárselo a Bill en las heridas.

—¿Y Dumbledore? —preguntó su marido—. Minerva, ¿es verdad que está...?

Mientras la profesora McGonagall asentía con la cabeza, Harry notó que Ginny se movía a su lado y la miró. La muchacha tenía los ojos entornados y clavados en Fleur, que contemplaba a Bill con el terror reflejado en la cara.

—Muerto... Dumbledore... —susurró el señor Weasley, pero su esposa sólo tenía ojos para su hijo mayor.

La señora Weasley rompió a sollozar y sus lágrimas cayeron sobre el mutilado rostro de Bill.

—Ya sé que no importa el aspecto que tenga... Eso no es... lo más... importante... Pero era un chico tan guapo... Siempre fue muy guapo. ¡Mira que pasarle esto precisamente ahora que iba a casarse!

—¿Se puede *sabeg* qué significa eso? —saltó Fleur—. ¿Qué *quiegue decig* «iba» a *casagse*?

La señora Weasley la miró con los ojos anegados en lágrimas y gesto de asombro.

—Pues... nada, que...

—¿Cree que Bill ya no *quegá casagse* conmigo? —inquirió Fleur—. ¿Piensa que *pog* culpa de esas *mogdedugas dejagá* de *amagme*?

—No, yo no he dicho eso...

—¡Pues se equivoca! —gritó Fleur. Se irguió cuan alta era y se apartó la larga melena plateada—. ¡*Paga* que Bill no me *quisiega haguía* falta algo más que un *hombgue* lobo!

—Sí, claro que sí —dijo la señora Weasley—, pero pensé que quizá... dado el estado en que... en que...

—¿Creyó que no *queguía casagme* con él? ¿O quizá confiaba en que no *quisiega casagme* con él? —replicó Fleur; estaba tan enfadada que le temblaban las aletas de la nariz—. ¿Qué más da el aspecto que tenga? ¡Me *paguece* que tenemos de *sobga* con mi belleza! ¡Lo único que *demuestgan* esas *cicatguices* es la *gan* valentía de mi *fu-*

tugo maguido! ¡Y deme eso! ¡Ya lo hago yo! —añadió con fiereza al tiempo que apartaba a la señora Weasley de un empujón y le quitaba el ungüento de las manos.

La madre de los Weasley tropezó, chocó contra su marido y se quedó mirando cómo Fleur le curaba las heridas a Bill con una expresión muy extraña. Nadie decía nada; Harry no se atrevía ni a moverse. Como todos los demás, esperaba que la señora Weasley estallara.

—Nuestra tía abuela Muriel —dijo la mujer tras una larga pausa— tiene una diadema preciosa, hecha por duendes, y estoy segura de que lograré que te la preste para la boda. Muriel quiere mucho a Bill, ¿sabes?, y a ti te quedará muy bonita, con el pelo que tienes.

—*Gacias* —dijo Fleur fríamente—. Será un placer.

Y de repente ambas se abrazaron llorando. Harry, desconcertado, se preguntó si el mundo se habría vuelto loco; se dio la vuelta y vio que Ron estaba tan pasmado como él y que Ginny y Hermione se miraban con asombro.

—¿Lo ves? —dijo entonces una agresiva voz. Tonks fulminaba con la mirada a Lupin—. ¡Fleur sigue queriendo casarse con él, aunque lo hayan mordido! ¡A ella no le importa!

—Es diferente —replicó Lupin moviendo apenas los labios y poniéndose tenso—. Bill no será un hombre lobo completo. Son dos casos totalmente...

—¡Pero a mí tampoco me importa! ¡No me importa! —gritó Tonks agarrando a Lupin por la pechera de la túnica y zarandeándolo—. Te lo he dicho un millón de veces...

Y de pronto Harry lo comprendió todo: el significado del *patronus* de Tonks y el de su cabello desvaído, y el motivo por el que había ido rápidamente a buscar a Dumbledore tras oír el rumor de que Greyback había atacado a alguien. No era de Sirius de quien Tonks se había enamorado...

—Y yo te he dicho a ti un millón de veces —replicó Lupin con la vista clavada en el suelo para no mirarla— que soy demasiado mayor para ti, demasiado pobre, demasiado peligroso...

—Siempre he mantenido que has tomado una postura ridícula respecto a este tema, Remus —intervino la señora Weasley asomando la cabeza por encima del hombro de Fleur mientras le daba unas palmaditas en la espalda a su futura nuera.

—No he tomado ninguna postura ridícula —se defendió Lupin—. Tonks merece a alguien joven y sano.

—Pero ella te quiere a ti —terció el señor Weasley esbozando una sonrisa—. Y al fin y al cabo, Remus, los jóvenes sanos no siempre se mantienen así. —Y con tristeza señaló a su hijo, que yacía entre ellos.

—Ahora no es momento para hablar de esto —dijo Lupin esquivando todas las miradas, y añadió con abatimiento—: Dumbledore ha muerto...

—Dumbledore se habría alegrado más que nadie de que hubiera un poco más de amor en el mundo —dijo la profesora McGonagall con tono cortante, y en ese momento se abrieron otra vez las puertas de la enfermería y entró Hagrid.

Tenía la frente empapada y los ojos hinchados; lloraba desconsolado y llevaba un pañuelo de lunares en la mano.

—Ya está... Ya lo he hecho, profesora —dijo entre sollozos—. Me... me lo he llevado. La profesora Sprout ha enviado a los chicos a acostarse. El profesor Flitwick está descansando, pero dice que se pondrá bien en un abrir y cerrar de ojos, y el profesor Slughorn ya ha informado al ministerio.

—Gracias, Hagrid —dijo McGonagall, y se puso en pie—. Tendré que hablar con los del ministerio en cuanto lleguen. Hagrid, por favor, diles a los jefes de las casas (Slughorn puede representar a Slytherin) que quiero verlos en mi despacho de inmediato. Y me gustaría que tú también estuvieras presente.

El guardabosques asintió, se dio la vuelta y salió de la enfermería arrastrando los pies. La profesora se dirigió entonces a Harry:

—Antes de hablar con ellos desearía charlar un momento contigo. Si quieres acompañarme...

El muchacho murmuró un «Nos vemos luego» dirigido a Ron, Hermione y Ginny, y siguió a McGonagall hacia la puerta. Los pasillos estaban vacíos y sólo se oía la lejana canción del fénix. Harry tardó unos minutos en comprender que no iban al despacho de la profesora sino al de Dumbledore, y unos segundos más en darse cuenta de que, como hasta entonces ella había sido la subdirectora, tras la muerte de Dumbledore debía de haber pasado a ser directora... y por lo tanto, le correspondía ocupar la habitación que había detrás de la gárgola.

Subieron en silencio por la escalera de caracol móvil y entraron en el despacho circular. Harry no sabía muy bien qué esperaba encontrar allí: quizá los muebles estarían tapados con sábanas negras, o a lo mejor habían llevado el cadáver de Dumbledore... Sin embargo, el despacho estaba casi igual que cuando el anciano profesor lo había abandonado unas horas antes: los instrumentos de plata zumbaban y echaban humo en sus mesitas de patas finas, la espada de Gryffindor seguía reluciendo en la urna de cristal a la luz de la luna, y el Sombrero Seleccionador reposaba en un estante, detrás de la mesa. Pero la percha de *Fawkes* estaba vacía: el fénix seguía en los jardines cantando su lamento. Y un nuevo retrato se había añadido a los anteriores directores y directoras de Hogwarts... Dumbledore dormía apaciblemente en un lienzo con marco de oro, colgado de la pared que había detrás de la mesa, con las gafas de media luna sobre la torcida nariz.

Tras echarle un vistazo a ese retrato, la profesora McGonagall hizo un extraño movimiento, como si se armara de valor, bordeó la mesa y se colocó frente a Harry, con el semblante tenso y surcado de arrugas.

—Me gustaría saber qué hicieron el profesor Dumbledore y tú esta noche cuando se marcharon del colegio —dijo.

—No puedo contárselo, profesora —respondió Harry. Como suponía que se lo preguntaría, tenía la respuesta preparada. Dumbledore le había pedido en ese mismo despacho que no le revelara el contenido de sus clases particulares a nadie, salvo a Ron y a Hermione.

—Podría ser importante, Harry —insistió ella.

—Lo es —convino el muchacho—. Es muy importante, pero él me pidió que no se lo contara a nadie.

La profesora lo fulminó con la mirada.

—Potter —a Harry no se le escapó que volvía a llamarlo por su apellido—, en vista de la muerte del profesor Dumbledore, creo que te darás cuenta de que la situación ha cambiado un poco...

—A mí me parece que no —replicó Harry, y se encogió de hombros—. El profesor Dumbledore no me dijo que dejara de obedecer sus órdenes si él moría.

—Pero...

—Aunque hay una cosa que usted sí debería saber antes de que lleguen los del ministerio: la señora Rosmerta está bajo la maldición *imperius*. Ella ayudaba a Malfoy y los mortífagos; así fue como el collar y el hidromiel envenenado...

—¿Rosmerta? —se extrañó McGonagall, incrédula, pero antes de que pudiera continuar, llamaron a la puerta y los profesores Sprout, Flitwick y Slughorn entraron en el despacho, seguidos de Hagrid, que todavía lloraba a lágrima viva y temblaba de aflicción.

—¡Snape! —exclamó Slughorn, que parecía el más afectado, pálido y sudoroso—. ¡Snape! ¡Fue alumno mío! ¡Y yo que creía conocerlo!

En ese momento un mago de cutis cetrino y flequillo corto y negro que acababa de llegar a su lienzo, hasta entonces vacío, habló desde lo alto de la pared con voz aguda:

—Minerva, el ministro llegará dentro de unos segundos, acaba de desaparecerse del ministerio.

—Gracias, Everard —respondió McGonagall, y se volvió con rapidez hacia los profesores—. Quiero hablar con ustedes del futuro de Hogwarts antes de que él llegue aquí —dijo—. Personalmente, no estoy segura de que el colegio deba abrir sus puertas el curso próximo. La muerte del director a manos de uno de nuestros colegas es una deshonra para Hogwarts. Es algo horroroso.

—Yo estoy convencida de que Dumbledore habría deseado que el colegio siguiera abierto —opinó la profesora

Sprout—. Creo que mientras un solo alumno quiera venir, Hogwarts debe permanecer disponible para él.

—Pero ¿tendremos algún alumno después de lo ocurrido? —se preguntó Slughorn mientras se secaba el sudor de la frente con un pañuelo de seda—. Los padres preferirán que sus hijos se queden en casa, y no me extraña. En mi opinión, no creo que corramos más peligro en Hogwarts que en cualquier otro sitio, pero es lógico que las madres no piensen lo mismo, y, como es natural, querrán que las familias se mantengan unidas.

—Estoy de acuerdo —concedió la profesora McGonagall—. Pero, de cualquier modo, no es cierto que Dumbledore nunca concibiera una situación por la que Hogwarts tuviera que cerrar, pues se lo planteó cuando volvió a abrirse la Cámara de los Secretos. Y, a mi entender, su asesinato es más inquietante que la posibilidad de que el monstruo de Slytherin viviera escondido en las entrañas del castillo.

—Hay que consultar a los miembros del consejo escolar —apuntó el profesor Flitwick con su aguda vocecilla; tenía un gran cardenal en la frente, pero por lo demás parecía haber salido ileso de su desmayo en el despacho de Snape—. Debemos seguir el procedimiento establecido. No hay que tomar decisiones precipitadas.

—Tú todavía no has dicho nada, Hagrid —dijo McGonagall—. ¿Qué opinas? ¿Debería continuar Hogwarts abierto?

El guardabosques, que había estado llorando en silencio y tapándose la cara con su gran pañuelo de lunares, alzó sus enrojecidos e hinchados ojos y dijo con voz ronca:

—No lo sé, profesora... Eso tienen que decidirlo usted y los jefes de las casas...

—El profesor Dumbledore siempre tuvo en cuenta tus opiniones —le recordó ella con amabilidad—, y yo también.

—Bueno, yo me quedo aquí —aseguró Hagrid mientras unas gruesas lágrimas volvían a resbalarle hacia la enmarañada barba—. Éste es mi hogar, vivo aquí desde que tenía trece años. Y si hay niños que quieren que les enseñe, lo haré. Pero... no sé... Hogwarts sin Dumbledore... —Tragó saliva y volvió a ocultarse detrás de su pañuelo.

Se quedaron en silencio.

—Muy bien —concluyó la profesora McGonagall mirando por la ventana para ver si llegaba el ministro—, entonces coincido con Filius en que lo más adecuado es consultar al consejo escolar, que será quien tome la decisión final.

»Y respecto a cómo enviar a los alumnos a sus casas... hay razones para hacerlo cuanto antes. Podríamos hacer venir el expreso de Hogwarts mañana mismo si fuera necesario...

—¿Y el funeral de Dumbledore? —preguntó Harry, que llevaba rato callado.

—Pues... —titubeó McGonagall, y añadió con voz levemente temblorosa—: Me consta que su deseo era reposar aquí, en Hogwarts...

—Entonces así se hará, ¿no? —saltó Harry.

—Si el ministerio lo considera apropiado —repuso ella—. A ningún otro director ni directora lo han...

—Ningún otro director ni directora hizo tanto por este colegio como él —gruñó Hagrid.

—Dumbledore debería descansar en Hogwarts —afirmó el profesor Flitwick.

—Sin duda alguna —coincidió la profesora Sprout.

—Y en ese caso —continuó Harry—, no deberían enviar a los estudiantes a sus casas antes del funeral. Todos querrán decirle...

La última palabra se le quedó atascada en la garganta, pero la profesora Sprout terminó la frase por él:

—... adiós.

—Bien dicho —dijo el profesor Flitwick con voz chillona—. ¡Muy bien dicho, sí señor! Nuestros estudiantes deberían rendirle homenaje, es lo que corresponde. Podemos organizar el traslado a sus casas después de la ceremonia.

—Apoyo la propuesta —bramó la profesora Sprout.

—Supongo que... sí... —dudó Slughorn con voz nerviosa, mientras Hagrid soltaba un estrangulado sollozo de asentimiento.

—Ya viene —dijo de pronto la profesora McGonagall, que observaba los jardines—. El ministro... Y, por lo que parece, trae una delegación...

—¿Puedo marcharme? —preguntó Harry. No tenía ningunas ganas de ver a Rufus Scrimgeour esa noche, ni de ser interrogado por él.

—Sí, vete —repuso McGonagall—, y deprisa.

La profesora fue hacia la puerta y la mantuvo abierta para que saliera Harry, que bajó la escalera de caracol a toda prisa y echó a correr por el desierto pasillo; se había dejado la capa invisible en la torre de Astronomía, pero no le importaba; en los pasillos no había nadie que pudiera verlo, ni siquiera Filch, la *Señora Norris* ni Peeves. Tampoco se cruzó con nadie hasta que entró en el pasadizo que conducía a la sala común de Gryffindor.

—¿Es cierto? —susurró la Señora Gorda cuando Harry llegó ante el retrato—. ¿Es verdad que Dumbledore... ha muerto?

—Sí.

La Señora Gorda emitió un gemido y, sin esperar a que Harry pronunciara la contraseña, se apartó para dejarlo pasar.

Ya se imaginaba que la sala común estaría abarrotada de estudiantes y cuando entró por el hueco del retrato se produjo un silencio. Vio a Dean y Seamus sentados con otros compañeros; eso significaba que el dormitorio debía de estar vacío, o casi. Sin decir una palabra ni mirar a nadie, cruzó la sala y se metió por la puerta que conducía a los dormitorios de los chicos.

Tal como había supuesto, Ron lo estaba esperando, vestido y sentado en su cama. Harry se sentó en la suya y los dos se limitaron a mirarse a los ojos un instante.

—Están hablando de cerrar el colegio —apuntó Harry.

—Lupin ya dijo que seguramente lo harían. —Hubo una pausa—. ¿Y bien? —añadió Ron en voz muy baja, como si temiera que los muebles escucharan—. ¿Encontraron uno? ¿Encontraron un Horrocrux?

Harry negó con la cabeza. Todo lo que había sucedido alrededor del lago negro parecía una remota pesadilla. ¿De verdad había ocurrido, y tan sólo unas horas atrás?

—¿No lo encontraron? —preguntó Ron—. ¿Acaso no estaba allí?

—No. Alguien se lo llevó y dejó uno falso en su lugar.

—¿Se lo llevaron?

Harry sacó el guardapelo falso de su bolsillo, lo abrió y se lo tendió a Ron. El relato completo podía esperar; esa noche nada importaba salvo el final, el final de su inútil aventura, el final de la vida de Dumbledore...

—R.A.B. —susurró Ron—. Pero ¿quién era?

—No lo sé. —Harry se tumbó en la cama, completamente vestido, y se quedó mirando al techo. No sentía ninguna curiosidad por averiguar quién era R.A.B.; más bien dudaba que algún día volviera a sentir curiosidad por algo. Sin embargo, advirtió que los jardines estaban en silencio. *Fawkes* había dejado de cantar.

Y aunque no fuera capaz de explicar cómo, supo que el fénix se había ido, se había marchado de Hogwarts para siempre, igual que Dumbledore, que se había marchado del colegio, del mundo... y había abandonado a Harry.

30

El sepulcro blanco

Se suspendieron las clases y se pospusieron los exámenes. En los dos días siguientes, algunos padres se llevaron a sus hijos de Hogwarts; las gemelas Patil se marcharon la mañana después de la muerte de Dumbledore, antes del desayuno, y a Zacharias Smith fue a recogerlo su altanero padre. Seamus Finnigan, en cambio, se negó rotundamente a acompañar a su madre a casa; discutieron a gritos en el vestíbulo, y al final ella permitió que su hijo se quedara hasta después del funeral. Seamus les contó a Harry y Ron que a su madre le había costado mucho encontrar una cama libre en Hogsmeade porque no cesaban de llegar al pueblo magos y brujas que querían presentarle sus últimos respetos a Dumbledore.

Los estudiantes más jóvenes se emocionaron mucho cuando vieron por primera vez un carruaje azul pálido, del tamaño de una casa y tirado por una docena de enormes caballos alados de crin y cola blancas, que llegó volando a última hora de la tarde —el día antes del funeral— y aterrizó en el borde del Bosque Prohibido. Harry, desde una ventana, vio a una gigantesca y atractiva mujer de pelo negro y piel aceitunada que bajaba los escalones del carruaje y se lanzaba a los brazos del sollozante Hagrid.

Entretanto, iban acomodando en el castillo a una delegación de funcionarios del ministerio, entre ellos el ministro de Magia en persona. Harry evitaba con diligencia cualquier contacto con ellos, aunque estaba seguro de que, tarde o temprano, volverían a pedirle que relatara la última excursión de Dumbledore.

Harry, Ron, Hermione y Ginny siempre estaban juntos. Hacía un tiempo espléndido que parecía burlarse de ellos, y Harry se imaginaba cómo habrían sido las cosas si Dumbledore no hubiera muerto y si dispusieran de esos días a final de curso para estar juntos, una vez que Ginny hubiera terminado sus exámenes y ya no sufrieran de la presión de los deberes... Y, una y otra vez, retrasaba el momento de decir lo que debía decir, y de hacer lo que debía hacer, porque le costaba demasiado renunciar a su mayor fuente de consuelo.

Dos veces al día iban a la enfermería. A Neville ya le habían dado el alta, pero Bill seguía bajo los cuidados de la señora Pomfrey. Tenía unas cicatrices horribles; de hecho, se parecía mucho a *Ojoloco* Moody, aunque por fortuna conservaba tanto los ojos como las piernas; pero su carácter no había cambiado. La principal diferencia es que enseguida desarrolló una gran afición a los filetes de carne casi crudos.

«Es una *suegte* que se case conmigo —había dicho Fleur alegremente mientras le arreglaba las almohadas a Bill—, *pogque* los *bguitánicos* cocinan demasiado la *cagne, siempgue* lo he *afigmado*.»

—Supongo que tendré que aceptar que es verdad que se va a casar con ella —suspiró Ginny esa noche. Los cuatro estaban sentados junto a la ventana abierta de la sala común de Gryffindor, contemplando los jardines en penumbra.

—No está tan mal —dijo Harry—. Aunque es muy fea —se apresuró a añadir al ver que Ginny arqueaba las cejas, y ella soltó una risita de resignación.

—En fin, si mi madre la soporta, yo también puedo hacerlo.

¿Ha muerto alguien más que conozcamos? —preguntó Ron a Hermione, que leía detenidamente *El Profeta Vespertino*.

Hermione hizo una mueca ante la forzada dureza en el tono de Ron.

—No —contestó, y dobló el periódico—. Todavía están buscando a Snape, pero no hay ni rastro de él.

—Claro que no —intervino Harry, que se encendía siempre que salía ese tema—. No lo hallarán hasta que encuentren a Voldemort, y dado el poco éxito que han tenido hasta ahora...

—Voy a acostarme —anunció Ginny dando un bostezo—. No duermo muy bien desde que... bueno, estoy cansada y necesito dormir.

Besó a Harry (Ron miró adrede hacia otro lado), se despidió con la mano de los otros dos y se encaminó hacia los dormitorios de las chicas. En cuanto la puerta se hubo cerrado detrás de ella, Hermione se inclinó hacia delante con esa expresión suya tan característica.

—Harry, esta mañana he encontrado una cosa en la biblioteca...

—¿Tiene relación con R.A.B.? —preguntó él al tiempo que se enderezaba.

A diferencia de tantas otras veces, no se sentía emocionado, ni intrigado ni ansioso por llegar al fondo de un misterio; pero sabía que tenía que descubrir la verdad acerca del auténtico Horrocrux si pretendía seguir avanzando por el oscuro y sinuoso camino que se abría ante él, el camino que había emprendido con Dumbledore y que de ahora en adelante tendría que recorrer solo. Todavía podía haber hasta cuatro Horrocruxes escondidos en algún sitio, y si se le presentaba cualquier remota posibilidad de enfrentarse a Voldemort, suponía que debía encontrarlos y eliminarlos todos antes de acabar con él. Harry seguía recitando los nombres de tales objetos para sus adentros, como si de esa forma se acercara un poco a ellos: «El guardapelo, la copa, la serpiente, algo de Gryffindor o de Ravenclaw... El guardapelo, la copa, la serpiente, algo de Gryffindor o de Ravenclaw...»

Por la noche, mientras dormía, ese mantra debía de latirle en la mente, y en sus sueños siempre aparecían copas, guardapelos y misteriosos objetos que el muchacho no conseguía asir, aunque Dumbledore le ofrecía una escalerilla de cuerdas que se convertían en serpientes en cuanto empezaba a trepar por ellas...

La mañana después de la muerte de Dumbledore, le había enseñado a Hermione la nota encontrada dentro del guardapelo, y a pesar de que al principio ella no había reconocido las iniciales ni las había relacionado con ningún mago misterioso sobre el que hubiera leído, desde entonces fue a la biblioteca más a menudo de lo estrictamente necesario, considerando que ya no tenía que hacer deberes.

—No —dijo Hermione, pesarosa—. Lo he intentado, Harry, pero no he encontrado nada. Hay un par de magos bastante famosos con esas iniciales, Rosalind Antigone Bungs y Rupert *Axebanger* Brookstanton, pero creo que no encajan. A juzgar por lo que pone en esa nota, la persona que robó el Horrocrux conocía a Voldemort, y no he descubierto ni la más mínima prueba de que Bungs o *Axebanger* tuvieran trato alguno con él... No, lo que quería decirte... Bueno, se trata de Snape.

Parecía sentirse incómoda por el simple hecho de volver a pronunciar ese nombre.

—¿Qué pasa con él? —preguntó Harry con fastidio, y volvió a reclinarse en el respaldo de la butaca.

—Verás, resulta que yo tenía parte de razón con lo del Príncipe Mestizo —dijo ella con tono vacilante.

—¿Es imprescindible que me lo restregues por la nariz, Hermione? ¿Cómo crees que me siento cuando pienso en ello?

—¡No, no, Harry, no me refería al libro! —repuso ella precipitadamente, y echó un vistazo alrededor para comprobar que no los escuchaba nadie—. Es que tenía razón cuando decía que Eileen Prince había sido propietaria de ese libro. Mira, ella... ¡era la madre de Snape!

—Ya me pareció que no era muy guapa —comentó Ron, pero Hermione no le hizo caso.

—Estaba repasando el resto de los *Profetas* viejos y encontré un pequeño anuncio que decía que Eileen Prince iba a casarse con un tal Tobias Snape, y en un periódico posterior, otro anuncio de que había dado a luz a...

—... un asesino —se adelantó Harry con gesto de asco.

—Bueno... sí. Así que... en parte tenía razón. Snape debía de estar orgulloso de llevar el apellido Prince porque, según decía *El Profeta*, Tobias Snape era un muggle, ¿me explico?

—Sí, eso encaja —admitió Harry—. Decidió halagar a los sangre limpia para poder hacerse amigo de Lucius Malfoy y sus compinches... Es igual que Voldemort: madre sangre limpia, padre muggle... Avergonzado de sus orígenes, utilizaba las artes oscuras para que los demás lo temieran y adoptó otro nombre, un nombre impresionante como hizo lord Voldemort: Príncipe Mestizo... ¿Cómo no se dio cuenta Dumbledore?

Se interrumpió y miró por la ventana. No podía dejar de darle vueltas a la inexcusable confianza que el anciano profesor había depositado en Snape. Sin embargo, aun sin habérselo propuesto, Hermione acababa de recordarle que a él también lo habían engañado. Pese a que los hechizos garabateados en el libro cada vez eran más macabros, Harry no había querido pensar mal de ese personaje tan inteligente que tanto lo había ayudado...

«Que tanto lo había ayudado...» Después de lo ocurrido, ese pensamiento le resultaba casi insoportable.

—Sigo sin entender por qué no denunció que estabas utilizando el libro —comentó Ron—. Él seguramente sabía de dónde sacabas la información.

—Lo sabía —dijo Harry con amargura—. Se dio cuenta cuando utilicé el *Sectumsempra* y ni siquiera necesitó la Legeremancia. Quizá lo supo incluso antes por los comentarios de Slughorn sobre lo bien que me desenvolvía en las clases de Pociones... No me explico cómo se le ocurrió dejar su viejo libro en el fondo del armario.

—Pero ¿por qué no te acusó?

—Supongo que no quería que lo relacionaran con ese texto —observó Hermione—. A Dumbledore no le habría gustado mucho si se hubiera enterado. Y aunque Snape hubiera fingido que no era suyo, Slughorn le habría reconocido la letra en el acto. En fin, el caso es que el libro se quedó en la antigua aula de Snape, y estoy segura de que Dumbledore sabía que la madre de éste se apellidaba Prince.

—Debí enseñárselo a Dumbledore —murmuró Harry—. Él quiso demostrarme que Voldemort ya era maligno cuando estudiaba en el colegio, y yo tenía en mis manos la prueba de que Snape también...

—«Maligno» es una palabra muy fuerte —susurró Hermione.

—¡Tú eras la que no cesaba de decirme que el dichoso libro era peligroso!

—Lo que intento decir, Harry, es que estás asumiendo una responsabilidad exagerada. Yo creía que el príncipe tenía un desagradable sentido del humor, pero jamás me pasó por la cabeza que fuera un asesino en potencia...

—Ninguno de nosotros podía imaginar que Snape fuera capaz de... ya sabes —dijo Ron.

Se quedaron callados, absortos en sus pensamientos; pero Harry intuyó que sus amigos, igual que él, pensaban en las exequias de Dumbledore, que se celebrarían a la mañana siguiente. Como Harry nunca había asistido a un funeral, porque al morir Sirius su cadáver desapareció y no pudieron enterrarlo, no se imaginaba la situación y lo inquietaba un poco no saber qué iba a ver ni cómo se sentiría. Se preguntaba si la muerte de Dumbledore se convertiría en algo más real cuando la ceremonia terminara. Aunque había momentos en que la espantosa verdad amenazaba con abrumarlo por completo, también había períodos de aturdimiento en que todavía le costaba creer que el anciano director hubiera muerto, a pesar de que en el castillo no se hablaba de otra cosa. Sin embargo, había aceptado la muerte de Dumbledore en lugar de aferrarse desesperadamente a la idea de que éste pudiera volver a la vida por algún medio, como había hecho tras la desaparición de Sirius. Palpó la fría cadena del Horrocrux falso que tenía en el bolsillo; la llevaba consigo a todas partes, no como un talismán, sino como un recordatorio del precio que habían pagado por él y de lo que todavía quedaba por hacer.

Al día siguiente se levantó temprano para preparar el equipaje, puesto que el expreso de Hogwarts partiría una hora después del funeral. En el Gran Comedor se respiraba una atmósfera de profunda melancolía. Todos llevaban sus túnicas de gala, pero nadie parecía tener hambre. La profesora McGonagall había dejado vacía la silla del centro de la mesa del profesorado, más grande que las demás. La silla de Hagrid también estaba vacía; Harry pensó que quizá el guardabosques no se había sentido con ánimo de desayunar; en cambio, el lugar de Snape lo había ocupado, sin ceremonias, Rufus Scrimgeour. Harry esquivó los amarillentos ojos del ministro cuando éstos recorrieron el comedor; tenía la desagradable sensación de que el ministro lo buscaba con la mirada. Entre el séquito de Scrimgeour distinguió el cabello pelirrojo de Percy Weasley. Ron no dio otra señal de haber advertido la presencia de su hermano que clavarles el tenedor con una brusquedad inusitada a los arenques ahumados.

En la mesa de Slytherin, Crabbe y Goyle cuchicheaban con las cabezas muy juntas. Y aunque ambos eran fornidos, parecían indefensos sin la alta y pálida figura de Malfoy a su lado, dándoles órdenes. Harry no había dedicado mucho tiempo a pensar en él, pues toda su animadversión se había concentrado en Snape; sin embargo, no había olvidado el miedo que teñía la voz de Malfoy en lo alto de la torre, ni el hecho de que había bajado la varita antes de que llegaran los otros mortífagos. Harry no creía que Draco hubiera sido capaz de matar a Dumbledore, y aunque seguía detestándolo por su afición a las artes oscuras, su desprecio se atenuaba con una pizca de lástima. ¿Dónde estaría ahora?, se preguntó. ¿Y qué estaría obligándole a hacer Voldemort bajo la amenaza de matarlos a él y a sus padres?

Los pensamientos de Harry se vieron interrumpidos cuando Ginny le hincó un codo en las costillas. La profesora McGonagall se había puesto en pie y el lastimero rumor que sonaba en el comedor se apagó de inmediato.

—Ha llegado el momento —anunció la profesora—. Por favor, sigan a sus jefes de casa a los jardines. Los alumnos de Gryffindor, esperen a que salga yo.

Los estudiantes se levantaron de los bancos y desfilaron casi en silencio. Harry vio a Slughorn, que llevaba una espléndida y larga túnica verde esmeralda con bordados de plata, en cabeza de la columna de Slytherin, y a la profesora Sprout, jefa de la casa de Hufflepuff, que nunca había ido tan aseada, pues no tenía ni un solo remiendo en el sombrero. Cuando llegaron al vestíbulo, vieron a la señora Pince de pie junto a Filch: ella iba con un tupido velo negro que le llegaba hasta las rodillas, y él con un viejo traje y una corbata negros que apestaban a naftalina.

Al acercarse a los escalones de piedra de la entrada, Harry vio que todos se dirigían hacia el lago. Los tibios rayos del sol le acariciaron la cara cuando siguió en silencio a la profesora McGonagall. Hacía un espléndido día de verano.

Habían colocado cientos de sillas en hileras a ambos lados de un pasillo y encaradas hacia una mesa de mármol que presidía la escena. La mitad de las sillas ya estaban ocupadas por una extraordinaria variedad de personas: elegantes y harapientas, jóvenes y viejas. Harry sólo reconoció a algunas, por ejemplo, a los miembros de la Orden del Fénix Kingsley Shacklebolt, *Ojoloco* Moody y Tonks, cuyo cabello había recuperado milagrosamente un tono rosa muy llamativo, tomada de la mano de Remus Lupin; los señores Weasley; Bill, acompañado y ayudado por Fleur, y seguido por Fred y George, que llevaban chaquetas de piel de dragón negra. También estaba Madame Maxime, que ocupaba dos sillas y media; Tom, el dueño del Caldero Chorreante; Arabella Figg, la vecina squib de Harry; la melenuda que tocaba el bajo en el grupo mágico Las Brujas de Macbeth; Ernie Prang, el conductor del autobús noctámbulo; Madame Malkin, de la tienda de túnicas del callejón Diagon; y algunos otros a los que Harry sólo conocía de vista, como el camarero de Cabeza de Puerco y la bruja que llevaba el carrito de la comida en el expreso de Hogwarts. También estaban presentes los fantasmas del castillo, que sólo eran visibles cuando se movían, pues la luz del sol hacía brillar sus intangibles y etéreas figuras.

Harry, Ron, Hermione y Ginny se sentaron al final de una hilera, junto al lago. El continuo susurro de la concurrencia sonaba como la brisa al acariciar la hierba, pero el canto de los pájaros era mucho más intenso. Seguía llegando gente; Harry vio cómo Luna ayudaba a Neville a sentarse y sintió un profundo cariño por ellos. Luna y Neville eran los únicos miembros del ED que habían respondido a la llamada de Hermione la noche que mataron a Dumbledore, y Harry sabía por qué: ellos eran los que más añoraban el ED; seguramente eran los únicos que habían mirado con regularidad sus monedas con la esperanza de que se hubiera convocado otra reunión.

Cornelius Fudge pasó por su lado y se dirigió hacia las primeras filas; parecía muy compungido y hacía girar su bombín, como de costumbre. A continuación Harry reconoció a Rita Skeeter y se enfureció al ver que llevaba un bloc de notas, con las uñas pintadas de rojo; y luego, con un arrebato de rabia, distinguió a Dolores Umbridge, que exhibía una expresión de dolor poco convincente en su cara de sapo y se adornaba los rizos rojo pardusco con un lazo de terciopelo negro. Al ver al centauro Firenze, que estaba de pie como un centinela cerca del borde del agua, Umbridge dio un respingo y se encaminó rápidamente hacia un asiento muy apartado de él.

Los últimos en sentarse fueron los profesores. Harry observó a Scrimgeour, con aire grave y circunspecto, situado en primera fila con la profesora McGonagall, y se preguntó si el ministro o alguna otra de aquellas personas tan importantes sentía verdadera tristeza por la muerte de Dumbledore. Pero en ese momento oyó una melodía, una melodía extraña que parecía de otro mundo, de modo que se olvidó del desprecio que le inspiraba el ministerio y miró en busca del origen del sonido. Sin embargo, no fue el único, pues otras personas también volvieron la cabeza con cierta alarma.

—Allí —le susurró Ginny al oído señalando las luminosas aguas verde claro.

Entonces el muchacho vio un coro de gente del agua que cantaba en una lengua extraña; las pálidas caras se mecían a escasa distancia de la superficie y sus violáceas cabelleras ondeaban alrededor, y Harry se acordó con horror de los inferi. La melodía le puso carne de gallina, y, sin embargo, no era un sonido desagradable. Sin duda hablaba de la pérdida de un ser querido y de la desesperación que provoca. Mientras contemplaba las transidas caras de la gente del agua, Harry tuvo la impresión de que al menos esos seres sí lamentaban la muerte de Dumbledore. Ginny volvió a darle un codazo y él giró la cabeza.

Hagrid caminaba despacio por el pasillo. Sollozaba en silencio y tenía el rostro surcado de lágrimas; en los brazos, envuelto en terciopelo morado salpicado de estrellas doradas, llevaba el cadáver de Dumbledore. Al verlo, a Harry se le hizo un nudo en la garganta, y por unos instantes fue como si la extraña melodía y la conciencia de estar tan cerca del cadáver del anciano profesor hicieran desaparecer el calor y la luz del entorno. Ron estaba pálido e impresionado, y Ginny y Hermione derramaban gruesas lágrimas que les caían en el regazo.

Los muchachos no veían bien qué pasaba en la parte delantera. Parecía que Hagrid había depositado el cadáver con extremo cuidado sobre la mesa de mármol. A continuación se retiró por el pasillo sonándose con fuertes trompetazos que atrajeron algunas miradas escandalizadas, entre ellas la de Dolores Umbridge... Pero Harry sabía que a Dumbledore no le habría importado. Intentó hacerle un gesto cariñoso a Hagrid cuando éste pasó por su lado, pero el guardabosques tenía los ojos tan hinchados que era un milagro que pudiera ver dónde pisaba. Harry miró hacia la hilera a la que se dirigía Hagrid y comprendió cómo se guiaba a pesar del llanto, porque allí, vestido con una chaqueta y unos pantalones confeccionados con tela suficiente para levantar una carpa, se hallaba el gigante Grawp, cuya enorme y fea cabeza, lisa como

594

un canto de río, se inclinaba con gesto dócil, casi humano. Hagrid se sentó al lado de su hermanastro y éste le dio unas palmaditas en la cabeza, lo que provocó que la silla del guardabosques se hundiera unos centímetros en el suelo. Harry sintió un breve y maravilloso impulso de reír. Pero entonces dejó de sonar la melodía y el muchacho dirigió de nuevo la vista al frente.

Un individuo bajito y de cabello ralo, ataviado con una sencilla túnica negra, estaba de pie frente al cadáver de Dumbledore. Harry no oía lo que decía. Algunas palabras sueltas llegaban flotando hasta ellos por encima de cientos de cabezas: «nobleza de espíritu», «contribución intelectual», «grandeza de corazón»... Pero casi carecían de significado. No tenían mucho que ver con el Dumbledore que Harry había conocido. De pronto recordó lo que significaba para el director de Hogwarts decir unas pocas palabras: «¡Papanatas! ¡Llorones! ¡Baratijas! ¡Pellizco!», y una vez más, tuvo que reprimir una sonrisa. ¿Qué le estaba sucediendo?

Oyó un débil chapoteo a su izquierda y vio que la gente del agua también había salido a la superficie para escuchar. Y recordó que hacía dos años Dumbledore se había agachado junto al borde del agua, muy cerca de donde él estaba sentado en ese momento, para conversar en sirenio con la jefa sirena. Harry se preguntó entonces dónde habría aprendido a hablar esa lengua. Había tantas cosas que nunca le había preguntado, tantas cosas que debería haberle dicho...

Y sin previo aviso la cruda realidad cayó sobre él, de una forma mucho más rotunda e innegable que hasta ese instante: Dumbledore estaba muerto, se había ido para siempre. El muchacho apretó con todas sus fuerzas el frío guardapelo hasta que se hizo daño, pero no pudo impedir que unas abrasadoras lágrimas le brotaran de los ojos; volvió la cabeza en dirección opuesta a la que se hallaban Ginny y los demás, y contempló el Bosque Prohibido, al otro lado del lago, mientras el hombrecillo de negro seguía hablando. Percibió que algo se movía entre los árboles: los centauros también se habían acercado a presentar sus respetos. No salieron de los límites del bosque, pero Harry los distinguió medio escondidos entre las sombras, observando a los magos, con los arcos a punto. Y recordó también la pesadilla de su incursión inicial en el Bosque Prohibido, la primera vez que vio aquel engendro que entonces era Voldemort, y cómo se había enfrentado a él, y que poco después había hablado con Dumbledore de la importancia de seguir luchando a pesar de que la batalla estuviera perdida. En aquella ocasión el anciano profesor había dicho que era crucial pelear y volver a pelear, y seguir peleando porque sólo de ese modo podría mantenerse a raya el mal, aunque nunca se llegara a erradicarlo.

Y mientras estaba allí sentado, al intenso calor del sol, Harry se percató de que todas las personas que lo querían se habían alzado ante él una tras otra, decididas a protegerlo: su madre, su padre, su padrino y, por último, Dumbledore; pero eso había terminado. Ya no podía permitir que nadie se interpusiera entre él y Voldemort, y debía olvidar para siempre que los padres ofrecían un refugio que protegía de todo mal, esa ilusión que tendría que haber perdido cuando tan sólo contaba un año de edad. No había forma de despertar de esa pesadilla, no había susurro reconfortante en la oscuridad que le asegurara que estaba a salvo, que todo era producto de su imaginación; el último y el más excelso de sus protectores había muerto y él se encontraba más solo que nunca.

El hombrecillo de negro terminó su discurso y volvió a sentarse. Harry supuso que se levantaría alguien más, pues imaginaba que el ministro pronunciaría otro discurso, pero nadie se movió.

Entonces varias personas gritaron. Unas llamas relucientes y blancas habían prendido alrededor del cadáver de Dumbledore y de la mesa sobre la que reposaba, y se alzaron cada vez más, hasta ocultar por completo el cadáver. Un humo blanco ascendió en espiral y moldeó extrañas formas: en un sobrecogedor instante, a Harry le pareció ver cómo un fénix volaba hacia el cielo, dichoso, pero un segundo más tarde el fuego había desaparecido. En su lugar había un sepulcro de mármol blanco que contenía el cuerpo de Dumbledore y la mesa sobre la que lo habían tendido.

Volvieron a oírse gritos de asombro cuando cayó del cielo una lluvia de flechas que fueron a parar lejos de la gente. Y Harry comprendió que era el homenaje de los centauros; a continuación vio cómo éstos daban media vuelta y desaparecían de nuevo en el umbrío bosque. La gente del agua también se hundió despacio en las verdes aguas y se perdió de vista.

Harry miró a sus amigos: Ron mantenía los ojos entornados, como si lo deslumbrara el sol; las lágrimas surcaban el rostro de Hermione, pero Ginny ya no lloraba. Ella lo miró con la misma expresión firme y decidida que cuando lo había abrazado después de ganar sin él la Copa de Quidditch, y Harry se dio cuenta de que ambos se entendían a la perfección, y cuando le dijera lo que pensaba hacer, ella no le replicaría: «Ten cuidado» o «No lo hagas», sino que aceptaría su decisión porque no esperaba menos de él. Así que se armó de valor para decir lo que sabía que debía decir desde la muerte de Dumbledore.

—Oye, Ginny... —musitó, mientras alrededor la gente reanudaba las conversaciones interrumpidas poco antes y se levantaba—. No podemos seguir saliendo juntos. Tenemos que dejar de vernos.

Ella esbozó una enigmática sonrisa y replicó:

—Es por alguna razón noble y absurda, ¿verdad?

—Estas últimas semanas contigo han sido... como un sueño —prosiguió Harry—. Pero no puedo... no podemos... Ahora tengo cosas que hacer y debo hacerlas solo.

Ginny no se puso a llorar, sino que se limitó a mirarlo a los ojos.

—Voldemort utiliza a los seres queridos de sus enemigos. A ti ya te utilizó una vez como cebo, y únicamente porque eras la hermana de mi mejor amigo. Imagínate el peligro que correrías si siguiéramos juntos. Él se enterará, lo averiguará. Intentará llegar hasta mí a través de ti.

—¿Y si no me importara? —replicó Ginny.

—A mí sí me importa —repuso Harry—. ¿Cómo crees que me sentiría si éste fuera tu funeral... y si yo tuviera la culpa?

Ginny desvió la mirada y se quedó contemplando el lago.

—En realidad nunca renuncié a ti —dijo—. Aunque no lo parezca. Siempre albergué esperanzas... Hermione me aconsejó que me olvidara de ti, que saliera con otros chicos, que me relajara un poco cuando tú estuvieras delante, porque antes me quedaba muda en cuanto tú aparecías, ¿te acuerdas? Y ella creía que quizá te fijarías más en mí si yo me distanciaba un poco.

—Es que es muy lista —repuso Harry, y sonrió—. ¡Ojalá te hubiera pedido antes que salieras conmigo! Habríamos podido pasar mucho tiempo juntos... meses... años quizá...

—Pero estabas demasiado ocupado salvando el mundo mágico —sentenció Ginny con una risita—. Bueno, la verdad es que no me sorprende. Ya sabía que al final ocurriría esto. Estaba convencida de que no estarías contento si no perseguías a Voldemort. Quizá es por eso que me gustas tanto.

Harry creyó que no podría mantenerse firme en su propósito si seguía sentado al lado de Ginny. Observó que Ron abrazaba a Hermione y le acariciaba el cabello mientras ella lloraba con la cabeza apoyada en su hombro, y que a Ron también le resbalaban las lágrimas por su larga nariz. Con aire compungido, Harry se puso en pie, les dio la espalda a Ginny y al sepulcro de Dumbledore y echó a andar por la orilla del lago. Se sentía mucho mejor caminando que sentado, y cuando empezara a buscar los Horrocruxes y matara a Voldemort, también se sentiría mejor que sólo pensando en ello...

—¡Harry!

Se dio la vuelta. Rufus Scrimgeour cojeaba hacia él por la orilla, apoyándose en su bastón.

—Confiaba en poder hablar un momento contigo... ¿Te importa si caminamos juntos?

—No —respondió Harry con indiferencia, y se puso en marcha.

—Qué tragedia —dijo el ministro en voz baja—, no te imaginas cómo me afectó la noticia. Dumbledore era un gran mago. Teníamos nuestras diferencias, como bien sabes, pero nadie conoce mejor que yo...

—¿Qué quiere? —preguntó Harry con voz cansina.

A Scrimgeour no le gustó su tono, pero, como había hecho en otra ocasión, se controló y adoptó un gesto de tristeza y comprensión.

—Comprendo que estés destrozado —aseguró—. Sé que querías mucho a Dumbledore. Hasta es posible que hayas sido su alumno favorito. El lazo que los unía...

—¿Qué quiere? —repitió Harry, y esta vez se detuvo.

Scrimgeour también se detuvo, se apoyó en su bastón y miró fijamente a Harry con expresión perspicaz.

—Dicen que fuiste con él cuando se marchó del colegio la noche que lo mataron.

—¿Quién dice eso?

—Alguien le hizo un encantamiento aturdidor a un mortífago en lo alto de la torre cuando Dumbledore ya había muerto. Y allí arriba también había dos escobas. En el ministerio sabemos sumar, Harry.

—Me alegro. Pero mire, adónde fui con él y qué hicimos allí es asunto mío. Él no quería que lo supiera nadie.

—Haces gala de una lealtad admirable, desde luego —comentó Scrimgeour, que hacía visibles esfuerzos por contener su irritación—, pero Dumbledore ha muerto, Harry. Muerto.

—Dumbledore sólo abandonará el colegio cuando no quede aquí nadie que le sea fiel —dijo Harry sonriendo a su pesar.

—Mira, muchacho, ni siquiera él puede volver de...

—Yo no digo que pueda regresar. Usted no lo entendería. Pero no tengo nada que explicarle.

Scrimgeour vaciló un momento y, con un tono que pretendía ser delicado, dijo:

—El ministerio puede brindarte toda clase de protección, ya lo sabes, Harry. Para mí sería un placer poner a un par de mis aurores a tu servicio...

Harry rió.

—Voldemort quiere matarme él en persona y los aurores no van a impedírselo. Así que gracias por el ofrecimiento, pero no, gracias.

—Entonces —continuó Scrimgeour con tono más frío—, lo que te pedí en Navidad...

—¿Qué me pidió? ¡Ah, sí! Que le contara a todo el mundo el espléndido trabajo que están haciendo a cambio de...

—¡A cambio de levantarle la moral a la gente! —le espetó Scrimgeour.

Harry lo miró un momento y preguntó:

—¿Ha soltado ya a Stan Shunpike?

El rostro del ministro se congestionó y el muchacho se acordó de su tío Vernon.

—Ya veo que sigues...

—Fiel a Dumbledore, cueste lo que cueste —sentenció Harry—. Pues sí.

Scrimgeour le lanzó una mirada penetrante; luego giró sobre los talones y se marchó cojeando sin decir nada más. Harry comprobó que Percy y el resto de la delegación del ministerio lo esperaban. Lanzaban nerviosas ojeadas al sollozante Hagrid y a Grawp, que todavía no se habían levantado de sus asientos. Ron y Hermione corrían hacia Harry y se cruzaron con Scrimgeour. Harry se dio la vuelta y siguió andando despacio, dándoles tiempo para que lo alcanzaran. Los tres se reunieron por fin bajo la sombra de un haya donde se habían sentado a veces en tiempos más felices.

—¿Qué quería Scrimgeour? —susurró Hermione.

—Lo mismo que quería en Navidad —contestó Harry con desgana—. Pretendía que le pasara información confidencial sobre Dumbledore y que prestara mi cara y mi nombre para hacer propaganda del ministerio.

Ron pareció debatir un momento consigo mismo y luego le dijo a Hermione:

—¡Déjame volver y pegarle un puñetazo a Percy!

—No —repuso ella con firmeza al tiempo que lo agarraba por el brazo.

—¡Me quedaré muy descansado!

Harry rompió a reír. Hasta Hermione sonrió un poco, aunque la sonrisa se le borró de los labios cuando miró hacia el castillo.

—No soporto pensar que quizá no volvamos a Hogwarts —dijo con un hilo de voz—. ¿Cómo pueden cerrar el colegio?

—A lo mejor no lo hacen —especuló Ron—. Aquí no corremos más peligro que en nuestras casas, ¿no? Ahora no estamos seguros en ningún sitio. Incluso diría que en Hogwarts estamos más protegidos, porque en ningún otro sitio hay tantos magos para defenderlo. ¿Tú qué opinas, Harry?

—Yo no pienso volver aunque el colegio siga abierto.

Ron se quedó mirándolo boquiabierto, pero Hermione dijo con voz triste:

—Ya me imaginaba que dirías eso. Pero entonces ¿qué harás?

—Volveré una vez más a casa de los Dursley porque Dumbledore así lo deseaba. Pero será una breve visita y después me iré para siempre.

—¿Y adónde irás si no piensas volver al colegio?

—He pensado que podría regresar al valle de Godric —murmuró Harry. Tenía esa idea en la cabeza desde la noche que murió Dumbledore—. Para mí, todo empezó allí. Tengo la sensación de que necesito ir a ese lugar. Así podré visitar la tumba de mis padres.

—Y luego ¿qué? —preguntó Ron.

—Luego tendré que buscar los otros Horrocruxes, ¿no? —contestó el muchacho mientras contemplaba el blanco sepulcro del director, que se reflejaba en el agua, al otro lado del lago—. Eso es lo que Dumbledore quería que hiciera, por eso me lo contó todo sobre ellos. Si él tenía razón, y estoy seguro de que así es, todavía quedan cuatro. Debo encontrarlos y destruirlos, y luego he de ir en busca de la séptima parte del alma de Voldemort, la parte que todavía está en su cuerpo, y matarlo. Y si por el camino me encuentro con Severus Snape —añadió—, mejor para mí y peor para él.

Hubo un largo silencio. La muchedumbre casi se había dispersado ya, mientras que los rezagados rehuían la monumental figura de Grawp, que seguía abrazando a Hagrid, cuyos aullidos de dolor todavía resonaban sobre las aguas del lago.

—Nos encontraremos allí, Harry —dijo Ron.

—¿Dónde?

—En casa de tus tíos. Y luego iremos contigo allá donde tú vayas.

—Ni hablar —replicó Harry; no había previsto eso, creía que sus amigos entenderían que quería hacer solo aquel peligrosísimo viaje.

—Una vez nos dijiste —intervino Hermione— que teníamos tiempo para echarnos atrás. Y ya lo ves, no lo hemos hecho.

—Estaremos a tu lado pase lo que pase —afirmó Ron—. Pero, ¡eh!, antes que nada, incluso antes de ir al valle de Godric, tendrás que pasar por casa de mis padres.

—¿Por qué?

—La boda de Bill y Fleur, ¿recuerdas?

Harry lo miró con asombro; la idea de que todavía pudiera existir algo tan normal como una boda parecía tan increíble como maravillosa.

—Sí, eso no podemos perdérnoslo —dijo al fin.

Sin pensarlo, Harry cerró la mano con fuerza alrededor del Horrocrux falso, pero pese a todo, pese al oscuro y sinuoso camino que veía extenderse ante él, pese al encuentro final con Voldemort que tarde o temprano se produciría —¿quién sabía si pasaría un mes, o un año, o diez?—, se animó al pensar que todavía quedaba un espléndido día de paz y que podría disfrutarlo con Ron y Hermione.